2006-2015 散文自选集

史鹤幸　汪彦弘　著

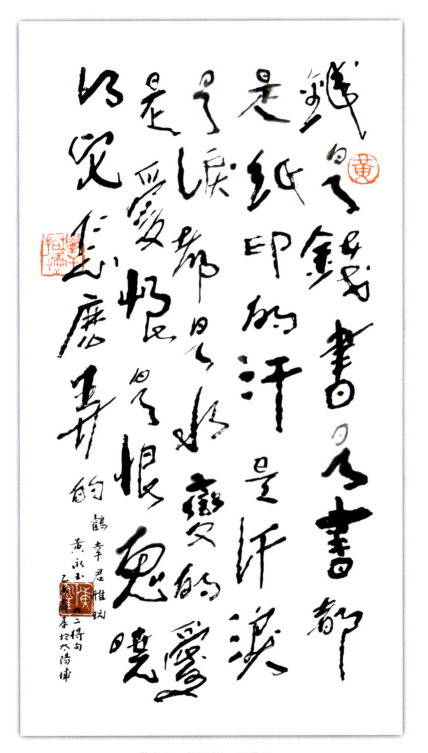

黄永玉：汗是汗，泪是泪

林曦明扇面：乡村之夏

林曦明题：阳光书屋

辛裕书法：滚滚长江东逝水

陈鹏举题：福寿康宁

陈鹏举：文博断想标题手迹

陈鹏举对联：醇酒斟遥夜

俗庵扇面

海風吹白練百里灣連
遙屋立不玉頂崔嵬勢
接天雲開呼陸地島
瀾將書連坐久忽歸去
暮雲上□綢　牽屋方紹武

方绍武书法：海风吹白练

# 自序:"杂家"是这样炼成的

当别人成为了 77、78 级的高考生,缔造了一个高考传奇;后知后觉的我,竟还在懵懵懂懂之中,不知路在何方……直至 1982 年,我才第一次跌跌撞撞地跻身"高考",还只是一名"自考生"。

然而,正是这三年。我以"三年不观园"的精神,独守孤独,单枪匹马地拼出了一条血路,深孚众望地"过关斩将",一举获得"我的第一张文凭"——自学大学文凭(上海电大)。

回想当年,我还有点后怕,那是如何一种"自学"。几乎是一本讲课录音稿,一册讲课提纲,就是我自学的全部。只有把这本教材翻烂,自己出题、自己解。复习时,不压题、不怀侥幸心理……庆幸的是教材是北大的,讲课的大都是北大如今的博士生导师,诸斌杰、袁行霈……一个个耳熟能详。可以说,我的文史通识都是这一阶段积淀下来的——如果说,恢复高考的第一批大学生,是一个时代的骄子;那么,80 年代的第一批"自学考"毕业生,同样是一个时代的佼佼者,一并成就了那个时代的文化风景……我也荣幸地忝为其列。

1992 年,我再次参加成人高考,博得"专升本"的机会,就读上海教育学院,真正成为"注册生",那是一个纯粹的爱好。只有缘于对中国传统文化的一种情结,因为只有在中国文化里,我才找到生命价值。要不,我将重写个人史。

1995年本科毕业，我"病蚌成珠"似的开始我的文字生涯而一发不可收拾，真正做起了文字"记者"。起先在报尾发些"豆腐干"而颠之倒之，竟不知天高地厚，想吃文字饭。其实，那根本是自己没有根基的"为赋新词强说愁"。其初，我四处投稿，四处碰壁，成了真正的一个"坐家"；与此同时，开始了我的十年"冷板凳"生涯。只问耕耘不问收获，图书馆是我唯一的"终南山"捷径。其实"冷板凳"何尝不是一场修炼，一个涅槃，一次蓄势待发。有句话"机会总给有准备的人"……今天想来，我感谢我曾经的十年冷板凳，是它使我走出一条文字路，并小有收获，今天结集成册，也算是对自己的一个褒赏与犒劳。

我理解，文字之路，只有开始，没有结束，多少喜怒哀乐在其中，如何一个叹字了得。今天，"我一个人的阅读"读出来许多滋味……只有，当我一个人静心地坐在书桌前，才是莫大快慰，万缘放下，那不是矫情，那是真情流露。自从爱好文字，我是屏气凝神，仿佛把握贤者，几多敬畏。

我视读书是一场仪式，净手、沏上一壶茶，一枝笔、一本子……仿佛完成一场宗教诵经，忘了今宵是何年。一旦读到好东西，我是反复读，并记本子，那是一种"抽奖"后的兴奋。若与人谈及，我是唾沫四溅，而往往遭遇"潮打空城寂寞回"，好一阵心凉。

其间，我去过"拍卖行"，关注艺术品投资而"认识"了张晓刚；我也去过杂志社而有识经济，写了多篇"经济散文"；我也去过一个地方民间协会，著有一部地方戏曲史；我也曾"蛰伏"于中国边少老地区而写了多篇历史地理的文字……我称这一时期，是"半工半读"。即一边读书，一边打工。读书读出了一个"字里乾坤"，打工打出了一个"衣食无忧"。

为了挤进文化"圈子"我是忍辱负重，什么都读。艺术类，我读遍了中国书法史，从李斯小篆到两汉隶书，再到二晋二王，以及柳颜楷书与颠张醉素的狂草，我是奉为神明；董其昌的中国绘画南北两宗，我深谙文人画、学院画；瓷器、玉器、古泉，各类收藏，林林总总的文字无不令我醍醐灌顶,潜心而读,相见恨晚。

文化类,我更是厚爱有加,中国的两河流域、丝绸之路、茶马古道;宗克巴(黄教)的藏传(小乘)佛教(喇嘛教)、文化一脉的蒙藏文化,更是令我心驰神往……

当时有人说,你五十多了还不知自己的主攻方向,四处游击。我缄默了。但是,我庆幸自己的杂学,中国文化有个触类旁通,有杂才有专。以通驭专才是真本事。将文史哲、儒释道并怀,视中国文化为土壤与环境,兼容并蓄。

因为,这里每一篇文字,都是一段生命历程、一种文化积淀。抑扬顿挫的文字,曲曲折折的心绪……我说,我不在乎生命的长度,我更关注的是生命的宽度与厚度。

与其说,我在做一部书,不如说,那是我的一个心曲——多少心绪、心结在其中,谁能谙!

# 目　录

第一辑

戏　曲　有　约

第二辑

笔 歌 墨 舞

## 第三辑

# 玩 物 尚 志

## 第四辑

# 字里乾坤

第一辑

# 戲曲有約

吳宗錫

# 《典妻》之破茧成蝶

　　她人生的一种写照，曾经是"一个人的甬剧"，这是一种"两间余一卒，荷戟独彷徨"的寂寞；是一种"不在沉默中爆发，便在沉默中死亡"的境界。

　　1979年阴霾散尽，百"剧"待兴。15岁的王锦文，陪她的同学去"艺训班"报名。然而，在这个人头攒动的报名现场，她意外地被招生老师看中，单纯的王锦文，竟凭着对表演艺术的朦胧憧憬，填了报名表，说，"试试看"。

　　她最终在数千报名者中脱颖而出，从此奠定了她的人生走向。她却又似乎生不逢时，刚刚出道几年，戏剧舞台就盛况不再，遭遇20世纪末电视普及与流行音乐的双重冲击，一些小剧种从此一蹶不振，成了绝响。

　　就在甬剧舞台如同明日黄花，日渐没落，王锦文仍初衷不改，天天练功，用"心"唱戏。她也曾面临众多的诱惑，下海、出国、转行、远走高飞。但是，她最终选择坚守"一个人的甬剧"。2000年，她受任于败军之际，奉命于危难之间，不辱使命地挑起宁波市艺术剧院甬剧团团长一职。并将这些年的思索，大胆地用于戏剧实践。她首先在表演形式上寻求创新与突破，借鉴京昆、芭蕾、话剧等形体造型，来拓宽甬剧艺术的表演空间。包括舞美、肢体语言的运用，还有配器、唱腔以及甬剧艺术中的"唱念做"的设计,都要符合现代都市观众的审美需求。即摆脱传统甬剧中话剧加演唱的俗套,以丰富甬剧的表演手法与唯美要求。

15学艺20登台,舞台蛰伏20载,王锦文终究以一出《典妻》破茧成蝶,翩翩起舞于今天的戏剧舞台,堪称甬剧经典,一个里程碑。同时成就她个人艺术道路的巅峰。

《典妻》中的女主角是她塑造的又一个独具个人魅力的悲情女子,哀而不伤,凄美感人。尤其"回家路上"一则,她更以丰富而又诗意的肢体语言,在忧伤的背景音乐下载欣载奔,以刻画人物在归家途中的仓促与凄楚,使之空灵臻美,令各地观众为之倾倒。并加以"石骨铁硬"的舞台对白与质朴唱腔,充满了甬剧艺术一种悲天悯人的人文情怀,是其他电影、电视、文学、美术无法企及的。《典妻》在外国演出时,一位欧洲观众看后也连连说,"这是他看到的世界上最美的歌剧"。

《典妻》留住了老观众,吸引了新观众,这是她最大的欣慰。宁波大学的学生票友,自发地组织甬剧沙龙,她不辞辛劳,一次次去学校辅导学生排演"回家路上"。

团里每当排新戏,她首先考虑青年演员,在新戏《春江月》中,她力推青年演员主打,平均年龄才19岁。她说,自己业已年届不惑。为了甬剧的传承,必须把培养青年演员放在首位,只有出新戏,才能留住人才,留住观众,青年演员才感到有奔头。

# "甬剧要走两条路"

## ——专访中国戏剧梅花奖得主甬剧名家王锦文

笔者计划采访王锦文由来已久,她说这次宁波甬剧团携甬剧新剧《安娣》出访美国演出,将于10月16日回甬可以一聊,笔者连连安排日程赴甬并约定22日见面。可到这天,王锦文却歉意地说上午有个排练任务,下午市里有个会,只能利用中午时间……笔者一一应允。王锦文实在太忙,包括业务的、行政的,就利用午餐前后,占用她一些宝贵的休息时间。

### 精品传统并举

是日,笔者做了点"功课"即赶往位于江东区朝晖路上的宁波市演艺集团。刚刚十点,径直找到他们排练现场。笔者一边看他们排戏,一边等她。甬剧团里正在紧张地排练即将再次上演的甬剧新作《沈三江》,那是说一个在汉口发展的宁波帮建筑武汉大学的跌宕起伏的创业故事,导演是名家陈薪伊。上半年他们首演于宁波市大剧院时,笔者有缘第一时间一睹为快,并写就一文《四人一台戏》,说的就是王锦文、郑健、虞杰、严耀忠四人演绎的这部新剧,原名《筑梦》。

甬剧领军人物王锦文

走进排练场，笔者零距离地见到了平日在剧院舞台上远远观看的王锦文、郑健等剧中主要人物，虞杰更是与笔者坐于一旁与他们是老相识了，而每一次见面都令笔者有刮目相看的感觉，从《典妻》到《风雨祠堂》再到《宁波大哥》，笔者每每到场……尤其，这次新生代的郑健横空出世，被陈薪伊导演钦点主演，那是一个剧团发展的需要，也是一个剧种传承的需要。挖掘新人是一个剧种的永远课题，郑健深孚众望地在剧中饰演主角而赞誉多多。

11 点排练结束。散场前，王锦文集合演员，嘱咐几句关于宁波电视台正在热播的，由市文化艺术研究院、宁波甬剧团、宁波电视台三套等联手创作的电视甬剧情景系列剧《药行街》颇受好评，希望演员们为甬剧传承，为甬剧事业而不计较报酬。

王锦文告诉笔者甬剧情景剧收视率相当可观，第二集播出收视率又上升几个点，言语中成就感很足。笔者看过甬剧情景剧《药行街》片花，俨然一幕浮世绘，有点相似上海的《老娘舅》形式，生活气息活泼。那是一剧以药行街上的药店、商铺为故事发生地，讲述清末民初年间，生活在药行街上的百姓日常的生活和趣闻、传奇,用诙谐幽默、夸张荒诞的手法塑造了一群个性不同的市井人物;每一集相对独立,围绕"药"这一主线讲述小故事。

剧中,甬剧名家王锦文饰演的"沈慧英",在第一二集中更以"男装"扮相出演,英姿飒爽;宁波电视台《讲大道》主持人"王阿姨(甬剧演员王坚)",也在剧中扮演戏份很足的角色;由于该剧要展现药行街热闹的市井风貌,故群众演员需求量很大,宁波甬剧团全团参与,不少甬剧爱好者也踊跃加盟,饰演路人等龙套角色。节目播出后受到观众热捧,收视率一直稳居该频道前列。

这一极具宁波本土艺术特色的崭新电视作品,由市文化艺术研究院创作剧本,市甬剧团负责唱腔设计和初步排练,再由电视频道将两者综合呈现,其逼真的旧时风情、喧闹的街市风貌以及三教九流轮番登场等,足以令人穿越到上世纪的民国甬城,尤其是地道的宁波老话、宁波人独特的民风民俗,更给人带来独特的体验。《药行街》一边录制、一边播出,每周固定时间播出一集,安排两次重播。

随后,笔者与王锦文来到她的办公室。刚刚坐定,由于时间有限,也没有铺垫,即直奔主题。首先问她,作为甬剧传承人、甬剧的一面旗帜,人称"甬剧因您而璀璨",那么甬剧这些年的身体力行,请说说,您对甬剧所作的思考与探索;其次说说《典妻》等几部大投入、大制作的剧目演出后,您以为成功的地方,尤其这些精品大作,其主创人员能不能请本土的,而更接地气,因为这里有个地域的文化背景;同时,请说说您对甬剧未来的新生代演员的如何培养……

王锦文略略思考下淡定地说,"我们甬剧也要与时俱进,一个剧种的传承与创新、一个剧团的生存与发展,必须与时俱进,那是市场的要求,也是现代剧场的要求,以满足人们的审美需求。若甬剧不去争闯全国性的大奖,甬剧是没有影响力的,不被人家所知道,就会失去观众,失去甬剧的推动力。甬剧一定在传承基础上去创新,不是改革。这样才能让甬剧走得更远,不辱使命地把甬剧更好传承与发展,这是我的一个梦。那就是让甬剧更好听、更好看。把甬剧带到全国各大城市去演,提高甬剧在全国的知名度。"

王锦文形象地比喻,我们甬剧要两条腿走路,即一方面打造精品力作,为甬剧留下有影响力的经典作品。比如 2002 年开始创作并成功演出的《典妻》,以及随后先后推出的《风雨祠堂》《宁波大哥》《美丽老师》都是这样的尝试与努力。这几部大戏巡演各地,平均演出百余场。只要满足舞台需求,甬剧团把大戏带向农村大地,广受赞誉。包括海外演出也收到良好效果。这次《安娣》出演美国,观众竟是清一色的老外,而不是华侨后裔为主。王锦文很自自豪地说,走出国门,我们甬剧成功了,影响力提升了。

同时,传统甬剧也在坚持演传统剧目,下乡演。农村是甬剧的根。所以她一再地说,"甬剧我们坚持两条腿走路,并坚持走下去。包括传统的老戏、折子戏,那是原汁原味的脱胎于宁波滩簧的甬剧。那是我们剧团的责任,在演精品的同时,不忘老戏老观众,他们才是我们的衣食父母"——王锦文如是说。

## 政府剧团合力

甬剧的传承发展,作为"天下第一团"的甬剧团当仁不让,努力唱好这台戏;政府部门也要构架扶持机制,包括人才的引进与演员培养。正如王锦文所说,甬剧的坚守与继续,不仅甬剧团要作为,还需政府部门的多多扶持,若没有政府部门的支持那甬剧是走不远的……当笔者问及几部大戏的创作,比如《典妻》编剧是得奖专业户的罗怀臻,《沈三江》的导演也是炙手可热的著名大导演陈薪伊,这些主创人员都是清一色的全国顶级的创作人员,为什么不能请本土的编导,这样更接地气,首先文化背景一脉……王锦文为难地说,打造精品力作,宁波缺乏这类人才,宁波引进不了这类人才,也留不住。宁波缺乏这方面的人才引进机制。她希望,宁波政府不仅仅要经济投入,更要为人才集聚与引进开拓思路,构建机制。

王锦文还举例说,今年团里准备招生 20 名学员。明年开个甬剧班,十年招生一次。准备招收十个男生、十个女生,以培养甬剧后继人才,为今后甬剧的发展储备力量。但是危险,尤其剧团转制,现在是企业行为,而不再是事业单位,当演员又苦又累,待遇等方面也没有优势吸引学生。又没有编制的吸引,人难招,那甬剧更是举步维艰。

王锦文郑重地说,甬剧传承是条任重而道远的路,需要各方的支持与关心。她总结起来有两条,一是主创人员人才极其缺乏,二是人才机制的限制。甬剧的主创人员都是请外省市的,这是不得已的。她说,长远地看甬剧团,主要呈现这三个"瓶颈":一是演员的成才率低,二是演员的待遇低,三是后继人才缺乏。这些都是甬剧发展的软肋,如何突破,这是大家都要应该好好考虑的——王锦文如是感慨!

采访完毕,笔者既有对甬剧精品的成功欢呼,让甬剧走出国门,宁波甬剧团劳苦功高;又有对甬剧传承与甬剧后继的担忧,如何吸引人才、培养人才,更接地气地成为甬剧的主创人员,让甬剧再创佳绩、传承不息,奏出"甬剧两条路"的铿锵音律,那是每一个宁波人的共同心愿。

# 四人一台戏

——大型原创甬剧《筑梦》舞美人物及其他

可以说,笔者是仰慕而敬畏地坐在宁波大剧院里,期盼着帷幕的早早打开,再睹风情万种的甬剧,如何继宏大场景的《典妻》后再次完成超越与出彩;同时,再次领略中国戏曲梅花奖得主王锦文,如何继《典妻》的惊鸿一瞥,再次完成自我突破与提升……

"拼将一生建学堂,休念自身衰与旺",那是浙江省与宁波市文化精品工程扶持项目甬剧《筑梦》里的台词。这是一部以沈祝三倾囊建造武汉大学为故事原型,塑造了一位 20 世纪 30 年代在汉口声名显赫的宁波大建筑商,为竞标承建气势恢弘的国立武汉大学建筑群而荡气回肠的人生物语……其中饱含着宁波帮的商业诚信和对知识的渴望。那是沈三江用时间和生命讲述宁波帮"教育兴邦"的"中国梦",一股振兴中华的正能量。

## 惊　艳

随着帷幕徐徐地打开,舞台背景即是一座"武汉国立大学",那极具视觉冲击力的厚厚的墙,上面镌刻着天地玄黄,宇宙洪荒。日月盈昃,辰宿列张。寒来暑往,秋收冬藏……沧桑感地凸显人文的厚重与中国文化浸润下的国人精神。幕间,姚梦欣(王锦文饰)携着孙辈,缓缓走入舞台。"这是你爷爷建造的国立武汉大学"……渐渐地,观众融入剧情而走入宁波帮"筚路蓝褛,以启山林"的创业心路。

开场戏,就在全景式的西洋客厅里展开,舞曲、人物、场景……这在甬剧舞台上俨然看到了当代"话剧"。或许,我过于入戏以至观众散尽才走出剧院,心里却还在念念有词,"太美太美"……堪称惊艳。我惊艳舞美的恢弘与大气,原来甬剧也能像婉约清丽的宋词一样表现豪放豪迈的"宏大叙事"。总之,《筑梦》成功地将多种艺术元素完美地糅合于甬剧,为甬剧走出乡村,走向都市,走向世界作出有益探索。正如一观众所言:"开场就很吸引人,感觉不是老一辈人给我们讲的甬剧,像是话剧,一下子就入戏,又有宁波话和甬剧的唱腔,很新颖,舞美也不错。"

《筑梦》一改甬剧的"土腔土调",艺术地在传统甬剧上有许多突破,让人耳目一新。导演陈薪伊更是大胆地给这部戏加入了很多外来的元素,比如西洋音乐配器,比如舞美制作……她说"光是找音乐就找了很久"。剧中,为沈三江这个人物选了一首西洋主题音乐,是英国作曲家埃尔加100多年前写的《威风堂堂进行曲》,每次沈三江出场,都伴随着这首军乐曲,强劲的鼓点与沈三江的动作充分合拍,恰如其分地表现出了男主人公纵然面临窘境仍"威风堂堂"的气势和人格特质。

《筑梦》完全打破了观众对于甬剧的欣赏期待,而让甬剧呈现出一种"高大上",即"高端大气上档次"的气质。这也实现了陈薪伊的初衷:"我这部戏不仅给甬剧观众看,还要给全国的观众看。"而令观众惊艳的还有:导演陈薪伊被国务院授予"国家有特殊贡献话剧艺术家"称号,副导演是参与《宁波大哥》《安娣》导演的王红刚。剧本由国家一级青年编剧王晓菁和国家一级编剧、空军政治部电视艺术中心编导室主任王俭联合编剧。主创人员荟萃国内一批舞台新锐,包括舞美设计常疆,服装和化妆造型设计一丁,作曲家刘一,舞蹈家姚晓明以及浙江小百花越剧团的灯光设计周正平,唱腔设计的戴纬、汪锋……

## 人　物

如果说,看戏就是看角儿;那么,看甬剧就是看王锦文。因为,她是甬剧的一面旗帜……新世纪初,正是她携《典妻》一举成就甬剧这"天下第一团"的一系列奖项,如"全国戏曲最高学术奖"美誉的"中国戏曲学会奖";同时走出了宁波甬剧的窘迫与困境。尤其,作为甬剧艺术新一代领军人物,王锦文塑造了一个个鲜明的舞台艺术形象,彰显了曾为滩簧小戏的甬剧的艺术表现力和魅力,使处于危难之中的甬剧重振雄风,实现了甬剧在新时期的转型,为我国地方剧种的发展提供了有益的经验。缘此,她个人囊括了中国戏剧界最高奖项,中国戏剧"梅花奖"、文华奖,第七、八届中国戏剧节优秀表演奖,上海白玉兰戏剧表演艺术主角奖、配角奖和观众最喜爱演员奖等荣誉……当年,笔者在上海采访她的文字里,曾啧啧称道,"她弱小的身驱如何支撑甬剧的未来。"

是日,笔者又兴冲冲地来到宁波,就是欣赏她身体力行地挑战传统的勇气,欣赏她近年来的舞台积累。《筑梦》中王锦文以姚梦欣一角,一改她往常大都出演生活窘迫弱女子的"青衣"形象,而是转型一个具有海外文化教育背景的时尚女子,扮演沈三江的妻子,一个从剑桥大学留学归来的女知识分子形象。使她举手投足,一顾一盼中,无不演绎角色的人物特征,比如她理了个民国时期女知青的发型,很具有时代感,衣着特有西洋风,言行举止无不透着英伦味。那是角色,那是人物塑造的需要。其台词为了重现当年的宁波帮留洋带回先进科学知识的背景,特意加入了不少英文单词。女主角王锦文在台上也要"秀"英文。导演陈薪伊要求演员们放下甬剧表演以往固有的套路,通过对人物心理、外形的全方位把握,打造全新的形象。

四人一台戏，即四个人物联袂出演驾驭了一台戏《筑梦》，那是一段国人的教育梦、强国之梦。除王锦文、虞杰、严耀忠分别饰演姚梦欣、林昀杰、沈阿根外，挑大梁的竟是青年演员郑健饰演的沈三江，由此组成三个一级演员，帮衬一个二级演员的"四人一台戏"，充分体现了甬剧团注重人才培养——令人可敬可佩。

剧中，虞杰扮演的林昀杰，他是姚梦欣在剑桥大学的同学，衣着西装革履，揣摩绅士的举手投足，口里还偶尔地蹦出几个英语单词，充满着"洋气"，这对演惯甬剧清装戏的虞杰来说，着实是个挑战。在唱腔上，他减去了甬剧的程式化，而是通过一个小动作、一句台词等展现人物的气质。《筑梦》也适当保留了甬剧的传统特色，尤其是在演过上百个甬剧角色的"老戏骨"严耀忠饰演的沈阿根一角，他以大管家本土形象亮相，在唱腔定位上，依然保留了甬剧声调高低、音色控制的传统韵味，并适当引入了宁波方言，尤其是剧情的冲突达到顶点时，画龙点睛地采用了宁波话台词，让《筑梦》在洋气中保留了甬剧的地方特色。正是严耀忠的土气，才增加了《筑梦》的宽度与厚度。

新生代甬剧演员郑健，饰演的人物一般以文弱小生为主。这次他主演沈三江这样一个为人低调，但性格却坚韧的"大人物"，着实令他压力不小。人物原型沈祝三1930年承建武汉大学时，已患青光眼疾，双目基本失明，看不见工程图纸，凭人口说默算工料，计算工价，指挥施工。武汉大学建在山上，他在承包时漏估开山筑路费用及在工程完竣后奉送水塔、水池两项工程蚀本20余万元，而将三元里、三多里房产向浙江兴业银行押贷作抵。在沈祝三最困难的时候，他不得不将他所盖建的一些房屋和他的砖瓦厂抵押给银行，靠此借款为生……沈祝三被写入武汉大学建校史，被记入《汉口往事》，并在武汉名人的公开推选活动中入选，被载入武汉"历史上十大名人"史册。

剧中，郑健将角色从30岁演到50岁，表现人物早期的意气风发，住的是金碧辉煌的豪宅，举办大型舞会；后来背负教育兴国的重任，花尽家财不计个人得失,一无所有地回到宁波老家……郑健较好地以唱腔表现了人物心路的气质和内涵。

今天反映"宁波帮"的题材作品还不多,尤其地方戏曲,还没有这样的作品。希望《筑梦》是一个滥觞,让更多的人知道宁波帮的创业与成就。可见,甬剧要回归滩簧,回归乡村,塑造更多的"小人物"——因为,滩簧才是甬剧的文脉;而甬剧若要走向全国、走出国门,戏曲改革势在必行,那是甬剧发展的未来与一个美好的明天……

# 乡韵犹闻

　　缘于上海、宁波的甬剧渊源,两地艺人联袂在兰心剧场举办"串客"进入上海 130 周年甬剧演唱专场,乡音、乡韵犹闻。据悉,"串客"进入上海始称"宁波滩簧",后嬗变成一种舞台综合艺术的甬剧。中国戏曲梅花奖得主、当今甬剧的领军人物王锦文率宁波市甬剧团中生代、新生代演员悉数登场,凭借《半把剪刀》《天要落雨娘要嫁》及《典妻》《美丽老师》等经典唱段的出彩表演,博得观众阵阵掌声;当年,参加"三大悲剧"晋京演出的原上海堇风甬剧团著名小生柳中心,也与暌违已久的上海甬剧观众见面并即兴演唱,激起老年观众唏嘘不已。

　　尤其,"赋闲"三四十年的原上海堇风甬剧团青年花旦、59 级静安戏校甬剧班学员徐敏女史,以一曲低吟浅唱的"悲蝉"(《双玉蝉》),更是折服在场观众,赢得声声喝彩,仿佛重睹当年上海甬剧的繁华声色。今天,年届"60 后(60 岁后)"的徐敏,嗓音、工架、气质、风采不减。一个唱腔,千回百转,沉潜往复,唱出人物羞涩、娇嗔、欣喜与忍辱负重十八年后自怨自艾的心路之痛;一个水袖,妩媚婀娜,那摇曳生姿的身段,融多愁善感的表情"淡却双蛾,哭损秋波",犹如一种宋词般的跌宕绮丽、委婉臻美。为了演出,徐敏曾一次次地与乐队磨合、排练、潜心排戏,以致舞台上的举手投足、一招一式无不演绎人物的心理变化、情绪起伏与戏曲特有的程式美。

1972年，"文革"中的上海堇风甬剧团，在劫难逃，宣告解散，全体转业。过去有句话说，演员一旦失去舞台，就沦落成了"乞丐"。更为人遗憾的是，20世纪80年代，百废待兴的上海戏曲舞台，迎来"乱花渐欲迷人眼"的复兴，甬剧却沉疴不起，走向最后的式微，也成为上海甬剧永远的痛。当年，活跃在戏曲舞台上的甬剧艺人，成了海派甬剧的"活化石"。

我时常在中国戏曲长廊里徘徊，品味戏曲那种由岁月所磨出来的音韵，那种十年、百年磨砺出的一种戏曲程式之美，而最为人流连的还是那乡音、乡韵，那种莫名的人间牵挂，教人如何不乡愁。

# 再续戏缘

——写在《徐敏甬剧经典唱段》付梓之际

徐敏 13 岁，尚属一个懵懵懂懂、少不更事的女孩子，竟为了氍毹鸿爪的梨园梦而挥泪离乡背井，入原上海堇风甬剧团为学员，随即开启她的戏曲梦：从 13 岁学戏，唱念做打无一不习；到 16 岁登台，省亲演出《五姑娘》，堪称小荷才露尖尖角……

然而，天命难违，这段"始于戏缘，终于舞台不再"的梦，竟然在"那个时代"无疾而终——那年徐敏 20，正处花样年华的年代，却早早地、无奈地离开她视为生命的戏曲舞台，继而改行、继而退休……她的戏曲人生从此戛然而止。

如果说，当年她离开家乡是脸上淌着泪水；那么，那些年她离开剧团，却是心里在流血……因为，戏曲是她的心结，一段剪不断、理还乱的戏缘。好在，前些年静安戏校五十周年举行纪念演出，徐敏以《半把剪刀》中陈金娥一角，再现舞台；在香港同乡会百年纪念活动上，更以《双玉蝉》的"赠蝉"一折，令生活在海外的老观众回忆起贺显民、徐凤仙时代的海派甬剧的辉煌而唏嘘不已；在贺孝忠从艺七十周年及甬剧入沪一百三十周年的多种纪念演出中，徐敏再度应邀饰演《双玉蝉》中的谢芳儿一角，用心演绎"悲蝉"一折而"乡韵犹闻"，屡获赞赏。

有人在《夜光杯》上著文写道："赋闲"三四十年的原上海堇风甬剧

徐敏原上海董风甬剧团优秀青年演员

团青年花旦、59级静安戏校甬剧班学员徐敏女史，以一曲低吟浅唱的"悲蝉(《双玉蝉》)"，更是折服在场观众，赢得声声喝彩，仿佛重睹当年上海甬剧的繁华声色。今天，再次登上舞台的徐敏，嗓音、工架、气质、风采不减。一个唱腔，千回百转，沉潜往复，唱出人物羞涩、娇嗔、欣喜与忍辱负重十八年后自怨自艾的心路之痛；一个水袖，妩媚婀娜，那摇曳生姿的身段，融多愁善感的表情"淡却双蛾，哭损秋波"，犹如一种宋词般的跌宕绮丽、委婉臻美。为了演出，徐敏曾一次次地与乐队磨合、排练、潜心排戏，以致舞台上的举手投足、一招一式无不演绎人物的心理变化、情绪起伏与戏曲特有的程式美。

今天徐敏"再续戏缘"，出版了《徐敏甬剧经典唱段》，那是得益于甬剧艺术的领军人物王锦文的鼎力支持，旨在保留传承海派甬剧的音韵、唱腔之魅；戏曲音乐前辈连波更是为其著序，为唱腔特色作以小注，令其心存感激。尤其，大文化人黄永玉欣然为封面作图并题签，人物古典妩媚，几个小楷"悲蝉 黄永玉 癸巳作于万荷堂"，着实令碟片岂一个雅字了得！

甬剧属于花鼓滩簧声腔,"渊自山歌、源于串客",雏形于乡村、成形于都市;从宁波滩簧,继而在沪成为一个地方剧种——其音乐曲调丰富,由山歌演化的"基本调"、乱弹班中的"月调"、"三五七"、"快二簧"、"慢二簧"及四明南词和一些地方小调等凡九十余种。其基本调(也称老调)主要用于塑造人物,表现人物较复杂的思想表情,叙述故事情节。

是日天寂人静,我打开碟片欣赏《徐敏甬剧经典唱段》,音韵袅袅然……仿佛天籁般时空穿越……一阕《五姑娘》:想去年 荷花盛开红似火/二姐姐帮我面粉磨/今日有花人已无/留下我 孤苦伶仃烦闷多/烦闷多 烦闷多/二姐眼泪流成河/金多银多 不如情意多/我情愿嫁一个穷哥哥/哎哎哟 我情愿嫁一个穷哥哥……

徐敏以纯朴、清丽、委婉的唱腔,用基本老调"下盘棋调"以抒发角色的款款深情与感情的微妙变化,其音韵与吐字不俗而温暖众多甬剧爱好者的心。也令年近九旬的连波老师,听后不吝奖掖地说:听徐敏的唱仿佛听到当年徐凤仙的味道……他说,他与徐凤仙、贺显民是老朋友,听到这些唱段,让他百感交集。他希望今天上海有人继续擎起上海甬剧的大旗,再塑甬剧辉煌。他还希望戏曲要有地方特色,那才是戏曲之魂,包括音乐程式。比如甬剧中的大陆调,各滩簧(沪剧、锡剧)都有,甬剧一定要有自己的特点,这才是一个地方戏曲的魅力所在,让人一听便知。徐敏——牢记在心,那是对她的激励,更是一种鞭策。

为了这次碟片制作的较高质量,徐敏与原上海堇风甬剧团主胡陈元丰几下宁波、切磋磨合,才有今天的戏曲效果。其中的艰辛,她视为一种幸福——那是缘于血脉的戏曲所带给她的一种莫大的享受。如今离开舞台四十载后的她"再续戏缘",浙江文艺音像出版社正式出版《徐敏甬剧经典唱段》,那是她多年对甬剧坚守的一个莫大的精神慰藉。

# "此曲只应天上有"

——《徐敏经典甬剧选萃》欣赏

窗外，"早也潇潇、晚也潇潇，种了芭蕉、又怨芭蕉"的淫雨不止；窗内，满屋子却似曾相闻的乡音乡韵，声声入耳。仿佛一不小心会踩在音符上似的，令我屏息凝神地谛听，一遍又一遍而有"忘了今宵是何年"之慨。"锦城丝管日纷纷，半入江风半入云。此曲只应天上有，人间能得几回闻。"杜甫的诗竟如此吻合我此刻的心境，道出我的心声。因为，曾经发祥于沪上，"从串客而滩簧再至甬剧"一二百年；如今，"堇风"甬剧暌违舞台近半个世纪，业已香消玉殒、无处再闻。

那晚，屏幕漫漶着水气，可谓唱腔如歌、琴声如诉……《徐敏经典甬剧选萃》的成功出版，完全得益于甬剧的领军人物王锦文与徐敏的一场"英雄相惜"。制作中，王锦文更是亲历亲为地为徐敏的"经典甬剧选萃"作串联词，那是上海、宁波两地甬剧人的一次联袂合作。

《徐敏经典甬剧选萃》是继《徐敏经典甬剧唱段》之后的又一新作。有缘的是，封面题图由黄永玉绘制，人物妩媚，神态温婉；一行楷字，更是笔墨生动、温柔敦厚，恍若一种江南滩簧的意趣在里面，令人好不喜欢。

碟片共有甬剧9折，包括甬剧三大悲剧。令"赋闲"四十余年的原上海堇风甬剧团青年花旦、59级静安戏校甬剧班学员徐敏女史，仿佛在她身上再现了当年上海甬剧的繁华声色。无论唱腔,还是表演,哪里看得出徐敏离开舞台四十年之久。她说,甬剧她是爱恨有加。为了演出她是认真地一次次磨合,将一曲《悲蝉》唱得千回百转,将人物的羞涩、娇嗔、欣喜与忍辱负重十八年后自怨自艾的心路之痛演绎得出神入化;水袖舞的妩媚婀娜,"淡却双蛾,哭损秋波",犹如一种宋词般的跌宕绮丽、委婉臻美。舞台上的举手投足、一招一式都是她舞台实践与心境造化的倾心之作。

视甬剧为生命的徐敏,十三岁那年离乡背井,从宁波来到上海考进静安戏校学习甬剧……无奈,生不逢时。一场"文化浩劫"终结了她含辛茹苦的学戏生涯与她所心驰神往的舞台梦,多少唏嘘在其中,如何一声叹息可以了得!

如果说,上海堇风只是一个时代的"曾经"过往;那么,徐敏就是其中的一块"活化石"。正如王锦文所说,今天,"从徐敏身上可以领略当年上海堇风的唱腔韵味与表演风格。"

尤其,徐敏在甬剧《五姑娘》中的载歌载舞,活脱脱一个花样年华的少女。剧情讲述晚清时期,在一个春牛会上,英俊的青年农民徐阿天以一身精湛的打鼓本领打动了富家小姐五姑娘的芳心……他们两人在田歌声中相遇,萌发了爱慕之情。但事与愿违,在五姑娘同父异母哥哥杨金元和乡绅沈善人的重重阻拦下,一段美好的爱情被无情地摧毁……徐敏将人物塑造得入情入理、"呼之欲出",很具戏曲的观赏性。

戏曲本就是一个来源于生活的舞台再现,以唱腔为魂、以表演为长的一个舞台综合——那就有赖于一个成功演员在中国戏曲长廊里流连,品味那种由岁月所磨出来的音韵与体悟那种十年、百年磨砺出的一种戏曲程式之美,怎不让人莫名牵挂,教人如何不乡愁,徐敏是也,那是她的功力与底蕴的使然。

那年,徐敏在静安戏校五十周年庆演出中饰《半把剪刀》陈金娥一角,而令上海观众"乡韵犹闻";赴香港参加"香港宁波同乡会成立一百周年"活动以《双玉蝉》"悲蝉"一折而"再续戏缘";并成功地在宁波市文化局主办的"甬剧月"上,以上海堇风代表出彩表演,王锦文称其是上海甬剧学员中的一个佼佼者。徐敏还曾参加贺孝忠从艺七十周年、甬剧入沪一百三十年演出,无不出色出彩,堪称"此曲只应天上有。"

近期,徐敏在中国六百年戏曲之母昆曲的诞生地昆山,其电视台戏曲频道邀其采访,听她说说戏曲物语;宁波的戏曲界也时邀她赴甬参加表演,意在一睹上海堇风的往日风采。美国《侨报》更是不吝版面以"悲蝉传乡韵,难舍甬剧缘"为题,介绍了徐敏的甬剧情结。上海的新民晚报、上海企业杂志纷纷为徐敏的表演喝彩!

徐敏对传统中国画也颇多浸染、熏陶……用笔墨书写性情,用丹青憧憬生活,也曾是她的一种生活方式。殊不知,当年要不是她对甬剧的执著,早早对"爱也甬剧、恨也甬剧"说声再见……或许,戏曲舞台上可能少了一个演员,而中国艺坛上则多了一个画家,谁说不是。

但是,徐敏依旧无怨无悔地守望着甬剧,孤独却执著!

# "青衣"

## ——侧写台北女人应平书

缘识台北的文化朋友，她的温婉、随和、言语平缓，总令我想起戏曲舞台上的"青衣"，仿佛举手投足俨然《锁麟囊》中的薛香灵、《武家坡》中的王宝钏……性情端庄、儒雅。

无需化妆，就是一个舞台形象的青衣——她就是台北女人、戏曲票友应平书女史。

虽说，我与她相隔甚远：她台北《宁波同乡》主编、我大陆《海上宁波人》小记，是两岸文化让我们有了彼此的交流与往来，偶尔在各自刊物上发过几个小文后，我通过邮件书面采访了她——

## 文化传承

应平书祖籍宁波慈溪，出生于 1952 年，毕业于台湾大学中文系。出版《台北女人》《激情手记》《笑看日出》《奇奇历险记》及《美芸的两个生日》等多部著作。2000 年，应平书曾率台湾最具代表性的女作家代表团访问大陆进行文化交流。她先后担任台湾《中华日报》记者、台湾《国语日报》主编、以及台湾《中华日报》副刊组主任，兼编《国语日报》少年版。现为台北《宁波同乡》会刊主编、台北昆曲团团长和新任台湾慈溪联谊会会长。

应平书的文字如人，质朴、谦和、淡泊，具有民国时期二三十年代的文风，属于性情散文一路，与国内"小女人散文"在性情上有点不谋而合。在台湾，应平书堪称与三毛、席慕容齐名，获教育部、文建会及省新闻处文艺创作散文奖、中国文艺奖章及副刊主编奖。

确实，来自台湾的文字我接触不多，只是近些年偶尔读到一些零星的台湾人写的文字，很是喜欢，恍若似曾相识。有人说，中国文化的根在大陆，而传承却在台湾。或许，大陆的文字改革割裂了以六书肇始的繁体字字相。那是大陆续"五四"新文化余脉，首先进行简体字改革，终结目标就是汉字拼音化。那年有句口号，"汉字不变，中国必亡"。今天，现代汉字已经走了五六十年，已经形成第二套汉字体系。好在语言约定俗成即可，其中功过由历史评说。

其中，给我印象最深的自然是余光中《乡愁》：我在这头/母亲在那头/长大后/乡愁是一张窄窄的船票/我在这头/新娘在那头/后来啊/乡愁是一方矮矮的坟墓/我在外头/母亲在里头/而现在/乡愁是一湾浅浅的海峡/我在这头/大陆在那头。余先生的文字朴素，口中仿佛含有一枚"青橄榄"，余味悠长，心琴为颤。

应女史的文字也是，如她发表在人民日报副刊的《幸运之旅》就是这样的文字，不见得多么隽永、铿锵，也不见多少诗意、妙言，却是整篇就如她说话一样慢慢道来，宛若戏曲念白，从从容容却情味隽永：……回到台湾之后，朋友打电话给我说，看见我有一篇文章在人间副刊（《中国时报》——作者注）见报，我那时正好人在上海而没见到，心想只好有时间走一趟报社去买过期报吧。

那天到木栅去排戏，在车上，看见有人读报，初时也没在意，因为这是很普通的现象，不经意间瞄了一眼，忽地"中年泪"三个字映入眼帘，这不是我的文章吗？我再回看一下，真的是我的文章。太奇妙了，这已是上两个星期的副刊,居然有人拿来看,而且又被我看到。

这下子,我也就不客气地向她开口:"这份报纸是否可以给我?"她大概很奇怪我的行为吧,但我也顾不得她的怪异。真是得来全不费功夫!……

在《台北女人》中,应平书更是以她特有的细腻、亲和的笔触描绘了一群风彩各异的台湾女性,她们来自各个阶层,有着不同的职业,可谓是当代台湾女性面面观:她们有的时尚前卫,有的柔情似水,有的不让须眉……从中你可以把握台北的脉搏、台北的呼吸。她们自然、从容地融于家庭、城市和社会的背景,细致而不黏腻,敏感又不失洒脱。她们绝非仅是环境的点缀,而恰恰是她们的言谈举止、衣饰形体乃至情绪意趣造就了城市的时尚与个性。

应平书随台北市宁波同乡会组织的返乡交流访问团到慈溪进行考察交流,并向家乡图书馆捐赠了她的全套著作《笑看日出》《激情手记》《苦女凯歌》等多本书籍。

## 戏曲拥趸

应平书的文字之功可见一斑。其实,应平书更是中国传统昆曲的推动者,现任台北昆剧团团长。去年她在郴州受访时说:"昆曲进校园,播下艺术的种子,一定要更积极地去做。"

"在大学里学过昆曲,20年后又从事了昆曲艺术表演"——带着眼镜、留着短发的她莞尔一笑,用简短的一句话诠释了"种子"的意涵。1993年,应平书获艺术馆甄选为乡土艺术种子教师。2012年,在海峡两岸昆曲交流展演上,应平书带来《琵琶记·南浦》等六出精彩的折子戏,赢得观众阵阵掌声和叫好声。在"相约郴州——海峡两岸三地昆曲社清唱雅集"上,应平书唱一曲《西厢记·普天乐》赢得掌声。台北昆剧团因为长期从事两岸交流,获台湾政府主办的第六届从事两岸专业交流绩优团体奖。

中国昆曲起源于元朝末年苏沪之间的昆山地区,堪称有 600 多年历史,被称"百戏之祖",也是世界首批"人类口头和非物质遗产代表作"。昆曲与古希腊悲剧、印度梵剧并称世界三大古老剧种,后两个剧种均已消失,唯昆曲流传至今。

台北昆剧团成立于 2003 年,所有团员都是业余演员。由于在台湾没有专业的昆曲老师,所以每年都会从上海请专业老师周志刚、朱晓瑜伉俪赴台进行昆曲教学和交流。应平书说,为了推广昆曲,早在 1980 年时,台湾的昆曲爱好者便开始邀请大陆的昆剧团到台湾的各个大学进行演出。由于台湾大中小学校的中文课里都会讲到昆曲,因此,在有了一定了解的前提下,学生很容易被吸引,进入校门的推广方法收到了很好的效果。

因为在文化界的鼓吹推广之下,昆曲现在越来越多的普及。现在昆剧团在台湾演出,看到的观众不是老年人,而是很多的年轻人。为了吸引更多的年轻人去听戏,大陆的昆剧团在此次展演中,参与表演的大部分是年轻演员。但在台湾,年轻人也非常喜欢看年长的演员的表演。应平书认为,一名昆曲演员要到 35 岁以后才会成熟,不管是自己的心态还是对人物的刻画。

中国戏曲讲忠孝节义,而昆曲更是中国文人的典型代表作,它有很多中国文人晦涩的一面,有社会议题阴暗的一面。年轻演员其实不能很完全地掌握,可是三四十岁左右、一个成熟的演员,他可以把这个地方,诠释得淋漓尽致——应平书如是说。

作为"人类口头和非物质遗产代表作",如何让昆曲传承和发扬,应平书有着自己的看法。民间在传统艺术的传承上面,起了很大的作用。但是,一个剧种的延续和发扬,始终离不开国家的支持与保护。台湾昆曲的发展一直以来都得到大陆昆剧团很大的支持,大陆昆剧团不仅给台湾送去了不少堪称经典的好戏,还积极帮助台湾的昆剧团排演剧目、教授演员更高的技艺。如果台湾没有大陆这一块支持的话,我们也是不可能生存下去的——她动情地说。

# 一个人的《戏剧评论》

## ——裴明海"我与戏剧谈恋爱"

裴明海,人生如戏七十载——裴明海的人生心路,就是一幕大戏、大剧,令人咀嚼与感悟而念兹在兹——或许,裴明海的人生历练本身就是这样一部饶有性情的、正在续演着的戏曲脚本,诸多人物、场景、声色,无不栩栩如生……

## 缘　识

裴明海祖居海宁"在水一方"的裴家埭,一个典型的以裴姓为主、百姓杂居的江南水乡。裴明海在其《故乡的湖》一文里,言语款款地写到他的家乡:裴家埭是杭嘉湖平原上的一颗明珠,位于钱塘江下游南岸,东邻绍兴县,南接诸暨市,西连富阳市,南临钱塘江,北靠六十里塘河,沪杭公路贯穿其间……

裴明海从嘉兴五中毕业后,来到宁波就读大学、参加工作,缘此成为了一个新宁波人。他先后在宁波甬剧团、越剧团待过,做过剧团编剧;1986年从群艺处通过竞聘当上了宁波市文化局副局长,分管文化团体。其后,裴明海还曾任宁波市文联副主席、宁波市民协主席、宁波

宁波市文化局原副局长裴明海

市政协文教委副主任……当年,为宁波举步维艰的地方戏曲鼓和呼,为组建宁波歌舞团、宁波小百花越剧团案牍劳形,为宁波甬剧事业的振兴竭尽心力;同时,为宁波民间文化遗产抢救和保护四处奔走、著书立说,他是一位有理论并身体力行的文化官员。

在其任内,裴明海主持《甬剧发展史述》《姚剧发展简史》和《宁海平调史》的编著,他与人合作创作的民间文艺评论集《戏剧与民俗杂谈》,获得了"宁波市优秀文艺作品创作奖"。2003年,裴明海编制《宁波市民间民俗文化遗产保护工程总体规划》,用各种手段抢救和保护宁波的民间民俗。

尤其,裴明海在市政协文史委编纂《艺坛人生》,为冯骥才撰写了近二万字的文字材料,题名为《落落乾坤 书画相知》,较为全面地对大冯先生作为作家和画家的双重文人性格形成和他在文学和书画领域中的杰出建树和高度的艺术成就进行剖析。书出版以后,大冯先生给裴明海来信对此文表示兴趣、进行鼓励,提出可否为他撰写传记的想法。

一年后,裴明海洋洋洒洒地创作了《诠译大冯——冯骥才传》一书并出版，那是裴明海与冯骥才的一段惺惺相惜的文化物语。书中讲述了一个背负历史、社会使命感的作家，激情四溢的画家，文化遗产的守望者，一个忧天下、爱天下的文人，并在全球化进程中冷静思考的知识分子形象——他就是裴明海笔下的冯骥才。

裴明海还为甬剧人物金玉兰，堪称一个时代的甬剧代表、一个开宗立派的先驱写传……文革前，金玉兰始终活跃于戏曲舞台，是开现代甬剧西装旗袍戏先河的人物，她主演的《亮眼哥》《二兄弟》，堪称甬剧经典剧目，成为一个时代的风景。

稍有遗憾的是，我为编著《甬剧史话》，曾在宁波城乡多年采访，却与裴明海失之交臂而缘悭一面。若当年笔者有缘结识裴明海，那么《甬剧史话》中的甬剧人物将丰富与翔实得多，也多了几分底气。只是，这已经属于后话了。而我真正缘识裴明海，却源于他的《戏剧评论》，终成莫逆之交。


## 感　佩


我曾一再地感佩裴明海，尤其在他 1995 年的一场生命炼狱后，让并不是丹青出身的他，竟在宁波文化重镇的天一阁举办个人书画展而令人啧啧称奇，某些率性的作品还漂洋过海而走出国门，令科班的书画家们闻之汗颜。喜不自胜的裴明海笑称自己大器晚成。他还为此吟诗一首，道出此境此景，好不感慨：贺喜亲朋胜于前，宇宙放歌乐开怀，红环冠顶总难符，好事焉知举维艰！天成合拢无遗憾，一画飞进美利坚，阁内笑语成佳话，好事画中友情传！

画展后的后续花絮，更是有味。裴明海举办画展，当地和省内外媒体对画展都作了报道。隔不多久，裴明海接到香港凤凰台杨澜工作室电话，说已经与有关部门联系征得同意，欲前来采访宁波画家裴明海，问本人是否可以允诺。裴明海连连摆手、不敢当,宁波的书画家大有人在。自己只是即兴地玩一把而已,万万不可当真。

裴明海还与多位名家有缘,夏衍、谢晋、李默然……《风雨天一阁》一文更是让裴明海也走进了余秋雨旖旎的文字里,而成为美谈。"1990年8月我再一次到宁波讲课,终于在讲完的那一天支支吾吾地向主人提出了这个要求。主人是文化局副局长裴明海先生,天一阁正属他管辖,在对我的这个可怕缺漏大吃一惊之余立即决定,明天由他亲自陪同,进天一阁。"

有个成语说,一粒沙子滚入河蚌里,令其非常的不适与疼痛,便不断地将分泌物包裹沙子……年复一年,那原来不适、疼痛的地方,竟意外地出现了一颗光彩夺目的珍珠。这就是病蚌成珠的故事。1995年后几年里,吉人自有天相的裴明海演绎了一幕病蚌成珠的过程。遭遇了一场生命危机后的裴明海,为了静养与谋心,开始娴习书画,除了2006年在天一阁成功举办个人书画展外,裴明海还有多方面的爱好、修养和积累。称他为乐人、诗人、作家并不为过,乃至玩着玩着,裴明海竟然还玩出个赏石专家,被推荐为宁波赏石协会主任……

更有甚者,年届七十又三的裴明海始终关注地方戏剧,与几个老编剧们一起曲水流觞般地办了一个《戏剧评论》,执著地为地方戏曲摇旗呐喊,令刊物声名鹊起,成为宁波地区最具影响力的戏剧理论杂志。投缘的是,我在其主编的宁波《戏剧评论》上发文,彼此开始知道名字而在QQ上渐渐地有幸一识。2013年,我趁观摩"宁波市第二届业余甬剧团优秀节目展演"的机会,专程拜访神交已久的裴明海,谁说相见恨晚。

起初,感佩裴明海从文化局副局长一职退休下来,还是继续一如既往地身体力行,主编《戏剧评论》为宁波的戏曲、民间文艺而殚精竭虑,令我萌发采访裴明海的冲动。我把想法委婉向裴明海提出,欲写写他三十余年的戏剧情结以及他一个人的《戏剧评论》……他勉强应允,随即给了我一叠素材……他说,"我交心了"。我的心却随之沉甸甸起来,如何不辱使命地写好他。

是日,我拨冗静心细读裴明海,渐渐地走近了裴明海老人数十年的心迹、心绪、心路……印象中,我的那些文字犹如一帧帧有些年头的旧照片,串缀起来,就是一幕黑白电影似的,长镜头、空镜头切换……但愿,我的文字不是"流水账",而是一份琴心可鉴、性情写照而为人识读。

## 谋　心

如果说,裴明海前一个甲子是以谋生为主的话;那么,后一个甲子,已无后顾之忧的他则更多的是一个谋心了。《戏剧评论》就是他谋心的产物,多少性情、心结在其中,我如何一声"感佩"可以了得。

以戏曲修养著称的裴明海,堪比"曲有误,周朗顾"。裴明海对甬剧更是关爱有加,岳母、妻子、自己都与甬剧有缘。在宁波甬剧团六十年庆典活动中裴明海著文称,今天宁波市甬剧团的演员已经历了八代传承,第一代的徐凤仙、贺显民、金玉兰、徐秋霞、王文斌等;第二代的汪莉萍、汪莉珍、黄再生、余盛春等;第三代的曹定英、杨柳汀等;第四代的沃幸康、杨佳玲等;第五代的王锦文、虞杰等;第六代的严耀忠、陈雪君等;第七代的郑健、孙丹等;第八代的张欣溢、苏醒等——那是裴明海对"天下第一团"的梳理有序,一个定位。

裴明海曾在1964年春至1966年,在宁波木偶剧团任团长,那里集中了全省著名的提线木偶艺人,他们过去专为外国贵宾表演,如今无人问津,渐已式微,被彻底地边缘化了。裴明海深知,一般民间艺术、地方曲艺的沉沦,无不如此。若得不到政府的扶持,就可能陷入自生自灭的状况,最终香消玉殒,成为一种非物质文化遗产、一道飘逝久远的风景。纯然,那些民间艺术的生存环境与土壤都是一时一景,并随着时间推移都有所改变,大都成为明日黄花,成了一个时代与地区的美丽乡愁、一个文化追忆。如今,各地方剧种与民间曲艺都是如此,如何坚守与传承,永远是一个社会命题。

写着写着我突发感慨,试图写写裴老的一生戏曲情缘,题目也有了——《写意裴明海》。他的那些粹言隽语,一个个心绪、心结,就是一段段写作提纲。我想以"写意"纪史,以"写实"纪事,以"工笔"纪人;通过散文化的笔调、手法,来把裴明海老人的诗意人生、戏曲人生用文字书写下来,又疏而不漏,更不能为人诟病。我细想,如果说写实强调真实表现事物的客观面貌;那么,写意则是对人物的勾勒、裁剪,使之呼之欲出,更具生命力的、更具形式美感的人物形象——我更愿意后者。因为,写意是一种审美价值取向,"妙在似与不似之间"。太似媚俗,不似欺世。真正的"逸笔草草",才是写意的一种大境界——就是把裴明海的人生过往与心路物语,写意有味地凸显主人公的人格魅力与捕捉人物身上无所不在的人文力量——纵然语言留白,也是一种人生境界的动情处,而为人流连。只是,这是我的一厢情愿。

20 世纪八九十年代的裴明海,在他竞聘文化局副局长的一篇论文中,他凭借着多年基层文化工作的经验与长期的思考,把自己长年在文化系统工作中积累的实践经验和感知感悟,上升到一个理性、理论的高度;同时,他通过自己身体力行地深入学习、理解与消化党的文艺方针和文艺政策,体会改革开放以来人民群众对精神文化生活的需求和渴望,并对文化系统的现状进行多方位的剖析、总结。既有理论性,又有相当的可操作性。裴明海从专业文化和业余文化、社会效益和经济效益、改革开放和因循守旧三个相关联的选题,深入浅出地剖析,进行论述,有理有据。可以说,裴明海有实践有理论。庆幸的是,履新后的裴明海也践行着自己当时的竞聘诺言。甬剧得到保护和发展、成立了小百花越剧团、创办了市歌舞团;由于水土不服和人才缺乏,京剧团撤销建制,改造为宁波市文艺进修学校,一批功底扎实的京剧团演员成为艺校的基训老师。1997 年中国舞蹈节在宁波召开,宁波歌舞团携原创歌舞剧《满江红》一举获得全国舞蹈最高奖——荷花奖,这一奖项是宁波市文艺系统所获得的第一个全国性的大奖……综上如述,裴明海应该圆满了。

然而,不甘寂寞的裴明海再接再厉地主编《戏剧评论》而获颇佳口碑,赢得了剧界领导和群众对戏剧评论工作的重视和支持。刊物从版式到封面设计、从评论到较有深度的理论研究文章,可以说每期都有进步、越办越好。2012年宁波召开周信芳诞生一百周年纪念活动,中国戏剧家协会书记处书记、评论家季国平先生因邀赴会,作《中国戏剧传统与革新》的主题讲话。开讲前,季国平先生突然从包里拿出一本杂志说:"我最近收到了你们宁波的一份叫《戏剧沙龙》(《戏剧评论》原名——作者注)的杂志,这本杂志里的评论文章有理念、有质量,是一册不可多得的戏剧杂志。今天主编裴明海来了没有?"裴明海举手示意,季国平说:"我们并不认识,但我要向你和《戏剧沙龙》同仁们致敬!"

裴明海闻言欣慰地笑了,金杯、银杯,不如读者口碑,那是办刊物的一个硬道理。

# 小"人物" 大"角色"

## ——《甬人三家亲》的舞台形象及其他

笔者所言"小人物、大角色",就是将人世间的小人物艺术化地再现于氍毹,渐进成为观众心目中呼之欲出的一个经典的舞台形象,那就堪称"大角色"。

日前,笔者有缘在白云实验剧院观摩了宁波市演艺集团天然舞台文化限公司制作、"阿拉话剧社"荣誉出品的大型原创方言喜剧、宁波人家系列剧《甬人三家亲》,由衷感慨:沃幸康所塑造的"寿得得"一角,就是这样一个小人物而成就了舞台上的大角色。

### 人物塑造

《甬人三家亲》由资深编剧王信厚、缪纪芳联袂合作,排演中又几易其稿。话说上世纪一个跨度三四十年的宁波三户普通老百姓的喜怒哀乐,喜剧化地再现"那些年"的城市与市民的变化而笑场爆棚,受到了观众热捧。它是"第一次以三个家庭变化的视角反映宁波几十年的深刻变化,第一次完成用本土编导、音美力量创作的原创剧目,第一次整合社会资源为观众奉献反映现实生活的方言喜剧大戏",折射出这一时代的国家形象与市民记忆。

方言喜剧是一种以方言对白和喜剧动作为主要表现手段的戏剧形式，即演员的肢体和语言为"媒介物"。正如黑格尔在《美学》中所指出："戏剧表现所用的材料（媒介）就是活的人。"因为，戏剧不像小说可以那样地"植入"作者观感、发表议论，而是必须让人物、事件本身在舞台上"呈现"。《甬人三家亲》就是通过寿得得、张阿青、马阿王三人在"那个年代"的恋爱故事，从而在舞台上为观众成功呈现了一幕令人啼笑皆非的方言喜剧，可喜可贺。

尤其，此剧的编导、演员、语言均是清一色的宁波本土元素，并导入众多的社会资源而打造的一部轻喜剧。著名戏曲名家、中国戏剧节优秀表演奖获得者沃幸康领衔主演男一号，堪称惟妙惟肖、入木三分地将一个"小人物"塑造成过目不忘为观众留下经典的舞台形象的"寿得得"一角，而载誉多多。那是沃幸康一个戏曲向戏剧的华丽转身，是一个正剧向喜剧的角色转型。沃幸康对笔者曾说，这次接手喜剧角色是自己对自己的一个挑战，是有风险的——可见，沃幸康的底气可敬。因为，他为舞台而生。

戏剧塑造人物，就是通过演员扮演的活生生的人物形象来打动观众，通过冲突把人物放在各种矛盾冲突的漩涡中来刻画，更能见"人物"的个性，从而由内而外、更加强烈地凸显出人物形象。沃幸康一"出场"就将观众带进了"角色"的人物冲突之中，沉浸于剧情。享受喜剧给观众带来的含泪欢笑，人物的一笑一颦，角色的举手投足，以及言语举止，无不是喜剧色彩"噱"得入骨……沃幸康将"寿得得"一角通过喜剧化的处理，拿捏得不温不火，纵然"人生班车、班班轧出"或者"情愿轧出"，把这一小人物的傻气，表演的合情合理，凸显人物的可爱与率直。

其中，沃幸康为角色提炼一个经典动作，就是人物每当自以为得意时，总是先"唾"，将一口唾沫吐在手上，然后夸张地梳理与滋润他的"三七开"头发。这一动作由沃幸康做出来喜剧效果特棒，而博得场上一个

"满堂彩"。笔者认为,沃幸康将"寿得得"成功地提炼为一个舞台形象,与他精心设计人物的习惯动作和个性化口语分不开的,他的每次出场都具有喜剧色彩。纵然,沃幸康只是在舞台上"傻傻地"一站,也是"戏"的气场自在——那是一个老演员的数十年演艺之功,那是学不来的一个舞台积累。缘此"寿得得"这个人文"符号",又为沃幸康演艺生涯添上一张新的名片。

散戏出来,笔者意犹未尽……据说"阿拉话剧社"是一支宁波艺术表演团体新军,其中既有电视台"老娘舅"陈效邦,也有小品舞台上获奖的杨松,更有民营甬剧团优秀演员张海波、舒一萍以及近年来新涌现的舞台新星洪波、翁超、严益……剧中,除沃幸康把"寿得得"演活,成就他的舞台嬗变;另有一位专业演员陈安俐饰演的"水汪汪"也"笑"果极佳、表演自然,显示专业演员的舞台功力;还有张海波"飙泪"的"街头撒泼"一幕,是她表演素养的厚积薄发;甚至,有的演员哪里看得出竟是第一次登台。可见,一个演员既要"入戏",真情投入地融入角色;又要"出戏",艺术地再现角色的"哀而不伤",《甬人三家亲》基本把握了这个"度",令人"叫好又叫座"!

这出戏亦庄亦谐、寓庄于谐、以谐寓庄,为观众在欢笑后留下诸多的咀嚼与回味——或许,这才是本剧的初衷。


## 语言结构


纵观全剧,结构紧凑,一气呵成,丝毫不见拖沓。剧情既有时代特点,人物又有个性,语言诙谐,成为一个个喜剧"包袱"。"寿得得"对阿青的表白有一句口头禅,夸张而又不失合理,充分将人物演到出神入化之境。反正我是喜欢得她"做人勿来",再加上沃幸康的语言动作,笑翻观众。

全剧还善于运用"喜剧性"的语言,诙谐、调侃并举,来推动剧情的发展。寿得得说:"格侬记性是退板来,你还记得吗?在学校里时光,侬写字我为侬削铅笔,天下雨为侬带雨伞,昼过在食堂里吃饭,侬吃芋艿我剥皮,我咬咸齑侬吃面。""阿青,侬记得勿?那天学堂上夜自修,我真正水急煞要上厕所,突然看到侬走进女厕所,暗擦莫弄,我怕有人欺负侬,就在女厕所门口得侬站岗放哨。怎会晓得侬进去后自格勿出来,我等啊等啊、等啊等啊,水会急得喉头颈,小肚会抽筋,真正熬不牢,水像消防龙头冲出去,瓦爿会冲翻,青蛙会泡煞。"台下掌声、笑声不断。

还有具有时代特征的台词,令老年观众似曾相识,让青年观众感到新鲜。"吃饭要粮票,吃肉要肉票,穿衣要布票,还有糖票、酒票、饼干票、烟票、鱼票、煤球票……"《甬人三家亲》的优势就在于真实地反映宁波百姓生活的"原汁原味",让观众感到亲切,接地气、聚人气。通过三家情缘与变迁,演绎一幕"时代剧"。

很多人以为主旋律就是正剧、悲剧,其实喜剧也可以是主旋律,会更贴近大众,《甬人三家亲》就是一个尝试。"寿得得"的扮演者沃幸康笑称:"剧中的寿得得是一个仗义、执着、善良,却总容易被人误解的人。"用一句话概括,就是"傻得可爱"。作为宁波首部原创方言喜剧,整部剧充满了浓厚的地域特色。环卫工人推着马桶车,摇着铃穿行于小巷间;东渡路上一字摆开的地摊,摊主此起彼伏的吆喝声;男方去女方家提亲时,女方家长会准备一碗糖氽蛋……所有这些细节与场景,都是"浮生光影"成为时代与社会的一个个小缩影,让土生土长的宁波人会心一笑。剧中人物的名字也紧贴本土文化,"寿得得"、"马阿王"、"张阿青"……

这是方言剧的首次尝试,观众的反响超过我们的预期,年纪大的观众觉得亲切,在戏里回忆过去;年轻人觉得新鲜,可以因此了解过去。那些福明桥、东渡路、煤球炉、马桶车业已成为宁波人耳熟能详的历史人文印记,在接地气的宁波老话演绎之下,几乎每一次都精准地切中观众笑点。

我们这出戏是排给老百姓看的,老百姓欢迎就是我们最大的目的。我们不要奖杯,要口碑,既要聚人气,又要接地气。剧本突出了百姓在困难时期的互相帮助,人性之善得到体现。该剧没有高大全的悲壮形象,也没有沉重的主题。该剧虽然是小制作,但是平民化、风俗化、本土化,这种语言接近、故事轻松的戏在老百姓中相当有市场——著名编剧王信厚如是说。

宁波戏剧评论前辈裴明海也是颇为赏识,告诫笔者:"此剧是方言喜剧,结构语言见长,运作模式也有特色,沃的寿得得有人物个性,主题也有一定时代精神,写人写戏均可,集中一点可以写深。"其言可嘉!

# 小剧种 大气场

——写在甬剧《宁波大哥》主演沃幸康获奖之际

……大大的帷幕徐徐阖上，久久的掌声阵阵响起，我这才渐渐地回过神来，今宵是何年？甬剧，竟如此出神入化，令我屏气凝神地沉浸于剧情，与人物一同走过那段感人至深的情感之旅而物我两忘——他演得入戏，我看得入神——这就是甬剧《宁波大哥》。耳畔，极富地域风格与韵味的山歌，犹在声声回荡，四明山上云追云……

这是一个乍寒还暖的冬日，宁波市甬剧团携原创新剧《宁波大哥》，冲刺浙江省第十一届戏剧节，公演于宁波凤凰百花剧场。我适逢在甬，有缘欣赏虞杰（饰李信良）、王锦文（饰辛巧灵）的舞台丰采，更为《宁波大哥》主演沃幸康（饰中年王永强）的出彩表演而啧啧称道。

撰文之际，欣闻沃幸康斩获本届省戏剧节"表演大奖"，那是实至名归，可喜可贺。这是沃幸康继"夫"（《典妻》）、"程家传"（《风雨祠堂》）后塑造的又一"角色"，是他四十余年的舞台积累，用化蛹成蝶的挣扎、继晷焚膏的坚韧来成就的。

宁波市甬剧团原团长沃幸康

## 唱戏,一份缘定

我为写《甬剧史话》一书,曾采访过沃幸康,与他有过广泛交流与接触,竟成了他的一个粉丝。1972 年,沃幸康考入宁波市甬剧团。可谁知,他当时考戏校,唱的是一段京戏,原想进京戏团。殊不知,鬼使神差进了甬剧团。或许,这是一份冥冥之中的缘定。

17 岁的沃幸康,有了他最初的舞台实践。只是,沃幸康在团里并不出挑,不曾被看好。年龄偏大,17 岁才开始学拉顶、走位、吊嗓子,是否晚了些。以致,在舞台上的眼神、表情、动作都显得很生涩。一番训练后,他也无改观,并不出彩。而年龄比他小的,却一个个率先出演人物。此时的沃幸康真的有些气馁,甚至想到放弃。

还是爷爷为他打气,"为人学徒不能半途而废……"沃幸康于是暗暗咬牙来证明自己。尤为可贵的是,他由此养成唱戏认真与刻苦的精神,一种"我为甬剧而生"的事业心。沃幸康以勤补拙地常常一个人在练功房,泪水、汗水相伴。他利用一切时间,不断地向师父求教、揣摩。不服输的沃幸康,硬是以先天不足后天补的毅力挺过来,并大有起色,为人看好。那是一年后,沃幸康在一次年度考核中,竟脱颖而出、勇拔头筹,成为其中的佼佼者。师父们觉得他是个不错的苗子,开始尝试着让他上台表演,作为生角培养。由此开始,"大器晚成"的沃幸康,步入他的艺术人生而渐入佳境,成为日后团里的中坚力量、中生代演员的代表。如今,是宁波市甬剧团团长、一个当家生角。

每个人一生中都会遇到无数的坎,或大或小,或浅或深,关键在于你有没有这个毅力去跨越。沃幸康是这样说也是这样做的。当年,每周一天的休息,沃幸康也无心回家,一头钻进练功房,一遍又一遍地练习同一个动作,直到烂熟于心为止。沃幸康正是仗着这一股天生的傻劲,与自己较劲,去领悟、去参透"角色",用心塑造人物。他常说:"我总觉得,我还应当并且可以去表现得更完美,我还要继续求索、继续突破。"《宁波大哥》就是他一个成功的求索与突破。感动自己,才能感动观众。这是沃幸康唱戏的座右铭。

他私下曾对我说:"有时候连续几天的表演,为了在舞台上表现出最佳状态,我不得不以打激素来保持好自己的嗓子。"沃幸康还认真地说:"既然登上舞台,我就必须要保持最佳状态。表演不是我一个人的事情,而关系到一个团队,不能因为我而影响了整个团队,更重要的是我要对得起台下的观众。"40余年的舞台生涯,让他对甬剧有了浓得化不开的情结,在别人眼中他现在也算是功成名就了,不用这么拼命了。国家一级演员,且载誉多多。但是他难舍观众,难舍舞台。他动情地说:我希望在自己退休前,为观众再好好地演几场戏,塑造更好的人物,来报答厚爱甬剧的观众。

## 气场,一种积淀

投缘的是,我与沃幸康同是 50 后,名字皆有一个"幸"。他在用心唱戏,何等幸运;我却百无一用做书生,何幸之有。而正是沃幸康用心唱戏,才积淀他今天不凡的演出气势、气质甚至气场。窃以为,沃幸康唱戏的最大特点就是投入、玩命、心中有角色,他对任何剧目都有很强的事业心、专注、执著、给力,这在他平日为人处事所表现出的认真就可以看出。俗话说,演戏如做人,沃幸康就是一个鲜活例子。

甬剧(七幕)《宁波大哥》,试图通过戏曲的唱念做打,来演绎两个宁波老乡的一段感人至深的情感之旅,一个无私,一个图报。剧中,沃幸康饰演的王永强(中年),既非《典妻》中"哀其不幸,怒其不争"的农民形象"夫",又非《风雨祠堂》那个软弱无助、令人摆布的"程家传",而是一个励精图治、有所作为、千里报恩的企业家形象。沃幸康将其演得颇有气场。

这是一段真人真事,王永强(沃幸康饰)在"宁波大哥"的帮助下康复出院,十八年后事业有成,千里报恩。可谁料,恩人已是"墙上挂",王永强悲痛难忍。这里一段长长的唱腔,一咏三叹,无不催人泪下,唱出人物一种欲报无门的苍凉。他唱得独具韵味、余音绕梁,突出其吐气、发声与他特有的嗓音,将甬剧这一戏曲程式之美给在座的每一观众留下深刻印象,回味隽永。下一幕"祭坟",沃幸康的臻美演绎,更是成为全剧的高潮。那是朔风呼啸、大雪纷飞的北方,他通过肢体语言,载欣载奔地表达人物的内心悲痛。尤其,他一次次大幅度的且跪且行的舞蹈动作,成为全剧的一个经典场景。

戏曲之美首先是形式,形式才是戏曲的生命,内容只是一个"药引子"。在这里,沃幸康将甬剧的形式美在《宁波大哥》中推到极致,唱出人物慷慨激昂的悲壮,舞出人物感恩图报的心路,给观众以荡气回肠之感。

沃幸康唱戏的投入,有口皆碑,就是非正式的演唱,他也是唱得很专注,这是他对听众的敬畏之心,也是对自己、对艺术的负责。他把每一次演唱活动都当作一项事业来完成,渐渐形成沃幸康的舞台表演气质。一个演员在舞台上的神定气闲、心无旁骛而沉浸角色,那是他积数十年演艺之功的一种潜质与自觉,一种学不来的悟性。就是说,他台上一站,一种"曲调未成先有情"的舞台魅力令人屏声静气,不用开言,已是大气沉淀;再看他的一招一式、一腔一调所蕴藉出的一种摄人心魄的潜在力量,如同磁场吸引观众、打动观众,那就是一种"气场"。

我追随他多年,先有"秋海棠"、"周朴园",前者他演得苍凉,后者演得圆滑、世故,无不入木三分;后有《风雨祠堂》中的"程家传"、《典妻》中的"夫"……若将其四十余年的作品一一连缀起来,就是一部煌煌大庴的"编年史",而《宁波大哥》(中年王永强)便是其中的一座里程碑式的代表作,成就着甬剧一个"小剧种、大气场"的圆满。

# 俞志华:一个人的戏曲物语

## ——我写《心曲》创作小记

中国梨园界里素有"三年可以出一个状元,三十年却出不了一个名角"的感叹。这与"天时地利人和"的社会环境直接有关。或许我笔下的俞志华就是这样一个"感士不遇",或是一个"生不逢时"的鲜活例子——怎不让人一声"感叹"可以了得!

有人称,王锦文是甬剧艺术的领军人物,而俞志华则是甬剧的一个守望者,而支撑起民间甬剧的一番天地。缘此,今天的甬剧因王锦文而精彩,业余甬剧因俞志华而风情万种。

笔者缘识俞志华多年:他既擅甬剧"乾旦"之精彩,也长甬剧"草花"之美誉;更是有将编剧进行到底的执着。尤其,他在舞台上糅合丑角与旦角于一体而出神入化。因为,他有生活、又有滩簧戏的浸染而成就他"业余甬剧第一人"的底气。

甬剧"供养人"的俞志华,时代历练了他数十载"从专业而民间"的一个"接地气"的甬剧艺人,那是甬剧之幸! 如果说,甬剧丑角即"草花",以擅长诙谐、幽默、愉悦观众为表演手法;那么,俞志华就是一段缱绻的曲、一幕跌宕的戏,令闻者屏气凝神、令观者荡气回肠。

虽然,中国传统戏曲中的生、旦、净、丑四大行当,丑排位最后,但它不可或缺,有时甚至起着戏魂戏胆的作用。丑角诙谐滑稽,直面真理的语言与灵活多变的表演技巧,带给观众自由、夸张、欢快、热烈的鲜明印象,将人们从枯燥乏味的日常生活中解脱出来。缘此,有了丑角,才有了中国的戏曲之始——俞志华便是这样一个鲜活的"草花"专业户,而为人啧啧赞赏!因为,丑角身上蕴涵的文化意味至为厚重,"无技不成丑","无丑难为戏",那是一个"草花"演员的底蕴与功力。

酝酿多年的笔者欲写俞志华,却迟迟未动笔,原因之一就是如何定位、如何来写,而颇为纠结。一者,今天的俞志华并非专业演员,又无任何级别与奖项获得,是一个体制外的民间甬剧演员,然而却有早年在专业甬剧团里磨砺,有着传统的滩簧骨子老戏的浸润,更有着多年从舞台蛰伏到戏曲历练的人生积累;二者,退休后的俞志华竟是一往情深地"玩票",传承地方戏曲而风生水起,玩着玩着竟玩到了电视台,做起了以宁波土话"坐坐桥头 讲讲新闻"节目的主持人"俞家婆婆"。

更有甚者,为甬剧而生的俞志华曾携他潜心编著并出彩主演的多部甬剧来到"宁波滩簧"发祥地的上海……笔者总在想,若聆听他的滩簧小调,就能体会"唱戏的是疯子,听戏的是傻子"之味,"怎不叫人以身相许"——那就是七十有余的俞志华,一个人的戏曲物语。戏曲内容可以不美,却一定是程式化的典雅与娴静,还有点幽幽的惆怅——那是戏曲的魅力。

譬如,他那滩簧与戏曲(甬剧)之间的那种以演唱、以表演为主的戏曲之美,活脱脱一个旧时代的"男小旦",真是令笔者莫名的喜欢。今天,俞志华为民间甬剧培养演员、培养观众,对甬剧传承可谓功不可没,是甬剧之盛事。当初,笔者曾想为其撰稿,写写俞志华的戏曲情结,只是苦于没有平台而一再搁置,却心有不甘。其次,我是戏曲的一个门外汉,有惧为人诟病。是朋友的再次举荐而别无选择,再次为俞志华对甬剧的如此耿耿于怀、无法释怀的甬剧情结而感佩,那是甬剧传承的希望。这里笔者姑且撷拾二三,或许有前所未道及者,略事点缀而已。历史允许不同版本,但真实性才更重要——那是《心曲》的写作主旨。

　　几番精心准备、潜心采访,2015 年,年届七十,脸上写满着沧桑的俞志华,正式走进了文字里,笔者也渐渐走进了他数十年的戏曲心路……有人说,会抽烟的男人都有故事。也许,故事并不重要,重要的是谁是主角——他就是本文主人公,草根"草花"俞志华。

　　如果把书比作人的面孔,那"序"就是眉毛,没有眉毛的脸如同没有生气的脸谱;那么写序者的理想人选应当为名人或是身居高位者,无奈家父环顾四周之时恰逢我毛遂自荐,虽知我不学无术,最终还是欣然成全了我一表孝心的"画眉"之举。我曾经问及父亲,学戏这么苦为什么还要学? 他笑着答道,因为你的阿太和爷爷奶奶爱看戏啊。如同我儿子俞皓天问我,爸爸你为什么爱看戏,我说因为你爷爷是演戏的。百事孝为先,孝以顺成之,顺者我的理解就是传承。就像当父亲遇上甬剧,甬剧幸甚,父亲甚幸——那是俞志华儿子在《心曲》序中所言。

　　可以说,俞志华成就了《心曲》——在其杀青之际笔者欣欣然地写了这些言语,敬请方家、看客指点。

# 有种文化叫做戏曲

## ——甬剧《凤岙王升大》观与感

中国戏曲源自民间的一种纯粹表现老百姓的"兴观群怨",一种以民生百姓、人文历史为主要题材的舞台表演样式——史称"戏出山寨"——成为中国戏曲最初的滥觞与渊薮。深谙其道的俞志华,业已把自己整个的"心"交给了甬剧,成了甬剧最真挚的"供养人"。他数十载人生历练的积淀而倾心创作、出演多部关涉民生且接地气的甬剧作品,堪称集演员、编剧、导演于一身,并且身体力行地让戏曲回归民生而案牍劳形。

甬剧《凤岙王升大》,就是俞志华先生的一部观照民生百姓为创作题材的一部力作,而为人点赞。

## 点赞一:接地气

俞志华潜心创作的新编清装甬剧《凤岙王升大》,艺术性地再现宁波百年来的一个真人真事。全剧共演绎成六幕,话说清光绪年间一个叫"王升大米店"的起承转合。在第一幕"起兴"中,剧情交代了凤岙乡村的时代背景与它的湖光水色:"四明溪水潺潺流,好人好事代代传,光

反串旦角俞志华

绪年间鄞西地,有一个乐善好施王兴儒"……大幕在极富地域音乐的合唱背景中徐徐打开。

凤岙,宁波鄞县"桃源乡"的一个小村落,这里走出了宁波帮式人物王兴儒……处处体现了宁波人勤劳、智慧、善良,尤其"以诚取信,以信取胜"的经营之道,成为甬人融入血脉的处事为人之道。可以说,诚信与善良、勤奋与节俭成就了宁波帮的创业与发展——"王升大"创始人王兴儒就是一个鲜活的例子。

剧中说,那些年王兴儒半农半渔、勤劳致富,渐渐地在农闲时以鸬鹚捕鱼而稍有积累,村民也时常拿来粮食兑换鱼或钱财。继而,王兴儒因诚信经营在青垫、凤岙开起一家米店,从王记到王升大……剧情集中将王氏体恤贫民、行善乐施、铺路造桥修凉亭的事迹贯穿起来,而风情万种。耳畔,王老板身着青衫正在店堂里叮嘱伙计"量米时务必多留一角……"的话语声声传来。

在第三四幕中,俞志华用较多场景刻画了"王记米店"的升大量足、老少无欺,而令老百姓近悦远来、生意兴隆。这竟引起同行的另一家米店老板娘陆美兰的嫉妒。剧情沉潜反复,先是陆美兰伙同县役白阿三设计陷害王兴儒,后派人绑架了王兴儒孙子,最后王兴儒在众乡亲的帮助下化险为夷……第六幕审堂一则,县令最终明辨是非,画外音唱道:"是非曲直无错论,善恶真伪有公评,知县老爷亲笔题,王升大米号传当今。"那是知县被王兴儒的种种善举所感动,欣然亲笔题赠"王升大",从此成了米店的金字招牌。整体上故事情节紧凑并不复杂,结局无非说明善有善报而引人入胜,却让人颇有感触。

用甬剧写甬人甬事、"接地气",就是俞志华最成功的一面。剧中演的是"王升大"创始人的一段历史,他的后人就在我们的现实生活中,于是就有了一种亲切感,一种由血缘带来的亲情的对接。同时甬剧这一剧种决定了它的地域性和受众性,用地方戏来演绎地方故事,那是剧作者的高妙,不会有请一线主创人员来打造地方大剧而形成"水土不服"的现象,为人遗憾。甬剧是一出地方戏,地方戏就服务于地方,那是根。越地方的,也是越世界的,戏曲也是如此!

甬剧是从宁波滩簧发展而来,尤其在上海滩的历练而成为一个地方剧种。是源于民间百姓根据地方民歌小调娱人娱己的一种说唱形式,其内容自然离不开社会新闻、市井故事,语言通俗、平直易懂。俞志华很好地用甬剧《凤岙王升大》,通过剧情的嬉笑怒骂、插科打诨,将大家烂熟于心的生活场景,比如邻里街坊、乡里乡亲的身边事艺术化,令人产生共鸣。

缘此,剧中人物塑造生动、传神,主角王兴儒就仿佛生活在我们中间,呼之欲出。他的善良厚道,通过故事的渐次展开,使人物凸显了出来,彰显中华民族的乐善好施向来是传统美德,他的诚信经商、他的人格魅力尽显其中。比如第一幕舍棺木,安葬黄岩老妇的儿媳,并安顿好黄岩老妇祖孙的生活;第二幕,翁大山在账房里偷了六元银元,王兴儒了解原委,不但没有追究,还冒认亲戚,并加送两元银元救急,让翁大山感动万分。以至于到最后一幕,当王兴儒被陷害险遭牢狱之灾时,那些受过王兴儒救助的人及时出手相助，于是一切便峰回路转、柳暗花明了……那是老百姓喜闻乐见的场景。

包括上海阿嫂的嫉恶如仇和陆美兰的刻薄损人，以及白阿三的刁钻世故，个个人物鲜明、形象立体，无不给人留下个性很强的印象。

## 点赞二：文化牌

中国戏曲首先是曲，戏只是一个文化载体——看戏看什么，那就是看一个角儿的"唱念做打"，以及背后的人文力量。正是那戏曲的"兴观群怨"，而趋于成就了中国戏曲的煌煌大厦。观众都是时间过客，唯有戏曲永恒，才是永远的文化主人。

俞志华用戏曲这一样式传承文化，为读者再现"王升大"由小到大、由弱趋强的过程，旨在讴歌企业诚信与为人善良这一朴素的经营理念与人生观念……纵然，今天"王升大"论企业规模在宁波也不算"大"，但是从文化上看"王升大"品牌声名鹊起，成为这一领域的佼佼者而为人啧啧称道！

有人称，王升大是个"诚信世家"，说的就是从王兴儒到王六宝百余年的创业与复兴，一个企业能令消费者近悦远来靠的是什么，就是一个词"诚信"。诚信是无形资产，诚信是无形的精神遗产。今天，王升大继续以"老字号"优势打造企业品牌文化产业，斥资数百万元开办王升大博物馆，令有些人不理解；但从长远看，无疑是一项无形资产，是别人可望而不可及的精神财富。而以戏剧的形式演绎王升大传奇，展示的是人无我有的企业文化，既是对先人创业艰难的缅怀，也是对企业未来发展的展望。王升大后人、第四代传人王六宝深爱文化，又有一股韧劲，在恢复祖业的同时，不忘回报社会、薪火相传。

俞志华先生为了创作这一剧本，从走访王氏后人、搜集材料，直到成稿,花了整整一年。与其第四代传人,竟成为一对英雄相惜的好朋友。剧情提纲挈领地截取"王升大"发展史上的一个时段,正是那个三十余年的历程,记录着"王升大"的辉煌。其实,王升大随后也遭受炼狱,如被土匪绑票、日寇洗劫,以及"红色粮仓"等等……笔者期待俞志华写出"王升大"的连续剧,整体演绎其企业的创业和今天"王升大博物馆"的传承。

有道是,诚信是笔无形的精神遗产。能让后人在甬剧《凤岙王升大》里享受这笔先人馈赠的宝贵的文化财富——那是俞志华创作此剧最大的成功。这里期待着俞志华有更多更好的作品问世,那是甬剧的幸事、盛事。让老百姓在戏曲的"兴观群怨"中汲取与感受文化力量与戏曲魅力。

# 戏里戏外张海波

古代中国文化素有"功夫在诗外"一说,即若要写诗,应该在诗外多下功夫,就是实践、游历、阅历;那么若是唱戏的,同样就是功夫在戏外了,靠的是一个悟性——而这个悟性,那是学不来的一种学识、学养的潜质内蕴。张海波是也,其舞台历练并不逊色于专业演员。

## 戏　　里

初识张海波,是我为撰写《甬剧史话》在宁波采风时,经朋友介绍,她是业余甬剧中的佼佼者,可以采访她……当时"只是因为在人群中多看你一眼",彼此间远远的一个点头,算是认识了。随后,有了接触的增多,她的内涵与气质,她的随和与内蕴,总令我想起戏曲舞台上的"旦角"……京昆旦角包括青衣(重唱)、花旦(重演);而滩簧戏只有小旦,并无青衣行当。然而,我从她的那淡然而平静的微笑背后,却觉得她的扮相既有京昆青衣的端庄,又有滩簧花旦的妩媚,举手投足间,无不凸显人物的性情温婉和尔雅,仿佛无需化妆,素颜净面就是一个戏曲旦角的形象,跃然纸端。

如果说,老生是京戏的骨,无"生"不成戏;那么,小旦则是滩簧的

业余甬剧演员张海波

魂，无"旦"不成曲——张海波，就是这样一个将戏曲融入了血脉的女小旦，声色气凸显，那是一个优秀演员必备的气质……最令我感佩的是，不是专业演员的张海波只是一个票友、一个戏迷，她却将其视为自己的一个安身立命、一种痴痴的守望。

张海波16岁考入姜山甬剧团，19拜师学艺，曾以一曲宁波走书而崭露头角，在姜山甬剧团更有不俗表演，《杜鹃》、《家庭公安》、《婚书祸》、《剪刀恨》等剧，都显示其不俗的表演天赋。尤其，2009年她以《借妻》沈赛花一角而HOLD住全场。是年，张海波人到中年多了几分生活磨砺与阅历，最能把握角色。如果说少年唱戏，只是一种模仿；而中年唱戏，能把不是戏里的东西唱进戏里，那就是一种创作、一种艺术魅力了。因为，这年龄段才是真正唱戏的年龄，用心去演、去唱，有悟性，最能理解舞台上一桌一椅、一生一旦的精彩。

一个傍晚，沉香一炷中的半壁斜阳……我啜着茶，蘸着石骨挺硬的甬剧，心里温温润润，沉浸于浙东的文脉戏曲里而击节赞赏，俨然酒至微醺……唱戏的至高境界，不是唱得如何毫无瑕疵，而是感情的自然起落，像质量不均、质地不匀、快慢不定的水，在高低蜿蜒、软硬不同的地势上的自由流转……剧中，张海波饰演沈赛花一角，衣着与表情，就是一个民国时期的村姑，她的唱念做很好地将人物烘托得丰满出彩……她不是天生奇嗓，但那多年悟出的气场、气派、那种从容不迫的吐音与精圆的吐字中所透露出的风韵，为人津津乐道……

有人说，她唱得亮、透、脆；我更认为，她的顾盼生姿、举手投足间无不写意，把角色塑造得细致入微。她看似不温不火，却很好地把握人物性格特征。在第四幕的周家客厅里的一场表演，堪称印象至深。她的唱，一气呵成，爽朗有韵有味；她的白，从容舒展，玑珠落玉一般，突出她长于表演、唱功颇佳的特点，不现拖沓之嫌，音色绵长有弹性，运腔自然，充沛有力。滩簧戏的一个特点就是"土"，土到尘埃里，她却从尘埃里将其开出花来，这是张海波的修炼。

谁说，字是骨头、腔是肉，张海波的轻车熟路、毫无造作，却将人物饰演得骨肉丰满，令人咀嚼与品味着生命中的过往。唱戏是她的至爱、是她牵动世相的感情抒发，成为了一种生活方式，或许，红氍毹真是安顿她心灵的地方。

## 戏　外

多少年过去了，今天张海波以《怀念恩师曹定英》一文祭拜自己的老师，她的文字声情并茂、深情款款。"……作为她的开门大徒弟，梦中见过老师很多次，但却始终只有两个画面，要么是在传统的收徒仪式上，我给老师跪拜敬茶；要不就是老师弥留在病床上的最后一天，用气若游丝的声音要我再唱一遍《法场辩仇》……不仅如此，不排戏的时候，她总是会给我讲述中国传统文化的内涵，让我多思多学。而我，在照搬照演了多年之后，才终于明白老师在做戏上的深度，正是她一丝不苟地参悟技法、了解文化,乃至思索人生的成果……"张海波的戏外之功、人文蕴藉可见一斑。或许,真正的"戏"不是学来的,是"养"出来的。

张海波曾以主演甬剧电视戏曲片《吃蹄膀》而获优秀表演奖,随后又参加高考,1986 年她为接受四年高等教育而离开了剧团……她说自己当年从职业演员,到今天的业余爱好,纯是一种"玩"的心境。2008年 10 月宁波甬剧戏迷俱乐部在甬剧领军人物王锦文的扶持下成立,张海波被推选为俱乐部的负责人,并应邀参加全国滩簧艺术节,她曾担心自己 20 余年离开舞台,手脚、嗓子有些生涩。最终,戏迷俱乐部演出的《借妻》,得到了文化厅专家们的最高评论,获优秀剧目奖(由于业余剧团没设个人表演奖)。她庆幸:"我好像有点找回 20 多年前的感觉了,能得到专家和观众的一致肯定,总算大家没有白白辛苦,总算对得起我敬爱的范(素琴)老师和曹(定英)老师,对得起所有教我过的老师和喜爱我的观众们。"

近期,在宁波方言话剧《三家亲》中张海波应邀演出,其生动、耿直的出彩表演,赢得观众好评。"一生嫁给了甬剧"的张海波,心地善良、为人热情而颇有人缘,由此她拥有多个老师,摄影、学戏都有人为她指点迷津;她也乐于助人,为培养年轻演员,她甘为人梯,为他们的点滴进步,奔走相告。张海波还有一手"女工"活而为人称羡,业余剧团的许多服饰、头饰均出自她的设计和制作。她没学过画,却能涂抹成品,显出一定的绘画基础。她学的是理科,却工于文科,竟然能写一手好诗文,令人刮目相看。那篇《捻起思念的雪》让学文科的我汗颜:

春花秋月,能承载起这人世几度风雪、能歌舞出时光多少百转千回的韵事。青山绿水,能看尽历史的几经苍茫,能风化人间多少含蓄而奔腾的放逐。我们每一个人都会在年轻时沿着时光的纹路在山水与人文的风景里一路走走停停。窗外的雪,不知道掩盖着千百年来多少文人墨客的高才雅量,用一种怀旧的思念将这飘落在红尘诗卷上的烟雪惠存,待你泪流缚梦时再轻轻地将它吹起,当它黯然悄落时又将它打捞。

此刻的拾捡你会寻找出当年那些古老而深邃的记忆,思念,以一种怀旧的风姿捻起泪的花瓣,更会在这雪光静好的夜晚带着你灵动的思绪冲开时光的囚牢,释放出那被时光淡淡尘封的往事

　　张海波的文字无法割舍、有点醉人,文字古典、心绪如歌——我称张海波一个古典女士谁人谙。窃以为,唱戏的什么都可以学得来,只有文化底蕴却要自己用心"酿造",那些戏曲"梅花"们无不有赖这"戏"外之功……有时,戏文不重要,重要的是谁是主角、谁在唱。因为,唱戏,有的人视作一种工作,有的看作是一种精神与生命——张海波属于后者。

# 你方唱罢我登场

## ——写在"宁波市第二届甬剧业余剧团优秀剧目展演"之际

有友要约观摩"宁波市第二届甬剧业余剧团优秀剧目展演",堪称那是一个宁波业余甬剧演出的"集结号",共有 17 支业余剧团在逸夫剧院或集士港广德湖剧院竞相登台,"你方唱罢我登场"——笔者欣然赴甬,既解乡愁,也会朋友。

或许,甬剧那百来年沉淀下来的乡音乡韵的程式之美,才是笔者心头抹不去的情结,而心驰神往、舞之蹈之——因为,戏曲本是一种"兴观群怨"的产物。据传,古代中国设有采风之官,每年春天摇着木铎深入民间收集民间歌谣、民间戏曲。因为,民间正是一切艺术之魂魄、之根脉,只有从中汲取营养才能根深叶茂而葳葳蕤蕤。

## 戏曲出"山寨"

本届业余甬剧展演剧目中既有传统甬剧经典《半把剪刀》《天要落雨娘要嫁》,那是甬剧永远的丰碑;又有剧团自编自导的新戏《乡下贵发哥》《凤岙王升大》《婆媳和》《有奶便是娘》,剧目无不反映人生世相、现实生活,有的根据真人真事改编,凸显地域人文特色。

展演中,新老剧目一并为乡里乡亲献上了一场甬剧"盛宴"。笔者感慨"戏出草根,根在民间",当年的贺显民、徐凤仙不正是从这里走出乡寨、走向上海,而成就一代"甬剧巨擘,生旦双骄",并承载着宁波滩簧(甬剧)百来年从滥觞到辉煌的历程。因为,民间是所有戏曲乃至文化艺术的唯一渊源。

今天,宁波市文化广电新闻出版局组织新一届宁波业余甬剧展演,为广大甬剧票友提供展示才华的平台,既缘此涌现出一批"言必称甬剧"的铁杆戏迷和一批出色、出彩的青年业余演员,也可为专业团体输送人才;又是为甬剧培养青年观众,因为老百姓才是甬剧的衣服父母,才是弘扬民族艺术的肥沃土壤与宝贵财富。一个戏曲的传承,观众是基础、是关键。

有人说,后生可畏,其实后生"草根"更可畏。他们只是业余时间学了二三年,甚至只有短短的半年,竟底气十足地登台亮相。自然,更可贵的是"草根"的演出成就了一种文化传承,让甬剧能永远地盛唱不衰……某天,笔者走在"进士第一村"的走马塘,无意间飘来一曲甬剧,好似他乡遇知己,令人肠暖心热一番。可见,甬剧的根在乡村,民间才是艺术的滥觞地,一个接"地气"的地方。

本届展演特意在宁波逸夫剧院演出之外,还在集士港广德湖剧院演出,旨在"城乡剧院共演,打造群众舞台",因为宁波城西是地方戏曲的重要基地,拥有广泛的观众基础。在广德湖剧院演出,就是送戏上门,让众多观众直接在家门口欣赏甬剧大戏。展演让各业余甬剧团体轮番登场、交流切磋、互相学习,通过表演展示自身的文艺实力,也是让宁波广大戏曲观众认识甬剧、了解宁波业余甬剧的发展。

甬剧是宁波本土民间艺术,是从田塍地畈中一路走来,让青年观众从不自觉到自觉地喜欢与熟悉甬剧。丰富甬剧知识,具有十分重要的意义。一方面,农民们对戏曲的渴望,成就地方戏曲在乡村田野这样的土壤里生存、壮大；另一方面，传统戏剧是生长在民间的，观众就是普通老百姓，它的发展离不开滋养它的土壤。业余剧团的生存，只要"给点阳光就灿烂"。

今天，随着时世变迁，大多数的"非遗"都边缘化了，而宁波甬剧依然长袖善舞、风生水起，那是与地方政府的支持、扶持分不开的。民间艺术就需经常演出与交流，没有对观众的培养就会变成一条干涸的河流而湮灭。

令人可喜的是，展演节目中，有多部甬剧新剧，不仅体现了宁波业余甬剧艺术工作者继承传统、勇于创新的不懈追求，更凸显宁波业余甬剧表演团体创、排、演的最新成果——那是甬剧可贵的积累与实践，若沉淀下来就可能就是一部甬剧经典。


## 草根亦"明星"


业余甬剧的展演，形成各业余剧团踊跃报名，戏迷观众积极购票捧场，营造良好的观剧氛围；尤其，展演惠民低廉的票价也催生了上座率和票房的提高，令观众的购票热情十分高涨。逸夫剧院与集士港广德湖剧院上演的多个剧目，几乎场场爆棚，个别剧目更是出现了一票难求的现象，演出开始前，门票就告"售罄"。演出中也是掌声不断，气氛热烈。

是日，笔者早早来到集士港广德湖剧院。门口一纸广告宣传，令宁波第二届业余甬剧的演出剧团、剧目、时间、地点、扮演角色、出演人物，一一赫然在目。

下午四时，笔者即到了剧场，而舞台前后、上下已是忙开了——乐池里已是济济一堂、各就各位，乐师架式俨然地调着音，殊不知他们都是训练有素的专职乐师退休下来，怀着一腔甬剧情结继续着他们的甬剧梦。乐队与演员还在磨合,有的在熟悉舞台,有的走着台步,有的煞有介事地念着台词……一切为晚上的演出热着身。

七时不到,剧场里已是座无虚席,只见黑压压的人头攒动,翘首以盼大幕的开启。笔者有意"伴大腕",与资深甬剧评委沃幸康并肩而坐,意在随时倾听沃专家对演出的"非官方"评说,搜点"小花絮"。

那晚演出甬剧经典《天要落雨娘要嫁》,演出其间,沃幸康不吝褒奖地评说:"李锡年在《借妻》中饰演的李成龙,表演得不输给专业演员。今晚我就是来看李锡年的演出,他是我看好的几个业余青年演员之一。"

最终,李锡年以成功饰演《天要落雨娘要嫁》中杜宗书一角,而不负众望地摘得此届业余甬剧演出(与胡艳梅、钱后吟一并)"主角奖",那是实至名归。剧中,李锡年沉浸于角色之中,一招一式、表演娴雅始终抓住观众的心。笔者曾采访李锡年,赞许他获得"宁波赵志刚"美誉。他介绍说,那是多年前在全国男票友越剧比赛中从 60 名入围选手中脱颖而出、勇拔头筹。初赛,他以一曲《何文秀 越狱》和终赛的一曲《浪荡子叹钟点》而令评委们纷纷举牌……二三年前,他被甬剧人士慧眼相中,引领李锡年转身甬剧。颇具悟性的李锡年在舞台上的举手投足,颇有"气场"。可见他的戏曲底子不薄,而为人看好……李锡年自己却怯怯地说:"学甬剧自己才不过二三年,演主角自己还蛮有压力。"最后的得奖是对李锡年潜心琢磨甬剧、学习甬剧的一种认可与鼓励。真心希望他越走越远,不负老师栽培,把甬剧演得更出彩,为甬剧争光。

同台演出的饰林氏的王亚芬,扮相姣好。沃幸康笑言,若由曹定英亲炙,那么若干年后她可能就是一个"小曹定英"。笔者也在开演前采访她,问她是否怯场。她脸红着说自己刚刚学甬剧,原先学的是越剧。她勇气十足地说怯场不会,只要看到老师在场就底气更足。最终她以"初生牛犊不畏虎"的精神成功地将此剧演了下来,可敬可佩。甬剧有了他们,就有希望。

　　台上还有几个人物给笔者留下印象,就是演小杜文的青年演员陈荷兰(反串),她载歌载舞一曲,成功地塑造了无衣无食,又对未来充满期待的小杜文形象。还有陈文浩的"大伯"一角,念白从容,表演扎实;唐永丰演周厚德一角,也是不温不火,为人物塑造服务,从而两人一并获得"宝刀不老奖"。

　　最佳配角奖由《半把剪刀》中反串曹亚男的蔡建刚(仅以一个戏中的一幕戏)和《借妻》中饰周百万、《半把剪刀》中饰鄞州知县、《天要落雨娘要嫁》中饰杜太公的张通翔两人双双获得。青年演员史艳以《半把剪刀》中的前金娥而获最佳新人奖……"这次我们成了获奖大户。"——张海波如是说。

　　沃幸康也在观剧中评点业余剧团的某些细节上的诸多不足与短板。比如音响,比如演员的"跑调"、一个口子进出场容易"撞车"……但是作为业余剧团还是瑕不掩瑜。好为人师的沃幸康还真诚表示,演员还需修炼,若可能他也乐意为业余演员作点指导。

　　展演完毕评出了姜山甬剧团、石桥甬剧团、市文化馆群星甬剧社获"最佳演出奖";下应众兴甬剧团的《乡下贵发哥》获剧目创新奖……其实,笔者以为更应给宁波文广局颁个"甬剧推动特别奖"——那是宁波文广局第二次搭建平台,让业余甬剧走向舞台、为甬剧传承推波助澜,他们功不可没。

# 他为滑稽而生

## ——著名戏曲编剧徐维新

徐维新,笔名关麟、冠霖。他的"头衔"颇接地气——上海市曲艺家协会第四、五届副主席、上海市作家协会会员、上海市戏剧家协会会员、中国曲艺家协会会员、上海市曲艺家协会会员、上海滑稽剧团艺术咨询委员会委员、上海市非物质文化遗产保护工作专家委员会委员,著名戏曲(曲艺)批评家、理论家、戏曲编剧——总之,他的一生与滑稽结缘。

### 启　蒙

徐维新祖籍浙江余姚,1943 年 1 月 8 日,生于上海老城厢丹凤路(现南市区,老城隍庙、新开河之间)。1948 年,徐维新进入上智小学(原名天主堂小学,后改名"梧桐路第二小学")读书。

自幼爱好唱歌表演的徐维新,在二年级这一爱好得到发挥。他在师生合演的"文明戏"中串演一个卖报儿童,颇有艺术表演天分的他,以一曲《卖报歌》开启了他最初的"演艺生涯"。

那是源于少年时代的徐维新,受其父母喜欢越剧的影响,耳濡目染地爱好地方戏曲(曲艺)。那些年,徐维新常常跟着父母去福安公司和大世界观看小剧团的绍兴戏、绍兴大班、甬剧等。看完后,徐维新时常模仿越剧唱腔、绍剧六龄童的孙悟空形象。课余期间,他还喜欢饲养蟋蟀、喜欢扯铃(抖空竹)等,具有好动爱玩的秉性。

1954 年 8 月,徐维新小学毕业即考入上海糖业中学(后改名"文建中学")读初中。生性顽皮,但性格内向的徐维新,开始与滑稽结上缘,天天收听电台滑稽节目。就读初三时,徐维新还代表班级参加校"音乐会"。在音乐会上,他上台独唱,最初展现他的嗓音天赋。

1957 年 8 月初中毕业,徐维新考入文建中学高中部。他的语文、写作尤其出色,在班级里是一个文艺积极分子,被选为班级的"文艺委员"。后来,徐维新参加"文建中学艺校说唱组",任组长。

是年,适逢社会上大搞"人民公社",学校即组织学生下乡劳动,去参加"深挖土地"和"平整土地"劳动。徐维新笑侃道,这是他享受过的两天在公社食堂"敞开肚皮吃饭"和"吃饭不要钱"。

期间,学校还适应形势地大炼钢铁,徐维新也积极参加,将旧钢门窗等拆下,扔进炉子里烧。当年的口号是"为一千零七十万吨钢"而奋斗,"赶超英国"。在学校里,徐维新又受"教育与生产劳动等相结合"的指导,与同学们一起在校园里成功地打出了"沼气"。

那年,唯有一件事对徐维新触动很大。那就是 1958 年,徐维新见比自己低两届的同学侯培生考入上海蜜蜂滑稽剧团,心有不甘。徐维新也去校教导处打报考剧团"证明",却被教导处(副主任)姚老师大声呵斥:"国家培养你读到了高中,你竟然要去唱滑稽!? 好好读书!"从此,徐维新只得在语文上努力,立志"不能做滑稽演员,也要完成做个滑稽编剧"的夙愿。

1958 年,徐维新受学校团委布置,写作和演出说唱《大兴浴室闹革命》,并体验生活。该说唱剧竟在上海市中学生文艺汇演中,荣获一等奖。同年,徐维新还参加了南市区文化馆的戏曲"创作学习班",结识了张双勤,联袂在《红花月刊》发表《保侬满意》。其他如《说唱常用曲调选》(连载三期)、独脚戏《上课的时候》《组织起来好》等,均是徐维新的个人作品。有意思的是,《保侬满意》后被两个老一辈的著名滑稽演员"拿"了去,改名《理发春秋》由笑嘻嘻、沈一乐演出,成为他们的"作品"和演出保留剧目。

其中《组织起来好》,徐维新将其投稿于上海人民广播电台,被编辑所录用,安排袁一灵、吴双艺电台录播。徐维新又将《大兴浴室闹革命》向电台投稿,这两次创作渐渐展露徐维新的滑稽戏的创作才华。同年,上海大公滑稽剧团派出张利音、叶一青、李青到文建中学辅导徐维新、钟庆华、孙重九、金玲生、郑书华等一批滑稽迷,一起结伴模仿、学习、研究滑稽。然而,一演员向徐维新索取《大兴浴室闹革命》的本子后,竟抹去徐维新的名字,写上他自己的名字。可巧的是,他也将稿子送去电台投稿。这下子电台收到两份同名稿子,起初以为徐维新抄袭,将徐维新叫去"帮助"一番。

事后真相大白,电台将这演员的剽窃行为告知某滑稽剧团领导。然而,该演员作为民主党派人士,受到批评帮助并"不买账",又揭出另两演员的《理发春秋》也是抄袭张双勤、徐维新的《保侬满意》。两出戏的是是非非,却让"青年学生徐维新会写滑稽"的名声,在滑稽界传开。以至后来徐维新高中毕业时,大公滑稽剧团上门要徐维新去做他们剧团的"编剧学员"。

就读高中时的徐维新,已相当地痴迷(甚至从骨子里酷爱)滑稽,仿佛"他为滑稽而生"是他的安身立命的职业与事业。进入 1960 年 6、7 月,徐维新行将高中毕业,上海大公滑稽剧团,得知徐维新对滑稽戏的天分,通过校方要徐维新报考他们剧团的"编剧学员",并出了考题,让他在家完成。更巧的是,与此同时,上海越剧院也来到文建中学,在招"编剧学员"。校领导便询问徐维新是否也去试试。

徐维新回答说,如果上海大公滑稽剧团录取了他,他就不再报名应聘上海越剧院了。校方与上海大公滑稽剧团联系后通知徐维新:"你不要去越剧院试了。"结果三天后,上海大公滑稽剧团的一纸录取通知来了,让他去剧团报到。徐维新便去向校方汇报。校方又说:"暂时不要去报到,因为大公滑稽剧团招生没通过教育局批准。"

而此时的上海越剧院的录取通知又已发出,全市招十个,"文建中学"被录取了四位,他们是劳为民、洪民华、茅林龙、周修振。这时的徐维新却成了两头不着落,很是懊丧。但是,机会总给有准备的人。不久,即又传来上海越剧院第二批再招十名编导,徐维新真是喜出望外,自己直接去上海越剧院报名。经一番周折,同意他参加考试,等待录取通知。

这天,正在金山下乡劳动的徐维新突然接到通知,他与五位同学一起到上海越剧院报到。去了上海越剧院后,上海文化局干部陈维卿接手越剧院招收的 20 名编导学员,全部转入上海戏剧学院戏文系"戏曲创作研究班",并说毕业后将分到上海各个国家剧团(各个剧种都有)任编剧。

出于对滑稽的热爱,徐维新报名去上海滑稽剧团。缘此,正式开始徐维新的滑稽创作生涯,而一发不可收。

## 入 行

1960 年 8 月,徐维新进上海戏剧学院(戏文系)戏曲创作研究班,进行系统的理论学习与创作实践。戏剧学院,堪称上海戏曲重镇。三年学习后毕业,徐维新去上海人艺滑稽剧团实习,随后又去上海海燕滑稽剧团实习。实习结束,上海海燕滑稽剧团向文化局打报告,要留徐维新。于是,正式毕业后,徐维新分配在上海市海燕滑稽剧团做编剧。

此刻,时间渐进地滑入了国人记忆犹新的十年文革时期,迎来的是剧团解散。徐维新被分配进上海市光明中学,当上一名教师,他最得意的就是将郭凯敏推荐给上海的电影界，一个影星由此诞生。1975 年，徐维新光荣加入中国共产党。

1978 年，上海戏曲舞台又逢"乱花渐欲迷人眼"的繁荣局面，上海滑稽剧团（即由姚慕双、周柏春两位滑稽泰斗创立的上海滑稽剧团，原名蜜蜂滑稽剧团）恢复成立（当时还叫"上海曲艺剧团"），徐维新重又吸收进团，时任剧团创作组副组长、编剧、党小组组长（成员有童双春、申屠丽生、林燕玉、奚梅根）。

童双春、吴双艺等双字辈演员们纷纷回忆起剧团初创时的艰苦经历，曲艺理论家、上海滑稽剧社艺术总监徐维新更是唏嘘不已。他认为，"滑稽的品位取决于从业人员自身的品位"。姚慕双、周柏春昆仲是上海滑稽史上划时代的滑稽大师，他们以深厚的人文素养，自觉地关注、研究、反映上海市民的生活，对市民生活做深沉的审视和理解，成为海派文化的一张名片、一处标杆。徐维新理论性地分析，姚慕双、周柏春融"社会滑稽"和"潮流滑稽"于一身。其创作的作品或经他们改造的滑稽传统作品，追求思想自由、个性解放，充满真诚、正直、公道、正义、善良、利他等人文精神，使发展中的上海滑稽涉及文学、历史、外语、音乐领域，提高了滑稽艺术的美学品位。那是姚慕双、周柏春倾其毕生精力，把创造笑料作为自己的使命，在笑声里倾注耐人寻味的人文知识和各种社会体验。他俩在独脚戏和滑稽戏的表演上都有很深的造诣，各成一派。今天研究姚周的艺术道路，学习他俩在上海滑稽领域作出的贡献和经验，对于弘扬海派文化，传承上海滑稽艺术有着重要的影响。

徐维新认为，不论是经改造、发展的传统独脚戏，还是新创作的独脚戏，"上滑"是当之无愧的上海滑稽的"传承基地"！这里是上海滑稽的大本营，是通过剧目展示上海民俗的博物馆。从"双字辈"、严顺开，一直到"钱程们"的"滑稽新生代"，以及目前在上海戏曲学院开办的"滑稽班"。

徐维新针对演出市场的爆粗口、浑口、荤口泛滥的趋势表示，滑稽要幽默不要油滑。二十多年前杨华生提出过"居安思危",现在应该是"居危思亡"。姚周离去是否意味着传统意义上的上海滑稽的一个时代已经结束？"非遗"意味着接近"死亡"……徐维新大声疾呼，不要糟蹋上海滑稽！不要强奸上海滑稽！他深省上海的滑稽界，怀念姚周是不是对海派滑稽的一种无可奈何的呼唤？

由于上海戏曲界的人事纷杂，徐维新表示早日离开剧团，可以清静些，潜心搞创作。1985 年，徐维新离开了爱恨有加的剧团，调往上海市演出公司，任办公室副主任。1987 年徐维新调入上海市群众艺术馆先后任辅导部副主任、群艺馆副馆长、《上海故事》杂志主编。被评为群文系列"副研究馆员"职称（由二级编剧转），副高。

直至上世纪九十年代，徐维新调任浦东文化馆，任馆长。1994 年年底，经文化部审批，被评为"研究馆员"（正高）是当时上海群文系列第一位"正高"。

## 立　说

徐维新说，独脚戏和滑稽戏合在一起就统称为"上海滑稽"，之所以冠之上海，是因为从地域上讲"两者都产生在这里"。徐维新著文称，上海的滑稽演员多是两栖的，之前的姚慕双、周柏春到现在的钱程、王汝刚，包括周立波都是擅长演独脚戏（重"说学做唱"或称滑稽小品），演滑稽戏（重喜剧表演，一种戏曲剧种）也很好的，"因为两者一些招笑的技巧是相通的"。他并补充说明，独脚戏，不是独角戏；是"说学做唱"，不是"说学逗唱"！

1997 年 7 月，徐维新调入浦东新区文化艺术指导中心，任创作部主任，直至 2003 年 1 月退休。而正是那个时候，徐维新真正成了一个"幕后英雄"，进行他的理论研究与他的文学创作。徐维新一旦说及他的成绩,总是淡淡地说"不值得多提",却有句话可以大声说,"我为滑稽而生!"徐维新郑重表示,自己最钟爱的,还是滑稽创作及理论研究。

徐维新先后创作大型滑稽戏《性命交关》(合作),获 1979 年"(上海市)创作演出奖",并由上海电影制片厂拍成同名电影;2000 年起先后担任上海电视台情景喜剧《新上海屋檐下》文学编辑、总编剧,播出一千余集,堪称戏曲史之最。

有人说徐维新是滑稽"才子"并不为过,他毕业于上海戏剧学院戏曲创作专业,20 岁就当上了编剧,是滑稽界唯一的作协会员;说他是"傻子",也确实够傻,只有他是这届学生中唯一一个主动要求去滑稽剧团工作的。

徐维新始终低调做人,唯独提到自己的史料收藏,徐维新夸口:"我收集的滑稽资料,可以说在上海滑稽界是最多的。"他说,他最珍贵的藏品,是出版于 1935 年的《江鲍笑集》上下全本。当时他还在念高中,偶然在城隍庙的地摊上看到了这两本书,为此发了狠心,连续 20 天不吃早饭,攒下 2 元钱买下了这套"心爱之物"。人必有痴而后成,他就是徐维新。

而正是这套几近绝版的民国旧平装,引领他开始系统研究滑稽历史及理论,此后他曾任国家艺术科学重点研究项目《中国曲艺志·上海卷》副主编(常务)等。多次获得"全国艺术科学规划领导小组"颁发的"文艺集成志书编纂成果一等奖"。2004 年 7 月至今,他与滑稽演员、天平"名家坊"另一成员郭明敏,担任 FM97.2 戏剧曲艺频率名牌栏目《滑稽档案》节目的嘉宾主持,九年不间断每周六下午为听众讲述上海滑稽艺术的历史、点评经典片段。节目(直播)每周一期,至今已有 300余期,收听率一直领先,多次被电台领导表彰、嘉奖,成了电台"十大优秀栏目"之一,馨香久远。

2008 年 3 月,徐维新又在"东方讲坛·经典艺术系列讲座"作《上海滑稽的前世今生》专题演讲;2008 年 8 月起,在上海市戏曲学校为学员讲授《滑稽概论》。2012 年策划和参加编著《海上滑稽春秋》丛书,由上海教育出版社出版。2002 年由中国戏剧出版社出版专著《海上滑稽名家》(合作)、《剧艺人生》。2005 年由百家出版社出版研究上海滑稽历史的专著《海上奇葩》。

徐维新创作或与人合作的大型舞台剧和电视剧还有《亲家对头》、《官场现形记》、《醒醒!朋友》、《正宗自家人》、《江南第一春》、《董竹君传奇》、《滨江情缘》、《热土花红》、《都是祝枝山惹的祸》、《奇人黄小毛》、《万户千家总关情》、《花好月圆》等 50 多部,戏剧小品、曲艺小品 300 多个。大型滑稽戏《正宗自家人》入选"上海市庆祝建国五十周年献礼剧目",获"创作奖";戏剧小品《裸》获"首届华东地区戏剧小品大奖赛"一等奖;《礼品》获上海市十月剧展"最佳创作奖"。发表论文《上海曲艺回视》、《戏剧小品刍议》等近 100 万字。去年在钱程领导(主编)下,参加策划、编写《海上滑稽春秋》丛书(四本),填补了上海滑稽理论的空白。在电视台策划"综艺剧"一百多个,是他对上海滑稽戏的微薄贡献。上海滑稽界没有一个主要演员没演过他的作品。

徐维新作品林林总总,研究厚积薄发……今天,退休在家的徐维新仍视滑稽为"事业",因为他曾创作了 30 多部大型舞台剧、100 多个曲艺作品、200 多个戏剧(曲艺)小品,获奖无数;说他视滑稽如"生命",因为他不能容忍个别人的行为有损滑稽界的声誉,曾公开抨击圈内的不良现象。

## 传  承

如果说,徐维新当中学教师时慧眼独具,力荐学生郭凯敏走上了电影之路而一举成名;那么,筹建上海滑稽剧团学馆任馆长时的徐维新,又培养了钱程、周立波、秦雷、胡晴云等一批当今滑稽界的中坚力量,并不是孤立的——这是缘于作为著名剧作家、曲艺理论家的徐维新的眼光。

话说,1976年初成立上海市青年宫曲艺队,人员众多,张双勤、徐维新为辅导老师。10年中,从这里走出了大批人才进专业剧团,如顾竹君、蔡伟中、徐世利、秦来来、姚斌儿、王蓓、殷群红、戴齐绒、王一凡、周弘敏、赵建新、杨元道(杨一笑)、邵光汉等。原由丁勇斌主持(他后来是消防文工团的著名导演),殷志强、张丙坤担任队长。还附设创作组,电台"滑稽王小毛"编导葛明铭即是其中成员。先后参加该队的演员有七八十人。

除演出曲艺节目外,也演出过一些滑稽小戏,如《一斤硝肉》、《哈哈,米主任》、《见好爱好》、《丈人阿爸》等。1985年后,因为场地的原因,停止了活动。1987年10月,市青年宫一度打算恢复但终未能如愿。滑稽是群众喜闻乐见的一种通俗的艺术样式,形成和发展已经有一百年历史。它是上海海派文化的一种代表,又宛如一个流动的博物馆,保存了许多消失的上海民俗,蕴涵着大量的上海文化和曾经有过的社会有关信息。但是,在它发展的过程中也难免泥沙俱下,如何厘清它的发展道路,挖掘并弘扬它进步的、有益的文化内涵,传承上海滑稽优秀传统,对于促进当今的上海滑稽创作,对于提升群众对上海滑稽的审美能力,都是一项很有意义的工作。

他说,培养青年艺人,就是出人出戏走正路,创作演出能让人欢笑的"滑稽戏"。上世纪80年代的"文艺复兴",上海滑稽为了培养更多滑稽苗子,于1980年筹建上海滑稽剧团学馆,徐维新兼任学馆馆长,培养了一批滑稽新人,也有了上海滑稽的承前与启后。当年3000名学生报名而最终只有15人录取,如钱程、周立波、胡晴云等都是学员,时称上海滑稽剧团学馆,徐维新任馆长。三年里,徐维新与学员们生活在一起,课程开设有哲学、语文等,加强学员的人文学养与理论修养,缘此培养一批滑稽精英。

徐维新最有成就感的是,在上海人民广播电台做名牌栏目《滑稽档案》350 期,自 2004 年 7 月开播至今已有整整 9 年历史。当时叫《星期五滑稽档案》,后为了收视率将节目时间改在周六,叫《滑稽档案》。这档节目采用主持人系统地介绍上海滑稽节目,直播并与观众互动的方式,引导群众提高对海派特征鲜明的上海独脚戏、说唱的审美情趣,为传承并保护非物质文化遗产的上海滑稽做些有益的工作。收听率一直领先,受到了听众热烈欢迎和社会各界好评。350 期,凝聚了主创人员的心血;9 年,走出了一条艺术经典道路——其中凝结着徐维新的多少心血。

上海广播电台戏剧曲艺广播的同仁们,梳理库存的录音资料,并开掘尘封的老唱片和从民间收集的历史资料,以全新的观点诠释上海滑稽发展历史,评论、讲解传统滑稽节目,不断开掘新创作节目的录制和评析。三百多期节目每期不重复,每期都穿插有关的历史背景或趣闻轶事,并作实事求是的点评,既让听众了解和欣赏了传统的滑稽节目,又传播了海派文化,引导和帮助提高对通俗文化的鉴赏能力,取得了良好的社会效果。

美誉为"海上奇葩"的上海滑稽盛开绽放,每一朵鲜花凋谢的时候,如何将它的精华完整保存下来,让它化作护花的营养丰富的土壤,用艺术档案来加以记录,以赏析、点评来推崇或抑扬,是最为合适不过的了。多年来,主持人赵虹与嘉宾主持徐维新、郭明敏,在每周固定的时间,透过电波解密滑稽档案,与观众互动、一起欣赏或褒贬传统作品的良莠,吸引了一批新老听众,并与很多听众成了艺术志趣相投的不见面的亲密朋友。

上海滑稽不论是独脚戏还是滑稽戏,都以在嬉笑怒骂中针砭时弊为特长。电台有库存资料得天独厚的优势,主创者们凭借毕生对滑稽的研究,有针对性地翻寻经典老段子,使一批失传或濒于失传的上海滑稽优秀作品得以重见天日。这些作品艺术特点厚重,老上海风情浓郁,对于梳理滑稽历史、保护滑稽作品的传承,都有珍贵的价值。

《滑稽档案》的一大特色在于"评",显示研究者的研究心得。嘉宾主持擅于挖掘作品的创作背景,深谙演员的艺术风格,洞察段子的优劣之处,客观而到位地进行评析。这在开展文艺批评比较"式微"的情况下,能如此脉络清晰地分析每一个作品,敢于实事求是地从艺术上进行态度鲜明的褒贬,受到了方方面面的肯定和欢迎。滑稽界不少青年演员把它作为业务课,不少老演员对于《滑稽档案》弘扬上海滑稽正气,积极支持。滑稽同行对《滑稽档案》为上海滑稽作为非物质文化遗产所作的努力,表示充分的肯定和赞赏。徐维新情结颇深地说,其中的评点,更是他对滑稽的一种理论性的总结。

在庆贺《滑稽档案》直播 300 期的日子里,节目组又发现,不被重视的蕴涵上海文化内涵的"上海绕口令"是上海一项较好的非物质文化遗产,它除了在上海滑稽里有着较好的保存,在其他于上海繁荣的戏曲里,也具有很强的艺术生命力,因此决定在 2012 年上海国际艺术节开幕之际,假座上海的南京路广场,举办一场《上海绕口令展演》,以推动上海绕口令的发掘、保护和传承。

2009 年 2 月,徐维新所在的天平社区文化中心与上海滑稽剧社联合成立了"上海滑稽剧社天平滑稽沙龙"。上海滑稽剧社社长殷志强、戴齐绒,是徐维新担任上海市青年宫艺术团曲艺队指导时培养的"得意门生",他们为天平滑稽沙龙出钱出力,全是为了圆恩师的梦:"徐老师追求的是滑稽的雅,讲究的是纯粹,他希望滑稽沙龙能够在天平社区一直办下去,在繁荣和发展社区文化的同时,更好地把上海滑稽艺术传承下去。"

今天在徐家汇街道成立"上海说唱研究会",成为上海说唱的传承基地,他当会长,龚伯康任副会长。准备申请全国非物质文化遗产的徐维新说,说唱渊源于"说朝报",以唱小曲的形式来讲新闻,当时也被称为"小热昏"。

　　徐维新更是告诉笔者,他正在做姚周两传统滑稽(音频、视频)的节目整理,这是他的一个情结,就是把老一辈艺人的音频、视频整理出来,丰富与开拓今天的滑稽演出,提高欣赏品位。

# 弦底散韵

——弹词名家刘敏速写

或许,你可能不知道她是谁,芸芸众生……但是,你一定知道滑稽戏《老娘舅》里的"富贵嫂",一个呼之欲出的市井人物;或许,你可能不知道她是弹词艺人,戳鼋鸿爪……但是,你一定知道长篇弹词《筱丹桂之死》,以出人出书走正路而享誉书坛——她,就是上海滑稽泰斗刘春山之女、评弹名家、本文主人公刘敏女史。

是日,中秋在即。笔者在同乡会《海上宁波人》编辑部里有缘一识"富贵嫂"——走下舞台素面朝天的刘敏,举手投足间也显得从容、淡泊,气质自现,若旗袍加身颇有"民国范"。尤其,刘敏嗓音中时有苏州话的甜糯,时有苏北话的顿挫,又不时吐出几句直骨铁硬的宁波话,且言语诙谐,令人分享她的愉悦与快乐。

## 玩票:以滑稽戏《老娘舅》中富贵嫂
## 一角而走红荧屏

今天"七十有三"的刘敏,性情温婉又不失慧心蕴藉,俨然"隔座一玉人"。一旦说及同乡会情结颇深,她形象地说,宁波同乡会有急必应,

"富贵嫂"扮演者刘敏

比观世音还灵。比如乡亲在上海遇到困境,同乡会帮助他们解决一宿二餐及回乡盘缠。比如手艺人初入沪上,同乡会出面担保把他们的手艺推荐出去……

其实,刘敏父亲是宝山人,四岁失父。母亲是正宗宁波小港人,一个宁波世家,家里人大凡是做绒线、呢绒、跑船的宁波商人。她自小于"宁波"的环境里长大——她外公就是一个船上的轮机长,来往于台湾、宁波、上海兼做三地贸易。他把台湾席子销往上海,把上海绒线带往台湾,再把宁波土产销往二地……另外几个外公也在上海谋生,或洋行或买卖或海外……她四娘舅在淮海路(成都路)上开着四开间门面的服装店,就是锦华服装,专营英国花呢的一个红帮男装店。

刘敏原名刘光瑾,早年就读上海启秀女中,这是一家清末名媛徐婉珊创办的上海女子中学,即后改为上海市第十二女子中学。国家原主席李先念的夫人林佳楣与其是校友。1959 年,刘敏高中毕业被分配到华东师范大学,却以当一名老师不是她的爱好而放弃,成了社会青年。

后来,刘敏为了生活开始学习绍兴戏,带她的是个叫南微(《梁山伯祝英台》作者)的导演,让她学做小生。学戏中,偶然有一回竟被弹词名家蒋月泉相中,听着她的唱,看看很有灵气,于是对她说,你可以唱评弹。刘敏也正好怕唱戏要练功而一拍即合。

蒋月泉先生让刘敏唱几句,刘敏便唱了数句弹词《罗汉钱》,蒋月泉听着频频点头,就成了她的启蒙老师。可是,行将正式拜师之际,上海开始了整风运动,蒋老师历史蛮繁杂的,便对刘敏说:"妹妹啊,我不能收你这学生了,我被他们拎上去了,上了黑名单。"蒋月泉老师便把薛小清介绍给了刘敏。而薛小清老师也说,我与蒋月泉在一个评弹团也不能收你,而一再与评弹名家失之交臂。

20世纪90年代初刘敏移民美国,距退休还有三四年即辞职。可是,她却感到在美国"没白相",她深感住在新泽西州的她去纽约参加演出还有相当路程,太不便。二三年后,刘敏在香港又住了七年。期间刘敏往返各地参加演出,她笑侃道:为了跑演唱,她的机票也是厚厚一叠,海关人员见了她总说,怎么又是你!当年,刘敏离团是国家二级演员,正在参评国家一级演员,因为,其间刘敏申请移民美国,此名额便让给了长征评弹团的演员了。

前些年,刘敏回国将美国绿卡一并回给美国,并对说使馆人员"我是中国人,我对美国没有贡献,没有缴过税。我不应享受美国的福利。"这番话让美国官员感慨而翘大拇指,并答应她随时往返。

回国后的刘敏受邀参加海派室内喜剧《老娘舅》演出,竟以"富贵嫂"一角而走入千家万户,而且红了十余年。刘敏在《老娘舅》中塑造的"富贵嫂"一角,形神兼备,呼之欲出,言语与表演中极富有市井气。她以"上海滑口"形式一展其父辈的才华,将人间苦酸辣甜展现得淋漓尽致,令观众大开眼界,深入人心。

《老娘舅》是一部集上海及长三角地区的优秀滑稽戏、影视表演及戏曲表演特色于一体,以社会公德、职业道德、家庭美德为宣传宗旨,以室内喜剧为载体,以贴近生活、讲述老百姓的故事为创作定位,以和社会同步为发展目标。节目制作精良,艺术性强,社会、经济效益双佳。该栏目自开办以来,深受电视观众喜爱,收视率一直名列前茅,俨然成为人们茶余饭后一道美味、独特的开心果。

2009 年 9 月,"曲苑芬芳·纪念滑稽泰斗刘春山先生诞辰 108 周年暨小刘春山、刘敏授徒曲艺晚会"在兰心大戏院上演。作为刘春山的儿子和女儿,小刘春山和刘敏当场收下了三位学生——沪上滑稽界的知名演员林锡彪、张定国以及赵建新,并举行拜师仪式。

2012 年 5 月 1 日,顾村文化馆"诗乡书苑"里座无虚席,沪上滑稽泰斗刘春山的儿子小刘春山、女儿刘敏兄妹联袂登台为家乡父老乡亲迎"五一"献演评书"滑稽泰斗刘春山"。与乡亲们一起忆父亲、说父亲、学父亲,传承父亲的艺术风格,学习父亲演戏先做人的品格。顾村及附近的杨行、吴淞地区的 150 多名观众赶来聆听评书和上海说唱。

其实,上海滑稽戏(独角戏)从诞生的那一天起,就和苏州评弹的关系一直很密切,包括地方滩簧戏,往往你中有我、我中有你。它们有一个共同的特点,就是都很讲究"噱",评弹也是。"噱"是地方曲艺与戏曲之魂——刘敏说及自己曾经的过往,弦底散韵,宛若一部自传体"说书"。

有一回,刘敏与王汝刚在一个电视节目中谈上海往事所表现出来的修养,真让人眼睛一亮,似乎很少能在其他老女艺人——特别是那些老的越剧演员和电影演员身上可以看到,更别提电视剧中那个俗气的"富贵嫂"了。或许,从刘敏身上,我们大概可以看出滑稽和评弹的一点关系。搞滑稽的学点评弹,可以提高自己的内功,搞评弹的多接触一些滑稽戏,能丰富自己的表演技巧,这都是好事情。

现在,她年过七旬,古稀之年仍活跃在舞台上,那是她的学养。她说,舞台是她的生命。

# 家学：从"潮流滑稽"刘春山继小刘春山再到刘敏

刘敏出身于一个演艺世家，父亲刘春山，堪称上海滑稽戏（独脚戏）的三大鼻祖之一，以"说新闻"之"快口"著称，出口滔滔不绝，妙语连珠，即兴表演尤佳，常把当天报载新闻编成段子演唱，观众冠其以"潮流滑稽"称号，于三四十年代风靡长三角地区。

当初，城市老百姓一般都不识字，刘春山即把国计、民生，用说唱滑稽的方式传达给观众。刘春山并无太多文化，当年，隔壁一塾先生无力种地刘春山便帮他种，私塾老师就教他断文识字。这样刘春山稍有文化基础，开始自学，一边读报，一边积累……晚上听电台、看报纸，准备第二天说新闻，并以一则《游码头》反映社会世象，而成为上海说唱经典，且一韵到底，并视观众对象的不同而调换韵角。因此，刘春山被媒体公认为沪上滑稽泰斗，素有"唱勿过麻皮，说勿过翔飞"一说。他曾担任滑稽公会会长，并涉足新的艺术领域。曾创办快乐影片公司，拍摄了滑稽影片《拼命》《鸡鸭夫妻》等。滑稽名家筱快乐、笑嘻嘻、顾春山等人都是他的学生。

刘春山幼年，曾在上海南市区永生堂梨膏糖店学生意，还在老城隍庙九曲桥畔露天曲艺场收过凳子钱（向观者出租小凳子，收取少量租费），受南方曲艺熏陶。还在邑庙桂花厅前摆过馄饨摊。后加入苏州评弹行会组织润余社，演出苏州评话和浦东说书；一度与程笑亭结伴"玩票"，唱京戏和独脚戏。1928 年正式下海，在上海永安公司天韵楼登台，与盛呆呆合作表演滑稽独脚戏，标新立异，一鸣惊人。代表作有《一百零八将》《游码头》《浦东说书》《天女散花》等。

刘春山的表演独树一帜，以快口著称，擅长唱新闻，事先不用编写稿子，随手拿起一张报纸，就能将上面刊登的时事新闻现编现唱，速度之快令人惊叹。演唱内容生动真实,还加上自己的评论和分析,不仅中肯而实际,而且还穿插大量笑料、妙语连珠,逗得观众捧腹大笑,堪称海派艺坛一绝。

刘春山曾出资造了一条弄堂,位于北火车站附近的宝山路上。一般弄堂进口有一匾额,上书某某里,而这条弄堂上面并不书某某里,而是塑以几件唱滑稽的道具,如二胡、三弦、拨子等四种。文革中,弄堂口上方的这四个道具被铲了去。

抗日战争爆发,刘春山擅长在唱段中运用声东击西、指桑骂槐等手法,对日本侵略者的侵略行径和某些社会黑暗现象进行批判和揭露。曾被当时的日本淞沪司令部请去唱他们的电台,有人提议他用日本人电台骂日本人,刘春山即兴创作滑稽《孙子打阿爷爷》,据说日本人是中国人后裔。后被关于警备区司令部,日本八个"浪人"(打手)对其父亲左推右操,最后把其腰椎骨打坏,长期得不到治疗。无奈之中,他把宝山路的房子变现用于治病。最后,刘春山患骨癌故世在家,时年四十有二。

当年,袁一灵欲拜刘春山为师学艺。刘说不要拜师,我去哪里演出,你就来听,不要正式拜师花钱。姚慕双、周柏春也曾想拜刘春山为师,刘春山说我已病重……周柏春回忆说,自己曾在新长发栗子店听刘春山唱滑稽而逃学。今天,周柏春、姚慕双与小刘春山像是三兄弟,业已"80后"、"90后"的人了,渐渐成为过眼云烟。

刘敏有个哥哥小刘春山,1926年出生,原名刘冶平,自幼受到父亲的影响和熏陶而继承父亲衣钵。17岁起随父亲以表演独脚戏正式下海唱滑稽,由于小刘春山卖相好而一唱即红。当年名不见经传的王盘声有一唱段《碧落黄泉》中的"志超读信",竟是小刘春山在唱滑稽时,为他唱红。据说,有一回小刘春山在唱电台,有观众打电话让他唱这段沪剧。小刘春山即兴演唱,随后把王盘声的"志超读信"唱红大江南北而声誉鹊起。

小刘春山,早年曾随其父学滑稽,后来改学评弹,属于典型的"滑稽评弹派"的说白带表演,形成上海"滑稽新三大家",包括姚慕双、周柏春、杨华生、张樵侬、笑嘻嘻、沈一乐,程笑飞、小刘春山、俞祥明。他们在滑稽发展史上有着重要的地位,他们从兼演独脚戏、滑稽戏转向以表演滑稽戏为主,尤其是在 20 世纪 50 年代后,他们成了引领滑稽界编创滑稽戏和独脚戏的主流,为繁荣上海滑稽戏作出了杰出的贡献。难能可贵的是,虽不上电视,但他还在坚持着"跑码头"。今天,活跃于上海滑稽界的领军人物多为刘春山的再传弟子。

有灵性、悟性的刘敏在耳濡目染中,渐渐耳熟能详地活跃于舞台,滑稽、评弹皆以不俗的表现而为人激赏……

## 名档:《筱丹桂之死》因你而出彩享誉书坛

20 世纪 60 年代初,刘敏与上海评弹名家蒋月泉失之交臂,但是,刘敏总以蒋月泉老师为她的启蒙老师。蒋月泉老师曾对她说:"你喜欢评弹必须先学好本事,有了本事才可以与人比拼。艺术并不是爱好就可以解决的,你必须用心地钻进去,将来才能出山,即出道。艺术没有捷径。"刘敏对此深记心里。刘敏动情地说:"评弹艺术已是我的生活血脉,是我的生命。"

那年,刘敏与上海评弹失之交臂,被介绍去了苏州学评弹,正式拜庞学卿为师学艺,并随其一同进入常州评弹团。当年,团里每月有个民生生活会,刘敏每每在会上受批评。团长说她资产阶级味道太浓了,刘敏说没有啊,我家里都是演戏出身。团长说,人家上食堂吃饭,你还有什么罐头食品、烤子鱼之类;人家都在吃粥,你还有奶粉吃,还背着照相机;人家晚上都要休息了,你睡不着还在被子里打着手电看小说……无奈,刘敏请表姐替她写了一份请辞报告,送入常州文化局。团长说,你受了点小小的批评,就跑。刘敏说:"我怕你,我不唱总可以吧。"

在常州评弹团呆了二年后的刘敏,回转上海。可她对业务水平、人情世故、如何做人,都有了本质的历练。回到上海后的不久,常州评弹团一老师推荐刘敏去了吴江县评弹团,成为主角。1963 年与戚嘉萍拼档弹唱《闹严府》等长篇弹词。再后来,为了照顾小孩刘敏回到上海,做起了她的"全职太太"。她依旧活跃在街道社区,她说,唱戏是她最开心的事。

刘敏从常州评弹团回沪曾有一段时间赋闲,她便做了一阶段的代课老师,仍对评弹念念不忘。刘敏在浦东杨家渡小学做了三年级班主任老师,也是传播评弹、说书给学生们听,带他们的进入评弹天地。她笑侃当时班里有很多苏北人的子女,她一口流利的苏北话,也许是在那时候练就的,从而丰富了刘敏的学艺路子而为人追崇。黄浦区有一次公开课,刘敏带着她的一个班赶到浦西,上示范课。每当体育课碰到下雨不能上了,她即开展她的评弹教学。她说书,讲霍元甲,进行爱国主义教育。说到关键处,她卖起关子,让同学们有个期待。

直到文革后期的 1979 年,刘敏正式进入上海东方评弹团(属杨浦区),与周孝秋合作弹唱长篇《孟丽君》、《龙凤斗》、《玉堂春》、《白衣女侠》等书目。尤其,1985 年以越剧艺人筱丹桂的遭遇为素材,与周孝秋合作编创了长篇弹词《筱丹桂之死》,于上个世纪八十年代得到新编现代长篇书目一等奖而享誉沪上。

刘敏与周孝秋合计百余岁而拼档演出,其说唱老练、表演生动、能唱多种流派唱腔,并借鉴吸收滑稽戏的表演方法,通俗诙谐,别具一功,而享誉沪上。并得到评弹爱好者陈云的褒奖,特意批示:出人出戏走正路。

快人快语的刘敏与笔者一杯水、一席话地聊起她的父亲刘春山、其兄小刘春山及自己从艺生涯的如烟往事,如何一个"叹"字可以了得!《筱丹桂之死》边演边改,20 多年来深受听众欢迎,开创了"悲剧喜说"

的风格,得到老首长陈云同志的肯定和赞许。获 1986 年全国曲艺新曲(书)目评比三等奖,刘敏获表演二等奖;同年,又在江浙沪两省一市现代题材新长篇评比中获创作一等奖。周孝秋在书中塑造的"张春帆"一角色生动传神,在听众中有"活张春帆"之誉。而刘敏饰演杜金宝与筱丹桂两个女性角色。她娴熟地运用两种不同的方言,把杜金宝善良、憨厚,并不时敢于反抗的个性,刻画得十分生动;把筱丹桂懦弱、逆来顺受的性格表现得淋漓尽致。

《筱丹桂之死》中女演员刘敏尤其出色,具有滑稽演员说噱逗唱的绝活,令人听她的书常常会捧腹大笑。刘敏在剧中饰演金宝宝一角,说的是一口扬州话,用苏州话说蛮发噱格;更以演二姐吊孝"哭灵"的一段甜糯、悦耳的尹派唱腔,"妹妹,我的好妹妹……"唱得余音绕梁,听得人们如痴如醉、十分过瘾,博得满堂彩。充分把曲艺形式的"说学逗唱"演绎到了极致。连演连满,红极一时,成为书坛一景。

传统艺术如何吸引观众、扩大受众面,这是个普遍性的问题。在保持剧种不可代替的艺术本体的同时,还要不断拓宽它的表现力,符合现代人的审美要求。在评弹并不景气的情况下,《筱丹桂之死》打破了沉闷的局面,是令人鼓舞的;既有鲜明的地方特色,又有强烈的现代意识。

有观众直言:"如果是一般的评弹开篇估计我是没有兴趣看下去的。一是本人没有那些文化底蕴,二是方言也听不太懂。《筱丹桂之死》是表演者自己编写的,比较真实。故事中夹杂旧上海的一些新闻事件,筱丹桂也听老一辈人讲过。刘敏在里面添了不少噱头,看了一集就欲罢不能。后来连我妈妈也放下碗筷和我一起看,天天都等着这档节目的播出。我记得看过不止一遍,每次重播,还要再回味一番。"刘敏是认真的,滑稽是她的玩票,而评弹是她的安身立命。她对评弹艺术充满憧憬,定有一批新的艺人涌现——期待着上海舞台定能出人、出戏、出书,而"乱花渐欲迷人眼"。

笔者,在这里真诚地祝刘敏宝刀不老,更多地塑造上海观众所喜闻乐见的各色人物,为繁荣上海的戏曲舞台再作贡献。只是,这里五六千字,能否载得动她的才艺与心境……

# 甬剧断代史

## ——沪上百年甬剧"盛与衰"

如果说,宁波是甬剧的一个发源地;那么,上海是甬剧的一个发祥地。可以这样说,没有沪上甬剧的百年历练,也就没有甬剧的今天——从邬拾来的"串客"进驻上海,而成了"宁波滩簧";到王宝云的创建剧团,奠定甬剧综合舞台艺术雏形;再到贺显民时代董风甬剧团的"三大悲剧"晋京且巡演各地,成就甬剧的一个极盛时期。最终,却因文革中贺显民在上海瑞金剧场的"最后一跳",竟成沪上"甬剧之殇"的直接原因。

### 从曲艺到剧种

窃以为,海派甬剧以"清装戏"为胜、宁波甬剧以"时装戏"为长;前者擅唱,后者善演——从《半把剪刀》《双玉蝉》《天要落雨娘要嫁》,到《亮眼哥》《姑娘心里不平静》《两兄弟》……一并成为沪甬两地的保留剧目、一处经典。谁说,甬剧没有流派,沪甬两地的演出风格,不正是甬剧的两种流派。

那年(1880年),邬拾来到达上海,擅长丑角,善演"草花"戏,堪称宁波滩簧入沪第一人;同时"男小旦时期"的第一代、第二代宁波艺人演于南市法租界的凤凰台、白鹤台,成就"曲艺"趋向"剧种"的一个嬗变过程。宁波称"串客",到了上海称"宁波滩簧"。滩簧,也写成"摊簧""摊王""滩黄"……"摊"者,说也;"簧"者,唱也。

20世纪40、50年代,王宝云筚路蓝缕一举成为沪上甬剧的先驱人物。1924年,他在"万里春"拜包彬云为师,初习草花(即"丑角")。"其拈香,必以丑角。云昔玄宗与诸伶官串戏,自为丑角,故至今丑角最贵。"这里说丑角最重,过去唐玄宗也饰演丑角,中国戏曲素有"无丑不成戏"一说。《双磨豆腐》《卖青炭》《卖橄榄》《呆大烧香》都是王宝云最擅长的(草花)曲目。嗣后,王宝云又学清客(即"小生"),比如,《秋香送茶》《拔兰花》等,他最为得意的传统曲目是《游码头》《双落发》。王宝云的表演,嗓音佳、形象美、吐字清晰,唱腔尤以快见长、层次多变、戏路宽,人物塑造细腻、栩栩如生。他的唱念韵味十足,演技精湛,广受观众喜爱。20世纪30年代曾与一代名流孙翠娥(孙家班)、蒋翠玉、蒋翠花(蒋家班)、金翠玉、金翠香(金家班)等戏班联袂演出,与赛芙蓉出演配戏,为当时早期甬剧艺人中的佼佼者。

尤其对甬剧的改革,王宝云功不可没。由于宁波滩簧曲目过于低俗、有碍风化,以至"败俗伤风,寡廉鲜耻,无以复加"而备受歧视,为政府所禁。众多艺人改行、回乡,女演员也自找归宿。王宝云决定彻底改革宁波滩簧,和学习其他戏剧的成功经验,以适应甬剧发展的社会环境。他在"四姊妹"大楼(今延安路成都路,这里聚集了上海影剧界名流、编剧、导演,好似一个戏剧沙龙)认识了范青凤、王梦良(文明戏的编导)。王宝云力邀他俩担当甬剧编导,以改革甬剧的题材与表演,第一次将宁波滩簧易名"四明文戏"。既回避当局对滩簧戏的禁令,又符合甬人的心理。第一台"四明文戏"就是整本大戏《啼笑因缘》。有人称《啼笑因缘》救了宁波滩簧,为甬剧由滩簧(曲艺)走向甬剧(剧种)跨出实质性一步。

王宝云与史韵卿、柴鸿茂共同改编传统剧目《十马浪荡》,还邀请金运贵(扬剧)为"活捉"一折做指导。黄君卿在剧中饰前马浪荡,大小红妆分别由金杏云、梅雪芳饰演,后马浪荡由王宝云饰演。后大小红妆由金翠香、竺天红饰演,演出效果轰动一时。尔后,在"银门剧场"(今南京路西藏路的"新世界"二楼西侧)上演王梦良导演的《渔家女》(1951年王宝云将它改编成《贫女泪》,柴鸿茂作词),赵云娘由金翠香扮演,赵父由柴鸿茂饰演,傅金龙由王宝云饰演,傅父由孙荣芳饰演,傅母由筱凤仙饰演,月香由金杏云饰演,张妈由竺天红饰演,张伯年由黄君卿饰演,根法由马少卿饰演,老裁缝由包彬云饰演。演出阵容还有孙小楼、沈桂椿、崔定甫等,演出竟大获成功。当他听说徐松龄有意来沪改唱甬剧,便亲自登门,邀其加盟。由于徐松龄本是杭剧出身,对甬剧曲调尚不熟悉,常常在演唱中以大陆调为主。不料,正是他的大陆调竟成了甬剧的主要曲调。

1944年演出场地由"皇宫"移为"恒雅剧场",第一次大张旗鼓地称"四明文戏"为"改良甬剧",并在演出现场拉上了横幅"阿拉甬剧改良了"。在演员上下场的"出将"、"入相"的门楣上写着"改良甬剧"四个醒目大字。第一部"改良甬剧"就是叶峨樵导演的《情海狂澜》,这就是以后闻名遐迩的三大悲剧之一的甬剧经典《半把剪刀》。这部戏成就了徐凤仙的一个代表作,在沪甬两地观众中树起了口碑。

上世纪40年代,贺显民加入甬剧,并一举成为甬剧的代表性人物,这是王宝云的慧眼独具。并一举取代王宝云,成为上海甬剧的集大成者,1962年携"三大悲剧"晋京,而如日中天。


## 从正风到董风


1950年,上海成立"甬剧改进协会",成立了一个以贾廷芳为主席、黄振世为副主席的35人联谊会,来推动甬剧事业的发展,开辟了甬剧发展新局面。王宝云出任上海第一个职业剧团"立群甬剧团"团长,徐松龄、张秀英为副团长。为了抢救与弘扬甬剧艺术,将沉沦的中青年艺人组织起来,并培养甬剧的新鲜血液,王宝云退出"立群甬剧团",集中精力组建新的甬剧团,以招收广大演员;并建立甬剧研究社,以培养甬剧后备人才。

1950年9月1日,正风研究社得到范行凡鼎力资助正式成立,众多学员慕名而来。通过董心琴,将西藏路(480号)上的旅沪宁波同乡会三楼会议室辟为"正风甬剧研究社"。梨园界有句老话,千学不如一看,千看不如一练。王宝云干脆将《狂风暴雨夜》的剧本印发给学员作课本,并安排了角色,让学员自己揣摩。他们一般上午练唱、学习,下午到剧团观剧,做到学、唱、做同步,学员进步很快,到正式演出时,学员们都已烂熟于心了。

1950年年底,正风研究社的第一批学员毕业,正式对外公演《狂风暴雨夜》。1951年,正风社招收了第二批学员,他们也很快地脱颖而出。王宝云以两批学员为基本班底,联袂演出《金生弟》全剧。演出盛况空前。并为了提高甬剧的地位,以跻身于市中心剧场,使本不被关注的"小宁波"甬剧在市中心站稳脚跟,"皇后"一时成为"海派甬剧"最主要的演出阵地,而声名远播。尤其是皇后剧场开演《狂风暴雨夜》;同时,上海董风甬剧团正式亮相。

同年10月,在中国大戏院演出《小二黑结婚》,此剧成了沪甬两地甬剧界的一次盛会、一次大合作、一次大团结,使甬剧在上海剧坛产生巨大影响。中央艺术局的马彦祥局长也托人带信:"得知甬剧在沪发展得很好,深表高兴,望你为甬剧事业再作贡献,为地方剧的发展争光。"并称,"从观众那得知,要看甬剧还是董风最有韵味"。

## 从角色到角儿

贺显民、徐凤仙,堪称甬坛生旦,绝代双娇。一个"甬剧皇帝",一个

"甬剧皇后",双双成为甬剧的一面旗帜,谱写了一段最为重彩浓墨的甬剧史诗。在我国的曲苑、梨园界,素有戏曲世家传统。这是由于伶人的社会地位,只能是"父业子传"、"夫妻联袂",有着鲜明的师承关系、血缘关系。京昆如此,地方戏剧莫不如此,并诞生众多享誉梨园的"舞台姐妹"、"舞台伉俪"。而像贺显民、徐凤仙这样的"生""旦"巨擘,双双成为甬剧舞台的一个代表人物,绝无仅有。

三年可以出一个状元,三十年未必出一个"角"——他们是上海甬剧的骄傲,也是甬剧发展的最大贡献者。徐凤仙生于 1922 年,自幼浸淫民间曲苑,耳濡目染,且天资聪颖、善于表演,先师从柴彬章老艺人,习唱"四明南词"。10 岁左右开始拜张德元为师,再学"宁波滩簧";又随"男小旦"筱文斌、筱阿友学戏。1934 年,徐凤仙正式粉墨登场演唱"滩簧"。1937 年,在宁波的"大世界"、"兰江戏院",演唱传统小戏《双落发》、《双卖花》、《卖草囤》、《打窗楼》、《拔兰花》、《游码头》、《隔窗会》、《三马浪荡》等"滩簧戏",开始了徐凤仙最初的演艺生涯。

徐凤仙真正的一个人生转折,是她与王宝云的邂逅。王宝云硬是以她的表演才能与特点,量身定做,那就是甬剧《金生弟与四姑娘》。这是徐凤仙在上海"皇宫剧场"(浙江中路福州路口的"浙江电影院"内)演唱的第一部大戏。剧中旦角由徐凤仙饰演,王宝云演金生与她配戏。徐凤仙的表演天赋,在这出剧中表现突出,开始受到上海甬剧观众的青睐。她极擅长旦角,唱做俱佳,不仅善演青年花旦、彩旦,也能演中年、老年旦角,无一不工。而且以表演细腻闻名,人物塑造栩栩如生,尤其以唱腔明快见长。

在《情海狂澜》(就是后来由天方改编的《半把剪刀》)剧中,徐凤仙扮演陈金娥,并推出甬剧新秀贺显民,一饰二角,前饰曹锦棠、后饰徐天赐。其中徐凤仙的一个大唱段,博得观众一致喝彩,赢得观众普遍的口碑与肯定。《上海四小姐》更是徐凤仙又一成名之作。两剧一悲一喜,徐凤仙成功地塑造了两个不同性格、不同遭遇的女子,人物刻画栩栩如生，一并成为徐凤仙演艺生涯的高峰。尤其在《华姐》一剧中，徐凤仙将沪剧、锡剧和她擅长的"四明南词"一并运用于华姐的演唱中，打破宁波滩簧的传统唱法，为甬剧基本调的发展，作出了贡献。

1950年10月，"凤仙甬剧团"与正风甬剧研究社的学员，进行两地青年联欢，这戏演于中国大戏院，导演是钱千里。徐凤仙在《小二黑结婚》中扮演小芹娘，大获成功，成为徐凤仙演艺生涯的又一次高峰。剧中，徐凤仙的演唱恬美清丽，字正腔圆，表演文雅质朴，有情有戏，恰到好处。长功唱段，快慢疾徐，收放有致。再加上戏路宽，极有功架，难有人超其右。徐凤仙还有较高乐理修养，精熟小戏，南词，传统底子厚实，扬琴、胡琴等，也把玩得像模像样。1952年，徐凤仙还探索甬剧音乐的改革，率先在《金生弟》中，引进了西洋乐器伴奏，取得较好艺术效果。

1955年徐凤仙正式加盟上海堇风甬剧团，1962年晋京汇演中在《半把剪刀》《天要落雨娘要嫁》中成功地扮演陈金娥和林氏。她的唱腔，圆润爽朗，细腻厚实，还时有倚音、颤音，有曲折多变，摇曳生姿之美，有时还根据剧情在唱词的字里行间，不经意地掺入一声哭腔与笑声，出于自然而然的内心表达。1987年徐凤仙以个人身份，赴邀香港演唱甬剧。1991年3月27日，徐凤仙因患脑溢血，在仁济医院走完了她的人生之旅，享年70岁。追悼大会（1991年4月2日龙华殡仪馆）上的一幅挽联："粉墨氍毹岁六十蜚声艺坛 俗世尘烟终一生众口威仪"就是对她的最终评价。

贺显民1922年出生，早年随姑父（宁波"宣卷"艺人）曹显民一起生活，受其浸染熏陶，贺显民10岁就熟悉多种民族乐器，且能唱会拉，先前为其姑父伴奏，1936年开始独自在上海的华泰、航业、中西等多家私人电台演唱"宣卷"，随后成为"杭剧"的主要唱腔。1939年，贺显民正式拜朱宝兴为师，先是学唱"四明南词"，后又学唱"宁波滩簧"。

20世纪40年代初，甬剧由宁波滩簧向四明文戏、改良甬剧蜕变；由传统清装戏向西装旗袍戏、现代戏转型、过渡。渐入角色的贺显民，也正在积极地探索甬剧音乐、唱腔的改革。他工小生,扮相极佳,俊秀倜傥,也擅长老生,戏路宽广。贺显民的唱腔浑厚甜润、吐字清晰,极有表现力。在《情海狂澜》(后由天方改编为《半把剪刀》)一剧中,贺显民被推上主要演员位置,与徐凤仙搭档先演曹锦棠、后演徐天赐,一饰二角,一举成为甬剧的领衔人物。

如果说,《王文与刁刘氏》的唐七公子(唐永卿),纯粹是贺显民第一次"客串"甬剧角色;那么,参加《华姐》《金生第》等剧,是贺显民正式参加甬剧演出的开始。从中,显示出贺显民厚积薄发的艺术天分与表演才华。而真正让贺显民成名的是他的新戏——即西装旗袍戏和现代戏。剧中,他更以扮相风流潇洒、风度极佳而倾倒大批观众。他的唱腔和演出风格形成了甬剧小生的独特魅力,并以"西装革履"的风流小生而名噪剧坛,而渐成"一角",直至走上演艺生涯的巅峰。贺显民、徐凤仙培养了一批"莉"(徐凤仙学生)、"立"(贺显民学生)字辈演员,成为日后甬剧舞台的中坚。

贺显民率先将西洋乐器的大提琴、小提琴、小号等一一引进,用于戏剧音乐实践。改即兴伴奏为配乐制(即"定谱"),将传统戏剧的"幕表制"改为"剧本制"。贺显民还为旧社会流传下来的松散"戏班",制定了较低为完整的演出管理制度,为剧团建制打下基础。10 余年,贺显民饰演了无数令甬剧迷广为称赞的舞台形象,温暖了那个时代的上海观众。在《半把剪刀》中饰演曹锦棠、《天要落雨娘家要嫁》中饰演杜文等,成为那个时代的一个里程碑堪称甬剧的"菫风唱腔"代表。看戏看什么,就是看"角儿"——贺显民就是这样一个响当当的角儿。

然而,就在贺显民的艺术、声望如日中天时,1966 年时"文革",令他在劫难逃。心气很高、性情刚烈的贺显民,无法忍受迫害,检查、批斗、再批斗、再检查,使他心力交瘁,无奈地、匆匆地完成他最后的生命选择。1968 年 12 月 28 日,贺显民在瑞金剧场的"最后一跳",以身殉道,令海派甬剧万劫不复。

## 从鼎盛到式微

1949年9月,上海建立了第一个以甬剧"戏班"改建成职业团体的"立群甬剧团";同时,将宁波滩簧正式定名为"甬剧";并第一次真正意义上实行甬剧"剧本制",开始演出现代戏,以满足都市观众的欣赏品味与当时的政治需要。1950年,立群改名为"上海群力甬剧团",由孙荣芳任团长、张秀英任副团长,形成上海甬剧舞台"堇风"与"群力"两大甬剧团的竞争局面。

1952年,以正风甬剧研究社的一二期学员为班子,组建"生生甬剧团"。后来与宁波凤仙甬剧团合并成立了"上海凤笙甬剧团"。最初主要成员有徐凤仙、贺显民、孙小楼、柴鸿茂、孙翠娥、傅彩霞、徐松龄等。同年11月,金玉兰、黄君卿由甬来沪,参加王宝云、金翠香的堇风甬剧团。另有"众艺甬剧团",原系薛椿笙的"众议",后由史韵卿改名"众艺",是甬剧八个剧团中几个活跃在上海甬剧演出市场的一个小剧团。它于1951年成立,由史韵卿(筱必智)任团长。演出人员有金玉梅、张彩虹、贺立正、周碧霞、傅瑞洪、陈玉琴、张云霞(玲毛)、徐秀亚、陆树根、谢德政等。1958年,全剧团人员迁往甘肃省。其中,仅史少岩一人留沪,后随"星光甬剧团"一并归入堇风甬剧团。

还有"合作甬剧团",1952年成立,团长王云青(王国栋)系甬剧先驱王宝云与甬剧老艺人徐彩云之子,或称"小王宝云"。1956年成为新国营剧团,贺显民、张秀英等曾到梅园大戏院祝贺。当年,市文化局副局长陈虞荪陪同文化部副部长刘芝明、中央艺术局局长马彦祥到长乐剧场观看《寡妇泪》的演出。观后还与演员们座谈,勉励青年演员向前辈请教,为我国舞台艺术的繁荣作贡献,并欣然题词"群众中来到群众中去"(1958年并入星光甬剧团)。

立艺甬剧团,原系金家班班底,班主为王友根、葛克荣。上海解放后改名立艺甬剧团,1953 年成立,负责人是方小棠(方飞鹏)、陆宝林,1958 年并入堇风甬剧团。还有建群甬剧团、新艺甬剧团,1953 年成立,1956 年解散⋯⋯

名噪一时的上海甬剧走出一波"捌"家争鸣"你方唱罢我登场"的飙升行情。进入 1950 年代后期,经过多方整合、调整,堇风甬剧团便一枝独秀,成为上海甬剧的一面旗帜、一个代表。

是年,剧团正在瑞金剧场上演《南海怒涛》,却被造反派宣布停演,人人参加文化大革命。于是剧场贴满了大字报、传单纷飞,一轮又一轮无稽之谈的"大辩论",此起彼落。堇风甬剧团也改名为"东方红甬剧团",成立了造反派组织。1968 年 12 月,这个本来就不平凡的日子,由于贺显民的"纵身一跃"而更加成为人们的一个记忆,这一天他永远定格在堇风甬剧团的历史上。1970 年,东方红甬剧团全体演职人员,赴崇明县参加五七干校劳动。1972 年,剧团正式解散。

期间,堇风甬剧团还招收了 2 批(59、60 级)甬籍青年,参加上海市静安区戏曲学校的甬剧班(即"艺训班")学习,培养了一批有影响力的青年演员,如裘祖达、蔡祥华、陈祥泰(小生)、徐敏、郑信美、纪惠芬(花旦)⋯⋯只是,生不逢时的他们,刚刚毕业走向舞台之际,一场骇人听闻的"文革"席卷全国,导致剧团关闭、舞台不再⋯⋯

文革带走了贺显民,贺显民带走了甬剧。纵然,后文革时期徐凤仙等重组黄浦区文化馆甬剧队,活跃于舞台,大有重出江湖之气,却还是"祸起萧墙"而分崩离析,成为沪上"甬剧之殇"的间接原因⋯⋯今天,他们以上海宁波同乡会甬剧沙龙名义进行民间演出,成了沪上甬剧的最后守望者、一块活化石。

# "戏说"马彦祥

马彦祥,名履,号彦祥,自称"三十年代的文化战士"。1907 年 7 月 5 日生于上海,1988 年 1 月 8 日逝于北京,祖籍宁波鄞县。他是中国现代戏剧(改革)活动家、表演艺术家、著名戏剧家——中国剧坛全才。曾为周恩来钦点的一个中国共产党"戏官"——任国家文化部中央艺术局副局长。

究其一生:马彦祥从"戏迷"到"戏官",再到他的"戏缘"伉俪而堪称"戏"说。

## "戏迷"

马彦祥父亲马衡(字叔平,1955 年去世),出身名门世家,是 20 世三四十年代的著名金石学家、考古学家;其岳父是一位"宁波帮"的代表人物叶澄衷。马衡曾任北京大学、师范大学教授、故宫博物院院长,一个晚清至五四时期的旧文人。北大的"一钱(钱玄同)、二周(周作人、周树人)、三沈(沈士远、沈尹默、沈兼士)、五马(马裕藩、马衡、马鑑、马准、马廉)"之美誉,其中"五马"就是马彦祥祖父(马海曙公)的五个儿子。

马彦祥尚在北京二中就读初中三年级时开始迷上京剧,并时常独自外出观戏。虽遭其父马衡阻拦,将其关在屋中不让外出,他竟翻墙而出。最后,他修书一封,中断学业,离家出走。1923 年,开始在《维纳斯》做校对,为上海的《时报》撰写"北京通讯",在琉璃厂一带租屋,晚上去大栅栏戏院观戏,由此走上他的"戏迷"之路。

著名作家张恨水,成了他的莫逆之交。1924 年,张恨水曾应成舍我之邀主编《世界日报》"明珠"副刊,为招考基本撰稿人,是年 17 岁的马彦祥与张友渔、朱虚成、胡春冰一同被录取。正是张恨水的慧眼独具,使马彦祥脱颖而出,成为颇具影响力的"明珠党",以其健笔而闻名。四人中唯马彦祥为中学生。起初,马彦祥以"凡鸟"笔名发表以旧剧改革为题材的文章,鲁迅也在日记上称其为"马凡鸟",可见马彦祥已小有名气。

1925 年,马彦祥母亲来到北平,责怪丈夫未能管好儿子,于是将马彦祥找回来,并带回上海(愚园路)居住。没有读完中学的马彦祥,竟成功入学于上海复旦大学中国文学系,主修外国文学系洪深、梁实秋的有关戏剧课程。由此,打下他的戏剧理论基础,走上戏剧艺术舞台的实践生涯。

1926 年,复旦大学开始招女生,将原"复旦新剧社"更名为"复旦剧社",洪深为其导演喜剧《女店主》(意大利哥尔多尼作、焦菊隐译)。剧中,马彦祥饰演茶房范升。正式对外公演,每张门票 2 角,这是复旦剧社第一次对外公演。由于话剧舞台的男扮女妆成功,马彦祥在后来的《日出》中,惟妙惟肖地饰演胡四。

1927 年,马彦祥除毕业后编了大半年《戏剧》杂志外,基本失业;父亲曾去信询问其生活情况:"靠演戏能够维持(生活)吗?"马彦祥却从容地答道:"暂时不可能,将来一定可以的。目前我可以卖稿子来补助生活。"他父亲很是恼怒,愤然写信说:"我再也不过问你的工作问题了,你自己去闯吧!"

1928 年,提前毕业的马彦祥的毕业论文就是《戏剧概论》,成为现代中国的第一部戏剧论,为中国话剧理论的建设与普及奠定基础。他的独幕剧《母亲的遗像》,显示出他出色的编剧才能,其作品被编入《中国现代文学史参考资料》。

1929年,马彦祥离开复旦后,没有固定工作,又没有家庭经济上的依靠,主要靠稿费生活,与洪深合作翻译了《西线无战事》(德国雷马克的著名反战小说),洪深将其稿酬一并给了马彦祥以解其生活之窘迫。

1930年,马彦祥从广州回北平,途经上海,便去看望恩师洪深。而此时的复旦剧社正在排演《西哈诺》(法国新浪漫主义作家罗斯当的五幕话剧),洪深在剧中自导自演主角西哈诺,洪深见到马彦祥便邀其演"西哈诺",这是马彦祥第一次演外国古典剧。这次复旦剧社正式公演《西哈诺》,大功告成,又迁于新中央大戏院继续演出。后因马彦祥生病,仍由洪深饰演。鲁迅也曾看过此剧演出。

1932年,马彦祥得知张恨水在家专心著述,便专程拜访,此时的张恨水名声正旺,《春明外史》《啼笑姻缘》《金粉世家》为青年热读其夫人周南在学生时代也曾是张恨水的"粉丝"当口正是他们新婚不久。张恨水得知马彦祥赋闲在家,便介绍马彦祥去了天津正在改组的《益世报》当副刊编辑。副刊名字叫"语林",马彦祥即以"一尼"笔名开始写"漫谈",并约文坛名流为副刊撰写文章,有洪深、老舍、章靳以、夏征农、朱端钧、赵宋庆,他们大都是复旦的学友、师长。马彦祥的"漫谈",在1932年以"彦祥漫谈"为题,作为《语林》丛书第一种,由《益世报》刊印出版。马彦祥每天的工作时间基本是上午在家写稿,下午去报社看清样发稿,晚上去编辑部看些各地报纸找点"漫谈"题材。若名角来津,马彦祥必去观摩,有时还听"京韵大鼓"。

马彦祥自幼酷爱京剧,梅兰芳(1912年、1914年)两次来上海演出,他都随父母一同去看,从此成了小戏迷。可以说,马彦祥的少年时代是在戏园子里泡出来的。他读书期间开始受到正规的戏剧理论熏陶,主张旧剧需要改造,但反对像胡适、周作人等对旧剧彻底否定的极端观点。25 岁的马彦祥曾给梅兰芳（当时国剧的领军人物）发出一函《致梅兰芳君》，并见于报端。文中坦陈他对当时的国剧的一种态度，并带有一种嘲讽。

两年后，马彦祥再次发文《梅兰芳赴俄决定了旧剧的价值》（1935年 6 月）。是年，马彦祥搭上上海的"北方号"轮赴海参崴，重走当年梅兰芳的赴俄之路。是晚九时，马彦祥好奇地走进"中国戏院"，时装京剧《青光沟林》已演过半，随后是二出地道的中国旧剧《金雁桥》《辛安驿》。散场后，马彦祥竟直走进后台采访了名叫"铁牛"的编剧组主任。回国后写了《中国戏剧在苏联》，向国内观众介绍在苏联观戏的观感与奇遇。

随即，马彦祥再转道赴莫斯科，参加苏联第四届戏剧节，观看梅导（梅耶荷德）排戏，也促成马彦祥要把戏剧导演制运用于中国的决心。从此，扭转了马彦祥对旧剧的重新思考，不仅对梅兰芳的舞台艺术有了全新认识，也对旧剧的如何继承、改革传统表演艺术形式，与时俱进，更好地为社会主义、为人民服务有了新认识。从而，他撰写了《戏剧节的十月》《第四届戏剧节的回忆》等文章发表于《光明》与《戏剧时代》杂志，表明马彦祥对中国传统老戏的一种重新打量。

有一次，马彦祥去听梅兰芳的戏，偶遇中学时代的同学张豂子。张豂子本是北大学生，五四时与《新青年》主编、北大教授胡适、钱玄同、周作人、刘半农等人论战。胡适等提倡"新剧"（当时不兴说"话剧"），反对旧剧，认为旧剧都是封建糟粕，应予彻底打倒。而张豂子认为，旧剧虽有错误，也不宜一笔抹煞，由此展开论战。由此，张豂子却被学校开除学籍。

以后，张豂子在《京剧发展史略》一书中阐明："五四运动前一两年，北大胡适之等提倡新文化、主张白话文，但他们那时没有了解京戏原是因词句通俗而战胜昆曲，反而把它当作敌人，然而，他们的攻击，不能损其毫末。我当时和他们争辩，回想起来，真是多余的事。"

　　张镠子离开北大即办了三日刊《维纳斯》,主要谈剧艺,马彦祥即在其刊物投稿。当初,马彦祥在北京市立第二中学读书,时年14岁,两人成了忘年交(张镠子长马彦祥十余岁)。正是马彦祥与张镠子的邂逅,将其介绍到"票房"——永兴国剧社,成为马彦祥的一个人生转折。

　　马彦祥以"不入虎穴,焉得虎子"的目的,希望通过戏剧实践,掌握一两本戏,或京剧的技术知识;然而,他却大失所望。来"票房"的都是高级职员,纯是消遣。于是,马彦祥与张镠子商量正式找个老师,给马彦祥说戏。张镠子便将马彦祥介绍给了孟小茹先生。

　　孟小茹先生,早年唱小嗓,梅兰芳刚入道之初曾给他"挎过刀"(即"挂二牌"),后来嗓子坏了,改唱老生,正宗谭派。孟小茹给马彦祥的印象极好,不像有些演员的浮夸,没有"江湖气"。

　　当时,马彦祥唱了段《坐宫》,孟先生很是认可,说唱得很甜,像当年的张毓庭(一个清末民初的谭派老生)。于是商定,孟小茹每天(星期天除外)为马彦祥说戏一小时,每月酬金三十元。一年里,孟小茹为马彦祥说了四出戏《探母回令》《奇冤报》《武家坡》《捉放宿店》,唱的多是老谭派(不是余叔岩后的谭派),唱腔更为古朴大方,不那么花哨。

　　而正是这段梨园物语,成就了马彦祥一生与戏剧打交道。从中知道了众多马彦祥闻所未闻的梨园掌故、轶闻趣事、班社规章制度,以及陈规陋习、戏剧界的种种内幕。这些闲谈,硬是成为马彦祥二十年后工作的重要参考内容。是孟小茹引领马彦祥真正走进了戏曲大门,成为张恨水之外又一个影响马彦祥人生之路的人物。

　　1933年,马彦祥开始在《华北日报》副刊《每日座谈》上连载译著《烟草路》(一说,美国作家考德威尔的长篇剧本;一说,长篇小说《路在尽头》)。每三天刊一二千,几月后刊完。在此期间,马彦祥基本天天吊嗓子,并根据京剧《打渔杀家》写了话剧《讨鱼税》。1937年12月,马彦祥到达武汉,参加中华全国戏剧界抗敌协会(后称中国剧协),担任常务理事。

1938 年 3 月 27 日，马彦祥出席"中华全国文艺界抗敌协会"（后称全国文联，汉口成立）会议，结识周恩来。随即参加周恩来、郭沫若领导的国民政府军事委员会政治部第三厅的中国文艺界抗日救亡工作。

1944 年，国内唯一妇孺皆知的老作家、中国小说才子张恨水五十寿辰，亲朋好友纷纷赶到南温泉为其祝寿。马彦祥作为一名文艺界的新闻战士名列其中，夫人林斐宇也在其列。张恨水也是戏迷票友，论做功、唱腔自然马彦祥高出一筹，他还过了一把京剧瘾。张恨水是左嗓子，青衣、老生唱不了，"票"了回小花脸。据说，1931 年，武汉发大水，北平新闻界发起一次赈灾义演，马彦祥曾应邀"粉墨登场"，在《女起解》中饰演崇公道，地点在湖广公馆。新闻界名票众多，徐凌霄、金达志、生率斋都一一登场。1946 年 1 月，马彦祥谎称母亲病危（其实母亲已亡），借机离渝回到北平。后应余上沅之邀，与洪深一起，去了江安国立剧专任教。

1947 年，北平新闻界假座当时的国民电影院（今首都电影院）演出，马彦祥饰演《四郎探母》中的"坐宫"一折，那句"叫小番"的嘎调，他唱得满宫满调，博得满堂彩。尤其，一出《法门寺》的四个校尉，马彦祥打头旗，其他是《北斗晚报》的季乃时和《华北日报》的张明伟，《世界日报》的成舍我却临时溜之大吉，只得拉来某通讯社的丁履安顶替。有趣的是其三人都是近视眼，马彦祥也得带着一副眼镜上场，观众看着台上四位"眼镜校尉"，掌声、笑声一片。

1948 年，中共城工部安排马彦祥作为北京的五名特邀代表之一，应邀赴石家庄参加第一届华北人民代表大会。会议期间，在西北坡周恩来召来马彦祥询问工作情况，马彦祥将其纠结许久的关于旧剧艺术必须改革以适应时代和广大观众需要，一吐为快。周恩来随即将中国旧剧改革，交给了马彦祥，并嘱马彦祥与周扬一起商量。

虽然，马彦祥热爱戏曲，却将终身交给戏剧是他始料未及的。

## 戏　缘

中国著名戏曲家马彦祥，一个名门之后，人称"二少爷"。他的一生走过八十又一，且充满了戏剧性。他从"戏迷"到"戏官"再到"戏缘"，完成人生戏剧转身戏剧人生的过程。

马彦祥职业，从解放前的戏迷到解放后的戏改，都与中国戏曲有关；更有意思的是，马彦祥的五次婚姻竟也与戏曲有关，他的另一半都是戏曲演员，堪称"戏缘"。从陈瑛、白杨，到林雯宇、云燕铭，还有伴其走完最后一程的童葆苓，颇有戏剧色彩。

1926年，在复旦校庆20周年上（因1925年五卅惨案而推迟），马彦祥在田汉的《咖啡店的一夜》中担任主演。当时"复旦剧社"（时称"复旦新剧社"）并无女学生，只得男扮女妆（戏曲术语"反串"）。由于洪深深恶"反串"，便从上海大学物色一位女生，实行男女同演。马彦祥于是与这位女生联袂演出，获得成功。马彦祥因与陈瑛（沉樱）的默契合作，而双双坠入爱河，喜结连理。沉樱是其向《小说月报》投稿的小说《妻》的笔名。不久，复旦开始招女生，陈瑛便转来复旦就读。

1928年冬，马彦祥提前半年完成学业，年后即迎来马彦祥的第一次婚姻。洪深既是主婚也是证婚。从此，开始与陈瑛（1907-4-16—1988-4-14）的"戏剧夫妻"。2年后，马彦祥父亲马衡因揭露军阀孙殿英的"东陵盗墓案"而避走杭州，马彦祥却将怀孕的陈瑛安置在北平的家里，自己仍在广州、上海、南京打拼，四海为家，为他的戏剧事业苦苦奋斗。陈瑛则与其母亲和小叔、小姑一起生活。

1931年5月，其女马伦出生。却由于马彦祥的母亲对陈瑛参加社会活动的过多干涉与脾气的粗暴，为马彦祥第一次婚姻的破裂埋下隐患。不久，马彦祥即与陈瑛分道扬镳。

1932 年春,马彦祥邀票友演公主,班底(指演员)和场面(指乐队)在东安市场的吉祥戏院演出《四郎探母》,马衡、马幼渔、马监,以及北大、女师大都来捧场,而陈瑛却未露面(正在闹着离婚)。不久,马彦祥与陈瑛仅维持数年的婚姻即告解体。马彦祥曾对他儿子回忆说:"我和你小白(马伦)姐姐的妈妈离婚,是因为你奶奶作梗,她不许沉樱参加社会活动,那时沉樱经常到青年会去。"

1933 年,马彦祥初识年仅 13 岁的白杨(曾名杨成芳,1920—1996),两年后传奇般开始他戏剧人生中的第二次舞台恋情。那年北平艺术研究院戏剧部,于 9 月 30 日在协和礼堂公演《喇叭》和《月亮上升》,上座极佳。一个小演员(白杨)引起专家关注,为行家看好。随后被评为"北平小姐"。通过余上沅介绍两人相识,马彦祥出众的才能也博得白杨青睐,时时出入剧院。马彦祥随即将白杨推荐给唐槐秋的中国旅行社,并赴北平演出。马彦祥前去观剧《日出》,并带着他的新恋人"白杨"。

1934 年,白杨作为"中旅"演出《梅萝香》(原名《最容易走的路》),14 岁的白杨一炮打响。马彦祥也应唐槐秋之邀从山东赶来北平,导演《女店主》,"中旅"一鼓作气地在协和礼堂公演四场《梅萝香》《女店主》,继而连演 40 余场。

1935 年 7 月,在天津新新戏院,马彦祥客串"中旅"与白杨联手合作《少奶奶的扇子》。剧中白杨饰演刘少奶奶,成功地塑造了一个集雍容华贵的仪表、温柔妩媚的举止、圆润动听的嗓音为一身的风情少妇形象;马彦祥演其夫刘伯英,一个风流倜傥的公子,周旋于两个女性之间而缠绵悱恻,无不令观众如痴如醉。两人也开始了他们的初恋。

1935 年,马彦祥应余上沅校长之邀赴南京在"南京中国戏剧专科学校"任教(应云卫为教务主任),而辞去山东齐鲁大学之职。一周后,白杨也前赴南京,开始与马彦祥同居在南京的四牌楼。当年,马彦祥的女儿马伦(四岁),也一同住在南京。年底(12 月),马彦祥与白杨在洪深的话剧《回春之曲》中饰演一对老华侨,演于南京的福利大戏院,是中国舞台协会的首次公演。

1936 年 7 月,白杨与马彦祥不得不劳燕分飞。白杨认为话剧舞台的空间太小了。马彦祥曾对友人徐霞村说:"我最反对搞话剧的人搞电影,而白杨一定要搞电影,我只好和她分手。"随后,马彦祥在剧校招生中认识考生林檎(林婧,18 岁,后由马衡将其改为林雯宇,马思猛之母,泰国籍广东潮州人)。几年后(1939 年),两人喜结连理。

1938 年 11 月,马彦祥与夏衍、孙师毅一起护送于立群(郭沫若夫人)、池田幸子(在华日本人反战人士)撤离长沙,前赴桂林(八路军桂林办事处)。1939 年及 1940 年间,马彦祥与林雯宇在重庆结婚。洪深是证婚人。

1943 年,林雯宇产下马思猛(有过一个夭折的姐姐)。1944 年,马彦祥带上妻子林雯宇一同参加张恨水 50 寿辰纪念。婚后,林雯宇曾被马衡介绍去外交部(南京)工作,离开北平,夫妻从此未曾谋面。马彦祥托人将马思猛带去南京,与马衡和林雯宇生活在一起,马彦祥自己去了石家庄。他们的婚姻只维持了 8 年,而真正在一起生活也不过四五年。解放前夕,林雯宇由香港转道去了美国。

至于马彦祥与林雯宇为什么离婚,马彦祥认为是林雯宇在报上看到他与姚依林的妹妹同在解放区的照片,有了误会。林雯宇便去了香港(1949 年去了美国,再嫁李铁铮)。1979 年林雯宇回国省亲,林雯宇是年 62 岁、马思猛 36 岁,母子相隔 30 年,也是最后一次见面。

1949 年,马彦祥在"梨园公会"与 12 年前(1937 年)有过一面之缘的云燕铭(1927 年出生,是年 12 岁)邂逅而继写前缘。在场的还有与马彦祥在一起的田汉。一年后,田汉作媒,马彦祥有了第四次婚姻。

当年,梅兰芳、周信芳以南方第二代表团团长身份从上海抵达北平,出席中华全国文学艺术工作者代表大会开幕式。会后,周信芳请田汉与马彦祥推荐一个小花旦。因为,武汉组建中的南京剧团约他去捧场,想找小花旦搭档,南下武汉演出两个月。马彦祥说,云燕铭不就是一个极好的小花旦。这样云燕铭便与周信芳同台演出了十余场《打渔杀家》。7月,在田汉的热情撮合下,马彦祥与云燕铭确立了恋爱关系。云燕铭,闯江湖、跑码头,渐成一个响当当的名角,以《十三妹》而红极一时,是年13岁。直至解放后才进入中国戏曲研究所京剧实验工作团(即中国京剧院)。

1950年春,马彦祥与云燕铭(罗钜壎,京剧艺术表演家)结合,田汉做证婚人,主婚人分别是马衡与其岳母罗静(新艳秋)。这次婚礼成为马彦祥五次婚礼中最为"郑重其事"的一次。来宾豪华,有王瑶卿、洪深、欧阳予倩、郑振铎、王冶秋、李宗义、李洪春、张云溪、张春华、雪艳琴、叶盛兰、杜近芳、李少春等。梅兰芳、周信芳、高百岁、小翠花、尚小云、荀慧生等名家送了花篮与礼幛,周恩来、邓颖超特派秘书送来一对情侣金笔,郭沫若、于立群也派了秘书送来了贺词手书。马衡以主婚人身份致词说:"希望这次是彦祥的最后一次婚礼。"

田汉更是当场赋诗一首:十载歌舞历苦甜,广陵曲罢月初圆。归来致远无家日,相见云英未嫁年。换骨脱胎惊转变,乱头粗服喜天然。一娘慧眼药师福,真个风尘有宿缘。朗籍宁波我白鹅,故乡消息近如何。非将美蒋驱除尽,那有鸿光幸福多。莫为稻粮回舞曲,好勤耕织待银河。黑猫依旧发如许,珍重窗前小八哥。

1957年,马彦祥与云燕铭分居,1958年离婚,结束了马彦祥的第四次婚姻。随即1958年云燕铭参加支边,去了哈尔滨京剧团,一呆就是几十年。云燕铭,在1964年哈尔滨市京剧团参加全国京剧现代戏观摩演出,以一剧《革命自有后来人》而大获成功,开始享有"第一铁梅"之誉而家喻户晓。"起时莫张狂,落时莫绝望",正是她的一生写照。

1961年,马彦祥与小其24岁的京剧演员童葆苓(1931年出生,前夫石挥,"反右"中出逃香港,客死他乡)结婚,没有任何婚礼仪式。只是办理了法定登记手续而已，也许是为遵守他父亲的遗训。

起初，马彦祥居于吴祖光的家，当吴祖光与新凤霞结婚，他们才搬出。童家是个艺术世家，其舅舅是抗倭将领邓世昌，三四十年代的"童家班"，红极一时。童霞苓、童芷苓、童寿苓、童葆苓、童祥苓都是一代京剧名流。

60 年代初，童葆苓，在北京尚小云剧团（后并入北京京剧院）领衔主演，宗尚小云兼师荀慧生。文革中，马彦祥被送到文艺界集训班交代问题。童葆苓产下马杰（后改名童捷），为了孩子的前途童葆苓向马彦祥提出离婚，却没有得到组织同意，在随后的 22 年里，童葆苓忍辱负重地始终伴着马彦祥走完人生的最后一程。随后远嫁美国。

在马彦祥的晚年，为了童葆苓和他们独生女儿的生活，他将毕生所得，包括文革后补发的工资，悉数留给童葆苓。并嘱马思猛在他身后，切莫与其争遗产。以免他五次婚姻的同父异母子女，事后闹出笑话。

1975 年（68 岁），马彦祥曾与周巍峙一并被打成"小四条汉子"，属"专案审查"之列。安排在文学艺术研究所"顾问室"学习。在五七干校时，马思猛带着女儿去探望马彦祥，并在那里过了中秋节，成为三代人都永远不会忘记的相聚在异乡的一个梦。对马彦祥来说，"十年文革，最大的痛莫过于心死"。

马彦祥的戏剧一生，曾与现当代文人、名流相识相熟，成为同事、同仁。如洪深、田汉、夏衍、阳翰笙、郭沫若、张恨水、曹禺、老舍、欧阳予倩、周扬、周巍峙、马少波、应云卫、焦菊隐、宋之的、吴祖光、张庚、齐燕铭、刘芝明、徐平羽等，还有白杨、张瑞芳、舒秀文、于是之、梅兰芳、王瑶卿、李少春、袁世海、叶盛章、杜近芳、马连良、盖叫天、小白玉霜、孟小茹、云燕铭、张春华、李宗义、张云溪、梁小鸾、谭富英、裘盛戎、马师曾、严凤英、袁雪芬等。

其中，哪一个人物，不是掷地有声，是一个时代的一面旗帜。

## 戏　官

"换骨脱胎惊转变，乱头粗服喜天然。"这是田汉对马彦祥的政治评估。

解放后，马彦祥参加了第一届全国文艺工作者代表大会，会上周恩来作了报告"旧社会对于旧文艺的态度是又爱又侮辱。他们爱好旧内容旧形式的艺术，但他们又瞧不起旧艺人，总是侮辱他们。现在是新社会新时代了。我们应当尊重一切受群众爱好的旧艺人，尊重他们方能改造他们。……今后一定要和全国一切愿意改变的旧艺人团结在一起，组织他们，领导他们，普遍地进行大规模的旧文艺改革。如果不团结广大的旧艺人，排斥他们，企图一下子代替他们，是不可能的。"这是马彦祥上的戏曲改革第一课。

1948 年，华北人民政府成立，马彦祥开始担任华北戏剧音乐工作委员会主任委员，杨尚昆夫人、戏剧家李伯钊为副主任委员，委员有杨绍萱、贺绿汀、陈荒煤、周巍峙、丁里、孟波、阿甲、舒强、李焕之等 11 人。同年，马彦祥首次向党组织递交入党申请，却没通过（1981 年才解决入党）。

1949 年，北京解放，马彦祥从此结束从事了半辈子的话剧舞台生涯，开始戏曲改革工作的后半生。始任文化接管委员会文艺部副部长兼旧剧处处长。马彦祥初踏上刚刚解放的北京，便去看望被困在京的盖叫天，并遵周恩来之嘱买了车票送其返回上海。盖叫天由此对马彦祥颇具好感，并交情不浅。

1949 年 10 月 2 日，中华全国戏曲改革委员会筹备委员会成立，田汉、杨绍萱、马彦祥分任正副主任，马少波任党总支书记。随后改为文化部戏曲改进局，是文化部挂牌前成立的一个独立机构，可见党中央新政府对戏曲改革的重视。马彦祥任戏曲改进局副局长,局分设四处二室,艺术处田汉、阿甲,编审处杨绍萱、黄芝岗,辅导处马彦祥,主管旧剧"改制",曲艺处赵树理、王尊山;办公室主任马少波(兼),资料室黄芝岗(兼)。下有京剧研究院、戏曲实验学校、大众剧场、新戏曲书店、新中华评弹团、新曲艺杂技实验小组等。

在首都欢庆活动中有"戏官"们主演的京剧晚会,晚会由梅兰芳、田汉主持,马彦祥在会上饰演《武家坡》的薛平贵,观众有政坛高于周恩来、贺龙以及著名演员王瑶卿、王凤卿、尚和玉、马德成、程砚秋、周信芳等。

1950年,马彦祥参加"戏改"工作,分工负责"改人、改制"(合称"三改")。1951年,马彦祥开始担任文化部艺术局副局长,动员了李少春、袁世海、叶盛章等私人班社改为集体所有制的新中国京剧实验剧团,排演了新编历史剧《将相和》《野猪林》《云罗山》等具有时代气息的大型剧目。剧团属中国戏曲研究院附属实验京剧团,成功地迈出了由戏班到剧团的"戏改"第一步。

1953年,马彦祥应邀为中国京剧团一团改编川剧并导演京剧《柳荫记》(杜近芳、叶盛兰主演),剧中成功地突破京剧唱腔的二二三、三三四传统格律,还结合剧情打破锣经、活用曲牌,为京剧音乐改革起了开拓作用。从最初的"说戏"(幕表制),到导演制,马彦祥可谓中国戏曲导演制的开拓者,也由此成为马彦祥戏曲人生仅存的硕果。

1950年代,马彦祥住在北海后门三座桥5号。梅兰芳来找马彦祥商量戏改工作。当年正值浙江省苏昆剧团晋京上演《十五贯》,轰动京城。文化部开完"第一届全国戏曲剧目工作会议",马彦祥正在导演京剧《三座山》,试图把蒙古歌剧移植于京剧,在唱腔、音乐、表演诸方面进行一次大胆尝试。

1955年,马彦祥随访蒙古国,观看其大型歌剧《三座山》,并有改编京剧的冲动,由中国京剧团二团演出。刘少奇、周恩来、朱德都来观看。

两年后,毛泽东、江青也来观看该剧。马彦祥却从此淡出编导现代戏"江湖",把精力放在行政工作上。

1955 年,马衡去世,在嘉兴寺举行公祭,大病初愈的张恨水在儿子张伍的陪同下,来到马衡的棺椁前行礼致哀。文革结束,劫后余生的老文艺工作者开始来往,而张恨水却已经仙逝。

1956 年 4 月 19 日,马彦祥陪同周恩来观看《十五贯》。5 月 17 日,文化部、中国剧协为此在中南海紫光阁举行座谈会,一出戏救活了一个剧种,也救活了传统戏剧。马彦祥在会上发言。

1957 年,国内正在开展方兴未艾的反右运动,夏衍要求在苏出访演出(率中国青年艺术团参加莫斯科世界青年联欢节,共四个多月)的马彦祥暂时别回国,可继续在东欧等地作巡回演出,何时回等通知。这样马彦祥躲过一劫,也躲过"划清界限",而无意中留下"一段清白"。夏衍保护了马彦祥却未能保护好自己,因《林家铺子》而遭批判,随后免去一切职务,文革中投入"秦城",坚持到粉碎四人帮后,才得以自由。

马彦祥回国后,被指责应当"把艺术家与副局长统一起来,即把党的方针政策变为自己的思想与行动纲领"。1958 年,全国戏剧界掀起一阵上山下乡、送戏上门风,并片面地提出"以现代戏为纲,带动剧目的全面发展"的口号。并把"写中心、唱中心、演中心"作为大跃进时期的主要任务。文化部还提出"领导出思想、群众出生活、作家出技巧"的"领导、群众、作家"三结合,马彦祥不以为然。

1959 年,周恩来及时召开在京文艺工作者会议,纠正过激的文艺政策,指出"文艺工作要两条腿走路",既要演现代戏,也演传统戏,两者不可偏废。同年,中宣布部召开会议,提出"认识文学艺术上主要危险",全国文艺界处于一个艰难时期。随后,齐燕铭来到文化部主持工作。再次强调三者并举,既写传统戏,也演现代戏,并写新编历史剧。

1961 年 8 月 8 日梅兰芳病逝。马彦祥发表祭文《悼念梅兰芳先生》,称其"是中国戏剧界无可补偿的损失。作为一位戏曲表演家,梅兰芳先生对于京剧旦角的表演艺术的巨大贡献,可以说是所有前一代和同代的旦角所难以比拟的"。马彦祥又为《中国青年报》撰文"伟大艺术家的光辉永存"等。两年后,马彦祥去扬州视察工作,特意看望季之光,将梅兰芳所藏"火花"让其观赏。其中有季之光朝思暮想的卓别林亲自设计的"地球、战弹、希特勒"的火花,并有卓别林、梅兰芳的署名。还有梅兰芳转赠季之光的一些越南、朝鲜的火花,可惜的是都毁于"文革"。马彦祥所藏的龙"火花"也未幸免。只是留下文革后收藏的一些火花,成了其子女的一种纪念与凭吊。

1962 年,文化界有过短暂的繁荣,然而,北戴河上的八届十中全会,康生发难,称《刘志丹》是一部替高岗翻案的小说。会后,文化界根据其精神检查工作,事后停演"戏鬼"题材的戏,并对新编昆剧《李慧娘》点名批判,文艺界、戏剧界随之紧张,大有"山雨欲来风满楼"之势。

同年,毛泽东对文艺工作尤其戏剧工作提出严厉批评,称文化部为帝王将相部、才子佳人部、外国死人部,称许多部门至今是"死人"统治着,至于戏剧界更是问题大大。说《戏剧报》尽是牛鬼蛇神,一方面毛泽东要推陈出新,另一方面戏剧界要三者并举。

1964 年迎来全国京剧现代戏创作演出,标志传统戏曲艺术的改革在内容、形式上都进入一个全新领域。1965 年 5 月,文化馆党组改组。所谓文化界戏曲界的两条路线,以无产阶级文化大革命而告终,并有了随后八部样板戏而独领风骚的漫漫十年。

1969 年,60 岁的马彦祥,随文化部干部下放于湖北咸宁"五七"干校劳动,与周巍峙(艺术局局长)、司徒慧敏、唐瑜,作为"中央专案组"的审查对象,达七年之久。曾有人戏称"国家不幸诗家幸,文化不幸咸宁幸"。咸宁(向阳湖)干校,云集六千文化名人,成了一种特殊的政治文化现象。其实,这场空前的文化道德沦丧,它所造成的文化艺术的断代,其损失何有"幸"字可言。

1975 年,马彦祥分配在文学艺术研究所"顾问室"学习。1976 年,四人帮垮台，马彦祥出任中国艺术研究院顾问。1977年，马彦祥为北京京剧团改编并导演京剧《逼上梁山》，这也成为马彦祥最后的杰作。

1979年5月，文化部复查委员会作出"马彦祥无任何政治历史问题"的结论。在院的研究生班中为研究生讲授"继承舞台艺术传统"课，是研究戏曲声腔的学生汪效倚的指导老师，在中国艺术研究院开创戏曲声腔学科。

马彦祥的最后十多年里，先后发表《京剧向何处去？》《程长庚的生卒年代》《渐东看戏散记》《进一步探索戏曲如何更好地表现现代生活》《戏曲的生命在于创新》《"戏曲声腔、剧种"概说》《"京剧"概说》《关于杨月楼》《"秦腔剧目初考"序》等论文。

难能可贵的是，马彦祥以自己七十高龄之年（1978），还赴上海、成都、杭州、绍兴、宁波等地通过观摩、座谈、访问，对各地声腔剧种，如绍剧、甬剧、姚剧、温昆等的流变进行调查、录音，历时两月之久。1981年，马彦祥再次远征，与汪效倚走访安徽、湖北、浙江等地考察。

1988年1月8日，马彦祥追随他一生的周总理而去，却带着他未尽的事业与不安走了，永远地走了。他所亲历的"五四"、"反右"、"文革"……当年的时代精神、行动口号，一一裹挟而去，一并成为一个时代的终结者。曾经的风迹烟痕，曾经的叱咤风云，曾经"心路"的大喜大悲、是非曲直，终然盖棺也难定论。

其中，更有国人刻骨铭心的一段国家记忆。

# 甬剧那些事

　　20世纪80年代,劫后余生的上海戏曲舞台"添酒回灯重开宴",京、昆、沪、越等剧种相继走出阴霾、锣鼓铿锵,堪称乱花渐欲迷人眼;甬剧,却是舞台不再,天数殆尽……

　　今天,五六十岁的上海人,还有多少人知道贺显民、知道甬剧、知道上海堇风甬剧团曾携三大悲剧(《半把剪刀》《双玉蝉》《天要落雨娘要嫁》)晋京(1962),并巡演大江南北而载誉多多。其剧作为各剧种竞相移植,缔造了甬剧的巅峰与辉煌。

　　百余年,从邬拾来的"串客"落户上海,到一代又一代的"草花"(丑角)、男旦艺人的崛起;从四大名旦、四小名旦的甬摊,到王宝云的四明文戏、改良甬剧和现代甬剧的成型;从八个甬剧团的你方唱罢我登场,到上海堇风甬剧团的唯我独尊;从贺显民、徐凤仙一对甬剧巨擘、绝代双娇,到静安戏校学员的小荷才露尖尖角;从十年欲哭无泪的曲终人散,到"后贺显民时代"最断人肠的舞台不再。其中,如何一声"重回首,往事堪嗟!"可以了得?

　　在上海,甬剧越趋陌生、形神俱灭,然而我却让它死灰复燃、涟漪再起。几年里,我多方搜集与抢救甬剧史料,在遗存的文献中翻检,看它的来龙去脉,看它的形态神采;同时,我将甬剧脉络放置于整个中国戏(剧)曲史的渊源中考量,在江南滩簧戏的背景里钩沉而有所积淀,渐渐

作者为《甬剧史话》签售，读者踊跃

地盘点和梳理出一个脱胎换骨的甬剧发展史，即《甬剧史话》。令我欣慰的是，书中翔实的第一手材料，构架出甬剧（甬滩）原貌（信达雅），以希望社会给予甬剧更多的文化关注。——这便是我写作《甬剧史话》的初衷。

我走访宁波、上海，城市、山寨，职业剧团、业余团体……。渐入角色的我百味杂陈，以致亢奋中，多次竟夜难眠。"甬剧呵，为什么这般艰辛而历经磨难；艺人呵，为什么如此挤压而分崩离析。"比如，"堇风甬剧团"到"生生甬剧团"，到改名"凤笙甬剧团"，最后，再回归"堇风甬剧团"；以及"鄞风甬剧团"与"堇风甬剧团"的渊源关系；再比如，甬剧舞台上的艺人们，或出走上海、或返回宁波，直至王宝云的牢狱之灾（1955年）、贺显民的无奈自殒（1968年）；甚至，上海甬剧的最终沉沦，销声匿迹，更多的或是艺人自身原因而铸成的一种宿命。

当年，如日中天的贺显民与他的上海堇风甬剧团，早已明日黄花，香消玉殒。如果说，上海宁波同乡会成立的"甬剧沙龙"，是一出"凤回巢"；那么，沉沦民间的甬剧艺人，就是海派甬剧的绝响，一个"活化石"；

好在,宁波尚有"天下唯一团"(一个剧种全国只有一个剧团)的宁波市甬剧团,王锦文与她的团队继续擎起甬剧大旗,并以一剧《典妻》而走向世界。

今天,张生的昆曲、赵志刚的越剧前后改弦更张,由官办改为民营;那么,谁又能成为甬剧的代表人物,在上海这个甬剧发祥地创办一个民间职业团体,让上海的甬剧"重研朱墨作春花"。

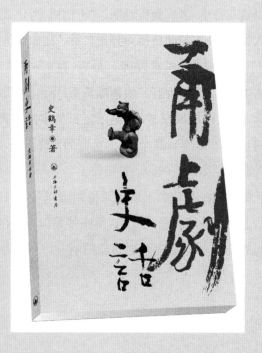

笔歌墨舞

# 一谒芝仪黄永玉

　　一天,我正"宅"家枯坐,既无丝竹乱耳,也无案牍劳形,时间对于我来说,只是一条随时垂钓的小溪……突然,一个电话打来,说是黄永玉在上海参加巴老故居开馆活动后尚未回京。我打趣道,那你引荐一下。果然,蒙一女史的美意,成全我对一个大文化人的"独家采访"。

　　是日,当我随她走进上海西南地区的一幢住宅楼里,拜谒我景仰已久却缘悭一面的长者,心中颇为忐忑,惶然多于兴奋。进屋、换鞋,她说,我去叫老爷子。可我站直身,刚转过玄关,一眼瞥见,一张长长的沙发上正危坐着一老者——那是辛卯冬日的最后余晖,慵慵懒懒地晕染于墙上一帧重彩中堂上,画面与夕霞互为背景,令黄昏中原本安谧的客厅,再添几分暖意、几分诗意;同时,画幅下余晖涂抹的一老者,正静默地倚靠着沙发,一袭长袍似的棉衣裹在身上,手中一把经典的大烟斗在握,俨然高山流水一"散仙"。我有点被这一气场给震住了——"你是谁。"

一

　　老者就是为巴金画像,并以"你是谁?从哪里来,到哪里去?你是

2011年作者采访黄永玉

战士？还是刚放出来的囚徒……"这首小诗作题跋的画作者黄永玉老
先生。"为了专心写自传，正慢慢地戒掉画画和看电视"的他，欣然拨冗
与我一晤。

面对浮躁、功利的现实生活，一个人的灵魂太需要回忆的浸润、诗
意的交流，而获得一些人文方面的慰藉。黄老先生或问或答，都是一种
文化吞吐。纵然一个停顿，也似一种书画留白，一种"袖手无言味最长"
之美。他的"摆龙门阵"，犹如一场文化穿越、一个朝圣之旅，堪称琴心
三叠。

"他妈的，谁偷走了我们的时光"的黄老先生，年届"米"寿，依然
身板硬朗、中气十足、视力很好，读名片也不戴老花眼镜，只是耳朵有
点背。言语中抑扬顿挫，特有亲和力。说起中国文化的人与事，他是
妙语迭出、"浅语有致"，令后辈我啧啧称道"与君一席话，胜读十年
书"。

当他知道我是宁波人后裔，在"宁波同乡会"一杂志做编辑。他开
怀大笑道：好，好。上海的宁波人很多，我也是四分之一的宁波人，我的

外公还是清末最后一任宁波知府,姓杨,是曾国藩的部下。慈禧为削弱曾的势力,特派我外公改赴宁波任职,死在宁波。我的妈妈还会讲宁波话。我的外婆、舅舅、舅妈都生活在宁波,我的舅舅、阿姨还是在宁波念的民国大学。宁波的天童寺,还有我为一个四川籍方丈(70岁)画过的一个像,还挂在那里⋯⋯此时此刻,黄老先生湘音很重的普通话,依旧在我耳畔声声响起。

从黄永玉老先生身上,我突发奇想,若将他与鲁迅先生的性格、作品特点作比较,是如何一种碰撞?鲁迅的散文曾是那个时代的匕首、是投枪;又有"无情未必真豪杰,怜子如何不丈夫"的一面,如同黄永玉先生的版画,不是工具,更多的是一种文化关照、人文情怀。以致评论家曾批判黄永玉,多了形式,缺少内容。其实,他的画就是一枚青果,多少苦涩、多少林里的清香在其中,谁人识?黄永玉的画并不是完全的具象,更是一种"愿将心事付丹青"的意幽韵远,令人沉潜往复、把玩不已。


史鹤幸:《比我老的老头》是我第一次阅读黄老先生画画之外的文字。

黄永玉:其实我没读多年书,很早就辍学了,却喜欢文学。

史鹤幸:可当今许多的书法家,他的作品里,只有唐诗宋词,或是鲁迅、毛泽东,就是没有他自己的文字!更不要说,书画诗印了。一个书家、画家没有文化滋养,那是走不远的,很可悲的。文化是种人文"地气"。

黄永玉:有文化是件很快乐的事,学书法的、学画画的,没有文化不快乐。一定要下点功夫,并融会贯通,成为自己的东西,就很快乐。我有个朋友,比我小一岁,擅长篆刻,他说,谁要是拿着石头让他刻某人的语录,他一概没收。

史鹤幸:有人说,中国文化根在大陆,传承在台湾。因为过渡的汉字简化割裂了中国文脉,成了一个没有"魂"的符号,失去汉字原本的语境与意象。

黄永玉:我还是习惯写繁体字,那是一种文化胎记。台湾文化就是缺点"泥土气"。我们却受五四运动的左倾影响,使我们的文化过"窄",往往先想后果,再来写作,成了一种(功利)模式,文字也不讲究。好在我不参加党派组织,比较自由。

史鹤幸:我读繁体字,虽说有点"陌生",心里却有种"回家"的感觉,仿佛省亲看到自己的祖辈,心里几多欣喜。

黄永玉:我曾读外国的翻译小说时,一边看一边重新写。我又不懂外文,却知道他文字太糟。

史鹤幸:那时中国不是有个姓林的作者,他不识外文,却在翻译小说,最终成了中国近代文坛的开山祖师、译界泰斗。

黄永玉:他是林纾、林南琴,是他姑姑读给他听,然后他用中国文字将它写下来。

（时间 2011 年 12 月 14 日）


谈话中,他手中的烟斗,时而烟火点点,似黑暗中的一颗颗星星在闪闪烁烁。我有点不敢相信自己的眼睛,他就是我直接对话的黄永玉?他那样平和地坐在对面,他的言语没有任何矫饰与包装,真真切切。仿佛在读他的木刻,读着他的文字,读着他的"原著"。为了写好他,我又读了多本他绘的画,颇有点"波普艺术"的味道,具有很强的装饰性,表达一种文学性。就连他为我的书题签,也是龙蹯凤翥。我说,他的字更是一种画,一种装饰性很强的抽象画,意象、意蕴俱在,是一个莫名的"此中有真意,欲辨已忘记"之美。

李辉用《传奇黄永玉》,奔的是他的传奇而又坎坷的人生;我则喜欢用"鬼才黄永玉",来把握他多方面文化的艺术才气。前后并无高下优劣,纯是一个挖掘的角度而已。此时,我正是借着他"我读过你写的文字,很有感情"来写这一段缘识。只怕我字拙思俗,无法将智者的牙慧,变成锦心绣口、唾珠咳玉之文。但是,我又不习惯借助资料,资料虽然无误,表达出来却会聊无意趣。但愿,故事不重要,重要的是谁是主角。

二

　　与其说黄永玉选择了木刻,还不如说,是时代选择了木刻。木刻在现代美术史上,曾扮演一个特殊的角色,以其大胆反映现实,突出大众形象,再加上色彩与线条、黑与白,渲染出五光十色的斑斓,那是一个时代的"产物"。并与鲁迅推荐有直接关系。黄永玉最先在集美学校学的木刻,就是基于时代社会的原因,是源于当年新艺术木刻运动的社会环境。

　　上世纪四五十年代,黄老先生曾为生活所迫而漂泊流浪的几番"故国神游",正成就他日后的学养积累和性格形成。缘于此,他的人生经历、踏歌而行,就是一种人生历练、一种思想积淀,而发于文字与绘画的沧桑。尤其,1953年回到北京,继续他的美术事业,既得到延安方面的认可,也得到徐悲鸿的认可。真的,这个世界上,因为有了黄永玉,就可能变得好玩一点。他除了画画,还写了多部文学作品,如《比我老的老头》等,是文学与绘画的融合与互补。从上海而台湾、香港,再返回北京,期间还在欧洲呆过,《沿着塞纳河到翡冷翠》就是一部神游之书,令人享受的是一次有着黄永玉独特思想与步伐的旅行。

　　我们不乏"风景画家",却鲜少"风俗画家"——那种将风情、风俗视作一个民族精神生活与物质生活的最可靠的象征,并触及民族灵魂的一个画家——黄永玉就是其中一个。嬉笑怒骂皆成文字,信手拈来尽入丹青。丹青笔墨与性情文字,才是黄永玉。在他的古典女子画里,特有的风情与意蕴,感人与醉人。还有他"既真实又荒诞"的漫画,有着别样机锋的逸格,让人过目难忘。

如果说,鲁迅表现中国农民,张爱玲表现都市男女,钱锺书表现知识分子;那么,他的丹青文字,通畅中的匠心,随意中的傲岸,以表现当代国人的心结、情结、襟怀与抱负——谁说"流水年华春去渺",却道"一样心情别样娇"。


史鹤幸:黄老先生是文学、画画、雕塑、木刻一样不能少?

黄永玉:我的爱好第一是文学、第二是雕塑、第三是木刻、第四是绘画,我是用绘画来养其他三种副业。

史鹤幸:沈从文是你的表叔,对你一定很有影响。

黄永玉:其实,我们并不常在一起。人们往往把我与他连在一起。不过的确是他一而再地游说我回国。

史鹤幸:1953 年回的国,怎么会去香港。

黄永玉:我是 1947 年离开上海,去了台湾;1949 年后又离开台湾,定居香港。那是不得已,为了躲避当时的政府。

史鹤幸:《比我老的老头》里写了许多对你有影响的文化人,若将他们连缀起来,就是中国文化史。

黄永玉:书中 20 个比我老的老头,大概现在只剩北京的黄苗子与上海的黄裳了。

史鹤幸:如果说郑逸梅的掌故是一部中国近代人文物语,那么,《比我老的老头》等文字就是一部中国现代文人故事。其中开篇就是"北向之痛",说的就是钱锺书先生。

黄永玉:钱锺书是那个时代的大作家,我曾将钱的文字隽语介绍给学生,竟在他们的作文里出现。

史鹤幸:有人说,黄裳、汪曾祺、黄永玉为上海文坛三剑客。

黄永玉:我当年在闵行教书,每当周六,我便搭公共汽车进城到致远中学约曾祺,他生于 1920 年,大我 4 岁;我们再一同去中兴轮船公司找黄裳,他生于 1919 年,大我 5 岁。他是一个高级职员,又在一家报纸编副刊、辅导一考大学的学生数学。混得很不错,我们到他处就是去蹭饭。我们钱很少,从来没有争着付钱的念头,只是一个谢字而已。几十年过去了,那段日子真的像老酒一样越陈越香。

史鹤幸:汪曾祺是我印象比较深的作家。我读过他不少东西,除小说《受戒》等,他的散文文字很好。我记忆中他曾在一篇回忆其母亲的文字里写到,酒是好东西,它让人忘了什么叫忧愁。文中以凄婉的笔调写他母亲在文革中的阵阵心绪。

黄永玉:他的文字不雕琢,却是讲究、自然灵性,让人醉。他最后死在酒里。他不该喝这么多酒……

(时间同上)

若评黄永玉,无论说他的木刻不是木板上的标识口号,还是说他的木刻是超现实、没有斗争性,我以为都是对于黄永玉作品的一种褒奖。他的画不是纯粹的形象思维或感性思维,而是他在创作中注入一种理性思维,并融入审美的全过程。尤其,那种装饰性更为我青睐,百读不厌,心中滋生出一种莫名的愉悦。他说,"那些年里"有一人批评我,说我的创作态度一点不严肃,永远是为了快乐。当时我低着头站在台上,要是平常他这么说,我肯定请这老头吃西餐。老哥太了解我了!搞创作没有快乐你哪来激情、怎么画?

黄永玉老先生面对绘画,还是写作,总是怀有一种"玩票"的快乐,他"快乐"的不是笔墨,更是文化。他说,我一生都没有寻找伟大的意义,画画不是政治。如果作者一味地模仿别人的作品,无论作品如何了得,它终究是一件作品,无法成为艺术。作品的匠心才是最可贵的,为人永远记住。文字与绘画一样是文化血肉的载体,不是一个像与不像的问题。功夫在诗外,就是这个道理。

汪曾祺最懂他的画,称"永玉的画永远是永玉的画,他的画永远不是纯'职业的'画"。说他的木刻,有一种特别情调,尽是乡村的纯朴、儿童的天真,令相看两不厌,纯朴得和醇酒一个味,它是童话,更是神话。汪曾祺堪称一个时代的文化标杆,与黄老先生又是如此知心,却未在他的《比我老的老头》中出现,不能不说是一个遗憾。其中缘由,黄老说,"他在我心里在的分量太重,很难下笔。"

一个"比我老的老头"黄裳这样评介黄永玉的散文:"他的散文写作,也包括了许多方面,如极短的配画的语录体,包含丰富的哲理意蕴;扩而广之的《水浒》人物画,题画不过简短的一两句,却能片铁杀人。"文化鬼才,我说非他莫属!

## 三

今天,我一再叹喟自己:时间岁月业已带走了我的水木年华,继而走进了我的知天命、行将耳顺的 2012 年。只是老之将至,悲喜参半。喜的是自己懂得了什么叫成熟、什么是青涩,懂得了成功是失败的累积,懂得了曾经沧海难为水的道理;悲的是世界上什么都可以重来,唯有时间不可重来,悲的是人到中年后才知"志在千里",是一种美人迟暮,英雄气短的无奈。什么,岁月是一坛陈年佳酿,透着发酵的暗香,那终究是一场痴人说梦。

话别之际,黄永玉老先生好客地对我说:"有机会来北京咱们再聊。"我知虽不能及,心向往之。我是多么渴望有一文化长者时常指点迷津,让我孤单的心有个温暖的家。如果,我也写"比我老的老头",他们曾经是我的私淑老师、我的学长、同仁,黄永玉老先生就是其中第一篇。只是——

　　"唉！都错过了,年轻人时常错过老人的故事一串串,像挂在树梢尖上的、冬天凋零的干果,已经痛苦得提不起来。"

# 陈鹏举：诗家 书家 玩家

在采写陈鹏举而宿写默构的过程中，我既兴奋又惶悚。兴奋，因为了却了我多年夙愿，写写他如何"我做诗四十年，习文三十年，鉴赏文物二十年，写字十年，制画三二年（画展自序，2005）"而终成玩家；惶悚，只是担心自己慧根过浅而无力把握他一个"诗家、书家、玩家"，以致点金成铁，为人诟病。

好在，我与其私淑多年，从《朝花》到《文博》……是他精隽秀美的文字所透射出的学识构架与人文学养，影响着我今天的文化走向而耳熟能详，同时也加厚我为其作文的一点底气。

## 百无一用做书生

巧的是，我与陈鹏举的名字同有一鸟字旁。前者"鹤鸣九皋，雁落平沙，寂寞沙洲冷"，一种无言的落寞；后者，"九万里中鹏高举，一千年后人归来"，言说一个大丈夫的豪迈。

1981年，上海电台电视台率先向社会公开招聘编辑、记者。陈鹏举前去应聘，但是，羞于自己既无任何铅印的文字，又是"初二"学历，实在拿不出手一分像样的简历。好歹，在唐诗宋词中浸淫的陈鹏举，硬是

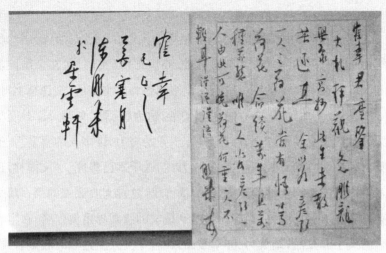

陈鹏举写给作者的尺牍

拿出了看家本领，把自己过于平凡的简历，竟填成了100行的长诗而"雷人"。聘用单位决定"让他试试下一轮"。

在第二轮笔试中，陈鹏举表现依旧"雷人"。本是十一点卅才交卷的陈鹏举硬是"我10点钟就交了卷，其实时间再长，我也就写成这样了。""早点交卷么，就是给人印象深刻。"幸运的陈鹏举再次出奇制胜，赢得青睐。"文章虽粗糙，却是如此短的时间内完稿，实属不易。"最终，由于陈鹏举的文字很书面，后被转聘到《解放日报》文艺部竟风生水起——那年，正是陈鹏举的"三十而立"，一个知礼、安身、立命之年。楚庄王曾有"三年不飞，一飞必定冲天；三年不鸣，一鸣必将一鸣惊人"之举——陈鹏举是也。

1981年起陈鹏举在文艺部任戏剧记者，1983年采写消息《童祥苓、李炳淑组建演出包干队》一则，获中国第三届中国新闻奖（1983），这是此报第一次获中国新闻最高奖。1983年任《朝花》副刊编辑，1985年任《朝花》副刊召集人（当时不设主编制，召集人即行主编职权），为《朝花》保持历史高水准，作出了贡献。

尤其，1995年由编委会决议，陈鹏举一人创办《文博》版，历届总编秦绍德、宋超、尹明华同志都撰文称赞，高度评价《文博》版在全国同类专刊和广泛读者群中的深远影响。秦绍德还为其主编的《文博丛书》作序。宋超为《文博》200期时的纪念文章，题为《反思〈文博〉》。尹明华文为《文博》版十年纪念文章，题为《一个人的努力，许多人的喜爱》。他结集出版的《文博断想》专栏文章，半月内，六千本已售完。《文博》版还培养了一流的中国收藏鉴赏家，例如潘亦孚，这位大收藏家的第一篇文章就发表在本刊，同时成为唯一为本刊撰文的收藏界重要作者，在本刊发表的文字和藏品，结集为《亦孚藏品》、《百年文人墨迹》和《收藏者说》三部专著，从而成为近十年间中国收藏鉴赏家的重要论著。又例如高阿申，从专刊起步，文章结集为《赏陶识瓷》，从一个古董商贩逐步成为古陶瓷研究的重要专家，在中国权威刊物《收藏家》上发表万字长文十余篇，并出版鉴赏古陶瓷专著多种，成为近十年间重要陶瓷专家。还有蔡国声，也是在本刊发表许多文章，并主持本刊主办的碧琅轩茶座后蜚声海内外，成为众所周知的文物鉴赏家。2007年陈鹏举更以一篇"文博断想"的《根活着》而获2007年全国副刊文章评选金奖，及同年中国新闻奖二等奖——如今这些记忆，都成了他一一个经典回放，谁说"百无一用做书生"。

1997年，陈鹏举出过诗集（旧体诗词）《黄喙无恙集》，题款的分别是赵朴初与王元化。为其写序的竟是他十二岁的儿子陈少文："看见爸爸写诗时是那么高兴，好像把生命都投入在这旧体诗词的世界中了，可见，爸爸是那么爱这诗词啊，爱得无法用诗词来形容。我非常佩服我爸爸，那是因为，他挑起了中国五千年文化的沉重的包袱，可还是那么快乐。"有人赞誉陈鹏举，堪称当今中国旧体诗的代表人物。我相信，那是对他古典诗词修养的一种认可。

窃以为，陈鹏举的诗不属豪放，而长于婉约。"一字一气象，语境出大象。"这正是陈鹏举文字过人的地方，他在听友人唱弘一的《送别》，写道："才收清泪又纷飞，别梦今宵听入微。迭迭愁如怀盘石，空空心似着僧衣。清秋燕语清秋燕，落魄诗人落魄诗。从此红尘无俗意，最繁华处对斜晖。"其中的语境，直叫人忘了红尘，心净如洗。

很多人以为陈鹏举熟读廿四史，其实没有，甚至他自己说，自己没有一本书读完过。他说，他的知识积累都源于旧体诗与它的注释。他在文章里写道："注解里的典故是活着的，由此展开去，人对历代的艺术品和文物都会有亲近感。家里没别的书，只一本唐诗，唐诗短小，我很喜欢看。之后，迷上写诗，三两句话，可以酣畅淋漓地把我即时的状态表现出来，特像我的性格。"

读着陈鹏举的文字，不见如何凝练，更不是重彩浓墨，不据章法，而是写意画一般，随性而灵动的几笔，勾勒出一派浑然大气的语境与气象。2008 年，《陈注唐诗三百首》出版，就是如此。他说，历代多是学者注解，他们把字句断开，一词一注、一句一注，总给人隔离的感觉。鹏举兄硬是恣意而为，混沌着几百字一起注，就成了这般模样，写出对诗的理解和感动。

当年，叶庆桐（翻译家）问及陈鹏举缘何接触中国传统文化——"是否家学渊源？"没有。"你是复旦毕业的吗？"不是。"那你是书香门第？"也不是。父亲是个平民，我自己当了 13 年工人。"那你遇上过名师？"之前没有，三十岁进《解放日报》后，喜欢的人，大多都碰上了。"你是哪儿人？"，浙江定海人。"这地方也不出人，想来，也就一种说法了，你是天才。"

后来，我在他《九人》一书的序里读到他这样的话，令我好不感慨："……这让我感觉到了天意，我家这么卑微，怎么可以出一个会写文章的人呢，得用命去换啊。一抹枝条上，结了一个果子、一朵花，枝条太细、太小，果子成熟了，而花只能凋谢了。"这果子就是陈鹏举，而那凋谢的花朵，正是他的妹妹。

## 最后的古典

陈鹏举著作等身，最为我叫绝的是一册《凤历堂题记》。以至这册书，我是翻得"散了架"。其中"写给字画的"、"写给瓷的"，"写给家人的"，多少亲情、友情、旧雨新知在其中。

比如，"野鹤流云复度年，谁人懒散此般闲。看四海，跨群山，浪儿何日可思还"。这是他儿子上大学时的一种离家的惆怅。陈鹏举为此唱和"客里经秋第一年，从今不得少年闲。情似海，志如山，乡思是酒梦中还。"还有，凤历堂斋名，题款的正是陈少文。我思"少文不少文，神彩自飞扬"，陈少文读的是物理，而中文底子不薄。或许，陈少文更应该读中国古典文学。

方增先（上海美术馆长）说："（毛笔）写字是一种境界。"然而，有多少艺术家能进入这一境界。以至诗人们，从来无敢写字；一些画家，更以穷款而藏拙。陈鹏举却融诗、书、画于一炉，并互为风景而为人称道，"文武昆乱不挡"。即文戏武戏都行，昆曲乱弹皆唱——陈鹏举是也！

有人说，写字要先立后走再跑。他却一反常规，上来就是一阵行草，写得羚羊挂角、雪泥鸿爪一般。如果，小草、章草是精巧的园林小品之秀，大草则是沙漠之瀚，一种气势；那么，陈鹏举的行草，则是"如花美眷"，一处人文景观。一次在凤凰的玉氏山房玩，陈鹏举用长锋写了几个字，主人黄永玉先生看得高兴，说："我就用你的这支笔，给你画个像吧。"并在像旁题款"仿鹏举草书笔意"。这是玩家对玩家的赏识与器重。当年（2011年）黄老先生在上海参加巴金纪念馆开馆活动之际，在朋友的安排下，我也有缘"一蔼芝仪"，零距离把玩一个大文人诙谐而不失幽默的性情……

陈鹏举那些尺牍、手札，用毛笔书写在宣纸上的，更多的是文人间的一种酬唱、一种文化。我有意无意地藏有他多幅此类手札。这些字，阅读起来往往率性而书，一种心绪、心曲使然。比如，《文博》版"文博断想"栏目的文章题目，便是他用毛笔，在办公室里蘸着宿墨写在宣纸上的，细心的执行编辑（我内人），将它一一收集起来。陈鹏举见状后拿去朵云轩装裱成长长的册页，他题签并作了序。如今，这些字或许是陈鹏举的一襟情怀，属于中国文化最后的古典了。

那年"凤历堂尺牍展"在刘海粟美术馆开幕，这是上海首次个人尺牍展。作为文人和书家的陈鹏举，这次将在"凤历堂尺牍展"上展出他的笔记、偶感和书札三部分的尺牍共 61 件。尺牍是指用毛笔写在木（竹）简上的书札，存世的晋代以来的书法真迹表明，尺牍是历代书法的主体样式。陈鹏举表示："这是一个活在当代的人，战战兢兢写出的仿佛很古老的尺牍。一个民族的文化成果，应该不会消亡。"

展馆琳琅满目地挂着他百来幅尺牍，整个展区浸润于尔雅与古典的人文气息中。细看作品，有的如雨夹雪，无横有纵；有的水墨纵横，元气盎然。他的字，弥漫着浓浓的书卷气，有时会想起方家的书法，不见烟火气。若孤立地看，有些字显得粗头乱服，但还原作品，竟是璧玉散落。他的字不见豪迈沉郁，而是流畅，有一种不枯不荣、落拓不羁之美——浓墨中透点润，顿挫中不露怯，点划中透着拙。这拙，拙得人文，拙得可爱。写字本是一个读书人的本分，他更是将笔墨宣纸，视作自己的一种心的归宿，是他文化血脉的一方故土、一种乡愁。


## 玩家的气场


一件古玩，随着岁月的积淀，有了"皮壳"，俗称"包浆"；人，书读多了而博涉厚养，便有了气质、有了"气场"。

1995 年《文博》创刊，字、瓷、书、画样样都令他大饱眼福，拓展了陈鹏举的学识、学养与人文构架；同时，体现他"以通驭专"的才情，每期一篇的"文博断想"正是他的一种文化观照。往日心仪的赵无极、刘海粟、谢稚柳、马承源、朱家溍、王世襄诸位大家，先后走进他的文化中，教给他许许多多。他一再说自己"听君一席话，胜读十年书"。

他也一再说，我的一生可能做许多很荒唐的事。但是《文博》这个版面，是我的饭碗，是安身立命之本。人一辈子总要做一件踏实的事情，不然自己都对不起自己。这是他的心里面话，《文博》是他的一项事业。最有味的是"老三届"自居的陈鹏举，时常腆着肚子，大言不惭地嚷嚷自己的学历是"初二"、"现在的书法和绘画都有问题"、"要不我开个画展给你们看看"。

谁说这只是一句戏言，2005 年陈鹏举画展真的在朵云轩举行。画展中，他还对记者说："我又不会画画的，完全凭感觉，觉得这里画一笔好，那里添一划灵，就这么干了。"这一番颠覆艺术的话，着实令多少行家汗颜。更有甚者，陈鹏举还为《上海书画家名录》作序，并说，不少书画家喜欢他作序。"我的序就是定论。"其口吻，着实令人敬佩。

陈鹏举曾说起一个艺坛逸闻：2000 年末，鹏举兄在上海图书馆举办他的诗书展，程十发作序，曹可凡主持，众多名家名流，竞相捧场，展厅里的花篮，逶迤如仪，煞是壮观。与陈鹏举堪称"忘年交"的黄永玉老先生，则特意画一张"大花篮"送来祝贺。有趣的是，这幅画落款为"200年"。更夸张的是，当日朵云轩有个收藏展开幕，可程十发、曹可凡等人与多家媒体尚在上图。朵云轩不得不延时，直到下午四时许才得以开幕。

前几天，陈鹏举更是在"环球艺术雅集论坛"上，主讲《收藏鉴赏中的十大关系》，即："精英和大众的关系、文物和藏家的关系、财富和品位的关系、沧桑和人文的关系、审美和学养的关系、价值和价格的关系、真品和赝品的关系、现玩和古玩的关系、经典和稀缺的关系、艺术和工艺的关系。"可见其对古玩鉴赏的学养之深，以及他对古玩的整体把握与其独到眼光,为人注目。"一线的考古学者,不是鉴赏家。鉴赏家只民间才有的,为这些流落在外面的物件,作出评判。玉、瓷器、字画……把玩手中,默默凝视,人与物之间心意相通,它的线条、姿态,看着感觉和中国人一样,谦恭、温和。好的艺术,应能经受时间的打磨、推敲,时间可以改变一切。古玩的另一好玩之处,就在于我们现在看到的唐三彩,比唐人看到的还要漂亮,这就是时间的魅力,它会带来岁月的厚重和积淀。"这是一个玩家的襟怀,一种玩家的气场。

我习惯称陈鹏举为玩家,一个纯粹的玩家,并不以收藏、功利为目的。比如陈鹏举鉴赏文字,就是玩家的心态,纯粹的一种心绪物语,不靠剽窃、作秀博眼球,而是以文养玩、以玩写文。因为,人生最后的心情不是拥有,而是淡定,圆满一个玩家的心境。

今天,陈鹏举玩累了——1981年开始发表作品,著有旧体诗词集《黄喙无恙集》,散文集《美意朦胧》、《九人》、《文博断想集》、《凤历堂题记》,办过多个个人书画展;曾任解放日报《文博》版主编15年,同时撰写个人专栏"文博断想"。现为中国作家协会会员、中国美术家协会会员,上海市书法家协会主席团委员,上海诗词学会常务副会长,复旦大学《诗铎》丛书副主编。又为上海市收藏鉴赏家协会执行会长、法人代表,秦汉胡同文化顾问。

然而,退休后的陈鹏举又被《新闻晨报》招安了,让他再继"文玩",开始他信马由缰的新的驰骋。该栏目每周(周二)一期,其经典个人专栏"陈言录"又成他的招牌文字,为众多读者、粉丝所追随——由《解放日报》的"文博"而转而《新闻晨报》的"陈言录"。

人最宝贵的是思想,思想是靠文字,包括字画、建筑、文物,是因为内心有思想、有人的精血。而所有的这些,又都需要一代代去保存的,也都应该在一代代人间流传的。他说,做学问的人是高尚的,交流字画的人也未必不高尚,没有他们,没有拍卖,文化被误读为学问,学问被幽禁在书斋里。结果是,书斋里的人误读了文化,而人民大众,很文化地读到了文化的悲哀。文物是要展示的，字画是要交流的，就像做客，不能老是呆在一个人家里，要走出去，到处走走。字画，还有书籍，都是这样的客人。我一朋友粉丝，竟将陈鹏举所能见到的文字均一一开列，装订成册，成了我的"床头书"。每每阅读，竟成把玩。比如，陈鹏举在《文化艺术是一种温情》中说：

文化是一种温情。温故而知新，温良恭俭让，让我们面对历史和立身人世。司马迁苟活人间写《史记》，只是因为心里有许多对历史和对人世的温情要倾诉。《史记》是一本怎样的书啊！它是史书，更是一场旷世的温情歌哭。他举例说，文化是一种温情。彩陶上的画面，为什么这么美？没有温情是万万不能画就的。后来有了陶和瓷，也是一代代、一年年地美不胜收。宋代五大名窑，那种釉色，甚至到了天工难到的地步。还有器形，哪里是一件工艺品、艺术品，简直就是中国人的神态举止。再说瓷器是极易破碎的。人为什么创造这么易碎的作品？这是不是无意间透露了，人的内心与生俱来的温情需要寄托，人需要在天地间顽强地显示温情的无所不在呢？应该是的。不然没法解释，一代代、一年年的收藏家，不遗余力地保护这些和人的温情一样易碎的文物，而心甘情愿、至死不渝。还有晋唐的文人，写出了极动到极静的字。譬如颜真卿的《祭侄稿》，大悲痛到大沉静，这种做人做事的境界，只有对人世饱含温情的人，才能到达。宋元画家，画出了让后人永远无法企及的画。譬如范宽的山水画，这样的高山大壑，甚至看不明白他的笔从哪里画起？再说长城，我一直不认为长城是暴君个人的作为。长城是用来抵御外来侵略的，至少有理由修筑。

陈鹏举在文章里说，长城不是匆忙的堆垒、不是豆腐渣工程，长城是无数工匠的心血甚至是血肉筑成的。修筑长城的无数工匠，我相信更多是没有怨言的。因为面对长城、置身长城，谁都会感觉到长城的横空出世和细致入微。万里长城告诉我们，当时无数的工匠是用他们内心的温情，为这个伟大的国度和他们自己建造了真正永垂不朽的纪念碑。大匠无名,只有温情永恒。也像黄永玉一篇散文的结尾所写的:我爱人类的快乐,也爱人类的痛苦。由此更可以相信,文化是一种温情。

我庆幸自己有识陈鹏举,是他的文字开智我的思想,为我打开文化之窗,他让我知道,古玩是什么? 古玩之所以美好,是因为它褪尽了人间的习气,有着十分的天真。天地有大美而不言,这大美是天地,也是凝聚着人的精血和心境、满含天真的古玩。可真正的鉴赏家,其实都是赤子,一个怀抱着一颗心便永远不改变的赤子,为了古玩的传承、为了古玩的纯粹和永生,他们献出了全部的精血,甚至可以献出生命。

陈鹏举新出了一本墨迹集,名叫《北溟有鱼》。上海大学硕士生导师胡建君为他的诗情书艺所识而著文写到:北溟有鱼,名曰鲲,化而为鸟,其名为鹏。这鲲到底是极大的还是极小的,庄子与《山海经》的说法并不一样,只是大或者小到了极致,也就大小莫辨了。生来担有大鸟名的陈鹏举,也总想追问这鱼的身形与归属。他说:"鸟鱼相见里,回到降生初。"降生之初,他是辛卯年的兔,属于十二生肖中小而柔弱的,而兔又介于大而威猛的虎后与龙前,也曾经披着虎皮化身为"菟",在明月上不辨所踪,在陆地上又不止三窟,不知生从何来、归往何乡?

正像他忘年好友黄永玉写的《无愁河上的浪荡汉子》,这个名字也适合于他。陈鹏举说自己不看书,也没有师承,一切真如逍遥游。因之他的笔墨似乎有着一种无所依傍的力量。笔下的墨迹神采飞动、姿态横生,不着意而有天机生动之妙。早期笔意多牵连映带,时见肥笔,如鸟掠鱼翔、杂花生树。之后用笔更趋苍率,心手两忘,行间加宽,笔意却更见密实,尤显古拙淡远、丰神朗畅。他总是书写自己的文字,书写尺牍和手卷。北平笺谱、朵云八行,书写金缕曲、满庭芳,还有三两话语、千字文,声情流转。譬如书写汶川心泪俱下,书写唐井阑温润安详,真真见字如面。偶尔也写他自己以外的心仪的文字……然而兔起鹘落,终留痕迹,细审之下还是渊源有自,可寻颜真卿、何绍基风骨,还有唐人写经与摩崖石刻的印迹。大概源于他平日收藏的游心寓目,目光停留处，刹那成永恒。

　　因为，我在陈鹏举的文字里或从他收藏的秦砖汉瓦或者宋元明民窑青花中寻到根底。又因为看到了齐白石和林风眠的真迹，那第一眼的感动与震撼，直接从心底传达到了纸端。那些飞翔的鱼、游走的鸟、无根的舟船、无边的云天、无忧的少年，书写成无尽的岁月。说是民间的笔墨，又浸透着文人的忧伤。

　　同为宁波人的胡建君是这样说的：他是没有根的，却随处可以停息，正像他栖身的"凤历堂"，"历"，只是一种时日，或栖或举、将行将止。"生来到今，这鸟还是这鱼，还在北溟里。"我视其为知己者也。

# 张达兴:承袭传统 演绎生命

　　笔者按图索骥地走进画家张达兴位于老城厢的画室,学前街、尚文路、文庙路……一并构成张达兴的人文环境而筑就了他的创作灵感,令张达兴笔下或大或小的画作,无不凸显他对生命的审视与对人性的感悟——仿佛从张达兴的画作里,最能读出画作者的性情。

　　是日,笔者兴之所至地在他的画室里,走近了张达兴笔下的人物与风景……

## "人物画"更有故事

　　张达兴对笔者说,他师承以油画《我轻轻地敲门》而震动美术界的中国著名实力派油画家俞晓夫。有人评说俞晓夫:"与其说他在画画,倒不如说是一种梦呓。"同样,笔者在张达兴画室里那些大大小小的画布上,分明也触摸到画家对生命的一种人文关怀、一种精神自觉,且身体力行十余载。

　　为了提升油画理论,张达兴还参加上海市油画雕塑院油画创作高级培训班,一个绘画艺术的"黄埔军校"。也渐进形成张达兴的油画风格,一种温婉而又厚实之感,仿佛"力透纸背"而与俞晓夫相承一脉——

作者为张达兴油画撰写评论

即用"写实"手法涂抹出自己的感情世界,用作品"说话",那是一种艺术张力与文化力量。他说,最有人气的画作,必须是写实主义;能够称为艺术经典的也是写实居多。

同时,他要求自己作品的"人物"都要让他们活起来,与读者"互动"这才是成功的"人物画"。诚然,张达兴的"人物"令人沉浸其间而走进了"历史"、走进了张达兴的绘画世界。常常把不是画里的"东西"画进他的画里,这是一个高人之处,一种学不来的人文积淀。以至,把内心潜在意识,不自觉地带入他的人物画,而带有人文意味的历史画,成为张达兴的人物画的一个"看点"。

画如其人——张达兴的画就如同他的处世为人一样,质朴、真诚、不事张扬、绝无夸饰之处;而是一笔一笔沉浸于心地创作,从而形成他的画风与基调,犹如一帧黑白照,用明暗层次、笔触深浅构成一幅心中的"画"。而故事性的写实油画,便是张达兴画作的一个特点。如《老上海记忆》系列油画,就是这一画风的突出体现。画面细致入微地再现五口通商后的上海,西风渐进的场景……一辆装有有轨电车的货轮正缓缓停靠码头,画面上的各式人等令人嗅到西风渐浓,传统文化的元素与外来文化的元素在这里交汇。可以说,十六铺见证了"东方之珠"从小渔村而一跃崛起,成为中国民族工商业的摇篮与先驱。

以画见史——那是张达兴油画的一大特色。画面通过叙述、展开、渲染、弥漫,让历史和现实交融,在不同的场景对话中发生了故事、留下了情节……这就是张达兴的历史与人物油画的魅力所在。为纪念辛亥革命100周年而创作(与人合作)的《蔡元培与光复会》,成为"解读历史"的一个代表之作。其中秋瑾与蔡元培等人物栩栩如生,呼之欲出。还比如油画"聊",那是作者在欧洲参加浏览时的一个瞬间,竟成为张达兴油画的素材而入画。画面上一中一西两个老人,神情是如此专注,"聊"得是如此入神……画面还细微地表现出一位中国老人手指上还贴了护伤胶,却带着笔记本,应该是有备而来;另一位也忘乎所以地陷于沉思,似乎在专注地聆听……背景是欧洲一个博物馆,画面表现中外文化的一种碰撞与交流。

那是源于画家独到的生活观察与体验,并且匠心独运地将它变成一种艺术画面而源远流长……画家在这里运用油画语言,为读者细腻地烘托两个人物的气质修养与他们的文化背景。因为,有了文化、有了艺术,人们的生活才有滋有味。画画也成了一种艺术形式,而成了历史的主人,画中人则是一个"时间过客"。

张达兴既是一个"表现欲"很强的人,同时又具有很强的"使命感"——这正是张达兴的画画动力。他的得意之作《王者归来》,令历史画超越了原有的历史画的概念,不是再现历史,而是穿越历史,是在历史题材、事件、人物上重建的一种意境。有人说,那是他把某段经典的文化大餐,切一段下来嚼一嚼、品一品而"重构"。令油画不是简单重复,而是一种升华。若没有这一使命的画家,精神一定很羸弱。笔者以为,表达思想,不是直接表达,而是通过艺术表达。所以欣赏张达兴的画先补下历史课,才能读懂张达兴"画里画外"的东西,而有所悟。

## "风景画"也有味道

张达兴情结颇深地说,曾在《解放日报》做记者,有众多机会接触艺术,却直到退休,才真正意义上地"解甲归田"而醉心于画画,乃至"画画是我对生命的一种托付"。

如果说,张达兴的油画是一部"小说",情节曲折,人物繁多;他的水彩画则是一篇"散文",给人众多美的享受;那么,张达兴的"微油画"则是一阙阙"元曲",清新脱俗。从中可以发现,张达兴用油画表现人物历史,用水彩画描摹风景。前者"承袭传统、演绎生命",后者"捕捉风景、写意生活",两者各有所工。

张达兴笔下"风景也有味道"的水彩画风情万种。《峥嵘岁月中》那个藏族老妇,《阳光下》那个老农,《心愿》中那对母子,《火凤凰》中那个舞者,比之油画,它有透明感,比之国画,它有立体感。这就是水彩画的特有效果。"画家林林总总,画作汗牛充栋。但能独辟蹊径,走出自己的路来,这样的画家不是很多。虽然同在一座大楼,但多年没好好接触,原来他在潜心创作。士别三日,要刮目相看了。"——那是《新闻晚报》刊出的张达兴水彩画专版,其主编丁锡满欣然为其撰文。

文中赞赏他的水彩画风情万种,因为颜料和湿纸要相互融化、渗透,融化的过程就像烧瓷器的"窑变",有自己的个性与独创。以人物为题材,这真像体操运动员一样,选择了"高难度动作",他成功了。张达兴既吸收了油画的表现手法,又借鉴了中国画的笔墨意境——笔者深以为然!

缘此,张达兴的水彩画作品多次入选全国级美术大展及单项展、上海市级美术大展及单项展。包括《峥嵘岁月——一位藏族老人》入选"上海水彩、粉画艺术展";《火凤凰》入选"全国水彩人物画展";《人民画家刘文西》入选"纪念《在延安文艺座谈会上的讲话》发表 60 周年全国美术作品展";《飘零的思絮》入选"首届全国小幅水彩画展";《热土》入选"上海第五届美术大展";《新华路 231 号》参加"长宁,历史的钩沉,百幢经典老房子油画展",并被长宁区政协永久收藏——笔者期待张达兴有更多的好作品问世,为上海"画廊"增色添彩。

# 山水襟怀 骨相天成

## ——史国安"青绿山水"

　　缘识史国安,始于赏读他的林壑尤美、水谲云飞的山水图,俨然把握他不一般的性情与意趣——那山、那水、那木,无不是史国安的山水襟怀而佳构叠生、神收气贯。

　　国画青绿山水,以矿物质石青、石绿为颜料主色,钩廓、皴法兼用,以山川自然景色为主要表现对象,隋唐以降更是独立成科。一般以虚带实,侧重笔墨神韵,明清、近代,续有发展,新貌迭出。山水画更强调"外师造化,中得心源",融化物我,创制意境。所谓"意存笔先,画尽意在",达到以形写神、形神兼备、气韵生动之工。

　　今天,把玩史国安的山水佳作,宛若坐拥自然山水,伸手可揽。师法自然,境由心生,那是纯粹意义上的中国传统山水,渊源于千秋流艳的文化一脉。这是中国画的特点,也是史国安山水画的创作理念。

　　20世纪的中国画坛,海派画家蔚为大观,从中影响与孕育一代又一代画家,史国安便是其中一个佼佼者。史国安出身于翰墨世家,年幼的庭训与熏染,开始他安身立命地与书画结缘;尤其私淑国画大家陆俨少得其亲炙,尽得"陆家山水"三昧,心追手摹。在他多次踏访祖国的山川形胜后,他说,江南的小桥流水,秀美,秦岭、西藏山水厚重。继而他以西北的豪迈之气融入他的作品里,一举积累了史国安众多出类拔萃

作者采访画家史国安

的山水作品。无论翠黛如染的远山，烟雨空濛的近水，层林尽染的林木；还是或疏或密，或聚或散，处处凸显史国安的笔墨意趣：摩大山气势磅礴，抚近水妖媚灵动。

比如，立轴《秋山访友图》，作品立意高古，构图清新，林木掩映中一茅屋，若隐若现；一访者正走在云水之涧……演绎一幕唐诗意境。"松下问童子，言师采药去。只在此山中，云深不知处。"或许，隐士早已迫不及待，"有约不来过夜半，闲敲棋子落灯花"。《迁岩可居图》也是画家以苍润的笔墨、高古的行笔、飘逸的线条，表现清俊超迈、云水神明的画风。

最有味两帧《山根小亭》《云山观瀑》，另有一工。作品运用没骨法，以涂抹晕染，点画出人物、山水与村舍，更具装饰性、色彩感而为人赏心悦目。在他众多的传统中国山水画中，多了一抹暖色。若按董其昌南北画宗，理归文人画之属。图中构画的高山深处一高士、一小桥、一茅屋，宛若远遁世器，仙风道骨犹闻。其笔墨线条的疾缓枯湿、曲折轻重、山石皴法、云水烘晕、兼工带写，更是讲究经营位置和表达意境——那是史国安自然山水的"再造",一种心境意趣使然。

　　2003 年上海电视台"诗情画意"为其作专题采访,播出众多佳作而广为人识;2005 年受"法中友好协会"邀请,赴法展出并作现场秀;2006 与陈香梅有缘被邀赴美展出,同时在加州大学讲授中国画青绿山水技法,弘扬中国文化。史国安现为中国书画研究院研究员、中国徐悲鸿画院画师、上海市美术家协会海墨画会会员,其古朴苍劲、格调清新的"青绿山水"多次载入大型画册,上海鲁迅纪念馆、上海科技会堂、上海市浦东新区政府等处均有其收藏。画家史国安尤以为人低调、谦和平实而颇有口碑。

# 沈志康：以形媚避 以形写神

　　烟消日出不见人，唉乃一声山水绿——那是中国传统山水画心追手摹的一种意境，也是中国文人最富诗情的一种积淀——中国传统山水画家、"佳韵斋"主人沈志康就是这样一个锲而不舍的跋涉者，一个身体力行"以形媚避、以形写神"数十载的画坛高手。

　　沈志康，笔名"沈园"，号"蓝邨山人"，浙江绍兴会稽人氏。1999年，沈志康毕业于南京艺术学院美术系专攻山水，师从上海著名山水画家胡振郎门下，更是打下他一个"学院派"的底子，作品曾两次入选全国美展，现为上海美术家协会和上海书法家协会会员——堪称沪上"书画双绝，名冠艺坛"。

　　是日，笔者走近"春之声"，迈进沈志康的"佳韵斋"。只见画室里一纸又一纸的作品，仿佛一幕幕中国山水画廊——勾画点染，纵然留白处，也是给人以一种拨动心弦的震颤，体会"不求气韵而韵自至，不求法备而法自备"的境界。精与神、形与貌，在沈志康的佳作里都得到了淋漓尽致的发挥，无论是润墨点染，还是枯笔皴擦，抑或是线条勾勒、水墨点泼，俨然信手拈来，无不寄托着对自然的敬畏。

　　沈志康的画以山为德、以水为性的内在修为意识，始终是他山水画演绎的"中轴线"。从中，可以集中体味他对中国山水画的意境、格调、气韵和色调的理解。他说，再没有哪一个画科能像中国山水画那样给

作者撰写沈志康绘画评论

世人以更多的情感参与——中国山水画那是中华民族的底蕴、古典的底气与文人的性情表现。比如，他的笔墨丹青，凸显山的突兀陡峭，水的温情柔逸，或者是林野小景都意趣天成，给人以高雅隽永的艺术享受。有灵气，眉宇清秀，画如其人的沈志康是1977年参加高考，让他如鱼得水成全他由学工科转而投身艺术，且一发不可收，成就一个工程师画家的美名。

2000年，上海教育电视台为其拍摄专题片时，称他的画作为"江南山水中的传统语言"；2007年，他与其师胡振郎在上海朵云轩联合举办的《上海黄浦画院九人山水画联展》，更让这种艺术风格享誉沪上，实至名归。

一代山水画大师黄宾虹先生说道，"山水乃图自然之性，非剽窃其形；不写万物之貌，乃传其内涵之神"——沈志康便是这样一个传承者。在他的《醉乡图》里，以大块面的杏果贯穿于画面上下，又以江南的石拱桥、赶路的农夫和掩映在果树中的楼宇点缀其间。这些虽是极平常的生活场景，却在画家的笔墨下充满了温馨的情愫，也充溢着他对江南丰收季节的憧憬。

　　沈志康自小喜欢画画,舅舅是他中国书画的启蒙者;赋闲后,做着专职画家的梦想,师承海上著名山水画家胡振郎的门下,数十年浸淫于中国传统的山水画中……他对中国山水画的理念与追求就是,达到笔法细腻、形神俱佳。中国山水画,不是简单的再现自然,而是通过山水作品寄托着画家对于自然的真情实感,烂熟于心地或写意或写实,画出自己心中的"自然"。即用心去揣摩、用心去体会、用心去创作,不需要自己去刻意模仿别人,而是以自己全部的心志与文化作背景去描摹自然——这就是沈志康山水画创作要旨。

　　今天,沈志康的山水画讲究气势、韵律和形式,以最灵动的水,令画面变化万千,大气而秀美。远山近水,通过技法画出土石混合之山,尤以披麻、横点混合连擦一气呵成,令笔的功夫、墨的韵味、色的细微构成一种律动而笔墨酣畅、率性挥洒,以求意境效果。多年来,沈志康的作品参加了全国、省市级美展并获奖,作品《故乡雨后》更是跻身全国第九届美展而为人点赞。尤其,有赖于沈志康的书法功底,在作画中不藏拙,而是任意书写其书法魅力,也就彰显无已。或草书或隶书,无不金声玉振,令人青睐。无论是润墨点染,还是枯笔皴擦,抑或是线条勾勒、水墨点泼,都胸有沟壑、信手拈来,无不是一种心灵深处情感的宣泄。

　　有人评嘉沈志康的画作:山的突兀陡峭,水的温情柔意,或者林野小景、柳松孤舟,都逸趣天成,确有一种对江南山水诚挚真情的神韵,给人以高尚隽永的艺术享受——笔者深以为然!

# 赏心乐事谁家院

　　吴建平擅长以"仕女"、"高士"为题材的人物画，突出其对"人物"的把握与描摹为特色，并将自己的心境融于作品，工写兼具。他用简约的勾勒点划、疏密有致的线条，令画作平添几分神韵与浓郁的历史魅力，使人物极具艺术美，咫尺可触，人文气息可辨。若前者，无不裙袂飘举、兰心蕙质，给人以温婉柔美、典雅天丽，或有唐风遗韵、或有民国风情；若后者，无不闲云野鹤、远避尘缘，令画面飘逸出世、大气空灵。其画作《酒仙》就是一个代表。酒具拐杖、老者古松共醉。酒仙宽袍松弛，坐不能行，醉眼半闭半开，令人想起"竹林七贤"，唐代草圣的"颠张醉素"，揣着明白装"糊涂"，不失为一种处世哲学。

　　细细品读吴建平的画作，其线条、晕染和构图、画意以及布局、用笔，都给人以似曾相识的老到与功底。其实，吴建平是一个"非典型"画家，既无家学渊源，又非科班出身。可贵的是，他的画艺进步神速，渐成气候。

　　吴建平的画，得益于"二王"（王铭划的山水、王宏喜的人物），更是其潜心修炼、多年悟性"孵"画。他深知书画同源，书是源、画是流。就是说若要学国画，首先要练字，书与画线条一脉。国画是集诗书画之大美的艺术。于是，每天的练字也成了吴建平的一门必修功课。而他的练字，却自有一套"秘籍"。吴建平并不是盲目地一味临摹古碑古帖，而

作者清赏吴建平"胡茄十八拍"

是老老实实地一笔一画，从临摹当代健在的书法大师的作品入手，这样便于请教和指点。他说，这样练字更易于"入门"，循序渐进，而且事半功倍。

可贺的是，今天吴建平的每一件画作均被一位藏家收藏。尤其，2009年3月，吴建平的《中国历史人物画册页》已被中国第一历史档案馆正式收藏；其参展于北京的蔡元培先生诞生141年的画作，也被北大蔡元培研究会所收藏。

# 辛裕："陆氏山水"集大成者

　　辛裕出生于翰墨世家。其家族诗文歌赋传于后世者,不乏其人,特别在书画造诣方面,更是人才济济。或许,受世传家学影响,辛裕自小便对书画情有独钟,并显示出超乎常人的惊人天赋。1981年,辛裕携家人定居上海,始拜于中国著名画家施南池先生门下,得号"后山",同时加入萧疰泉(稚泉)艺术研究会任理事一职。因其十分喜爱陆(俨少)派山水,有缘与陆俨少弟子陈幼华邂逅而一见如故,尊其为师,互为知音。由此,也得陈幼华先生亲授,数十年习字著画来辍,心追手摹,倾心而研,终使画艺大进。

　　辛裕对佛道儒有所研究,并将其中内涵真韵,融于他的书画中。他除绘画之外,亦喜收藏,精于鉴赏并将各种内涵掺于画风,堪称采众家之长,补己之不足。尤其,他融"萧陆"两派精华,擅山水,善人物,工花卉……渐渐形成自己独特的风格而自成一脉,为人赞许。

　　辛裕的山水风格大气、行云流水,上追古人而不失新意。其书画作品,令人耳目一新,画面感很强,很是耐看,细细品读中一种审美特别强,多散见于各类专业性杂志,曾入选全国性大型展览并获殊荣,作品多次被日本、新加坡、台湾、香港等国家地区收藏家收藏,深受好评。

　　如果说,读陆俨少的山水画,常给人一种清新隽永、古拙奇崛的感觉;那么,辛裕山水,就具有一种洗去红尘、超凡脱俗的艺术感。画风缤密娟秀，灵气、浑厚、柔媚、犷悍兼具，而使作品有意气风发之美，散发着人文气息，引人入胜。比如《水居之图》《山居秋图》，意境无不高古，笔墨潇洒，传承着山水文人画"天然去雕饰"的人文情趣——即以笔墨技艺为根基，以胸有丘壑为视界，以艺术执著为基点。他的画，不再是自然生活中的具象，而是一种对象化了的概括与提炼；其中有着作者的学识经营而显示作品的勃勃生机，是他从传统的山水画向现代艺术迈进，达到了山水自然与艺术人文的新升华。

辛裕书法，更是心正字工，不骄不躁，奇正相倚。凸显作者不一般的艺术功力。一张《大江东去》，气象自现，字字有味，疏密有致；不激不励，力透纸背；揖让顾盼，各自为政……读着读着，人也仿佛融入字中，为之流连，万千尘缘放下。如果说，晋人小楷是曲赋，唐人小楷是诗词；那么，辛裕书法，则是兼容并蓄而风情万种。辛裕中锋运笔，线条酣畅秀逸，柔里寓刚，心到手到——或许，一幅作品，就是他一个天人合一的过程，无不令人感佩。

辛裕现为STPC（传统书画推广中心）签约画家。2007年被上海市收藏协会评为"07上海极具收藏潜力书画家"及"上海十佳最受收藏市场欢迎的画家"称号。可赞可叹！

# 张培基:胸中有墨韵 点画书性情

　　用毛笔写字并非都是书法,这是常识。有人说得很极端,比如画画,若画像很容易,而画不像则很难。因为,画像未必最好,画不像未必最差——这是一个艺术命题。我却把写字的人分为书家、书匠,前者是"文化"后者是一项"技术",一个以学养为背景、一个熟练即可,两者气象迥然不同。如同文学作品与应用文的区别,因为两者的使命不同。比如,把说明书写得再好,并不等于它就是文学作品一样。所以,我始终认为书法家必须是喜欢读书的人、有文化的人。不少人为写字而写字,缺乏一种儒雅的文化修养和休闲的创作心理,那么,这些人的字即便写得不错,也很难在历史上传承。为什么? 因为历史只对文化人报以尊敬,而对一味写字的,认为是匠人,匠气和书卷气也由此而区分。

　　身兼上海市政协书画院常务副院长、上海市机关书法家协会副主席、上海市书法家协会篆书、隶书、楷书专业委员会副主任的张培基先生,却让我看到一个书家的气象与性情而感佩不已。张培基既是一位知名作家,出版文学作品 10 多部;又是一位书家,是地道的文化圈内人士,并担任着中国大众文化学会常务理事之职,又是中国作家协会会员。我要说的是,书家不仅仅是"写"出来的,而是出于兴趣、出于钟情、出于积累,是一个文化积淀的厚积薄发的过程,是一种境界,一种文化气息的吞吐……只有进入这样的境界,才会有秦篆的尔雅、汉隶的古朴、晋唐楷书的严谨,才会有书之跌宕与遒劲,金石之声犹闻……

张培基先生正是积聚数十年文化涵养之工,融会于书法,于是处处体现出他的文趣墨韵、点画人生之美。读他的篆体生涩有趣,玉女如拱;他的隶书古意益然,拙朴而秀,工整敦厚又不失灵动;其楷书集唐楷与魏碑于一体,显得浑厚庄重。笔者以为,近涩而远俗,是谓雅——张培基是也。

"独立寒秋"、"虎踞龙盘"、"笔歌墨舞"等书法作品集中了张培基篆、隶、楷三书体之味,字幅舒展豁朗、"字正腔圆",成为张培基的书法扛鼎之作而享誉书坛。习字人都知道,书法之工是线条走向的变化和组合之美,既是习字的日积月累、笔墨基础,更是一种学养积淀、艺术造诣。字如其人,张培基就是一个最好的演绎。潜心于书法的张培基,既有俊秀儒雅之气,又不失刚劲风骨之力;既是文化的滋养,又是人生历练使然!

同时,张培基先生的书法评论又是一功。他曾为一大批书法名家和画家写评论,发表于多家报刊杂志。张培基以一位作家的文笔、书画家的审美眼光,屡屡写出视角独特的文章和精到的评述。他曾著文称,"书写时代"与"书写经典"是相辅相成的,两者不是相互排斥、不是割断历史,而是继承发扬、传承与融合。传统诗文重"风骨",时代书文亦重"风骨";传统诗文讲自然、凝练、含蓄之美,当下诗文亦重自然、凝重、含蓄之美,这是传统哲学、美学思想在文学艺术上的相同之处。儒家的中和、道家的自然、释家的妙悟,对传统书法的审美起着十分重要的作用。张培基在 2014 年还以《论上海篆书隶书创作现状及发展趋势》为题,对上海市第一至第三届篆隶书法展进行了详细评述,并在上海市书学研讨会上作了讲演。其洋洋万言的长篇评述在上海书协通讯发表后引起书学界的高度关注。

应该说,书卷气是书家"读书破万卷"而潜移默化在书法作品中的精神因子,是书家的心境、气度、修养诸方面积累的结晶。古代的"知识分子"，或名家大家，大多以文为主，擅长诗文，既懂书论，又能弄墨，往往既是文学家、评论家、诗人，又是书法家。

如果书法要有时代内涵，对一些书法家而言，不要说对当代文明进程有阐释的能力，连吸收、消化当代文明的能力也缺乏，更不用说自己去自觉地写诗、作词，注入有时代内涵的文化和艺术元素。不客气地说，当代书法家与传统书法家相比，不仅整体文化素质特别是文学涵养在许多方面有明显下降，而且精神素质、追求书法的目的也程度不同地走向肤浅。一旦书写没有了对文化现状、艺术现状的焦虑与不满，也就不会有书写要体现时代内涵的紧迫感和责任感。唐代对文化的评价标准为"先文而后墨"。到了清代，更是强调学文是大事。这才有王羲之《兰亭序》、颜真卿《祭侄稿》、杨凝式《韭花帖》、苏轼《寒食帖》等，这些作品不仅是书法的经典，也是世代相传、脍炙人口的佳作，其文本身都是声情并茂的美文。因为种种原因每一个人都只是时间的过客，唯有文化才是永恒的主人。尽管王羲之的《兰亭序》手书真迹被唐太宗带进坟墓，文字却永生不灭。张培基能文、能书、能评论，在当代这个相对浮躁的社会实属难能可贵也。

"书法注重文字的内容，书家写自己的作品在古代是一种风尚，而现在却有所忽视，大多数书家不愿刻苦创作属于自己的诗文，从而使内容脱离了时代的脚步，这其实也是一种缺陷！"——张培基如是说。其言可嘉！

# 杨华耀：字里画间皆性情

　　笔者与杨华耀有过一面之缘，那是在茗香茶语中，初识杨先生内敛与淡泊，一个沧桑与睿智写在脸上的性情中人。他六岁起潜心字画身体力行数十载，那是一种学不来的人文学养的积淀而滋养着他刚正不阿与热情奔放。一如他的字，遒劲中有张力；一如他的画，充满着生活的讴歌与淡淡的乡愁——笔者称杨华耀"字里画间皆性情"。

## "心正字工"

　　是日，笔者在"海上书画艺术研究院"浏览杨华耀书画集《吉风万里》，竟是屏声静气地一帧帧读下去、读下去……画家谢春彦说得好，没有金钱是万万不能的，宣纸上没有"笔墨"也是万万不行的。笔者在杨华耀的书画里分明揣摩到一个儒者蕴藉深厚的笔墨——心里如何一声"震撼"可以了得！

　　他说自己的字脱胎于文革中的大字报。当然，他不为"文"负责，他只为一笔一画的"字"负责，而写得心手两畅、字如其人，笔者正是从杨华耀的字里读出了"沧桑"二字。"半生落魄已成翁，独立书斋啸晚风，笔底明珠无处卖，闲抛闲掷野藤中。"那就是杨华耀的心路，终因针砭时

作者评论杨华耀"性情书画家"

弊而"不为五斗米折腰",继而负笈去皖来沪,更是潜心浸淫于中国的汉字之美,精心习研,心追手摹。他将笔墨与心境营造一种物我两忘而令字倚斜跌宕,多少性情在里面。那就是杨华耀把不是字的内容写进了他的字里,这就是杨华耀的一个过人之处。

一纸遒劲古朴的"张玄墓志",杨华耀写得字秀隽永、风神玉貌;纵然笔转提按、处处内敛,"看似寻常却奇崛",集灵动、婉约、挺拔于一身。他的起笔、收锋老辣,笔致深厚,结字隽永——那是杨华耀"腹有诗书气自华"的厚积薄发,而叫人啧啧赞赏不已。

堪称"新海派"领军人物的杨华耀,草书也是不激不励、粗犷恢弘,点如"高峰坠石"、横似"千里阵云"、竖有"万岁枯藤"……那是书家的心境与书境。构字留白也显动情处,不是刻意的枯笔运用,却丝丝飞白见妙手功力,润涩兼有。比如"苏轼前赤壁赋"行草手卷满纸烟云:幽兰摇曳,龙蛇盘虬之气;纵横捭阖,雄宽飘逸并呈。运笔或正或倚,或收或放,无不风神跌宕。呈现行草艺术的力与美、刚与柔、巧与拙。杨华耀的字总能让人静下心,体验他"轻重、缓疾、润涩"之美,把玩他"跌宕多姿、饶有性情、笔断字连"的书法魅力。

## "杨鸡为王"

画者画心——画就是艺术家的"心电图",是画家的一个情感载体,洋溢着活力、动感和生命力！今天,看杨华耀的画,仿佛聆听画家的心灵独白,或感慨、或凄美、或气吞山河、或婉约柔美……

杨华耀认真地说:"只有中文底子厚了才能读懂古代、近代、现代大师们的书画内涵。来上海几年了,我越来越感到海派艺术的博大精深。"他的著作《心远堂论书录:杨华耀书法论文选辑》剖析古人的艺术道路、艺术特色及其历史地位与影响,这足以见证杨华耀字画之外的理论素养与文字之工。

深谙书为源、画为流的杨华耀,以书入画,无论巍峨大山、浩渺细流,还是水色空蒙的田园,一一付诸于笔端,都呈现一派精神气象。"杨家鸡王"是怎样声名鹊起的,比如《什锦图》写的是十只锦鸡,红冠黄咀、神态各异,出神入化地结伴而行,或昂首、或蹒跚、或回眸、或觅食,演绎一幕温情大剧。他描摹的鸡一般采用轮廓略略勾勒,"没骨法"晕染和羽毛皴染,使之画面率真温馨、神态灵动,极富天机物趣。他的传统山水,也是充满古风古意,直追明清近代,山石嶙峋中透着人文的温情。笔墨中既有石涛的神韵,又有八大的骨气与明清众家的柔美——杨华耀一个博采众长的集大成者。

2014年12月,杨华耀又携百余帧书画力作续岭南书画展后,在深圳海昌艺术馆再度举办个人展,并信心满满地计划明年赴国家美术馆、法国卢浮宫开展——笔者由衷地预祝杨华耀书画展成功,"吉风万里,华彩耀世"。

# 画境 意境 心境

——"新浙派"田原水墨画创始人陈一郎

视绘画为安身立命的陈一郎年近半百,值阅历、资历正当时——今天,他积中国水墨的三四十年浸润,而精心创作多幅别开生面、意境开阔,堪称开"新浙派"水墨新风的艺术佳作,而为人啧啧称道。

## 墨　痴

陈一郎原名陈捷,1982 年考入浙江美院,先功油画,后转功中国画山水与人物,曾师承方增先⋯⋯2013 年,陈一郎以数十年之工创造性地运用写意与工笔、散点与透视,成就他"开宗立派"似的"新浙派"田原水墨风格山水画风,具有中国文人画的造境之意——"画者不过意笔草草,不求形似,聊以自娱,写胸中逸气耳"。

人称"墨痴"的陈一郎,毕业后并未趋附商业绘画创作模式,而是踏踏实实、勤勤恳恳,颇接地气地从最基本、最底层的写生创作开始,年年游历江、浙、四川等地采风。二三十年的坚守,练就了陈一郎一手娴熟的基本功,缘此创新出一套自由的写意山水创作手法,借以表达对祖国江山的热爱、对水墨山水传统的痴情。纵然,平日里竟靠朋友接济勉强度日而一度穷困潦倒,然而陈一郎追求水墨艺术的步伐却未曾停息,实属可佩可敬。

陈一郎画,"味摩诘之诗,诗中有画;观摩诘之画,画中有诗"。画面雨晴雾雪、渔樵耕读、琴棋书画、烹茗煮酒……陈一郎擅长山水长卷,使之立意新颖,气势宏伟博大;细腻处一砖一瓦,表现极为精致,具有中国文人画的神韵及唐宋工笔的精妙。且善于用水留白,而画面空灵,最为难得的是山水长卷具有叙事性。他的《百米百子图》手卷,"得意忘画"地营造出一种引人入胜的画面效果,把观者引入画图中去欣赏,去品味中国传统文化中的无穷魅力。

百子图,描绘顽童聚于庭院之中,三五成群,或坐地弈戏、读书识字、或奏乐呦歌、或玩鸟斗蟋蟀,姿态各异,天真活泼,热闹非凡……晕染勾勒并举地展现民国时期的一幕民生风情的"浮世绘"。其中,有文人豪迈亦有画家的天真,趣味盎然。作品运用墨干湿浓淡、浑厚苍润的微妙变化,以单纯的墨彩概括绚丽的自然。宋代辛弃疾《稼轩词·鹧鸪天·祝良显家牡丹一本百朵》:"恰如翠幙高堂上,来看红衫百子图。"

笔墨是中国画的根本,人文精神是中国画的灵魂。讲究笔墨和人文精神是中国画永恒的课题,文人画重视墨的运用是因为它有以墨代色的作用。陈一郎认为,此画大都馈赠长辈、老师、同道及好友,想看《百子图》全貌,只有聚集这批人,一起品茶品画才能窥见全貌。"文人画",素来讲求意境和情理。陈一郎沉醉于唐宋元明清及近现代的大家作品,时时心追手摹,细细研习;他又对老子和庄子著作进行了复读,过着"苦行僧"似的生活:醒了画,饿了吃,然后再画。不知时间,没有朋友,以自然为师,结合过往的写生经历,以传统写意山水之笔,从而开创了"新浙派"之风。

今天,陈一郎作品颇丰,积累颇多……早年以工笔人物居多,期间的敦煌工笔人物系列就已广获好评,部分作品并被国际联合书画院收藏。陈一郎深知,画挂在画廊里,永远是商品;唯有被收藏,才是艺术作品。

## 心　境

　　文人画是画中带有文人情趣，画外流露着文人思想的绘画——陈一郎是也。文人画"不在画里考究艺术上的功夫，必须在画外看出许多文人之感想"。把画外的东西，画进画里，那就是文人重心境之处。逸笔草草，不求形似，聊写胸中逸气；笔墨当随时代，法自我立，搜尽奇峰打草稿——此陈一郎作画之心境也。

　　一张文人画，它不仅仅是幅画，它还是一首诗、一篇哲理、一段人生。它既是画，又是景，更是画家的心境使然！陈一郎的画，就是一种文化担当，凸显出画家的主观意识和主观感受，多少画境心境在其中。读他的画，犹如观他的心、懂他的品格，将凡夫俗子的庸俗和浊气徐徐排出，人文修养在不自觉中自然提升。比如，他的《春山瀑居图》以笔凝气、以墨凝韵、墨分五色，取山水之势，达心中之意。气势磅礴而无压抑之感，营造山色空蒙之气。他长于把握墨色枯焦润湿之变，深得水墨之韵、用笔之味，构图饱满。虽满构图，但无处不显空灵；虽以水墨画之，但精细之处，处处是景。尺余画卷，却纵贯山湖，实乃难得之精品。其题跋，更添意趣。"春风拂绿，山河翠染。偶此是间，幸与世绝。夫因造化以居，遂就自然而舍。听飞流于即坠，洪其声于雾渺。观峦木之所如，畅其画之物美。日出而作，日落且归，曾不知岁月之几何。时复往兮，时将去兮，赏故化者之与之同好。岂谓光阴之于虚度，而叹人生之止于一隙耶！"

　　《渔樵耕读》图，是传统中国画的一个经典题材。一般表现高人隐士居于青山绿水之间，画面以人物为主，山水只是应景。而一郎的渔樵耕读乃是一幅气势宏伟的山水画，匠心独运。人物是个点缀，表达人物醉情山水、寄情自然的心态,气势宏大的画面感迎面扑来。若静下心观赏,又觉得此画处处是景、笔笔有情。内容虽纷繁,但布局却井然有序,景象壮阔,疏密相当。加之水墨浓淡得体、黑白相用、干湿相辅,虽无颜色而胜百色,由此而增强了山水空灵朦胧之境——这就是陈一郎的水墨精神,达到自然山水与心灵对话——这便是画者造境的高妙之处。

尤其这帧《夏荫对弈图》,画面是一位道者与一位和尚夏天树荫下对弈,名曰对弈,实乃洋溢着佛与道的开豁情怀,演绎的是一幕天人合一的真性情。还有难能可贵的工笔画,《飞天》乃是陈一郎 1989 年所作,将中国工笔画二维视觉大胆改革为三维视觉效果,既不失传统又在传统上大胆创新,开创中国新工笔画的先河。其明亮的色彩给大家带来震撼的视觉效果,留下近 50 幅工笔画作品,所以更加弥足珍贵。

近期,陈一郎筹备建立新浙派水墨研究社,培育新一辈水墨画家来传承中国水墨文化;也是为了让世人知道中国还有这样一个为水墨而痴的画画的人,并将祖国传统水墨之韵传续下去。更有甚者,陈一郎创办了一家“上海魏晋文化发展有限公司”,潜心主打文化牌。因为,文化是各类艺术之本、之源——世界上走得最远的是商品,比商品走得更远的是文化!

# 张江：人文雪域的跋涉者

### ——读一个人的《西藏组歌》

张江的西藏主题油画——他是继陈丹青之后又一位以西藏为题材的中国当代油画的佼佼者。"我认为油画中的民族风采或是人文景观主要是表现他们的精神。只有体现出这种精神，才能追求油画艺术的真实和完美。"

张江身体力行二十载，潜心西藏作画而享誉多多。

## 张江：我的前世就是藏族人

1958年出生于上海的张江，自幼酷爱绘画艺术，1984年进上海交通大学艺术系油画专业学习。当年，俄罗斯的写实画派一直影响着中国画坛，是中国"改革开放"的春风，令一些青年画家陆续走出国门，自觉与不自觉地启蒙对艺术的"沉思与彷徨"，旨在探索艺术的突破与创新。尤其，陈丹青的"西藏组画"，包括陈逸飞、艾轩等在西藏采风，创作了一系列展示西藏人文雪域的油画佳作而诱发了张江。

1990年，张江义无反顾地从日本回归一个人去了西藏，竟一发不可收拾。他最先入藏走的是滇藏公路——"千年马帮"走出的一条"茶

作者称油画家张江"人文雪域跋涉者"

马古道"——瑰丽的雪山高原和热情纯朴的民风以及西藏独特的人文景观,深深地为之震撼,激活了张江的创作冲动。

　　纵然,藏传佛教的不同流派,以及在信仰和祭拜仪式上存在差异,但是,经幡飘飘下朝圣的藏民们,无不五体投地匍匐而行,他们用身体丈量着朝圣之路的长度。那种令人难以置信的纯朴和对宗教的虔诚,一一成为张江一帧帧梦幻而神秘的画面、场景与长长的画卷,堪称风情万种——他说,或许我前世就是一个藏族人。


## 西藏:用油画穿越人文时空


　　轮廓鲜明而粗犷的面容、纯洁而奇突的眼神、绚丽多姿的服饰……张江用油画"原生态"地展现藏民们丰富的内心情感和康藏高原最原始、最本质的生活风貌——业已成为张江油画创作中不可或缺的艺术源泉。

有着西方学院派扎实写实功底的张江,在精神的物化和意境的深化上,把中国传统的阴阳对比和美学观演绎得淋漓尽致;在表达精神层面上,他凸显出返璞归真的东方神韵,令作品充满一种由内向外喷发的内在动力。在情感、神秘感、含蓄感等方面,都包含着浓重的藏文化色彩,不只是猎奇,是一种完全主观意义上的中国式表现手法。

20多年来张江就是如此一位艺术的苦行僧,坚持不懈地跋涉在康藏高原,亲身经历和感受他们的生活环境,16次出入西藏。他借物抒情,抒发自己对这种自然美的感受和追求。表达藏民的风采或人文景观,主要是表现他们的精神,只有感受和体现到这种意境,才能达到画面的真实和完美。张江的作品,无一不是或敦厚粗犷的牧民,或充满期待的少女,或置身于蓝天白云的雪山背景,或夕阳西下的高原旷野,画面宁静、孤寂、俊美,和些许的神秘感美妙而和谐地结合在一起,充分地展示其深厚的人文主义思想和巨大的表现力。

缘此,2000年张江在法国举办个人油画巡回展,西藏题材的油画《冬天》应邀在巴黎卢浮宫展出,荣获法国秋季艺术沙龙绘画银奖。次年他又在法国欧洲艺术宫举办个展,法兰西高级评审委员会授予他"法兰西成就与贡献奖"银奖和荣誉勋章。2006年,张江的油画《回望拉萨》在卢浮宫展出获绘画铜奖,他被推选为法国美术家协会会员。《西藏的阳光》在卢浮宫 LeNotre 厅举行个展,荣获"沙龙荣誉奖"。

# 王承天:古意 古趣 古典

　　申城四月,落英缤纷,宁波籍画家《王承天工笔花鸟画》在上海植物园2号展厅(为期一月)展出,凡99幅,体现画者不俗的作画功力与艺术积累。高式熊老先生,特意题赠一条字幅"圆方书屋",以示对同乡画展的一个祝贺。

　　年届七旬的王承天先生,宁波镇海人氏,其画作擅长工笔重彩、花鸟鱼虫而为人激赏,作品多次入选各类画展;并参与浙江省初中美术教材编写,为培养美术人才而案劳形役。问道丹青,他是谆谆指授,往往得其卷轴者宝之。

　　工笔画的特点就是毫发毕现,细致入微。观其画作,仿佛处于花鸟林苑,远遁市嚣功利。比如他的虫、他的草、他的鸟,无不刻画有工、极其传神,令人潜心入怀、物我两忘。每一件作品处处体现其画风谨、设色雅、结构妙,而为人啧啧称道:淡雅的白菊连连,细细的瓣脉绵绵;丰荷残叶斜倚水面,其间白荷粉嫩次第绽放,款款碧叶层层叠叠;玲珑的小虫,腾跃的飞鸟。细凝他的画,一种悠然自得的野趣便从纸上扑面而来,这里集结他习画四十余年的厚积薄发,可羡可慕。

　　在悠悠品味画作的同时,能感受到那片片绿叶勾起的回忆,那点点碎花留下的痕迹,那轻捷虫子带出的往事。尤其,在局部细节的精妙描绘和画面的巧心安排之下,让人惊叹画师技法的匠心独运:细致而不呆板,静谧而不失生机,情趣盎然,浑然天成,堪称画技一绝。

2010年王承天先生在宁波美术馆成功地举办个人画展,是一个颇具影响力的画家。著作主要有《中国美术家王承天》(画集,上海三联书店)、《中国画画法》(专著,浙江摄影出版社)、《平淡之中见绚烂》(画集,上海人民美术出版社)、《工笔扇面草虫画法》(技法,天津杨柳青画社)等。

有人说,他画的特点是:清,雅,妙,趣。此言不差。笔者更认为,王承天的画不只是"平淡之中的绚烂",更具有一种古典之美,极耐看,那是学不来的艺术造诣。比如1999年所画的《荷花翠鸟》、2010年所画的《幽香入梦》,尤其《香远益清》、《幽香》、《美人蕉》、《暗香》、《月光》、《栀子花》等无不暗香浮动。其用笔之工,传神逼真,颇有宋元工笔的气韵之美,古意盎然;犹如一曲宋词小令,隽永、娟秀、形象栩栩如生——王承天先生的画作最见功力,就是其平淡背后的古趣、古意与古典,那是一种功夫在画外之工。

其画艺正如一友人所称,画者酷嗜"莳"葩"栽"草凡四十余载,皆心追手摹,奉为绝妙粉本,蕴之于胸使然也。

# 不问臧否问性情

—— 张国华、陈友娣笔下的"文人字画"

　　煌煌大庠的中国绘画，无论工笔还是写意，无法山水还是花鸟，包括书法……我一概将其分为画匠、书匠与画家、书家之工。因为，两者境界不一。前者是工匠"玩技术"；后者是艺人"玩创作"，性情寄托——张国华、陈友娣的字画属于后者，我称其具有"文人字画"的别样意境，堪称养眼养心。

　　有识张国华、陈友娣伉俪，是缘于一朋友"惺惺相惜"地传了几帧令尊令堂的字画与我，竟让我连连惊讶、惊艳……在人心浮躁、世风日下的今天，一个学工科的"四零后"出生的企业家，既非科班，又无家学，靠着天赋与悟性，竟有如此雅好每日不辍地习书研画，并将字画经营得妙不可言而令人刮目相看，为人称羡。

　　走进张国华书斋，我分明走进了中国文化的"山川形胜"，它涵盖了人品、学问、才情、思想。董其昌称其"南宗"画脉，画风写意、率真，注重意境、心境，凸显作者的笔墨精神。张国华的画就是介于写意和工笔之间，或是细腻、疏淡、明朗，或是含蓄、雅致、绮丽，表现画家不一般的文化涵养，不负"文人"二字，这与张国华的多才多艺是分不开的。据悉，张国华琴棋书画兼修，功夫在"技"外，这才造就张国华文人画的书卷气。

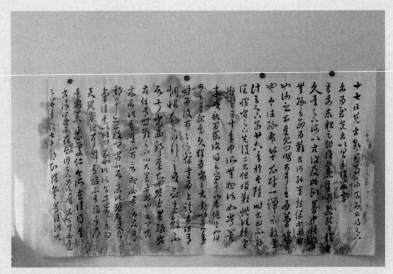

陈友娣女史的隶书作品

　　与其说，张画凝聚的是一个文人"技近乎道"的生命世界，是笔墨情趣、人文修养与心性境界于一体的生命活动，使其笔墨蘸着自身独特的感知模式、思维方式与自己独特的人文世界，多元素地融入他的生活中……还不如说，张画更是用文化精心调制而"滋养"出来的，那是源于张国华对生命本身的感悟与培育，一个人人文学养的多年积淀。譬如，他起笔，意在笔先，胸中有乾坤；他落笔，从容晕染，一气呵成。山水云烟往往运用"没骨法"，而树林、农舍、人物使用简笔勾勒，工写兼备，体现作者传统功底的扎实。

　　尤其，陈友娣的二纸"尺牍"更是令我眼前一亮，似曾相识。在"数字时代"的今天，"手札"属于最后的古典了。那是陈友娣书王右军《十七日贴》（部分），包括首通"郗司马贴"、十八通"胡母氏从妹"……给人以满纸云烟，大小参差如"雨夹雪"，人文气息凸显。字里行间有纵无横、左旋右盘，如风吹杨柳。字体欹侧变化、舞之蹈之、跌宕呼应、抑扬顿挫、提按起伏，虽是寂然无声，却有音乐的律动……书者，抒也。体现作者豁达随和的云水胸襟，"笔法古质浑然，有篆籀遗意"。

　　可见，草书最能体味汉字"一笔一画"的精彩——其书艺竟出自一个女性之手，更是感佩。细观她的字，乱石铺街一般，或闲看云卷云舒，花落凋零而心游于其外；或风卷残云，悠然自得而精神升华。凸显作者字体的体势、笔力、才学与气象——纵是书法留白处，也是一个动情地，最为人把玩。

　　譬如，张国华画中题跋"山间野趣图"，颇有"金瘦体"风韵，潇洒遒劲，使转如环，传递书家淡然世外的心境，"以情感人，用情作书"，是书法成功的不可忽视的重要因素。"一画之间，变化起伏于锋杪；一点之内，殊衄挫于毫芒"——这便是中国书法"线条艺术"的魅力，也是张国华、陈友娣积数十年之工的匠心独运。

# 苏正荣：以书入画 工细兼力

　　工笔画，发轫于大唐，鼎盛于宋元以降而煌煌大观；尤其，陈之佛、于非闇的再次崛起（南陈北于），一举成就中国近现代工笔花鸟画的又一处高峰，而影响着数代人。前者寓刚于柔、寄动于静，表现着精粹的内在美，一扫甜俗和犷悍的流弊；后者"比真花还美丽，比真鸟还活泼"。

　　海派画家苏正荣，积数十年之工，潜心他的工笔花鸟，堪称"以书入画、工细兼力"，其杰作为市场所认可与推崇——这是源于一个画家的悟性、功力、心力的积累，才有他如此的画境与气场——这里主要指画作的线形、质、韵、势、构等诸方面的审美变化而成就一个画家的文脉、心魂的外在表现。

　　据悉，苏正荣自小耳濡目染于一个邻居，而以"毫发毕现"的工笔画入手，趋于渐进地走入当代画家行列且一发不可收。可以说，苏正荣的习画过程，就是他一个从不自觉到自觉的艺术创作过程；他从最初临摹历代名家名作，继而执著于工笔花鸟画研习。他勤勤勉勉，只问耕耘，不求收获，孜孜不倦地追求"线条是一个画家语言符号的艺术变化"。

　　苏正荣说，自己体会最深的就是每天习画不辍，凡五六小时里尘缘放下，潜心画画。他说，自己最有心得的是画"鲤鱼"，那是受吴青霞先生点拨。还有荷花，更是他工笔画的主要题材。他的荷，花大色清，梗挺叶壮。远观荷叶田田，近观风姿绰约。窃以为，他的荷不是画出来的,而是一种"写"。他一般先写叶,侧笔入纸,以点乩法一气点染,追求墨痕变化而叶心低凹处以留白;再勾筋,虚实相间;花瓣间一气呵成,后写梗。他更是屏气凝神地写梗与梗的倚正、疏密、浓淡,以及左右穿插、参差有致,多少灵与逸在其中。

缘此,苏正荣日复一日地"以书入画",就是运用书道来临摹古今名作,再融入自身的悟性,博采众长、融会贯通地凸显"工细兼力"的工整与细腻的韵力。他的画面,给人以柔和细腻、构图新颖之感,颇有"眼缘"。数年来,他一而再地参加各类的书画笔会,从书斋走向市场。有人说,画放在画廊里永远是商品,只有被买家收藏才是艺术品。他每年参加多次画展,且有斩获而培养一批拥趸与"粉丝"。他的画作《仙鹤》被北京世纪名人国际书画院收藏,《鱼乐图》为北京红旗出版社收藏,2007年获任伯年杯书画大展赛一等奖;新近,苏正荣又入选2012年版《中国绘画年鉴》。

可以说,苏正荣的工笔花鸟画,从宋人入手,又师法明代花鸟第一人吕纪,再汲取近代工笔大师陈之佛的营养,用勤奋之笔渗入了现代诸多元素,终于参悟得道。曾有一博客说起画家苏正荣画的蟋蟀。他说,对这幅画我很喜欢,看了半天,觉着那蟋蟀画得栩栩如生,犹如我看过的蟋蟀斗,那须、那腿上的小刺毛、那斑点、那油亮亮的身子,和真的一模一样;那薄羽,仿佛能看到它们叫唤时微翘着震颤,张开的牙口,表明着一场恶斗正呈胶着状。忍不住问了价钱,回答是"一只蟋蟀1000元"。喔唷,画面上是两只蟋蟀,外加奉送一捧水萝卜和两只洋葱(画在边上的点缀物)……那是读者对画作的一种口碑。

# "金氏桂林"誉画坛

金义安以中国水墨山水画为擅长,尤其他的"桂林山水",堪称"金氏桂林"而享誉画坛。

初识金义安,虽说只是一面之缘,然而更多的是拜读他的画作,体会他"丘壑在胸,山水自成"的心境。其画面无不气象浑然、形神俱佳,一如他的名字"有金有义才有安"一样,给人以过目不忘之叹。

金义安是一位工人、科班双重出身的海派画家。他曾谋职于上无12厂,做工会宣传工作;后参加轻工业专科学校包装装潢专业、上海师大艺术系本科学习,凡九年的学历教育,历练了他的美术理论与创作实践。金义安先于上海教育学院创办的《中学生知识报》做首任副刊美术编辑,后担任上海工艺美术职业学院专业基础部高级讲师。

金义安的中国画创作,曾得益于国画大师应野平先生亲授,10岁即浸淫于中国山水画的熏陶与积累。尤其在"后文革"时期(1973年),他与施大畏、张培础、薛芸晴等众多工人画家一同参加上海市第一届工人画展。他以赤脚医生为题材的画作《红心寄深情》而崭露头角,并缘此活跃于上海的美术园地而一发不可收。参展作品亦为上海美术馆所收藏。

程十发先生以"十上黄山"成为美谈,金义安则以"廿下桂林"而为人津津乐道。其中《桂林帆影》(35×34)则是他人到中年、厚积薄发的一个代表作品,曾为诸多媒体刊发。画面或近山远水,或近水远山,互为映照呼应,山体或用浓墨勾勒,或以没骨法渲染,树木以蘸浓墨点划,水面上添以帆影点点,并运用枯笔与留白来表现山的倒影、水光。比如,浓墨处的山体分外醒目,这是运用重墨、浓墨的"乱柴皴",远山与倒影则是虚化而成,使整个画面弥漫着迷蒙与水气,画面凸显深度,有了动感与灵性,更艺术地表现桂林山水自然的完美和谐。透过看似传统中国画的点、线、色、墨,融入画家积淀多年的人文学养与知识构架。画作是种经营,是画家对自然山水、对精神表达的一种心智、一种心绪。

为了更多的"外师造化",感悟自然、感悟祖国的名山大川,金义安年年外出写生,获取营养。黄山、武夷山、桂林更是他的创作源泉。谁知,金义安最先是位人物画家,尔后又受"工艺美术设计"的训练,以至在他的山水画中,掺和多种表现手法与艺术手段;再有多年的大学教育,终成就他几十年磨一剑,以扎实的理论与丰富的实践而步入画坛,为人关注。

金义安主编了多部书籍,如《海派书画名家图录集》《扇面范画 100 例》《小品范画 100 例》,以及多部教材用书。如今他执教于上海多所高校艺术专业,作品被选送国内外展览,并获奖和被收藏。

# 高旷寓神韵 圆雕塑精气

## ——高旷寓的人物雕塑

　　高旷寓是当年活跃文坛的梅朵、姚芳藻外孙,由于时常出入江宁路(美琪对面)探望老人,耳濡目染地受其熏陶……缘此,高旷寓大学及研究生学的雕塑有了较厚实的人文背景,渐进由攻而工。他主要师承吴为山教授,现为上海建桥学院青年美术教师……他说自己小时候就喜欢拿土揉揉、搓搓、捏捏,从而走上一条雕塑创作之路……是日,笔者有约走进他的工作室,琳琅满目的都是立体的塑像,成品与半成品,艺术氛围特别浓;还有就是书橱里林林总总的美术理论书籍。他深知,一个搞人物雕塑的人,必须有中国文化、中国历史的底子;否则他的艺术之路走不远,因为气不够。

　　除了雕塑还是雕塑的他,说自己喜欢历史,今天除了在大学教学就是一个人躲在工作室里创作,投入而专心致志。没有这份静心,是无法进行艺术创作的——高旷寓如是说。或许,高旷寓自小生活在上海这个繁闹嘈杂的大都市中,可能受到"快餐"文化的洗礼而使人变得"浮躁"不堪……然而,高旷寓竟能潜下心,享受三弦和琵琶的轻拢慢捻而沉浸其中。

　　缘此,《一代宗师蒋月泉》这一雕塑作品跃然呈现,那是高旷寓被蒋月泉的艺术魅力醉心向往而塑。吴宗锡在"为蒋月泉塑像"一文里,褒

青年雕塑家高旷寓

奖高旷寓的天分与后天的勤奋。"已故老友梅朵、姚芳藻的外孙高旷寓，自幼喜爱美术，天资颖慧。研习雕塑，尤重人物肖像。在我看来，为人物塑像是很不容易的。画像是二维的，还能敷色，而塑像是多维的、单色的。要从不同角度层面来体现人物的容貌特征，求得逼真，是较难的。塑像要具有深厚的功力、娴熟的技术，才能达到形貌的逼真，但要体现人物的性格和精神世界，即所谓传神，成为一件艺术品，就更要深入人物内心的意象经营。高旷寓出于对艺术和美学的追求，和对学术文化的尊重，已应约为徐中玉、姜椿芳、钱谷融等多位文化名人成功地雕塑了肖像。"

高旷寓在创作中运用"意识在先"理念，围绕着蒋先生的性格和生活性的表情而展开创作的思维。尤其，抓住人物微微上翘的嘴唇和放松眉宇间的微笑是能展现出性格的表情，令整个作品重点刻画了嘴角和眼神，嘴角的上翘微笑和眼神的笑意，仿佛让人再睹蒋先生说话时的诙谐幽默，且在说笑间不经意间流露出微笑表情……高旷寓很好地运用了复杂且不重复的泥点来塑造眉宇间放松的状态，并试图准确地塑造和复杂的泥点所产生的肌理效果来表达对象的表情和个人性格——或许,雕塑就是一种凝固的音乐。该塑像将如约在苏州评弹博物馆展出。届时,观众可以一睹蒋月泉先生的风采。

东汉的"说唱俑"是一个经典,曾是笔者《甬剧史话》的封面背景。人物一面击鼓,一面演唱,既表现了其演唱的艺术特色,又表现了演唱者的音容笑貌——高旷寓深谙为蒋月泉塑像,既体现评弹说噱弹唱的艺术特色,同时,体现了蒋月泉常有的那种幽默含蓄,和"放噱"的惯有的调侃和自嘲式的风趣俏皮——那是高旷寓艺术创作的要旨。作品《大家·钱谷融》参加南京大学 110 周年美术大展,《炫动的生命力》入围青奥会"南京·国际体育雕塑大赛",《傅雷》参加苏州第 2 届双年展、城市纪念公园雕塑艺术展。《巴金像》陈列于巴金纪念馆……高旷寓的每一件作品,都是一个厚积薄发的艺术创作过程,多少性情在其中!

# "画"样年华——庄晓璐

　　用画笔记录下生活中的点点滴滴，但却又不是简单地看见什么就画什么，而是将个人的情怀和丰富的想象力融入其中——她就是沪上一位充满理想主义色彩的年轻画家庄晓璐。"把内心世界画出来，可以是一个开心的故事，也可以是一个心情忧伤的故事，总之把自己带入作品里，那是画家的责任。"——庄晓璐如是说。

　　今天，在庄晓璐"散点透视"的油画作品里，充满童话、寓意的色彩，使人联想"夸父逐日""精卫填海"等中国神话。有的形象天真、造形夸张，却画面温馨，带有很强的装饰性、象征性——那是笔者首次读她的油画的第一观感。她说越简单越温暖，也越感人——那是一种温暖读者的人文关怀。

　　有人评论说，观摩庄晓璐的油画作品，能感觉到一股青春气息。这是庄晓璐油画的最大特点与特色。因为，她的画作构思独特、造形多变、线条流畅、色彩明快，富有幻想色彩和给人以想象空间。那是用颜料涂抹出的一种诗意表达，一种画家对精神世界的呼唤，一种对理想世界的向往。总之，读庄晓璐的画，就是走过了她的内心世界，走进了她的"画"样年华……虽说，笔者与庄晓璐缘悭一面，但是，并不妨碍笔者对画家庄晓璐的心路把握与对她作品的欣赏。

　　庄晓璐说，她的自画像"鹿小姐"头上有角；后来角没有了，说明人

青年女油画家庄晓璐

成长了;而身边继续是森林、小鱼流动,画面依然是童话世界。她还说喜欢打高尔夫球,那是在一个寂寞世界里如何守住孤独、在孤独里发现自我,那是一个"破茧成蝶"的过程。如她的油画一样,是一种生命寄托——即用自己最大的勇气去追求自己的生活理想与目标。

可见,庄晓璐不是单纯地用传统油画笔触,来细腻地表达画面。而是通过她平静的构图、单纯的颜色,让人耳目一新,营造一个安静、和谐、充满意趣的美好世界,以期待大家的共鸣——那是庄晓璐的精神世界的一种艺术观照。旨在用画面表达创作者的个人情怀,与理想追求。

缘此,庄晓璐是擅长于儿童与少女类书籍封面设计和插图的青年画家。她读高中时就开始为《上海中学生报》画连载故事"小璐周记",每周一幅的四格漫画,这一画就是十年。同时,为上海《少年文艺》画过两年的封面画。也为曹文轩、秦文君、张怡筠等著作绘制插画,为散文集创作过封面,甚至还为诸多知名的商业品牌"多美滋"、"雅培"、"上好佳"、"KOSE"等知名企业绘制绘本⋯⋯渐渐显示出庄晓璐不俗的油画积累。今天,庄晓璐画过的图书已经达到七八十本,但她却似乎并不满足于那些在别人看来已经相当不错的成绩。

如果说，她为别人的图书画插画，那是替人做嫁衣，是一种谋生、一种营生，旨在取悦别人；那么，画自己的内心世界，才是一种谋心、一种生活方式，取悦自己才是最大的画画快乐。比如，近期《庄晓璐的童画世界》油画展在新天地华府天地展出，就是一个成功的开始。她的画有故事性、有意蕴，若配上她自己撰写的富有哲理的优美诗文，更是珠联璧合、图文并茂。

庄晓璐说起自己的画，脸上洋溢一种如数家珍般的愉悦，那帧《光阴》，一个女孩子抱着四棵树，象征一年四季花开花落……《我不是我》说的是人的两面性、多样性，表达人性的纠结与挣扎……那是"画由心生"的使然。她还为第一财经"谁来一起午餐"绘制环保 T 恤，受邀参加别克主办的公益环保活动，做插画老师，教学生画心目中的环保车；2014 年成为 ELLE 浪漫女性，代言一款皮包，并手绘明信片；2015 年受邀参加 BMW X1 西藏之旅，并以画家身份为 BMW 拍摄专题片；还为团市委主办的青年志愿者公益之夜制作孤独症儿童的视频。

她在《新闻晚报》、《新民晚报》、《上海电视》、《上海中学生报》等报刊杂志开设图文专栏，声名鹊起，部分油画作品已被店面及个人收藏。"那个挂在画廊里的画永远是商品，只有用作收藏才是艺术。"——庄晓璐的作品是也。

今天，庄晓璐的油画作品业已引起画界和收藏界的认可与关注。上海电视台纪实频道短纪录片《上海 100》，已完成庄晓璐创作、写生、画展、青春派等镜头拍摄；上海第一财经频道《艺品生活》称她为 2014 年度新锐画家，而渐渐走近读者的视野……

# 纸画也出彩

## ——袁旻罡与他的"弃纸涅槃"

在一个机械化、电子化的时代，人们渐渐地厌烦冰冷机械呆板的那快速而无情的复制；而开始令人怀念"全手工制作"的手感创造的温度与慢活。——袁旻罡以他"点纸成金"和他的"纸也能出轨"的艺术而为人点赞。

## "点纸成金"

用脑记忆，或许记忆不复存在；但用手艺来记忆，可以获得永恒！——"2015 年全国科普日主题活动普陀区启动仪式"上，袁旻罡先生 72 幅"废弃纸贴画"，吸引每一位在场观众的眼球。纸贴画是中国民间剪纸的延续和发展，是利用各种废弃挂历和画报的色彩、阴暗、肌理的各色纸材料，运用剪子、胶水等工具进行拼贴、组合和重叠粘合，主要以花卉、人物、风景、动物等题材制成的作品，具有工艺性、绘画性、装饰性的艺术表现，具有三维立体的效果，给人一种朴实、自然、色彩丰富、独具一格的艺术魅力，并通过光影透视变成纸贴画的三维立体空间，具有各类画种的特点。

袁旻罡纸画《民族少女》

　　令人为之惊叹之余，感慨生活中比比皆是、唾手可得的废弃纸谁也不会去在意它的艺术含量，但偏偏在袁旻罡的创意之下，却能涅槃成观赏度极高的艺术品。

　　袁旻罡自幼学画，青年时代周游列国，在"未来环保主义思想"的影响下，他对绘画艺术认知有了颠覆性的嬗变。他深谙我国是一个人多物稀、资源贫乏的国度，深感一名艺术家的担当和责任。当别人还在为多少一平方而锱铢必较时，他却踽踽独行在循环环保艺术的探究中。他先后钻研过咖啡渣堆画、废弃罐装置艺术、羽毛贴画、麦秆贴画等等——这就是袁昱罡最初的艺术观念积累。

　　缘此，颇有绘画功底的袁旻罡便改换门庭钻研起废弃纸，竟驾轻就熟地创作出了"纸浆浮雕"，继而醉心纸贴画创作。它是民间剪纸的延续和发展，利用废弃的杂志、报纸，根据各种纸材的不同色彩、明暗、肌理、通过剪切和拼贴工艺，塑造了光影透视的立体艺术图画。加之袁旻罡的不断钻研和创新，在他的作品中，花卉不失野性之美、人物具有诙谐幽默，令画面充满生活情趣。

"终日苦想难有就,爱女一举定乾坤。"——那年,袁旻罡小女幼儿园寄宿在读,周末老师布置"迎奥运"贴画作业,5岁的女儿自然赖上了其父。不曾想,女儿的贴画在幼儿园里得奖了。这一奖让袁旻罡醍醐灌顶,使他一发而不可收,拼命埋头于废弃纸贴画的研究与创作。他介绍"贴纸画"的制作流程,首先读纸,对收集到的纸都要了如指掌;随后画底稿,将底稿的每一处进行复制,利用相应的色彩纸,然后将复制纸与相应色彩纸夹在一起,用剪刀沿复制纸的线条剪下,再将剪下的色彩纸,按底稿拼贴在一起,贴画便完成;其次剪贴,按先剪大、后剪小的过程,最后拼贴,有平贴、重叠贴、交叉贴,大功告成。

## "纸也出轨"

袁旻罡遵循的原则是只用废弃纸,贴出工笔国画的线条与精美、年画的细腻、装饰画的效果、卡通画的动感、剪纸的块面,还不受题材的限制。包括古代人物系列、动物系列、风景系列、卡通系列、装饰画系列等都是他不竭的创作源泉。在"第七届上海科学生活大使"评选活动中,他的"贴纸画"脱颖而出、拔得头筹,获得一等奖,被上海市科协授予"科普达人"称号。那是袁旻罡早先的工笔国画、小写意、书法、词、诗、文、灯谜的一个厚积薄发……有人说:"搜尽生活废弃纸,循环利用;创造平民艺术品,意识超前。""乱七八糟一堆纸,零零星星谁在意;巧手为其做嫁衣,挂在墙上成大艺。"——那是对袁旻罡的褒奖与认可。他说:环保是全民的事,废弃纸贴画融文化、艺术、创意、环保、手工等多方位正能量元素,希望有识之士、企业家们能将环保艺术融入到企业文化中去。

袁旻罡"贴纸画"将废纸本身的色彩、图案、纹理,发挥到极致。通过想象,通过剪贴,创造出一帧帧精湛的艺术品。不仅告知我们艺术无处不在,更向我们诠释了物品循环利用的真谛。

　　记得在一次画展上,他结识了一位老人,告诉他学画画的材料买不起。是啊,成本过高的学画门槛,让很多老人、儿童止步于门外。袁旻罡的"废弃纸贴画"让老人眼睛一亮,这种无成本投入的艺术,正是我们社区所苦苦寻求的一门普及型艺术。愿我们的老人、儿童脑用起来、手动起来,都可以成为自己艺术的主人。

　　著名收藏家、书画策划人袁永青感叹道:我自出道以来,大小书画展举办过50多次,"废弃纸贴画"还是头一遭。看了袁旻罡的画展他更是不吝啬地夸奖:万般艺品穷览毕,唯独"废贴"头一次;幅幅创意各不同,匠心巧手谁堪比。——袁旻罡是也。

# 文人画文脉

　　文人画,主要指中国古代山水画的创作技法、墨韵、笔趣,包括书法入画、诗文入画等等,作为它的一个标志与特点。其有别于五代、两宋翰林画院的院体画。

　　始作俑者是明代书画大家董其昌的"南北宗论",他把自唐以降的古代山水画,以禅宗南北方式,分为南宗(文人画)与北宗(院体画)。"文人之画,自王右丞(王维)始,其后董源、巨然、李成、范宽为嫡子,李龙眠、王晋卿、米南宫及虎儿皆从董、巨得来,直至元四大家黄子久、王叔明、倪元镇、吴仲圭皆其传,吾朝文、沈则又远接衣钵。"他称,"若马(远)、夏(圭)及李唐、刘松年又是大李(思训)将军之派,非吾曹当学也"。南北宗论,成为中国画文脉研究,和古代画史的爬梳剔抉,具有划时代意义。

　　魏晋以来,佛教传入,道教兴起,文人们热爱山水、亲切山水,他们与自然山水共处,通过图绘自然、书斋山水,而披图幽对、坐究四荒。直至宋元,异族入主中原,画院废除,文人们纷纷追求超凡脱俗、远离尘世、寄情山水。"山中何所有,岭上多白云,只可自愉悦,不能持赠君",成了文人的一种时尚。他们遍履名山大川,或澄怀观道。山水画,就成了文人隐逸情怀的一种表达方式。山川景物仅仅是文人的一种媒介,作者旨在创造表达内心的情绪、心境,因为他们根本不在乎外在的对象,而是尽情地挥洒过程中的那种宣泄感、自由感和满足感。同时,出于艺术发展本身的需要,希望艺术能加入更多的主观成分,以建立一个与客观自然有一定距离的艺术世界。"书法入画"是苏轼的创举,并在元代得到实践。绘画的美不仅在于自然之美,而且更在于笔墨本身,笔墨具有了不依赖于客观对象的相对独立的美学价值。并将这种高人逸士的精神气质,渗透于作品之中,这才是真正的文人画。

文人画,中国古代画史中一个特殊的文化现象。她不以再造自然景观为目的,只是通过画画,来排遣文人自己的喜怒哀乐;它的绘画对象也只是文人自己的心幻而已。山水自然,从此成了一种有生命、有灵魂的东西,有了禅心道骨,有了丰富的视觉内涵,有了最高的艺术境界。"横涂竖抹千千幅,墨点不多泪点多。"

所谓文人之画,苏轼称其为士人画,董其昌称其为文人画,即画之文人。文人画所追求的士气、逸气,其内涵浸透着长期形成的中国封建知识分子的人格思想。尤其元代的文人画,已彻底挣脱了两宋院体画的具象束缚,以超乎意象的自由创造成为了主流,承前启后。文人画,优游于书法绘画之间,将书法用笔渗透于画法之中,丰富文人画的技巧。尤其,赵孟頫的书法入画更是完美了中国绘画。诗书画于一体,成为中国画的圆满。

文人画一般是纸本,水墨写意淡彩和没骨花卉;而院体画则是绢本,金碧青绿和工笔勾勒。前者神似,后者更工于形。技法上有"徐熙野逸"和"黄家富贵",前者水晕墨染的没骨法,后者黄筌的工笔勾勒法,成为中国绘画中的写意与工笔之端倪。其审美趣味与风格走向,还影响着花鸟画与人物画,更是刺激了君子画的大盛。

文人画多于山水画作,啸傲江湖,寄情山水。唐寅说,工画如楷书,写意如草圣。文人画的神似,遗貌取神。到了明代徐渭更是将狂草入画,纵情挥洒,达到内心酣畅、超然物外的心境。真正是"外师造化,中得心源"之功。

比如,米氏云水,即称"米家山水"。以"点滴烟云,草草而成,而不失天真"。堪称一种中国书画大观。其画法不似传统水墨山水那样以勾皴来表现物像,如树、山、石、山峰等,而且饱蘸水墨、横落纸面,运用水墨的渗透、参差来表现烟云与雨雾的弥漫与溟濛之气。业界称"米点皴",它丰富了中国山水的表现力,更将审美方面拓宽,使自然山水与笔墨情趣有机结合,形成中国文人画的意趣与表现力。

文人画的诗书画印,其中诗文题跋更是成就文人画经典,是一种兴寄,也是人品、才情、学问、思想的寄托。作品强调个性的表现与寄寓,追求气韵生动与笔墨情趣,同时注重意境,多为抒发"性灵"之作,将中国书画之美推向极致。文人士大夫,不只在玩学问,更是一种性情、心曲的另一种表达。书画精绝,那是文人画的创举与典范,一扫院体画风的设色浓艳,而趋于水墨淡彩,令人清新赏目。多写汀花水鸟、梅兰竹菊,构图清雅。如果说,院体画是一种形似,重在写实;那么,文人画更是追求神似,重在写意。顾恺之论画时说:"手挥五弦易,目送归鸿难。"分别说的是写实与写意之境。

千百年来,中国画嬗变成为文人画,王维为文人画始祖,堪称开一代画风;继而,自宋代以降而越加芊芊之气,煌煌大庠。

# 大书家方绍武

　　中国林林总总的书艺大观，从金石大篆到玉女如拱的秦小篆、风情万种的汉隶，继而遒劲飘逸的晋唐楷书和颠张醉素的草书，无不美轮美奂，共同擎起了中国法书巨擘，光耀千秋，并继续以其美的感召力而发扬光大，成为中国独特的文化景观与文化遗产……

　　其中，晋唐楷字为书法正宗，最见功力。若习字，先学楷，就是这个道理。因为，楷字的"永字八法"，正是各类书体之基础。既是基础，又是最难写好。二王、颜柳欧赵，更是后人无可企及的高峰。

　　方绍武正是积数十年之工，运气运笔、点画横竖、以白当墨，书写得丝丝入扣，经营得炉火纯青。既是一种学养积累，又是书道实践积淀，堪称"出其右者寥寥"。

　　若说渊源，方绍武习字以欧赵入手，摹前者的结字之妙、后者的用笔之精，一往情深三十年，从一而终，绝非急功近利之辈可同日而语。方字最耐人寻味的就是，他融欧赵之神韵，兼魏晋碑帖之骨相，并参己心智而自成一格。可以说，方先生的字，笔意直追二王欧赵，旁涉篆隶，字构流畅不羁。见涩、见拙，秀在其中——一句话，工整敦厚又不失灵动。用方先生的话说，平心安稳、疏密匀称、比例适宜、点画响应、统一变化，那是书艺、书风、书品——书家的淡定，一种学不来的书家气脉。有人评其字：拙中见秀。笔者以为，近涩而远俗，是谓雅。方字便是如

方绍武书法作品

此，一股疏朗清新、秀雅灵动之气扑面而来……

方书造诣，源于庭训、科班练就的扎实"童子功"，譬如 1956 年入安徽艺术学校，师从童雪鸿；1958 年深造于中央工艺美院，受陈叔亮亲炙。或临秦汉、石鼓文的隶篆，或习晋唐行楷，与当今书坛的"野狐禅"大相径庭而难能可贵。

1978 年，方绍武以《陈毅同志诗词选》，成为那个时代的扛鼎之作，而一举成就方绍武的小楷，享誉书坛。四十始工行书，那是方先生楷书入道后的瓜熟蒂落之功，更是得益于赵体的"空中运笔"，书写便捷成章，绝非刻意为之；又是受古代手札、尺牍熏染而秀而不媚，流而不俗。

人说，字如其人。笔者有"识"方者多年，只是缘悭一面，却最爱方家的手札。因为，方先生儒雅的书卷气，在这字上可以领悟、阅读一二。那字刚而不火、柔而不媚、含而不露，既自然流畅又不生涩、不圆滑，那是方先生写字时的一种"书境"，也是一种在世性情。

今天，快餐文化直接影响着书家追求"视觉效果"，谁还静下心、潜下心来读"轻重、缓疾、润涩"之美；谁去体会"跌宕多姿、饶有性情、笔断字连"之乐。方者行楷正是以"笔精墨妙"见长,"方体"最可人。

书法之工就是线条走向的变化组合之美,既是习字的日积月累,笔墨基础;更是一种学养积淀、艺术造诣。方先生的率性、适性,自得、自适,滋养着他,造就着他的书艺、书道、书风,一个纯粹的中国书画大家而为人激赏。

有人说:有人品,方有书品——人因书而雅,方先生是谓也! 更有"功夫在诗外"一说。书画同一,书为源、画为流。方先生正是以其超凡的艺术审美,从而成就方先生的画艺,被誉"黄山第一人",他当仁不让!

# 性情书家黄建东

　　缘识书家黄建东的楷书,令人耳目一新,心存感佩。很难相信一个活跃在商界一线的商人,竟能沉下心红尘不染地闭关修炼,把玩二王襟怀、颜肥柳瘦而纷纷跃然纸端,积数十年如一日之功而厚积薄发,终成书家。最为我流连的是,他玩的不是书法、技艺、学问,而是一种大性情——不问臧否问性情,那是学不来的一种心境。所以,我习惯称他性情书家。

　　是日,在黄建东书房里品茗论道,一炷香、一杯水,物我两忘……惟见,大大的书桌上翰墨书香犹闻,笔墨淋漓。书桌一侧,随手可陈的是厚厚一叠习作,如同一处文化景观,无不山川形胜。展读把玩,书家性情、晋唐风范潜心入怀,不忍释手。他的每一纸习作,都是一个书法作品,书写他不一般的性情与人世况味。有人称,晋人崇尚刚柔相济、骨丰肉润的"中和"之美;唐书如诗,注重情感的主观,个性更豪迈——黄建东兼而学之。

　　窗外红尘滚滚,窗内人静、心寂,宛若一场穿越,临曲水流觞,观文人雅集。晋唐楷书,堪称中国书法典范,一座无法企及的高峰。黄建东就是这样,每日不辍,沉香一炷,伏案而书,天天习字。他将商界的指点江山与文人的文心内敛,杂糅于他的字里行间而为人口碑。

　　读帖、临帖,闭关习字。写字,已是他的一种精神生活方式。一纸

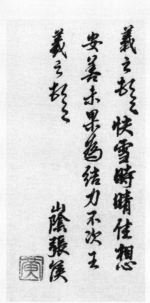

黄建东临王羲之"快雪时暗"帖

长卷《龙神感应记》心正字工,杂糅二王、晋唐韵致。其字疏密有致,不激不励。揖让顾盼间,仿佛五百罗汉坐禅入定,各自为政。章法上,他更是意在笔先,尘缘放下"满纸烟云笔下生"。读着读着,人仿佛融入字中……好的字,就是能把不是字的东西写进字里,这就是艺术,不是匠气可以达到的境界。

如果说,晋人小楷是曲赋、唐人小楷是诗词而出神入化;那么,黄先生的工楷,则是兼容并蓄,各有千秋。他的中锋运笔,笔势秀逸,柔里寓刚,心手两畅。雍容端庄而不呆板凝滞,每一字稳如坐钟,凸显雄秀性灵韵致。细究之,起笔沉着顿挫有力,撇法迅疾挺括。这与其他写颜不同,平添几分凝重之美。他善于用墨"点如坠石,钩如屈金"而神气内敛,做到貌丰骨劲,味厚神藏。足见黄建东性情与学识的积累。

或许,一幅作品,就是他一个天人合一的过程。

# 书艺 书风 书境

## ——梁建荣书品清赏

梁建荣，50后的上海知青。曾赴江西插队，无怨无悔地将青春献给了宽广天地，而正是当年的峥嵘岁月练就了他"曾经沧海难为水"的儒雅之气。今天，他每日不辍地读帖临帖、养心养气。——那是学不来的学养积累与人文感悟。

只是说来有憾，我与梁兄缘悭一面，是一惺惺相惜的书家黄建东力荐，令我在酷暑之际领略了梁建荣的书法功力，好书犹扇暑气消。有人说，把不是字的内容写进字里，那才能称书家——梁建荣是也。若不然，字写得再好，也只是一书匠罢了。你总不能把账房先生的蝇头小楷、中药医师的方子，一概说成中国书法。书家与书匠两者还是区别的，书法是一种文化景观，而书写只是一种技术。因为，前者写意，是一项文化的综合；后者写实，纯粹是一个熟能生巧的过程。并不是用毛笔写字就是书法，就像写成文章的并非是文学一样。

是日，我拨冗赏读梁建荣的书法大作，不是一二幅，而是厚厚一叠，大都抄录唐诗宋词。既是习字，又是阅读，渐渐融入他的血脉基因。试想梁兄的翰墨书斋里，定是"鸿儒往来无白丁。"我平心静气地一幅幅展开，我竟一次次地啧啧称道，惊叹他的楷书心正字工、一丝不苟，他的行书起承转合、一气呵成。

梁建荣书法

　　书法不是简单的技艺而是书家的性格、人格、修养、认识的综合所表达的心境。眼前,梁兄书法一再地令我忘了大暑的溽热而潜心入怀,品赏作品的意蕴隽永,笔力凝练灵动。尤其,撇捺顿挫间的笔画里,宣泄着不一般的人世性情……习字必须去胸中芜杂之气,凝神静气,才能意在笔先,开阖自如而力透纸背。无论从起笔灵动温润,到收笔万弩齐鳌;还是从腕悬提笔,屏气凝神于指间,到中锋藏笔含蓄,侧锋用笔张扬,无不达到"心不知有手,手不知有笔"之境。

　　最赏心悦目的是他的作品,胸有乾坤,字显俊朗,留白处最是动情,体现书家扎实平稳的楷书底子(书艺),以至数十余的简札、行楷创作,都能显示人至中年后的梁建荣,随着阅历、学养的增加,对自然、人生的感悟,以至一发而不可收,心追手摹,渐渐形成他的个人风貌(书风)。结字布局,即使盘结扭动,却也顾盼有致,互为呼应。在书家生命灵性贯穿下,显示了怀抱舒散、清健弘达的神采、心境(书境)而终成书家。

　　书法是线条艺术,是中国文化渊源,一处风景。所谓书艺、书风、书境,就是说你的字,既把字经营的有滋有味,又不俗;同时,又把不是字的内容也融入字里行间……或阵云千里,或玉女如拱,铿锵妩媚并举。那是书家的学养、学识、人格与修养的流露,不是刻意,是书家的人文背景再现。

梁兄人生坎坷颠沛,然书法才是他的精神抚慰,相伴相随。他的字里有颜真卿、柳公权,他的字里也有康有为、沈尹默,他的字里更有唐诗宋词之韵……比如行书《弟子规》节录,字里行间运笔婉转娴熟、流畅不涩,很是耐看,率性中凸显他不俗的传统功底。仿佛亲朋好友,相拥相携,映带左右,一路旖旎,很有画面感的温良敦厚。

浸润中国传统文化的梁兄,楷书刘禹锡的《陋室铭》最见功力,一笔一画中规中矩、不施粉黛、熟涩自现。虽说素面朝天,却是铁笔银钩,有势有气。比如,他的一提一按,处处柔中有钢、钢而不折,那是书家的心境使然。可见,楷书是最见功力的,也最不宜藏拙的字体。梁兄却写来得心应手,襟怀坦荡,开阖自如。好似洗尽铅华,表素形朴,却内蕴萧散简远之境。

还有行书周敦颐《爱莲说》,陶渊明《归去来兮》,苏轼《赤壁赋》,辛弃疾词《汉宫春》《摸鱼儿》《永遇乐》,黄庭坚词《水调歌头》,王安石词《桂枝香》,苏轼词《水调歌头》《念奴娇》,柳永词《满江红》《望海潮》,岳飞词《满江红》……梁兄行书,雨中夹雪,行楷参差,别有滋味。楷书有李白诗《将进酒》、杜甫诗《观孙公大娘》、佛学《心经》等,个个正襟危坐、神采内敛。有的质朴简净,有的清逸典雅,或紧密或疏朗,每成佳构,逸气、古气跃然纸端,给人神清气爽的审美愉悦。

书乃人品的物化形式,堪称"文章千古事,书法万年传"。刘熙载说:"秦碑力劲,汉碑气厚","观晋人字画,可见晋人之风猷,观唐人书踪,可见唐人之典则",这是时代造化。中国博大精深的书法艺术不仅仅是一门艺术,更重要的是它所承载的是传统、精神和民族的特征。

当下,我们没有了唐人的吟诗品酒之雅,也没有了宋人填词高歌之趣,更没有听花开花落、看云卷云舒的浪漫。有的是浮躁、诱惑、忙碌、苦恼、竞争和彷徨。社会越发达,城镇化程度越高,则人越离地气更远。如何寻找藏匿在人心中的失落文明? 书法给予了这一切,可谓"书者,心画是也"。

缘此,每当闲暇之余或夜深人静时,他总要挥洒运笔,享受文化穿越的审美情趣,仿佛自己游走在古典传统的艺术长廊,呼吸着"当其下手风雨快,笔所未到气已吞"的气息。"品高者,一点一画,自有清刚雅正之气;品下者,虽激昂顿挫、俨然可观,而纵横刚暴,未免流露诸朴。"所以心艺双修才是正道,一旦参悟了书法就等于参悟了人生。梁君深谙其道,视为圭臬。

胸中有丘壑,方使笔下乱石铺街,遒劲苍莽——欲书,先散怀抱,任情恣性,然后书之。傅山说:"宁拙毋巧,宁丑毋媚,宁支离毋轻滑,宁直率毋安排。"那是中国书家好好用心领悟与操守。书者,书其意也。拙是书家心境,而巧则是由甜熟而流俗为书家之大忌。因为,书者一旦流俗,那是无药可救了。书法,乃造形艺术,只有展现书者的人文与性情,才是书法,才是书家。

# 字里行间 晋唐风神

　　2012上海艺博会,有识陕西书家屈俗庵的书法作品,不俗、耐看、诸多玩味。尤其,楷字之工,颇具晋唐韵致,杂糅二王、柳颜风骨……那是屈先生积数十年之功的一个厚积薄发,并渐渐走出"深闺"而为玩家竞相收藏。

　　屈俗庵,原名屈许安,16岁无师自通地开始读帖、临帖,闭关习字五十载,无一有辍——写字,已是他的一种生活方式。有一回,他衣袋里揣着帖,心里还在一路揣摩,竟鬼使神差地撞入他人房里而遭人误会……可见对书法如此"走火入魔"。古人的"人必有痴,而后有成"说的就是这个道理。

　　一番茶语中,我特有兴趣地细细阅读他的小楷。有人说,晋唐楷书一个"永"字,是最见功力的,一处高山仰止。那是一个横披《苏轼 前后赤壁赋》:字字工整,疏密有致,令人正襟危坐;不激不励,力透纸背,满纸晋唐风神。揖让顾盼间,仿佛五百罗汉坐禅入定,各自为政。章法上,他更是意在笔先,万千尘缘放下。读着读着,人仿佛融入字中,为我流连。如果说,晋人小楷是曲赋、唐人小楷是诗词,而出神入化;那么,屈先生的工楷,则是兼容并蓄而风情万种。整幅作品或两次写成,气韵上却丝丝入扣、一气呵成。他的中锋运笔,笔势酣畅秀逸,柔里寓刚,心到手到。或许,一幅作品,就是一个天人合一的过程。

　　他说，晋唐楷书是他终身的心追手摹，而五十年孜孜不倦。屈先生临遍各朝各代的书法大家，赵孟頫、文徵明、苏轼、郑板桥、徐渭、怀素，尤其王羲之、柳公权、颜真卿……他均有所涉猎，博采众长。他还特别欣赏李北海字的"骨力"，而融会贯通于他的书法创作中。他的一纸扇面《岳飞　满江红》就是演绎郑燮的笔趣书艺，那种"变形"后的笔画、字体，让人不闻人间烟火气而耐人寻味，赏心悦目。可以说，篆、隶、真、行、草，他无一不工。比如，他的"喜神""遣时耳"等闲章，就是用李斯小篆自制，读来敦厚可人，恍如玉女如拱。

　　虽然，名不见经传的屈先生，不知何谓商业操作。但是，熟悉他的人，都会近悦远来找他写字，那是一个口碑。更有甚者，谁家办红白喜事，找他去记账、记物，他用蝇头小楷一路写来，竟成了长长的手卷，一处旖旎的文化景观，为主人所收藏。难能可贵的还有，屈先生作为一个书家也读书评，用文化理论修养来滋养他的书法创作，那是一种学不来的学养积累。《书与画》《书法报》等刊物，积淀着他的文化，也成就他今天过人的书艺、书道，而为人激赏。

# 童辰翊:金石堪玩见性情

　　金石者,篆刻是也。

　　中国文化或艺术品的载体,往往是国人的生命不能承受之轻,而颠之倒之、心驰神往。如果说,古代中国石刻造像以恢弘的大观、隽永的生命力而流艳百载千秋;那么,篆刻的铁笔银钩、以白当朱与其墨韵之魅,而成为我最为心仪的一个永远的文化守望。

　　因为,篆刻独有的文化气质,成了文人可以把玩的"山脉"、可以迁徙的"碑刻"。所以,篆刻堪称金石,即青铜器和石刻——那是方寸之间驰驱着金戈铁马,那是何等意气风发的景象、何等辽阔壮美的疆域——小小的篆刻,盈掌一握已觉庞然。甚至,篆刻连漫漶和风化的可能性都很小,而成就具有精神和物质可以同日而语的生命力。若将篆刻与书法相比,多的是金声玉振;与绘画相比,又多的是气格高古;若说,篆刻疆域比起字画来,它的人文气象更要深沉和深厚得多。

　　最有机缘的是,通过一藏家而"邂逅"金石之家的童辰翊。却是缘悭一面,其实我与童先生还是宁波同乡。是日,我朋友在这藏家那友情转让一枚芙蓉章石,把玩盈手,暗暗叫好。当时我朋友正在物色一枚章用于公司网站首页,体现公司的文化形象。

　　只见,手中这枚芙蓉石橙色温润、细糯可人。尤其,上有薄意雕刻的古树村舍、祥云飞渡、亭台楼阁,一老者疾步于石径小路上山参佛,上

童辰翊的"封刀之作"

方竟有祥鸟引路，很是意趣……给人古典质朴之感，拿起来就放不下了。最是养眼、养心，若为文化公司刻章用，不失是一处文化景观。这么好的石材，必请一高手治印。这藏家自告奋勇说，那请童辰翊操刀。

童辰翊先生篆刻师承韩天衡，风格清新爽朗，婉转遒劲，且秀润洒脱，别具风采。朋友说"希望公司有此章，好好经营这个文化公司，更要秉着一颗对艺术真正热爱的心去经营。"说得很真诚，也令我朋友很有触动，一拍即合。

文化是一种传承，一方章，也有一代艺术家对待艺术，对待生活的态度。只是童先生身体欠佳，时时未能如愿……近日，这藏家才辗转拿来这枚印章。我一睹为快。印文是繁体阳文"睿图文化"。边款为，"癸巳三月 可移童辰翊作"。朋友的公司终于有了名人名章，摆上了案头，了却一个心愿。其中真有点千呼万唤始出来的感觉，时光荏苒，一晃，已然有半年有余。当时说起此事，正是龙年之春，此刻已是癸巳之夏了。

我心说，那是缘分呵，仿佛一场恋爱——缘此，我更敬重这枚章石背后的一段，"始于壬辰春节，完于癸巳三月"的文化故事。据藏家说，童先生近年身体不适，这可能是他的"封刀之作"——这更加重我心里对这位艺术家的敬重。

谨此专致敬意。

第二辑

翫物尚志

乙未畅月

华耀

# 沙洲:一个人的收藏

如果说,国家收藏是一项维系千秋万代的文化大事,如故宫博物院等政府办的博物馆、美术馆,展现涣涣五千年中国文化的博大精深与悠久璀璨,既是保护文化遗产,又是文化传承,它承载着一个民族、国家的历史记忆与人文变迁;那么,民间收藏则是一个人的收藏,是一种心境,一种文化守望。如马未都的"观复博物馆"等众多民小展馆,是国家收藏的一个拾遗补缺,功德无量,同样传递着一个民族与国家的文化信息,是整个国家收藏中不可或缺的一部分。

沙洲先生就是这样一个民间古玩收藏翘楚,为人啧啧称道。他以收为藏数十年,终修正果,堪称"江夏第一藏家"。

## 收 与 藏

盛世收藏,沙洲先生兼有文人气质,当过多年记者;具有商人底气,曾是进驻中国地产市场最早的民间资本,这便成就了他一个民间古玩收藏之大观。

收藏,本是两个概念,即收与藏。收是一种商业行为,而藏则是一项文化活动,是一种心境。如果说,以收为售,纯是一种买卖、一种增值

沙洲在赏玉

得利的商业行为；那么，藏就是"玩"，一项文化事业。无论是（上世纪）八十年代做文人，还是九十年代做商人的沙洲，总是四处寻宝，不亦乐乎；而且只收不售，以收为藏，这才成就了沙洲先生今天的收藏规模。

一面之雅的沙洲，说不上很深刻：平和、淡定中透着几分气质。印象中他衣着随意，却反添几分骨相天成——他是一个相当内蕴的"人物"，有如身后条案上清供着的几尊佛像，纵然不语，法相自在。只见他手中的一把温暖掌心、有点年头且包浆胜釉的紫砂壶在握，有种"松风竹炉"的古典与文人深入骨髓的将传统视为时尚的雅致；再加上客厅里清一色红木桌椅所营造出的氛围，令人不知"身"在何处、"俗"为何物。

"可怜夜半虚前席，不问苍生问鬼神。"这更是一种文人默契。"来喝茶，这水来自福泉山……"沙洲置上壶，我这才回过神来。浅浅呷一口，心沁齿香。原来奢侈就是一种雅趣、一种文化，这便有了中国煌煌大庠的文化薪传。

无论在企业当采购员，还是活跃文坛；纵然在"下海"经商的风口浪尖，沙洲先生始终初衷不变，潜心于他的古玩收藏。尤其在住宅开发的多事之秋,他连连来到浙江安吉寻宝,万念如洗。他说,安吉曾是清代一个陆上驿站,多少出将入相的人物往来其间。他硬是二百、三百、五百,一款、两款、三款……积数十年之功,终成大器。

随即,我屏声静气地走进他万般风情且暗香浮动的收藏世界,开始一次中国博物之旅。但是,我却在担心自己的造访没有过多打搅他的"美好时光",担心自己为"稻粱谋"而奔波于滚滚红尘的步履过于浮躁,会打搅这里"因沉默而越加美丽"的天籁。

沙洲先生藏品庞杂,洋洋大观。庞是指数量多、年代久,杂说的是种类多、题材广。在他数十万计的藏品中,不仅种类庞杂、数量众多,而且出类拔萃,有众多堪称"国家级"的宝贝。其中寄托着藏家的情怀与性情,是一种藏家的襟怀与气象,一种琴心三叠。如今,那些沉甸甸、重笃笃,或古色古香的紫檀家什、象牙玉雕、陶瓷器皿、玉石摆件、书画精品……林林总总,如何一声"叹为观止"!藏品对于藏家来说就像一场永远的恋爱。

## 古与玩

古玩,即古与玩两部分。一是古代文物即古董(骨董),有着千百年来历史人文的积淀,比如青铜器、陶瓷玉器等,承载着馨香久远的历史文化;二是珍宝雅玩一类,时代可以不太久远的文人把玩之器,比如象牙雕刻、紫砂壶等,其中更多的是抹不去的人文气息与魅力,成为今天文人的一个知己。

所谓,古玩谈旧闻,骨董说奇珍,文物话春秋。如今广义上把这两类泛称古玩、古董、文物等,大家也知道它的意思。其实,"玩"还有一个动词之魅。"玩",是一种心境,更是一种精神境界。人们称王世襄为京城大玩家,就是一种敬意。

谁说，玩物丧志。如果说这个"志"只是一种势利、一种既得利益的世故，那么，丧失它却是一种胜利。仕途、商运又如何，只不过过眼云烟。多少英雄豪杰，今安在哉？人都是时间过客，唯有文物才是永恒主人。

文玩之玩，是种精神上守得住寂寞，是种文化积累之玩。如此之"玩"，是玩"勿"丧志，值得赞誉、褒奖。"收藏之乐不在据有事物，而在观察赏析，有所发现，有所会心，使之上升成为知识。这就是我多年坚守自珍，孜孜以求的。"这就是大玩家之称的王世襄，对"玩"物的一种注释，玩的过程正是一个知识积累的过程。文物之玩可以玩出一个大玩家王世襄；同样其他领域也是如此，可以玩出个陈景润、钱学森……

沙洲的收藏主要源于(上世纪)七八十年代，到了九十年代更是他收藏的一个高潮，从当初潜意识的纯粹好玩，到后来他以收为藏，一发不可收，成了精神寄托，一种心灵安抚与慰藉。今天，年届六旬的沙洲先生，已将他的人生历练、阅历与嬗变，都归于"收藏"。谁说他在收藏古玩，他亦在收藏心境；他在与古玩对话中，亦在与自己的心境对话。

我们把藏家一般分为两类，一者专家型，一者学者型。前者往往是文物商人居多，他们买进卖出，接触多，偏重于感性认识；后者注重理论、史料、实物。沙洲先生或兼而有之，不仅藏品众多，而且理论图籍也是满满当当几大橱。"有书大富贵，无事小神仙。"——一个潜心论藏，过着不与人事的惬意生活。"共藏多少意，不语两相知。"一个人的收藏，看上去很美！

## 精与美

拥有精与美的藏品，正是藏家追求的一大境界。精，即精品之谓，说的是藏品的稀少与珍贵；美是品相之美，是指器物之器型完整、包浆润泽，既有时代气息，更有人文气息，为藏家推崇。

走在他的收藏世界里，满壁生风，仿佛一页页地翻阅百年千年的历史画卷，恍然坠入时空隧道，成了历史中人……此夕为何夕，亦真也亦幻。比如一款相当传统的题材"骑俑唐三彩"，坐骑上一个胡俑，形象浑圆饱满、形神兼备。而它的胎料却不是黏土，是银胎。既体现唐代金银器工艺的成熟，又满蘸釉彩，保持唐三彩浸润交融而形成自然斑驳的瑰丽之美，其翡翠般的绿色极具沧桑感。还有，一款沉香木，高六七十厘米，通体肌理清晰，堪称一绝。它是香脂与纤维沁合而成的固态凝聚物，可以入药，具有清人神、理诸气、补五脏、增元气之功。据说，它还"活"着，收视反听、绝虑安神、慰藉心灵，唤醒人体自愈力与再生力。令人惊羡的还有一款御用象牙笔筒（"康熙御览之宝"款），器型之大、品相之美，上面的阳雕楷书（般若波罗蜜多心经），个个挺拔俊秀。客厅里一圈（清）紫檀嵌玉太师椅、茶几相间，以及黄色绣有团寿的坐垫和茶几上的青花、彩瓷，极富皇家气派。……更有一批令人心仪，且囊括了明清、民国、近现代名家制作的紫砂壶，造型古朴、包浆厚重润泽、人文魅力凸显，满满当当几大橱柜。盈手之玩，把握岁月人文。时大彬、陈鸣远、陈鸿寿、邵大亨、顾锦舟……个个声名远播，"供春之壶，胜于金玉"，更有"宜兴妙手数供春，后茶唯推时大彬"。

如果说，往事如水、岁月如风；那么，这些如水如风的人生总有积淀，演绎成一种生命印记，一如文物的沁色而益发弥足珍贵。若问及他的镇藏之宝，沙洲先生却语焉不详。或许，这里的每一件、每一款都是他的心血。

去年，宁波博物馆举办"民间珍宝——宁波市收藏家协会成立暨会员收藏品展"，身为该会副会长的沙洲先生更是提供了"朗世宁制圆明园风光瓷版画"、"宣德炉"等83款藏品，堪称"国宝级"藏品，广受好评。有人称其"家乡翘楚"，并不过饰。这是对沙洲收藏的一种由衷的赞誉。最近，他正准备分门别类地编制收藏图录，并筹划建一个沙洲民间古玩收藏馆,让更多的人分享他的收藏之乐。

门首处挂有玉字对联(康有为):"为人当于世有益,凡是求其心所安。"这莫不是沙洲的一种为人有益、求心有安的一种玩家心态? 本以为,人生如茶总给煮着、煎着;其实,屡经浸泡沉浮的茶,一如人之生命的清香⋯⋯

# 张海国："当代瓷"收藏第一人

　　亦藏亦玩十年，宋（五）窑是中国陶瓷史永远的经典，明清更是将彩瓷推向极致，成了无法企及的一处景观；而"当代瓷"渐入我的把玩视野，这完全是张海国先生的慧心指点与影响。

　　当年（1958），张海国考入"景德镇陶瓷学院"原属无奈，却歪打正着地一举成就他日后"当代瓷"收藏第一人——或许，这是一种冥冥之中的缘定。他为陶艺而生，别无选择！

　　张海国曾在轻工部陶瓷研究所，做技术与教学工作。可以说，他既见证景德镇瓷最后的绝唱，如响遏行云的"珠山八友"；也亲历中国"当代瓷"最初的风云际会，从中崛起一代代瓷艺大家周国桢、王锡良、张松茂……

　　是日，有缘走进他的"海国陶艺馆"，恍若走进几千年的陶艺世界：两个倚墙而立的大橱，古朴（古陶）清新（新瓷）并举，陈设着他不一般的陶瓷收藏品位。尤其，橱顶、桌旁随意抽出的由他"发轫"收藏的当代瓷雕、瓷器，更是他的展馆一景，俨然一部"当代瓷史话"实录。一款款藏品，就是一段段收藏物语，蕴藉他五十年的陶缘情结，多少心曲、心绪在其中——我岂一声"景仰"可以了得。

　　话说中国陶瓷风流人物、过眼云烟，他是如数家珍、妙语迭出……令人与大家一同品茶论道一般而心存敬意。侃侃而谈的他，哪里看得出是一个刚刚出院的"病人",且年逾七十,却分明是中国陶瓷收藏、鉴赏的一个"老顽童"。为他拍照,他更是带上一顶压舌帽而平添几分学者的儒雅。

张老先生浸淫于中国陶瓷五十年,无怨无悔并著书立说、笔耕不辍。众多先贤与后辈,他或亲授或提携。尤其,他为中国"当代瓷"的人文走向与收藏肇始的颇具眼光而为人激赏——如果钩沉中国瓷艺脉络万象,张海国先生是无法绕过去的一个人物。

今天,业已成为陶瓷鉴赏专家、藏家、玩家,更是"当代瓷"收藏第一人。其著作颇丰,如《古瓷鉴赏与收藏》《名家陶艺》《当代景德镇陶瓷精英》《中国古陶瓷珍赏》等集结 100 多万字。他还应邀韩国、新加坡、马来西亚和港、澳、台举办陶艺展览或讲座,堪称"中国现代陶艺形象大使",而他更喜欢称自己为"陶痴"。无"痴"至迷,何成大家。他为景德镇的艺术陶瓷(当代瓷)走向全国和世界、走近百姓匠心独运,而必将影响几代人。

# 藏家·玩家·企业家

## ——上海西郊公寓酒店总经理罗士俊

缘识上海西郊公寓酒店总经理罗士俊,既为他酒店业管理的出类拔萃而激赏不已,又为他慧眼独具的收藏眼光所折服,一举成为中国近现代陶瓷收藏的佼佼者而啧啧赞叹。

## 藏　家

是日,走进罗士俊的收藏天地,其中瓷雕、瓷器是他的主要收藏:前者,或狰狞、或粗犷、或安静,表现神态各异的动物题材,是中国陶艺泰斗周国桢作品为主所做的专题。创作于二十世纪九十年代的"拼命三郎",猪鬃糙手,气势张扬,一股潜心入怀的苍凉感、岁月感、敬畏感扑面而来。另有一款 80 年代的《老外婆》(原型是猩猩)。那是陶艺人的心曲,是某种人生世相的观照,表现"那个时代"的人情冷漠与冷淡。它是作者与雕像的对话,更是收藏者与两者的对话。我竟在这一瓷雕前驻足良久,是否也在找自己的影子。可以这样说,"一千个读者,就是一千个老外婆"。

中国陶艺泰斗周国桢的作品是罗士俊收藏的重点。一尊创作于上

罗士俊与陶艺泰斗周国桢

世纪90年代的"拼命三郎"放在最显眼的位置,这也是罗士俊的最爱。"景德镇很多师傅热衷追求精致,尤其滥用釉上彩的装饰。而周国桢的陶瓷雕塑一反浮夸的风气,走朴拙自然之路。其粗质材料最具独创性,对中国近代雕塑史产生了深远的影响。"周国桢是第一届中国工艺美术大师的评委,又是著名的陶瓷教育家理论家,但其作品的价格仅仅只有十多万元一件。罗士俊认为这在艺术收藏史上是很正常的一种现象:"陶艺收藏刚刚起步,很多人还没有意识到陶艺作品的升值潜力,随着人们对当代陶艺的重新认识和反思,其价值将被重估。"

后者的瓷器收藏,就多了几份款款温情。以瓷雕见长的赵坤,周国桢先生的高徒,在瓷雕领域独树一帜。而让我心仪的却是他,作于2009年的青花"虾趣图"球瓶。构图简炼、布局合理,青花表现手法十分老到、色彩明快、淡淡相宜。所绘之虾,活泼灵动,形神俱佳,似在涧水、或游动、或蹦跳,虾的晶莹、剔透、鲜活状态,让人有触手可及之状,颇有齐白石的笔致而意趣盎然,气韵空灵又饱满。

瓷器中最暖人心的莫过于青花了。不论"亿时代"的元青花,清三代青花,也足以令人瞠目结舌,大气都不敢出;纵然,当代青花工艺瓷,也让我肠暖心热、爱不释手。青花瓷,是素瓷走向彩瓷的一个过渡,却是如此慑人心魄,是中国瓷的绝美、一种极致。尤其,一对"浅绛彩"帽筒,像是中国传统绘画。那是清末民初的"老"东西,一个"文物级"藏品。釉上的"金属光"清晰可辨。落款"汪友棠",清末浅绛彩瓷大家。才二三千,今天一款就是二三万。他说:"捡漏是给有准备的人。"罗士俊就是这样一个有准备之人,这是罗先生的"得意之作",一个成功"捡漏",而浅绛彩更是他最有心得的收藏,令人称羡。罗先生还说起另一款收藏,凯声先生的粉彩瓷盆《秋韵》,很具装饰性,画面简约、明快、舒畅。黄釉底色,细密开片,更添古朴画意,让人特别上"眼"。明清以降的彩瓷,已是诗书画印集一体,相映成趣,创造一个巅峰。

有趣的是,旁边还有一组湖南窑(长沙蓉园)的筷架,釉色温润,小巧敦厚,凡十来只,放在一个小小的圆形博物架上,倒也相得益彰。还有一组"红色官窑(湖南醴陵窑)"藏品,当年重要人物使用的茶具,如手绘兰花、牡丹等,却是"此情可待成追忆"了……一番茶语,罗士俊道出他的收藏物语。他自曝家里有一块田黄鸡血原石(三四公斤),堪称"石中珍品"。

## 玩 家

"古董是成人的玩具",罗士俊对于古玩的最大乐趣在于修正:"不怕买错对象,只要总结经验教训,修正的过程就是学习进步的过程。"他从不把赝品丢弃或毁灭,而是摆在家里显眼的地方作为负面教科书,不断提醒自己,也提醒身边爱好收藏的朋友——收藏古玩,是与赝品仿制者的猫鼠游戏。

罗士俊上世纪90年代因为经常去昌化公差,所以对鸡血石逐渐喜爱起来。"那时候纯粹是喜欢鸡血石艳丽的色泽。2002 年,有一次我在山上看到了一块品相极好的田黄鸡血原石,重约三四公斤,当时卖家开价 7000 元人民币,我觉得贵了,犹豫之中便下了山。回去以后茶不思、饭不香,觉得错过了这么漂亮的原石,恐怕以后再也遇不到了。于是打电话给卖家,付了车费,让对方辗转百十公里给我送来……如今很多拍卖公司找我卖这块石头,我怎么会舍得呢?"罗士俊如是说。

鸡血石成为藏家掌中的玩物,可以追溯到乾隆以后。由于它的温润、美艳,历来和寿山田黄齐名,被尊称为"石后"。"1972 年,周恩来总理以一对鸡血石章作为国礼赠送给当时的日本首相田中角荣,从此鸡血石风靡海外,成为各国石迷追逐的对象。近年来鸡血石更是出现了前所未有的涨幅,小小一方能看得上眼的鸡血石都在十万元以上,好的则超过百万。究其原因,在于它的资源枯竭以及收藏投资者的猛增。"罗士俊的鸡血石收藏已初具规模,其中不乏精品。"我有一对鸡血石章,收藏于上世纪 90 年代初,血色不多,但非常讨巧,恰如一对飞舞的凤凰。不仅形巧,而且它的血色还非常艳丽鲜活,在白玉地的衬托下,凤凰飞舞,栩栩如生。尽管已经收藏多年,但其血色始终美艳如初。每每拿出把玩都爱不释手。"

在玩的同时,罗士俊还写就多篇收藏文字,对瓷器、油版画、鸡血石等颇有研究,发表在报刊上的二十多篇鉴赏文章,成为他古玩研究的一部分,并结识多个收藏类的有识人士,时时交流把玩,在玩的过程中积累了不菲的收藏眼光。

## 企 业 家

罗士俊,早年毕业于上海旅游专科学校,堪称旅游界"黄浦一期"首届毕业生;从事管理工作三十多年,成为国家改革开放后的第一代会计师、高级经济师；一九九四年就学于上海大学管理学院，获工商管理硕士学位。先后担任上海西郊宾馆副总经理、上海西郊公寓酒店总经理。

在其长达三十多年的职业生涯中，罗士俊在酒店管理和旅游市场分析上积累了丰富的管理经验，在业内颇有影响。多篇论文发表在《饭店世界》《旅游科学》《上海企业》等期刊上。工作之余，曾任上海工商学院兼职教师、新华律师事务所兼职律师等，多次荣获市委办公厅记功嘉奖。在业余生活中尤喜爱文化艺术，在业界亦有一定的影响。是一位具有文化人气质又有个性的企业家。

比如，他在上海企业杂志上发表的"世博效应和酒店业的无序"一文，道出他潜心酒店业三十余载的心路历程，道出上海酒店业的从无到有、从弱到强、从短缺到过剩、从无序到有序的发展过程。尤其，颇有见地的是，罗士俊在"星级的误区"一文里畅叙：酒店星级的评定也慢慢显现出它固有的弊端与缺陷。殊不知，现代饭店发展到今天，从无序到有序，从不规范到规范；现在又从有规范向百花齐放、各显个性方面发展，并预感，要不了多久，所谓的星级评定将成为过去式，快快步出星级的误区，这是中国酒店走向新的辉煌的第一步。正如他有一则介绍法国皇家酒店的文章所说，好的酒店，可以有十种八种，但是，必须有一点是相同的，那就是外观与内在的统一。如果光有好看的外观，金玉其外，败絮其中，那它一定走不远的。因为，它缺乏生命力。

玩物尚志的罗士俊，擅长酒店经营，并颇有心得，打造个性化经营以吸引消费者是他的成功之道。比如，微型"十里红妆"餐厅、"当代陶艺"餐厅等。总之打"文化牌"，也是一种经营手段、别样风情。如这里摆放着的明式圈椅、茶几，都是"老"料新做，看一眼都令人神往、很舒服，显示店家不一般的雅趣、雅心。在上海酒店业过于饱和的今天，谁更有个性、更有文化品位，谁就更有人气——这是罗士俊先生独辟蹊径的所在。

# 佳韵斋:把盏话玉

"佳韵斋"是"58 后"沈志康的画室,满满书架扑面而来,画轴、条幅济济一堂。有美术理论与实践修养的他,先后毕业于南京航校和上海教育学院,1999 年研读于南京艺术学院美术系中国画专业,在中国书画领域既有作品获奖,又有中国历代书画收藏积累。尤其,沈志康旁涉中国古代玉器收藏数十载,业绩不俗,题材众多而蔚为大观。

## 玉路八千年

是日,笔者有缘做客上海收藏协会理事沈志康家中,在他"孤蓬自振,惊沙坐飞"的"佳韵斋"里"把盏话玉"……数千年前的一支驮队,由西而东,驮着美玉,驮着神秘,走河西走廊、漠北大地;由八百里秦晋渐达中原,走出了一条贯穿东西的"昆山玉路",其中演绎着多多少少美轮美奂的美玉物语。两千年前的孔夫子,一句"君子比德于玉",成为君子品行操守的一种象征,中华民族的一种精魂——那是沈志康身体力行地收藏和田玉的一段心路物语,已逾十余载。

"洛阳亲友如相问,一片冰心在玉壶。"玉性属金,产于西方。"昆仑玉最美在于阗。"于阗,世称和阗,今称和田。是一个历经数亿年的炼

古玉藏家沈志康的藏玉

狱、数亿年的积淀，原生矿（山料）经地壳运动，滚入河流，从而沧海桑田，成了次生石（籽料）。一条玉龙喀什河，盛产白玉，亦称白玉河；一条喀拉喀什河，产墨玉、青玉等，古称墨玉河。这里产出的玉石，是和田玉中的上品与极品。从"史前文化"开始进入中原地区，路经新疆、甘肃、陕西、山西，进入河南。路途漫漫，弥足珍贵。

今天，和田玉不是一个地理概念，而是一个人文名称。主要产于海拔3500到5000米、绵延1500公里的昆仑山脉岩石中，产于山上的原生矿处称为山料，经自然地质作用破碎而发生移动的、没有完全磨圆的称为山流水，而只有在河中磨圆程度好的才是籽料，亦是价值象征。

有人说，玉有三重灵魂：一是聚天地之精华，汇山水之灵气，与生俱来的一种禀赋；二是为人类所赋予的文化特性与文化符号，通天通神，祈福祛邪；三是受人体的滋养，有了生命气息、有了血脉。再加上雕工，那是先人的手泽与心痕，一种文脉。玉者如君。玉者，君子的一张名片——沈志康是也。

如果说，拥有一块玉，就是拥有百邪不侵、万缘放下的心态。玉者，精光内蕴，涵养天成。那么，任何美的东西，都有一个脱胎于痛苦的升华过程。玉是如此，那么万物之灵的人，也应如此。比如，冰清玉洁，既是对玉的赞颂，也是君子的一种气节，一场向善的修行。正如，沈志康赠与笔者的这块"无字牌"，玉质细腻温润、光泽内蕴，"不多一字，尽得风流"，俨然一个"玉者如君"的人物。

沈志康的收藏之路，既不是"坐贾行商"而把玩古玉，也不是"科班历练"从理论上识读古玉，而是在拍卖行的实践、积淀而渐渐成为中国古玉收藏的行家、专家。世纪初，沈志康在华夏拍卖公司和宽正拍卖公司任高级鉴定师、拍卖总监，擅长玉器与字画。

## 玉器三千件

沈志康捧出一盒又一盒的玉器藏品，恍若走进中国古代文明里，有忘了"今朝是何时"的一种"穿越"感……首先是一款古代玉玺（汉代），其外形、用料、刀法，特别游丝工艺是典型的汉玉雕件，这是他的得意之作。还有他在台中购得的一对清代瑞兽，包浆令他把玩不已、志在必得。他说，玉器可遇不可求，是一种缘分。

尤其，一组（明代）十二生肖（生坑）白玉圆雕，个个小动物，形象生动活泼、灵性可人，玉质温润细腻、古意盎然。尤其皮色本是一个瑕疵，具有巧雕之趣而被文人所喜爱，竟成一个"看点"，为人推崇。器物上布满全身的点点沁色，凸显出时代与沧桑之感，这是一种文化力量。

笔者流连一对清代瑞羊，羊角后弯成圈、凸眼、羊须成尖下垂，特别写实。尤其肢体下俯时，四腿弯曲，仰着头平视前方，十分可爱。一个青玉质，一个墨玉质，沁色参差地融入玉质，造型丰腴——那是"佳韵斋"的一个重器。更有一款唐代青白玉战马扬蹄而跃，与甘肃"飞马踏燕"相仿，仿佛一幕汉唐抵抗"匈奴"的战争史诗。还有一款良渚时期

(碧玉)的大型璧玉,整体大气,令人想起古代的"和氏璧"的人文故事而引起笔者的爱抚,那是一场文化对话。玉器剔地雕螭,大器、大气,虬龙飞舞、气势威严。

把玩累了,在一侧的中式长椅上稍坐,啜口茶,继续着中国古玉文化的话题。手里一枚清代的白玉扳指,爱不释手,十分养目。它不再是铁血沙场的弓箭之器,而是成了一个文化景观……数年前,凭着沈君的个人收藏竟办起一个像模像样的收藏展,旨在希望唤醒更多的有钱人参与收藏、参与文化活动。世界上的人都是时间过客,唯有物留下来,他们才是永恒的主人。

收藏并快乐着,沈志康是也。他在享受古玉文化的快乐中,"价值"与"眼力"双提高,令笔者敬佩且羡慕之。他说自己正在身体力行地收藏,以字画养眼、以古玉养心。他用"南北春风意,东西明月心"来"经营"他的古玉收藏。因为,文化才是人类生存的载体。我不仅仅是收藏玉器,更是在收藏文化——沈志康如是说。

# 金田居：刀痕留芳

## ——陶刻名家闻正荣作品清赏

如果说，字画是一种"线条"，以气韵生动而令人流连不已；那么，把字画刻在陶艺上，便成了另一种景观、移动的"石刻"，而金声玉振。"金田居"主人闻正荣，就是这样一个陶刻的集大成者，他与众多一线的书画家联袂合作而成就了当代紫砂壶"指尖上的艺术"。

一款紫砂壶，从陶泥、到制陶、再陶刻……曼生十八式，俨然一部中国古代陶艺典籍，一个范本。是日，笔者走进"金田居"，缘识闻正荣以刀代笔而"刀痕留芳"的艺术创作过程……如果说，陶艺具有精气神三昧；那么，字画便是精气神的亮点、一种魂，凸显人文的魅力，而为人推崇。

## 金田居：陶刻世家

宜兴，因紫砂而闻名……闻正荣，1963 年诞生于宜兴丁山一个叫白宕里——羊角浜的地方。他说自己的"五行"中缺金而号"金田"，斋名"金田居"。自幼喜爱书画，能制善刻，以陶刻为生命的闻正荣，素以古人为师，近十年来更是潜心研究陈鸿寿（曼生）书法及其刀法，颇有心得。他说,我的运刀方式就是一种传统"滚刀"(即"双刀"三角底)。灯下,闻正荣为笔者演示他的走刀技法……即把手中的壶转着刻而形成了自己独特的艺术风格,从而成就一个陶刻名家"能制善刻"的美誉。

陶刻是一种以紫砂壶为载体,将书法、绘画、篆刻炼于一炉的陶艺,因文人的参与而馨香久远,形成"壶随字贵,字随壶传"的艺术形式和价值展现——它是创作者用小刀在紫砂器上以刀代笔,将书法、绘画等艺术呈现在紫砂壶上。清代陈曼生的字画、金石功底深厚,篆刻技艺十分精到,成为紫砂陶刻上一座文化高峰——铁干银钩,简意驭繁——那是陶刻意境。

陶刻素以简约、古朴、清逸、典雅见长,强调刀工,遒劲为尊。因为,紫砂壶无釉、素面朝天,而肌理纹路就成了重要的外观标准;所以,一把茗壶配上陶刻字画,当余甘留舌之时,体会铭文刻画的意境。紫砂壶一旦有了陶艺,也就意味着有了生命灵魂。成为文人、陶工合作或集文工于一体的结晶,张扬着壶外传神的韵致。

闻正荣作品多次在全国各类展评中获奖,于2009年宜兴市书法家协会与市政府举办的首届陶刻大赛荣获金奖,2013年第七届中国宜兴国际陶瓷文化艺术节宜兴市首届"曼生"杯陶刻比赛中获一等奖……闻正荣正是利用紫砂壶肌理丰富,器身留白而进行个性化的运刀,融文学艺术、书画金石于一体,更凸显"文人味"而为人推崇。


## 闻正荣:能制善刻


闻正荣出身于陶业世家——百年老店"闻记"后人,素有中国书画基础,习字摹画是他的基本功课。笔者见到一纸闻正荣的汉隶对联"静对图书寻乐趣,闲观花鸟悟天机。"温柔敦厚,笔意中颇有几分秦代小篆意味,令人读来如沐春风……而一旦说起陶刻,他是如数家珍、娓娓道

能制善刻的闻正荣（拓片）

来。他介绍说，陶刻有刻底子和空刻两种：刻底子是把字画先绘制或印制到壶坯上，然后用刀刻出；空刻是直接用刀在壶坯上篆刻，以刀代笔。最早记述紫砂陶刻记录的是元、明之际的隐士孙道明（号清隐），在紫砂罐上五字草书"且吃茶，清隐"。孙道明的五字草书开创了紫砂陶刻装饰的先河。

"能制善刻"是闻正荣的擅长之处，除了他与众多一线书画家联袂创作的陶刻，将名家书画精妙绝伦地镌刻在壶身而光彩耀人，成为闻正荣的文化记忆；更有自己制壶、绘刻成为一处文化景观。他说，陶刻作品的完成，一般都是先在纸上做好稿子，再开始动手把稿子做到生坯上。比如他为《国学讲坛》而制与刻的素壶，器形大气，把玩可人。笔者最欣赏一款"石瓢壶"，集制、绘、刻于一体，最能体现他不一般的艺术功力与修养造诣。壶身一面刻有"四君子"之一的三两枝竹，左侧一鸟飞翔，画面写意；另一面壶身刻有行楷小诗"闲点茶经补水经"下款"金田拟古"；另有"吃茶去"三字草书苍劲老到……令人把玩不已。落款为"金田闻正荣于古阳羡金田居北窗下"。印章"金田""闻正荣"一阳一阴。其刀锋颇具任淦庭遗韵,书卷气、金石气并举。

闻正荣陶刻数十载,熟练掌握多种陶刻技法,近年来更是潜心研究曼生书法与刀法,在传达传统与表达现代创新上努力探索,渐渐形成自己独特的陶刻风格而馨香久远。闻正荣介绍说,自己的运刀不是一直一斜,而是对角的各 45 度,更能体现书画家的笔锋笔意⋯⋯

比如,一款壶由闻正荣捉刀刻绘,正面陶刻"禅茶一味"四字,侧钤"壬辰年冬日之吉　金田书铭";反面陶刻繁花满树,富贵吉祥。从落笔处可见气定神闲之态。还有与陈夕良联手演绎,精雕细琢不见俗世匠气,妙笔生花更显超凡脱俗、匠心可见⋯⋯

2014 年,一场名为"春天的声音"——朵云轩当代紫砂藏品展在上海朵云轩一楼展厅举行。那是宜兴紫砂艺术家和沪上书画艺术家联袂合作的"文人壶"佳作展。主办方挖掘紫砂壶艺、丹青联姻合作的新的探索模式,具有新意。展出的闻正荣新近创作的文人壶 160 余件,并在现场首发由上海文化出版社将其结集出版的《紫泥雅韵——康乐斋藏文人壶》一书。展品中包括闻正荣制陶、刻陶作品多种,既有他与沪上书画名家周志高、韩敏、刘小晴、韩天衡、车鹏飞、颜梅华、童晏方、刘一闻、乐震文合作的壶艺,有一定的文化格调;也有闻正荣的个人制壶,并刻绘自己的字画陶艺,赏心悦目。

"养壶最好的方法就是多用来泡茶喝。泡茶次数越多,土胎吸水就越多,会透到壶表面发出润泽如玉的光芒。"——那是闻正荣的经验之谈!

# 寻寻觅觅三十载 林林总总八百壶

## ——"2013 年上海市紫砂器私人收藏家"吴士保

吴士保，上海壶之宝馆馆主。"他从一九八零起收藏紫砂壶及紫砂器，现在藏品八百五十余件，民国以前约五百件，时间跨度自明朝至当今，形形式式、林林总总，系统而又有规模，堪称是一部中国紫砂的史画"——那是上海收藏协会会长吴少华对吴士保紫砂器收藏的一种认可与赞许。

中国紫砂制作可谓博大精深，明代以降，经过文人、艺人、匠人的息息传承、代代出新而炼就了紫砂这"土与火的艺术"，成为了华夏瑰宝中的一颗璀璨明珠而无不为人流连忘返。

## 有一种收藏叫文化

"壶之宝馆"藏品，是吴士保集三十年之功的积淀而成的壶里乾坤，如何一个叹字了得！是日，走近"四零后"出生的吴士保，只见他一头白发茬茬，言语从容，俨然一款明清时期的紫砂壶，端庄、尔雅，活脱脱民国时代的一位与世无争，淡泊处事的旧儒生。丝毫不见当今生意人的世俗、浮躁与功利，而是给人几分亲近与随和之感。若一旦说及他的紫砂器收藏,他总是侃侃而谈,言语中透着自信和对自己收藏心得的成就感。

吴士保紫砂器的收藏是一种缘分,吴士保原是一个集邮爱好者,由于一个莫名的人文因缘而转身收藏起紫砂器并一发不可收。他说,紫砂器承载着煌煌大庠的中国文化,趋而成为吴士保的一个安身立命。他说他正在筹措一个紫砂器会所,届时要一睹他的紫砂器会所,一个不可或缺的民间庋藏的组成部分,而为人期待。

今天,坐落在中山西路安顺路口上的"壶之宝馆",是吴士保2004年7月在自己并不是很大的居室里,以一室一厅办起一家民间紫砂器私人藏馆。这里集中展示他三十年来的收藏珍品,令每一位观者在这里完成一次精神上的文化穿越……五六百年的紫砂器,在这里济济一堂,蔚为大观。紫砂器所特有的书卷气,正是中国文人所追崇的,也为吴士保所热衷。一款紫砂器涵盖中国古代文化的博大精深,包括诗书画印及其它工艺于一身。尤其,紫砂的妙处在砂,是其魅力所在。

明代文震亨在他的《长物志》里说,茶壶以砂者为上,既不夺香,又无熟汤气,那便是紫砂壶的魅力所在了。吴士保说他喜爱紫砂器,就是因它有着文化蕴藉的内涵,是中国传统文化的诗书画印的精粹,而特别养眼、养心。吴士保那种执著的收藏精神,就是一种文化力量。

吴士保对甄别紫砂颇有心得,通过练泥、原料、器形、款识、工艺等特征,就能评判它的身世;有时还包括重量、声音、包浆与光泽。吴士保总结紫砂要诀,将其分为五大类,即原料材质、练泥炼制、制作工艺、个人风格、印款特征。他将紫砂壶风格也分为六个时期,分别是明早中期、明万历到清顺治、清康雍乾三代、清嘉庆道光到同治和清光绪到民国、现代。吴士保将两者逐一细细分析,为初入者提供大量可操作的依据与案例,并附有图录,令人见物识器。

吴士保还有珍藏的紫砂为胎的佛像、文房四宝,有泥绘、贴塑、镶包、嵌金银丝、珐琅彩工艺,其中最绝的是"宜钧窑"。那是在紫砂胎炼制后,再浸釉仿制宋代五大名窑瓷器,堪称紫砂一绝。吴士保还藏有稀世之品的天青泥、芝麻泥、铁矿砂、黄金团泥……如今已成绝品、孤品。

宜兴紫砂器是我国独有的艺术品,是中华民族传统文化中重要的组成部分,一件紫砂器作品往往集中了水墨图画、书法、泥塑、彩绘,其集大都成者为陈鸿寿,即陈(曼生)壶十八式,无一不透露着醇厚的书卷气与儒雅,清新的艺术风格为人赏心悦目。

## 有一种文化叫紫砂

走进壶之宝馆,琳琅满目地陈设着各时代的壶之珍品。吴士保说,这里每款壶的背后都有一段馨香久远的文化物语与收藏故事。馆中玻璃柜上迎面而立的是一尊面相恬静、端庄的“持经观音立像”(明万历年间制),观音身披袈裟双手平胸持经,衣袂飘举。料用的是团砂泥,线条流畅、制作细腻。衣纹展开自然,脚踏祥云,精美绝伦,是壶之宝珍品之一。

吴士保举例说,明早中期紫砂粗糙、胎体如缸,练泥方式一般是采用木杵舂,随后浸水漂洗,那年烧制还未用匣体与其它瓷器一起烧,而使器物表面沾有一些“沾釉泪斑”。全手工捏制,接痕处有明显指印,壶之表面用竹片精加工而留有竹纹,整器古朴、沧桑感很强,以供春壶为代表并趋向成熟。

是年,赵梁制壶的多提梁式,与董翰的善制菱花式,以及时鹏、元畅两人的式样更是纷繁,四人一举成为当时的制壶四大名家。制壶到了李茂林时代,始用匣体烧制,一般用竹刻款无印。吴士保拿出一款“十八瓣菊花壶”,底款有李茂林造印。他介绍,此壶运用墨绿色夹金砂制作,形似盛开的菊花状,由十八瓣菊花花瓣捏制而成。其流把钮成一线,壶与盖严丝合缝,可任意转动不涩,一气呵成。壶嘴短呈一弯扁圆形，把上弯有一捺指位。色泽淡雅，造型古朴，是为珍品。

　　奠定中国紫砂名陶地位，从而进入中国古代制壶的成熟期，而成为影响几代人的制壶大家——时大彬，他是明万历到清代的一代制壶大家，一处高峰。他创造了一套紫砂器制作工艺与工具，那时的紫砂壶古朴大气，到清三代皇帝的参与，更是注重器表的装饰，款式更是风情万种、美轮美奂。工艺糅合了泥绘、加彩、堆泥、浮雕、施釉、搅泥、镂孔、包漆、包锡、磨光等，达到因器思变的效果。尤其，官窑与宜钧窑，再加上珐琅彩绘、描金、皇帝题诗，致使宜钧釉紫砂器的发展达到顶峰，产生大量仿宋五大官窑的产品，如仿钧、哥、官、汝窑，声有金属的磬音。

　　最有影响的陈鸣远，他创新了仿象生器的紫砂器，壶底壶身始有竹刻款与篆体印。料以配砂居多，后人仿制徒有其形而无神韵。吴士保拿来陈鸣远款的"秋荷壶"，莲蓬四周皱褶的纹理，酷似成熟的莲蓬，刻画入微，几可乱真，给人秋枯老莲之感，体形适中。壶身镌刻一行诗"莲叶仙客享莲蓬，雅士沙人比以样"，题签"鸣远"。底部镂雕的几颗干瘪莲子，颗颗可滚动，煞是可爱，令人把玩，爱不释手。

　　清中期杨季初的"荷竹连心花插"瓶，造型优雅，尤其珍贵的是通体荷花与竹子连心，加上彩粉描金工艺，是宫廷之中的御用之品，这类紫砂器极为鲜见，弥足珍贵。最有味的是清中期的"宜钧双耳三足鼎式香炉"，那是仿史前三代的青铜器鼎，而装饰是以宜兴紫砂为胎，再施钧釉第二次加温，形成仿钧窑的宜钧紫砂器，特别有文化历史味。器露足底，端庄大气，神韵绝佳。底款为"葛明祥制"楷书。葛明祥的宜钧紫砂器，美不胜收，过目不忘，堪称极品。嘉、道时期的邵大亨返古法，更是把中国古代紫砂器推入一个新阶段。

　　"壶之宝馆"就是一部浓缩的古代制壶史画册，并非过誉。2004年央视二台的"收藏故事"栏目、2005年山东卫视的"收藏天下"栏目播出吴士保讲解的三集紫砂收藏与鉴赏节目，并被央视收藏节目、上海第一财经、上海纪实频道竞相报道。吴士保以紫砂器收藏先后出版了《壶之

藏壶大家吴士保

宝——紫砂鉴定要诀和馆藏精品鉴赏》（上下）一书和《紫砂器投资收藏手册》一书。去年出版的《收藏与鉴赏》上下二册一书，吴士保主写紫砂鉴赏十个门类。更可贵的是，吴士保还是紫砂器制作的身体力行者，他的工作室曾为复旦百年庆等烧制个性壶，底款或方或圆四个篆体书"壶之宝馆"，是他集传承与创新为一体的文化尝试。吴士保的紫砂器还多次在国家级博览会上获奖，比如吴士保的"世博和谐如意壶""珍藏世博壶"，在"上海民间艺术世博纪念品设计展"中荣获一等奖，并在"中国恒好"迎世博纪念品全球华人设计大奖赛中脱颖而出，斩获"最佳紫砂艺术奖"。近期，壶之宝馆已被上海市宣传部指定为对外开放的私人收藏馆。

# 一榫一卯三十载

## ——"榫卯斋"斋主陈标"花格"清赏

陈标古典"花格"工作室"榫卯斋",就坐落在大隐隐于市的大华地区,给人一种尘世喧嚣中的不一般的宁静与淡泊……这里,一款又一款的古典榫卯"花格"作品琳琅满目,令人惊艳,堪称一场"故国神游"、一次传统文化的对话。因为,这里每一款无不是陈标的用心守望,更是一种"生命"的托付;这里的每一款无不是艺术家用半年、一年乃至二年的时间,纯手工一榫一卯镶嵌而成……

陈标以三十年磨一"器"的坚守与守望,趋而将中国古典"花格"艺术推向极致,从而创作了"梅花瓶""百福瓶""百寿瓶"……它不是一个纯粹的平面的榫卯结构作品,而是一个球体器形,更具空间立体的天衣无缝之美——使其成为"奇门独技"第一人。

### 榫卯:文化上的渊源

榫与卯,是中国木工匠心独运地将两个木构件连接的方式,凸出部分叫榫,凹进部分叫卯。它从古代建筑到传统家具,具有形体构造上的"关节"作用,成为古典木构件的魂之所在也。榫卯结构始于史前文化

榫卯三十载的陈标

到宋代愈趋成熟，合乎力学原理，美观与实用并驾。

古人讲究纯天然、无添加，于是用木头巧夺天工地制成了榫卯，这便有了后来铁器时代的螺丝与螺帽。有一种榫卯叫做"霸王枨"，专用它来衔接八仙桌的桌面和四条腿。正因为能把桌面的承重分摊给四足，有很大的撑托之劲，才得了"霸王"的名字，寓有举臂擎天之意。

榫卯结构，虽说它的每个构件都比较单薄，但是构成整体上却能承受巨大的压力。榫卯不在于它个体的大小，而是互相结合，互相支撑，这种结构成了后代建筑和中式家具的基本模式。有人说，榫卯就活像是隐藏在两块木头里的灵魂，当古代的工匠将多余的部分凿掉后，两块木头便会紧紧地互相握着，不再分开，出现极其复杂微妙的平衡：它们的榫和卯，仿佛仍默默坚守相望百年千年……隼对卯说：执子之手，卯对隼说：与子偕老——好一个地老天荒，千年人文物语。

"60后"的陈标，从16岁起就先后拜徐学连、陈元冲为师，师从前者学习雕刻、师从后者学习木工。陈标却青出于蓝而胜于蓝……1985年起潜心研究古典卯榫花格技术，在广采博取多种专业技能的基础上，又融入他的绘画长技，居然自成一家……他自称自己作品的创意灵感，都是源于古建筑花格技艺，从"窗花"、"斗拱"中演化而来，并丰富了古典花格造型，大胆创新。尤其是将传统卯榫结构赋予新的高度与活力，开创了古典花格卯榫技艺新的品味和技术风格，此类形式的花格蕴涵了中国古典文化中吉祥、长寿的寓意。在加入了平面浮雕的纹样后，使花格更具古典韵味。他所创新的人字格、万字格、龟纹格，又360度环绕成球的工艺造诣，没有第二者，无人可复制。令作品散发着古朴、自然的韵味，让观赏者仿佛来到了古典时代……

陈标说："我别无他求，只是想弘扬和创新祖国传统的工艺美术，使木工雕刻技艺成为当今上海文化创意产业中的一朵奇葩。"今天，陈标已成功跻身上海市工艺美术大师行列，他还有一个夙愿，就是将他的古典榫卯花格技艺申请成为"非物质文化遗产"项目，旨在让他的榫卯艺术文化更多地走出深闺，为公众所共享共识。"我别无他求，只是想弘扬和创新祖国传统的工艺美术，使木工雕刻技艺成为当今上海文化创意产业中的一朵奇葩"——陈标动情地如是说。

## 榫卯：指尖上的艺术

陈标创新的古典花格榫卯技艺是从古建筑、古家具演化而来，成为一种"独门技艺"，像百福瓶、百寿瓶等众多圆柱形的曲面连接，集雕工、木工、美工等多项技艺于一体……缘此，陈标所创新的"古典花格榫卯技艺"被上海市经济和信息化委员会认定为"第三批上海市传统工艺美术技艺"，其作品获得过中国工艺美术大师作品暨工艺美术精品展金奖，并荣获工艺美术大师称号。他的榫卯工艺，一举填补国内"古典榫卯艺术"的空白，成为绽放在都市喧嚣中的一朵奇葩……

陈标的"百福瓶"和"百寿瓶"均高1.18米，圆柱的直径33.8厘米，瓶身和瓶盖都是用长 2.2 厘米、厚 2 毫米的小叶紫檀片榫卯连接而成——这哪里是一个木构件，分明是一项文化艺术"工程"。陈标说：这样的小木片每件作品是 5000 多片，两件作品从设计到制作完工，足足花了两年多时间。两件木瓶的花格基本是人字格基本造型，大气简洁。若仔细观赏百福瓶的瓶盖，可见人字格中雕着 5 幅蝙蝠、仙桃、古钱组成的图案，意蕴吉祥；百寿瓶上则雕有牡丹花纹，意蕴长寿。木瓶的瓶盖和瓶身丝口紧密，瓶盖口打磨得十分光滑，圆柱形的瓶身全用紫檀小木片榫卯连接而成，人字格的花纹图案组成一个层次丰富、富有韵律美的紫檀花格大木瓶。两件大作，古朴凝重、典雅大气；1 米多高的木构件，全靠那成千上万片的小木片用榫头连接，而令整件作品十分牢固结实。笔者感佩陈标将这一万多片紫檀木一片片锯出来、凿出来，每件作品用紫檀毛料 50 公斤，制成的成品仅重 10 公斤……《核舟记》里明朝有个叫做王叔远的能工巧匠，"能以径寸之木为宫室、器皿、人物，以至鸟兽、木石，罔不因势象形，各具情态"。——陈标是也。

一款"福禄寿"花格瓶，瓶高 73 厘米、宽 28 厘米。六角形的瓶盖雕刻有蝙蝠图案，雕工精美，瓶身上用上万片 15 毫米的黄花梨小木片通过卯榫结构以龟纹格连接起来，卯榫连接处，天衣无缝，严丝合缝。整体纹饰精美细腻、典雅端庄，形体稳重大气、古朴厚重。在 2012 年中国工艺美术大师作品暨工艺美术精品博览会上获得金奖，2013 年上海当代工艺美术精品展入选精品。一改我国古典花格用于平面门窗的设计制作，两瓶用圆柱形的曲面连接……面对陈标的作品，笔者心里只有两个字"精湛"……

还有一款刚刚完工的小叶紫檀"梅瓶"，以人字格为主在瓶身与瓶颈处采用了自由格的形式收口。环环相扣，整体牢固，体现作者高超的卯榫技艺、结构把控和设计能力。如果说，百寿瓶只是将本来只能展现在平面上的工艺 360 度地展示；那么，梅瓶的制作就是真正地将卯榫结构的发展推向了空间化的层次。陈标还有一个直筒瓶，竟是人字格 56

纵、56 横环球而成花格瓶……他说,这象征中国 56 个民族的和谐、团结……

是日,笔者有缘走进他的工作室:一个近距离照射的灯、一把锯子、三三两两的小工具……陈标演示花格瓶的制作流程,就是为意想中的瓶制作一个塑料胎体,并在胎体上划榫与卯的"花格"走向的小格子,从而把木料锯成相应的小片,便锯一片嵌入一片,如此反复一年、二年……直至完工——成就着陈标一种"生命"的托付!

# 壶里乾坤"榄辰阁"

——陈玉船：闻香识壶三十载

沪南地区有条人文渊薮的龙华路，龙华路（近华容路）有处高楼掩映中的三层建筑物——上海龙华滨江古玩城，这是上海第一家以古玩会所定位的精致的古玩城。斋主陈玉船，一个以近现代紫砂壶为收藏主打、古意盎然的"榄辰阁"古玩行，就坐落在这座建筑的二层楼里。

是日，几个旧雨新知与斋主一起坐在紫砂壶、字画、古董，满壁风动的"榄辰阁"古玩行里，把盏话藏，闻香识壶，仿佛与古人对话。

## 收藏：是场人生历练

插过队、种过地，一脸曾经沧海难为水的陈玉船，在那个"苟富贵、毋相忘"的农村，硬是凭着执着与积累竟咸鱼翻身地考上大学。如果说，他当年去农村插队是响应国家号召，是一场生命炼狱；那么，今天他毅然下海，也是响应国家改革开放政策，成就个人的一个事业梦。

1980年代到1990年代，陈玉船如鱼得水地干起了装潢事业而一发不可收拾，接过几个颇具规模的大单子而成为上海滩改革开放后的第一批成功人士、首个万元户。然而，骨子里对中国传统文化的仰慕，

壶里有乾坤的陈玉船

令他纵然在困难时期，依然对中国古玩一往情深、魂牵梦萦……

那年，家里的红木家具被造反队抄家没收了，稍有些小钱的陈玉船，便开始在上海的调剂商店里，又一件一件地买回来。有缘的是，调剂商店硬要买家搭买几个紫砂壶……如此这般，陈玉船开始了他的紫砂壶收藏生涯，时大彬、陈鸣远、陈曼生、蒋蓉，一一成为陈玉船的收藏主打。"可怜夜半虚前席，不问苍生问鬼神。"那是如何的一种收藏情结，多少心绪在其中！同时，他触类旁通地收藏有玉器、杂项，也有与藏友交换的其他藏品，一并丰富着陈玉船的精神生活，又反哺滋养着他的文化积累。

## 收藏：是场文化积淀

走进陈玉船的古玩行，三个汉隶"榄辰阁"跃入眼帘，字幅灵动，古趣盎然。陈玉船拿过一款经典的邵大亨八卦壶，壶身包浆厚重，壶形敦实,壶身壶底都有八卦,令笔者拿起来便放不下。"卦"是一个会意字,从圭从卜。是伏羲根据河图和洛书图研创的简易图,诠释着中国本土道教"上乾地坤"的文化意义。

陈玉船说,邵大亨的八卦束竹壶与时大彬(明)的三足圆壶、陈鸣远(清)的四足方壶、顾景舟(现代)的提璧壶堪称中国紫砂史上当之无愧的翘楚,是中国紫砂壶界600年来的四座高峰、四大代表作,更是我国紫砂壶文化与艺术发展至今的历史缩影。

传统的瓷器、陶器通过拉坯制作,而紫砂壶则不同,那是纯手工拍打手捏制作而成,包括壶钮、壶盖、壶腹、壶把、流嘴、足、气孔等,包括圈足、钉足、方足、平足之分;包括珠钮、桥式、物象钮等。包括嵌盖、压盖、截盖……其形制都有一个人文名称,洋桶、一粒珠、龙蛋、四方、八方、梅扁、竹段、鱼儿龙、寿星等。

"西泠八家"之一的紫砂艺人杨彭年、杨凤年兄妹亲手制作的十八种经典紫砂壶款式,史称"曼生十八式",集金石、书画、诗词与造壶工艺为一体,开创了文学书画篆刻与壶艺完美结合的先河。曼生壶在壶史上留下"壶随字贵,字依壶传"的经典名言。署款"曼生"、"曼生铭"、"阿曼陀室",或"曼生为七芗题"等等,都是刻在壶身最为引人注目的位置,格外突出,堪称中国紫砂壶之大观。

曼生壶简洁明快的造型、深刻隽永的题铭乃至书法篆刻、在壶体上的布局章法都值得后人细细品味,使紫砂壶艺术达到炉火纯青的境界,也才使得文人紫砂壶升华为融合多种文化元素的绝佳载体,令后人叹为观止,从此便以纯粹文人化的身份跻身于艺术珍品之列,被紫砂界奉为珍宝。

浏览店堂,桌旁一对不怒自威的"青瓷麒麟",几案上一座紫铜筑就的圆雕"三个和尚没水吃",补白用的珠山八友汪野平的四屏瓷版画,一对清末民初的后背椅及一长条翘头案和满橱满壁的紫砂壶……凸显着这里的文化厚度,令人沉静下来,玩味"谈笑有鸿儒,往来无白丁"的快哉——"揽辰阁"是也。

# 玩家专家 买家庄家

## ——璞玉艺术馆馆主陆帼瑛

衡山宾馆,竟有个"大隐隐于市"的"璞玉艺术馆",这里美轮美奂的中国当代玉雕大师作品,令人惊羡;这里目不暇接的"璞玉珍宝",给人神思邈远的遐想;耳畔"小珠大珠落玉盘"的"古筝"声起,一幕红尘不来的别有洞天。

人们走在"璞玉艺术馆"观瞻也是蹑手蹑脚,生怕自己来自"俗世"的脚步过多地打搅了这里的天籁。是日,笔者就在这里一识陆帼瑛,倾听她的"华丽转身"及与和田玉的一场"美丽邂逅"……

### 华丽转身

"62 后"的陆帼瑛,用她时缓时疾的话语,勾勒出一段心路可寻的"华丽转身"……陆帼瑛在鄞州中学读书,就是"学生会"主席;77 年考入"杭州大学",攻读英语专业。她戏称自己的英语口语比普通话说得更"溜"。

毕业后,陆帼瑛既有军校任职经历,是国防大学的文职教官,官衔相当于少校;又有欧洲著名跨国公司任职经历的积淀——曾任上海国资企业董事长、央企董事长、上市公司总裁,主要从事水务环保行业股权投资与资产并购、一二级市场资本运作。2000 年,陆帼瑛成为中欧EMBA 学员,更是加深了她的职场历练。

然而,机缘巧合的 2006 年,陆帼瑛受水利部委托赴新疆接管一家上市公司,而一举成就她最初的人生"拐点"及"华丽转身",开始涉足和田玉的收藏投资而一发不可收拾,竟一往情深地辞去央企董事长的职务,参股了一家和田玉公司。

与此同时,陆帼瑛先后成为中欧—佳士得艺术品一期培训、交大海外全球 CEO 第一期学员;陆帼瑛更是锲而不舍地研读众多艺术品方面的书,身体力行地参加多个拍卖会,做着艺术品市场的研究。2010 年,陆帼瑛如愿考出了艺术品评估师资质。

千种玛瑙万种玉。市场上的主要玉种有和田玉、青海玉、俄罗斯玉等,而区别玉的产地主要靠目测,就是凭经验……陆帼瑛高屋建瓴地把公司内部管理规范化,自行开发了产品 ERP 系统、大数据,发行了和田玉基金;创建了"璞玉艺术馆",下辖璞玉书院(知),授权培训收藏鉴赏人才;建立璞玉资本(财),累积潜在的一二级客户的管理基金;创建璞玉俱乐部(人),组织会务活动;开办璞玉珍宝连锁店(物),产生销售佣金……成为当代玉雕大师作品展示、艺术品鉴赏培训、艺术品基金的一个管理机构。

"玉"需要缘分,喜欢没理由。"璞玉珍宝"这一品牌,就是让玩家玩得又开心、又放心、又赚钱,成为优化的商业模式来提升客户的信任度,是一个可以让客户学习、收藏、交易的诚信平台——成就了陆帼瑛由"玩家"到"专家"、由"买家"到"庄家"的心路,成了中国海派玉雕收藏的翘楚。"在诚信稀缺的年代,我们做好诚信,那就是核心竞争力。"陆帼瑛信心满满地说。

## 以藏养藏

　　宝玉石原料可以定标准,但真正的艺术品都是独创的、非标的。业外的人一上来都喜欢谈标准化。而标准化就不是艺术品了,最多是工艺品,标准化就不好玩了。艺术品的魅力在于独创的思想和个性。而和田玉的鉴别一般是原料的产地,与品质的优劣。陆帼瑛的"璞玉珍宝"有一个为客户私人定制基金的模式,就是你买我的玉,我优惠批发给你,你再委托我卖,如果年投资回报率在10%以内我无偿服务,超过10%部分你拿70%、我拿30%作佣金。达到学习、收藏、投资三丰收。就是"用销售利润消化一半收藏成本,并且通过委托销售置换初级收藏品,把藏品收得越来越精。"

　　陆帼瑛的"以藏养藏",旨在鼓励客户藏一半、卖一半。这样,越买越懂,越藏越精,越卖越来钱。对艺术品精品,"价值是藏出来的,眼力是买出来的"。陆帼瑛承诺,我负责让大家掌握和田玉的鉴别能力。据贝恩资本研究报告和财富杂志研究报告说,人均GDP达到1.5万美元以上,奢侈品和艺术品的需求将出现爆炸性增长。中国市场潜力无穷,机会给有准备的人。艺术品市场与股市同频率周期,但是比股市延后6个月左右。高抛低吸的股市规律同样适用于艺术品市场,现在市场低迷,是建仓好时机。

　　陆帼瑛擅长收藏玉雕大器的"高大上",独钟"五好",即料好(籽料级)、工好(大师杰作)、意好(有意境)、形好(器形无与伦比)、性价比好。因为,投资玉雕大师的作品,一是原料稀缺,不可再生;二是大师作品,艺术品的保值升值潜力巨大。

## 品牌十载

更有甚者,具有外企与投资跨界背景的陆帼瑛为和田玉做了两件有影响力的事,一是研制了百人玉雕厂的大数据管理系统,用十六位编码追溯每一件玉雕作品的物流、现金流、信息流;二是建立当代玉雕艺术品、艺术品鉴赏培训、艺术品基金管理,联合金融机构成功创立玉雕行业第一只阳光化基金。

陆帼瑛所构架的"璞玉珍宝"的商业模式、产品定位、治理结构、品牌价值,是由一个既懂艺术品又谙金融的复合型跨界团队运作,能够按金融属性组织资产包的"轻资产"盈利模式,渐渐成了这一领域的"隐形冠军"。陆帼瑛一再说,我只做"收藏和经营当代玉雕大师精品"。

货真价实的产品,诚诚恳恳的沟通,并且在交易结构中为客户留好控制风险的退路,这是建立诚信最根本的法宝,也是陆帼瑛的经营理念。收藏不为流通,而是为了"分享与美"。"璞玉艺术馆"就是这样一个场所,以玉会友,结识人脉,资源共享。

璞玉珍宝在商业模式上做产业链垂直整合,邀请到了海派玉雕文化协会会长担任璞玉艺术馆的首任馆长。"可信的藏玩渠道非常重要。"——陆帼瑛如是说。海派玉雕文化协会是全国行业的标兵,"璞玉艺术馆"将是海派玉雕作品的最大展示平台,为巧夺天工的中国当代玉雕及和田玉文化的传承和创新作出重要贡献——陆帼瑛义无反顾。

# 做客"木石斋"

## ——与斋主一起把玩"嘉木美石"

上海的龙华地区有座"古玩城",古玩城里有家古玩店名曰"木石斋"。斋主是一个五十开外的中年人——他的大名包燕谷。殊不知,其令尊为何寓意儿子是"一只燕子落在山谷里"。

一个秋日,朋友推荐笔者走进了一间小巧而雅致的古玩店。店堂里嘉木、美石琳琅满目,尤其桌上一字排放着几枚美石,一般叫做新疆于阗(现称和田)白玉,有的上面还点缀着或皮或沁的东西,特别养眼,令人忍不住把玩一番。这也是主人的意思,一边啜茶、一边把玩,一玩便有几分亲近感,一种"回家"的感觉。

笔者浏览店堂,不经意地在茗香茶语中抬头,扑入眼帘的是一个行楷匾额,几个浓墨大字上书"木石斋"。令笔者兴起,细观那几个笔墨淋漓的"粗头乱服",既颇有汉隶古意、又掺有几份唐楷之风的书法,一看便知是那位书如其人的谢春彦所书。其中的文化气象着实令人欢喜,远胜过工匠之书。笔者与谢缘悭一面,然而读他的字,肠暖心热;读他的文,纵横捭阖的气势令我颇有好感,心里很是感佩。尤其,他的一番"没有钱是万万不能的,画在宣纸上的中国画没有笔墨也是万万不能的"——笔者视为至理名言。什么是笔墨,那是精神、文化气象。在浮躁的"笔墨当随时代"的当下,他针砭时弊,慨叹艺人的功利心,只剩"技术"而无一处用心。

## 嘉　木

包燕谷得意地指着墙上一纸照片说,那是原生态、大自然造化的"根艺",远远看去,好似一个"太极"图。说起这一根艺收藏故事,包燕谷侃侃而谈。说某君嗜根艺如性命,二十数年前自西南边陲,历时数载,觅得根艺壹件,其色如粟,其硬如铁,形之千化,变之无常,天地造化也。径达五尺之巨,观其大形,一如天地混沌初开,鲜丽魂谲,不可言状。细而察之,或如岫云初出明润郁葱,尽得江南烟岚气象;或如突兀古树巨石,齐观浑厚峻拔巍浩气势。

他引经据典地说:此非宋熙宁淳夫(郭熙)巨制乎,长松乔木,回溪断间,烟云出没,峰峦隐现,无不皆备,且笔墨森秀华润,全无俗法。答曰:非也,此木乃是天地之精气,得万物之造化,岂人力可为哉! 此乃太极也,众人皆曰善,是以为题。

话说,包燕谷在上世纪九十年代,踏上了去广西的路程,奔着"根艺"而去。偶尔路过一家很大的店铺,一眼看见一件原汁原味的"根艺"作品,心中窃喜。可是店主不允。一天、二天、三天,整整谈了三天……店主还是拒不出让。包燕谷竟把他店里的根雕、根艺全买下,总计约有一百多件。店主看他认真就割爱成交了。成交后店主才说了原因。这件根艺高约145公分、宽145公分、厚135公分,全天然而且已成朽木,是件一千年以上的作品。原是某一部落世代把它当财爷来供奉的物品。他这才大悟,惊恐万分地感谢上帝恩赐。所有根艺、根雕用一个集装箱运来上海。

包燕谷将其放于原先在锦江乐园边开的门店里醒目位置上,顿时生意兴隆。一天,画家、艺术评论家谢春彦闲逛来到小店,看见此物,大加赞赏,便时不时地成了店里的"座上宾"。一次谢春彦高兴,看着看着想到红楼梦的故事,就提出起个店名。隔了几天谢春彦径直打来电话说:写了二幅"木石斋",这下圆了包燕谷的一个梦——这便是这个"木石斋"匾额的由来。

店堂里还有一件不显眼的"漆柜带香炉",特别有民国风情。漆器是一种工艺艺术,工艺性是漆器的灵魂。漆器则除了朱画之外,还用贝壳、金、玉等材料装饰嵌入漆器,以贝壳嵌入漆上装饰的称为螺钿。并运用雕刻和漆工互相结合,许多动物形象经过雕刻,巧妙地缠结在一起。漆器的用色也更为丰富,技法也更为熟练,图案表现多为宗教及当时的生活形态。这一漆柜一看便知,是一款民国时期的典型器物,上面使用镶嵌工艺的"螺钿",题材是亭台楼阁间一女士倚石读书,身旁女子神态各异,画面生动、人物传神……笔者特别在意民国器物,那是一个时代的风貌与精神,一处文化高峰。

如果说,民国只是少数人的"黄金时代";那么,这少数人就是文人、艺术家,成为中国的一个文化标杆。

## 美　石

包燕谷把"和田籽料"形象地称为世界上独有的软宝石,出于昆仑山之巅。聚天地之精华、凝山川之灵气,有独特的润美、圣洁,是7000多年来中华民族文化历史的财富。2003年新疆和田玉获得"美玉"称号,被中国宝玉石协会正式命名为"中国国石"。2014年5月,评定先后排名分别是红玉、黄玉、三墨玉、羊脂白玉。

他说,他爱上了和田玉,就是玩一个心态。包括一个人的修养与他一个人的艺术境界。包燕谷手中有一枚红玉,这是他最得意之作。那是在2007年一位和田知音、多年交往的好友说他有一块原生态红玉,重 40.7kg。起先，包燕谷并没放心上，可是一看竟拿得起、放不下了，堪称传说中的红玉原籽……此红玉原石，原雕有七个"天眼"，若手电一照，红润的光泽布满全身，特别柔和优美，石形古朴，给人浮想联翩的感觉，那是今人与古物的对话，穿越感十足，令人过眼不忘。

包燕谷还有一枚来自外星的宝石——陨石。那年秋天，他进军大别山腹地，在回程路上他无意间想找有趣的小石头带回家，脚踢上去动都没动，心里感觉不是一块普通石头，双手抱起感觉朝下沉……在2011 年上海首届中国陨石展上得到了证实——它是"陨石"。该陨石呈圆形，侧面有明显的大气层摩擦痕迹及火烧痕迹。形态生动，文理清晰，质感饱满，大气摩擦痕迹呈金属丝，具有明显特征。重量：17.2kg，长×宽×高：24×21×21——那是上天对他的恩赐。

包燕谷还介绍一个镇馆之宝"碧玉九龙宝缸"，引起笔者兴趣，又是一个藏玉故事。他说这是一件新疆和田碧玉雕琢而成，外围由九条龙内底有云纹组成，象征着云龙在天。且缸底也是双龙腾飞。造形古朴、包浆混厚、雕琢精髓，是一件有着和田碧玉"高贵、吉祥、美好、古朴、温柔、安谧"的世俗情感堪称一件和田玉器的"大开门"。

其雕琢工艺在宝石般的光泽罩着下，显示着人类文明的历史，内涵着失落年代的权力。整体雕琢有力，气势宏伟，包容着无限沧桑岁月，渗透着大师的伟大杰作。古老与现代、厚重与时尚、期望与寄托并存。堪称东方文化的最高境界……好东西可遇不可求，碰到了一份缘。

他说，他收藏了这些年头，从未看见这气势磅礴、满缸全雕，缸内底满雕，由一块原籽料雕琢而成。现尺寸 82×52×32，九龙虎虎生威。它是四爪以龙为代表，体现了是皇室内用之器。大器威武、气派厚重。在细说耐磨之下，老先生割舍转而归己。古人说玉："首德次符"。雕一玉件，要有深远的内涵主题中心思维，通过雕琢成器展示的是精神，于大千世界传播正能量。这才是玉器的最高境界，也是至高无上的境界!

好东西真的越看越喜欢,好友常来坐坐,喝茶听听音乐,不时地手摸龙缸,它是一种历史记录,心情愉快。这也是一种缘、一处心灵的归宿——包燕谷如是说。

# 天珠物语

当年,我第一次跨进上海云洲古玩城,举目望去,这里太多的玉器、瓷器,这里太多的古玩、骨董,这里太多的熙熙攘攘的人群……谁做供养人呢? 蓦然回首——"壮泉阁"斋主、资深收藏玩家周毛弟是也。

唯见古色古香的"壮泉阁",门外红尘滚滚、甚嚣尘上;门内古玩杂陈,"散仙"三五,俨然一个收藏玩家"沙龙"。不经意间,从中走出个大藏家、大玩家,未尝不可——今天,颇有气场的"50后"周毛弟,正是以高古玉、青铜器、明清佛像收藏而备受推崇,"无人出其右",堪称中国改革开放后的古玩收藏第一代、颇具影响力的实力派资深玩家。

缘此,我每每走进梵音低回的"壮泉阁"与其神聊,那是完成着一场又一场文化上的时空"穿越",从红山勾形佩到西藏天珠……浑然"梦里不知身是客"。是日,他让我有缘一睹"天珠"风采,倾听其从神秘的"天降之石"、神圣的"画符图腾"到神奇的"至纯天珠",那声声物语、痴痴守候……竟令我莫名的魂牵梦萦、心驰神往。

## 物语一:神秘的"天降之石"

天珠指人工处理后的镶蚀玛瑙(形成黑白线条),具有相当神奇的

天珠藏家周毛弟的天珠项链

力量。其意富足、庄严、品德、高贵、优雅，列藏密七宝之首，相传为"天降神石"。而玛瑙本身，若含氧化铁者呈红色，含氢氧化铁者呈微黄色，含炭质则呈灰黑色。器形或成杵、或圆板、或长短圆形……同时，天珠还含有三四千年前太空陨石撞击该地区时产生的 14 种火星元素，具有天然的磁场（灵性），尤以"镱"元素能量极强，是藏民护身、辟邪、供佛、带有好运的至宝。

茗香茶语中，周毛弟情有独钟地介绍起天珠渊源：那是远古时藏区发生大瘟疫，诸菩萨悲悯众生，洒下"天降之石"，一举镇住瘟疫，凡拾得者即病愈。它是与鹦鹉螺、三叶虫处于同一时代的"天神之物"，是西藏密宗七宝之一。据《吠陀经》记载：远古时因受地理环境及天然灾害的影响，求神护佑之心自然产生，"天珠"因而被创造出来……

比如唐代文成公主入藏时菩萨身上饰有的天珠，及各名山古刹的佛像之冠、额头及胸前镶嵌的钻石、珍珠、玛瑙、珊瑚、绿松石，天珠都是其重要的供佛圣品。天珠不但趋吉避凶，还可保佑持有者获得福报及一切的圆满。有人称，天珠是"宝石之外的宝石"，其独特的纹理与色彩、独特的加持力（即"祈祷"），包含宗教的人情味与神秘情结，更为人口耳相传。

正说着，周毛弟返身从保险柜里取出一枚天珠。"这是一颗出土的单眼天珠，截面处可见一个小小豁口，那是一个'挖药痕'，它曾是救人一命的作药引子的天珠，这类入过土的天珠极为鲜见。"

珠面仿佛沐着一层"霞气"，如薄薄的雾霭般的白色，还有一点"朱砂痕"渗出，透着数千年之久的岁月光润。天珠在手，我也成了"供养人"——这是一个生命对另一个生命的无声呼唤。面对天珠，我又联想到藏传佛教的"玛尼堆"（也称"敖包"，就是将画有图腾的石块堆放在一起，念几声咒语的一种祈祷仪式），潜意识中以祈求图腾显灵对苍生的护佑。

更神奇的是，藏传佛教的佛像在喇嘛开光引神灵进驻时，在佛像内除了装置佛经咒语、金银宝石、舍利子，还有天珠装藏。唯独西藏的玛瑙才称为"天珠"，即"天外之珠"。物理学家们在研究各种矿物原子的排列组合时，发现西藏天珠，可以帮助人体机能之心肌血液循环系统，促进新陈代谢，活化细胞组织，调理改善虚弱的体质。天珠佩戴者，能滋养五脏六腑、强身健体，具有针灸的热、光、电、磁等效应，以此达到调养身心与祛病止痛的神奇效果。

同时，天珠渗进了各种药物治病，并用巫术咒语的图腾意念，画符于石材上，借以获得诸佛众神的加持与护佑。天珠还是一种重要的药引子，可制"甘露丸"；天珠外用擦拭可除眼疾；天珠浸泡一夜后的凉水可缓解血疾，饮用后可驱除病灾。

## 物语二：神圣的"画符图腾"

带眼、莲花、宝瓶、虎纹……只在西藏发现，故名西藏天珠，上溯三四千年……其收藏却始于上世纪八九十年代的港台地区、欧美,继而影响大陆,渐为收藏者们所关注。其初衷,却并不是为了投资的概念,而是出于自身信仰的一种心理需求。

藏传佛教的"息、增、怀、诛",就是说,天珠将具有"息灾、增益、圆满、降魔"四种作用,佩戴者可防御凶曜带来的疾病。比如,圆、方、三角、菱形的"眼",其中圆为天、为诛,意指"息灾"、"除诛";方为地,意指"增益";三角为金刚,意指"降魔"。还有莲花代表洁净,宝瓶代表健康,虎纹代表吉祥,线条代表人缘……都是先民的画符图腾之属,一种宗教寄托。

周毛弟适时取来一款辽金时期的金链子,中间连缀着一枚虎牙天珠,皮壳熟透,很"开门",虎牙黑白分明,珠身饱满,质地温润。(一般短齿称"马齿"、"彩虹",长形尖锐齿称"虎牙"。)这条金链子的虎牙项链,堪称一个"重量级",标准器。无论是辽金(两宋时期)金链,粗壮得可以;还是天珠的珠光宝气、富贵气韵无不令人震撼、折服,令人惊叹不已。此珠因佩戴者多年而熟透呈条状透明薄层,用肉眼也可以明显看得到。

另有绿松石等缀成的项链中悬有一枚九眼天珠,印象中品相绝佳,滑润光亮,黑白分明。九是藏传佛教中的圆满与功德无量之意。九眼天珠是天珠中最为尊贵的一种,是"笨教"(本教,西藏的原始宗教)重要的数字。

大家公认,怡情养性的天珠,上面率性、写意的画符,或眼或线,黑白分明,可谓风情万种、美轮美奂,仿佛一曲民歌、民谣,吟唱着数千年的历史、人文、宗教、风土,与玉石、翡翠不是一个概念,具有极强的主观(宗教)因素,一种"接地气"的天国图腾。

## 物语三:神奇的"至纯天珠"

据传,天珠由高僧大德开采矿石,以人工研磨形成,并配合已经绝迹的白椰苯花的天然树脂加入些中草药浸泡,由喇嘛彩绘出有线条、有眼的纹路,再经开光、佩戴、加持,直至高温加热……也有另一说,是将碱水、白铅或洗涤碱涂抹在打磨好的矿石上,先加热让整个玉髓呈白化,再根据所需要的图案纹路抹上硝酸铜,再经过加热即成黑色纹饰,形成天珠,其镶蚀工艺分为"型一"到"型五"。其中型二、型四才可能是至纯天珠。

比如型二就是将天然玛瑙使之"白化",涂上硝酸铜加热后成黑色即成,其品质就看第一步的白化是否完全。型四则是在玛瑙中部"白化",然后再施以硝酸铜加热。由于天珠特殊的镶蚀工艺,入木三分,使其颜色经千年之变也不剥落。至于画符图腾及其制作工艺,未找到令人信服的天珠制造的遗址,至今莫衷一是,一个数千年之迷,无法破译……

"至纯天珠"最为藏家至爱,最具收藏价值,通常必须有特定图饰,如宝瓶、虎纹、莲花、部分带眼天珠;线条分明且形状对称,颜色鲜明强烈而表面光滑,微有风化痕迹("鱼鳞纹"呈"月轮状"),在高倍放大镜下,真品会出现类似宇宙天体的星河图案;黑白色界限明显,不透光、不破损。

天珠呈椭圆、肥大为最佳。若长 42 毫米以上者为大珠,25 毫米以下者为小珠。天眼以单数最贵,九眼为至尊。部分有朱砂,其穿孔处必须和表面色泽、光滑程度一致(有玉质感);且以乳白色或淡黄色为佳,表面应自然,有一层油亮、蜡状的润泽感。

一般宝瓶天珠又称永生瓶天珠(也有人称"舍利天珠"),此类图饰常见于藏传佛教礼仪中,象征生命不朽与生生不息。哲蚌寺的释迦佛像之冠就饰以宝瓶天珠与九眼天珠,同属至纯天珠。莲花图饰是在佛教教义中具有特殊意义的重要纹饰。

当今,至纯天珠已受到世界各地人们的钟爱,成为护身、修持、健康的饰品,甚至还成了地位财富的象征。在受益者的大力推崇下,人们认识到天珠是极为珍贵稀有的宝物,至纯天珠更是贵重的护身符和供佛的最佳圣品,值得收藏供养、经久流传。

　　周毛弟说,天珠色泽越是温润带油脂般光华,颜色越是白中带乳,价值越高,以不透明更有收藏价值。若称至纯天珠,其洞口侧面可窥乳白色方纹为真品。而一圈一圈的凹陷小圆圈,即是风化纹,一般越珍贵的西藏天珠,无论在色泽或纹路上,皆需温润与颜色分明,其颜色常见的有黑、白、乳白、象牙白、咖啡色、红色等。他补充说:"天珠会因佩戴者的不同而产生不同的变化,凡佩戴者都可亲眼看到天珠的色泽越变越温润。"而特别是那些有特殊纹理、特殊色彩、在特殊的法会上得到的天珠,更是为人瞩目。

# 藏家戴正安

缘识戴先生多年，始知其出身于一个收藏世家、沪渎后裔。早年曾热衷于中国近现代书画收藏，继而钟情于中国古玉，颇有"藏玉不过汉"之风。其藏品主要包括红山文化、良渚文化、两周两汉凡百余件，款款堪称"标准器"。有人说，放在柜台里永远是商品，放在家里才是藏品，若把它编册成书那是一种文化——今天，戴先生倾其所有，以供养人身份将古玉收藏一一分类、评点，蔚为大观，迈上买家、藏家、玩家的"心灵之旅"。

我翻检着戴正安先生即将付之枣梨的书稿《高古神玉》，仿佛一幕幕风情万种且美轮美奂的历史人文场景，极具震撼力。心中除了感佩，还是感佩，那是一场历史文化的"穿越"，着实令我惊羡不已。其藏品精、文字美、书饰佳，"教人如何不想她"。

尤其，封面有请中国金石、篆刻大家韩天衡先生，以晋唐正楷为书稿题签，俨然一个戏曲"脸谱"，演绎万千气象；中国收藏界领军人物蔡国声先生不吝心力，拨冗以二三千字篇幅作序，那是对藏品的认可；上海收藏协会的胡少华先生与"接地气"的实力派藏家周毛弟先生，也欣然为书友情作序。

戴先生曾说，有一个藏家见到其一款红山文化的玉猪龙，两眼发光，硬要戴先生开个价，他要。可见他被赝品伤得不轻，当他看到这

古玉藏家戴正安的玉猪

样"大开门",竟已语无伦次……那是一款黄玉圆雕,玉蛀孔星星点点,极富沧桑感(长4.2厘米、宽3.3厘米)。戴先生的评点竟用新诗:"或猪或龙,说不尽的千年物语。亦沁亦皮,抹不去的岁月留痕"。玉猪龙,是红山文化中最典型的一种龙形玉雕。上古之龙,祷旱玉是也。整器浑圆、肥厚、温润、光洁,呈勾形蜷曲状,首尾相衔缺而不断,背部有一穿孔用以佩系。头大,有明显猪特征,双耳圆眼浅雕,鼻梁有凹凸皱纹,周身光洁无纹更具时代感。尤其吻部前突,沁色蛀孔浑然一体,古朴大气,经盘玩包浆自然浑厚,堪称"大开门"。此器似猪似龙,是玉兽抽象变形,可称"兽形玉玦"是红山文化独有,具有鲜明的时代与地域特征,极为难得!为原始红山古玉之经典器,中国"玉器时代"的一个图腾。

他还有一款女玉人藏品(中,长22厘米、宽8厘米)。玉色为淡蓝色,有黄褐色沁,包浆自然,为一裸体圆雕女性,器形较高。象征古人祈祷上苍,风调雨顺。头部上端略凸出鼻梁呈三角形,双眼作凹圆,炯炯有神,嘴作平凹槽。尤其双乳丰满呈圆锥形凸出,奶水丰沛,圆腹肥臀长脚,并在双腿间三角形中作一凹圆,那是原始母系社会对生殖的一种崇拜。身背光洁,可见首、胸、臀,曲线分明,整体雕琢刻画颇为写实……

中国古玉文化魅力跃上纸端,无不令人心驰而神往。

# 以藏为玩 人因物雅

## ——与"博古斋"主金伟把玩论道

一个寂寂寥寥的冬雨之即,朋友举荐有约多宝古玩城"博古斋"斋主金伟先生,欣然举步店堂,唯见四壁古瓷、古玉、古玩,与众多赏心悦目的雅石、佳木、杂项等,仿佛满壁风动,给人一种人文时空的"穿越"感;同时,举手投足间,我也多了几分谨慎,生怕一不小心踩乱这里的汉唐盛世、明清和谐。

店堂里,目光所及的每一款藏品,或大或小,无不都是一个个历史文化场景、一段段馨香久远的收藏物语。尤其,在一个"往来无白丁"的珍玩店里,与店主品茗、把玩、论道,堪称快事。纵然无语,也是一场"时空"对话,享受"闲敲棋子落灯花"的清雅逸致之美。

## 藏界新锐 渐入佳境

"言必称古玩"的金伟,在一盅茶、一席话中渐入角色……他年届五十有二,在中国的古玩市场跌爬滚打二十余载。他中学毕业,即分配在大庆无线电行工作。有缘的是,其隔壁就是一家集邮公司,无意间的熏染,开始他最初的邮票收藏,久而久之,竟成就了他集邮方面的声名鹊起、一个行家。比如,1994 年金伟开始涉海经商,当年曾坐摊于肇家浜路、卢工、古玩城的邮币市场,开始他人生闯荡与生活阅历的积累而渐入佳境。

或许,邮币市场正是他成功掘得的人生第一桶金,竟一发不可收。他说,2001 蛇年邮票折子,他与其他五人联合坐庄;2004 年的猴票,他是从每版 25 元、32 元一路持仓,竟连连上涨,直至他卖出已是 90 元、100 元不等。后来,他又在金币上斩获不小。宁夏等地朋友知道他在邮币市场上干得风生水起,也纷纷投资金币。他将桂林金币从 2 万 5、2 万 6 一路持有,直至飙升到 15 万……今天,他感慨地说,自己现在只有 30 枚了。我不知他是为之庆幸? 还是为之遗憾?

继而,中国古陶、古瓷包括元、明、清瓷等,也成了他关注的对象。比如,汝窑、定窑等。他说自己当时,时常出入中国历史文化重镇的河南平顶山一带,使他的汝窑收藏颇具规模。他举例说,2006 年,他的一个 6 公分大的碟子,在法国的拍卖市场以 25 万法郎成交。正是如此,从而奠定他涉足中国古玩市场的收藏基础与经济实力。

当初,他携邮币市场的成功与喜悦,以初生牛犊不怕虎的勇气,正式闯荡中国的古玩市场。他连连购进中国青铜器而志在必得,大有大干一场的腔调。有一回,他喜滋滋地拿着一组价格不菲的青铜器,请人指教。他通过特殊关系,得知上海有个收藏眼光颇高的商家——周毛弟。然而,事与愿违,金伟的这批青铜器,在周毛弟的眼中全系子虚乌有,都是赝品。他闷了! 心中大大地不快——学费太贵了。

其实,一个人不跌跟头,不会长大。金伟也是。

数年后,金伟正式拜周毛弟为师。2006 年,他正式开始经营自己的古玩店,他什么都不懂,还是周毛弟,手把手教他并帮他摆商品。用古人的话说,这是贵人相助。颇有悟性的金伟,也不负众望开始他收藏市场的另一番天地,并颇有心得。他郑重地说,卖得好,不如藏得好。就是说,若这些好东西不卖,藏到今天,其价值更高。此话不假。因为好东西增值空间大,早早卖出,留下的往往价值差些。国人都有经验,你捏在手头的股票,往往是输得最惨的股票,而稍好些的早早被抛了。他说,刚才你们碰到的这位是看重我珍藏的一个小碟。他拿出来,是清雍正的青花与釉里红所制的一款"斗彩"瓷器。品相一流,那人给价25万,金伟未允,正在犹豫。他补充说,这些大开门的价格将连连井喷……

条案上有一对清早期的青花瓷瓶,20万一对。他说,青花是中国瓷器极品,尤其苏麻里青的元青花更是价值连城,曾创下2亿拍卖天价。还有红酸枝的桌椅,都是老料新做的东西,特别养眼,用起来特别舒心、踏实。

他说,往往经得起时间考验的老东西,才是经典,一处人文景观。


## 瓷器杂项　风情万种


今天的金伟,经时间磨砺、人生历练的积淀而修炼得越加坦荡、内敛,一副眼镜更是平添几分书生气,再加上他的慢言慢语、娓娓道来,给人一种信任感。诚然,与一个心灵契合、意气相投的玩家交流,不失为一种心灵愉悦的感受。言语中,他一再说我这里都是大开门的各时代的"标准器",具有鉴别与范本意义。

金伟还拿出诸多藏品,如沉香、寿山石,他一一评析藏品背后的人文故事。他性情得意地说,熏香一定用香末,少用线香。因为前者原生态,后者再好也需加化工原料,比如黏稠剂。其实,熏香也不贵,小小一香匙,可以点上三四天,四十元一克左右。这才发觉店堂有点暗香浮动,原来他在熏香……这种香气悠悠然,不易察觉,却是沁人心脾,特别美。古人雅士无不净手焚香,一卷在握,熏香是一种人生境界。这才有了明朝一代的宣德炉,而成就中国古玩收藏的一处典范。

　　难能可贵的是,金伟业已形成自己的收藏理念与对古玩收藏不一般的价值观念,他认真地说,收藏如何一个"诚"字,可以了得。或许,这与他这种多年海外生活环境、耳濡目染有关吧。说句玩笑:他今天持有"外卡"(海外居住证),平均一半时间在海外居住。

　　金伟或收或藏,都是通过海外著名拍卖行,价格普遍高点,但是货物有保证。他说国外著名拍卖行,一般都不收中国大陆的拍品——此话令我"伤痛"——中国的诚信缺失可见一斑。他说,我这里的藏品,主要上拍卖市场或专供高端客户,不同别家商铺,鱼龙混杂,唯利是图。比如,这件古玩是2千或2万,我标明哪是仿品、哪是真品,不忽悠人。他真诚地说,外国著名拍卖行,一旦发现拍品为假,两年内拍卖行承担一切赔偿责任,将悉数退赔下家,尽管原上家已无从查找。这才有了著名拍卖行的美誉度。而中国内地一而再地失信于人,古玩市场岂一个"乱象"二字可以了得!以致海外拍卖行不拍大陆拍品,就是这一原因。缘此,金伟一贯追崇诚信、仁厚、顺义之风,他视古玩收藏是一项文化活动,不是纯粹的文物买卖。金伟与马未都颇多结缘,时有交流。

　　金伟坦诚地说道,我与周边的古玩店不同,也不联系。因为我们的经营理念、价值观念迥然不同。"我始终以诚信为经营之道、人生信条。"他以这一做人的道德底线而声誉渐著。虽然,通过海外拍卖市场成本高些,但是诚信有保证。金伟的主要藏品,很多都是海外拍卖市场所得,或是将这里的东西送到海外拍卖市场。

　　他取来一款寿山石雕座佛,他说这是魏开通的作品,圆雕雕工精细,人物神态、衣袂皱褶栩栩如生,无一不工。老坑芙蓉石,石滋滋润,为明清时代的老提油,且色彩斑斓、温润如玉,融会了自然美与艺术美。被誉"石中之王"的寿山石,具有"上伴帝王将相,中及文人雅士,下亲庶民百姓"的艺术魅力。作品既雕既琢的艺术效果,提倡返璞归真,故以"相石"为重要环节,讲究利用石形石色,巧施技艺,以达到"天工合一"的境界。

临别,金伟更是说欲将自己的汝窑瓷器收藏出部书,亦藏亦玩、文而化之、互通款曲,也算对自己二十年收藏的一个回顾与总结。同时,他还有一个心曲与情结,就是谋划开一家玩香阁,将中国香文化传承而达到养生、养心之功。因为,收藏是一场文化、一种供养。譬如,他延请名家、海派隶书第一人的张森题签匾额"一永轩",提捺间的风情万种,尽显汉隶韵味。另有一厚厚实实的红酸枝匾额,三个行书"博古斋"金声玉振,颇为大气。两匾额一温婉,玉女如拱;一古朴,潇洒遒劲,一并彰显着金伟先生不一般的文化性情与人生意趣。

# 闻香识男人

## ——沉香玩家钟国正的收藏情结

是日，步入清真路上一家古玩店"璞石轩"，几个旧雨新知，一番茶语，店主钟国正率性随和、谈吐不俗、语速平缓，颇有几分旧式文人的儒雅气质，丝毫不见传统商贩特有的江湖之气，甚有话缘；不经意间，却只觉满室暗香浮动、两袖盈香，令人性情怡然，如何一个"雅"字了得！

闻香问道，原来琳琅满目藏品中的沉香，使清香悠悠然地阵阵袭来；同时，也渐渐引出了沉香玩家钟国正的沉香收藏情结。他说，沉香与生俱来的香气，淡雅宜人，汇集天地阴阳五行之气，而成为唯一能通三界之香品，其香气至今无法人工合成，因而十分珍贵，堪称"植物中的钻石"。

## 问道：众香之王

我们说的文物专家，一般有两种，一者是学者型，以深厚的理论研究为基础；另一者老板型，具有身经百战的实战经验。钟国正则兼藏家、玩家于一身，为了研究沉香文化如此三番五次地出入越南，亲临第一线，掌握第一手材料。他说，香农过去进山20天左右，如今两三个月

沉香玩家钟国正

才能回来，其沉香又分黄土沉、黑土沉、红土沉。他说，他的收藏追求高起点，他从不一件件东挑西拣，只要看到好东西，照单全收。

笔者随着店主钟国正一路参观他林林总总的收藏，原来寿山石曾是钟先生最初的收藏，田黄、芙蓉包浆温润，特有亲和力，成为皇家、文人的珍玩；还有目不暇接的款款玉器，那些"老东西"给人似曾相识之感；更有上天造就、造型神奇的沉香，宛如佛手、观音……教人如何不想它。据悉，好的沉香的结香过程，必须经结过香的香木先枯病而死倒伏于土，腐朽而醇化结晶，才有醇厚内敛升华的香气，自古就有"众香之王"之誉。

"至治馨香，感于神明"，它既是书斋琴房之清供雅玩，又可或燃或熏于庙宇佛龛；既可静室面壁万缘放下，又可席间坐禅怡性养心；既有绝虑之工，又有祛病疗疾之妙。每每静观、聆听那一脉沉香，仿佛天籁穿越时空，不知有忧，无论荣辱。

钟国正情结颇深地说，今天，我让你零距离地体验沉香木的魅力，要是在其他商家，谁愿把沉香拿出来，让你把玩。"你掂掂、你闻闻……"他不知从哪个地方拿出他珍爱的沉香,一个造型弯如小号的"架子沉"。笔者屏住气息、很有敬畏感地掂着,手感很轻;并低首贪婪地深深吸一口,嗅着悠悠从这孔蛀缝隙间飘逸出来的缕缕香气,温和醇厚,线丝状地吸入鼻中,浓郁高雅、香甜清逸、细腻沉郁,其香气在空气中的持续力特强,好一声"神清气爽"。李时珍《本草纲目》有:沉香功效去恶气、清人神、理诸气调中、补五脏、止喘化痰、暖胃温脾、通气定痛。尤其,品香时,收视反听,绝虑凝神,使心灵得到慰藉与安定,更是唤醒体内的自愈力与再生力,妙不可言。

接着,钟国正又情深得意地拿出一款又一款的小件沉香,呈圆柱形或不规则棒状,表面为黄棕色或棕黑色。却件件小巧玲珑,美不胜收。仿佛水墨小品,工写兼具。他说,这些小沉香,无需加工,就是天然的艺术品,如小挂坠佩带在身,俗气顿消、躁气殆尽。笔者试着将一小珠串成的佩饰,中间就是一个造型奇特的小沉香坠,带在身上感觉不要太美,令翡翠、白玉都黯然失色。因为,沉香系自然凝聚而成,大小、形状各异,古人文而化之地取其特点起了很多有趣的名字,如:牙香(状如马齿)、叶子香(薄片状)、鸡骨香(似鸡骨)、光香(外表如枯竭的山石)、水盘头(体积甚大而质地较软)、"速暂香"(在沉香自然形成之前就采取者)等等。一些形状巧妙别致的沉香还可以作为陈设品。说着,说着,他又从手上撸下一件小树桩造型的串缀而成的沉香手链,是一串不规则块状或盔帽状,有的为小碎块。块片一面坚实,木质,有凿削痕,淡棕色,间有棕黑色微显光泽的斑块或小点(是油腺分泌物);另一面是树脂渗出固结面,土黄棕色,凹凸不平,有裂纹,并见蜂窝状小孔,于放大镜下观察显颗粒性、有疏松感,刀割之呈粉末状脱落。他说,他硬是扔下8万元,将其收为己有。说好东西,决不要失之交臂。或许,这些就是千年沉香之物,价格不菲。或许,这些就是他喃喃自语的沉香极品"伽罗香"(即奇楠,唯越南所产),它如中国田黄、西藏天珠,离开本土就无所谓田黄、天珠与奇楠。据悉,郑和下西洋曾在越南避浪,偶遇沉香,称其"奇楠"。今天凡闻识上品沉香,如千年沉香等,如何一个"醇"字了得!都称"奇楠",不过先决条件是,它是越南产沉香。

## 论道:沉香文化

中国香文化发轫于春秋,初长于汉,完备于唐,鼎盛于明清。周紫芝《全宋诗》:"长安市里人如海,静寄庵中日似年。梦断午睡花影转,小炉犹有睡时烟。"可见当时焚香已是一个日常生活场景。并将品香、点茶、插花、挂画作为四大高雅之事。苏东坡更有对沉香木的涵咏:金坚玉润,鹤骨龙筋,膏液内足。尤以开通心肺,梳理脉络为人所识,并缘此而开启中国的香文化。

沉香因病变开始结香,实质是植物树脂的异化(分泌物)。其中有着漫长的生长期,少者几年、十几年;多者一块优质的沉香形成需要百年、千年,甚至数千年之久。因此,沉香的产量极少,市场需求却非常的大,可见沉香非常的珍贵,具有很高的收藏价值。世上有四种香,即沉香、檀香、麝香、龙涎香。前二类为植物类香,后二类为动物类香。其中沉香最贵,由于它的形成离奇,先决条件是橄榄科、樟树科、瑞香科、大戟科四大植物,具备三十年以上的成树;其次树干部分受伤,木质部分慢慢腐烂,而分泌的树脂在多种微生物长期作用下而结为块状——这便是神秘的沉香木。其中又有"生结",一般称未入土的;"熟结"就是树倒下再度结晶,大都数入水则沉;还有虫漏,由于虫蛀和树汁共同产生的分泌物而结沉等。如病蚌成珠、牛疾成牛黄,同样原理。

钟先生又取来一件体积稍大且造型奇特,给人感觉特别古朴沧桑的沉香木。他说,这就是典型的从树木活体探测到的结香,称其"生香",也称"活沉"。它是树木已朽,倒在地表的"架子沉"(或称"倒架沉")。若树木腐朽而坠入水中,经百年、千年的结香,即"熟香",也称

"死沉"。沉香并非以是否沉水为唯一,它首先要有香气,通常以越南为尊(柬埔寨、老挝次之,"加里曼丹"再次之,我国海南沉香也是相当不错的);第二油性;第三形态,是否有大自然鬼斧神工的美态。

由于沉香香味舒畅,又具备药用价值,而日益成为上流社会的品牌。名气最响的当数越南沉香,大都木质黄白色,结构疏松,气味甜凉,雅香怡人。越南沉香大都为上品,不失极品。由于越南沉香树种是蜜香树,易遭虫蚁噬咬,再加上自然环境、特定的地理环境,只是资源日益枯竭。

难能可贵的是,钟国正不仅仅"收",以收为售;更专注研究一个"藏",以藏为玩。这才有了今天钟老板的沉香木的收藏规模与研究成果。他为藏、为玩廿载,玩出一叠沉香文化研究逾万字的学术论文,题目就是《沉香文化》,分为七章。他在论文中总结香文化的四个功能,首先是佛学用香,以开心窍、静心养性、抛弃杂念,"与佛对话";其次医学用香,以通脉络;再次达官权贵用香,以体现高贵与富有;尤其得到文人士大夫的喜爱,净手沐香,可以修炼感悟,以达到精神、心灵的升华。他还补充说,沉香很神奇,能使人"静"、能入"神",有调和身心之功。品质好的沉香,还拥有开通心肺、梳理脉络,安神醒脑等物质,而这一物质渐渐成为一种文化,形成一种香文化的社会活动。中医典籍的相关记述也甚多,如《本草备要》谓之"能下气而坠痰涎,能降亦能升,气香入脾,故能理诸气而调中,其色黑。体阳,故人右臂命门,暖精助阳,行气不伤气,温中不助火"。《大明本草》谓之"调中补五脏,益精壮阳,暖腰膝,止转筋吐泻冷气";《本草纲目》谓之"冶上热下寒,气逆喘急,大肠虚闭,小便气淋、男子精冷"。沉香气味芳香,性辛,微温,无毒,具有行气镇痛、温中止呕、纳气平喘等功效,常用于治疗气逆胸满、喘急心绞痛、积痞、胃寒呕吐、霍乱、男子精冷、恶气恶疮等症。

从中医的角度来说,焚香当属外治法中的"气味疗法"。沉香块不起明火,慢慢燃烧会变黑炭化,熏出的袅袅白烟香气四溢,利用燃烧发出的气味,可以免疫辟邪、杀菌消毒、醒神益智、养生保健,据说还有防蚊虫、防潮等功效,因此备受人们青睐。过去人们流行用熏烧沉香来辟邪、除秽、驱鬼,其实就是这个道理。沉香还被加工成传统中药饮片,如沉香粉、沉香饮片、沉香曲等。近代临床试验研究表明,沉香还是胃癌特效药和很好的镇痛药。目前,以沉香组方配伍的中成药已有 160 多种,如沉香化滞丸、沉香养胃丸、沉香化气丸、八味沉香片等。

钟国正笑侃道,人常常前半身用来"赚钱",而后半身则用来"买命"(用钱治病)。而沉香却给人一种心灵上的慰藉,人只有皈依沉香文化,才能达到"心远地偏"之境。他是这样说,更是这样做的。他更是将沉香收藏作为自己的终结收藏。话语中,才知晓钟先生原是复旦毕业生,还是中国通史爱好者。无怪乎说起香文化头头是道。他说,上世纪八九十年代,他开始下海,干过个体运输,从文人而转身商人;继而收藏寿山石,对中国印石文化颇多接触,后又收藏玉器而成为"璞石轩"主人二十载;今天,沉香木既是钟先生一生的收藏,更是他的学术研究方向,这才是他有别于其它老板的最大区别。

他是一个沉香藏家、一个香文化研究玩家。"收藏更是一种文化滋养,这才是一种玩家的境界。"钟先生如是说。什么叫眼口为实,耳鼻为虚。实就是现实,虚则是精神,那是一个"实"无法企及的一种心境······人除了钱,还图什么。

# 闻香识壶

——"诗毅"壶艺面面观

紫砂壶,最富魅力的就是集中国古代诗书画印之粹,传统又时尚,既有宋词大家闺秀的委婉清丽;又有元曲小家碧玉的兰心蕙质,时代、人文气息并存,而其中的金石气更为人心仪。

相传正德、嘉靖年间的一个书童供春(一说"龚春"),模仿和尚制壶,玩着玩着,竟把紫砂壶从一般粗糙的手工制品、纯粹的一个日用品,推入中国古藏雅玩,成为一门古玩艺术的第一人。这便有了"供春之壶胜于金玉"之说而馨香久远,并在明清之后的民国时期将其推向巅峰,成为陶艺收藏中最为风情万种的一个门类。

## "诗毅"见壶艺

是日,笔者有缘一睹上海诗毅紫砂艺术馆那琳琅满目的各式壶具,令人目不暇接、啧啧称道。只见,馆主谢军毅忙前忙后,穿梭在客人与展品之间,那脑后梳理出的一个小辫,颇有几分民国旧艺人风情而给人以"今宵是何年"的穿越感。

三四十岁的谢军毅涉足宜兴紫砂,相知相伴二十来年。他把宜兴的紫砂壶带来上海这个大都市,堪称一个"老资格"的壶艺人,为此情结尤甚地为笔者娓娓道来,他的壶艺经历与创业物语,听听他如何将生意做成文化。有意思的是,"诗毅"把一般普通的紫砂杯,根据造型分为几类,并冠以文化名称,比如他把器形秀气点的称之"窈窕淑女"形;端庄点的称之"翩翩君子"形;活泼张扬的称之"牛仔",还有前缀"西部"。可见,谢军毅对中国文化的熟识与赏玩能力。

有人说,建筑是凝固的音乐;那么,"拍打镶刮"的紫砂壶,同样是一种凝固的线条与音符而"因沉默而越加美丽"。在笔者看来,紫砂壶之妙不仅仅在器形之美,而是时代久远所蕴藉的岁月沧桑,那是一个工匠无法营造的人文气象。从而,中国制壶史上走出时大彬、陈鸣远、陈曼生、顾景舟、蒋蓉……他们无所谓职称,却将壶做得如此文化;他们无所谓身价,或许穷得只剩两把壶。然而,往往民间的,才最具生命力,最终演化成历史文化的积淀,成为一个时代的文化风景。

上海"诗毅"正是心追手摹,把紫砂艺术炼成"四要素",即形、神、气、态。而前者的淑女、君子、牛仔便是形的形象化与人文化。谢军毅说,只有将制壶的"四要素"与壶艺作品的高低肥瘦与刚柔方圆相融相兼,才能说是艺术作品。否则沦为世俗商品,只有使用价值而无收藏价值。

而中国制壶之妙,不是传统制陶的"拉坯",而是纯手工的捏拍镶刮等工艺,由钮、盖、腹、把、流、嘴、足……分别镶制而成,其中蕴藉着制陶人的心绪、气息与文心,并随着时代更迭与文人把玩而成了一款款精巧器形与光润可人的紫砂壶。那是一种从砂锤炼出来的紫砂陶泥,既不夺茶香、无熟汤气;又能吸收茶汁渐成"茶垢",使注入的沸水也有茶香;既有陶的透气性,又有瓷的不渗水,"色香味皆蕴"。当然,真正的好壶,不仅泥好、工好、款好,还要会"养",这才能玩出它的细、润、柔、雅,使之神采温润。

品茗、把玩正是一个养壶的过程,随岁月的流逝,其壶渐显滋润感。

犹如文人读书，读着读着，这人就有了气质。包浆是文人对古玩的一个追求，气质同样是一种人的内秀之美。玩物养志，陶冶性情，入手可鉴，玩出人生妙趣与素养，成为文房雅供，更以"几案陈之、凝香意远"之雅而走进了中国古玩之列。

所谓玉不琢不成器，壶重养而出神，就是这个理。缘此，养出了圆浑脂润、方敦厚重，以致铜质之色、玉石之光、铿锵之声的大境界。

## "壶艺"有诗意

笔者，坐在诗毅紫砂艺术馆里品茗论道，那是一项精神活动，往往"琴弦未动，流水之音"声声传来，谁说那不一种艺术享受。

谢军毅介绍说，制壶有"花货"一说，即文人模拟自然形体而表现自然所制作的有诗意的壶形，那是壶艺形制中最为赏心悦目的作品样式。大竹鼎、如意壶就是此类作品，往往壶身上还有堆塑、雕刻以增加制壶艺术的表现力。另一类，则是光货系列，又有圆形与方形之分。圆者，圆润饱满，柔中有刚，圆中又有节奏的变化，风骨停匀；方者，方中寓圆，方中求变，气势贯通，平稳庄重。四方抽角石瓢、三脚思亭均是光货系列，体现紫砂的素面朝天、不施粉黛的大气之美。

"诗毅"壶艺以秉承宜兴紫砂工艺为宗旨，采用宜兴得天独厚的紫砂泥，以纯手工成型，精工细作而历经数十年之工。这里不仅培养了一批优秀制壶艺人，同时在市场定位与开拓上均有不俗的业绩与表现。

紫砂壶不施铅华、浑然天成，无处不在透着"本洁而来还洁去"的纯朴返真的情趣，吸引数代文人雅士的供养而美轮美奂，达到极致。今天，上海"诗毅"更以展示紫砂为主、品茶为辅，打造一个艺术界、文化界、收藏界的紫砂艺术文化交流中心。

人类生活需要"饮"与"品"，是日常生活中不同需要、两种不同层次的需求。劳力者为"饮",是解渴的生理需要;劳心者为"品",则升华到一种心理享受,将人们的生活从紧张状态调节转换成舒缓、宁静、有文化意蕴的休闲心态。前者重的是结果,后者重的是过程。

素面素心的紫砂壶,其特性与香茗的特性不仅相一致,而且茶的雅志与壶的行道彼此互相映衬,使人感受到生活中一种纯真朴实的美。正是由于紫砂壶的质朴、古雅、浑厚、灵巧、俊逸与茶的怡人、清幽、素洁、明秀、清冽的品格共同具有,故常为文人雅士、社会名流、平民百姓视为知己,日日相伴,雅俗共赏。历代宜兴陶工用他们的智慧和敢于创造的精神把大自然赋予的紫砂泥,在灵巧的手中发挥得淋漓尽致,达到登峰造极的地步,在世界陶瓷史上独树一帜,为中华民族赢得巨大的声誉。

这便产生了中国制壶史上的一个巅峰,即曼生"手绘十八式",成为中国壶艺的一处文化景观。这里的"十八式"是言其多,并非只有十八种造型款式。如取自然现象的有"却月""饮虹""横云"等;如植物形志的有"瓜形""葫芦"等;如实用器物的有"钿盒""复斗""牛铎""井栏""合斗""棋奁""笠形"等,如几何形体的有"汲直""合欢""春胜""员珠""方壶"等;最有味的是如古器物的"石铫""百衲""古春""延年半瓦""飞鸿延年瓦""天鸡""镜瓦""乳鼎"……

"曼生十八式"从文化艺术上根本扭转承袭前代的造型、陈陈相因、无甚变化和繁琐、守旧、题材狭窄贫乏的局面,从而成为简洁、明快、新颖美观的新作品,是壶艺发展史上的一次重大事件,一举开启文人与工匠联袂合作制壶的历程,从而令紫砂壶从使用走向艺术、成为收藏,陈曼生堪称一个滥觞。继而,又经历了一二百年历练,继续影响着现在的紫砂茗壶产品设计与制作。

陈曼生擅长诗书画印,将设计的壶由著名(工匠)艺人制作,可谓名士名工、珠联璧合、强强联手,堪称人文"双绝"。虽说,在曼生之前也有文人请艺人定制茗壶或在砂壶上题字刻画,但并非真正意义上的"合作"，而曼生从辨别砂质、设计壶样、监制壶坯、撰刻壶铭等是全方位、全程序参与的，这是一种全新的制壶理念。

茶乃中国的国饮，始于西汉，盛于唐朝。茶文化随着经济与人们生活的提高而发展。而中国的陶壶工艺渊源于陈君曼生者。据此，《阳羡砂壶图考》评价"曼生壶"为时大彬后绝技，在壶艺史上"允推壶艺中兴"是恰如其分的。

上海"诗毅"，以努力做中国壶艺的传承者而不辱使命。是这样说，更是这样做而为人赞许不已——但愿"诗毅"走得更远。

# 以艺承志 以藏养心

——上海弘谷艺术工作室林葆国

是日，走进林葆国"上海弘谷艺术工作室"，书画大家程十发的温婉题匾"弘谷斋"三字赫然入目，特别养眼。走在其间，这里软硬装潢的每一个细节，处处透着斋主不一般的性情与喜好。无论"福从天降"的阳台吊顶，给人以层次感又具寓意；还是转角处木格栅通透的空间造型、中式玄关艺术品的风情万种，无不彰显着画家、藏家的一种心绪与品位。

尤其，我走在砖木混搭的地板上，或坐在明代样式的圈椅内，啜着茶、聊着天，"闲敲棋子落灯花"之趣，油然而生——人真是万缘放下，红尘不染，恍若置身于满壁风动的艺术长廊，呼吸久远的时代气息，"古物时相守，长啸乃当歌"——一个叹字，可否承载得了！

## 画者，安身

因为，这里琳琅满目的佛像、佛珠、章印、唐卡、古玉、美石、象牙、瓷器、字画、紫砂壶……让人目不暇接，连连赞叹、称奇；而斋主那一幅幅美轮美奂、极具装饰性的工笔重彩画，却被湮没于蔚为大观的收藏中。浏览他的画与藏，堪称一幕视觉盛宴，无不天工开物，一并联袂成中国

以藏养心的林葆国

五千年文化长卷，令人神思邈远，宛若穿越唐汉、西域与蒙藏……

　　林葆国的画，属工笔重彩，用色是覆盖力较强的矿物色。中国传统壁画就是典型的重彩画，包括寺观壁画、石窟壁画、墓室壁画等。我曾在朋友处见过黄永玉老先生的重彩《荷花图》，那工笔细致入微，那色彩简直是泼出来的，画面直逼人心、过目不忘。林葆国的画也是如此，以色彩见长、装饰性很强为特点。

　　比如，林葆国的《裸女》侧身曲体，凸显人物的双脚修长与肢体曼妙。其头饰、耳饰、颈饰，衬托出人物的圣洁，犹如精灵。更可贵的是画面竟以石窟、岩画的人物为背景，再加以金石气的大篆点缀，营造粗犷与妩媚、温馨与沧桑的交融。美得直教人以身相许，爱不释手。

　　1952年出生的林葆国，自小热爱绘画，绘画是他的安身立命。他说，那要感谢当年的启蒙老师，是老师无私地拿来纸、笔与颜料，渐渐开启了林葆国的绘画生涯。他说，当初学校用的奖状，都是由他手绘而成。中学毕业，被分配到黑龙江插队牧马，当别人为人生困惑之时，林葆国却沿着黑龙江一路写生，时时不由自主地对湖光山色大声喊叫，那是青年时代的一种精神呐喊。后来参了军,在一次黑板报比赛中他拔得头筹,被誉为"战士画家",还荣膺三等功、入了党。最幸运的是他在北京当的兵,有机会参观中国美术馆、故宫,积累他对美术与历史的修养。回城后,来到锦江饭店上班,上海油画雕塑院就在旁边,有了众多机会接触上海滩众多一线画家,并建起新锦江画廊,是改革开放后上海第一家画廊。1985年林葆国在上海艺术学院研究班深造,成功地在锦江饭店进行第一个个人画展;并随上海文化交流代表团赴东京、横滨进行交流并举行讲座。有次林葆国在作画,走进来的是陈逸飞,他看了看,随即提笔在画上添了几笔……这成为林葆国的一个美好记忆。

1998年,林葆国又在美国洛杉矶举办个人画展,2003年通过第一届全国美术馆专业人员培训,后在上海美术馆工作多年。2005年在中兴泰富时尚画廊举办个展,其作品被崇源等各公司拍卖成交。唐云曾赞许林葆国的画说:"这才是画。"

2009年,林葆国为世博会精心绘制的系列《日月同辉》、《海纳百川》堪称鸿篇巨制。前者以斑斓的色彩来烘托,解读古往今来东西方文化的渊源与流长,表达作者寄予世界日月同辉这一主题。后者彰显百年世博圆梦的上海"海纳百川"形象的体现。而窗处,就是一墙之隔的中国世博会场馆,斗拱状的中国馆伸手可揽——他说,自己用照相机记录着世博会场馆最初的"成长"。

今天,他为世博会提供的展品《日月同辉》、《海纳百川》即被上海世博局作永久性收藏,那是实至名归,可喜可贺。因为,挂在画廊里的永远是商品,唯有被收藏才是藏品、才是艺术。


## 藏者,养心


与林葆国把握,一袭对襟中装,俨然一个民国时期人物。其袖口处滑出几截黑色佛珠手链,他得意地抬起手,沉香的幽香,若有若无地飘浮、扩散开来……凸显出主人翁的收藏雅趣,和他不一般的收藏品位。那是林葆国先生数年如一日,一边绘画,一边收藏古玩的积累。

　　林葆国说,这些古玩并不是自己买来的,都是我喜欢便拿来了,成了我收藏的一部分,这是缘分。自然,他的画别人看了喜欢,便拿去了一样。说白了,他都是用画交流来的。我以为,画画以安身,是林葆国的一种艺术创作,宣泄个人内心话语;收藏以养心,是一种文化传承,享受文物收藏给予人的精神生活的美的享受。他亦画亦藏亦玩,画藏互补,互为营养。真很难说清,林葆国是纯粹以画养藏,或者只是以藏养画。

　　我们边走边聊,用"物"说话。一幅颇有年代的写实老油画映入眼帘。林葆国兴奋地介绍说,那静静竖立着的,是俄罗斯画家列宾的代表作(变体画)《扎波罗什人给土耳其苏丹的回信》,画面上人物众多,呼之欲出,神态各异……林葆国讲起了这幅油画的前世今生,也随即开启了他的收藏之道。林葆国说,当初这幅画收来稍有破损,我找有关专业人士修补。有人要我转让,我不肯。它是国宝级文物,我怎能随便转手。言语中的眉飞色舞,感染着每一个人。他说及列宾两字,也着实令我肃然起敬,那曾是一代宗师级的人物。说及其收藏种种,他很是坦然,不问价格问性情。

　　林葆国的艺术工作室,藏品林林总总、颇具规模,非三年五年之功。比如,那一款款精致的内画鼻烟壶,堪称奇迹。旧时艺人是如何在微小的瓶内作画,将文人画创造性地植入于这方寸间的小天地?据传,它盛誉于嘉庆、道光年间,用特制微小勾形画笔,在透明的壶内作画;还有那款款古朴沧桑的老玉,入土后的沁色、岁月久远的包浆,令人穿越两汉,甚至先秦的史前文化……橱中一款玉猪龙,引起我的注意,她可曾是远古时代的文化主人。我们竟在这里邂逅,不忍离去……

　　为了拍照,林葆国自顾小心翼翼地捧出一块灵璧石,是一个麒麟造型,古朴厚重,嶙峋可人,有自然造化的鬼斧神工之妙,非人工可达,堪称"大开门"。而旁边正好一款寿山石雕"雅集",上面雕刻着三三两两人物,或操琴,或引觞,画面古意天成,两者相映成趣。一个天工,一个人琢;一个雄浑,一个灵动。异曲同工,共同演绎中国文化千秋流艳、万古不息的历史艺术的收藏魅力。

随即,林葆国又拿来一个盒子,打开是一款玉雕"娃娃菜",圆雕巧夺天工,看上去枝白叶翠,还有点皱褶,栩栩如生,几乎乱真。若放在厨房间,定是冲洗入锅……堪比台北故宫的"大白菜"。还有一块"蹄膀肉",毛孔质感清晰入微,瘦肉的紧密度也雕得惟妙惟肖,使俏色雕达到极致、无以复加……

其中,最为我垂爱的是几把明代样式的圈椅,木质坚实细密,色泽华美,颜呈杏黄,细观有斑纹的痕迹,光质感很强。可能是黄扬木,造型简洁、大气,不施矫饰。既是收藏,又很实用,极具震撼力,那种美是沉静之后的心悸。敦厚、质朴、历史感,这是我喜爱明清家具的主要原因。凡人的我,静坐在这般椅子上,浮躁尽失,灵感如涌:"谁人能识君,古物最知己。匆匆千年过,一岁一枯荣。"确实,人只是一个时间的匆匆过客,物才是永远的历史主人;那么,我们何必为某件事的得失而耿耿于怀。

一个人若在这里坐下来,与古物对话,还有什么不能释怀。林葆国先生,就是这样一个超尘脱俗之人,与世博为邻,与古物为友,与绘画为本,天天端坐其间,在历史长河与艺术长河里遨游,无需分清自己究竟是以画养藏,还是以藏养画,开心即好。我想,林葆国画以安身、藏以养心,他知足了。

走笔至此,我突发感慨,为何这两个小时的采访,硬是牺牲我周六周日的两个下午,来写这些文字——因为,那是我对林葆国先生这样的画家、藏家的一种敬意,对中国文化的传承与光大的一种敬畏,别无它求,我也知足了。

# "铃铛收藏"第一人"小众大家"叶坚华

铃铛,林林总总成为一种镌刻着各地文化与历史印痕的人文景观……若走进叶坚华的铃铛世界,就是翻阅一部世界铃铛图谱、一部世界铃铛简史。

"百淘千觅五洲寻,日增月积铃铛情。古铜今瓷形各异,有痴无悔乐中行。"——这首《铃铛情》是叶坚华数十年铃铛收藏的一种"自恋"。笔者为之感染,如何一声感佩可以了得!那是叶坚华铃铛收藏的心绪、心结,而跨过了叶坚华"以收为藏、以藏为玩、以藏为痴"的三种收藏境界;同时,也成就了叶坚华"因铃铛小众竟成收藏大家"的美誉。

## 藏家:以收而藏之

铃者响器也。它的体内一般垂一小舌,摇动发声;铛是一个响声词。小者为铃,大者为钟。"史前文化"是一个青铜时代,缘此古代铃铛大都铜制。秦汉铃铛,呈葫芦、扁圆、冠帽、喇叭等器形。而铃铛大多以圆形为主,寄寓幸福吉祥、降福避邪。

民间将小铃铛悬挂于大门进出口或角落的屋檐下,每当风吹而铃声起,犹如寺庙钟声祈福,也有声威警示及平和静心的作用——多少文

叶坚华收藏的"药铃"

化在其中。铃铛另有乐器、工具、法器、饰品等,不属少数而洋洋大观。

自幼受中国古代文化的熏陶,十分喜爱历史文化和古典文学的叶坚华,寻寻觅觅 20 载,竟成就中国铃铛收藏界的代表性人物,填补了中国收藏领域的又一空白。

虽说,叶坚华收藏铃铛纯属偶然。二十世纪九十年代,他在一次去美国出差时,偶然看到作为纪念美国独立的独立钟仿制纪念铃铛,形态别致,具有较好的纪念和收藏意义……但是,正是这个小小的铃铛竟然激活了叶坚华收藏的灵感……或许,这就成全了叶坚华铃铛收藏的一个发轫,而进入一发不可收拾的境地。

叶坚华说,收藏本身就是一种乐趣。搜寻铃铛的过程就是一种寻找乐趣、享受文化的过程。尤其,当叶坚华了解到国外铃铛收藏人员众多、历史悠久,而且日趋升温;而国内铃铛收藏还是空白,他感到有责任传播和扩大铃铛收藏这一门类,弘扬中国千年的铃铛文化非我莫属。

有一次到成都,同伴们去了景点参观,叶坚华却一头扎进了景点附近的古玩市场。等同伴们游玩回来,他竟捧着 10 余个藏羌风格的铃铛而如痴如醉，大呼过瘾。还有一次去布拉格，在这个美轮美奂的东欧之城，他也是无心观赏景观，竟潜心于古董商店里流连忘返，通过简单的英语和手势比划，和古董商店里的老太太交流起了铃铛收藏，还买到了几个十分罕见的欧式铃铛，令他直呼不虚此行！

软磨硬泡又是叶坚华搜寻铃铛的另一个法宝。一次，在一个铁壶店里偶然发现了店主购买的日式钟形铃的摆设品。因为是装饰，并非卖品，所以，店主自然不售。可是铃铛很是古朴美观，他越看越喜欢，坐在店里和店主绕了半天想要买下它，店主终于还是忍痛割爱……殊不知，是铃铛丰富了叶坚华的文化生活，还是叶坚华的执著收藏而丰富了铃铛样式。

有一回，叶坚华看到一个鹦鹉造型的青铜竖铃挂在古玩交流网上，经过一番周折，最终还是买到了这个铃铛。当然，也会发生一些令人遗憾的事情。有一次，在贵州西江苗寨，叶坚华发现有户人家门口挂了一个木铃铛，造型很罕见，想冒昧敲门买下……不料家中无人，于是他一直等到很晚，还是没能等到。因为，第二天要赶飞机，只能作罢留下不小的一个遗憾。

## 玩家：以藏而玩之

如果说，以收为藏是基础；那么，以藏为玩就是一种收藏境界了。叶坚华总结自己的铃铛收藏，他说"前十年"以收藏为主，"后十年"以研究为主，"今后十年"将以传播为主。

叶坚华说起他的铃铛收藏如数家珍。题材涉及古今中外，铃铛数量2000余个。他说，每一个铃铛背后，都有一个鲜活的收藏故事而风情万种……上海市收藏协会会长吴少华用"小众大家"对叶坚华铃铛收藏给予高度评价，认为这是传承和研究中国历史文化的又一新的领域。

可以说从量变到质变，从兴趣爱好到悉心研究，再到文化传播，逐步形成了叶坚华的铃铛收藏风格和收藏轨迹。他从一个兴趣爱好发展成为收藏家，又从收藏家而成为玩家、专家，并逐渐成为铃铛文化的传播者而着迷，使铃铛文化的意义得到了升华。上海收藏协会的铃铛收藏沙龙，就是叶坚华的首创而享誉度连连上升。

那年，叶坚华成功地在上海举办了全国首次的"铃铛收藏文化大展"，由上海市工人文化宫主办，上海市收藏协会、静安区收藏协会协办。规模之大、展品之丰、影响之广，堪称空前。网络、电视、报刊等各种媒体竞相宣传报道。期间还举办了铃铛文化知识讲座、首日封签发活动、微信互动有奖活动等。更有人在展览会的留言簿留言写道："铃铛文化，由小见大，起点朴实，寓意深刻。"有的写道：叶坚华先生为中华文化传承填补了一项空缺，希望他的铃铛收藏书籍早日与读者见面。

还有的观众，感谢叶坚华拿出珍品与大家分享，使"独乐乐"变成"众乐乐"。所有这一切都激励叶坚华收藏的信心，只有加倍努力做好铃铛文化的传播和宣传，才是对大家厚爱的一种回报。可喜的是作为中国第一个与铃铛有关的收藏组织，"上海市收藏协会铃铛文化收藏沙龙"在叶坚华身体力行的收藏而发起和推动下正式成立了。他欣喜地说，从今往后，铃铛爱好者有了自己的"家"。叶坚华满足了，因为收藏铃铛的队伍由此而扩大。

2014 年美国第一期的铃铛杂志，对叶坚华的铃铛收藏进行了专门报道。介绍叶坚华收藏铃铛 1600 余种，涉及古今中外铃铛 2000 余个，形成了 20 多个系列，称其国内古今中外铃铛收藏第一人。

在收藏过程中，叶坚华对于每一个亲手"淘"来的铃铛，都会仔细加以保养、除锈、防尘等，使原本"蓬头垢面"的铃铛到了"铃铛大家庭"以后都能焕发出光彩。慢慢地，叶坚华从纯粹的铃铛收藏而转到了对铃铛文化的研究——他说，醉里挑灯看藏，仿佛一场穿越时空的"人文对话"。

同时，叶坚华对于铃铛中蕴涵的造型学、美术学、音响学、文字学、冶炼学等常常触动他不断去汲取与铃铛有关的各类知识。因为，许多铃铛都有它的历史背景、文化内涵和传奇故事。叶坚华便是通过有关书籍、网络等查阅相关资料加以了解和佐证。有时还通过专门向专家请教或到实地考证，非要弄个水落石出才肯罢休——心里快乐着，那是十多年的悉心研究给他带来成就感。小小铃铛，让叶坚华心里有一种难以言喻的"富足感"。

为了扩大铃铛收藏，叶坚华做起了铃铛文化的传播者、宣传员。他给收藏协会的会员讲课，讲述铃铛的历史、种类、形态和用途，讲述铃铛的鉴别和欣赏，讲述自己铃铛的收藏经历，使广大收藏爱好者得到很大的启发，激发了他们收藏铃铛的兴趣。叶坚华还向职工群众讲课，让广大职工群众增长了知识、陶冶了情操，对铃铛有了了解，产生了兴趣。缘此，令人惊喜的是，许多年轻朋友和一线职工成了他的收藏朋友。其中有一个原因很朴素，就是因为铃铛价值不高，人人都可以拥有、可以亲近、可以使用，当然也都可以收藏，充分说明了铃铛文化具有较广泛的群众基础。

铜胎画珐琅彩铃铛是叶坚华收藏中最具风情的一款：红铜制胎后敷一层白釉烧结，用珐琅彩绘制，由填彩、修正、烧结、镀金、磨光而成。造型典雅，色彩清秀，是清末民初的出口商品，近年鲜有回流。这可能也是我国出口海外最早的一批铃铛，意义特殊。

最有意思的是有一年，叶坚华在山西觅得一枚"虎撑"铃铛，直径不到两寸，叶坚华最终出高价带回了这件宝贝。据了解，相传唐朝的药王孙思邈山中采药，突然被老虎拦住。药王手足无措，奇怪的是这只老虎并没扑来；正相反，它张大着嘴蹲在地上，以一种忧伤的眼神注视着药王，似乎是在乞求什么，并不停地轻轻摆动着脑袋。药王被眼前如此的情景震惊了，他缓缓地接近眼前这头庞然大物。他看见一块硕大的动物骨头深深地扎入了这头老虎的咽喉。善良的药王想要帮它，替它去除这块骨头,但他担心的是,眼前这头动物要是因为疼痛而突然闭嘴的话,他的胳膊一定会被咬断,正在这时他想起他扁担上的一个铜环,他取下铜环并将它放入老虎的口中将那大口撑开,这样他就不必再为自己的安全担心了。他将手从铜环中央穿过伸入那血盆大口中迅速地拔出骨头,并麻利地在伤口抹上药膏。当药王取走了虎口中的铜环后,老虎不住地点头,似乎是在答谢这位仁慈的医生。从那以后,铜环被改造成一个手摇铃,成为采药的标志,医生出门采药时会带上它,用于显示他们是药王的弟子,只有药王能够为老虎看病,并且不会受到它们的攻击——这是有关"虎撑"的典故。

今天,游医郎中为显示自己也有名医孙思邈那样的医术,手里也都拿着这样的铁环,作为行医的标志。游医们摇动虎撑,如果放在胸前摇动,表示是一般的郎中;与肩齐平摇动,表示医术较高;举过头顶摇动,象征医术非常高明。但不管在什么位置,在经过药店门口时都不能摇动虎撑,因为药店里都供有孙思邈的牌位,倘若摇动,便有欺师藐祖之嫌,药店的人可以上前没收游医的虎撑和药篮,同时还必须向孙思邈的牌位进香赔礼。

## 大家:以文而化之

铃铛文化发源于中国,其历史能追溯到两千多年前,叶坚华收藏的铃铛很多都是中国铃铛,并文而化之。因为,收藏丰富了叶坚华的知识积累。藏品中,有汉代唐代的青铜铃铛,十分珍贵。根据国内著名庙宇如寒山寺、静安寺等的寺钟按比例制造的寺钟铃铛,体积虽小,不失神韵。叶坚华还发现,那些用来报时或作饰品的长柄铃铛,相当的别具一格值得收藏,还有上海设计周活动中寻觅到的 3D 打印的陶瓷铃铛。

有一个花果雀鸟彩绘瓷铃,伏在铃上的小鸟明眸善目、羽翼丰润,层次感强烈,彩色而不俗,十分逼真,似乎一碰小鸟就会被惊……轻轻摇动,小珠大珠落玉盘一般。今天,在叶坚华的铃铛收藏里,最大的一个铃铛从捷克古玩市场淘来,大约有 50 厘米高;最小的则是戴在满月小娃娃手上的铃铛;最隐秘的是泰米尔铜钟,上面的古泰米尔文很难识别,年代不详……不同的国家与地区,它的铃铛诉说着各自不同的风情、传递着异域的人文与历史。

叶坚华的铃铛收藏,曾在中国历史文化名街陕西北路展示咨询中心展出过,也引起过热烈反响。譬如,土耳其的铃铛中间即有著名的"蓝眼睛",伦敦的铃铛自然少不了"大本钟",美国黄石公园的铃铛上一派麋鹿山间的野生风情……以材质区分的陈列柜中,琉璃、水晶、玻璃、景泰蓝、皮、竹、金、骨、陶瓷、纸等各种铃铛也让人大为惊叹。按地域分,有来自世界各地的铃铛,德国、美国、捷克、法国、日本……整整也放了几个展柜。叶坚华,将铃铛收藏当成了生命的一部分,一种生活态度、一种事业。

有一次,叶坚华在古玩城相到一个相貌别致的铜钟。它没有华丽的纹饰,粗看普普通通,细细端详却发现在钟身有一圈神秘的字符。开始以为是藏文或满文,但都求教无果,经过几番周折,在中央人民广播电台工作的一位热心女士在网上告知,所刻文字系古泰米尔文。文字大意为"敬奉给印度湿婆之神的一只钟"。但这是古泰米尔文,很难识别,就像中国的古篆书给外国人看一般困难。

有一位朋友送了叶坚华一个铃铛,上面刻录了 1938—1970、1970—1972、2002 三个年份段……叶坚华为了深入了解这个铃铛的"来龙去脉",从网上找资料,又专程到董浩云航运博物馆去实地求证,终于了解到一段沉重的历史。1938—1970 年,"伊丽莎白皇后"号是当时世界上最大的豪华邮轮,有"大西洋第一夫人"之称;1970—1972 年,香港船王董浩云斥资 320 万美元购入该邮轮,拟耗资 540 万美元将其改装成一所教育用途的流动大学,命名为"海上学府",但是在即将改装完毕时,于 1972 年 1 月 9 日不幸遭遇一场大火,把邮轮彻底焚毁,并沉没于香港海域;2002 年由董氏东方海外基金会捐资 500 万元,与上海交通大学联合创办"董浩云航运博物馆",并专门限量定制了一批纪念铃铛,上面刻有"伊丽莎白皇后"号,以表达一份曾经的感情——原来这是上海交通大学创办董浩云航运博物馆时专门限量定制的纪念铃铛——一个有关"宁波帮"的故事。

凡此种种,叶坚华在收藏中学习、在学习中收藏,而收益多多。那是叶坚华孜孜以求、刨根问底,不断学习探究,并触类旁通、吸取养分、增长知识,使铃铛文化有了较大积淀的结果。几经梳理,叶坚华把自己收藏的铃铛分成了 20 多个系列,并整理出 30 多个资料故事,为积累铃铛文化素材,传播和推动铃铛文化发展,奠定了一些基础。他说:"近年的文化传播更增强我的责任感。"

除了对铃铛文化的传播,叶坚华还寻找一切机会增进铃铛文化的交流。2014 年,叶坚华与我国北方另一个铃铛收藏代表人物邢野进行交流,对铃铛文化的宣传和推广做了深入的探讨,结成了友谊。"龙滕扬扬,和铃央央",铃铛给人民群众带来了快乐和幸福,也给人民群众带来了知识和启迪。

铃铛文化作为中华民族灿烂文化的一部分,必将在肥沃的中华文化大地上茁壮成长、发扬光大、结出硕果。衷心祝愿我国铃铛文化事业蓬勃发展,更祝愿叶坚华的收藏再获佳绩。其中,搜寻铃铛的酸甜苦辣,既给他带来了无穷的乐趣,也养成了他坚韧不拔的性格。也正因如此,铸就了他在铃铛收藏界的领先地位,那是实至名归,可喜可贺!

# 普洱茶：可入口的古董

## ——潘新民"大汉茶庄"静待有缘客

潘新民，自称"虚之"——取自《易经》十五谦卦而谦而虚之、虚怀若谷，且易经六十四卦中唯"谦卦"无凶都是吉相，故以"虚之"自勉；"茶者南方之嘉木"的大汉茶庄，以弘扬"大汉之德，逢涌源泉"的茶文化为宗旨。

虚之，一个学经济、搞管理、做工程的人……可谁知，不甘寂寞的他竟"转型"坐镇大汉茶庄，煞有介事地做起了"言必称茶"的茶老板。他说，以诚为"中庸"之本。诚者，能造万物；诚者，四季轮回。他更说，心如诚则能不累于心、不动于气，动静合一、知行合一，那是茶文化之核心，一如老子的"致虚守静"之谓也！

### 能喝古董

千年寂寞风干这一捏古茶／泡开它需要多少春秋冬夏／或许万种柔情方能泡开它／这万种风情出自谁家／不泡也罢／泡的开唐诗宋词／泡不开秦砖汉瓦／不泡也罢／泡得开晨钟暮鼓／泡不开驿路风沙——伴着一曲《古茶》，让杯中的普洱茶渐渐绽开、慢慢洇红……是日，笔者坐在位

静待有缘客的潘新民

于徐汇地区的漕东支路漕东四路之交的"大汉茶庄"里闻香识茶，听其神聊中国茶文化的茗香茶语而乐之忘返。潘新民称：瓦屋纸窗，素雅陶器茶具。半日之闲，方抵十年尘梦。尤其，夜半虚前席，把盏普洱茶。非膏粱纨绔可语，那是中国式喝茶的一种境界。

啜普洱茶，首先"洗去沧桑"，即把头汤水焯掉再添水；随后开始啜饮，那就是"品味历史"了。只见，汤色褐红，陈香独特，滋味醇厚回甘。仿佛凝固成一款宋代"出窑万彩"的钧瓷，"紫红若霞，天蓝如海"。常常宾朋杂沓，交钟觥筹。大家臭味之交，啜茶忘喧。不言是非、荣利，不论臧否、工拙。而是闲谈古今，聆听天籁。"从来佳茗似佳人。"乾隆皇帝更是洒脱，曰"君不可一日无茶"。

有人称，普洱茶如女士，美丽着不为了吸引谁，芬芳着不为了诱惑谁，欢笑着不为了取悦谁，而是收放得体，一派"宠辱不惊，闲看庭前花开花落；去留无意，漫随天外云卷云舒"的从容与淡定。品味不同的茶，就像品味不同的女人，让人在拥有天下秀色一览无余的潇洒与愉悦的同时，也拥有顿悟之后的无奈与伤感。普洱茶没有炫目的外表，却藏着缕缕陈香的魅惑,让人魂绕梦萦。

虚之私语笔者,普洱茶那是一个"造化"的过程,最终成了收藏,成了能喝的古董。而且,普洱茶越陈越香,被誉为"可以喝的古董",普洱茶具有巨大的收藏价值和增值空间,普洱茶年代越久,价格越高、口感越好。而人为的熟茶,其发酵已经定性,储存时间长短不会改变茶质本身。以1973年为界,之前没有熟茶。

以公认普洱茶区的云南大叶种晒青毛茶为原料,经过后发酵加工成的散茶和紧压茶,外形色泽褐红,内质汤色红浓明亮,香气独特陈香,滋味醇厚回甘,叶底褐红。生茶自然发酵,采摘后自然陈放。茶性较烈,刺激。适合长久储藏,颜色渐渐变深,香味越来越醇厚。熟茶是经过渥堆发酵使茶性趋向温和,茶水丝滑柔顺、醇香浓郁,更适合日常饮用。

潘新民细说茶民们采茶,那是带着被子上山的。因为,茶叶一旦采下,必须当场杀青晒干,才不至于把鲜叶闷坏而失去了岁月的"模样"。也只有在普洱出生的茶,才经历了岁月。雨不行、油不行、烟不行、闷不行、潮不行……由此成全了一回普洱茶。

把茶交付给岁月,把茶变成了一种经年,人们为之付出多少时光与心血。十年茶、二十年茶,所有安详和凝聚,像人的气息,蕴藉着多少历史故事。因为是茶、是树、是长长的岁月,因此,它可以比人更长久地活着。于是,普洱茶成为一种收藏,成为一种"可入口"的古董。

云南思茅的哀牢山,有一株普洱茶树王,树冠直径二十来米,世界之最,迄今已逾二千余年。它是一株与孔子同时代,呼吸过先秦气息的树。云南思茅,也为国务院批准改名普洱市。普洱市,如今不仅仅是一个地域名称,更是一个人文地理与历史文化的概念。

养生专家称,普洱茶自古被认为有治理肠胃、解油腻的功能。主食为牛羊肉及淀粉(青稞)的西藏人,据说只要没有茶,就会生病。在一个物以稀为贵的今天,普洱老茶成了"能喝的古董"后,年份越久越值钱,拍卖也随之走红,天价迭出,一时间普洱茶收藏热席卷大江南北。

## 茶马古道

普洱茶,大汉茶庄的镇店之宝,陈设在店堂最为瞩目之处。圆圆的七子饼,彰显着它骄傲的"贵族"出身。因为,那千年马帮"驼铃"由云南而至西藏,渐渐地走出了一条茶马古道、走出一个现代城市——2007年思茅市以普洱茶集散地闻名而正式更名为"普洱市"。可见,世界上的商品比商人走得更远,而走得更远的是文化。笔者竟在大汉茶庄的店堂里,仿佛听闻马帮的声声驼铃与嗅到普洱茶从生涩到成熟的清香,触摸到岁月的包浆。

经历了几年人生沉寂、生命历练后的虚之再出江湖,经营起大汉茶庄竟是出手不凡,成为一个茶文化焦点。店面不大却也不俗,营造一派"煮茶必普洱,静待有缘客"的啜茶氛围,凸显虚之数十年积淀的文化底蕴。

藏人好茶,藏地却不产茶。缘此,滇藏间的横断山脉一千多年来,成为云南茶叶输送到西藏,又将雪域高原的特产运到内地的一条必经之路,堪与著名的"丝绸之路"相媲美——这就是千年马帮与它的茶马古道。更是连接地域、民族文化的纽带,是中土与西藏,外地商品流通、经济交流的通道,是民族文化融会的通道。

"千年马帮"走出"茶马古道",这是一条用双脚与四蹄踏出来的古道,它穿越了两大高原(云贵、青藏)、五大江流(金沙江、澜沧江、怒江、雅砻江、雅鲁藏布江),蜿蜒于横断山脉、喜马拉雅山脉之间,翻越世界屋脊。犹如一条潜流,潺潺千百年,绵绵千万里。

在一个缺少蔬果,以肉类、奶类为主食的藏地区,普洱茶成为补充人体维生素的主要来源。普洱茶,即绿茶、红茶、黑茶等经蒸压成形,干燥包装,外观显毫,香气馥郁,也是云南紧压茶的总称。包括,普洱沱茶(沱茶即团茶)、七子饼茶(每筒七块,又叫圆茶)、普洱茶砖等等,其特点缘于贮藏与长途运输之需。由于滇藏之间交通落后,人背马驮地往往一个来回已是一年半载了,因而茶在路途中也在发酵,而成了一项制作工艺……渐渐成了文化,成了能喝的古董而更为世人竞相收藏。

# 烟画物语冯懿有

　　"烟画"就是我们儿时记忆里的"香烟牌子",可玩可赏,题材包罗万象。它与欧风美雨中的上海石库门、吴侬软语等市井文化,共同构成独具时代魅力与地域特色的老上海风情,堪称"非物质文化遗产"。

　　当年,冯孙眉集香烟牌子收藏之大观,为誉上海滩(二十世纪二三十年代)"香烟牌子大王";今天,冯懿有先生子承父业,继续擎起"烟画大王"大旗,其规模无人出其右。"前两年,冯氏家族的宁波慈城故居,也由此辟为当地一个旅游景点、一个文化品牌。"——冯懿有先生如是说。

## 烟画:风情万种

　　那是一个乱花梅雨的下午,笔者受邀走进了冯懿有先生位于浦东的寓所,走进那"烟画"渐欲迷人眼的收藏世界,心中啧啧称羡……

　　当年,香烟出厂都为软包装,对于携带诸多不便,于是厂商在包装内加一厚纸用以衬垫;后来,在厚纸上饰以广告之类的绘画,它便是"香烟牌子"的最初雏形。冯懿有先生啜口茶,就烟画渊源娓娓道来;说是一美国总统候选人,抽烟时突发灵感,何不将这纸空白的纸片,印上头

冯懿有的烟画收藏大观

像作为竞选手段。最终,他竞选成功。这就是日后的"烟画"的一个滥觞。最具影响的是 1894 年英国韦尔斯出品了全球上第一套彩色《世界陆军》烟画,又名《步马军》(100 片)。

大凡玩过香烟牌子的人都有体会,儿时的很多历史知识、自然科学、人文故事都得益于香烟牌子,有多少画家的美术启蒙也正是结缘于香烟牌子而步入画坛。诸如"一百零八将"的姓名绰号、飞禽走兽的形态外表、艨艟巨舰的吨位威力、冷热兵器的制式应用、还有风土人物、戏曲脸谱等等,多得之于香烟牌子。尤其处于懵懂之际小孩,香烟牌子竟成为其"学习知识、掌握文化"的一个最初的文化载体。如 1936 年发行的《火车蒸汽发动机》的香烟牌子,竟印了 6 亿片。它有字有画,其文化力量为邮票、火花所不及。

当时众多名画家,参与绘制,画面精美,人物画像更是透着中国的古典美,绘画风格均为工笔画,纤毫毕现,成为众多习画之蓝本。且图文并茂,好似一本活页连环画,集大成者就是一部(图画版)百科全书。

由于香烟牌子可把玩、收藏,还可积累知识,拓展视野,一时成为当时的一个民风时尚。戴敦邦先生曾对好友讲:他小时候千方百计搜集过108片一套《水浒》人物烟画,这套烟画影响了他后来创作《水浒》人物画像。米舒先生曾在介绍其收藏乐趣时曾说:他在小学时就喜欢收藏香烟牌子,因为上面除了画面生动,还附有格言和诗句。说他读孔子的妙语与李白的诗句,就是从香烟牌子上开始的。"家有良田千顷,不如随身一技",烟画上的这句话,对他发愤学习很有用。

冯懿有先生从书房里找来一册书,是由其主编的中国历史上第一本《老香烟牌子》大型画册,其中结集了花卉、昆虫、动物、仕女、名伶,或历史人物、戏曲故事,俨然一部人文、自然教科书,画面美轮美奂、风情万种。

冯先生还说起一段鲜为人知的有关香烟牌子收藏的趣闻逸事。话说慈禧太后也是一个香烟牌子的藏家。当年的清东陵,被一军阀所盗,西太后的金银饰物搜索殆尽,唯有墓葬中的香烟牌子,依旧静静地守护其旁。

## 收藏:子承父业

冯懿有先生的客厅,还挂有布展用的香烟牌子画板,令人不经意间,宛若走进老上海的历史文化的记忆里……

"香烟牌子大王"时有"南冯(冯孙眉)北倪(倪即吾)"并称,与"邮票大王"周觉令、"古泉大王"张叔训,可谓三足鼎立。冯懿有先生在《上海滩香烟牌子大王冯孙眉》一文中,说及其父当年,广搜博罗,曾拥有中外各种名贵烟画七八万之众,计800余套。解放后,冯孙眉将部分藏品捐给上海博物馆等,被国家有关单位授予多种荣誉证书,以表彰他对祖国文化事业作出的贡献。其中最珍贵的是一件由阿尔马太牌香烟中的丝织缎片、丝绣绫片烟画缝制成的"卷烟画片"衣服,现藏于上海图书馆。

该馆将其所藏 3 万余片,出版了一本《七彩香烟牌》画册,成为一种文化守望。

冯先生情结颇深地说及当年其父收藏 73 片一套"至圣先师孔门师弟像"的故事。该香烟牌子由孔子和其 72 位弟子组成,是著名画家丁云先生所绘。厂商称若收集全套香烟牌子,可换金银饰品。其实,厂商只印制孔子烟画三片,分别呈有关机关登记存案或入公司档案库。冯孙眉却为获得孔夫子的香烟牌子,他一方面在他主编的《宁波公报》的香烟牌子专栏上做了征集公告,另一方面请上海商会会长虞洽卿出面与厂商斡旋。终究,冯先生如愿以偿,但烟草公司提出了二点要求作为条件:即不准用来调换金手镯等赠品,仅作收藏;并在《宁波公报》上刊登宣传香烟的广告。

当时,曾有富商出几万大洋巨资欲购此香烟牌子,而冯孙眉不为所动。纵然,在抗日战争时期失业在家、生活窘困,他宁可将心爱的《国周报》等创刊号二百多件换取大米糊口,以解燃眉之急。曾有好友以"以书易米"为题介绍他的趣闻轶事。最终,历经抗日战争、解放战争和文革劫难,"孔夫子"香烟牌子幸免于难,实非易事,也成就了冯氏香烟牌子收藏之最。其父还悉心整理、研究香烟牌子,在《宁波公报》上创刊香烟牌子专栏,影响颇大。并将最后一次展览(1950 年 9 月 9 日至 22 日在南京西路 354 号大观商场内,与丁福保、钱化佛、洪警玲等联合举办"大观文物集藏展览会")的门票收入 1000 元,均悉数用于慈善事业。

今天,冯懿有先生更是子承父业,集香烟牌子收藏之大成,无人比肩。难能可贵的更是,冯先生将文革中散失的旧藏,又一一拾掇其间,从文革时不足三千片,又增加到五六万之众。冯先生还将这些收藏,作为他中学任教时的教材,形象且生动地告诉学生,当年上海的一些民情、民风、民俗,进行爱国主义教育。

2007 年,冯懿有先生积两代人之功,在上海的徐汇区图书馆将所收藏的数万计的香烟牌子藏品,遴选部分藏品以飨公众,成功地举办

"世间万象,冯懿有先生收藏老香烟牌子展"。报道说,相信这个香烟牌子展,会令曾经玩过香烟牌子的人勾起一段愉悦温馨的记忆;而让从未见过香烟牌子的人,亦会惊讶于"香烟牌子"竟承载了如此浩瀚的世俗文化,其中冯懿有先生劳苦功高。

## 研究:渐入佳境

拜访之际,冯懿有先生正在撰写香烟牌子收藏新著《老香烟牌子欣赏》,全书十章,约 10 余万字,是一部相对完整的香烟牌子研究总结……

冯懿有先生收藏香烟牌子,更是潜心研究、著书立说。他说,当时曾有手工卷烟充当香(洋)烟,因而烟民只相信附有香烟牌子的香烟才是正宗。香烟牌子由此广受青睐而大量涌现,至(上世纪)二三十年代达到鼎盛期;直至五六十年代,香烟牌子渐渐陨落。冯懿有先生就是"香烟牌子"从滥觞、到鼎盛、直至陨落的见证者。1903 年,上海爱国商人曾少卿开办中国第一家民资烟厂,即中国纸烟公司,印制了一枚《曾少卿像》烟画,可以说这是国人生产的第一枚烟画。国产最早的香烟厂,还有 1904 年(北京)大象烟草公司、(营口)复口烟草公司、(上海)三星纸烟有限公司。其中,1904 年,时任铁路大臣的盛宣怀开办的三星纸烟公司,发行了 32 片一套《清末仕女牌九》烟画,便是国产成套烟画的鼻祖。不久,北方有"北洋烟草公司",广东有"南洋烟草公司",上海更有四百多家烟厂之众。

冯先生还引经据典般地告诉笔者,最后一套香烟牌子理属,解放初(1951 年)的上海人人烟厂出品的一套歌颂祖国解放的香烟牌子,画面有开国典礼、中苏友好、人民幸福等,凡 36 片。更为有缘的是,有一次,冯懿有先生逛市场,无意间发现有一张旧信纸,只见上有"人人烟厂"字样,冯先生顿时眼睛一亮,这正是自己收藏的一套香烟牌子的生产厂家。他抽出一看,竟是高正平的款(人人烟厂经理),而冯先生藏有的这套烟画正是高正平的收藏钤印,这下有了出处,令他喜出望外,毫不迟疑地买了下来。——这是冯懿有先生迄今为止收藏的最后一套香烟牌子。

集数十年之功的冯懿有先生,为此撰写了数十篇香烟牌子收藏的研究文章,发表在《解放日报》《文汇报》《新民晚报》等报刊上,并在1997年后,分别由上海画报出版社出版了中国历史上第一本《老香烟牌子》大型画册、《老广告》中英文画册、老香烟牌子画丛《古典文学·小说》和《京剧艺术·脸谱》两本大型画册及《中国老360行》上下二册,填补了香烟牌子研究空白。并积极参加历届全国体育收藏展和全国烟标、烟画等博览会,获优秀奖、特别奖及荣誉奖,还先后在上海历史博物馆、上海档案馆、上海图书馆、上海铁路博物馆、中国烟草博物馆等处举办精品专场收藏展50余次。记忆最深的是1999年和2000年,以体育运动为题材的香烟牌子,先后赴瑞士洛桑参加由奥林匹克博物馆举办的中国五千年体育展和澳大利亚悉尼举行的第七届奥林匹克收藏展。

临行前,冯先生拿出一册《戏曲脸谱》的香烟牌子、《百丑图》黄框、红框两套,令笔者一睹原貌。更为笔者一愣的是,冯先生在香烟牌子的收藏中,还藏有同时代的锡器,如灯具、香熏、茶叶罐、香炉等,无不玲珑可爱,极富沧桑感、历史感,可见冯懿有先生的兴趣爱好相当广泛。

# 问道论道何晓道

笙箫唢呐,声声切切;冲天锣鼓,震耳欲聋。蜿蜒的山路间,那条壮美的红色长龙在缓缓地流淌。銮驾队、龙鼓队、喜灯队、铳队、红妆队,浩浩荡荡,首尾难顾。八抬轿前,轿夫们的喜悦,不亚于轿中的嫁娘。红花轿、红婚床、红柜、红箱、红桌、红椅……朱漆泥金,耀眼夺目,一路欢声,抬到夫家。宛如一首浙东民歌所唱:"马来哉/轿来哉/王家嫂嫂抬来哉/一杠金/一杠银/陪嫁丫头两旁分。"

旧时浙东宁绍地区大户人家嫁女时的壮观场面,被称作"十里红妆"。这一场景,被近几年连续举办的中国(宁海)徐霞客开游节得以复原,喜庆的场面引得万人空巷。

提供嫁妆道具的是宁海"十里红妆博物馆"馆长何晓道。一位身材瘦弱,背已微驼的中年人。

何晓道身份的多元性,着实让人有些摸不着头脑:他曾拥有宁海桥头胡区第一批个体工商执照,开办过钟表修理部和电机厂,生产过鼓风机和落地扇;开办食品厂,生产蛋糕和炒葵花籽;摆过地摊;开办了一家江南古旧家私厂;他以诗人的才情,出过一本叫《奈何诗草》的诗集;他一人经营着两座民间文化博物馆;仅有初中文化,却已出版 4 本关于民间文化艺术的专著,在国家级刊物上发表多篇学术论文,多项研究填补国内空白。

在别人眼里,他的一言一行,有些令人费解:抛却挣钱的行当不做,抢救起将要消亡的民间文化。有好心人劝他:"那应是政府的事,和你有什么关系呢?"可他却一直在收集和整理民间非遗的道路上前行着,而且事业还越做越大。

## 因为爱而聚集

宁海历来为文化之邦,方孝孺、潘天寿、柔石等名字辉映着那片临山靠海的土地;明清遗存、文化习俗,熏染着那里的老老少少。

20多年前,宁海乡下流传千百年来的婚嫁队伍中曾留有何晓道为堂兄抬红妆的身影。那时,晓道年纪小、身子单薄,肩膀还有些稚嫩,他挑选最轻的一杠——床前小柜外加一床棉被,跟跟跄跄地跟在人流中。10多公里山路,抬得他两肩红肿,腿脚发酸……

浙东讲究婚嫁,大户人家的嫁妆从针头线脑到箱、柜、桌、椅、桶、盆、盒,以及铜锡器具样样齐全,为求体面,送亲时必是箱箱满、桶桶满。

后来,时世突变,老祖宗几千年传下来的习俗,转眼间迅速消失。彩电、冰箱替代了红妆器具,有了汽车等现代交通工具,谁还会手提肩扛?人流如潮的红妆队伍渐渐开始难觅踪影。"如果这些东西都没有了,我们这一代人见到的精彩,后代人很难再看到。历史交给你这个责任,你不苦谁去苦!"何晓道在惋惜声中站出来,迈出了"苦"自己的脚步。

像一个拾荒者,从花轿、千工床、杠箱,到盒盘台架,别人丢弃的,他视为宝贝,统统拣起来。时间一长,这些物品释放出惊人的异彩。他发现:"一两件放在那里还不觉得,一旦聚集多了,你就会感到它们的价值。"他在家乡大佳何镇建起一座民俗博物馆,引来大批的观光客和研究者。

镇和县里领导在抓经济的同时,没有忽略何晓道聚集的这块独特"资源",给予他多方扶持。在县城徐霞客大道旁,政府先后投资近千万元,建起博物馆,展区面积达 3000 多平方米,无偿提供使用,展出 1260 件明清江南富家小姐生活用具、器物等,全部为何晓道的私人藏品。"十里红妆"风俗博物馆,公助民办,这在全国也是独此一家。博物馆和县旅游公司合股,任馆长的何晓道,占 80％的股份,现有 7 名员工。开放 3 年来,已接待游客 10 余万人,每年收支平衡。博物馆还被宁波市列为文化体制改革试点单位之一,成为宁海乃至宁波市的对外宣传窗口之一。

公助民办,减轻了政府负担,又肩负起旅游宣传的任务。何晓道说:"没打算用它挣钱,只是为了展示这一失传的文化魅力。"

"有心人"何晓道的另一个关注点是宁海以及整个浙东地区的古民居。他目睹了一幢幢明清时代遗存下来的民居、祠堂、庙宇在城市化进程中纷纷被推倒,建筑物件遭遗弃,感到心急如焚。"5 年前还非常漂亮,再去看时早已是一片废墟,看到这情形,非常痛心。"他无法劝说人家,更没能力阻止,他是个小人物,人微言轻。

大佳何距宁海县城 18 公里,何晓道的"江南民间艺术博物馆"就建在公路旁。两栋西洋式建筑,里面陈列着他收购的几千件明清时的门窗格子和椅子、几案、木雕、石刻等,尽管是民间性质,但摆放陈列完全是按照正规博物馆的格局。他认为建筑与陈列品形成中西对比,反差大,效果更好。开业 3 年多,已接待游客 3 万多人,这其中不乏国家和省市领导人、中外游客、古建筑和民俗研究专家。

## 因为爱而行走

"呜——!"宁波船码头的汽笛声,划破了傍晚时分的寂静,顺着甬江,开往上海十六铺码头的客船,在嘈杂声中起航。何晓道选好空地,铺上草席,把两个箩筐和扁担放到别人碰不到的地方,掏出自带的饭菜吃起来。他手里握着的是3.6元的散席票。船上有饭,5元一份,但他不能吃。5元钱可以收购好几块花板,至少一个紫砂壶。

天刚蒙蒙亮,船有些摇晃地驶进黄浦江。何晓道随着拥挤的人流把货挑上岸,又挑几里路,来到福佑路那属于他的1.2米长的小摊位。铺好破油布,上面摆满了花格板、木雕、瓷器、字画等。

那是20年前,何晓道摆地摊时的一幕。那时,每逢周六中午,他要从宁海赶往宁波,坐夜船到上海,次日清晨六点多出摊,到七八点钟,便将一担古玩卖光,晚上乘船返回。之后,他还要走街串巷去收购,再拿到上海去卖,周而复始,历经四个寒暑。

摊贩摆摊,不为别的——挣钱!别人能蒙就蒙,能骗就骗,可何晓道该多少钱就多少钱,全是实价。时间一长,老主顾自然多起来。摆摊让他学到好多道上的规矩,也目睹了江湖上的险恶。

一次,他很顺利地出手一件根雕,正当他得意地为手里的250元钞票庆幸时,那位买家像故意捉弄他一样,当面又以900元出手。何晓道瞪大了眼睛,心里充满苦涩。

是自己眼力不够啊!打那以后,货一出手,等船要一天时间,他便跑到上海博物馆、友谊商店,去学文物知识。那时的友谊商店并不是随便什么人都可以进的,况且他还是个小摊贩。他蹲在门口,无可奈何地等老外过来,和人家商量把自己带进去。

"是历史给了我机会",何晓道坦诚地说:"我很庆幸,生活在宁海这块明清遗存丰富的地方。我经营的定位是人家不要的家具、格子窗。那时,做这个生意的人大多为谋生,真正热爱的很少,我可以向同行要我喜欢的东西。"

何晓道的诚实在行内是出名的。一次,他看上一个小镜箱。按行内习惯,看上什么,当场不能表现出太高的热情,要装出无所谓的样子。

一番讨价还价后，他以 25 元买下。等赶到村口，独自欣赏时，他惊讶地发现里面夹着一枚金戒指。何晓道没有丝毫的犹豫，急忙赶了回去。卖镜箱的老太太见他又返回来，以为要退货，顿时警觉起来。何晓道说明缘由，老人家怎么也不相信。

捡到金戒指还主动退还，哪有这样的傻瓜？半村人都围过来看热闹。有的半信半疑，有的认为在耍花招。他攥着戒指，心平气和地对老人说："您好好回忆一下，有没有过金戒指？"老人冷静下来，慢慢回想起当年婆婆去世时，曾留给她一枚金戒指的事。何晓道把戒指交到老人手里，并向在场的人保证以后不会来找麻烦。老人含着泪水，跑回家中，又取回那 25 元钱，塞在他手里。何晓道谢绝后一身轻松地离开了。

有张罗汉床，何晓道和朋友都看上了，可卖主也看出了他们的心理，价格一次次地上抬。每次去，何晓道就在他家大门上偷偷地画个白道做记号，等到成交时，白道一共画了 13 道。

柔弱文静的何晓道，骨子里却藏着超人的毅力，他的宏伟志向，激励着他不知疲倦地行走。收了卖，卖了再收，其间把自己喜欢的东西收藏起来。他说："我像得了病一样，手里有千元时在宁海转，有 5000 元时在宁波转，有一万元在省内转，再多就出省去转。一星期不买东西很难过，可看上了没钱买更难过。"

## 因为爱而传扬

近 20 个春秋的民间行走，使何晓道对民间艺术有着与常人不同的理解，他收集到的民间物品，使他有着其他专家学者所不具备的实物优势。在他看来，收集仅仅是初步的，研究和传扬、让更多的人了解祖国灿烂的文化，才是最终目的。

然而，文化底子薄，又成了拦在何晓道面前的一道屏障，他也清楚自己所涉足的是一个投其终身都难以搞出名堂的大课题。他比别人更需要学习。

一件件奇美的红妆家具,鲜红如血,仿佛在诉说着古代妇女的坎坷命运。他不惜代价地聚起"十里红妆",最后又无怨无悔地走进这座"象牙之塔"。因为他的"走进",也建立了我国红妆理论的研究体系。他先后撰写出《十里红妆——宁绍地区嫁妆家具》(与人合作)、《红妆》等专著。试想,如果没有何晓道,那些散失民间的红妆物品,怎得以聚到一起,有个属于自己的"家"?如果没有何晓道,我们的民间红妆文化,又何以如此系统地受到中外人士的关注?何晓道的名字已紧紧地和"红妆"联系在一起。

十几年前,在宁海海边的一个小村庄里,何晓道收购了一把有着200多年历史的官帽椅。这是他收藏的第一把民间椅子。在以后的日子里,他用双手摸遍了这把乾隆时代的椅子,想像着工匠制作时的情景,揣度着工匠制作时的艰辛和才智,以及他们的音容笑貌,幻想着主人当年的境况和坐在椅子上主宾谈说世事的情形。此后,他痴迷地开始收集研究江南明清民间椅子。

摆上一把太师椅,自己席地而坐,一会儿用手摸摸,一会儿记下心得。寂静中,他仿佛走进一个远古的时代,与一位仙古道人默默地对话。椅子从哪里来?最终会往哪里去?明清民间椅子让他心驰神往。

"问道"的路,每迈出一步,对他来说都显得异常艰难。面对大量的民间实物,要弄清"道"在哪里,谈何容易?不懂,他向书本求教;再不懂,他向专家请教。他给专家写信:"我和这些器物一样,都是流浪儿,你们关心,我们就有回家的感觉。这家就是政府和社会。"北京、上海、杭州的好多高等院校的专家都成了何晓道的忘年交。前不久,由清华大学著名教授陈志华作序的《江南明清门窗格子》一书,由浙江摄影出版社出版。这个大部头的著作,全部由铜版纸印刷,7万多字,收400幅精美的图片,是何晓道"问"了7年的"道",才得以面世的。

对何晓道来说，"民间"本身就是一本永远读不完的大书。他将红妆理念、门窗格子理念推广到现代装饰装修中，给人以耳目一新的感觉。北京、上海、杭州和宁波等地都留有他主持设计装修的宾馆茶楼。他以自己独特的方式，传扬着民间文化的精髓。在他心中，还有着更为宏伟的计划，他要搞一条生态老房子博物馆街群，出十本研究著作。

身为农民的何晓道，没有在种田上搞出名堂，却在收藏研究民俗文化领域收获得斗满仓实。民间，是文化之源、艺术之母。行走其间，何晓道已经得"道"。

作为政协委员，何晓道在参政议政中始终不忘自己的职责，他身在乡村，熟悉那里的生活，熟悉自己身边的人和事，看到目前新农村建设中出现的问题，他经过走访调查，提出如何因地制宜保护传统乡土历史遗存、尊重民风民俗等提案，得到省和市里相关部门的重视。他创办的宁海十里红妆博物馆作为浙江省公助民办的文化体制改革试点单位，运行几年来受到社会方方面面的关注，社会效益明显，这与他提出的鼓励和扶持社会力量参与文化事业的提案，有着直接的关系。目前，宁波市民办博物馆蓬勃发展，在国内产生较大影响，何晓道的示范作用不可低估。

# 人必有痴 而后有成

近日,笔者有缘采访并参观了左旭初先生和他的商标博物馆,感慨多多。如果缄默,心中必定自责。——古今成大事者,必有左旭初先生的"衣带渐宽终不悔,为伊消得人憔悴"的一种执着与痴迷。古人道"人必有痴,而后有成"。

清政府(公元 1904 年)颁布的《商标注册试办章程》,开创了我国第一个商标法律制度。然而,它的初衷却是为保护外国人在华经商的利益。1902 年的中英《续议通商行船条约》中,就已经涉及了商标的问题。可见,中国的商标法律制度,脱胎于一个不平等的时代背景,先天不足。然而春秋代序,自从我国第一部商标法律制度起,终究栉风沐雨,走过百年历史。左旭初商标博物馆,就是一个历史节点,中国百年商标的一个见证。

## 一

诞生于 1999 年的左旭初私人商标博物馆,坐落于徐汇区某个僻静小区,一个寻常百姓家。这是一个十来平方米的空间,却坐拥商标,仿佛跨进历史的深度。一眼望去,四面墙上挂满各式商标,从踢脚板到天花板,琳琅满目,连客厅中央的方桌上,也压着数十种商标。他自傲地告诉笔者,你看到的只是冰山一角,更多的在护墙板的壁橱里。他打开某个壁橱,里面密密匝匝地竖着一册册,他精心分类、装订归档的商标。或纺织、或化工、或五金、或食品,林林总总,蔚为大观,令人叹为观止。

小小斗室,承载着百年的民族工商业史,包括清末、北洋、国民、汪伪、伪满和解放区地方政府,以及解放后民族工商业的商标。每一款商标,就是一段凝固的历史,都有着那个时代的烙印与胎记。比如晚清时期的商标,透着对外来文化的犹豫,一种民族的迷惘;民国时期的商标,却是曾似相识,一种民国遗韵的风情;解放后的商标,是对新社会的讴歌、对新生活的一种憧憬。"百年无废纸",如今这些商标一一成为文化收藏、历史文物。

鹅牌(内衣)、三角牌(毛巾)、云狮(药品)、大华(仪表)、无敌牌(牙粉)、飞轮牌(洋线团)、双钱(轮胎)等等,这些老上海耳熟能详的著名商标,在左旭初先生的眼里都有着一番难以忘怀的收藏情节,如数家珍。他捧来一捆布,展开足有 13 平方米,叠得四四方方。这是宁波帮王启宇的振泰染织厂的产品,是国内第一家机器印染厂,他说这是他的"镇馆之宝";他拿来一瓶人丹(信谊药厂),神秘地告诉笔者,药厂想得到其中十颗人丹,以分析其中的成分,他没有舍得给。因为,这是一瓶原装,足足四百粒。旋开瓶塞,透过棉花球,其香可闻;一台美华利牌的台钟与华生牌电扇(全铜)引起笔者浓厚兴趣,它们可是中国近代第一台,又是宁波帮老品牌……

他说:"在这 20 多年里,几乎所有的业余时间,我都在搜集一个个古旧商标。"令他记忆犹新的是,1993 年的一天,走在福佑路旧货市场上的他,蓦地发现地摊上有一个清末的商标注册证。他顿时眼睛一亮,有一种购买的冲动,可囊中羞涩,摊主要价 2000 元。当时,一个青年职工每年的薪水有几个 2000 元,却又抑制不住诱惑,骑车回家与妻子商量。当他再次骑车赶回市场,遗憾的是,这张注册证已一去黄鹤,据摊主说是被一个老外买去了,他至今心痛不已。左旭初先生就是如此卅年如一日,默默耕耘于商标的收藏与研究,终成大器。

二

窗外烈日炎炎,红尘滚滚。年届"奔五"(生于 1958 年)的左旭初,问起他的商标渊源、个中原委,左先生心绪万千。他说自己曾从捡香烟壳开始,起初是缘于绘画,搜集印有美术图案的香烟、糖果商标,比如飞马、大前门、牡丹等,只是用于临摹,为学校出黑板报,纯粹一个美术爱好。到了上世纪 80 年代初,左旭初进入大学,就读中文专业。随着文化背景的加厚,他开始有意识地收藏商标,由一般的爱好转向系统的收藏。1986 年大学毕业,他通过招聘考试进入工商局,他的商标收藏也由此步入正轨。

"昨夜西风凋谢碧树。独上高楼,望尽天涯路"。王国维《人间词话》喻此为人生一境界。左旭初先生就是如此,既不为时尚所惑,也不为积习所蔽,而是甘于寂寞、潜心收藏,集三十年之功,如愿以偿地办起了国内第一个私人商标博物馆。其题款还是原国家工商行政管理局局长兼中华商标协会会长刘敏学。同时,他发现当今的中国商标历史研究依旧是一个空白,没有一部商标史专著,也没有任何一家图书馆能提供相关系统资料。于是一个大胆的设想日趋形成,——担当起中国商标史研究先行者,舍我其谁。

他说:"光收藏不研究,等于一个仓库保管员,我要为中国的商标事业做一点事。"近几年,他连连写出了多部商标研究、商标史研究的力作,如《中国商标史话》、《中国近代商标史》、《老商标》、《中国商标法律史》。一些大学还邀请他去讲课。中央电视台等众多媒体,都成了他的座上宾。2004 年,上海知识产权局、上海商标协会主办"商标法律制度百年庆",左旭初应邀出席并作"将商标法律研究成果奉献社会"的大会发言,反响热烈。

出于职业习惯,笔者饶有兴趣地关注他有关宁波帮的商标,聆听他口若悬河的解说,仿佛聆听历史老人的旁白……

他说,刘鸿生的"定军山"牌的火柴商标,取材于《三国演义》。定军山,是一个传统戏剧曲目,寄寓自己的国货火柴能战胜日本等洋火柴后又取名"宝塔",希望这一宝塔能与洋货商标竞争。"象"牌水泥,在 20世纪的 30 年代,一举成为全国水泥行业的第一名牌;他的章华公司的毛料成品取名"绵羊头",一种吉祥之意,"羊"喻祥,"羊"还喻阳,三阳开泰。在 1933 年 11 月实业部商标局编印的《东亚支部·商标汇刊》,章华毛纺公司的"绵羊头"牌毛料产品商标编号为:第 15200 号。九·一八爆发,刘鸿生先生又以"九一八"牌为毛纺织品的商标。他的搪瓷新产品"如意",行销海内外。

左旭初先生,从橱内抽出一本化工类的商标图册,并拿来一块项松茂的"五洲固本"肥皂,娓娓道来。上个世纪 20 年代,五洲公司不满足于单一的药品产生,他要寻找生产与药品有关的新产品。而国内民族制皂业几乎一片空白,为打破洋货的垄断,成立五洲固本药皂厂,从而成为我国民族资本经营的一家最大规模的制皂厂。"一·二八"淞沪战争,项茂松被日军杀害。这天是 1932 年 1 月 31 日,为纪念这一天,公司董事会提议用"一三一"作为商标名称,以寓意爱好和平、反对侵略。

左先生又捧出一册又一册有关宁波帮的商标,有的几乎是孤品。比如印在名片上的火柴商标"渭水"(刘鸿生),是我国最早的商标;方液仙的三星牌商标,用于蚊香、牙粉、牙膏、花露水、雪花膏,是近代日化工业的名牌商标;胡西园的"亚浦耳"商标,创下了中国"第一家"电器厂、"第一个"国产灯泡、"第一支"日光灯管、"第一款"灯泡商标……

# 三

　　临行前,左旭初先生定要笔者转告"宁波帮博物馆",他可以提供展品、商标与实物,并捧来一叠文稿,计有十来篇,约数万字。他说,这些是他的原创,最先给《海上宁波人》。

　　这哪里是文稿,分明是左先生一片沉甸甸的赤子之心,其中不乏他研究宁波帮商标的精心之作。

# 色如鸡血颜如玉

## ——藏玩新宠"鸡血玉"

朋友林葆国发来何孟文把玩的"鸡血玉"微信照片,个个鲜艳如鸡血、滋润如玉质——着实令笔者惊艳,一睹为快——走进藏馆,满目琳琅的鸡血玉,如何一个"叹"字可以了得!

何孟文告诉笔者,经多年来的开发观赏与收藏的实践,他认为桂林鸡血玉是值得开发的完美的新玉种,一个藏玩新宠。2011 年,继著名地质学家张家志提出《桂林鸡血红碧玉鉴评的六个等级划分意见》后,"桂林鸡血红碧玉"被正式命名为"桂林鸡血玉",由此开启鸡血玉收藏集结号。

### 石 与 玉

中国商业联合会珠宝首饰质量监督检测中心主任、国家注册珠宝玉石质量检验师吴国忠教授对鸡血玉矿样和雕件进行鉴定,出具意见认为,产品红色色调、坚韧细腻、玻璃光泽,具有很好的雕琢加工特性,抛光后光彩夺目,有非常好的观赏与收藏价值,摩氏硬度为 6.5 至 7 度,将有巨大的经济价值,可作为首饰、饰品流通市场。

鸡血玉,也称桂林红碧玉、龙胜鸡血石,因产于桂林龙胜而得名。其综合矿物成分以红碧玉石英为主,并含部分高价铁和低价铁,是富含硅铁质的变质火山岩——碧玉岩。它是古代板块缝合带深海底火山沉积变质的产物,形成年代距今约 10 亿年。

鸡血玉最大的特色就是突出一个"红"字,正是一种以鸡血红色为主色调的碧玉岩,故称"鸡血红碧玉"。颜色分有红色、紫红色、浅红色、褐红色、枣红色、棕红色多档;而且还有不同的底色,如全红带金黄、纯黑、白色作为衬托。色间搭配极佳,丰富多彩,稍有吉祥图纹或抽象图像,更是显得鲜艳夺目,光彩照人。

同时,鸡血玉质地优良,主要是隐晶质结构及显微晶质结构,相对密度 $2.7$—$2.95 \mathrm{g/cm^3}$,再加上硅质矿物硬度大,质硬而坚韧。而且玉质稳定不易风化、不易磨损、也不怕酸碱侵蚀,久不褪色。专家认为这些均比"鸡血石"优良,而且桂林鸡血玉,更含铁而有益于人体健康。

因为,鸡血玉的致色元素及其致色原因不是由辰砂(朱砂——硫化汞 $\mathrm{HgS}$)形成,而是由特别稳定而且对人体健康也大有裨益的铁离子所造成的。人和所有的脊椎动物的血液都是因为这种铁离子的存在才呈现为血红色的。专家认为:桂林鸡血玉不含汞、硫而是含铁这一事实,不仅不是缺点,相反还是最大的优点,成为尊重环保,维护健康的最大亮点。


## 藏 与 玩


鸡血玉从原石到成玉的过程,可以分解为,首先是开矿。用膨胀剂等从大石山中取出上吨重的矿石,称为山料;随后用大锯开切成大料,称为毛料;再依据玉的血色形态,用小锯开切成所需要的形状,如随形玉粗胚、章料粗胚、手镯粗胚等,叫取料;再是整形、打磨抛光,即称切磨抛光。随形玉、章料、手镯等产品，在抛光之后，便是完整的产品，可以流入市场。而雕件则需对切磨原石和其他粗胚按血色分布和地子情况认真分析，就是雕刻家们常说的"读玉"，之后设计作品，叫解料。根据设计进行雕刻，雕刻后再打磨抛光，至此，精美的雕件宣告诞生！

鸡血玉保养上与别的玉类似，首先是把玩、摩挲，使其呈现"老光"，成为"老玉"，使之更加可人。其次是油养，即给玉上点油，是人、玉对话的一种方式，好比给佳人偶尔来点润肤霜。在鸡血玉制成品上擦少许白茶油或 BB 油，让玉表面滋润，然后擦拭干净，地子变得更加晶莹明净，血色更鲜艳、灵动，并富有层次感。

但是，鸡血玉与其它玉保养过程有两点显著不同：一是鸡血玉是10 亿年前天然形成的矿物质，含人体必需的高价铁，常常把玩，对身体有益；二是红色是一种积极、祥瑞的颜色，把玩过程中能够对人会形成良性积极的心理暗示，从而大有裨益。

## 型与形

随型赋形、俏色巧雕，是任何把玩件创作宗旨与要义……桌上，林林总总的鸡血玉把玩件赏心悦目，特别养眼。比如几款章料，玉质细密、包浆滋润，玉质与血色相融相糅、参差有味。纵然四面素雕，依然特别大气，"大象无形"而充满美感，堪称"色如鸡血颜如玉"——比肩昌化鸡血石。

如果说，昌化鸡血石玩"血"，巴林鸡血石玩"底"；那么，桂林鸡血玉则兼而有之、媲美两者。比如，这款鸡血玉的印章，整体上看上去与田黄一般的色泽、质感与温润，而且用料硕大，质感极佳。物件上部镂刻圆雕"双龙戏珠"，题材高古，画面上龙眼圆睁凸显、鳞须张扬、气势威猛——被誉为人文与自然的天人合一、鸡血玉孤品。令笔者爱不释手，把玩不已。鸡血玉更有一个特点，就是其玉由三价铁而呈色。所谓三价铁是铁的最高价态，无毒，色泽鲜红，也不会因氧化而变色。缘此，鸡血玉兼备寿山石特质，色泽不亚于田黄，色彩优于翡翠，更有造血功能而养生。

另一款"罗汉"题材的圆雕，最是体现鸡血玉的蕴藉之美。传说佛教中的罗汉，具有极高的法力，乃金钢不破之身，有逢凶化吉、消灾弭祸之功。一般罗汉脸谱与身体语言，包括服饰都是怪异另类，这一形象的造像色彩要求与特征，正好吻合鸡血玉色系所能找到的素材。嶙峋的石质，通身鸡血红色，上面圆雕着罗汉威猛，圆眼大睁，双手挥舞，寓意丰富……俨然为民众们摆脱苦难。石雕还很好地运用俏色雕效果，给人过目不忘的印象。

最传神的道教题材三位寿星老者，传说是给人带来财运的神仙，一般相貌慈眉善目、髯发飘然，多以红色、黄色元素造像，而鸡血玉正契合财神的色彩造型，多以红色寿桃和面相而红光满面，精品多多。

# 印石:移动的山脉

## ——"观海印章石藏馆"陈鹤鸣馆主

上海有个宁波同乡会,同乡会有个收藏沙龙,沙龙中有着众多藏龙卧虎的收藏人物——陈鹤鸣,"以收为藏、以藏为玩"的印章石把玩数十载,堪称"养在深闺无人识"。网上甚少关于他印章石收藏的文字介绍……

然而在陈鹤鸣的"观海印章石馆"里,笔者见到满橱满橱的印章石收藏,林林总总 500 余种品种,近万枚章石收藏,无不为人惊叹、惊艳!琳琅满目的印章石,密密匝匝,俨如一座座山,峰峦叠嶂。举目望去除了印章石,还是印章石,收藏规模可见一斑。是日,笔者慕名在那"崇山峻岭"间,与印章石收藏家陈鹤鸣一起把盏话印,细细倾听与感悟一个印章石收藏老人的数十载收藏情结与收藏心路——如何一声"喜欢"可以了得!

## 以 收 为 藏

陈鹤鸣又名唐观海,唐是他外婆的姓,自小在外婆边长大;观海是宁波慈溪的观海。今天,笔者拨冗为陈鹤鸣的收藏撰文,旨在让更多的收藏爱好者,分享陈鹤鸣印章石收藏的喜悦与心得,让收藏真正走入寻常百姓家,让盛世收藏成为一个常态化。因为,收藏是一种传承、一项文化活动。"每一个人都是时间的过客,唯有物(藏品)才是永恒的主人。呵呵!"——陈鹤鸣言语款款地如是说。

　　说起对印章石的收藏,竟是源于同事出差的"派遣"。话说那年陈鹤鸣供职于中国船舶工业总公司的船舶工艺研究所,因时常赴温州出差而途经印章石之乡的青田乡。他受人之托,在青田转车赴温州之际代购几枚青田印章石料,如此这番……不知何谓"青田石"的陈鹤鸣竟如此走上了印章石收藏之旅,且一发不可收拾!

　　"文革"时期,青田既无青田石章料,更无市场可寻。受人之托的陈鹤鸣竟性急之中,问及旅馆的服务员。服务员也是一口回绝,说这类东西早就被视作"四旧"给扫掉了……在陈鹤鸣的软硬兼施下,答应等他九点下班之后带他去问问。无奈的陈鹤鸣只得在这里住了一晚。

　　晚上,陈鹤鸣跟着他走了十来分钟,走进一间昏暗的潮湿陋室。从中走出一个衣裳破旧的中年人,赤着脚……可见生活十分的艰难。随即他拿出一个盘子存放的十几枚章料。陈先生心头一喜,总算不辱使命。问其价格,他伸出五指。陈鹤鸣拿出五元钱,他竟颤颤地说,我找不出。陈鹤鸣让他收下,他却诚朴地说,不能不能……就这样一来二往,陈鹤鸣开始了他的印章石收藏,而成就了他颇具规模的"观海印章石藏馆"。

　　从无意到有意,陈鹤鸣一头沉浸其间;从青田到昌化,他无所不有。缘此,陈鹤鸣走遍福建寿山、浙江青田昌化、蒙古巴林等印章石的产地与矿区,亲临第一线考察……中国印章石的四大名石,一举成为他的收藏范畴。如今,说及这些收藏,他是如数家珍,多少心绪、心结在其中……

## 以藏为玩

久而久之,收藏的积累而开始"以藏为玩"。玩者,就是一种文化研究而"玩物尚志"。陈鹤鸣把收藏心得集结,著有多篇《印石材质及评估》、《漫话鸡血石》、《田黄不宜作国石》等文章,发表于《收藏大观》、《石趣》等报刊杂志。论文《印章石品种的评论标准》1999 年 1 月入选《中国奇石盆景根艺花卉大观》一书。

陈鹤鸣在《印石选择标准》中首次提出印章石的"实用性、工艺性、欣赏性",作为选择标准。他说实用性,包括经济价格必须迎合广大贫富阶层应用;工艺性,主要指加工与加工后的石材性能,包括化学成分和物理性能;欣赏性,指的是印石本身具有的自然美,包括色质纹相等诸多因素,由印石本身反映出自然境界,使持有者发出对大自然伟大魅力的感叹,达到欢喜的心理和程度。更有甚者,陈鹤鸣曾倾心编著他的收藏大观,图片文字,一摞一摞……却又闲置一旁。笔者力挺他编撰一个印章石的"纸本"博物馆,成为印章石收藏的工具书。陈鹤鸣系上海观赏石学会会员,被收录《二十世纪中国收藏家大全》等典籍。

陈鹤鸣通俗地介绍说,在印章石领域,以往人们把田黄石、鸡血石、灯光冻石称为印石中的三大绝品,简称"黄、红、青三绝"。这三绝各代表着寿山、昌化、青田矿区印石的特色品种。"黄"指的是福建寿山产的"田黄"印石,号称"石帝",是寿山矿区最具代表的品种。由于自然因素散落在寿山矿区的稻田、沙土、植被、溪流、乱石等处,经过长期自然形成带皮的独石。独立分散存在,无坑矿可采。"红"指的是昌化矿区所产的鸡血石。鸡血石是一种含纯净辰砂的地开石、高岭石等黏土矿物为主组成的集合体,红色俗称血。"青"指的是青田矿区所产灯光冻石(即现纯净的封门青)。灯光冻是以透明度命名的,以叶蜡矿物为主体的印石品种……

今天，在陈鹤鸣的"观海印章石藏馆"，令人一饱眼福，零距离把玩寿山石、青田石、昌化石和巴林石——中国"四大印石"，那是一种来自文化的温度与力量，怎不让人心驰神往。

# 古陶玩家李建强

古陶者，乃渊源于新石器时代、史前三代而至明清时期的陶器。在国内外玩收藏之际的李建强，竟醉心于中国古陶的收藏与研究而一发不可收拾，为人赞许不已。

有人说，挂在画廊里永远是商品，挂在博物馆才是艺术；同样，以收为售那是商品，以收为藏才是文化，以藏为玩那就是一个玩家的心境了——"古陶玩家"李建强是也！

## 由收而藏

走近李建强的古陶收藏，林林总总囊括了中国八千年制陶史，仿佛从历史的轮回中走了一遭，每一件陶器都在向你讲述着一个悠久的人文故事——李建强用着一种历史的温情与敬意，守护着这些跨越数千载的文明印记。

无论瓷瓶瓦罐，还是青灯绿盏，无不胎体沧桑、釉色斑驳——俨然一个煌煌大庠的中国历代古陶大展、一部中国古陶图录。那呼吸了四五千年、甚至七八千年的中国古陶，原制陶者、使用者都成了土，而古陶却继续向今人诉说着曾经的过往。或许，人都是时间过客，唯有物，才

古陶收藏大家李建强

是永远的时间主人。

　　陶以黏土为胎，手捏、轮制、模塑成形，在高温下焙烧。一般坯体不透明，有微孔，具有吸水性，叩之声音低沉。有细陶和粗陶之分，素胎或施釉。而笔者更青睐那无釉粗陶的历史感而心驰神往。中国最初的"制陶"，往往"因地制宜"，简陋又无变化。后来，为了使用方便在陶器上增加了口沿流，各式錾耳和各种器足。到仰韶文化后期，陶制日用生活器皿基本齐备后，人们又开始对器物的某一部分予以变化，形成一器多式。直到宋金时期，纯粹的陶器渐渐地退出历史舞台，取而代之的中国瓷器横空出世。缘此，也更丰富了中国古陶古瓷的工艺而蔚为大观，并成了中国的代名词。

　　陶器原本素胎，其纹饰也是缘于绳索的制陶工具在修整器表时留下的痕迹而渐渐成了一种装饰。如篮纹、席纹、菱形纹、网格纹等。特别是新石器时代的彩陶，其纹饰多为漩涡纹、水波纹、圆圈纹等，并影响中国古代的青铜器纹饰。商代早期陶器多见细绳纹，中期则饕餮纹十分盛行，晚期饕餮纹非常罕见，绳纹又重新兴起，随后又出现了瓦纹。

绳纹较粗，且模糊不清。

然而，不同时期的古陶，其神韵也不一样。两汉陶器，国家开疆扩土，就连动物的陶俑都做得神采奕奕；盛唐陶器，气质恢弘，拿着一件盛唐时的陶俑，你似乎能够看到工匠在制作过程中都是带着笑的，国家的自信，百姓的富足，都通过陶俑传递给了后人——中国古陶无不透着制陶人的心境与手艺。今天，李建强将自己的古陶收藏悉数捐赠给博物馆，成为公众零距离接触古陶的一个公共资源，将独乐乐变成众乐乐，可敬可佩！


## 由藏而玩

李建强的古陶收藏有着丰富的实战经验，从"由收而藏"到"由藏而玩"，竟用了二十载！期间，李建强就读清华大学美术学院艺术品鉴赏与经营管理高级班，继而一举成为中国艺术品鉴定师。李建强的传记被编入大型国际交流系列丛书《世界名人录》，《世界英才》杂志也通栏介绍李建强对中国古陶的收藏物语。

一间陋室竟成就了李建强古陶收藏的一个载体，从汉五联罐、香炉、印纹陶瓮、青釉壶，到唐青瓷灯盏、北宋越窑秘色瓷荷花口碗，再到清康熙青花釉里红文字笔筒、清乾隆铜胎掐丝珐琅龙纹香炉乾清宫制款——琳琅满目且风情万种——多少人文历史在其中！

笔者手持一款出土的"汉五联罐"，仿佛在与古人对话。灰褐色胎、青褐色釉，无耳、平底、素纹，以大罐口肩部位附加四个壶形小罐而成，四小罐与大罐的器腹不相贯通——典型的东汉风格，因大罐的口沿和肩部塑五个开关相同的小罐而得名。到了三国两晋，四罐逐渐缩小，出现了堆塑的人物、楼阁和羊、鸟等。最后中罐变成大口，周围的四罐被亭台楼阁和各种堆塑所替代，中部一瓶呈葫芦状，宽敞、舒展。至东吴、西晋时发展为"谷仓"。古陶五联罐形制多样，都是一个时代的文化载体。

这款"汉陶鼎"，器形规整、大气——鼎乃国之重器，指称社稷。"革去故也，鼎取新也。"（《易经杂卦传》）这说明在很早的时候，鼎和改朝换代就联系在了一起。而陶鼎的制作更是显示中国先人的想象力，刚毅中透着柔美……当年，中国香港、澳门先后回归，中央政府均以"回归宝鼎"相赠，象征中国对香港、澳门主权的全面收复。毫无疑问，中华文化在源头处便和鼎结下了不解之缘——李建强说及他的古陶收藏，两眼发光，如数家珍。

李建强还小心翼翼地捧出一款秘不示人的"北宋越窑秘色瓷荷花口碗"，器形规整，线条流畅，轻盈圆润而不失挺拔庄重，像一朵盛开的莲花。通体薄胎，厚约1毫米，只有"V"字形圈足墙上端略厚。口径约15.6厘米，釉薄无玻璃光泽，釉色青翠中显蔚蓝色，不失为越窑青瓷中的珍品——李建强古陶藏品中的镇馆之宝。

身旁战国泥条盘筑法印纹硬陶瓮，是史前文化的经典之器；这款"清乾隆乾清宫制款的铜胎掐丝珐琅龙纹香炉"，美轮美奂……今天，李建强玩出了境界，正在筹措一个古陶收藏博物馆，将独乐乐变成众乐乐。

同时，李建强还集中国书画印于一身，加厚了他收藏古陶的文化背景而为人敬佩、感佩。他的书画创作登上拍台，他的篆刻艺术更是走出了国门，参加世博会……祝李建强的艺术之路走得更远！更踏实！

# 徐建华：以收为藏 以藏为玩

## ——潜艺阁斋主徐建华的收藏物语

　　一个风和日丽、远窗含翠的下午，收藏家、潜艺阁斋主徐建华约我一起啜茗说藏、把玩论道——背景正是他满满当当的字画、木器、美石，给人以一种人文历史的穿越感，令人心静，与世无争地把玩藏品，将世间的万般尘缘一一放下。

　　话语中，徐建华言必称收藏，口头禅却是一句"玩玩……玩玩。"那么，让我们看看他在古意盎然、字画灵动的"潜艺阁"里，究竟是如何地以收为藏、以藏为玩……

## 木之器

　　一踏进他的潜艺阁，便被他一对大大的龙椅所震撼，古朴厚重而雕刻精致，徐建华的得意溢于言表。他说这是用泰国大红酸枝（老料）所制，坐在上面，一定气沉丹田，指点江山。细观，椅身满雕，采用镂雕、圆雕均有，椅背、扶手，一并雕有栩栩如生的九条龙，或盘或踞或翔，面目威严，整器浑然一体，令我一而再地抚摸着它的岁月包浆，仿佛聆听与把握历史老人的人生历练与文化经脉。

　　说及这对红木九龙椅子的前世今生，徐建华言语中透着藏家、玩家所特有的狡黠。这原是外销物，龙椅全部透雕，包括椅子背面也是雕刻得栩栩如生。唯有椅坐一块原木未雕刻，更显得红木的花纹清晰，特别漂亮，大气厚重。当年，他花了二三万，现在起码二三十万。这是他的得意之作，也显示他独特的收藏眼光与投资魄力。

　　龙椅背上一开光处嵌入一大理石，纹饰天然，画面云气淋漓，粗犷又柔美。椅子背面篆刻着一个大大的李斯小篆体的龙字，周边饰有云纹，工写皆佳。对椅中间有一椭圆形茶几，也是尽雕刻之能事，凸显古色古香，特别的舒心养眼。

　　最为感动笔者的是，一款老红木清末民初款色的大床，竟是他们夫妇的睡床，那太享受、太穿越了。床架上嵌饰民国时期风格的时尚镜子，给木床添了几分活泼与明朗，且通体镂雕……仿佛一部清末民初的风俗史，时代风格尽在其中……别有一功的是，大床四周内侧也挂满他收藏的名人字画。

　　徐建华又取来一款木雕立幅观音摆件，开相脸庞饱满，发髻高耸，形象温良敦厚，衣袂纹饰自然天成，吴带当风。背景的如意纹、龙纹给画面以更多的立体感，典型的盛唐风格造型……徐建华一边聊着他的精品，一边拿出一款又一款的藏品，以物说藏，以藏说玩。

　　席间的一茶海，也是用整块老红木雕成，并利用木皮、木芯以俏色巧雕，特别养眼、养心，令人赏心悦目的舒服。还有桌旁一佛龛，雕刻繁简相当，通透、厚实并举，四周的阳刻线条舒展大气。一款"桃园三结义"木雕，历史感油然而生。那是使用印度老红木精雕细刻之作，人物写实，神态逼真，三人情投意合、侃侃而谈……

　　更有一款关公圆雕，气势磅礴，大眼圆睁，给人情性振奋之感。谁说玩物丧志，而是玩物尚志，一代大玩家王世襄就是代表，他玩出了大境界。玩是个学习过程，更是一个传承与弘扬中国文化的过程，徐建华也是其中之一。

## 字与画

徐建华的潜艺阁,坐拥字画,满壁风动。手卷、立轴、条屏,从明清、民国到现当代的名家名作……匾额"潜艺阁"几个繁体行草,字体古朴、苍劲、老练,出自中国书画大家沈柔坚手泽。徐建华介绍说,潜艺阁,即寄寓主人要潜心地热爱字画艺术。并补充道:"不是纯粹的书画收藏,而是一种祖国文化的传承与弘扬。"

另一字幅书有"如意",跃入眼帘。徐建华得意地说,这些字画背后都有一个小故事。他说,自己既有一个儿子,已经工作;还有一个女儿正就读高中,而两兄妹正好相差一轮,两个小"牛"。——他也够牛!王康乐先生得知后,欣然题词"如意",两字温婉,璨然如花——那年,王康乐先生九十有九。

一长桌上,摆有一古色古香的团扇,上题"千山月色令人醉,半夜梅花入梦香"。那是擅长金石的施学锦的瘦隶书,艳丽明快、诗意盎然。另一款是林仲兴题于纸扇上的四个大字,"淡泊明志"。那既是题词人自己的一种勉励,也是对题词人的一种祝愿,惺惺相惜,可见一斑。

更多的橱柜里庋藏着他的字画收藏,挂出来的往往只是冰山一角,我已是目不暇接。张大千般的泼墨泼彩、唐云似的笔墨用色、毛国伦的"美意延年"、韩敏八十的"家和万事兴"、韩伍的"春牛图",更有高式熊、周慧珺等众多大家、大师的济济一堂——堪称"一个潜艺阁,半部书画展"。

## 美之石

如果说,名人字画是徐建华收藏的半壁江山;那么,美轮美奂的美之石，才是徐建华字画收藏之余的副业，一个玩赏之乐。几款小巧灵珑的寿山石、小摆件、小把玩、印纽，凸显徐建华不一般的性情爱好与兴致雅趣。几枚冻石，令人爱不释手，拿起来便放不下，那才是玩物——美石的灵、润、糯、雅，教人如何不想它——那就是收藏魅力与收藏内涵。

一款白芙蓉圆雕，老寿星和颜悦色地捧着一寿桃，浅绛色的石质，深浅有致，特别暖人心。温润、油润，多少性情、意趣在其中……如何一个"妙"字可以了得！那是心绪、心缘的一个物化与载体，这就是收藏的文化之妙，绝无与俗人可言。

寿山石即寿山、月洋之石，色泽瑰丽斑斓，纹理浑然天成，质地莹润如玉，加之柔而易攻，最早在南朝就有墓葬中出土的寿山石猪。在宋、元、明各代均有开采，进入清初是开采的兴盛期，成了皇家御制。高兆黜的《观石录》、毛奇龄的《后观石录》，使得这一雅玩风气由达官贵人而至名流学士，流入宫廷。

皇家对寿山圆雕作品的青睐促使造办处亦直接参与雕刻，将寿山圆雕推向技艺登峰造极的境界。徐建华拿来一款石雕，一老者圆雕，头饰以方巾，道士模样。衣袂以浅雕、浮雕并举。一个传统的古典人物，左衽右襟，低首含胸，神态传神，过目留心，这是寿山石雕刻留给人们的独特魅力。

徐建华举例说，寿山石具有红、黑、黄、青等多种颜色，相互交错成自然斑纹。艺匠们根据石块的形状、色泽和纹理进行构思和艺术加工，雕刻成人物、走兽、山水、花鸟、果蔬、海味等陈设欣赏品和印章、文具、烟缸、水盂等实用工艺品。期间，徐建华拿出一款又一款寿山石雕，令我目不暇接，选料珍稀、构图严谨、雕工精致，以绚丽夺目而著称，田黄石更是有"石山之王"之誉。

尤其，"相石取巧"是寿山石雕的一大特色，令人叹为观止。然而，我走出潜艺阁，却是意犹未尽，一而再地走进他的收藏里。"我对收藏知之甚少，但是，我想字画、古玩收藏，那是一种文化传承与弘扬，那是需要我们用一辈子的时间去怜爱与去玩味的。"

# 我的读图时代

我的书桌,永远是书刊杂陈,随手可抚。若要坐下来,得首先理一个角,能放置一壶茶而潜下心。桌上独多的是一些收藏类书刊,古代的青铜器、历代瓷窑令我着迷,古代玉器、各代书画让我欲罢不能,只要是古玩收藏,均是我的阅读首选,不加选择,犹如韩信点兵多多益善。包括古籍函册、文房赏玩、金银钱币、木器漆器,都是我馨香久远的梦,试图打通收藏世界的千门万户,以求"统之有宗,会之有元"的整体把握。曾经,不论私人庋藏,还是各类馆藏,我都趋之若鹜,逛古玩市场就是我的课堂练习。如今,拍卖行的拍品图录,却成就了我的读图时代,令我悠哉游哉而渐入角色,并不知暑气已至而乐此不疲,成为我每一天的功课。

一把壶、一块玉、一款陶瓷器皿、古代书画……数千年人类文明犹抚。其中的历史人文气息风情万种,而令我不知今夕是何年?面对博大精深的收藏世界,且每一领域无不深不可测,我从不敢下水。若说,醉里挑灯看剑,是一种豪迈之气;那么,我的闻香读图却是另一种人生性情,如遁空门。蔚为大观的拍品图录(每年几大册),成为我夏季的视觉饕餮盛宴。

因为,我无钱成为收藏家,其次我的学养不足以成为一个玩家。而我的读图时代,却成全了我走进了中国古玩,并趋于系统。一册又一册,我的收藏知识积累就是来自我的读图时代而源远流长。拍品图录不仅照片佳、质感强,而且文字也精美,集文物知识与文化欣赏为一体,词简意丰,特有张力。图录最大的好处,就是可以颠来倒去、反复比较,渐进梳理。这里不仅有民间收藏,也有皇家收藏,互为映照。并可以细细比照和田玉与青海玉、山料与籽料,可以细细分辨沁色与皮壳,欣赏古玩包浆的人文魅力,其器形、雕工,都可细细梳理把玩。玉也是如此,从红山文化的玉猪龙,到良渚文化的玉琮,代表了中国古玉的最高文化历史价值。今天的玉器市场,鱼龙混杂,没有多年的跌打滚爬,谁能说出一二? 再到明代玉牌(陆子刚)与清代玉器的臻美,达到一种极致。时间一久,只要一上眼,也可辨之大概,颇有心得。中国玉器第一人的杨伯达,本是学美术出身,进了故宫玉器接触多了,便成就了他的眼光。

当年,我曾在古代家具上花了相当时间,读图识宝,明代的简洁与清代的繁缛,正如宋词的婉约与豪放,共同矗起中国木器的两大文明坐标。知道了原来黄花梨、花梨是两回事,并非后者是前者的简称。原来红木统指硬木,狭义红木即红酸枝。看多了自然有了自己的喜好,我更喜欢明代的黄花梨家具,高雅而不逼人。紫檀则过于沉、太压抑。而一款款清代民国的紫砂壶却是我最为心仪之物,它还是中国古代诗书画印集大成者。既实用,又可把玩。尤其,紫砂壶蕴涵太多的人文气息,为人津津乐道。因为,我在这里邂逅了我心仪的紫砂壶,我一一拜谒了时大彬、陈鸣远、陈曼生、范大生、顾景舟、蒋蓉等大师。

古代的瓷器那更是博大精深,我从不敢下水,却又忍不住对它关爱有加。且不说汉代陶俑瓦罐,也不说两汉以降的越窑青瓷与旷世巨作的元青花,还有象征国力的宋代五大名窑等等,就单说清代,它的五彩、粉彩,就让我眼花缭乱而瞠目结舌。它的仿宋瓷窑,又是一次古代瓷器的高峰,清三代的瓷器更是中国古代瓷器之巅峰。多年的阅读积累,也只能识之皮毛,谁敢说他读懂了中国的瓷? 还有中国的名石,除之昌化的鸡血,还有寿山石中的田黄、冻石、白芙蓉石、黄杜陵石、朱砂石等不一而足。其中章纽、边款,无不是中国文化结晶。一方名砚,我是翻来覆去地细细揣摩其质感,如石品、火捺,都是一种种风景。广东端砚、安徽翕砚、甘肃洮砚、澄砚,并见识众多制作与收藏。

缘于此,我更多的是纸上谈兵,一个古玩收藏的旁观者。这还得感谢赠与我书者,让我体会读图之乐。

# 玩物"三器"

　　如果说,"醉里挑灯看剑,梦回吹角连营",书写的是辛弃疾征战沙场的一种心境、一种豪迈之气,纵然书剑飘零、铩羽而归,也为的是"了却君王天下事,赢得身前身后名";那么,我一个人的沉潜反复、闻香识物,就是一个文化居士对中国古代文玩的顶礼膜拜,一种玩物尚志,即使"为伊消得人憔悴"也无怨无悔——如何一个玩字了得!

　　每每夜籁,更多的时候,一册册拍品图录,令我好不过瘾、获益多多,填补我在博物馆、艺术馆、及古玩市场的时空上的不足,因为这里不再受限制,可以让我零距离地、有更多的时间反复视听、赏析、比较。尤其图录中的文字介绍,我更是逐字拜读、细心揣摩。图录就是教材,文字便是一个诲人不倦的老师,只要你停在哪页,她就讲解哪页,一而再、再而三,时有温故而知新的欣喜雀跃。

　　图录侧重直感,往往看多了自成印象;文字是种理论,侧重古玩的文化魅力与传承有序、出土有时的历史厚度。以致,把玩古玩成为我每一天的功课……

## 闻香识玉

传说，三四千年前的一支驮队，挟着美玉，裹着神秘，经河西走廊、河北大漠，由秦晋之地渐达中原，走出了一条贯穿东西的"昆山玉路"；继而，一句"君子比德于玉"，成为君子品行操守的一种象征，中华民族的一种精魂。

玉性属金，产于西方。"昆仑玉最美在于阗。"于阗，世称和阗，今称和田。昆冈，即昆仑山，是一个产玉之地。历经数亿年的炼狱、数亿年的积淀，原生矿（山料）经地壳运动，滚入河流，从而沧海桑田，成了次生石（籽料）。一条玉龙喀什河，盛产白玉，亦称白玉河；一条喀拉喀什河，产墨玉、青玉等，古称墨玉河。

我有一块玉，十年来，颜色变深了、柔和了，似乎融合了我的肤色与血气；摸上去的质感，也不同以往，润了许多。后来，知道这是滋润，一种包浆。也许，它长眠地下，偶尔睡眼惺忪，玉色斑驳。有人告诉我，这是沁色。谚语道，玉有五色沁，胜得十万金。它莫非是人文始祖"以玉为兵"的遗存，是女娲补天的"五色石"，曾经戎马兵刀、历经磨难，或是寄予缠绵、辗转轮回，为我所留？每每把玩，心中很是慰藉。我说，拥有一块玉，就是拥有百邪不侵、万缘放下的心态，心中多了一分温柔。

玉者，精光内蕴，涵养天成。任何美的东西，都有一个脱胎于痛苦的升华过程。玉是如此，那么万物之灵的人，也应如此。比如，冰清玉洁，既是对玉的赞颂，也是君子的一种气节，一场向善的修行。虽说玉有瑕疵，人无完人。但是不卑不亢、不浮不躁，该是一种君子的境界。有人说，玉有三重灵魂：一是聚天地之精华，汇山水之灵气，与生俱来的一种禀赋；二是为人类所赋予的文化特性与文化符号，通天通神，祈福祛邪；三是受人体的滋养，有了生命气息、有了血脉。再加上雕工，那是先人的手泽与心痕，一种文脉。

## 赏陶识瓷

中国的古玩界，每一个门类都博大精深，陶瓷也是如此，再加上造假制伪更是鱼龙混杂，往往上当更甚捡漏，令玩家好不叹息。但是前赴后继者有之，游走于古玩真假之间的古玩市场，而丝毫不气馁。更有人说，收藏"不问输赢问性情"，那是一种无奈的洒脱；也有人在文字里这么说："我见过一只晋代青瓷四系瓶。那晋瓶高逾一尺，亭亭玉立般的美人腰肢，大盘口，瓶身周遭有着精细的花纹，和两个惹人生怜的兽头纹。那晋瓶破土而出，青青的釉色依然润泽油亮。"那是一种解不开的出神入化的文化情结。

远在上古的新旧石器时代，我国先民已有了最初的陶瓦器皿，可以说，只有中国的陶文化与古代的玉文化并成并存，馨香久远数千年，成了中国古代文化的一个缩影、一个代表。陶瓷器皿更是中国古代文明的代表，承载着先民与后人的智慧，那是火与土的艺术，多少匠心、文心在其中。人文历史上或深或浅的雪泥鸿爪总叫人好不弥足珍贵。

2008年，我曾有缘走进古代越窑遗址，拜谒"家家烟火、户户延陶"的上林湖。断垣残壁的古窑，仿佛还在诉说着曾经的辉煌。我在湖边捡拾着青瓷碎片，那些被当地人称为"破瓦爿"的瓷片，可知是沉睡千年的历史记忆。那是一个由陶入瓷、由汉至唐的青瓷重地。青瓷的诞生，使瓷器不再裸色，而是裹上釉色（单色釉），并堪称"秘色瓷"而声誉鹊起。继而中国瓷器走出青花、五彩、粉瓷，明清两代更是中国瓷艺最高成就、一个巅峰。

如果说，走过汉唐五代青瓷的元代青花，成就了中国古代瓷器永远的经典；那么，历练了宋金辽元的明清彩瓷，更是成就了一种社会时尚而美轮美奂。再者，"瓷必称宋"的汝、钧、官、哥、定的宋代五大名窑，更是成就了中国古代瓷窑最初的艺术典范。就是在中国最为失落的南宋期间，中国瓷器更是担当起偿还国家"外债"的重任。如今，业已发现的"海上一号"，便是当时出海的外销瓷由于风浪而沉寂海底的一个见证。瓷器就是中国，更是一个例证。

每每与瓷器对话，既为古陶的骨相与妩媚、沧桑之美而叫绝，手有留香；又为明清彩瓷的多样、繁缛之绝而叫好，把玩不已。陶瓷由纯粹的实用而走向艺术把玩，成为中国古玩半壁江山，是一种文化进程。

而我往往更垂青于汉晋时期的陶器之类，比如仰韶文化出土的彩陶，虽说纹饰简朴、单一，只是一种写意情态，却是传达先民的一种智慧、一种信息，令我肠暖心热，心中一股莫名的激动，忍不住眼眶湿润。彩瓷给我华贵之美，一种富贵的极致；彩陶给我的是阴柔之美，一种亲和力。


## 说木论器


上海博物馆的家具藏馆，最为我青睐有加。真想上去坐坐，一定灵感涌动。那是一代藏家王世襄的早年藏品，友情出让一香港同胞并由其赠送上博的。若用花梨木做把交椅，则是古典家具的一种极致了。由此，我开始积累紫檀、花梨、鸡翅等硬木家具的知识，并一发不可收，尤其花梨木的木纹肌理更是我最爱，多少心绪在其中，仿佛一段旷世恋情。马未都更是将紫檀、花梨誉为"魏紫姚黄"，说的是一种木之极品。

从河姆渡遗址发现，我们的先民已经开始筑木构屋，并出土一木屐而趋向世界。用木构屋，由木成器，如梁、柱、穹、檐、匾和繁复的门窗花，更是蔚为壮观。到了明清硬木家具，更是达到前所未有的辉煌。

　　自从国人不再席地而坐,便开始有了桌椅。明清家具正是一个集大成者,蔚为大观。家里也曾有一个红木(红酸枝)方桌,文革中,台面一角被踩断,四只小抽屉也散了架。后来配一块玻璃台面凑合着用。其实,这是家里仅存的最有底气的一款家具了。却在动迁中,把实在"破"相的方桌连同旧家具全部卖了,其中这个方桌八十元,家里人还窃喜不已,说扔了还嫌沉。其实,放在今天我会断然不卖,可以修一下。毕竟是一只正宗红酸枝八仙桌,沉甸甸的,多少大气,上面还有着几代人的印痕而成为一种光泽(包浆),那是红木(广义)家具才有的一种时代蕴藉。今天想起来,怎不叫我心疼,这不仅仅是一个价格问题。

　　如今一看到古典家具,我就眼睛发亮,好不惊羡。往往紫檀与黄花梨是古典家具中的最高境界。然而十檀九空的紫檀太昂贵、太沉重,具有一种迫人的宫廷气,令我透不过气来;只有颜色温润的黄花梨却令我百看不厌,那行云流水般的独特个性而赋予它文人气质。以致它的"鬼脸儿",本是木之疖疤,一个物理特征,却成了一个"可爱的鬼脸"、文人的追求。若再加上年代久远的包浆,人文气息也就更是撩人。所以,紫檀、黄花梨是人文名称,并不是科学名称,其中,明代风格家具的简约质朴,更为我青睐,透着诱人的亲和力。

　　前些年,在故乡采访"十里红妆博物馆",在馆主何晓道那里却无意间走进他的"民间艺术馆"(未开馆,纯私人仓库性质),那里的古代木器,最为我垂青。木床、花轿、橱柜、建筑上的木构件,其中众多的红木桌椅,满满当当地挤占了几屋,显得特别厚重。兴奋的我徘徊又徘徊,用眼看、用心揣摩,并有了第一次用手摩挲,意犹未尽,更添几分亲近之美。

　　玩,是一种心境,一种精神境界。人称王世襄为京城大玩家,就是一种敬意。谁说,玩物丧志。如果说这个"志"只是一种势利、一种既得利益的世故,那么,丧失它却是一种胜利。仕途、商运又如何,只不过过眼云烟。"收藏之乐不在据有事物,而在观察赏析,有所发现,有所会心,使之上升成为知识。这就是我多年坚守自珍,孜孜以求的。"这就是有"大玩家"之称的王世襄,对"玩"物的一种诠释,玩的过程正是一个知识积累的过程,并且玩"勿"丧志,可以"尚"志。可以玩出一个大玩家王世襄,同样其它领域也是如此,可以玩出个陈景润、钱学森……

# 普洱茶

普洱茶，一种特殊工艺，成了收藏、成了能喝的古董，历久弥香。

风飒飒，雨霏霏。有客款扉，把握言欢。"坐，请坐，请上坐；茶，泡茶，泡好茶。"一番茶艺展示"备器、温壶、置茶、冲水"，煞有介事。风雨故人来，最宜普洱茶。首先焯茶"洗去沧桑"，然后斟茶"品味历史"。

只见，普洱茶汤色褐红，陈香独特，滋味醇厚回甘。仿佛凝固成一款宋代"出窑万彩"的钧瓷，"紫红若霞，天蓝如海"。常常宾朋杂沓，交钟觥筹。大家臭味之交，啜茶忘喧。不言是非、荣利，不论臧否、工拙。而是闲谈古今，聆听天籁。"从来佳茗似佳人。"乾隆皇帝更是洒脱曰"君不可一日无茶"。

普洱茶，盛产于云南西双版纳、思茅，在滇南重镇普洱集中加工，再运往康藏地区，故名普洱茶。在缺少蔬果，以肉类、奶类为主食的滇藏地区，普洱茶是补充人体维生素的重要来源。普洱茶，即绿茶、红茶、黑茶等经蒸压成型、干燥包装、外观显毫、香气馥郁，属后发酵茶，也是云南紧压茶的总称。包括，普洱沱茶（沱茶即团茶）、七子饼茶（每筒七块，又叫圆茶）、普洱茶砖等等，其特点缘于贮藏与长途运输之需。人称，高山出好茶。高山气候、土壤环境，再加上工艺精湛，堪称锦上添花的普洱茶，为我国所特有，且历史悠久，成就了中国茶文化的神奇与瑰丽。

茶民们采茶，更是带着被子上山的。因为，茶叶一旦采下，必须当场杀青晒干，才不至于把鲜叶闷坏，失去了岁月的可能。也只有在普洱出生的茶，才经历了岁月。雨不行、油不行、烟不行、闷不行、潮不行……由此成全了一回普洱茶。

把茶交付给岁月，把茶变成了一种经年，人们为之付出多少时光与心血。十年茶、二十年茶，所有安详和凝聚，像人的气息，蕴藉着多少历史故事。因为是茶、是树、是长长的岁月，因此，它可以比人更长久地活着。于是，普洱茶成为一种收藏，成为一种能喝的古董。

云南思茅（普洱市）的哀牢山，有一株普洱茶树王，树冠直径二十来米，世界之最，迄今已逾二千余年。它是一株与孔子同时代，呼吸过先秦气息的树。云南思茅，也为国务院批准改名普洱市。普洱市，如今不仅仅是一个地域名称，更是一个人文地理与历史文化的概念。

云南的普洱茶，大量地销往西藏，这便有人背马驮的"千年马帮"，和它的"茶马古道"。这是一条用双脚与四蹄踏出来的古道，它穿越了两大高原（云贵、青藏）、五大江流（金沙江、澜沧江、怒江、雅砻江、雅鲁藏布江），蜿蜒于横断山脉、喜马拉雅山脉之间，翻越世界屋脊。犹如一条潜流，潺潺千百年，绵绵千万里。如今，茶马古道上的马帮铃铛，渐行渐远，成了历史，成了普洱茶文化的一种文化记忆。

瓦屋纸窗，素雅陶器茶具。半日之闲，方抵十年尘梦。尤其，夜半虚前席，把盏普洱茶。非膏粱纨绔可语。

# 流韵唐三彩

　　唐三彩，是今人对唐代彩色釉陶的一种总称。由于它烧制于唐代，色彩为黄、绿、白三色釉彩，故称唐三彩。其实它的色彩还有蓝、赭、紫、墨等。其胎料有红色陶土胎与白色瓷土胎两种，尤以后者白色黏土居多。由于它的釉料中含有大量的铅，使釉的熔点降低，从而在焙烧过程中，釉料在胎体上四溢流淌，以致各色釉彩，交融浸润，产生自然而斑驳的三彩釉效果，更具装饰性。

　　唐三彩的成功，得益于陶塑家充分利用了低温铅釉的流动性，将釉彩作为画笔，任意涂抹晕染，创造了唐三彩艺术辉煌的时代风格。器表的凹凸与起伏，釉色的浓厚与淡薄，釉彩的浸润与糅合，形成的变幻多姿，浑然天成的垂流条纹，使唐三彩产生一种独具魅力的美术风格。

　　陶器，是土与火的艺术，土是精神，火为魂，釉彩与画面则是一种古人的文心与襟怀。洛阳唐三彩，是我最初对唐三彩的印象，仿佛是我一个情窦初开的暗恋者，心旌飘荡，只敢远远地欣赏，如梦中……它还是我少年的一个梦——对神秘西部与古老唐朝的无限追忆。沙漠骆驼，残阳如血；汉唐丝路，意象成诗——它们器表润滑、光泽柔和，由内而外的沁斑土垢，以及天然的剥蚀，与粘如一体的附着物，凸显厚实的历史感、沧桑感。

　　唐三彩骆驼、女俑，代表了唐三彩的最高境界，是一个时代的经济与文化的物化。骆驼,一种交通工具,眼似鼠、蹄像牛、耳如虎、唇如兔、额如马、色如猴、头如羊,还有鸡胸、犬腹、猪尾。古代牧民认为良种骆驼应具备十二属相。匠师更是通过骆驼歪扭脖颈、引颈长啸,以及交错的步履,孑孑而行,形神兼备地表现了"沙漠之舟"在一望无际的沙海里,"东来橐驼满旧都",走出了一条名垂史册的"丝绸之路",连接欧亚大陆、东西文化。

女俑曲尽娇美,色彩明醇。她们面庞丰润,微笑优雅。以及袒胸露背的装束,柔软流畅、衣裙飘举、"吴带当风",温柔可掬。与唐代的仕女图仿佛,雍容富贵,气质高雅,折射一个时代的精神风貌与审美要求。一反两汉清瘦羸弱之态,具有鲜明的盛唐风格。三彩女俑,不是一具静默的偶像,而是一个血肉丰满、温柔娟美的女子。宛若一个邻家女孩,"媚色艳态,明眸善睐",举手投足间,让人领略辉煌高贵与盛大恢弘的盛唐气象。

唐三彩,一个历史"文本"。回望千年盛唐,萧萧风尘,卷走或留下多少流光遗韵,以供凭吊,"今人不见古时月,今月曾经照古人"。唐三彩,成为我走近古代中国的一个文化平台,怎不令人思接千载,宛若与古人对话。只是"萧瑟秋风今又是,换了人间"。

古玩者,一种文化蕴藉、文化传承是也。

# 青铜时代

中国甲骨学"四堂"（雪堂—罗振玉、观堂—王国维、彦堂—董作宾）之一的郭沫若（鼎堂），一著《青铜时代》，曾唤起我对三代青铜器的最初神感。尤其近几年，潘达于的"大克鼎"、何鸿章的"吴王夫差盉"，以及李荫轩的青铜器捐赠政府，又再次地激起我对青铜器的阅读冲动，走近"青铜时代"。

沉甸甸的青铜器，造型高古，铭文典雅，承载着久远的历史文化，传递着古代文明的信息。如今，静静地置于博物院的展厅内，在散漫温和的灯光下，营造出一派上古时期的神秘氛围。我们只能隔着玻璃或者凭栏远眺，更不用说时光间隔的数千年之久。一只鼎，一个爵，一面铜镜，无言器物的背后，藏有多少难为人知的人文历史，凄美有之，悲壮有之，它们都曾是历史大戏中活生生的角色。它那青铜的幽光不灭，有如千年梦想、思接淼远。我每一次来到青铜器面前，眼眶湿润，仿佛回到故乡，百感交集。

青铜器，红铜与锡（或铜与铝）的合金，因颜色呈青色而得名。它的出现代表了一种新生产力，起了划时代作用。三代青铜器，各期制作特征明显。比如，夏代的铜爵，一般形体较小、粗糙、单薄，多为素面，有的腰上筑有两道弦纹，纹间饰有乳钉纹，不见铭文；到了商代有了铭文，所铸字数不多，少者一二字，多者四五字，成为青铜器鉴定的重要内容之一。殷墟司母戊鼎，是商王文丁祭祀其母亲"戊"而特意铸造，是现存最大、最重的青铜器。身高 133 厘米，体重 875 千克，耳部可以看到铸造运用分铸法，说明当时青铜制作工艺，已是相当发达。铭文字迹有力，婉转自如，笔画深及内里，这是铸刻铭文与后刻铭文的最大区别。司母戊铜鼎的巨制，在当时是一种身份与地位的象征。

周原（陕西省关中西部），周王朝的发祥地，一个泥土清香、魂牵梦萦的"青铜器之乡"。它与夏商不同，这一时期尚鬼之风削弱，出现孔子"敬鬼神而远之"的思想。表现在青铜器上，繁缛与神秘的花纹题材渐渐稀少，取而代之的是比较写实的主体纹饰，最大变化就是，它具有相当多的长篇铭刻。铭文主要涉及祭祀、赏赐、策命、战争等等，成为汉字发展的一个重要阶段。具有相当史料价值，其真实性、可靠性远胜于文献史料。到了宋代，已经把青铜器与铭文（又称金文、钟鼎文），归属于金石学范畴。器形方面，三足器鼎，多作蹄形足；柱形足已绝迹，具有神秘威严的传统饕餮纹、夔纹，也逐渐淘汰，而趋于多样性。凤鸟纹和分尾纹仍继续流行，主要是窃曲纹、环带纹、鳞纹，一般不再用云雷纹，纹饰趋于简单朴素，给人以粗犷简朴之感。注重记事铭文，不太注重器形外表的装饰，素面和仅几道弦纹的铜器占了较大比例。厉、宣时代铭文排列均匀整齐，字体严谨精致，书法与铸造都很成熟。竖笔呈上下一致，字体纤美，称为"玉箸体"。最经典的是厉、宣时代的毛公鼎，篇幅最长，铭文达 497 字，堪称青铜铸成的一部西周史。铸造工艺，有分铸法与焊接法的应用。铸造工艺的另一个进步是拍印法印模花纹技术的发明。花纹更加清晰、美丽。

到了战国、秦汉，青铜器，则是中国古代青铜的最后风景。其器形已经不复原有的气势与地位，而受新思想、新技术各因素综合影响，青铜器仍有不凡杰作，湖北随县的曾乙侯墓的联禁双壶和尤以编钟最为著名。编钟按音域分上下三层，排列有序，气势壮观。可以演奏现代复杂乐曲。聆听这曼妙之间，心底该是多少快乐。从这套编钟上看，当时的工匠已经能够识别金属的特性,掌握了合理配方;而闻名中外的兵马俑,是秦代考古的最大收获,称得上先秦青铜器技术集大成者,令人叹为观止。其中的一辆车马3462个零件,重1241千克,各个部件均微微铸造成型,再以嵌铸、焊接和镶嵌等技术安装,至今门窗开合自如,车轮可以转动,成为中国文化的一个伟大奇观。

青铜礼器,也称彝器,彝者为常,是以钟鼎为代表的宗庙常器。它既是自然科学,又是社会科学;其器形、纹饰还是一门美术。而青铜器纹饰中,动物纹(以线条表现的动物变形)是中国青铜器纹饰主体,占有一千五百年的统治地位。包括兽面纹(即饕餮纹,意为有首无身),商代至西周此纹饰为最发达;龙纹(含夔纹、夔龙纹),即"夔一足",实是双足动物的侧面写形;凤鸟纹(含凤纹、鸟纹),商末周初史称"凤纹时代";还有各类动物(六畜)纹和兽体变形纹;以及火纹(旧称圆涡纹)、几何纹(连珠纹、弦纹、直条纹、横条纹云雷纹等);在青铜器晚期还出现了人物画像和人面纹(春秋战国主要纹饰,开汉代画像之先河,中国绘画先驱)、贝纹、绳子络纹等,美轮美奂。青铜器的铭文,商代到春秋时期,一般铸成,战国、秦汉,大都是刻成或錾成。其铭文正如《礼记·祭统》所云:"夫鼎有铭,铭者自名也。自名以称扬其先祖之美,而明著之后世者也。"到了战国中后期,铭刻"物勒工名,以考其诚"。内容主要有王室的祭典、戎事。"古代国之大事,在祀与戎。"其中书体,为大篆、籀书,也称古籀。

赫赫青铜,翻开了中国古代文化史上最为缱绻迷人的一页,馨香弥久数千年。

# 玉蝉有三

　　玉蝉,一般以高古玉蝉最为经典。它是汉代玉器最为典型的器形,其形制大致有三:一种为佩,专门佩带在身,以作装饰和辟邪而用;另一种为冠,作为饰物缀于帽端;还有一种用途较为独特,被称之为琀,这是一种专门放置于死者口中的殓葬品。而汉代"金缕玉衣"成套丧葬玉,更是玉葬之极致,认为用玉随葬可以达到使尸体不朽的目的。诸如"九窍器"来遮盖填塞身体的孔窍,其中放置于死者口中的玉器称之为玉琀,而玉琀中最为常见的就是琀蝉。先人以为蝉性高洁,"蝉蜕于浊秽,以浮游尘埃之外"。并以死者口琀玉蝉可祈望转世再生。而玉蝉有三的主要区别就是,佩蝉在头部有一穿孔,用以穿系而佩带;冠蝉两旁的孔,用以固定在帽檐上;至于琀蝉就不需要穿什么孔了,它们三者是不难区分的。其中,应以佩蝉最有收藏价值,而为藏家所青睐,厚爱有加。

　　玉作为一个人的身份象征,先人素有玉不离身一说。纵然,人已走、尚琀蝉。可见中国的玉文化,业已融入国人血脉数千年而不绝,堪称八千年悠悠玉路。其中,定有不乏具有鲜明时代特征和特殊文化用途的玉器品种,而竞相成为一个时代的经典器形,玉蝉就是其中之一。

　　一个缘分,我得到了这枚古玉蝉佩饰,由于年代过于久远而积淀得沁结百出,又有次生结晶,却玉质、风貌犹在,依稀可辨是一枚白玉;尤其一孔贯穿而成一枚(玉蝉)勒子,又多了一分人文想象。把玩中,心想这枚古玉蝉的玲珑娇美，或是某一大家闺秀、小家碧玉的心仪之器，或是古代哪位帝王的爱妃、公主的胸前爱饰。可见，人物都是时间过客，而古物才是永远的历史主人。

一般传承说包浆，出土说沁色。其玉质光洁明亮，呈半透明状，沁色深入玉理深处，又沁得斑斓夺目。其羽翼尾部的"鸡骨白"，更是撼动人心。最令人惊艳的是每处沁色深浅有致、异趣盎然，赞叹数千万年的大自然的鬼斧神工。刀工也是圆滑老到，纹饰刻画对称，两眼凸显夸张。

据悉，著名商代殷墟"妇好"墓，曾有玉蝉出土，同时出土的玉坠、玉琮也有一些饰以蝉纹，可见蝉的形象作为一种装饰，已经好几千年了。玉蝉中最有特色的当属汉代的玉蝉，其雕琢线条粗犷、简朴有力、刀刀见锋，表面平滑光亮，边沿棱角锋利，翅尖几可刺手，素有"汉八刀"之誉。其后的玉蝉，纹饰渐趋繁缛，没了汉代玉蝉的那股精气神，这点也成了判断是否为汉代玉蝉的重要依据。

用周毛弟老师的话说，新玉再好也就是一座"豪宅"，未必成为经典，最多富贵逼人而已；而古玉则是一处"名人故居"，其文化意蕴与魅力才是收藏家最为魂牵梦萦的地方。如果说，"皮之不存，毛将附焉？"那么，文化是皮，古物是毛，有了文化积淀之"皮"，才有了泱泱涣涣的古物珍玩之"毛"，而几代人为之痴痴地守望。

# 铜镜面面观

铜镜源于古人的一种日常生活用品,以正衣冠、照容颜。它既是实用器物,又是精美的工艺品,再加上岁月的积淀,成了古玩。古代铜镜一般以商周秦汉、隋唐宋元直至明清铜镜为时代特征,源远流长数千年。以其"刻画之精巧,文字之瑰奇,辞旨之温雅,一器而三善备焉者莫镜若也"而著称。

中国甲骨学"四堂"之一的郭沫若(鼎堂)一著《青铜时代》,唤起我对神秘青铜器的最初神往。一次在上海地质博物馆,邂逅数以万计的古代铜镜,令我叹为观止。由此,我走近铜镜,浸润历史,试图拨开千年烟云——

## 青铜时代

一面铜镜,一部断代史;一个古代铜镜馆,就是整部廿四史。铜镜系铜合金制作,史称"青铜器"。史前三代,人类文化逐渐由旧石器转至新石器,青铜铸造代替了石器制作,成了中国青铜器的滥觞,史称"青铜时代"。包括"仰韶文化""齐家文化""二里头文化"等历史时期。青铜器一般有几类:古代铸币业"孔方兄";古代器械铸造业"干将莫邪";还有煌煌大庠的青铜礼器,鼎、盅、尊等。如果说青铜礼器是一个天尊,那么古代铜镜则是谦谦君子、一代淑女。——周原，中国古代青铜器的故乡，一个发祥地。

古人在生活实践中发现，清澈的水面可以照见物体，便逐渐学会以盆之水照面整容。镜者，监也，最初是陶器后来用以铜铸称为"监、監、鑑"，它是古代"六书"中的"会意"字，上部为大眼，下部一器皿，即以水照面之意。再后来发现平整光滑的青铜器表面即可照面，无需再制作容器加水，于是铜镜就如此被铸造出来了。继而古代铜镜成了中国青铜器百花园中的一朵奇葩。

西周的铜镜技术发展十分缓慢，原因是当时的人们往往重礼乐之器而轻生活用器，以及与合金技术和表面加工尚未十分成熟有一定关联。到了春秋战国，则是一个社会大改变的时代，"礼乐崩溃"而导致轻便的日用器迅速兴起，再加上青铜技术渐进成熟。诸如，铸泉业、铸镜业、铸剑业，和镂、镶、错、鎏等青铜制作工艺的崛起，产生了著名的"六齐"合金的规律。《诗·鲁颂》中说，"大赂南金。"《禹贡》说扬州"厥贡帷金三品"。在湖北大冶、江西瑞昌、安徽南部、湖南麻阳，都大量发现规模较大的铜矿与冶铸铜业的遗址以及大量铸铜范模。春秋战国，我国铜镜技术首盛于南方的长沙，并影响后世铜镜产地的分布。《考工记》说"筑氏执下齐"，可见当时的铜镜铸作属筑氏负责。这也是我国古代关于铜镜管理的最早记载。

虽说春秋战国，我国农村、手工业者，已大量使用铁器，后来又使用钢铁的兵刃器，青铜器的主导地位越趋被钢铁所替代，但汉代的青铜铸造仍在发展，不仅产量而且技术较高发展，盛产于云南、四川。一般以小型素镜具多，铸造粗简，个别有花纹，但纹饰古朴、镜钮较大。

## "汉式镜"崛起

古代铜镜到了汉代由于国家统一、经济繁荣，手工业特发达，青铜礼器逐渐没落，日趋被漆器、陶器与铁器所替代。青铜器用于铸币与铜镜铸造空前繁荣，汉代堪称古代铜镜之大盛。而且汉镜在技术、工艺、铭文、形制、花纹等方面基本成型，也由此形成考古学上一个专门学科，即"镜鉴学"。铜镜以有限的空间，在直径不过数寸的平面上，工匠将其高超的创造力把铜镜业一步步推向古代青铜工艺的高峰，并荟萃了丰富多彩的时代、社会气息。

铜镜，基本分为形制、镜面、镜背、镜钮、边缘、镜铭、主题纹饰等。铜镜名称基本以镜背的主题纹饰为名，如叶脉纹镜、山字镜、禽兽纹镜、瑞兽葡萄镜、狩猎镜、四神十二生肖镜等，镜背没有纹饰称为素镜。战国铜镜趋于精细，镜缘上卷，质地较薄、纹饰轻巧的特点明显，与当时的青铜礼器上流行的纹饰相一致，"蟠螭纹""饕餮纹"以及"兽纹""羽状纹""涡形纹"等已相当普遍。铜镜在东汉已飞入寻常百姓家。

汉镜一般为圆形，鲜有方镜。钮体较大，遂成为古代铜镜的基本形式。卷缘消失，以四乳钉为基点组成主题纹饰被广泛使用。这种装饰风格以镜钮为中心对称分布影响深远，其次，地纹消失，主纹成为铜镜的单一图案，即称"汉式镜"。铜镜种类主要有"草叶纹镜""星云明镜""四螭纹镜"和由铭文定名的"日光镜""昭明镜"等这类镜相当流行，成了一种模式；到了东汉"神兽镜"和"画像镜"为主的铜镜异军突起，神像，即伏羲、东王公、西王母，兽像即龙、虎，将神兽作为铜镜的主要纹饰。把神与兽、神与人同镜，表达人们的一种理想追求。画像镜除神像兽形，还把车马、歌舞、历史人物、神话传说尽纳于铜镜，增加了时代、生活气息。

隋唐又是古代铜镜的一个极盛期，隋唐的政治经济文化高度发展，达到中国封建社会的鼎盛时期，成为世界最强大的国家之一。青铜铸造业铜镜尤其突出，无论造型、题材、纹饰、工艺无不别具一格、精彩纷呈，突破了过去呆板的模式，以致唐镜种类繁多、形制多样复杂、纹饰富丽繁缛，达到古代铜镜的巅峰。前期主要继承前代铜镜制作风格，以瑞兽镜类、海兽葡萄镜纹和四神十二生肖镜类与宝相花铭带镜等最为流行,只是铜镜布局还嫌拘谨;到了公元七、八世纪真正中国铜镜的最高峰,造型突破方形、圆形传统,为了体现主题纹饰,开始有了菱花镜、葵花镜、荷花形镜、亚字镜等花式镜的出现,还有了带柄圆形镜。镜纽也采用兽形、龟形、花形,纹饰更是花样翻新,如瑞兽、凤凰、鸳鸯、花鸟、鸾凤、蜻蜓、蝴蝶,更多的有葡萄、团花、宝相花及人物等新纹饰,前期常见的铭文带渐已退出历史舞台,使艺人的创造性拓展才华有了更广大的发展空间。以葡萄瑞兽纹饰为代表,瑞兽生动,富于动态,葡萄纹样成了唐镜的代表性标志。铜镜艺术与大唐气象相吻合。唐镜不讲究对称艺术样式而是自由活泼、富于变化,采用散点式、独体式、旋转式、满花式。铭文减少,偶有铭文也是五言七方和骈文,还有回文出现,字体一般正楷、无纪年,唐镜较厚铸造技术的高镜体呈银白者多,且纹饰清晰疏朗、表面匀净,镜面略有外凸可以照全人面,是盛唐综合实力的一个缩影;到了晚唐社会动荡,道家思想、佛教文化的纹饰开始在铜镜上有所表现,八卦、符箓、星象、天干地支与莲花、狮子等配饰也常见。然纹饰单调缺乏生气,完全失去了盛唐铜镜的富丽堂皇,也由此,古代铜镜艺术越发衰落而风采不再。

到了宋辽金元,发展不平衡。宋镜的最大特点是重实用而不尚图纹,胎体较薄,纹饰采用细线浅雕,使图案精巧、别具一格,宋镜铭文,以字号居多,构成宋镜一大特色,铸有州名姓氏如湖州、饶州、四川。唐宋以降大有仿制古镜。

## 铜镜的铸造与功能

铜镜并非纯铜(红铜)铸造,而是铜、锡、铅合金铸就,铜是人类早期最早发现并用以铸造器物的金属,其可塑性强、易加工、光泽度高,只是质地较软，只易作小型装饰物，实用性不强，铜墙铁壁与锡合金即青铜，其物理特性大提高，加铅可以达到降低熔点，增加强度与稳定度，防止镜面的沙眼，确保镜面的光亮匀整。成分不一，用于不同铸造需要《周礼·考工记》中记载各类器物铸造成的不同配方即合金比例。战国镜中合金比例波动性较大，汉镜的合金比例较稳定，铜一般在 60％—70％，锡 23％—24％，铅在 5％—6％，还有 1％的锌等金；唐镜厚实表面呈银白色显得沉稳富实。宋镜质量不及唐镜颜色发暗，呈黄铜色纹饰工艺不及唐镜精美清晰，宋镜易生锈。

铜镜铸造成用范，均为泥质，这是中国青铜铸造成的一个传统。宋元后仿造汉唐镜，往往以汉唐铜镜翻模制成陶范，但是翻铸出来的铜镜纹饰模糊，线条板滞。铜镜脱模后还需打磨，才能使镜面光亮纹饰清晰。所谓"汉有善铜出丹阳，和以银锡清且明"句，其中"银锡"就是水银与锡的混合以磨镜面；汉代镜面微凸成像效果更佳。沈括有"古人铸鉴，筐小则凸"之语说的就是古人已知镜面凹凸成像原理，这不能不说是我国古代工匠的一大创造。

铜镜是古代人们的日常生活用品，在长达数千年的悠悠岁月积淀成了中国古代文化的一种人文景观，观面修饰成了引喻人文历史中的大事与社会人生的哲理。"殷鉴不远，在夏后之世"（《诗·大雅·荡》），"人莫鉴于流水，而鉴于止水"（孔子）。唐太宗的"以铜为镜，可以正衣冠；以古为镜，可以知兴替；以人为镜，可以明得失"。铜镜还是古人传达爱情的信物，若汉镜中"长相思，毋相忘""君有行，妾有忧。"一则破镜重圆故事更使铜镜有民间传奇色彩，且铜镜大都圆形即丰满。完整、吉祥、美好等象征，还有吉祥图案，寓意深长，双鸾衔绶带镜、双凤镜、雀绕花枝镜、对鸟镜等，当时姑娘出嫁都有类似铜镜作嫁妆"嫁时明镜老犹在，黄金镂画双凤背"（王建《老妇叹镜》）。指的就是金银平脱双凤镜之类的铜镜。

古代铜镜还是朋友相赠的礼品，是一种贡品也是一种赏赐之物。

铜镜还是墓葬物,古人认为铜镜会发光,能避邪、降魔、去灾、保护生者,也能使死者免遭灾祸。镜面上纹铭文等铜镜纹饰,就是一个例子。

早期的铜镜重实用轻装饰,尽管当时的青铜器铸造已相当成熟,素镜与纯地纹镜是其特征。或者地纹与主纹相交已是春秋战国,纹饰趋于繁复,如几何、动物、植物、人物、图饰等;到了汉代纹饰题材更趋形象化,"青龙、白虎、朱雀、玄武"四神的出现,取代了以往纹饰中的凝重、神秘、狰狞现象,从而向现实生活迈近了一大步并流行相当时期。

# 墨盒古韵

　　墨盒，即古代文人储墨之盒，供毛笔书写蘸用。材质一般是黄铜或白铜。白铜誉为"赛银白铜"，是银与锡的合金，品质光白高雅。墨盒的脸面，有素面与纹面。纹面，称为刻铜墨盒。工艺有刻制与腐蚀两种。据说，有位屡试不第的士子，与一才女结为夫妻，感情甚笃。恰逢丈夫赴京赶考，妻子怕丈夫携砚不便，特意研了许多墨汁，将其装入她放胭脂的粉奁内，并浸入丝棉以防墨汁洒漏。于是，文人们见了纷纷仿效，这便有了墨盒。

　　古代墨盒，起源于清代的同光时期（同治、光绪），沉寂于民国后期，凡一百八十年。先后以陈寅生的万丰斋（一说"万礼斋"）为代表的同光时期约五十年，和以同古堂张氏（张樾丞）为代表的民国时期约四十年，一并成为北京刻铜墨盒的两个鼎盛时期。正如"一得阁"主人谢崧岱说，"此固历朝所无，独为我朝创制"。陈寅生所刻墨盒，堪与陈曼生壶齐名，一并成为中国古代文化中的一朵奇葩，而且馨香久远。

　　小巧墨盒，承载大千世界。除本身工艺美术之外，更在于与众多社会名流、文人墨客结下不解之缘。诸如墨盒设计、书画题跋，还有文人互赠、名家名人的使用而渗入了众多和深厚的人文内容，成为文人雅士文房案头的一种爱物。"说什么端溪石，说什么汉瓦当，小小的铜匣，又复取便当，他年南宫高捷，杏花笔底生香，金瓯玉碗价同昂，随我保和殿上。"(陈寅生)刻铜墨盒,是我国古代独有的一个文化现象,是我国文化发展到极致的一个外在标志。

泱泱涣涣的中华文明,渊远流长。秦皇朝的一统文字,汉字开始有了根、有了家乡、有了文脉。继而有了蔚为大观、望洋兴叹的古代书画、历代陶瓷、青铜玉器和明清家具等等。面对文物收藏,我往往只有心动、没有行动,永远的一个看客而已。不敢下水,更多的是一种对古代文化的敬畏。

收藏是海,墨盒就是一叶扁舟,随波逐流。墨盒竟然成为我走进古玩的一个选题,纯是一个偶然。某天,一个朋友造访,见我用一个旧烟缸储墨写字,说不够文化。我无语,不知何谓文化。后来,有机会一睹他的藏品,我才知文化的内涵与厚度。临行前,他送我一个姚华款的铜墨盒。

从此,墨盒成为我朝夕雅玩、日课不辍的文化生活。把玩墨盒,心中如拥似泣,一种他乡遇故知的冲动写在脸上。双手摩挲着墨盒斑驳的包浆,那是文化的年轮。宛若读到岁月风霜与人世沧桑,触摸到时代与历史的余温。一则刻铜墨盒,包浆浑厚,刻工古朴,书卷气十足;二则铜制墨盒,年代不久,又易于收藏。缘此,我开始认识了刻铜名家,万丰斋的陈寅生、同古堂的张樾丞。还有画工高手姚华、陈师曾、陈半丁、王雪涛、齐白石等等。辗转墨盒,就是翻阅着一页页历史与文化,心中总觉得沉甸甸的。墨盒古韵,曾温暖着多少文人书家,也温暖着我的双眼。每款墨盒,都镌刻着一部游目骋怀的人文历史、一个儒雅高古的人物故事,和一段精灵雅会的亲情把握。

一款墨盒,一段收藏故事。所谓不问输赢问性情,只是一种文人的自我调侃,切不可当真。收藏文物,就是收藏历史,就是收藏一份真性情。

# 至正青花

一对"至正"年款的青花，——象鼻耳云龙纹瓶，掀起了海内外研究元青花的热潮，以致至正青花，扬名天下。

公元 13 世纪，一个游牧民族的崛起。他们居沙漠、逐水草，忽而剑鸣马嘶、攻城掠地，一举入主中原，席卷西亚。"东来橐驼满旧都"，来自阿拉伯地区的青花釉料（钴），便源源不断地流入国内。

至正（元帝年号）青花，也称"典型元青花"，是我国著名的釉下彩瓷器。它是用源于西亚的钴（苏麻离青料），在胎胚上绘彩作画，施上透明釉，经高温烧制，其绘彩变成了鲜丽的靛青色，这就是流芳至今的青花瓷器。至正青花，是元代景德镇窑的最高成就。它一改古代制瓷重釉色、轻彩绘的传统，将中国古代绘画技巧糅合进瓷艺之中，从而开创明清色彩缤纷的彩瓷世界之先声。

元代景德镇青花，胎料采用瓷石与高岭土的"二元配方"，提高氧化铝含量，拓宽了瓷胎的烧成温度，抗变形能力得到增强；进口的青料和景德镇窑自宋以来的优良技术，令元青花使人叹为观止。元青花，以其胎骨细腻、釉质滋润、青花翠丽，吻合元代士大夫们喜爱幽雅静谧的纯色釉瓷器的审美心理而著称。

典型元青花，纹饰繁密有致、构图严谨，明显有伊斯兰风格。伊斯兰，是一个彻底的一神教，它的清真图案，也都是植物、花卉纹饰，鲜见人物、动物。元青花器形硕大,丰满浑圆。比如大盘、大碗、盘座、梅瓶、扁壶等,显得庄重大气,一般两段拼接,不重修胎。横向接痕清晰,手感明显。高足杯的衔接处,见有土色或白色的挤压浆泥。器物底部无釉,有着明显的切削旋痕,也常有窑砂,呈火石红。在翠丽的蓝色花纹、青花浓厚处可见点点凹入胎骨的黑色结晶斑,成为了元青花的一个典型特征。

最经典,是其青花纹饰。缠枝花卉,蔓草植物,二方连续重复。它们花叶饱满,对称连绵。线条酣畅流利,刻意求工。"阿拉伯式花纹",已呈现出图案化的趋势。而正是这些活泼、美丽、率直、质朴、高雅、大气又极富生活气息的纹饰,才是元青花的灵魂、元青花最富魅力的传神之处。

至正青花,花鸟鱼虫、飞禽走兽、龙凤麒麟、戏曲人物,不拘一格,均可入画,呈现出鲜活的生命力,业已成为中国古代文化史诗中最雄浑博大的一段音乐篇章、一个绝唱。

景德镇青花,源远流长,影响着明清瓷业的发展走向,成为明清瓷业的主流。永宣青花,清秀、圆润、灵巧,胎骨匀称,并有结晶斑点,底部写款;康熙青花,胎体洁白坚硬,鲜有杂质,有"糯米胎"美誉;雍正青花,柔媚俊秀,器形丰盈;乾隆青花,古朴不及康熙,秀润不如雍正,由盛转衰。虽有"同光中兴",但终究明日黄花,风流不再。

有人说,土是人类童年最早的伙伴。也许,包括人类自身。原始的泥塑,才有天地乾坤、四野八荒,有了人类最初的活动。而瓷器,正是古代人类用土与火的艺术,薪火传承。如今,一款瓷器,一段文化记忆,承载着悠悠数百年的人文故事——成为我永远的乡愁。

# 风迹烟痕上林湖

上林湖越窑,古代(汉代)五大名窑之一,中国瓷文化的发祥地;越窑青瓷更以秘色瓷(唐代)作为"贡窑",而越加神秘。宋《侯鲭录》记载"秘色瓷器,越州烧进,为贡奉之物,臣庶不得用",为人神思遐想不已。以致,心仪上林湖,闻香识青瓷,仿佛是个宗教情结、一种朝圣;宛如三千粉黛,皓齿明眸,一种亲情召唤、一份眷恋。只是萧萧风尘,卷走了多少沧桑岁月、人文情怀。曾经的流光遗韵,只剩一抹风迹烟痕,成了一脉永远的乡愁……

## 又见窑火

是日,承蒙傅赋君的美意,玉成我上林湖田野考古的夙愿;也不枉我多年的文化准备,凭吊"九秋风露越窑开,夺得千峰翠色来"的青瓷。驱车来到慈城桥头镇的上林湖,一块镌刻着"上林湖"的巨石,迎面而立;一侧石碑,刻有国家重点文物保护单位(国务院),它们的身后就是我千呼万唤的上林湖。

走近上林湖,河风荡荡,峰岚绵绵,草木苍苍。山外碧天烈日,风起云涌。据传,7000年前的河姆渡文化时期,三北平原逐渐向海岸延伸;

同时,平原上也留下众多的沼泽与湖泊,成为先民栖息之地。上林湖就是如此,一派田园风光,河道纵横,瓜果飘香。如今,成了"养在深闺人未识"的越窑遗址而载入史册。上渊东汉,下源两宋。10公里的狭长湖岸,珠玑散玉般散布着大大小小古窑址数百处。成为全国的名窑(东汉)之一,唐代更是皇室贡品,誉为"巧剜明月染春水,轻旋薄冰盛绿云"的秘色瓷,而享誉千百年。

沿着一条蒿草没膝的蜿蜒古道,拾级而上,两旁灌木齐胸,虫鸟齐鸣。走上斜坡,眼前横卧着一座依势而筑的千年古窑,曾经包裹着烈焰与青瓷的窑身已被风化、漫漶成了残垣断壁,瓦砾狼藉,一派落寞地裸露在烈日下,苟延残喘,仿佛是被岁月,一天天地被啃成这般模样;俨然一个历史老人,不灭的灵魂犹在,仍在诉说着曾经的辉煌和千年的沧桑。一种悲壮,一份凄美。如今,这个旧窑,已被新建的屋檐所保护,免遭风雨浸淫,成为上林湖古窑遗址中唯一的一处越窑残骸,以供凭吊——一湾清水浅,汉唐故城芜;回望江南路,青山断夕阳。

踏勘碎瓷遍地的越窑遗址,深深地吸一口带有泥土芳香的湿润空气,历史感油然而生——脚底下曾是如何一番景象。这些呼吸了千百年的古瓷片(当地人称之为"旧瓦爿"),一派见惯时世,荣辱不惊,给人以回望历史之叹。仿佛又见窑火,昔日依偎湖岸的"村村窑火,家家延陶。"

当商朝的硬陶,第一次出现了一层晶莹的外衣——青釉,这一清莹纯静的大自然色彩,不经意间地在烈火中诞生,从此拉开了中国青瓷时代的序幕。缘此,中国古瓷渊源于商周原始青瓷,成熟于东汉,南北朝,我国青瓷的成熟时期,并伴有一股古拙纯美的气息,馨香久远。事实证明,越窑盛名于唐,即明州慈溪(县)上林乡石仁里……。越窑青瓷,是一个由原始青瓷向青瓷过渡。其实,她更是一个由陶向瓷过渡的成熟时期。上林湖,奠定"南青(越窑青瓷)北白(邢窑白瓷)",隋唐瓷器之风流,成为中国瓷文化的一个里程碑,一座天然古瓷博物馆。

## 闻香识瓷

越窑青瓷，即古代越人居住之地，像绍兴、上虞、余姚（慈溪）等地，唐在此设立越州故名越窑；青瓷，即瓷器釉色（青釉）青中泛绿，故称青瓷。青釉，是我国最早的瓷色釉，一种最初的单色釉。她犹如大自然或深或浅的青色，是瓷的本色。其中铁是青釉主要的着色元素，在氧化、还原、冷却过程中最终呈现出青绿色。含铁量越高，即青色越深。

唐越青瓷，青瓷瓷质与釉色越趋成熟，胎质致密灰白，以浸釉代替了传统的刷釉，使之釉层更加均匀，肥厚，青色更富光泽素雅，一如泓水清澄。也不再有流釉现象，而是肥亮晶莹，釉层微有细密的开片，玻璃质青釉施釉不到底，露有素胎，有时流动的釉汁淌下来，仿佛一个长长的惊叹号，由浅致深，底部更是聚成一团深深的绿点，多少意蕴在其中。

青瓷的工艺，也由泥条盘筑演变成拉胚成型，器壁厚薄匀称，平整光滑，不再拍打，工效提高，外沿有明显的旋转手痕，器表以堆塑来刻画。越窑青瓷，一般素面无纹，以釉质见长；胎体已经完全瓷化，不透水，胎釉糅合紧密，无脱釉现象，达到近代制瓷工艺的标准。青瓷的发展，仿佛吸足了山水之灵气，人文之精美，到唐代时胎质更加浑厚细腻，釉色如秋水般澄清至美，越窑（中唐）使用了匣钵装烧，青瓷愈加精致，风华千古。

唐代越窑青瓷，史称秘色瓷。一说，越窑青瓷专供皇室，庶民不得使用，故称秘色；一说，"其色似越器，而清亮过之"，即越窑青瓷中色泽最佳者为秘色。尤其，法门寺地宫秘色瓷的出土，证明上林湖贡窑的存在。只是，多少六朝兴废事，尽入渔樵闲话。如今，古代越窑成了一个文物遗址，文化绝响。

上几年,这里还能找到一些大片的碗盏、垫饼、垫片、窑具之类,此刻尽是碎片。只有湖畔、码头、船只,还在诉说着千百年的悠悠历史。古越人钟爱青瓷。青者,草长莺飞的春天,或代表星宿的青龙。

一方水土,一方艺术。同为唐代的青瓷(浙江)朴实敦厚,唐三彩(中原)雄浑奇崛,长沙窑(湘江)柔美相济。而名垂千古的越青瓷更是成为中国制瓷业的一种文化遗传基因,影响百代。比如诞生于宋代六大窑系"北方的定窑、钧窑、耀州窑、磁州窑、南方的龙泉青瓷窑系、景德镇青白窑系",以及元青花、明清彩瓷等等,传承有序,共同汇成千姿百态的中国瓷文化。

越窑青瓷,邢窑白瓷,我国古代制瓷业的两座高峰,"南青北白"成为唐代瓷业发展的主调。最终,由于战乱,兵戈四起,窑工四散,流向北方,上林湖越窑最终香消玉殒,渐渐退出历史舞台。


## 古风遗韵


上林湖捡回的几片釉色清亮的瓷片,放在书桌一旁,随时伸手可抚、把玩,真正的养眼、养心、养性,馨香久远。或许它是一个碗底、一个灯盏的残片,令人回到了那久远的年代里,仿佛看到一个抚琴吟诗的古代女史;和素腕举、红袖长的唐代仕女,让人乐而忘忧,不知何谓红尘,心静如瓷。盈手之间,阅读岁月人文。仿佛一个人"在路上",无所谓起点,无所谓终点;只有场景,没有剧情。

这些瓷片全是两面施釉,胎骨通体青色,一种青中带灰。只是釉层薄了点,却气息犹存、土沁分明,手感特别好,冰肌玉骨似的,抚不带手。瓷片上留有的上林湖特有的泛黄带红的土屑、泥沙,把玩中也不忍抚去,而是留着它,成了一个精神回望。

这些碎瓷片,有的难现其型,却也是金、木、水、土、火的结晶,人的智慧,一种文物。若轻轻敲上去,清脆悦耳,宛若金石之声;若轻轻用湿布一抹,或者重重呵口气,青瓷散发出浓郁的泥土气息,那是历史的沉淀。

上林湖的青瓷,六朝釉色晶莹,唐代肥润,宋元青未了。青釉瓷是我国最古老的一个品种,唐代以前几乎一统天下。到了南宋龙泉窑,更是将青瓷推到了顶峰,粉青、梅子青晶莹剔透、青翠欲滴,堪称历代青瓷之极品;到了元明青花的兴盛,青釉瓷转而式微;到了清代景德镇各种颜色釉瓷器的姹紫嫣红,以青釉瓷为基础的豆青青花,成为清代彩瓷的一朵奇葩。青瓷是真实的,又是浪漫的,寄托着先民的理想与智慧。纵然梅子青、粉青,还是雨过天青的汝窑和出窑万彩的钧窑,无不是青瓷一脉。

每当读书累了,把玩一番,如在市场盘桓,读出它的内涵;追溯本源,亦师亦友,自可提神益智,也是一次"炼气"的过程。气,即文物的气息。就是以自己的学养、心境直觉对象,此所谓王世襄先生所言的"望气"。一次,在朋友处曾看到一款越窑的四瓣碗,雍容大气,透着灵气,怎么看也是盛唐风情。古代花瓣、曲口碗杯,一般唐代四瓣、五代五瓣、宋代六瓣,那是一种人文心痕、一种心曲。

瓷的故乡在中国,瓷的中国心。说的就是,瓷器是人类对自然的依恋,团聚着中国人"天人合一"的诗意与理想。

# 闻香识壶

　　紫砂壶,最富魅力的就是集中国古代诗书画印之粹,传统又时尚,既有宋词大家闺秀的委婉清丽,如风流词客紫砂壶;又有元曲小家碧玉的兰心蕙质,时代、人文信息并存,而其中的金石气更为人心仪。每每摩挲,寂寞的生活由此变得从容,或约朋友三二,来者不必如何高雅,臭味相投即可,在袅袅然的茗香茶语中,不经意间走进了"松风竹炉,提壶相呼"的原生态农家乐。仿佛"山堂夜坐,汲泉煮茗,至水火相战,如听松涛,倾泻入杯,云光潋潋,此时幽趣,故难与俗人言矣"。那是旧时文人笔下的瓦屋纸牖,"若无闲事挂心头,便是人间好时节"。

　　中国历代古玩珍藏,首先来之先民们的日常用品,如青铜器、玉器、瓷器、木器等。由于文人的参与,渐渐演绎成传承历史文化的载体,与中国人文历史、中国哲学睿思,与中国文人士大夫的欣赏习惯,息息相关,并以主导中国古玩的走向与脉络,明清至民国时期的紫砂壶便是一个突出的例子,一旦文人参与就不再只是一个实用器皿,而是上升为一种文化样式,并影响几代人的审美趣味。

　　相传(明)正德、嘉靖年间的一个书童供春(一说"龚春"),模仿和尚制壶,玩着玩着,竟把紫砂壶从一般粗糙的手工制品、纯粹的一个日用品,推入中国古藏雅玩,成为一门古玩艺术的第一人。这便有了"供春之壶胜于金玉"之说而馨香久远,并在明清之后的民国时代将其推向巅峰,成为陶艺收藏中最为风情万种的一个门类。有人说,建筑是凝固的音乐,那么"拍打镶刮"的紫砂壶,同样是一种凝固的线条与音符而"因沉默而越加美丽"。在我看来,紫砂壶之妙不仅仅是器形之美,而是时代久远所蕴藉的岁月沧桑,那是一个工匠无法营造的人文气象。从而,历史造就了时大彬、陈鸣远、陈曼生、顾景舟、蒋蓉……他们无所谓职称,却将壶做的如此文化;他们无所谓身价,或许穷的只剩两把壶。然而,往往民间的,才最具生命力,最终演化成历史文化的积淀,成为一个时代的文化风景。

有次在泰州拜谒"梅苑"(梅兰芳纪念馆),主人招待品茗。那是道道地地的工夫茶,烫壶、沏茶、闻香、饮茶,以及茶女的一番茶艺表演;然而,茶室里琳琅满目的紫砂壶,拾掇其间,才是我的最爱,令人心热肠暖。在这里喝茶,不再只是解渴,而成了一种仪式、一种文化。还有一次采访中,我为一藏家的几橱历代紫砂壶而迷恋。竟然第二天再次拜访,专程一睹"陶艺壶绪"风采。这是一次零距离的闻香识壶,邂逅了历代制壶名家所制的名壶而袭袖沁怀。

据我所知,紫砂壶最妙的不是传统制陶的"拉坯",而是纯手工的捏拍镶刮等工艺,将钮、盖、腹、把、流嘴、足等,分别镶制而成,其中蕴藉着制陶人的心绪、气息与文心,并随着时代更迭与文人把玩而成了一款款精巧器形与光润可人的紫砂壶。那是一种由砂锤炼出来的紫砂陶泥所制,既不夺茶香、无熟汤气;又能吸收茶汁渐成"茶垢",使注入的沸水也有茶香;既有陶的透气性,又有瓷的不渗水,"色香味皆蕴"。当然,真正的好壶,不仅泥好、工好、款好,还要会"养",这才能玩出细、润、柔、雅,使之神采温润。品茗、把玩正是一个养壶的过程,随岁月的流逝,其壶渐显滋润感。她犹如文人读书,读着读着,这人有了"气质"。包浆是文人对古玩的一个追求,气质同样是一种人的内秀之美。可见玩物养志、陶冶性情、入手可鉴,玩出人生妙趣与气质,成为文房雅供,走进了中国古玩之列。所谓玉不琢不成器,壶重养养出神,就是这个理,缘此养出了圆浑脂润、方敦厚重,以致铜质之色、玉石之光,铿锵之声犹闻。一代文豪鲁迅赞叹"有好茶喝,会喝好茶,是一种清福"。

紫砂壶用泥,由于烧制时的温差,则色泽变化多端,素有"五色土"之誉。紫砂壶为中国茶文化臻美,中国宜兴独享。数百年的紫砂壶,就是见智见仁的"生灵",或周正、或生猛、或笃厚、或纤细……无论粗犷中透着古朴,还是简朴中孕育灵巧,无不风姿绰约,走进了文人书斋数百年。

第四辑

字裏乾坤

# 字里乾坤

五千年汉字渊源，以一种简朴写意的人文符号（"六书"），画出一个日、月、水、火（象形字），划出一个上、下（指事字）；或汇成牧、休（会意字），或合成江、河、湖、海（形声字）。其中形声字的造字功能，更是繁荣了浩浩汤汤的表（声）音表（形）义的汉语语系，继大篆小篆而隶书楷书，开始了中华民族最初的文字交流，并源远流长。可以说，汉字是中华民族的一个图腾，天宇大道寓于字，这就是汉字。它不仅是一种形态，更是一种神态；还是一把火种、血脉纽带，一种精神资源；更是一个国家、民族统一的载体。

方方正正的汉字，一笔一画，胜过丹青无数，不是一部汉语字典所能囊括其意的。因为汉字承载着多元的原始语义，在不同的语境（背景）中，意象纷呈而各有千秋，营造出"石破天惊"与"力透纸背"而为人激赏。尤其那光耀千秋的文字（唐诗），其厚重与空灵，更是参尽人间真禅。有位画家说得好，汉字永远是大海，绘画永远是溪流，文字的语境是绘画无法画出来的。即便画了天海，也只是一片天、一角海，而汉字却展开无尽的浩瀚与森远，与人的思维一样无际无涯。司马迁的《史记》，就是字里乾坤，一部中国汉字的范本、母本。人类创造文字，同样文字反哺人类。无论汉藏语系还是印欧语系，文字总是一种文明力量、文化精神的载体。

　　某一时刻,文字可能放逐了我,让我寂寞得可以;却又让我孤独得充分,有了底气。一个人在文字里散步,是我一生最愉快的旅程,心中如沐无尽妖妍的万斛天光——真美。那是一种"此中有真意,欲辩已忘言"的无与俗人语的窃喜。

　　虽说,事业不如职业。我还是暗自庆幸自己学的是中文。文字给予我极大的宽慰与解脱。通过文字阅读,汲取精神营养,站在巨人的肩头;通过文字写作,吐一吐自己心中的块垒,还有什么尘缘不能放下。今天,有学生毕业入媒体工作,我总喜欢问,学的是什么专业,她们都说新闻。我却问为什么不是中文呢?

　　余以为,文字就是我一生奋斗的疆场,纵然铩羽而归,也是一种悲壮、凄美,何言有憾——因为我视文字为生命。

# 我的"微信"时代

我使用电脑、手机属于"菜鸟"级。如黄永玉在"《我的文学行当》读者见面会"上回答是否用电脑写作时说，对电器最熟悉手电筒，电话也不太使用。我想也是，要不是工作的需要，我根本不会学文字输入——那是工匠活——有时间不会多读点书。

手机也可有可无，更不会热衷无厘头电视、虚拟游戏——那是"慢性自杀"。有一篇小文说有老人过生日而举行家宴，可桌上人人低着头"摁"手机，老人一气之下掀了桌子走人，场面难堪……我人很传统，喜欢纸本书籍，有质感、接地气。平日里读读"朝花"、读读"笔会"，就是一场文化盛宴，若邂逅心仪文字，那就是"有功夫读书，谓之福"了；或翻翻《读书》、翻翻《随笔》，做点札记，憧憬"有学问著述，谓之福"；若还不过瘾，那捧上一部《史记》啃上几段，"王侯将相宁有种乎"。

如果说，书是我每次出差必带的；那么，今天我说"带着微信去旅行"。因为"微信"囊括文史哲、儒释道，还有养生……只有你想不到。尤其还有图片，乏了赏赏风景、品品幽默……也不用再为带什么书出门而纠结了。

今天，我习惯电脑写稿，用 QQ 传送文件。玩着、玩着，"微信"来了……为了消弭"代沟"，我也加入"微信"一族——我先学着熟悉"我的相册"，便在下班后，用手机随意拍了一张街景试着传上"朋友圈"；那是一幕夜色中的南汇路,画面上人影绰绰、灯火摇曳,背景是一个人文地标"上海宁波联谊大厦",一种似曾相识的时代感油然而生,市井又风情万种。

照片上传同时,邀约"朋友圈"也拍一些当下的街景。不一会"微信"闪烁,传来第一张也是一帧夜景,画面上"彩云追月"一般,云彩渗透特别的有层次。我说"美兰湖",我知道她住那里。她回答那是由嘉定回家路上。第二张传来是爷爷抱着孙子,站在小区门口。下面有行说明"双狗看门",后句是一个"脑筋急转弯",问他爷爷属什么。我说你不是写双狗?她说错,你爷爷是"狼"。她说狗才是狼的后代。——我莞尔。

网名透着网民的性情,一般比较隐匿,让人猜不透;它还是一个人的心灵独白,晦涩兼有寓意。比如"清风",我说"清风徐来、水波不兴",那是苏子《前赤壁赋》,很雅。我提议,用"清风朗月"更有画面感,也契合她的气质。所谓风清者,月朗是也。出处是李白《襄阳歌》:清风朗月不用一钱买,玉山自倒非人推。她允诺。

还有一个"白霜",出处是诗三百"兼葭苍苍,白露为霜,所谓伊人,在水一方"。我就喜欢这样的文字,很典雅。还有一个姓胡的女士起名"糊涂",分明揣着明白装糊涂;另有叫晓春的记者名为"蠢蠢",竟连用两个蠢……其中我发现名字隐晦,那种若即若离,一般是"红颜"网名。

我的网名直截了当"实名制",并上头像,包括 QQ、包括博客、包括报纸杂志,让人一看即知,一种襟怀若谷的坦荡。我的个性签名"谁人识君",那是一种谁与我相惜的淡淡感慨……

# 阳光书屋

阳光书屋,我的书房。一个雏燕初飞、乳虎试啸的地方,一个老骥伏枥、志在千里的地方。"性沉静,独处一室,左图右史,凝尘满席,澹如也。"屋者,雅点一般称之斋、堂。一个披图幽对、坐究四荒的地方,一个拂觞唱琴、长歌当哭的地方。比如蒲松龄的聊斋、丰子恺的缘缘堂。从而有了传世之作的《聊斋志异》,与养眼养心的《缘缘堂随笔》。食无鱼,出无车无妨。只要窗明几净、笔砚纸墨。窗外新篁三五,书房是也。

我的阳光书屋,一间卧室的阳台,十来平方。一道移门,构筑两个世界。读书、写作、观天、坐禅、煮茶、会友,胜似闲庭信步。譬如"山堂夜坐,汲泉煮茗,至水火相战,如听松涛,倾泻入杯,云光滟潋,此以幽趣,故难与俗人言矣"。最经典的是,一个人潜心读书,面壁写作。有酒学仙,无酒学佛。"弹起无弦曲,坐听天外歌;逍遥太空游,无我成大我。"可以说三日不读,便觉语言无味、面目可憎。阳光书屋,不再以瓮为牖,囊萤凿壁;而是尺蠖之屈,龙蛇之蛰。"布衣暖,菜羹香,诗书滋味长。"阳光书屋,如与高僧谈禅,与名士谈天,往来少白丁。那种"夜半待客客不至,闲敲棋子落灯花"的景致,最是令人低徊。

80年代,我读大学时,曾盲目地读了很多杂书。比如,我啃过西方古典哲学,黑格尔的《美学》,朱光潜的《美学文集》和伍蠡甫的《西方文论选》。包括十八世纪的卢梭、席勒、康德,十九世纪的弗洛伊德、叔本华、尼采；包括古希腊的亚里士多德、柏拉图，我是囫囵吞枣；还有近代西方建筑、西洋音乐和欧洲油画的理论书籍，我是犹如饕餮。今天，我相当一部分藏书就是这类书籍，也是我的阳光书屋里最初的藏书。如今只记得一些人名与一些书名而已，不敢说有什么心得，只是一个青年的附庸风雅而已。却似有若无地加厚了我的文化背景，构筑起我的理论框架与文化走向。当一个人吃了第三个馒头才吃饱，却不能说，前两只可以不吃。也许，正是这些阅读，有意无意地拓宽我的爱好与思路，为我日后的"杂"，夯实基础。

赋闲的几年，无所事事，成了时间大户。阳光书屋，使我重拾旧好。浸润于中国古代文化，细嚼慢咽，一发而无可收。文化积累与思想积淀都在这里潜移默化，儒释道思想兼容并蓄，丰富我的文史通识，渐渐成为我的文化基因。古代文史学养，成为我的文化土壤与底气，其中的花草树木、奇葩硕果，成为我的精神财富。由此开始了我的案牍生涯，中国古代文化成为了我永远的供奉。有人说，我的心在先秦，我视为知音。

近年来，读得最有味的，就是一些写古玩收藏的文化散文，成为我的最爱。汉晋简牍，宋元书画，汉镜宋窑，我是意犹未尽。宛若走在古玩街，一个个旷世绝代的老朋友，不期而遇，意外邂逅。包浆，古玩的一个文化年轮。把玩摩挲，别有一番滋味在心头。如何一个"玩"字了得。玉器的温润敦厚，多姿多彩，令人浮想联翩；青铜器的金石之气，犹如一位铮铮铁骨的男子汉，金刚怒目，大气沉雄；汉陶宋瓷美不胜收，宋元书画目不暇接，明清家具蔚为大观，给人一种回乡的感觉、一种回归精神故乡的满足，万缘放下。古代文化，我永远的乡愁。

如果，读小说是一种无以释怀的牵挂，读诗歌是一种煽情心动的亢奋，那么读散文，就是一种性情使然，往往手在握、泪在流，无言话再见。唏嘘复唏嘘，相逢在何时。收藏，一种以收为售，功利在前；一种以收为藏,艺术为上。前者商人,糊口谋生的手段;后者文人玩家,传承千载。收藏是一种文化综合、一种文化魅力,读来最为过瘾。

阳光书屋不大,却是蕴藉五千年,气象呈万千。阅读收藏,一种令人心颤的文化活动。

# 沙漠之旅

岁月沉沉,驼铃声声。逶迤的地平线上,孑孑而行的骆驼队,缥缥缈缈的驼铃声,在浩瀚荒凉的戈壁沙漠背景下,苍凉而又深邃,粗犷而又妩媚。这是一帧经典的荒漠之野的西部风情——丝绸之路。她犹如一首小诗,寥寥数语,却是如此的灵秀,如此摄人心魄;她犹如一幅剪影,勾勒出一派简约而又雄浑的独一无二的地域风采和奇异文明。

"大漠孤烟直,长河落日圆"。王维的诗,曾是我对神秘西部的最初的一点感性积累。包括以后王昌龄的"大漠风尘日色昏",高适的"大漠穷秋塞草腓"。正是这些唐代的边塞诗——加重了我的西部情结。以至于我一次次跌跌撞撞地闯进西部,闯进千呼万唤的大漠。

沙漠之旅的每一个细节,都深深浅浅地镌刻在我的记忆中,成为了一个个精彩回放。有人说,西部的阅历是一段极其珍贵的人生经历,是一份难得的人文的精神财富。我深信并身体力行。我对大漠有一种莫名的冲动和向往。我在我的一篇西行日记中有一段梦呓般的文字:暮色霭霭,一轮落日横亘在天地一色的苍茫中,沙海和天空一片殷红,我久久地驻足凝视。这是一种物我两忘的意境,这是一种出神入化的境界。其实,落日也在凝视着我。壮美的落日里分明有几份悲悯和嘲讽,在细细地观望着这个广袤无垠的沙漠和沙漠中每一个匆匆而过的渺渺的过客。

沙漠之旅，是我人到中年的一个夙愿。在我赋闲的几年中，潜心于西部的史料，便是我精神生活的主要内容。我曾虔诚地趴在桌上，面对一纸西部地图而乐此不疲，甚至废寝忘食。一系列的西域地名我是烂熟于心、如数家珍，大有"坐地日行八万里，巡天遥看一千河"的豪情和坦荡。曾经的灵山秀水，已是今日的遗珠匿玑，只要一提起这些地名，我会眼睛发亮、肠暖心热、唏嘘不已。

酒泉，遥想当年霍将军的英武伟略；古称凉州的武威，多少英雄故事在其中；叹为观止的万里长城第一墩——嘉峪关更是豪迈依旧，如何一个"叹"字了得；万般风情的敦煌，不仅只是一个美丽的神话，其闻名于世的莫高窟，藏经洞中的壁画、经卷、佛像令人啧啧赞叹，并开创了世界文化史上蔚为大观的"敦煌学"。

如果说敦煌是我国西北地区的一颗耀眼珠宝，那么她的鸣沙山、月牙泉、雅丹魔鬼城便是碎玉散落，熠熠生辉。一旦攀上"劝君更进一杯酒"的阳关、"青海长云暗雪山"的玉门关，分明触摸到历史的厚度，体验秦王汉武的雄魂，品味唐宗宋祖的风范。漫漫雄关承载着浩浩荡荡的人文和历史。

继续西行。充满神奇魅力的河西走廊渐渐淡出，新疆南部的塔克拉玛干大沙漠便跃入眼帘。我想，唯有踏上这连绵起伏的沙海，你才能体验什么是浩瀚、什么是荒凉、什么是沧海横流。反之，都是"为赋新词强说愁"的无病呻吟。在这里没有功利、没有烦躁，甚至在这里没有思想、没有生命。生命也只是一颗随风聚散的沙粒而已。如果说"陇上行"更多的是一种豪情和胆略，那么"走西域"更多了一份苍凉和神秘。美丽的"孔雀河"不再美丽，而是河水断流的"绝域之地"；有游移湖之称的"罗布泊"已是无水之泊，成为死亡之海；水域迁徙之谜的"塔里木河"一片流沙纵横，不分彼此；还有所谓"三百年不死，三百年死后不倒，三百年倒后不枯"的胡杨，也是难觅踪迹，至多是一种零星的点缀而已，怎不令人扼腕而叹，这是一种"荷戈独彷徨"式的悲壮。沙漠，是大自然的造化,是生命的废墟,是时空的死角,是环境学上的一个大败笔。然而,沙漠,它又是如此的一种浩瀚之美、一种荒凉之美,那流动的沙纹令人领悟到一种粗犷中的精致,一种艺术点化的妩媚。尤其夕阳西下日色如血的沙浪,它明暗有致,层次分明、漠风将一种荒凉之美雕饰得如此细腻精致。当然,探寻和拜谒"世界之谜"的楼兰,才是我沙漠之旅的主要驿站。

楼兰,我心醉神迷的地方;楼兰,我一生永远的梦。楼兰古城,不仅有我见所未见的雅丹地貌,更有融东西方文化、闻所未闻的神秘而又温馨的往事:古希腊艺术的雕饰,印欧语系的文字,欧洲人种的化石;以及两汉时期的钱币、陶器,魏晋木简上的"楼兰"清晰可辨,汉武帝修筑的汉长城烽燧等等。

风情万种的"楼兰",我心仪多年的"一代名都",你将令我梦萦魂牵多少年。近日得到惊喜的消息,有关方面准备建造新楼兰市。我的美梦有存放之处了。

# 音乐之旅

　　音乐，我习惯把音乐同哲学、绘画、诗歌以及宗教文化和建筑艺术的书籍归在一起，成为我的阅读首选。中国文化素有"文史哲不分家"的说法。因为，它们的理论内核相辅相成，它们的文化样式相映成趣。正是这些书籍，一点一滴地夯实和点拨我的理论框架与走向。

　　音乐，我这里说的音乐是狭义的，即不包括流行音乐和民间音乐，而是专指古典音乐。聆听音乐，像是恋人的约会，心中涌动着一股暖流，还有一种深深的激动和敬畏。起初，是一种悠悠的迷醉，如啜佳酿，舌根处沁着甘甜；后来，是一种相拥而泣的冲动，只感到越听越醇，越美越让人无法忘怀。"子非鱼，安知我不知鱼之乐。"《庄子·秋水》中的这句话是我解说音乐的感受。那是一种暗香浮动，一种慰人肺腑，一种叫人不识其中味的莫名的感动。

　　古典音乐，还令我联想起神秘又温馨的《圣经》故事。有人说，一部《圣经》便是欧洲文化的全部和渊源。音乐、绘画、雕塑和建筑无不从中汲取营养，以此为创作题材，塑造出众多瑰丽、斑斓又辉煌、璀璨的艺术样式，为世人所仰慕和赞叹。既包括"巴洛克时期"的绘画、建筑与音乐，也包括欧罗巴、哥特式、拜占庭等建筑样式与古典主义、浪漫主义的古典音乐作品。它们的艺术风格都是一脉相承、息息相通的。

　　古典音乐，就是其中一朵最耀眼的奇葩。它卓然灿烂，它引领风骚。巴赫、贝多芬、柴可夫斯基，还有德彪西等等。是他们为我们供奉着生活的美酒和命运的花朵；是他们使我们的人生充满了诗意和浪漫，成为我们精神朝拜的圣地和文化瞻仰的艺术宫殿。你若细细感悟，你就可以发现，在各类艺术中，唯有音乐，才如此直接地打动人的内心世界；在人类生活中，唯有音乐，才如此生动地表达人的情感世界。它们或哀怨缠绵，它们或汹涌澎湃。无不声声震撼人的心灵和情感。音乐每每以神秘的审美力量，把我们引入痴醉心迷的精神境界。古典音乐以其理性而浪漫的人文精神、典雅而脱俗的优美旋律，陶冶人类的性情和滋润人类的心灵。这是心灵与音乐的约会，这是音乐与人类的对话，这是天籁与音乐的共鸣。

我爱音乐，音乐还是我最后的精神庇护所。更多的时候，一台"随身听"便是我的音乐的全部。贝多芬、柴可夫斯基等尽在其中。他们伴随着我走过人生的欢愉和坎坷。寂寞时，它给我勇气并陪伴我跨越世俗的隔膜，度过漫漫长夜，让孤独成为深沉和智慧；忧伤时，它给我抚慰并激活我把曾经的沧桑化作精神财富和人生阅历；欢乐时，它给我祝福，共同吟唱心灵的赞歌《欢乐颂》，以此丰富和拓展我的心路历程。音乐是我的精神家园和文化绿洲，我在这块沃土上尽情地放牧自己的情怀和心志。

万籁俱寂，待心头浮躁静息下来，并抖落身上的尘土，正襟危坐。放一张唱片《月光奏鸣曲》，音乐渐起，平静呼吸的同时关了灯光，独自地直面黑暗，捕捉那夜色空灵、明净透彻的音符与旋律……我觉得，一段音乐篇章，就是一个人生驿站、一段哲学经历、一次宗教弥撒。聆听音乐，就是聆听自然；感受音乐，就是感受生命。音乐之声，将深深地渗透于我的心田，并左右着我的情绪和心境。

古典音乐，成为我的"音乐之旅"。

# 音乐之声

中央电视台新近开播的"音乐频道",是我们爱乐者的一个福音,我也又多了一位挚友与知音。"风华国乐"、"经典"、"音乐厅"等栏目,令我神采飞扬,欣喜不已,成为我心中的"音乐之声"。

古筝、古琴、琵琶,泠泠七弦,悠悠古音遗韵。我聆听国乐,人宛然游吟于汉赋、元曲与唐诗、宋词的文化古道上,拾掇着历史与文化的碎片,心随乐飞;抚琴拨弦,千山万壑,风起云涌,欲将心事付琴瑶,知音知多少。谁说高山不言,谁说流水无语。俞伯牙、钟子期就是一折"高山逢绝唱,流水遇知音"的经典音乐故事。

《阳关三叠》、《昭君出塞》、《百鸟朝凤》、《春江花月夜》等曲目,如珠似玉又诗情画意。行云流水般的国乐,总让我联想中国的古诗古画和潜入骨髓的儒家文化。秋风耿耿,冷风凄凄惶惶;惆怅万种,琵琶声惊落雁。有人说,静穆空阔、深邃缥缈的古乐,是一种传统音乐,我想,它更是一种无所不包的古典文化。古乐,它虽不承担治国安邦的责任,却分明承载着人间世事的沧桑与人文历史的厚度。古典国乐松弛宽容,无所拒,也无所取,任天地、生灵、万物自由漫游,这就是古典国乐,这就是中国的古典文化。

"音乐频道",犹如一座恢弘、瑰丽的音乐长廊。歌剧、交响曲,钢琴、小提琴,巴赫、贝多芬。如珠玉纷呈、熠熠生辉,令人目不暇接、心驰神往。莫扎特曾说,在维也纳散步,小心踩在音符上。"经典"、"音乐厅"等栏目,就有这样的感觉。音乐,我是常常地把古典音乐与欧洲文艺复兴时期的油画、建筑以及宗教文化、哲学著作联系在一起,它们互为题材、互为诠释与发展。其中音乐与建筑更是如此,荡气回肠的古典音乐与美轮美奂的城堡、教堂、宫殿相映相辉,若再掺点宗教文化,如魅力永存的《圣经》,无疑是一次绝美的视听与心灵的享受。

欣赏欧洲的古典音乐,就是一次感情的洗礼。我会按图索骥地等在电视机前,正襟危坐,屏声息气,如同去朝拜一样,虔诚得可以。做好了准备工作,期待着音乐盛典的开始。

让我们一起聆听音乐、直面大师、走进经典,享受音乐之声的无穷美感与艺术魅力。

# 阅 读

　　阅读,日趋成为我生活的全部。一杯水、一本书、一点背景音乐,阅读寄寓了我的生命理想与精神慰藉,似乎,只有阅读才有了我完整的生命意义。其虔诚之至,仿佛一个农民对于土地的渴望一样,赖以生存,无可替代。

　　一曲古典音乐,抑扬疾徐;一册文化书籍,辗转研读;袅袅娜娜的香茗,啜一口,齿颊留香。阅读古今,聆听世界,便是我赋闲生活的全部内容。没有功利,无需长吁短叹;没有压力,毋庸怨天尤人。而是心平气和,充实而知足;随遇而安,谦逊而随和;不急不躁,温婉而尔雅。阅读,是我修身养性与健身养生的唯一功课,令我乐不思蜀。无论春夏秋冬,不分风雨晨昏,阅读是我精神生活的主业。对我来说,阅读不再只是一种消遣、一种调剂,而是一份事业、一种经营。历史、哲学、音乐、书画,我是古今并蓄,杂学旁搜,有如饕餮。虽然阅读不能当饭吃,却可以加厚我的文化背景。阅读,是一种知识积累,更是一种修养。而知识是工具,人文修养才具有理性价值。其价值体现于人类文化的创造力与美学意义。阅读中的大家先贤、诗云子曰,犹如一座座丰碑,闪烁着理性的光辉。还有什么比阅读更美好,文化苦旅只是一种矫情。阅读是一次文化之旅,融入了我的生命血脉。阅读是心灵的浅唱低吟,不经意间,悟出佛学禅宗的哲学意味,心中窃喜;阅读有时邂逅大智大德,成为可遇又可求。总之,有了阅

作者获"宁波人在上海"征文奖

读,人生才不再寂寞与孤独;有了阅读,生活才更加有滋有味。飘飘何所似,天地一沙鸥。阅读是一种心力劳动,更是一种哲学境界。人文思想、历史文化,我是心存皈依,相见恨晚。我说,阅读是座桥梁,贯古今,通东西;我想,阅读是座长廊,中外文化尽在其中。阅读,还是一份心灵鸡汤,特别养人,尤其滋养既有沧桑又有阅历的中年男人,使他淡泊功利,安贫耐富,真心体验"粗茶淡饭为香,清贫日子是福"。红袖添香,只是古典阅读的浪漫。正襟危坐,净手焚香,才是对先智大师的心仪与敬畏。

当有人追着我喊,"老伯伯、老爷爷",我是早已处之泰然,波澜不惊。自己尚不能抓住青春的尾巴,跌跌撞撞闯进了"二毛"之列,成为了一个年届半百的老汉。五十年的风雨岁月,半个世纪的沧海桑田,全部一一镌刻在脸上。我有何心惊可言。

阅读是站在巨人肩头,阅读是走在时空隧道。高屋建瓴是阅读后的大智大悟,高山仰止是阅读后的见贤思齐。有人说,阅读是音符,写作是首歌。"布衣暖,菜根香,读书滋味长"。"你是电,你是光,你是唯一的神话"。此时的阅读,真是一种莫大的精神享受。

# 悦 读

惊回首,尘满面,鬓如霜。当我磕磕绊绊地走过了岁月沧桑50年后,才幡然大悟,原来阅读可以是一种"悦读"。因为,它让我入世而明智,让我出世而淡泊,从中寻觅着我的精神皈依与心灵归宿。

静下心来,一壶茶,一册书,上下五千年任我驰骋,甚至请上几天假,躲在家里"悦读"。一个人的阅读,实在是个心灵之旅,其中的意趣,只为知者道,难与俗人言。说什么文化苦旅,那纯是一种文人的矫情。

想当初,年届二十,阅读既是充实自己,为了不再荒废;又是功名,为了一纸文凭。步入三十,阅读既不为功名所累,也不以此谋生,阅读只是渐成习惯。人至四十,乃至五十,阅读才是一种养心,生活必需。纵然赋闲也是理直气壮,权作一种修炼,仰天大笑出门去,破茧成蝶会有时。

夜雨孤灯,面壁静读,我咀嚼着阅读的惬意而养成襟怀若谷。难容之事,可笑之人,都能一一漠然置之,谁说我另有怀抱。行路过万里,读书破万卷,才是我的身体力行。诗歌、散文,呼吸瑶草琪花的乡野气息,"蒹葭苍苍,白露为霜,所谓伊人,在水一方"。把玩日精月华的金戈铁马,"车辚辚,马萧萧,行人弓箭各在腰"。不经意间,邂逅竹林七贤而心中窃喜,数点着那些孤傲的身影,犹如参拜一尊尊菩萨,心净如洗;一个闪回,又走进了"韩熙载夜宴图",官宦、仕女、丝竹渐起,欲与画中人一

作者与陈鹏举在一起

同推杯换盏,远避是非。

　　阅读,平添了几分"醉里挑灯看剑"的微醺,若再听几曲京昆雅韵,那又是一种"悦读"体验。在一个人心浮躁的世风下,人们太需要以戏者的精神来粉饰世相与安抚心灵。做戏是种生活,听戏是种态度。过于紧张的生活节奏,唯有听戏,才是一种心的释放。"咚咚锵、咚咚锵,左出将右入相,千军万马列两厢。"唱得哀哀凄凄,五内俱碎;听得痴痴醉醉,不胜唏嘘。尤其旦角,唱念一串珠,唱也清灵,念也清灵;做打一阵风,做也空灵,打也空灵。如果说,阅读是一种寂寞之旅;那么,听戏就是一种孤独之美。若一个人听戏,或《锁麟囊》、或《哭像》。那一声声的叫板,响遏行云。休说泥人堕泪,便叫那铁汉也哀肠。尤其,咿呀吁呦的唱腔,回荡在昏暗、空旷的客厅里,仿佛一伸手满屋子的魑魅魍魉,把一身的世俗尘缘涤尽。

# 五十无语

五十无语,是一种无奈,也是一种心境;五十无语,是一种随遇而安、一种大智若愚。譬如,数卷残书,半窗寒烛,冷落荒斋里;譬如,闲看花开花谢,云卷云舒。五十无语,一切尽在不言中。

蹬、蹬、蹬,几大步,回望已是半个世纪,多少晨风暮雨、春夏秋冬。先是鬓角间偶生白发,一根两根,听其自然、任其左右,而后华发遍野。

刚刚还是踌躇满志,志在人生路上打拼、经营,可一想起自己人届"奔五",顿时泄气;刚刚还为某次的"佳作奖"而暗自窃喜,继续激扬文字,当一提起自己年过半百,便哑然失语;刚刚还是劈里啪啦,在电脑键盘上纵横,风生水起,键随心飞,而一写履历,就顿生悲凉。

四十不惑,五十如何?五十,是坛陈年老酒。或者浅斟低酌,欲语还休;或者飞觞醉月,长歌当啸。五十无语,就是老骥伏枥,宠辱不惊;五十无语,就是播种时间,收获寂寞。

五十无语,是种生理现象。常常,睡得越来越少,梦是越来越多,醒得越来越早。五十无语,也是心理现象。想当初血气方刚,不甘现状,为功利所困。到头来,三十功名尘与土,身心都累。此刻,我却无争无欲,心平气和。曾经沧海难为水,原来无欲也是福。

五十无语,就是淡泊名利、舍去功利,追求一种人生极致。与王维、陶潜为伍,见贤思齐;与阮籍、嵇康同行,无为而治。既不为稻粱谋,也

在一收藏家家中留影

不为名利谋；既不求千禄，也不求退守。五十无语，还有什么尘缘不能放下？

如果，五十女人是一条河，兼容并蓄，涵养天成；那么，五十男人是一座山，沐浴天地人神，气定神闲。有句词道："风流总被雨打风吹去。"同辈人，有的是博士生导师，桃李满门；有的是研究员，一时俊彦；有的是大腕大款，社会中坚；也有的，忽闻朋辈成新鬼，令人扼腕。我却身无长物，两袖清风，一个"时间大户"。但是一寸光阴一寸金，寸金难买寸光阴。我视时间是一种生命，读书是一种云游，写作是一种精神。

有人说，男人五十，无奈美人迟暮、英雄气短。其实，男人五十刚开始，化蛹成蝶。

# 假如年轻十岁

　　假如年轻十岁……虽说，人生没有假设。但是，我仍孜孜地一次次地假设……

　　三十岁时，我曾说，假如我年轻十岁，我可以重新设计自我，可以从容地学门外语，不会选择"百无一用"的中文专业。比如英语、日语也行，不至于成为新一代"文盲"，为竞聘公务员时也不再成为障碍而有憾——可以大喊一声，我来了！谁怕谁！当年一个同事曾追问我，读书能当饭吃吗？什么年代了，不去多赚钱？还读书？我愕然！读书自然不能当饭吃，却能提升生活品位，能加重你的文化背景——若说这些，真有些自欺欺人。真的，今天企业老总，及至社会中坚，有几个是读书出身。同时，我也将好好恋爱、不再自卑，不会为自己的感情无知"买单"，而是潇洒、自信地追求幸福，从而走进婚姻殿堂，不为世俗所羁绊而诚惶诚恐。

　　四十岁了，我又说，假如我年轻十岁，我可以走得更好，不用仰人鼻息，此处不留人自有留人处，而看别人脸色。以致，我一次次自叹，人生识字糊涂始，人生四十皆是惑。或许，四十是人生的一个拐点，或生理、或心理、或事业受挫，扛过去的才是英雄，有多少人跌在四十这一门槛上而一蹶不振，走入人生边缘。为自己的一念之差而跌入人生谷底，抱恨终身。我也曾是惶惶然不知所终……四十岁，不是如日中天，我在干

作者在澳门

吗？早早地退出竞争舞台而"武功"尽废，开始"赋闲"生活，继而成了一个遭人嫌的"穷文丐"。

五十岁了，我还痴人说梦，假如我年轻十岁，我将好好把握，洗去铅华与功利，做一个真正的读书人而窃喜不已。比如说，不再为旁人而设计自己的人生道路，不为功利，只求充实，这是一种境界。有一回饭局上一位同仁感叹我，五十了，竟不知自己路在何方？不是吗？我是什么都涉猎，音乐、美术、建筑、收藏、历史、文化等等，却什么也是一知半解。还自以为，是为了迎合多方面的需要，能随时进入角色，为人赏识。却到头来，自己一事无成。只有一句话，事业不如职业——这是命。假如我年轻十岁，挤进这一"圈子"，我会比他们干得更出色。然而，谁相信！"五十无语"便是我的一个人生写照，往往一个人的职业与工作经验才是根本，与实力并无太大关系。真的！

今天，我"坐五观六"，还如同一"愤青"，希冀时光倒流，还我十年。我可以做自己的追求。我可以去旅行，世界是一部书，不旅行，永远只能看这几页。虽说不是当代徐霞客，今天当徐霞客成本太高，各地画地为牢，门票高于车票。还是读读书，最好。人生要紧的是如何把握今天，才是最实际。假设永远是假设，于事无补。如何走好今天是真本事，却一腔地假如，只能枉然。那就是平心静气地真正读几部书，写点真知灼见的文章，"知今日可追"才是硬道理。

　　当我们不再为假如而心力交瘁时，也许，只有走好今天，才是一个人的大彻大悟？佛学有句话，放下屠刀立地成佛；那么，"无为"便是人生一大境界。谁人识君又如何？

# 雕塑与音乐

有人说,女人是一首首永远欣赏不够的音乐。我想,也是。唯有音乐,才是千姿百态的女人们最佳的形象塑造。有了这些轻盈流畅、温馨可人的音乐,才烘托出人类社会的多姿多彩与瑰丽无比的人文景观。正如西方人常说的,花与女人是上帝所赐予大地的两大礼物。可以这样说,有了女人,才有如此美妙的生活。那么,男人呢,尤其是低头沉思、悟性于烟雾中的男人们,那简直就是一尊永恒不变的雕塑,其俨然一派哲学味、绅士味与人情味融汇一体的雕塑,那才是真正意义上的男人味。人们一直在说,男人好寻、男子汉难觅,这不,前些年就导演了一场又一场轰轰烈烈的"寻找男子汉"运动。何谓男子汉,首先是阳刚之气、坚毅与睿智集一身。

面对这一尊尊智仁互现的雕塑,令人想起,西方文学史上这样一句名言:一千个读者,就有一千个哈姆雷特。那么,一千个女人,就有一千座雕塑。少女们津津乐道地阅读的是他们身上盎然出的男子汉特有的风度和气质,所谓男人味和沧桑感。沧桑是什么,沧桑是种成熟的标志,沧桑感就是一种成就感,即所谓古人说了数千年的人间正道是沧桑。在少女心中这才是真正的男子汉,具有雕塑味的男人形象。

面对如此雕塑,人们自愧弗如,渺小得可怜,甚至忘了自身的存在。同时,这些雕塑,使人们感到榜样的号召力,人们自会伟大起来、纯洁起来、高尚起来。诸多的大设计师、大文学家、大哲学家,尽在其间。世界之所以成为今日世界,就是由这一尊又一尊的雕塑所组成,他们渲染着一种氛围,他们演绎着一幕幕惊天地、泣鬼神的活剧,并彪炳史册、千古流芳。

雕塑与音乐,今日世界的一大奇观。让更多的男人成为雕塑,去完成历史与未来的重任;让更多的女人成为音乐,组成人类更美好的生活,共同导演人类文明史上更加壮丽的今天与明天。

# 抚琴听雨

近阅《百乐门》，一行字"我有好爵，吾与尔靡之"撞入视域，心说好雅。一读方知，原来是新著《雨中听琴》的作者自序。

那些年，读书养成我做札记的习惯。缘此，今把文中佳句妙言拿来再次咀嚼："著名学者胡适说过，做学问要有兔子的捷才和乌龟的静气，成大事者莫不如此。人生太短暂，缓一缓，拖一拖，就陈旧了、就过去了；岁月太匆忙，静一静，定一定，才能把握先机、抓住要领。普通人生活要过得精彩，也是如此，才能在经历的过程中有更精彩的观赏，更多丰富有趣的体验。如果拿出去与人分享，再通过彼此的交流和咀嚼回味，体悟真理无穷，进一寸有一寸的欢喜，整个人生会更加充实。"作者李榕樟如是说。

诚然，"兔子的捷才和乌龟的静气"，两者缺一不可，我所认识的作者兼而有之，此书洋洋洒洒凡三四十万字，题材林林总总，世事万象，有些许篇章是写了很多年才完成，没有乌龟的静气难以有此完美结局。而作为新闻记者的他，平时在新闻现场来去匆匆地穿梭、采访、拍摄，在案头撰写或者排版……身手矫健、思维敏捷，效率很高。读他的文字，犹如走进他旧雨新知、纵横捭阖的博客里，或字夹风雷、或诗心墨迹，笔指之间，无不文激字荡，碰撞出众多璀璨的火花。

抚琴听雨，玩味作者琴音、雨声，声声融入的独特意象与蕴藉，其中许多是关乎我所熟悉的静安，不由领受到一种阅读的愉悦。我欣赏这自序"曲调未成先有情"，文字背后透出人文情怀。其表现力与语境魅力，胜过绘画中的一山一水的直感描绘。仿佛明清文人寄来的尺牍，墨淡字疏，留白处最是用情地。

以茶为引、入归山林地读书，人生一乐。香茗茶语中，最能体味人生甘苦与生活境况。谁人说"欲将心事付琴瑶，知音少，弦断谁人听"。其实，文化历来是一个"兴观群怨"的过程，兴可以感动人、鼓舞人，具有艺术感染作用。观可以考见得失、风俗盛衰，具有认识作用。群能帮助人们互相切磋砥砺，提高思想修养。怨可以用来怨刺上政，表达民情。通过著述来表达一种文化心境，构造个性的气象与语境，一种学不来的人文素养的积淀，就可算作成功。作者是也。

# 建筑是部史书

建筑是凝固的音乐,这为人所耳熟能详;建筑更是一部凝固的史书,上面镌刻着岁月风霜与时代风貌而为人津津乐道。因为,建筑是世界的年鉴,当歌曲和传说已经缄默,它还依旧诉说……

少时,我居住愚园路江苏路一带有众多老洋房,时时入梦来:二十世纪三十年代建造的花园住宅群"福世花园",记忆中屋面为红色洋瓦,外墙水泥拉毛并做成凸起拱券式,立面拱窗用不同材质的窗台,十足的怀旧情结;入口门廊由红砖方柱支撑上方的阳台,阳台板和墙体均为素色,形成材质与色彩的对比,颇有绮丽多变的巴洛克风格。园内绿草如茵、景色曾黯,文革中的"过往",业已恢复了平静。只是原先的羌篱笆围墙,有的变成水泥墙而换了模样……那年暑假我天天在这里度过的,直到同学父母下班,才怏怏地离去;在这里我还尝过拌有奶粉与麦乳精的炒麦粉,在那个年代,这已奢侈得可以了……

还有江苏路上的月邨,月者玉也。王安忆在《长恨歌》里说,每一个格子间里都坐着一个王琦瑶。月邨之意境,都在月色里换了容颜,从中走出多少小资,隔座人如玉。其间更有我"同桌的你",一个令我初尝"失恋"而魂魄不守的人物。我们并不曾拉过手,没说一句严格意义上的"情话",纯粹的"柏拉图"。而成为我中学时代最为"幸福"的一段记忆,就是她一作文"我的家",老师让我抄上黑板报作为范文。我竟一口气读了二十遍,熟读成诵。"月邨是民国十年所建,凡二十二幢,砖木混合结构,欧式假三层花园洋房,且饰以红洋瓦的双坡屋面上有单坡及双歇山顶老虎窗,檐口均挑出墙面,有封檐板,出挑的檐口……既有欧洲古典主义的简洁,又有现代建筑形式,还融入一些中国传统建筑的元素,别致得很。尤其,建筑五金均来自欧洲构件……"她还耳语我让我去玩,那气息缠绵得令我窒息……

还有建于 20 世纪 20 年代的宏业花园,北临江苏路、南邻愚园路,闹中取静,是具有百年历史的花园住宅区。尤其,宏业花园北部的 9 幢联体式假 3 层花园洋房,砖木结构,地板等木料均为洋松,门窗五金均为铜质,卧室与客厅均有壁炉,炉口上部紫铜盖,无不是一个时代的记录。

老建筑承载着我的旧时印象,一段无法抹去的"成长烦恼";那高高的落地钢窗,大大的浴缸与上面古色古香的水龙头,还有那打蜡地板上几件破旧却包浆温润的老红木家具,令人潜沉;窗下立体绿化,半遮半露,令人浮想联翩……仿佛《西厢记》《牡丹亭》背景。因为,只有那场景才能演绎"人鬼情未了"、"后花园私定终身"的经典故事。

今天,无论 20 世纪 50 年代的工人新村、80 年代的公房、还是 21 世纪的高楼,都是一个时代的见证;无论从木门窗而钢门窗,再后以铝代钢;还是结构由预制到现浇,建筑外墙从马赛克到墙面砖,再到玻璃幕墙……那是用水泥与砖块刻写在建筑上的"年轮",书写着凝固的"史事",在上面可以摩挲到时代的温度、聆听到时代的足音。

# 立 春

立春,一种节气。

我国旧历,一年共有二十四个节气。它既表示地球绕太阳公转在轨道上的位置,同时表示四季寒暑的变换。比如立冬、小雪,大雪、冬至,小寒、大寒,它们便是四季中的冬季。分别孟冬、仲冬、季冬。随后就是春季,比如立春、雨水,惊蛰、春分,清明、谷雨。立春,乃是春季之始。

一年四季,我有点暗恋冬季。

冬季,仿佛一个长者,独吟歌词。他的举手投足,底蕴丰涵,深邃而又豁达。有人说,冬季是一种煎熬、一种炼狱,以至大地皲裂、河床干涸、枯枝败叶萧瑟。其实,冬季是一种积淀、一座矿藏,千年万年的生物成了石油、成了煤炭;冬季是一种含蓄、一种雅量,一切顺其自然,决不刻意;冬季是一种成熟,一种内敛,不以物喜,不以己悲。比如高人贤者,那股成熟与内敛之气,渗透于他的眉宇间,弥漫于他炯炯有神的眼神里。其实,冬季还是一个多梦的时节,一件往事、一个邂逅、一种乡愁、一份祈盼,它们纷至沓来,糅入梦中。日短夜长的冬天,还是一个浪漫的港湾、一个温柔的梦乡,演绎着一个个清淡寂寞、回味悠长的梦境,直至天色曙微。

漫漫冬季,春天还有多远。

虽然,我早已不是一个观云入梦的年龄;但是,我仍一再地站在河岸,痴痴地望着寒风中的残枝败柳,想象着枯秃的枝丫,如何地萌芽绽绿,乃至扬芳吐蕊,春色四染。内心既有逝者如斯夫的无奈彷徨,又有对玉树临风的美好憧憬。有首唐诗缱绻隽永,如临其境。碧玉妆成一树高,万条垂下绿丝绦。不知细叶谁裁出,二月春风似剪刀。尽管窗外仍是北风呼啸,寒气逼人。然而蛰伏于冬季的生物将欣欣然地,在一阵阵的惊蛰中唤醒,渐渐地探起身,走出冬眠。春天正在它的襁褓中诞生,谁不盼望着早日春回大地、百花吐蕊、河水涓涓流淌。因为,春天就是希望、就是曙光、就是美好的开端。

立春,一个人文地理。

自然、四季、岁月、节气,正因有了人文的渗透,天地玄黄,宇宙洪荒,才有了可歌可泣的历史与文化。如果说,立冬只是一个准备、一种收藏;那么,立春就是一个希望、一种召唤。冬去春来,凛冽的寒风,是否已有几缕春的气息与光亮。春天的种子,是否早早植根于尚未解冻的土壤中,期待着立春后的万木扶疏,流水碧波清澈,柳枝袅袅。立春,一个春天开始的地方,一个春眠不觉晓的时候。

# 七月流火

　　眼下已是中秋,酷暑渐逝,全然没有夏日淫威,而当初的"七月流火",还是恍若昨天……

　　"七月流火"原自《诗经》:七月流火,九月授衣……意为火星西移、暑热开始消退;到九月就要添衣了……可见,"七月流火"并非形容三伏的天热如火,而是指天气逐渐转凉。而如今多家媒体均将它比作夏天,如"衣冠禽兽"原系文武官服,今天也作了贬义一样。可见,词语也是发展的,只是缓慢,但它活着。

　　七月流火,用于比喻今夏炎热的溽热难耐,可谓确切。我一朋友告诉我,说他住在一高楼,原本楼高、风大,今年却苦不堪言。他说整个墙面挂有 164 台空调,整天的熏风热浪扑面而来,窗都不敢开——如何一个"热"字可以了得。

　　上海夏天就是溽热。"溽"(rù),形声字,从水,辱声,义湿热。《说文》:溽者,湿暑也。又有溽夏(湿热的夏天)、溽景(溽暑的烈日)、溽蒸(溽热)、溽润(湿润)、溽露(繁多的露水)、不一而举,最是江南地区的气候特征。

　　七月的上海连续 38、39 摄氏度,天天骄阳似火。一天不刮风下雨,上海就酷暑横行,气温步步飙升,一改往年"热三天",随即一场台风暴雨,暑气自退。如今,上海的海洋性气候特征已日渐式微。进入 8 月,上海气温更上一层楼，40、41、42 摄氏度，屡创上海有气象百余年记录的极限。没有最高，只有更高。

据说，天天在副热带控制下的上海，连黑人也忍不住上海的溽热而纷纷逃离上海，返回非洲家乡。我每每举步在外，总有一种被清蒸的感觉，往年频繁的台风、暴雨难觅踪迹……烈日当空，蝉鸣一树，最低温度也是 3 字头，不是 40 摄氏度都不好意思说"热"。往年整晚开着电扇，已是新闻；如今，整天开着空调也不算新闻。我的故乡宁波，更是气温雄冠全国之首。

我记得，1985 年的上海，有一天气温达 39 摄氏度。那天，我正在家里复习"中共党史"。那些年，上海人根本不知空调为何物的年代，甚至于家里的电扇也舍不得开。我只是绞条湿毛巾搭在腕上，搬个小凳坐在弄堂一避荫处，可汗还是下雨一般……这是我记忆中最热的一个夏天。

可是，今年它已属"凉快"了，若是 35、36 摄氏度，给人有稍稍透口气的感觉，已是阿弥陀佛。节气已是秋，却暑气依旧逼人……我联想起 2008 年的"大雪压城"与今天的上海之夏，是否与人类"透支"自然有关，减排低碳、节能环保、生态环境……不再只是一个个空洞的口号，而是一个个具体行动。

然而，我却有点暗恋大热天祖胸露背地读书，那是一种阅读境界；如同爱情，"爱就爱它个轰轰烈烈"，那是爱的极致……因为夏天不需伪装，爱也无需遮遮掩掩，更不带任何附加条件，那是夏天的性格，那是爱的承诺——那是痛快而愉悦的感觉，只有人至中年后才有如此积累与体会。

譬如，我喜欢颠张醉素的书法之狂草，那不拘性情的挥洒，是我学不来的一种气质与性情。比如，我走在烈日下，享受挥汗如雨的不羁。所以，我喜欢夏天，就像我喜欢水，胜过喜欢山一样，因为它一目了然，看得真真切切……尽管夏天犀利、尽管夏天令人无法逃遁，因为它真。

因为,那是我自守、内敛、内向的性格补充。因为,我感受到夏天的痛快、夏天的豪爽、夏天的无遮无掩。

七月流火,那是夏天的性格,也是我对夏天的一种形象感觉。

# 永远的敬仰与启示

纪念建党九十周年大型(五集)电视片《理想照耀中国》,就是一帧帧的史诗册页,画面工写兼具、重彩浓墨;就是一尊尊历代中国共产党人的先驱、先贤、先烈群像,极具雕塑性。给人以极强的视觉震撼力与情绪感染力,令人不胜唏嘘与深切缅怀。他们是一面面旗帜,猎猎招展,成为永远的精神坐标与风景,成为人们永远的敬仰与启示。

人物群像,包括了建党之初的李大钊、蔡和森、向警予、瞿秋白……20世纪初的青年学生,不懈地探寻真理、理想,启蒙心智。同时也成就了这一代以马克思主义再造中国而"为信仰奔走,为信仰奋斗,为信仰牺牲一切"的时代精神;群像还包括建国之时的王进喜、邓稼先、钱学森……为了祖国石油、原子能的和平利用而忘我地服务国家与人民,奏响了那个时代的最强音。

英烈们或为了国家、民族的复兴赴汤蹈火、浴血奋战而不惜牺牲生命,或为了社会主义的经济建设而舍弃一切——他们正是中华民族的骄傲。一个"没有伟大人物出现的民族,是世界上最可怜的生物之群;有了伟大人物出现而不知崇敬爱戴的国家,则是没有希望的奴隶之邦"(郁达夫语)。

今天,我们以《理想照耀中国》来纪念他们,就是对他们的一种缅怀与敬意——这些爱国志士是中国儒学文化的极致,"忧国忧民"还是"兼善天下"，是他们永远的抱负与担当，他们是真正的国魂、民族之魂。

片中对人物的刻画、对故事的挖掘、对细节的捕捉，无不融入创作者的心血，更是融入每一位观众的情怀、思考和解读。先贤们为国为民的伟大情怀，为国家的振兴与民族的复兴而躬行于大地，在中国共产党的九十年风雨历程中求索、思考、实践的品格及百折不挠、坚持不懈的精神，是一笔我党永远的宝贵财富。

该片的解说者，嗓音浑厚，节奏张弛有度，有很强的艺术表现力和感染力，仿佛聆听到那个时代的铿锵之声。片中讴歌的追求理想的共产党人，大都源于"双百人物"，其宽度跨越了中国共产党建党至今整整90年的历程，他们的生命心路镌刻在大地上、写在苍穹间。人民铭记他们，祖国铭记他们，历史铭记他们。

《理想照耀中国》更注重把先驱者、革命者还原成真实的有血有肉的人：写出他们的理想、奉献、牺牲。也写他们的亲情、友情、爱情，于情感中更多更显理想的崇高而照耀着中国大地。人物尽管所处时代不同，但都为了同一个心中的理想奋斗，直至生命的终点，其光芒始终照耀着这样一个国家——这才有了中国共产党的诞生与一个共和国的欣欣向荣。

片中再现了李大钊青年精神领袖形象，并作为中国共产主义第一人，与陈独秀讨论建党，并定名中国共产党。当年的毛泽东、张国焘等，都受其思想影响，同时影响百年中国的政治思想。其中有一场景客观地表现共产主义践行者瞿秋白先生写罢"多余的话"，在中山公园凉亭内自斟自饮，饮罢点上一根烟然后站起了身。并一边走，一边用俄语吟唱《国际歌》"英特纳雄耐尔一定能实现"。来到刑场，他对刽子手说："此地正好，就在这里。"说罢他盘腿而坐，英勇就义。其实，他是一个身患肺病的羸弱书生，却表现得如此气壮山河、如此淡定与从容。牺牲时他才年仅35岁——那是《理想照耀中国》对历史的真实还原与再现。在表现方志敏烈士时，细腻地将"狱中散文"《可爱的中国》演绎得凄美无比,成为中国散文史的一座丰碑,馨香久远。

电视片的每集各有千秋。在展现恽代英、彭湃、瞿秋白、刘伯坚等人物的时候,有意识地从他们的个人情绪,透出大革命失败后与红军长征的这段腥风血雨的历史,从呈现历史的跌宕与起伏,浑然一体而无突兀之处。尤其第三集的吉鸿昌,堪称中国大西北开发第一人,却在当时只能空有怀抱。国难当头,满目疮痍,面对日寇侵略,他却抗日无门,岂不悲壮?

在情节叙事上,每一个人物故事都力求找到独特的视角和构思。如王尽美,是通过其母亲将他仅有的一张照片刷在了墙里,这才有王尽美最后的影像。他 27 年的生命之旅,一个年轻的革命家的形象,愈加丰满起来。说到蔡和森的死,回忆者大都是转述他人的说法,不见第一手材料。有档案称他是被枪决的,但是蔡和森的遗体至今没能找到。解说词是这样描述的,并充满敬意:"关于蔡和森的牺牲有很多说法,有说他是被枪杀的;有说他是被活活凌迟的。唯一可确定的,是到今天也没有能找到他的遗体。他,已融进了大地。"

片中的主题曲《解放者》,诠释了马克思关于人类的解放,只有通过无产阶级的解放才能实现,无产阶级只有解放全人类才能最终解放自己。其抒情的歌声还在声声回荡……

# 听 戏

一

公园深处、街头绿地，只要"哼哼啊啊"的京昆雅韵响起，总令我驻足谛听，勾魂似的———一把京胡，足以令我荡气回肠；如一把小提琴，足以演绎欧洲古典音乐的巴洛克、古典与浪漫。

少时，受长兄的影响，我是听沪剧长大的。《碧落黄泉》"志超读信"，《雷雨》"四凤独叹"；王盘声、杨飞飞，成就沪剧经典。一腔一调，唱词戏文，我是耳熟能详，融入血脉。现在想来，沪剧就是江南水乡，烟雨柳絮；仿佛甜品闲食，香糯可口。

只是，一个偶然的刹那，我慑住了，灵魂出窍一般。那是一个月夜，内人尚未回家，我了无睡意，开着电视站在阳台上听戏，有一句没一句。仲秋的月光，如水银泻地，了无痕迹。或许，音响的迂回往复，而变得悠远、寥廓、缥缈。仿佛走进蒲松龄的"聊斋"，伸手抓一把，满屋子的魑魅魍魉；电视屏幕的明灭不定，如荒野流萤，闪闪烁烁，无处不在。京剧，其实不在明白、懂得与否，在于感动，在于一种浸透内心的深深体恤、绵绵慈悲的心颤。

年届五十的我，常常地被"日子"牵着走，峰峦沟壑，洼池丘陵，总得深一脚、浅一脚地跨过去，纵然磕绊，纵然跌倒，也得忍痛爬起来。诚然，在这样的尘世间跋涉，精神需要抚慰，心灵需要拯救，而人文情怀与亲情牵挂，才是人的终极关怀。

二

乾隆五十五年(1790)，为高宗祝寿，一时"花雅众戏，争奇斗艳"。史称"徽班进京"，成为京剧诞生的一个关键，后有(1830)汉戏进京，从此产生了京剧声腔的"西皮"(西，即西部，皮为唱。唱腔活泼、愉快)、"二黄"(即湖北的黄陂、黄岗，唱腔凄凉、沉郁)。

走在徽州的牌坊石碑，有点落寞。间阎夕阳，走来一位老者，形神清迈，这就是古老的徽州，即便落寞，但骨子里，还透露着厚厚的历史底蕴，叫你敬畏。她就像京剧，只寥落地"喊"几嗓子，就叫你走进了豪迈与古典，成为一道时而优美、时而忧伤的背景，一种历史文化记忆，与功利无关。

这是气，气场、气势、气派，足以令你正襟危坐。如古代建筑，纵然残壁断垣，也让人产生典雅之美；反之，纵然珠翠满头，一开口就泻了底，气韵尽失。

每当性情阑珊、去意惆怅，我总在阳台听戏，和一声"虞姬、虞姬奈何兮"，凄婉动人，以排遣内心的块垒，那不是爱情，分明是个人的大情怀；一句"我本是卧龙岗散淡人"，赋闲的我，一个文丐，更是形影相吊；或者，"伤心竟把胡人嫁，忍耻偷生计已差。月明孤影毡庐下，何处云飞是妾家？"仿佛进入时空隧道；"撩袍端带我把金殿上，扬尘舞蹈见大王。……山高水深路途遥远，忍饥挨饿来寻将军。望将军你还念我萧何的情分，望将军且息怒暂吞声你莫发雷霆，随我萧何转回程，大丈夫要三思而后行。"竟然声凄语哽，——天下谁人能识君？

如果，沪剧如同文学作品，有屈原、有李白；京剧，就是历史著作，有司马迁、有司马光。前者风花雪月，壮志难酬；后者沉雄深厚，源远流长。历史，是铁打的营盘；文学，是流水的兵。文学是精灵，历史是魂魄，百年千年萦绕。

三

京剧中的"唱""念""做""打"，无论耄耋老人，还是学童，他们一招一式，掩不住的优雅从容，一种风采。"唱"，旦角的清亮、生角的沉郁，一旦京胡响起，往往未唱已醉人，"字是骨头腔是肉"。若能和几句，更是添了几分历史与诗意之美。京韵、京白，那又是一种享受，它们的每一段念白与唱词一样，都是唐诗宋词，是余音绕梁的元曲。

在公园的亭子里，一个黄昏，我在听《锁麟囊》。一位枯荷伶仃般的女子，唱着唱着，显得越发的妩媚、凄美起来，双眸流光，水袖空灵，"见此情倒叫我胆战心寒，叫车夫改程途忙往回转"。京剧，是一种写意，纵然颠沛流离，有悲情，而无悲伤，"犹揽水袖半遮面"。水袖（也称"云袖"），白绸长米，舞动生风。一声声、一句句，她的嗓音空灵婉转、魂魄在天，滤去了尘世纷扰，没有了人间烟火。

有个学生面对女子拍照，她不为所动，兀自高山流水、雁落平沙，继续起承转合。等她唱歇，离身之际，我又回眸了她一眼，眼光里含着悲凉，是剧情，还是……这种艺术本该在璀璨的舞台上，当过门一遍又一遍响起，她才袅袅然出台，如神，似仙，如鬼魅一样飘忽灵动……因为，这种美是一种灵性的无限流淌，是鲜活的，是伸手抓不住的人文岁月之美。

# 四

听戏,最能体验光阴的流失,"周秦雄风汉唐歌"。倏忽,千年过去了。流走的是时间,积淀下来的是惊天地、泣鬼神的历史诗篇。听戏,是种消遣,还是一种对生命历史的缅怀;听戏,是种怀旧,更是一种对人类心灵的抚慰。

只要你静下心来听戏,定能远离时代与尘世,如参禅悟道。

# 听　瓷

我曾在上林湖（越窑）勘访，当地人称其"破瓦爿"的旧瓷片，在这里俯拾即是，她可是呼吸着千年的旧瓷片。我把玩着残破的青瓷片，心中窃喜，仿佛一种缱绻的亲情。在车上，我又多次地拿于手上，轻轻敲击，铃铃之声悠悠，仿佛历史回声。

如今，我将她集结成风情万种的风情画，挂在书房里，其中寄寓更多的是人文情怀，令人没了躁气与功利，纯是一种艺术，一种文化鬼魅。或许，瓷片胜于书卷。"瓷片多情似故人，晨昏忧乐总相亲。"拾捡瓷爿，随便的一个缺口，破损处；或者光泽将失的青釉处，无不流淌着绵绵诗韵，从而摭拾到古代越人们的风流韵事和散落的语词断章，文脉如缕。

真的，一片瓷爿就是一段历史，一曲戏文，演绎出风情万种的人文蕴藉。无论新旧石器至两汉时代的陶瓦，还是晋代直至隋唐青瓷；或是宋窑的皇家风范或元青花的至尊，还是明清彩瓷的美轮美奂、登峰造极，从而将中国瓷器推向了极致——外国人看来，中国就是瓷，瓷就是CHINA。

瓷成为中国五千年文化的集成者与承载者，听瓷成了与历史对话的过程。除了醉里挑灯看瓷，更多的时候，我是约人三五，来者并不如何雅致，只是饮茶而已。一个下午，秋雨或冬雪，心绪可人。

　　喝酒用玻璃杯,饮茶一定用瓷杯。往往一盏乌龙茶,香气四溢,那偶尔的瓷声就是美妙的背景音乐,中国茶的魅力就在其中。所谓饮茶,不如说是听瓷更有内容,临窗啜茶,静谧中响起的零星两三声细瓷的清脆,细微而心颤;或是闲敲棋子落灯花的当口,无意间发出的那一声……听瓷而得到的这种心境,无法与俗人语。

　　最为可人的是,三声二声的瓷声,随缘而随意,正是听瓷人心动的地方。它是幽幽山谷、沟壑、森木中传来的鸟鸣,是寂寂空巷里蓦然响起的莺啼……那是诗韵、是音乐、是颤人心灵的古代戏曲。听瓷最不忍心的是那响遏行云般的瓷碗之类的碎裂声,撕心裂肺,那是生命坠落的最后决绝,尖锐之声成了绝响。青铜时代的鼎食之家,是种大户之气;文明时代的用瓷之人则是温良恭俭让的文人气息。

　　听瓷,令空洞的下午充实了起来,使无聊的生活有了乐趣。偶尔的瓷声就是静寂中的惊起鸟鸣,令人谛听。那是历史的足音,那是出家人的诵经……

　　"天青色等烟雨,而我在等你,月色被打捞起,晕开了结局,如传世的青花瓷自顾自美丽……"周杰伦的一曲《青花瓷》,既时尚又古意,使中国古代文化打动多少青年人的心。也许爱屋及乌,由于"青花瓷"我而爱上周杰伦,那是入人骨髓的文化魅力。

# 听 歌

家里整理出一大批旧碟片，VCD、DVD之类书橱实在放不下了，只得忍痛割爱。尤其一批1980、1990年代的老歌，令我拿起来放不下——我那时的青春记忆。

一个晚上，我特意找来这批片子，一杯水，一张片，准备与它们作最后的告别，这曾是我"一个人的歌"。听着听着，竟然热泪盈眶，时光回流。"我听过你的歌，我的大哥哥，我明白你的心，你的喜怒哀乐……"那是少年最初的情怀与缱绻；"我选择了你，你选择了我，你是我最后的选择……"那是一种青春承诺、一辈子的诺言；"那是无言的结局，那是无言的结局……"那是男人必须跨过去的一道坎，人生之旅家为大。

20、30年过去了。歌声记录了我最为可爱的青涩时代，同时也伴我走进了彷徨、困惑的中年时代……冷雨幽窗，挑灯闲听。电视台曾播过《歌声飘过三十年》，唤起的是一个国家的记忆、一个时代的记忆。今天，面对这些歌，我更多的是练达和洒脱，却不因此而回避曾经的忧伤；正因为是曾经的伤感，才有了今天的从容。《心雨》《选择》《无言的结局》《你走你的路》《一生离不开是你》《明明白白我的心》《我悄悄蒙上你的眼睛》《在生命中的每一天》《祈祷》《迟来的爱》《在雨中》《花心》。所谓经典，就是流行后经过时间的烟飞尘灭，它依然被人记起，并赋予新的内涵与意蕴。谁说它是歌，这分明是一种文化、精神反哺。

老歌穿透时光而成为经典。可以说,那些老歌已植入了我的生命,成为时间积淀、感情沉淀的产物。虽然,我只是会唱某两句,然而它的音乐旋律却是烂熟于心,反复吟唱,为其感动;那些老歌当初并未意识它如何感动人,可当时间流逝后的某段时间里,与它们邂逅就好像着魔似的重又进入"角色"。就像《追忆似水年华》,唤醒沉睡的记忆,曾经的生活从而变得可爱、可亲、活色生香起来……真可笑,二三十年后,我才知道那是我再也无找回的青春残片与心灵断章。如今,纵然"志在千里",也只是美人迟暮、英雄气短的无奈。

起初,我在灯光昏暗中将音量调低,屏声静气细细聆听,仿佛一首朦胧诗,背景斑斓又低回,感悟来自心灵深处的慰藉;随后我又将声量调高,将整个心融入其中,长歌当啸,心潮逐浪高……

如果说,三十而立,文凭有了,职业有成,经历八年马拉松恋爱,好歹"我想有个家",有了"一个不太大的家";那么,四十不惑、五十无语,才是我中年时代的一个形象写照。所谓五十无语,就是什么都看轻,一种什么都冷眼看世界,真正知道"曾经沧海难为水",知道名利场都是浮云。一切随缘,真正将释儒道融为一体,心存善意,尘缘放下,那才是真我。

老歌,成为我的青春记忆。但愿老歌不再让我寂寞。

# 听 雨

窗外，风声雨声一片，深一阵，浅一阵。窗檐下的雨点，声声敲打着窗台，时而连如流水，迸珠溅玉；时而断如贯珠，散玉落盘。我默默地伫立窗前许久，赏雨、听雨，养眼舒心又洗涤心尘。我几乎是屏声息气、大气不出，小心翼翼地呵护这份天籁，生怕打扰了它的恬静与安逸。软软的春风，裹着柔柔的雨丝，在这半闭半合的窗户间，飘荡游弋。我披襟临风，两翼如飞。

读书是一种心动，赏乐是一种激动，聆听雨中天籁是一种感动，感动得令我投身其间。赤脚走在田埂上，是一种少年无羁的童趣；信马由缰，海阔天空，是人到中年的一种精神放牧；风飘飘、雨潇潇，"何须着屐寻山去，千壑万崖在心中"，这是大家的一种虚怀若谷。年届"奔五"，我总在追求、祈盼一种恬淡与平和的生活，自然随意而宠辱不惊。如同读书，风吹哪页是哪页；如同散步，心在何处是何处。没有刻意，也没有功利。只是放浪形骸，给心情放假，内心世界是一片无风无雨也无晴。这就是我的一个心态与心境，一个文化、精神守望者的心绪。

雨声是一种天籁，听雨是一种梦幻、是一种享受。我想，一个内心布满皱纹，又过于势利的人，无法欣赏自然，对自然也是麻木不仁的。我常对朋友说，一个人有梦人未老。听雨，就是一种若有若无的梦幻感觉。因为梦是一种理想追求、一个性情故事，是一种潜在的感觉、冲动、意识，还是一种精神的原动力。

雨天，尤其是春之雨，我是一卷书、一枝笔还有一杯茶，临窗而坐。细细地谛听自然，阅读自己，沉浸于听雨、读书的梦境中悠哉游哉。这里有旷世知己、咫尺情侣，可以促膝谈心，排遣莫名的怅惘；这里有美丽邂逅、绝代奇缘，营造着生活的甜美，令我三生有幸，死而无憾；这里有千般风情、万种景观，还有什么不能放下，气沉丹田。庄子梦蝶，天人合一，这是一种境界，一种入梦入禅、一种遁入空门的大境界。滚滚红尘，成了世外桃源。

听雨，那是天籁、地籁、人籁的共鸣，那是人类与自然的一个对话，那是自然与文化的一个交融，那是天、地、人的一种和谐。欧洲人文主义作家孟德斯鸠说，喜欢读书，就是把生命中的寂寞时间变成精神财富。

"风雨故人来"也是人生一大乐事。知己三五，围桌面叙；煮茶听雨，神侃仙聊；原本布衣俗人，蓬头垢面，此刻个个凤鸣龙吟，口吐莲花；即兴而书，竟是人人笔走春秋，字滚雷霆。我们娓娓低语如和风细雨，慰藉心灵；我们长歌当啸如惊涛拍岸，抒怀咏志。"虽无丝竹管弦之盛，一觞一咏，亦足以畅叙幽情。"肖邦的《夜曲》更是圆润如水，珠玑散落。

其实，听雨是一种氛围、一种境界。虽说我已睡下，而这雨声、乐声和语声，它们的抑扬顿挫，仍是清晰可辨，声声在我的耳畔回荡不已，渐渐地伴我进入梦乡……

# 打工小传

　　窃以为,无"薪"事小,无自由事大。赋闲十余载,自喻"自由职业",其实就是一个有自由而无职业者。

　　或被"招安",每月三百五百,为人"抓虫";每期八百十百,替人"做嫁衣";每月一千二千,以记为者,我亦忝为其列……钱不在多少,有识余者以为幸。我一概将他们尊为我的"伯乐""贵人"。无论记言记事,我是文而化之,颇有积累以成就感自矜,一旦结集成册而舞之蹈之——我的微信个性签名,就是"谁人识君"。

　　我曾戏称自己为"民工",一个纯粹的民间文字打工者——做得最多,得的最少。因为既无平台,供我驰骋;更无名分,可以张扬。然而,无意间却打工打着,竟打成了一个"纳税人"。无论我是如何"被"纳税,我真的庆幸自己能从一个打工者而成为国家纳税人,这是我做梦也不曾想到的荣誉。自己纯粹的一个"无业游民",为一二千的打工所得,竟也成了国家税收的一部分。依据是,稿费八百元始要完税。我素来与世无争,我全认了,这该是一种国人义务吧。

　　然而,更多的时间我却在"半工半读",阅读者不分文史哲、无论儒释道,我是兼容并蓄,虽说囫囵吞枣,却也大快朵颐、悠哉游哉……那种"读书滋味长",无以与俗人道也。一杯水,一册书,成就我的阅读世界而乐不思蜀。有什么能比阅读更令人愉悦的,惟此而已。名流大家的著作，都成为我的私淑老师，潜心阅读，也渐进影响与调整我的人文走向与构筑我的人文框架。明人张潮《幽梦影》更是说人生三福，"有工夫读书，谓之福。有力量济人，谓之福。有学问著述，谓之福"。后二者我无能，唯有前者最契合我心意。

中国文化本是渊源而广博，堪称五千年文明，我称"故国神游"。缘此，我多了一分"神游"之后的淡定与担当。尤其，我国是多民族国家，汉唐及两宋以降的党项族、契丹族、女真族、蒙古族等与汉族有冲突、有和亲，他们为中国统一与版图扩大的贡献是不可估量的，其中更多的是一种抹不去的文化力量。

读着读着，我也曾为文明、文化二字所惑。我以为文明在先，后有文化。人类的新石器时代，便是人类文明最初的曙光，自后汉的文字出现才是文化肇始。前者是一种具象，是一种发明；后者是一个抽象，是一种创造。人类自有对自然的加工，即有了人类最初的文明；始有文字，才有文化，可以将文明有所名状——这是我对文化、文明二字的感悟。

我将自己的"赋闲"生涯，视作自己坐了十余年"冷板凳"，却不失为一种文化积累的过程。纵然"打工"，也是"半工半读"——即"闲着读书，忙着做工"是谓也。以上即是我的打工小记，方家以为然。

# 我是农民

晚饭后,我时常与妻子一同"遛心"。人走在楼宇巷道之间,仿佛与神有约。微风抚面,红尘万缘放下;凉飙徐至,不由清兴转豪。"人生不满百,常怀千岁忧。"散步也成了我读书与思考的一个过程。妻子说,与我在一起毫无情趣,整日沉默不语。说我不读报纸、不看电视,像个农民。

"我是农民。"也许,我的血脉里有着更多的农民基因,而且根深蒂固。

70年代,我中学毕业分配在基层企业,跌爬滚打数十年,可以说我是一个地地道道的工人;80年代,读完大学,在机关谨小慎微二十载,可以说我是一个像模像样的机关干部;从小学、中学到大学十几年,我又是一个出身科班的知识分子;如今我赋闲居家,自谓"自由职业",其实如一个失去了土地的农民。一次儿子填表,问我家庭出身填什么,我说干部,失业也行。儿子愣是看着我。我改口说,那填工人,农民也行。

所谓"农民",我说的是一个纯粹以土地为生的农民。入城打工的、小商小贩的、当兵入伍的、游手好闲的不在其内。总之离开土地的已不是纯粹的农民。像罗中立的《父亲》,就是这样一个中国农民形象。混沌的双眼,仿佛祈求什么,沧桑写在脸上。皲裂的手和双手中捧着一只有裂口的碗,神情漠然。无所争,也无所求,习惯于听天由命。还有一

飞向明天（摄于1990.5.6）

点鲁迅的"哀其不幸，怒其不争"的味道。那是我们的父辈、祖辈。其背景，一般是陕北与晋冀的黄土高原，即中原地区。我欣赏这样一句话：要了解中国，去看看中国农村；要了解中国人，去看看中国的农民。农民，才是中国的根本，才是中国的代表。城市只是一株盆栽的奇花异草。

我的父辈，来自浙江鄞县农村。我的血管里流动着农民的血脉，我的基因中蕴涵着中国农民的图谱。无论北方还是南方，只要是农村，都是我根本的乡愁。长江黄河、白杨柳树、沙漠绿洲、高山土丘都激起我对故乡的深深眷恋。赤脚走在田埂上，是一种追忆；看夕阳西下，听牧童短笛，是一种缅怀；长江黄河落日圆，千家万户袅袅烟，道不尽的乡愁与乡恋。

我是农民，不是调侃，而是一种心声；我是农民，不是戏言，而是一种性情。有时间，我总是一次次地去农村，祭拜先祖，更多是去看看农村、看看农民，了却一种情结，凭吊一种乡愁。因为我的根在农村，农村是我永远的梦。

　　我欲回乡,叶落归根。届时,置三分田地,守二分月光,留一分性情。晴耕雨读,把晤山人羽客。开轩面场圃,把酒话桑麻。有时,半夜待客客未至,闲敲棋子落灯花;有时,松下问童子,言师采药去。只在此山中,云深不知处。其中滋味,无法与俗人语,令人低回。

　　我是农民,耕是生存之本,读是一种文化经营。鹏举的"三十功名尘与土,八千里路云和月"是一种大解脱。我五十学书,六十学画。也许,水墨丹青与宣纸湖笔才是我的最后归宿。共藏多少意,不语两相知。

　　总之,我是农民,不曾别有怀抱。中国乡村历史悠久,沧桑厚重。田园情结,牧歌情调,在历代文化里呼吸了数千年。人们晴耕雨读,春耕冬读。他们秀者抱经,朴者负耒。寒门细族崛起于阡陌陇亩之间。王侯将相宁有种,鸿鹄之志雀无知。

　　或许,文字只是一条小船,负载不了太多的使命。然而,我将驾驭这条小船,随波逐流于农村大地的江河湖海;我将筑一个乡村书斋,满足我澄怀观道、游目骋怀的情志。因为,我是农民。"不知有汉,无论魏晋"。正是我崇尚的一种世外桃源,一种生活理想。

# 筑 梦

梦是一个人的潜意识,时有怪诞离奇,稍纵即逝;时有脉络清晰,可堪回味,惊喜、惊悚兼而有之。

没有梦,人生会变得苍白,就像人生没有过恋爱。三十岁时,我曾梦想自己沉下心,再从容地学门外语,也算是种"专长",却遭遇一个朋友戏谑:八十年代了,不去多赚钱,还读什么书。我愕然。

四十岁了,我梦想自己为家庭干一番事业,因为我不缺的是时间与精力……然而,江湖险恶,最初的闯荡竟成了我的一个人生拐点。原来"人生四十皆是惑",多少人跌在人到四十这一门槛上而坠落谷底、一蹶不振,真正跨过去的才是英雄。虽说,我是殚精竭虑却天意难违,最终铩羽而归,步入人生边缘。

人到中年,我不再梦想,那就简简单单地读读书。不再为"宏伟大业"所惑,也不再为旁人而左右自己的人文走向,为自己活着,好好把握,洗去铅华与功利。不是吗? 数十年,我是什么都涉猎,什么都懂;可是,又什么都不懂。事实是,职业才是命运。还是静心读自己的书,这样才心安理得。

人生,不能永远生活在梦想中聊以自慰。如何走好现在才是硬道理。我将不再为功名所惑、为功利所乱,而是坦坦荡荡地走进自己的"六十杖于乡"而无怨无悔。学会放弃,也是一种收获。功利、功名、钱财都是浮云,沉淀下来的只有文化。当我不再为完梦而心力交瘁时,"无梦"何尝不是人生一大境界。我可以平心静气地真正读几部书,做点读书笔记,也算过把瘾,一种心境吧。把壶面壁,书中自有忘忧草。

"半工半读",才是我的最佳选择。工时,为社会做点工作;读时,为自己做点积累,厚积薄发。我从"筑梦"到"无梦",再到遁入空门,从而完成一个人的生命曲线,足矣。我不追求生命长度,顺其自然,我更在乎生命的宽度与厚度。

# 赋闲惟此可骄人

我说读书是一份职业,写作是一种命运。我在书本里结束我的生命;同时,我在书本里开始我的生命——赋闲惟此可骄人。

十余年前,我激流勇退,回家赋闲。其中,既有一种自我张扬的亢奋,又有一种莫名的彷徨,绕树三匝,无枝可依。"悄悄地我走了,正如我悄悄地来;我挥一挥衣袖,不带走一片云彩。"我确信,与其蝇营狗苟、唯唯诺诺,替人做嫁衣;不如解甲归田,自我解放,为自己活着。心无定所的自由职业,才是我最终的选择。纵然铩羽而归,也是无怨无悔。因为,性格就是一种命运。

白天一壶茶、一册书,上下五千年,逮着什么读什么。一个人的阅读,仿佛宗教的闭关、修炼、坐禅,万千尘缘放下。既无稿债所逼,又无功利所惑,而是性情坦荡、信马由缰、收桨放舟一般。

晚上醉里挑灯看剑,渐入佳境。历史地理,金石书画,才是我根本的文化乡愁。原来,中国文化有时如此的简单,简单得只是一些点画;而正是这些点与画,构架出一个天地宇宙,连缀出了一个五千年文明史卷。只是"人客物主",人是一个时间过客,而天地宇宙、人文历史才是永远的主人。这些点画,讲述着天人之间的真实与诗意,又将这些真实与诗意描绘得如此悠远,成了一种永恒的文化魅力。一代一代文化人趋之若鹜,为之传承不息,成为一种文化景观。

　　司马迁《史记·陈涉世家》:"陈涉少时,尝与人佣耕,辍耕之垄上,怅恨久之,曰:'苟富贵,无相忘。'庸者笑而应曰:'若为庸耕,何富贵也?'陈涉太息曰:嗟乎! 燕雀安知鸿鹄之志哉!"陈涉另有怀抱。那么,我呢。除了书香笔润,我还有什么奢望。

　　"知我者,谓我心忧;不知我者,谓我何求。"我并不以知我者为奢望,而永远地慰藉。我却时时追问自己,为什么放弃职业、选择赋闲,将不可知的文字视为生命。或许,城市太功利,职业太逼仄,惟有在五千年的文化怀抱中,聆听天籁,阅读古今,我的心灵才得以抚慰,受伤的翅膀才得以舒展。窗外春意阑珊,凉风起天末,君子意如何? 我深信,素食则气不浊,独窗则神不浊,默坐则心不浊,读书则口不浊。

　　如果说,阅读给了我一个天马行空的幻想,有了一纸心灵地图;那么,写作就是我飞觞醉月后的一个激扬文字——这是我永远的向往与精神依赖。

# 心灵之舞

有人说，草书，酒神之舞；其实，草书，书家心灵之舞。

中国书法，堪称线条艺术。既有装饰性，又有律动感，洋溢着千百年的音乐、舞蹈之魅力。秦代小篆，玉女垂拱，端庄典雅；汉隶八分，轻盈雍容，丰润柔美；晋唐楷书，肃然起敬；行书活泼，草书张扬。

中国文化，素以酒为缘。诗者诗仙，书者颠张醉素，成为一种文化景观并流芳百世。酒以助兴、壮胆激发才情，为传统文化起着推波助澜的作用。中国文化若没有酒的参与，那将黯然失色许多。酒，是一种动力，是一种推动器。有了酒，才有了"醉来把笔猛如虎，粉壁素屏不问主"。真可谓，"忽然绝叫三五声，满壁纵横千万字"。这不是别人，而是唐代狂僧、草书大家怀素。

《自叙帖》概括他的一生，也是他一生的艺术成就，充分体现在这酣畅淋漓的笔墨中。"怀素家长沙，幼而佛事，经禅之暇，颇好笔翰。"用笔放纵，气势浑然一体；饱蘸浓墨，进入忘我境地。

他常酒醉，"起来向壁不停手，一行数字大如斗"，浪漫之极，无以复加，其影响远大于书疏尺牍、短笺长卷。这是唐代题壁，是怀素的性情、天赋所致，是他个性张扬、精神自由的一种极致。有人说，"帝王书有英伟气，大臣书有台阁气，僧道书有方外气，山林书有寒俭气，闺秀书有脂粉气"。其实不然，尤其怀素，虽为僧人，却不见有丝毫的方外气，他是士人、僧人多重身份，不仅是性格、性情，在艺术表现上，也是多才多艺，不是随意、简单猜测。

1999 年，毛泽东入选"中国二十世纪十大杰出书家"，正是有赖于他气势恢弘的狂草艺术，人称"毛体"，并无过誉。具有浪漫气质的毛泽东深得怀素精髓，诗词墨迹，无不挥洒自如。书风潇洒有致，或似狂风恶浪，扑面而来，万夫莫当之势；或有高云坠石，千年万岁，枝蔓枯藤余韵；或是杨柳春风，莺歌燕舞，小桥流水人家。线条细瘦，却是中锋用笔，蕴涵劲力，宛如强弩立弓，蓄势必发。章法大气浑厚，有纵无行，上下参差，两军对垒厮杀，不分彼此，气脉贯通；也有妩媚婉约，公主小姐，游春赏景，款款迤逦走来。大字如虎似熊，凤翥龙蟠；小字雨珠夹雪，涉墨成趣。不难想象"飘风聚雨惊飒飒，落花飞雪何茫茫"是一种何等的恢弘意境。"不到长城非好汉，屈指行程二万。"沉郁痛快，气势豪迈遒劲，此中是否找到怀素的影子。1972 年中日邦交，毛泽东赠送给日本外相大平正芳的就是一册怀素《自叙帖》影印本。足见怀素在毛泽东心中的地位。"君王必是收狂客"的怀素，千年之后，得到人民领袖如此殊荣，九泉瞑目含笑。

如果说，篆隶行楷还可以描红临帖，依葫芦画样，神无还有形似；然而，放浪形骸的草书，尤其狂草，那不是线条，那是书家的气脉，吐纳天地。回眸纸上，已是魂归神收、遗墨犹在，笔情墨趣在目。所谓篆朴、隶俗、楷工、行正、狂草不羁。这才孤蓬自振，惊沙坐飞；有了飞鸟出林，惊蛇入草，只可意会无言以传之妙。说起狂草，唐有颠张醉素，当代还有一位毛泽东。其诗书一脉，气韵生动，为"唐宗宋祖，稍逊风骚"而感叹不已，其英伟之气犹览。

# 下午茶

　　周末的下午,风轻云淡,这是一个天高气爽、秋意渐浓的下午。我独自静静地孵在太阳底下一动不动,沉浸在风过雨后的时光和阳光的双重沐浴中物我两忘。我特意为自己沏上一杯上好的"龙井"茶,正荡漾着缕缕香气。这实在是一种难得的兴致和心情,好像是蓄谋已久,令我有些心旌飘摇起来似的,"一个人在家感觉真好",我是第一次有这样的感觉,尤其是周末的下午。只有我一个人,真的,只有我一个人独享着这秋日午后的清静,仿佛能听到自己的心跳声,其实是我太在意这周末下午的独处的心境。只有秋天的阳光才是如此温暖和灿烂,我的心情就像这秋日的阳光一样明媚。有一个人这样说,给你一点阳光,你就灿烂。我就是这样一个人。

　　我手上的一本时尚女性杂志,随意打开着,"CD"机播放着世界经典小提琴柴可夫斯基的"天鹅湖",在和煦的秋日午后,营造着一份浓浓的文化氛围。这是一份心境,一份独处带来的特有的兴奋;这是一份雅兴,一份潜意识中久违的小资情调。四周静谧得没有一点涟漪,只有我一个人与自己对话、与心情聊天,同时放牧着自己幽闭的心灵。此间的我全然没有什么"秋天的惆怅"和寂寞,只有一种秋天收获般的欣喜。我知道自己,我在阅读杂志、我在阅读音乐,我在阅读秋日的阳光,其实我更多的是在阅读自己的情绪和感怀。有一位作家说得好,中年是一杯"下午茶"。是啊,我正在细细地品味这杯灌满着浓浓秋色的人到中年的"下午茶",它不冷不热、不浓不淡,但是多少的甜酸苦辣尽在其中,多少沧桑感慨也在其中。阅历是一种财富,其实沧桑更是一种不可多得的宝贵财富,中年便是这种财富自然的拥有者。

秋日和煦的阳光,它毫不吝啬地泻满我阳台里的每一个角落,窗外摇曳的枝叶阴影在地上、在桌上、在我的脸上变幻着各式线条,给人以一份动感。我称这阳台为"太阳半岛",我把这书房称为"阳光书屋"。我曾在,并继续在这温馨的摇篮里编造着一个又一个自欺欺人的"童话"。

我凭栏眺望,窗下的绿荫中有一条小巷,偶尔有一辆两辆小汽车,轻轻辗过风雨飘零的秋叶,心头颇有几份淡淡的诗意划过。它也令我记忆起儿时在乡下度假,时时地望着窗前窄窄的河道上缓缓滑行的船只,只是心境迥然。此刻的我会有一种深沉的语音在我的耳畔回响,这是一千五百年前的一声叹息,"逝者如斯夫"。我捧着茶杯的手一颤,茶水泼在了手上,时间和流水竟然如此相似,它们无始无终,它们从不停息,人生只是一个稍纵即逝的瞬间。我如今四十有五,人到中年,我拿什么来向他老人家汇报。

青年人常常以憧憬来充实生活,老年人往往以回忆来打发岁月,而中年人则是徘徊于两者之间,时时地心动有余、行动不足,所谓的思想多于行动。一杯不冷不热、不浓不淡的"下午茶",正是它形象的写照和比喻。这杯茶自可以从中午喝到傍晚,闲散而优雅,淡泊而从容。既没有寂寥的呻吟,也没有孤独的呐喊,而是闲情逸致、温文尔雅地在札记上继写着千年古训"子在川上曰,逝者如斯夫"。而"敢问路在何方"只是一句空洞的口号,没有太多的浪花,一切尽在不言中。随遇而安便是中年人的一个宿命和一个遁词,上有老,下有小,无病即福,无灾即达,人到中年还图什么。绿茶、阳光、书籍、音乐和无法言传的心绪,这就是我的一个个心路历程中的一个个人生驿站。有人说,拥有阳光就拥有了生命,拥有书籍就拥有了财富,那么,我还孜孜以求地追寻什么,"无为而治""解甲归田"不也是一种抱负、一种理想的升华。"下午茶"其滋味各异、趣味各异、智仁互现,这就是下午茶的真谛。有一首诗写道,人间自有花开处,春暖花开会有时,我深信,我期待。

# 我的第一张文凭

我的第一张文凭,是"那些年"通过自学考试获得的,它影响了我此后的人生轨迹。

1977、1978 年,全国恢复高考。然而,折叠了很久的我,尚未挣脱惯性,我怕报考填表,更怕政审,因为家庭出身和社会关系。

1982 年,上海电大招生。电视台曾报道上海图书馆(现上海美术馆)早上六七点钟就是逶迤如蚁的人流,塑成一道城市风景,其中就有我的身影。

那时,我第一次读到了《诗经》《楚辞》,第一次读到边塞诗。"忽如一夜春风来,千树万树梨花开。"古典诗文里的历史氛围、文学意蕴仿佛一碗心灵鸡汤,滋养着我寂寞无边的心田。三年后,我梦想成真,成为"文革"后的第一批通过"自学考试"的毕业生。

可以说,1980 年代,我是为文凭而读书,是一种"谋生";1990 年代,考入上海教育学院专升本,纯是再续旧梦;2000 年代,我干脆解甲归田,整日浸润文史长河,那是一种"谋心"了,彻彻底底地成了一个时间大户,痛痛快快地读了多年的文、史、哲,养了多年的精、气、神。

历史、地理、艺术、哲学,既是兴趣培养、触类旁通,又是理论积累。弗洛伊德、黑格尔、尼采,以及米开朗基罗、莫奈、毕加索,都是我心存敬畏的先贤,至今满满当当地挤在我的书橱里,使我的生活充盈起来,有了厚度。有书的房间，才有一种生命意义。

我的第一张文凭，使我自觉地皈依文化，并任意幽情怅绪的发酵，仿佛冥冥之中的安排，一改以往刻板、甚至令人窒息的生活。因为文化，就是上帝赐予我的一方绿洲，纵横捭阖；因为文化，历来文能化精，史能化气，哲能化神。适逢盛世的我，只有以全部的生命追问与生命体验去投入，而没有任何的理由掉以轻心。

# 冬雨如诗

隆冬，阵阵寒风裹挟着细细雨丝，袅袅娜娜，翩翩飞舞一般。或飘若惊鸿，或矫若游龙。宛若一幅山水长卷，草木淋漓，水墨写意空灵。

说不尽的风雨缠绵。

一杯酽茶，热气氤氲；一分性情，倚窗而坐。没有功利，闲着并快乐着。时而品茶，咀嚼生活甘苦；时而观天，感悟世态炎凉；时而听雨，云游山村水乡；时而读书，风吹哪就读哪。也许不经意间，读出了佛宗禅道的哲学意味。

日历翻过，小雪、大雪、冬至。长城内外，早已惟余莽莽，山舞银蛇；大江南北，尚是丹枫黄叶，冬雨初沐。"听雨寒更尽，开门落叶深"，这就是江南隆冬独有的风情与诗意。

雨声，淅淅沥沥。不知不觉，走进冬季。刚刚还称暖冬，此刻呼吸，已是寒气逼人。气象报告，今明小到中雪。我盼望雪天。下雪，才是冬天的节日。雨中，一对情侣依偎，妩媚而行。一把红伞，透着暖意。他们渐行渐远，瞬间成为永恒。有首歌，伞下有个晴朗的天。

原来，冬雨也温柔。

某年冬季，雨雪霏霏，我踯躅街头。这是一个偏僻的江南水乡。两岸建筑，参差错落。古树参天，炊烟袅袅。一种养在深闺人不识的静谧与纯朴。"卖花、卖花。"声音抑扬，仿佛吟唱。一个卖花姑娘，迎面走来。脸上满是水珠，分不清是雨雪还是泪水。发梢上缀挂着雪花。我下意识地掏钱买了两束腊梅。不知该与她说什么，只是心中怅然，看着她消失在雨雪之中。

"卖花、卖花。"没有行人，只有香如故。我恍惚，雨中的腊梅，就是她的形象，自怜、自爱、自赏。

冬雨，还是个怀旧的日子。

寂寥的树木，在风中，在雨中，寂寞又悒郁。没有春夏时的那般枝参叶错、树影婆娑，而是于无声处，长吁短叹"逝者如斯夫"。寂寞是一首诗，悒郁是一首歌。吟唱着世相百态与世事跌宕。

我说冬雨如诗，我说爱在冬季。我奢望，有一场"千树万树梨花开"的雪境。

# 最忆是故乡

在我户籍上的籍贯一栏,"宁波鄞县",是我唯一祖籍渊源的记录。鄞县,史料《国语》云,越王"句践之地,东至于鄞。"秦置鄞县,《方舆胜览》"以海人持货贸易于此,故以名山"。五代改置鄞县,唐为明州治所,今称鄞州。何谓"鄞",汉字的"右耳"旁,一般都是地名,与土丘、山地有关。比如"祁"连山、"邛"崃山,都是。然而一个"鄞"字,我却读"勤"好多年,真是汗颜。

宁波,我的故乡,一个人文渊薮,文献名邦。只是少小离乡,不谙世事。人至中年,这种故土情结,却越发不可收拾。乡愁,成了一种精神回望,成了一个心灵地址。似乎,唯有踏上了故乡的土地,方能了却这种浓得化不开的乡情、乡愁。余光中先生的《乡愁》有其精彩的演绎——"小时候,乡愁是一枚小小的邮票,我在这头,母亲在那头"。"后来呵,乡愁是一方矮矮的坟墓,我在外头,母亲在里头"。

曾记得,我随着父母一同回乡省亲,拜谒祠堂。那是我印象中唯一的一次在故乡度过的暑假。所有的场景,早已浸淫于时光岁月,更趋模糊了。只有故乡的风,故乡的云,和村口那虬枝盘绕、浓荫匝地的老树,以及夕阳下的袅袅然的缕缕炊烟,一如"凡高印象",朦胧而又斑斓,成了一幅抹不去的风景,永远地挂在心中——那是我的故乡印象。它不是一个个具象,而是意幽韵远的精神文化。当年,我与一个大我几岁的男孩放牛。我在以后的文章里称他为"闰土",当然他比鲁迅先生的"闰土"要活泼得多。牛自在地啃着草,"齁齁"有声。我们玩累了,躺在斜坡上,望着悠悠的白云出神,天老地荒,群山无语,木讷憨厚的村民们,仿佛是山坡下散落的石头,令人寂寞,寂寞得自己也成了其中一块。而最快乐的是,我们一同骑在牛背上,听他不成调的笛声。"牧童归去横牛背,短笛无腔信口吹"。那是一种天籁——悠远悠远地融入于人文历史之中。

上世纪八十年代,我又与妻子去了一次宁波,那纯粹是一次旅游。去天童山,阿育王寺感受宗教文化的洗礼。故乡的印象不复存在,只是象征性地去了一趟儿时记忆中的田园牧歌的地方,与"闰土"见了面。"乍见初疑梦,相悲各问年"。令我一惊的是,我印象中的"闰土",被岁月吞噬,竟成了罗中立的"父亲"。粗糙的手掌,沟壑纵横的脸庞,如同村口的老树,不知把多少悠长的岁月,吸干在满身枯裂的皱纹里了。

如今,多少年又过去了,我已奔五望六,真想买三分熟地,借二分月光,坐一席秋草,约三五知己,潜心地住下来,看看故乡的云,吹吹故乡的风,听听无腔的短笛,还有什么尘缘不能放下。明山甬水,我的血脉里流淌着它的一方水土。无论我走到哪,故乡是我一个永远的情结,我永远的根。

小时候,在家乡的原野土路上,我们离大自然是那样亲近,我们却并不因为亲近而理解自然。今天,对世界、对地理略有所知,反而只能在梦中追寻。越趋遗忘的过去,让我在夕阳西下的黄昏中,面对闪烁的灯光,像一个迷路的孩子,怅然若失。

也许,人远离了地气,才有根本的乡愁。

# 周庄夜语

北宋元佑元年（1086），周迪功郎宅舍 200 余亩捐于当地的全福寺为"寺"——始称周庄。然而，那个积贫积弱的宋皇朝，给古镇周庄留下什么文化精神遗产——大画家陈逸飞先生画作"双桥"，无意间拨动我的心绪、心结，令我一次次地走进"画中水巷、诗里古镇"的周庄，开始潜心于"一个人的周庄"的故国神游，体会"梦里不知身是客"的浩渺……今宵是何日？

一

最是那个夜，还偶尔飘着细雨，平添一派烟雨江南的景致风韵，至今为我玩赏、玩味不已……上世纪八十年代，我第一次跨进古镇，迎面一块巨石上书"九百年古镇"令我一震——那是一场千年历史场景的"穿越"——三百年清、三百年明、一百年元、三百年宋……哇，我一子坠入"历史里"，不能自拔——因为，我看到一个素面朝天、纯朴得可爱的"一庭愁雨、半帘风絮"的周庄。

我踩在周庄的碎石小径，就像踩在黑白相间的琴键上，每一步都是一个音符跳跃；如同一折戏曲唱腔，曲调未成先有情的耐人寻味；所营造出的氛围蕴藉，似勾描着罗帷掩映中的慵懒……

当日，我是挤了几小时的火车，"坐"着站票，且在声声吴侬软语中的昆山下了车。随后，我按图索骥地再坐上公交来到周庄古镇。举目四望，空茫茫一个小小的河埠，没有喧嚣，更没有商业炒作的繁花似锦……蓦然回首，周庄淡定的如禅坐佛、静的入髓入骨，尤其黄昏时分的那般静，无法用言词表达，唯有用水墨、工笔杂糅才可能描摹一二，袅袅炊烟、人语狗吠……"云暗风轻舟自横，江色空濛夜更奇"的周庄，就如此走进我的心底，成了我画作的一个文化底色，永远无法抹去。尤其，岸边尚是荻草葳蕤、杂树生花。

我心安理得地随着人流登临摆渡船，扣舷凝睇，享受在"乌篷对坐一帆风"的画意里。心想，也许下船再买票吧——这是一只传统的小舢板，一个渡工，十来个客人。竹篙子一点，船就渐渐驶离了岸口。下了船，我疑惑地站在渡口，寻找着售票处……乘客们竟作鸟兽状散去。这里免费摆渡？这令我愣了好一阵——至今感叹古镇、古风的纯朴，难以忘怀。自然，这一幕竟成了永远的"掌故"，它的余馨芳踪，却一再地为我唏嘘……

其实，那夜的周庄，就像明清尺牍一般，墨淡字疏，纵然留白，却最是用情处……而面对商业包裹着的周庄，我却发现无处凭吊乡愁的遗憾。乡愁是份文化，是份融入血脉的文化，是民族文化赖以生存发展的原动力。我说，"未来，乡愁是条长长的河，只有桥没了河埠，日暮乡关何处是？只剩下愁，乡不再！"然而，我多么期盼，水永远是流动的诗、永远的逶迤，河流更是历史的呓语叹息……我想，江南的水巷灯影，如同北方的石窟塔影一样，共同承载着中华文明。

如果说，今天的周庄已是重彩浓墨；那么，当夜的周庄就是一幅素描，神韵俱在——还是那看不够的小桥、流水，和入髓入骨的粉墙、黛瓦以及万家灯火……只是少了如画炊烟的市井气，而是多了商业化后的浓稠的脂粉气。

## 二

有人说，双桥最能代表周庄的气韵。更是那座"双桥"，让周庄走出国门、走向世界，成为中国古镇旅游最早开放的景点……这才有了以后的西塘、朱家角等诸多水乡、古镇的开放。

双桥，俗称钥匙桥，由一座石拱桥——世德桥和一座石梁桥——永安桥组成。清澈的银子浜和南北市河在镇区东北交汇成十字，河上的石桥联袂而筑，显得十分别致。因为桥面一横一竖，桥洞一方一圆，样子很像是古时候人们使用的钥匙，当地人便称之为"钥匙桥"。

当我在夜幕中踏上双桥，灯火阑珊中更是静谧得生怕它稍纵即逝。她的美，如同往年的一幅年画，市井俚俗，俗的入骨，又是雅的可爱。如果说，80年代的周庄是个村姑，美的端庄，兼具羞涩之美；那么，今天的周庄，凤冠霞帔似的，远不是"养在深闺人不识"，而是一个风姿绰约、雍容大气的名媛丽人、大家闺秀，迎送四方客。

如果说，周庄的水是琴弦；那么，周庄的灯火则是轻盘慢捻……给周庄多添三分旖旎——那是个"吹箫人去何处堪寄"的周庄。旧时的周庄，令人静下来，是一种"慢生活"；现在的周庄却是让人与时俱进，多少时尚在其中。前者写意，多几分诗情；后者写实，多几分叙事。

多少个夜幕下，我曾站在桥头眺望，灯火时而璀璨、时而阑珊、时而星星点点，装饰着市井文化——人语桥驿、酒幌店幡飘举，都是一段段无以名状的历史记忆，多少温情其中，心被熨过一样，它就是一首朦胧诗：你在桥上看风景，别人在桥下看你……尤其，淅淅沥沥的雨点在灯火前成了雨幕，编织着"说不清、理更乱"的古镇夜雨……

暮色中，依稀的灯光打在歪歪扭扭地挂在"沈厅"的匾额上，我朝尚未修葺开放的破败的沈厅张望，里面黑黢黢，潮湿阴森，仿佛伸出抓一把,尽是魑魅魍魉,如同走进了《聊斋》故事,暗吻这不绝的淫雨与暮色——它好似一个长镜头、空镜头,闪回百年千年的市俗场景……

自然,今天的沈厅脱胎换骨了,它位于周庄镇东垞。是根据周庄富贵园的历史资料和历史原貌,在原址精心设计、精心修建、精心布置的仿明式建筑。并参照故居沈万三致富的各种传说、经商的坎坷历史、一生的传奇经历和沈家生活起居的场景,通过铜像、砖雕、漆雕、实景模型、版面、布景箱、泥塑、连环画等艺术手法,予以展示——成了一处拓展和延伸周庄旅游景点的重要人文景观。

沈厅是周庄的代表性建筑。在周庄的近千户民居中,明清和民国时期的建筑至今仍保存有百分之六十以上,其中有近百座古院宅第和六十多个砖雕门楼,还有一些过街骑楼和水墙门,堪称典型的江南水乡建筑。而沈厅则是这些建筑中的经典之作……

走在夜雨中,就是展读一部史书,越嚼越有滋味。灯光与雨丝,更添几分古镇魅力——这桥这水、这老屋老宅,都是一段段历史片段……

## 三

回到客房,寂静的可以,听漏成眠。如果说,这里的灯火斑驳得令人着迷,众里寻她千百度,诗意无限;那么,这里的静,却令人心生美丽、富有,更是一种智慧灵感。冥冥之中,我期盼着古人闪出,与王安石、三苏、李清照煮茗把盏,体味"闲敲棋子落灯花"那最令人低回的闲情逸致之美……

此刻,我追忆着夜如逝水与雨如流年的"周庄物语"中的"夜周庄"……令人沉浸于"春水碧于天,画舫听雨漏"的意境里。仿佛流寓江左,午夜梦回……吟诵着"带走一盏渔火,让它温暖我的双眼"。真正红尘不来,渔樵唱晚。

　　如今的周庄，水是舞台，灯是角色，生旦净丑，悉数唱念做打。我更以为，那是水与灯的交响，其中"橹摇唉乃的水声"是第一主题，夜色灯火是其第二主题，演绎着不息的文化周庄。

　　而周庄的水，仿佛也有别其它地方水乡，缠绵而缱绻；周庄的夜，更是流淌着一曲又一曲的周庄物语、周庄夜话而为人流连……

# 人文"藕缆桥"

　　一座桥、一个村、一代人……历史沧桑、人文渊薮而成就了藕缆桥村的古朴与风情,犹如一首古典小诗,吟咏着百年千年的歌谣……小村位于历史上的"广德湖"岸边,只是当年的"废湖成田"运动而令过往湖岸的山川形胜渐渐地销声匿迹,那些风物风貌一一成了历史的碎片,高高地挂在人文记忆的深处——有一种文化叫"乡愁"。

　　清人徐兆昺的《四明谈助》,是一部"走遍宁波"的人文地理的工具书。书中记载:"广德湖也,自望春桥西南即是。"说是望春桥西南的藕缆桥村的湖堤旧迹……往年的藕缆桥村,堪称河网交织、小桥流水人家;众多粉墙黛瓦、阡陌田垅,滋润着两岸的万般风情……有人称,那年湖上烟波浩渺、鸥鸟翔集、渔舟点点;湖光与古寺、塔影交相辉映,呈现出一幅江南水乡画卷——那是有赖古人"仰观天文,俯察地理"的习惯——才有了当年的广德湖与往年的"花样年华"。可见,天与地是与人类相关的两大最直接的主题,先人更是对天地有一种敬畏心,并不断地摸索,才有这部《四明谈助》,为浙东风物留下人文"影像"。

　　有人著文:鄞州新庄古村落的"王升大博物馆",讲述着这个百年老字号的前世今生,成为青年学生的一个传统文化教育基地……它的后面有一个"藕缆桥村",是朱氏家族祖居的小村落,因缘耕读传家,成为藕缆桥村大姓村。朱氏家族崇尚教育,历代子孙多经商和饱学之士。

另一座"怀安桥"也是朱家所建。桥栏长 3.15 米,桥宽 2.27 米,坡长约 10 米,结构古朴。桥栏小字直书:"二十九年春日"、"朱荷亭重修,男维官书"。

据文献载:1941 年日寇从镇海登陆侵甬,宁波沦陷。朱维官在镇海县城西长营弄里澜浦庙独资开设长丰纱厂,大规模生产棉纱,源源不断销往周边地区。朱维官由此发迹,成为宁波工商界名人。1947 年朱维官将长丰纱厂迁至宁波战船街,并将产品命名为"灵桥牌"。他还在宁波西门口三板桥对面的马园路一带置地,计划筹建新厂扩大再生产。这是朱维官事业的鼎盛时期。解放后,长丰纱厂被改组成国有甬江纱厂。

今天,1941 年出生于上海的朱英富,原籍鄞州藕缆桥村,是我国第一艘航空母舰"辽宁号"的总设计师。2012 年国庆期间,朱英富曾携家人来到故乡宁波,寻访藕缆桥村朱氏家族旧居,观感村内存有继述堂、朱维官故居,还有藕缆桥、怀安桥等历史遗迹……

人文"藕缆桥",无论时代变幻、沉潜反复,这里的断壁残垣,依旧诉说曾经的过往……"藕缆桥村",正如湮没凡尘的一枚琥珀,凝结着岁月的苍茫而令人神思。

# 别梦依稀苏州河

生于斯、长于斯的苏州河，是我最初的一部人文地理书籍，并业已融入我的文化基因，成为了一脉无法割舍的缱绻乡愁，随着岁月的更迭而愈加魂牵梦萦，无论我走到哪，它依然流淌在我的心海里，流淌在我的血脉中。

当年，走在雨后泥泞的河畔嬉戏玩耍，我离大自然是如此亲近，却不因为亲近而理解它；今天，对历史、对地理略有所知，反而只能在梦中追寻。甚至，越趋淡忘的过去，有时在夕阳的暮色中，面对闪烁的灯光，像一个迷路的孩子，怅然若失。也许，人远离地气，才有了挥之不去的乡愁。

少时，我喜欢它的缠绵，一种缠绵中演绎的文化经典，"蒹葭苍苍，白露为霜，所谓伊人，在水一方"；步入中年，我还是喜欢它，喜欢它宽大为怀的包容、孤独和慈悲，以及它长长的叹喟，"子在川上曰，逝者如斯夫"。如果说，中国的两河流域（长江、黄河），共同孕育了华夏五千年文明，一并成为中华民族的母亲河；那么，风物气候的苏州河，便是数百年积淀的上海城市文明的摇篮与经济文化社会发展的见证。多少个风晨月夕，我总是常常独自一人走出蜗居，"转经"似地在河岸徘徊又徘徊，心绪复茫然。"河水梦悠悠，水闲我亦闲；秋风知我意，唤我来水洲。"其中，自然没有少时铁血风沙、醉里挑灯看剑的豪迈；只剩一腔书剑飘零、铩羽而归的"相顾已无言,唯有泪千行"的人生感叹。

我曾形容黄浦江,是申城的围脖,气质优雅;苏州河,则是上海的腰带,空灵飘逸。而这风迹烟痕的苏州河,就是城市数百年的一个历史片段、一个闪回、一个钩沉,更有堤岸边那斑斑驳驳的道道勒痕水迹,成为一个个文化断层、一种年轮记录。

有人以东方电视塔、金茂大厦作为上海的代表,其实,脉脉流淌的苏州河才是上海的魂、上海的风骨,一种有容乃大的城市精神。因为,最经典的文化都渊源于城市河流,因为城市变化太快,原有的意象还未沉淀,尚未发酵酿成文化,新的意象已抢先而来。而河流相对稳定,有着鲜明、传承有序的文化印记,便于辨认。它就如同是一部流动的史书,记载着这个城市的近代、现代和当代史。对于历史,我素来充满敬畏,不敢戏说,也不听"王道"的鼓噪与"大师"的讲道,而是潜心地阅读原著。

苏州河,便是我永远的阅读。历史若没有了记忆,难免一年一年趋于淡忘;若没有了具象,历史只剩下口号与旗帜,难以让人真正记忆。而每一次阅读苏州河,对我来说都是一次嬗变,一次身心相容、知行合一的精神陶冶,不再缄默。我深信,城市背后的在水一方,才是人类心灵永远的栖息地。

如今,我居城北,工作城南,骑车跨越苏州河,成为我每一天的开始。旧日苏州河上的"老闸桥、泥城桥、垃圾桥……"风貌依稀;往年光复路、万航渡路、长宁路段的苏州河……更是烙下了我儿时的一个个胎记;尤其,苏州河畔的夹竹桃、丹巴路渡口,更是留有我花前月下的一个个青春记忆。

苏州河,就是那样一部上海(3D)版"清明上河图",吴韵汉风且风情万种。水上风樯如画、帆影绰约,岸边人语驿桥、市井喧嚣。更有甚者,风雨过后的苏州河堤岸,时有大闸蟹爬出……旧时的回忆,就如同一个个长镜头、空镜头摇过:凯旋路(光复西路)段的苏州河上,有座贯通南北的铁路桥,偶尔火车呼啸;桥上并行有条小道,路人大都是行色匆匆的苏州河两岸的纺织女工。走过小道转角处有一两个战争残骸——碉堡,上面弹痕累累,却成了当年顽童玩耍、游戏的最佳场所。放学后,我就常在这里听火车隆隆,数船影点点,幻觉中自己坐上了一条船,驶向不知何往的广袤河面……

夏天,我看人们在苏州河里游泳。一些胆子大点的男孩,还站在铁路桥上跳水"插蜡烛"。身旁小货轮、小拖轮出没,"突突"而行。当他们爬上岸,却是"曹衣出水"一般,难辨肤色,只见颈项处一条黑白分界线,如同外白渡桥下的黄浦江与苏州河的交汇处。桥塥上也曾洒下我青春的汗水,一次次在中山路桥上为农民推桥头,以换一声谢,为人赞许学雷锋而乐此不疲。

无论华亭十咏,沪城八景,还是一川烟草,满城风絮;终究,低飞的昏鸦,绕树三匝,无枝可依而背井离乡。"可堪回首,佛狸祠下,一片神鸦社鼓。"如此意境,它只留在前人的诗里,后人的梦里,成为中国文化古籍中最为风情万种的一页,其背景就是妩媚秀逸的苏州河。

在工业化与城市化挤压进程中的苏州河,尤其河上行驶的船只,我总是投去深深体恤与无穷悲悯的一瞥,这些船成了一个时间过客,一抹模糊的城市底色。其实,我们的历史记忆,不应总是留恋于引以为荣的近代建筑,改造也罢,修建也罢,总有意无意地表现出一种虚荣城市的消费心理,若一旦抽去"杂质"(外来文化),我们的城市记忆,是否会成为一个城市"盲区"。其实,苏州河才正是永远的城市记忆,若没有了水脉与船只,城市会失去根,失去生命。

今天,儿子也已二十多岁了。当初,我骑车带他上学,一次次跨过苏州河。有次,在路上,他问起何处有买墨汁。我竟脱口而出"去苏州河撩点就是,还要买!"有一年,路过柳营路,看到一条河道里,竟然是殷红一片,河面上形成一条逶迤的红色长带。不经处理的化工类废水,每天注入苏州河水域,其颜色已深深地嵌入土层里。当年水网如织的苏州河支脉,成了城市一个个蚊蝇滋生地。河里已没有任何生命迹象,生物殆尽。不得已窗户临苏州河的,只得"窗虽设而常关",只采光而不通风。多少人提议填了苏州河,像肇家浜(路)一样一填了之,眼不见为净。因为,那年的苏州河,成了城市天然下水道,更是船民们吃喝拉撒的集散地,这便有了安东尼奥尼的纪录片《中国》。

如今,苏州河"旧貌换新颜",成了当代城市的一个人文蕴藉的时尚地标,诸如"苏州河产业"的影视动漫、艺术创意……往日躲避不及的苏州河岸,已成了市民晨练、休闲的好去处。诸如水上运动、划船比赛、观光水道。亲水楼盘也如雨后春笋,一处又一处地冒出来,勾勒出水岸风景线、在水一方,成了最宜人居的首选。水景房更是纷纷成了房产新卖点。

如果说,城轨地铁是一座城市的动脉;而绵绵流淌的苏州河,就是一个不可或缺的城市静脉,渗透城市各个角落。然而,市政府为了整治苏州河,水上船只难觅。而没有船只的河,就是一条没有风景的"假河",城市该是多么的空洞。试想,没有船的,还是河吗?好在城市规划中,苏州河将开设水上巴士,穿梭往来。届时,苏州河又有了动感,有了生命律动,必将成为都市一景。苏州河不仅仅需要高楼,也需月下泛舟,也应保留一两个旧渡口、或人行天桥,为历史留像;更应有农民船工的桨声灯影,只是沿线造点"服务区"。届时的苏州河,才是城市的一种诗意、一种和谐、一种惬意的宜居生活,而成为一张靓丽的城市名片。

苏州河和它水中流动的船,就是一部电视连续剧;一年又一年,苏州河就是一部沧桑又妩媚的编年史。可以阅读,可以怀旧,可以反省,可以长声一叹,别梦依稀苏州河,多少心绪在其中……

# 慈城寻古

　　车辆驶上恢弘大气的杭州湾大桥,慈城已是跌坐相望。

　　慈城(今宁波市江北区),一个文化古镇(原慈溪县县城),堪称2500年的建城史、2200年的建县史、1200年的县城史,与珠穆朗玛峰、埃及金字塔、中美洲玛雅文明遗址、四川三星堆遗址同属北纬30°,拥有令人惊羡的人文、风水资源。2005年慈城成为中国历史文化名镇,2006年"慈城古建筑群"列为全国重点文物保护单位。

　　慈城,素有吞吐云气、名流嘉会之象。尤其天造地设的县城布局,匠心独运,犹如"易经"卦象。东山(八羡山)迤逦,青翠如黛,呈"青龙"蜿蜒如蟠;西山(大宝山、大样山)如踞,石坚且硬,似"白虎"伏地;南山(赭山)如雀,山石赤红,犹如"朱雀"欲翔;北湖(慈湖)似龟,仰吻珠山,蕴华凝碧,泥潭似墨,其为"玄武"。居中为城,街巷为矢,河道如练,方如棋局,是为中土。若站在原县衙门的"珠山"(浮碧山)之巅,两袖盈风。仿佛整个城区犹如一个向北静卧的"神龟",正在啜饮慈湖"圣水",而慈城的河道,俨然是一脉全城的精血之气。

　　自唐以降,慈城鲜于兵燹战劫而古貌犹存,其天人合一的风水之迷,更为后人青睐。慈城建制以中街为中轴线,辅以两翼。以县治衙门为最高,下视棋盘式古巷民宅,如珠玑散落,且三面环水,既构成一个相对完整的四灵空间,又暗合北高南低的中国传统建筑风格的风水吉向和中国素来崇尚中庸和谐的人文追求。缘此,慈城有了魂魄,有了生命跃动的灵气。

如果说,平遥(山西)是我北方县城的代表,丽江(云南)是我国少数民族县城的缩影;那么,慈城则是我江南古典县城的一个"绝版风景"。对于一个厌烦了过于喧嚣的城市生活的我,一旦走进古风犹存的山为骨架、水为血脉的古建筑,心中自有莫名的心静,万缘放下。有人比喻,建筑是凝固的音乐;那么,中国古代建筑中的石坊、石屋、石巷、石桥,就是其中最为古朴率真的音乐原创。她的每一个飞檐翘角、粉墙黛瓦、斗拱雀替,无不蕴藉百年千年的人文故事与历史传说,馨香久远。

踅入孔庙,这座建于北宋雍熙元年的建筑(比北京孔庙早300多年),1048年迁于此,历代累有兴毁,现今孔庙系清代光绪年间的原貌,成为慈城古建筑的代表、一个人文标志。它的中轴线分别是棂星门、泮池、大城门、大成殿、明伦堂、梯云亭,左右轴线对称建有祠、阁,凸显中国传统建筑的中和之美。

说不清缘于何时,我每到一处总要拜谒孔庙,如同奉祀祠堂,成了一种情结;而且,将庙写成"廟",心中才坦然。我担心,简化后的汉字会失去原本厚重的文化内蕴,无法承载与传递千百年来的历史文化气息。据传,文革中的孔庙逃过一劫,是当地一些有识之士,将孔庙的外墙上抹上石灰、写上"语录",才使这座视若瑰宝的古建筑幸免于难。而最令我细细咀嚼的也就是孔庙外墙上的这四个疏朗秀气、遒劲有力的大字:"宫墙万仞"。出自《论语·子张》:"夫子之墙数仞,不得其门而入。"意为勉励学习。

慈城最有历史沧桑感的是千年之久的县衙,(建于唐代,公元738年)至今保存着一段古甬道(斜坡),因为当时的衙门建于山巅。我蹲下身,双手摩挲着这些呼吸千余年的古代砖石。曾记否,有多少才子从这里走上青云路,又有多少生灵在这里走上不归路。衙门的照壁(影壁,我称"阅墙")是用青砖筑就,中间有一雕龙。它既是屏障,挡闲人视眼;

也是避邪,避风水学的"冲";其实,最主要的作用是加强建筑群的气势和官府威严。

　　走在慈城的一条古巷前,我驻足许久。这是一条经典的江南小巷,两壁粉墙逶迤,透着静谧、冷峻,几枝出墙柳枝轻抚慢拢,似乎浅唱低吟。朦胧中,有一个撑着纸伞、带有几分忧郁的古典女孩出现……

# 入城记

　　农民工入城,从最初上世纪八九十年代的羞羞答答,被称"盲流",时时有屡屡被遣返之虞。当时,上海的建筑工地,都有着农民工的身影与足迹,担当着建工、城建、住宅等城市建设的"幕后英雄"。因为,旗子打着上海施工,而往往进出工地、参加施工的都是农民工,一旦质监站检查,便通知他们全部撤离建筑工地……然而,时过境迁的城镇化进程,农民工已是新上海人的代名词,业已冠冕堂皇地入城。有的已是"有车一族"、"有房一族"成为城市新移民,其趋势不减,渐成国策而波澜壮阔、史无前例。

　　历史上的移民现象往往被动居多,或兵燹、或灾荒、或谋生而无奈地背井离乡,比如走西口、闯关东,比如湖北的黄梅戏,竟成为安徽的一个地方剧种;宁波滩簧,发祥于上海竟成剧种;蒙藏佛教跨越中原而文化一脉……

　　农民工的入城,也是一样。更有甚者,走在路上问个路,不时窜出一句:"请说普通话。"自己倒成了出一名"外地客",而窃笑不已。"一句本地话,被疑身在客。"今天,农民工已同城市户籍的青年人一样,求职、求学、购房、购车,并浸透上海的各个领域,让本已捉襟见肘的各种资源、本来就过分拥挤的城市,更是不堪负荷。

　　如果说,七八十年代的交通是如何一个挤字可以了得! 当年公交车上一平方"站"了 10 个人，硬是挤进世界杰尼斯纪录，那是令上海人汗颜的"壮观"。那么，看看我们的地铁、城轨却续演着当年的挤，高架挤、道路挤、人挤、车挤。那年，还有早晚高峰，可是现在的地铁属"全天候"，人民广场、中山公园、徐家汇、静安寺，哪个换乘点不是人头攒动，有些车站不得不采取处理技术"限流"。曾有一幅漫画戏谑这一现象，标题是"并非游行"。

与此堪比的是，上世纪六七十年代的一个伟人的号召，让城市青年"到农村去，知识青年大有作为"，一举成为全国运动而"老三届"一词由此而生。他们硬是不在城里吃闲饭地奔赴新疆、内蒙、云南、黑龙江，让一些原本陌生的地理名称，一一融入血脉。比如，安徽有个庐江县，庐江县有个金桥公社，金桥公社有个天堂大队。然而，"金桥"与"天堂"并没能让我插队的哥哥如踏金桥、如临天堂而自食其力。每个工分是 8 分钱，每每回家过年，以及平时还要寄点食品等。母亲曾对我说，你两个插队的哥哥都是"无底洞"。

直至九十年代，另一伟人的一个政策，又让知青们返城。中国历史二三千年，其演绎过程具有颇多的戏剧性。尤其，从"空城"到"入城"，从不自觉到自觉，从被动到政策支持……上山下乡，让城市只剩老人与小孩；农民工进城，又让乡村成了空巢。从"去城化"到"城镇化"，二三十年一轮回，只愿国策有更多的持续性而非对冲。

中国城市既有一线，更多的二三线城市，更需要城镇化建设，而让一线城市的交通、住房、就业和有限资源喘喘气……

# 在水一方

夏日,在浦东的滨江大道上踟蹰,心如止水,万千尘缘放下。

少年时,我喜欢水,喜欢水的坦荡,一种坦荡中的不羁;青年时,我也喜欢水,喜欢水的柔情,一种柔情中的澎湃;到了中年,我还是喜欢水,喜欢水的宽广,一种宽广中的涵养;到了壮年,尤其喜欢水的一览无遗,和它的海纳百川的胸襟,喜欢水的孤独、慈悲,和它长长的叹喟。此水几时休,此恨何时有。

脚下江水如幕,此时的浦江,隐去了两岸的喧嚣与浮华,也滤去了人间烟火。我在与水对话,其实,我更多的是在聆听、凝视。这一浪一涌的江水,曾是百年浦江的一个片段、一个闪回、一个历史钩沉。

举目望去,外滩参差错落的欧洲建筑,巴洛克、拜占庭、哥特式……一种岁月沧桑后的万般风情,俨然一部宽银幕。"上海第一弯"上,车水马龙,"东风夜放花千树,更吹落,星如雨。宝马雕车香满路,凤箫声动,玉壶光转,一夜鱼龙舞";回望浦东,崇山峻岭般的时尚建筑,金碧辉煌,富贵逼人,浦东的田园风光,成了乡愁。江面上,缓缓移动的货轮,黑黝黝的船身,一派落寞,仿佛是城市名片上的一种浅浅的底色、一个小小的背景,有了反差,也有了厚度。正巧,一辆大型千吨浮吊驶过黄浦江,吊臂昂首,特别夸张,耳熟能详的浦西建筑,在它的腰间出没,仿佛一幕浦江动漫。

由于城市的地面沉降,外滩筑起了高高的防汛墙。然而,这斑斑驳驳的防汛墙上的道道勒痕水迹,分明就是一个个的文化断层,一种年轮和岁月的记录。有人以东方明珠电视塔、金茂大厦作为上海的代表,其实,脉脉流淌的黄浦江,才是上海的魂,上海的风骨,一种有容乃大的城市精神。

如果说,两岸建筑是一部凝固的史书,那么,黄浦江就是一部流动的史书。浦西、浦东、浦江就是三部上海断代史,——近代史、现代史和当代史。对于历史,我素来充满敬畏,不敢戏说,也不听"王道"的鼓噪与"大师"的讲道,而是阅读原著。

所谓温故知新,以史为鉴。追忆似水流年,历史是我永远的热恋情人。历史若没有了细节,难免一年一年趋于淡忘;若没有了具象,历史只剩下口号与旗帜,难以让人真正记忆。每一次阅读历史,对我来说都是一次嬗变,一次身心相容、知行合一的精神陶冶,不会缄默。

往往城市背后的乡村田野、在水一方,才是人类心灵的栖息地。

# 虞姬虞姬奈若何

上海有一种行道树叫悬铃木，俗称"法国梧桐"，或许因它是法租界植的树而指称。今天，它成为上海老马路主要的街景，夏天树叶蔽日、树影斑驳；冬季一地落叶，仿佛一抹丹青，深深浅浅，重重叠叠，营造一派上海冬季的独特风景、一处风情万种的人文景观——上海思南路最是一个城市气质与市民情调的形象代表。

## 一

今天，走在上海思南路上，最能体验上海老洋房的人文历史的魅力。徜徉于这里的洋房，仿佛置身一个欧洲小镇，引人入胜；这里的一座座建筑，仿佛都是一幅写实油画、一首印象诗篇……

人身处这一空间，心即刻"慢"下来，因为时光和人文底蕴的积淀而变得有些浓稠——这样的上海老地方，最值得"刻意走走"。有人说，思南路是一条很"纯粹"的马路，没有公交车，更也没有灯红酒绿的霓虹招牌，连路灯在月色下都是很清淡、很昏暗的那种，马路两侧满是阴翳的悬铃木和一幢幢镌刻着岁月年轮的老洋房，四周安静得可以听见风吹树叶的沙沙声与树叶落地的声响。我想，这里最宜"生一炉缘分的火，煮一壶云水禅心,茶香萦绕的相遇,熏染了无数重逢。所有相遇,都是三生石上的旧梦前缘;久别重逢,都是前世的慈悲种下的善果。佛说,五百次的回眸才换来今生的一次擦肩。我们都是被前因那支令箭射中的人,批过了宿命,所以有了今生注定的果。走过红尘道场,愿看莲花次第开放。"养眼养心,是一种心境逸然。

二

　　思南路承载着当年花园洋房的"原生态",风韵依旧。我近乎贪恋地不愿离去,使劲地呼吸这里的空气……整个傍晚我都倚着思南路 75 号梅公馆的窗台沉吟……那是 1932 年代,梅兰芳举家从北京迁往上海,蛰居于此,度过他人生当中重要的阶段。拒绝为日本人演出,蓄须明志的梅兰芳的经典故事就发生在这栋别墅内。梅先生赴海外传播中国京剧艺术,也是从这里出发;二楼的书房,梅兰芳称之为"梅华诗屋",这里记载了梅大量的生活场景,1934 年 3 月 29 日,梅葆玖先生出生于此……

　　一台唱机正在播着梅大师的那曲《霸王别姬》唱段:"力拔山兮气盖世,时不利兮骓不逝,骓不逝兮可奈何,虞兮虞兮奈若何?"霸王别姬是京剧艺术大师梅兰芳表演的梅派经典名剧之一,人物凄美,情节跌宕……演绎了一位叱咤风云的人物,竟也流露出儿女情长、英雄气短的哀叹。而饰演侍在君侧的虞姬,竟怆然拔剑起舞,并以歌和之:"汉兵已略地,四方楚歌声;大王意气尽,贱妾何聊生。"曲罢自刎,以希冀夫君胜利突围,那是如何一种古典女子的襟怀。唱词苍凉悲壮,情思缠绵悱恻。

　　前些年,我曾拜谒霸王墓地,印象中的虞姬墓石碑刻有一副对联:虞兮奈何,自古红颜多薄命;姬兮安在,独留青冢向黄昏。横批"巾帼千秋"。此刻的我,一遍又一遍地吟诵着,心中涌起丝丝莫名的凄美。那十来个字写意了虞姬的一生与对虞姬的感佩——如何一个"千秋"可以了得!

三

梅兰芳名澜,又名鹤鸣,字畹华、浣华,别署缀玉轩主人,艺名兰芳。江苏泰州人,1894 年生于北京的一个京剧世家。8 岁就开始学戏,10 岁登台在北京广和楼演出《天仙配》,工花旦。1908 年搭喜连成班;1911 年北京各界举行京剧演员评选活动,张贴菊榜,梅兰芳名列"探花"。

20 世纪初,梅兰芳首次到上海演出,在四马路大新路口丹桂第一台演出了《彩楼配》、《玉堂春》、《穆柯寨》等戏,风靡沪上。当时坊间有句话:"讨老婆要像梅兰芳,生儿子要像周信芳。"梅大师在吸收了上海文明戏、新式舞台、灯光、化妆、服装设计等改良元素,返京后创演时装新戏《孽海波澜》,第二年再次来沪,演了《五花洞》、《真假潘金莲》、《贵妃醉酒》等拿手好戏,一连唱了 34 天。中国戏曲之美,就是最擅长表演历史体裁的人物与故事,那是中国老百姓心里的故事与人物,是中国传统文化的根基。

1916 年第三次来沪,梅兰芳携新戏《嫦娥奔月》、《春香闹学》、《黛玉葬花》连唱 45 天。1918 年移居上海,这是他戏剧艺术炉火纯青的顶峰时期,多次在天蟾舞台演出,糅合了青衣、花旦、刀马旦的表演方式,创造了醇厚流丽的唱腔,形成独具一格的梅派艺术。1919 年 4 月,梅兰芳应日本东京帝国剧场之邀赴日本演出,演出了《天女散花》、《玉簪记》等戏。

1927 年北京《顺天时报》举办中国首届旦角名伶评选,梅兰芳因功底深厚、嗓音圆润、扮相秀美,堪称中国戏曲乾旦第一人、"四大名旦"之首而为誉"伶界大王"。1930 年梅兰芳率团赴美演出,报纸评论称:"中国戏不是写实的真,而是艺术的真,是一种有规矩的表演法,比生活的真更深切。"梅又被美国波莫纳大学和南加利福尼亚大学授予文学博士学位,始称"梅博士"。

1931 年,梅兰芳居于上海思南路,就是在这个寓所里。期间他排演《抗金兵》《生死恨》等宣传爱国主义,1935 年赴苏联及欧洲演出并考察国外戏剧,人们称他为本世纪二十年代至五十年代中国京剧艺术的文化使节。

四

抗战时期的梅兰芳,息影舞台,闭门谢客,研习字画。并与叶恭绰联合举办了一次画展,共展出 170 多件作品。著名作家周瘦鹃曾为梅兰芳的《瓶梅图》题咏一诗,颂其风节:"梅君歌舞倾天下,余是丹青亦可人;画得梅花兼画骨,独标劲节傲群伦。"梅兰芳以卖画和卖古董所得款项,来维持整个戏班数十位艺人的生活。

文化名人郑午昌、吴湖帆与梅兰芳同庚,生于甲午年,而甲午年恰是中华民族蒙受奇耻大辱之际。20 位名流加盟,年龄相加恰巧一千岁,故名为"甲午同庚千龄会"。远在大后方重庆的国画大师徐悲鸿闻讯,特地画马首折扇扇面一帧,题"马首是瞻"四字,托人送沪。郑午昌崇仰梅兰芳蓄须明志、不与日伪合作的高风亮节,将画梅花扇面一帧赠梅兰芳,上题诗云:"争羡东风第一枝,曾经冰霜有谁知。功名自古从寒苦,请看此花灿烂时。"

静观梅大师的举手投足、唱念做打,仿佛与中国传统书法一脉。我称戏曲与书法,异曲同工。比如,我读大学曾选中国戏曲为选修课。缘此,京昆雅韵开启我对中国传统戏曲最初的涉猎,囫囵吞枣似的观看多部戏曲,既有心得,也有存疑。如"戏曲"、"戏剧"有何区别,中央台有戏曲频道,上海台却是戏剧频道;还有"戏"与"剧",比如越剧、扬剧、甬剧、锡剧，却不能说越戏、扬戏、甬戏、锡戏，唯有京剧也可叫京戏；还有安徽的黄梅戏，不能说黄梅剧；还有话剧，也不能叫"话戏"，更不能叫"话曲"。

总之，戏看多了便有联想……我说，戏曲的一招一式、唱念做打，就是中国书法的一笔一画、燥润浓枯。有人称，好的书法会把不是字的东西写进书法里，又把字写到字外去，凸显汉字的精神、金石的力道，而满纸云烟、盈带烟霞；同样，好的戏曲也会把不是戏里的东西唱到戏里去了而万般风情，因为，戏曲是一种写意、是一种境界，那是学养、学问的积淀——梅大师是也。

生旦净末的每一阕唱段，俨然一帧书法作品，或委婉绮丽、或高亢亮丽。如净角似魏碑厚实顿挫，青衣似晋唐小楷灵动，老旦苍凉，老生沉郁。仿佛从中读出二王韵味，也读出颠张醉素……尤其，旦角的水袖，那简直是中国草书之极致。京剧《天女散花》，梅大师将旦角表演得无以复加，成功创新的"花衫"而为人青睐，写进中国戏曲史。其水袖，就是书法的点画，或犷或媚，无不写意人生世相与处世性情。中国书法，堪称线条艺术。秦代小篆，玉女垂拱，端庄典雅；汉隶八分，轻盈雍容，丰润柔美；晋唐楷书，肃然起敬；行书活泼，草书张扬……若将水袖舞动曲线用笔墨、线条来表示，不就是张旭、怀素笔下的草书大作，或有高云坠石，千年万岁，枝蔓枯藤余韵；或是杨柳春风，莺歌燕舞，小桥流水人家。时如强弩立弓，蓄势必发；时有两军对垒，气脉贯通。不难想象"飘风聚雨惊飒飒，落花飞雪何茫茫"是一种何等的恢弘意境。那水袖，就是放浪形骸的狂草，那已不是纯粹的线条，那是艺人性情使然。或孤蓬自振，惊沙坐飞；或飞鸟出林，惊蛇入草。那是书家气脉，回眸纸上，已是魂归神收。

## 五

谁说，唱戏只为谋生，唱戏也是一种精神与生命。只有理解了戏曲舞台上的一桌一椅的精彩,才理解书法笔画上的一撇一捺的文化魅力。舞台上的身段、水袖,令人九曲回肠,仿佛是书写在宣纸上的笔画,字夹风雷,声成金石。舞者,陶陶于其中;观者,咏咏作知音状。

如果说,书法是一部戏曲,每一汉字都是一个鲜活的角色;那么,戏曲就是一部书法,每一角色都有一段缱绻的故事……令人释道平矜、怡情悦性。我以为,戏曲最能体验光阴的流失,"周秦雄风汉唐歌"。倏忽,千年过去了。流走的是时间,积淀下来的是惊天地、泣鬼神的历史诗篇。

戏曲,就是千百年的一个生命对另一个生命的孜孜对话,暖人情怀。

# 有一种建筑叫做海派

上海，有一种文化叫建筑，有一种建筑叫海派。

申城开埠的百余个年轮，业已深深浅浅地铭刻在各式海派建筑上……如果说，"建筑是世界的年鉴，当歌曲和传说已经缄默，它还依旧诉说"；那么，"建筑就是石头写成的史书"，且风情万种。

思南公馆，就是这样一部"史书"，正静静地诉说着这里的曾经与过往……那是用水泥与砖块刻写在建筑上的"史事"。我的每一次摩挲，皆可触摸到时代的温度，聆听到时代的足音。

## 一

思南公馆，美轮美奂的建筑群，堪称海纳百川——红瓦粉墙，尖顶圆窗，爬山虎的墙面布满着沧桑……或尖角上翘的屋檐，或古色古香的烟囱，无不勾勒出近代欧洲的建筑韵味。无论独立式、联立式、带内院独立式花园，还是联排式、外廊式建筑，或是新式里弄、花园里弄、现代公寓等多种建筑风格……尤其，外墙水泥拉毛并做成凸起拱券式，立面拱窗用不同材质的窗台，十足的怀旧情结；那红砖方柱支撑上方的阳台，颇有绮丽多变的巴洛克风格；园内绿草如茵，景色曾黯，月色里换了容颜,从中走出多少小资,隔座人如玉。

　　这里的老洋房,既有大家闺秀的温婉,又有小家碧玉的清纯。仿佛一阙宋词或豪放,如大江东去;或婉约,如晓风残月,声声镌刻在海派风情的梧桐树上,句句吟诵着老洋房的别样奢华。那些保存下来的老洋房,就是一种收藏历史与人文收藏。因为,世界的人都是时间过客,唯有留下的物,才是真正的主人,一种文化载体。


# 二


　　仲夏之夜,清风款款,月色如水。月光透过茂密的梧桐叶,洒在花园洋房的鹅卵石墙面上,我慢慢地游走于夜色中的思南公馆里的水榭楼台。随后,坐在一个曲径处的绿荫下的露台吧里。我捧着一杯柠檬水,咀嚼着老洋房的生活情调。我喜欢,"花钱买环境、买情调"。灯光下,我读着章诒和的《伶人往事》,竟牵扯我久远的有关戏的记忆……月夜中,神情沉郁的杜丽娘,深情款款的崔莺莺,风流倜傥的陈妙常……无不水袖婀娜,仿佛一伸手满园的魑魅魍魉。

　　耳畔,突然传来声声的"水磨腔"。那咿咿呀呀的音域,悠悠然然地如白银泻地一般,似有似无,抹不去,抓不着……仿佛千年穿越,落在如水的韶光里而涟漪不已,镌刻在时光的文化记忆里,成为我爱上中国戏曲的基因。

　　如果说,建筑是凝固的音乐,每一个窗户都是音符;那么,昆曲则是一部舞动的建筑,每一个水袖都是窗户。上海的老洋房与六百年的昆曲最般配的就是一样的典雅与奢侈,最宜吟唱雅韵的"西厢记"、"牡丹亭"、"琵琶记"。

## 三

是晚，我莫名地伫立在这凝固的时光里、凝固的光阴里，令我抚摸到戏曲的容颜，亲切而欣喜。"百戏之祖"的昆曲，唱腔华丽婉转、念白儒雅、表演细腻、舞蹈飘逸，加上完美的舞台置景，可以说在戏曲表演的各个方面都达到了最高境界。

眼前，影影绰绰的建筑，仿佛一处旧对台，上了灯，一两点零星的萤火虫隐在苍苍蒹葭里。树影婆娑碎银一地，聆听天上千年明月，遥遥诉说前世遗梦。乐音悠扬，伴着那青衣步步生莲，水袖轻舞间眼波流转、巧笑嫣然。"良辰美景奈何天，赏心乐事谁家院。"戏曲，具有遗世独立的美，在一代代伶人的青春之上繁衍生长。

缘此，我在报上一连发了多篇有关氍毹的小文，"听戏""乡韵犹闻""再续戏缘"，说的是我对传统戏曲的点点滴滴，积淀我对戏曲的情有独钟。

## 四

更有一曲，声声入耳。

这桃花扇在，那人阻春烟。望咫尺青天，那有个瑶池女使，偷递情笺。明放着花楼酒榭，丢做个雨井烟垣。堪怜！旧桃花刘郎又捻，料得新吴宫西施不愿。横搀俺天涯夫婿，永巷日如年。这流水溪堪羡，落红英千千片。抹云烟，绿树浓，青峰远。仍是春风旧境不曾变，没个人儿将咱系恋。是一座空桃源，趁着未斜阳将椁转。热心肠早把冰雪咽，活冤业现摆着麒麟楦。俺且抱着扇上桃花闲过遣。

可以说，唯有昆曲才是由文人先做剧本。以至，昆曲曲文秉承了唐诗、宋词、元曲的文学传统，曲牌则有许多与宋词元曲相同。有人说，昆曲令人"颓废"，带着幽幽的忧。昆曲，最文化的就是温软欲酥，而又从这温软中开出花来，令人怜爱不已。

我印象中，有一位朋友在车内常年只放昆曲，而且只放《牡丹亭》。一上车，"却原来姹紫嫣红开遍，到这般都付与断井残垣……"或"袅晴丝吹来闲庭院，摇曳春如线……"那要命的温软，甚至可以听出淫雨霏霏的苏州，那老园林的一抹春色。"水磨调"又迤逦又婀娜，简直是牵扯着人"堕落"——那是中国文化的美——让人静心，让人沉心。

还是那个桃花扇，风流端然的侯方域拿着一纸折扇，碎步优雅地踱上台来。他开扇摇扇——那股风流，真令人过目难忘，堪称金粉未消亡，闻得六朝香。和杜丽娘的那个细软真个有一拼。我仿佛看到了舞台内外的姹紫嫣红、断壁残垣、雨丝风片、烟波画舫；我看到遍青山啼红了杜鹃，荼蘼外烟丝醉软；我也看到了韶光贱，看到了那青春闪过惊梦园——就这么短，所有的爱恋，不过一场春梦而已。

青春易逝，爱惜今天，就是爱惜生命——昆曲如是说。

# 五

俞振飞的《惊梦》，成就文武昆乱不挡的俞五爷。其工昆曲，与程砚秋联袂一曲《春闺梦》，俨然一个天生的柳梦梅。其从小受昆曲的浸润，吹一手好笛。笛子于昆曲，犹如京胡于京剧。我简直能想象他当年有多飘逸……一代代的伶人走了，而演绎着一代代的杜丽娘、一代代的李香君,一代代的杨贵妃……幸而有伶人演绎,才得以依靠后人的青春绵延芳泽。人走物在,戏在,成就了文化永恒。

《桃花扇》里对侯方域和李香君爱恨缠绵的完美场景,令人沉醉。一个翩翩公子,如花美眷;一个年轻貌美,单纯绚烂。往往他们太干净而显得单薄,青春年华浮在水面上,直叫人担心它禁不起光阴的摇晃。

有人说,往事过往云烟,更有文化味道。我在上海老洋房里赏曲,竟令我想起合肥四姊妹的张充和,她晚年画画、养金鱼、唱戏,依然吹笛,活得没有丝毫老态,优雅与洗练在一个女子身上沉淀,青春有增无减,又何必管他时光飞逝!春去秋来,老了光阴。人,在世事沉浮中受到光阴的漂洗,洗去浮华、生涩……也唯有光阴,唯有物,唯有戏,才是文化与永恒。

## 六

因为昆曲,"爱煞你哩",单刀直入、兵不血刃、手起刀落,就这样干脆的感觉,不留余地地爱煞你哩。

姐姐,和你那答儿讲话去。

哪里去?

那,转过这芍药栏前,紧靠着湖山石边。

台上人卿卿我我,台下人耳热心跳。

和你把领扣儿松,衣带宽,袖梢儿揾着牙儿沾,也则待你忍耐温存一晌眠。

"袖梢儿揾着牙儿沾",咬着袖子;忍耐温存一晌眠……

　　夜幕中的杜丽娘和柳梦梅,他们的水袖缠绕,衣摆联袂……真个是你侬我侬,"咱一片闲情爱煞你哩!"可惜只是梦。只有昆曲,只有《牡丹亭》,却是杜丽娘香泪流满腮,香魂欲去——好好的一个女子,因了一梦,就要魂断,生生是爱情惹的祸呀。"可怜无定河边骨,犹是春闺梦里人"!

　　三生梦断,一世闲情——我在昆曲里体验到人生的极致,也只有在这上海的老洋房里最能体验——直教我以身相许。

# 闻香识酒老洋房

　　一个远窗含翠、烟雨缥缈的春日,我约上旧雨新知,走在丁香"雨巷"诗意中的思南公馆——在这里做做小资,偷得浮生半日闲;学学老外,坐进酒吧里纯粹地啜上几口红酒,玩味用舌尖丈量酒香的"长度"。

　　当我拐上重重复重重的柚木楼梯,民国与西洋的风格在这里交汇——这是一家法国餐厅,装饰混搭,复古时尚。这是一个"看得见风景"的房间,长长的红酸枝西餐桌,以及西式的沙发,透着温润及温馨的岁月包浆,给人"回到家"的感觉。

　　店家先让客人点酒,就是便于将干白葡萄酒及时地置于冰桶里降温,而使口感更迷人。因为,白葡萄酒酒体较轻,最宜 17 摄氏度以下享用。一般是先啜白葡萄酒再红葡萄酒。期间,店家还必须将客人酒杯全部撤下重换,避免酒与酒在杯中穿味。随即,上了一款 2010 赤霞珠西拉子干红葡萄酒,金色的酒色犹如成熟的稻谷,令人产生品尝的欲望。尤其,酒瓶的细长流水型,俨然一个青涩、清纯的邻家女孩,令人心仪不已。

　　我把玩着杯中的红酒,轻轻摇晃让葡萄酒漩在酒杯上,细细观赏其挂杯的酒粘度,并识读那稍纵即逝的酒中图腾,仿佛一帧中国山水抽象而写意。轻啜一口,这款酒口感丰富细腻、果香浓郁,尤其成熟果酱与胡椒的香味,更具陈年潜质。再加上这里的"招牌菜"黑椒牛排的嚼劲,更是中和了葡萄酒的单宁,使葡萄酒喝上去更加柔和。在咀嚼的余味悠长中,很有质感,且香气挂杯,最能体验红酒的魅力。

酒过三巡,玩起曲水流觞……我竟出口成章:"男人都烦心,事事皆无奈;谁识其中味,红颜最知己。"也许,这也是男人喜欢红酒的一个直接原因,因为男人的烦心事太多,"剪不断、理还乱"。我适时地将一红颜递上的一枚果仁巧克力,悄悄地放入口中细嚼,质地滑润,口感非常柔软;同时,抿上一口红酒,让红酒与巧克力在舌尖上邂逅……那果香、巧克力的微苦,正好中和红酒的单宁味道……那是一幕"红酒遇上巧克力"的经典与浪漫。或许,红颜知己的"红颜",说的就是秀色可餐的红酒;而"知己",应是芬芳沉郁的巧克力了。

心说,品尝红酒就是品味岁月时光在指间、唇间的诗意流淌,而评论一瓶葡萄酒的好与坏,最为简单、最为可靠的方法就是人的"味蕾"——那是只能意会、无法言传的"舌尖上的享受"。店老板是一个言语和气、有文化内涵的中年女史,她介绍说新世界酒的新南澳威尔士州与南澳是世界上最干燥的地方,白天总是阳光充足,夜晚则凉爽带露。这样,葡萄在白天获得的糖分,到了夜间可以得到充分调整,从而产生更加精致的果香和较高的天然酸度。堪称,一方水土酿造一方红酒。

环顾四周,醉眼迷离中的窗外建筑影影绰绰,营造着一派郁达夫式的"一个春风沉醉的晚上"的气息,处处透着城市生活的浪漫。然而,只有当我走进了这老建筑、老洋房里,才能细腻地触摸到欧式文化与中式文化在这里是如此的和谐与雅致,以及这时有时无的背景音乐,似乎一不小心会踩在音符上的这种意境,令人心静,有点微醺……如果说,我每每徜徉在这百年建筑里,就仿佛走在欧洲小镇上;那么,此刻我倚窗而坐聆听凝固的"音乐",眼前宛若闪出张伯驹这样的"民国四公子",还有元和、允和、兆和、充和这样的名媛。堪称老洋房里"谈笑有鸿儒,往来无白丁。可以调素琴,阅金经。无丝竹之乱耳,无案牍之劳形"。

今天,无论我是走在这富有弹性的木地板上,还是开启这一扇扇半合虚掩的房门，似乎背后都是我的亲人、家人期待的目光……思南公馆，给了我最有质感的家的回忆，承载着上海人家的百年往事与世纪记忆。

# 思南路：赴一场人文历史的"邂逅"

　　我每每走在红尘掩映下、树影斑驳中的思南路，心底莫名地完成一个百年"穿越"，仿佛赴一场人文历史的"邂逅"……在这里，传统与时尚、东方与西方、碰撞与和谐，一并交汇而融合成了一种文化叫"海派"——或许"海派文化"就是外来文化"本土化"的一种文化样式，是一种与褒贬无关的海纳百川的襟怀与气度。

　　有时，我的脑海里还不合时宜地浮现当年周树人《且介亭杂文》的写作场景。他时居上海虹口北四川路，是日本帝国主义越界筑路的区域，时称一个"半租界"的地方。所以先生辛辣尖刻地称自己的住所为"且介亭"，意谓住在"半租界亭子间"（"且"为"租"的右半，"介"为"界"的下半）写的杂文。

　　如果说，建筑是石刻的史书；那么，史上最波谲云诡的民国时期，老洋房积淀了最具欧陆风情的建筑里究竟刻下如何一部史书。"上海让我莫名恐惧。"——电影《谍海风云》我全然没有了印象，却对这句台词竟沉潜反复……"五口通商"后的十里洋场，堪称一个风云际会的时代缩影。

　　老上海，尤其过于沧桑的百年老洋房里，表象上处事不惊，暗地里却暗流涌动。有人说，要了解近现代上海，那就走进深巷掩映中的老洋房，一窥它的前世今生，才能把握上海历史的起承转合……上世纪20

年代的复兴公园(原法国公园)南面的复兴中路(原辣斐德路)一批花园洋房率先落成,随后,辣斐德路以南、马斯南路(今思南路)以东、吕班路(今重庆南路)以西地区,几十幢花园洋房陆续竣工,形成规模,蔚为大观。这一带便是今天的思南公馆。当年这块法租界的核心区域又叫做公馆区,很快地吸引了许多当时的军政要员、权贵大佬、金融家、实业家和知名艺术家,纷至沓来,迁居其间的著名人士,几乎囊括了中国近现代史各式各样、各党各派、各流各帮的风云人物,既有清末遗老,也有民国先驱;既有国军将领,也有共党志士;既有洋场阔少,也有绝世名伶;既有实业老板,也有庄园地主;既有帮会盟主,也有外国绅士……

今天,我徘徊于心仪的思南路,令我最关注的不是它今天的商业炫耀、时尚地标——妩媚浪漫的法式情调,时髦的 ZARA 专卖店、不断创新的 SONY 专卖店都是过眼云烟;而是潜心于那数十栋法式、英式、德式、西班牙式的独立花园洋房、联体别墅洋房、带内院独栋花园洋房,这些风格迥异的老洋房,几乎囊括了上海西式建筑的所有款式的花园、草坪、乔木、常春藤,以及特有的拉毛墙面、红瓦坡顶——因为,这里的每一处都是一个时间窗口、一段历史物语,多少人文厚度在其中。或许,这里的人物曾经改变上海乃至中国近现代史的走向。

写进中国近现代史的最著名的自然是孙中山的故居、周恩来的周公馆、梅兰芳的梅公馆……更有中国近代史不可绕过去的历史人物,如袁世凯、袁佐良(袁世凯孙,金城银行行长)、杨森(著名抗战将领,率部参与淞沪战役、长沙战役)、黄金荣(沪上闻人)、卢汉(国民政府云南省主席、抗战将领)、李烈钧(辛亥革命元老)、陈长蘅(国民政府行政院主计官)等等。

思南公馆的过去与现在,依然是上流社会居停和会聚的场所。时至今日,这一片区域更是被上海各界视为"上只角"的顶级钻石区域。

只是岁月荏苒,白云苍狗。然而,正是这些人物,才是思南公馆的真正的魂与魄。如今,思南路这些别具一格的洋房别墅,由于历史与时尚的联姻而更加风情万种、物是人非,而成了多元化的商业用地——那是风云际会后商业崛起的时代变迁！这里业已成了品茗、啜酒、会友、读书、商务的首选,成了"赴一场人文历史的邂逅"的好去处——这是岁月与文化的馈赠。

# 旗袍之魅

我有个女性朋友有一回在饭桌上无意间说起,她曾有一件旗袍,白色的,上面有一画家手绘的牡丹,属手工缝制……其欣喜之情溢于言表。她说,只在她儿子当年结婚时穿过一回,便封箱入库。我听了颇有怜香惜玉之感,可惜无法再睹其身穿旗袍之魅了。

或许,它正是上世纪三四十年代的海派旗袍之最。我说,旗袍之盛,不在于如何凸显女性身材轮廓,而主要在于如何穿出一个雅字,那可不是任何女子可以穿出味来的,否则是恶俗、糟蹋。我们不能设想一个菜贩身着旗袍脚趿拖鞋的模样,我们同样也不能接受一个身着旗袍的女人不停地挖鼻孔……

缘此,我上网追溯旗袍的渊源。有人说,旗袍本是袍服大家族中的一员;我却更相信,旗袍正是由满族妇女的长袍演变而来。由于满族称为"旗人",故将其称之为"旗袍"(难免有望文生义之嫌)。行家指称,20世纪20年代可看作旗袍流行的起点,30年代到了顶峰状态,很快从发源地上海风靡至全国各地。当时上海是上流名媛淑女的福地,她们热衷于游泳、打高尔夫、飞行术、骑马等奢华的社交生活和追赶时髦,注定了旗袍的流行。由于上海一直崇尚海派的西式生活方式,以致后来出现了"改良旗袍",从遮掩身体的曲线到显现玲珑凹凸的女性美,使旗袍彻底摆脱了旧有模式,成为中国女性独具民族特色的"国服"。

旗袍，称作 Chinese dress 的旗袍，成为中国现代服饰文化中重彩浓墨的一笔。奠定了它在女装舞台上不可替代的重要地位，成为中国女装的典型代表，堪称经典。当年民国美女图无不衣着光鲜，其女子无不一身旗袍，婀娜多姿。再加上外国衣料的源源输入、各大报刊杂志开辟的服装专栏，还有红极一时的月份牌时装美女画，都无疑推动着时装的产生与流行。由于旗袍的修长适体正好迎合了南方女性清瘦玲珑的身材特点，所以在上海滩备受青睐……

比如，冷香端凝的女子，裹一袭花团锦簇的旗袍，密密实实，且花样年华。我猜想这便是我心中的这位女性朋友之倩影，"旗袍丽人"之一。她最宜，尤其风韵犹存的中年女性。旗袍恰如其分地适合东方女子的体态、削肩、纤腰，骨感一点的人穿出纤细动人的韵致，肉感一点的人则是丰腴盈润，即使是年纪略大、略显发胖的女性穿着，也仍然一派优雅福态。若"束身旗袍，流苏披肩，阴暗的花纹里透着阴霾"，就是张爱玲笔下的上海女人，雍容之余又风情暗涌。

海派风格以吸收西艺为特点，标新且灵活多样，商业气息浓厚；京派风格则带有官派作风，显得矜持凝练。旗袍作为中国的传统服饰，因其端庄典雅、内敛性感的气质，成为民国影视剧的常客。《花样年华》里张曼玉换了 23 件旗袍；《色戒》里汤唯换了 27 身旗袍；近期热播的谍战剧《旗袍》里，马苏创下新高，换了近百套旗袍。《旗袍》中马苏饰演的女主角关萍露是一位风靡大上海、才艺俱佳的女明星，但她的另一面却是代号为"旗袍"的秘密地下党特工，她用一件件华丽的旗袍伪装自己来完成任务。随着她在剧中一袭袭的旗袍摇曳，简约凝练的设计、多彩的织锦、紧身的剪裁、精细的滚边、熨帖的立领、玲珑的斜襟、多样化的盘扣等极为考究的细节再次赢得人们的关注，成为女性们的新宠。

据悉，海派旗袍从 1925 年春开始流行超紧身和大开衩。所谓超紧身，就是胸围、腰围、臀围紧绷，将人体曲线和凹凸分明之处暴露无遗。所谓大开衩，就是旗袍两边的开衩向上超过膝部，直至臀部，有的甚至到了腰身。此种超短旗袍走起路来，凹凸分明，还时隐时现地暴露性感的内裤和浑圆的臀部……在悠扬绵绵的舞池里，当真是蝴蝶般的翩翩起舞了。旗袍不外乎烘云托月、忠实地将人体轮廓曲线勾出。一提起旗袍，就有一种冷艳的忧伤，有一种繁华落尽的沧桑，总让我想起一些爱穿旗袍的红颜命薄的女人，比如张爱玲，比如阮玲玉。她们身着旗袍的形象已深深烙印在中国人的记忆之中，宛如古典的花，盛开在时光深处。

旗袍的美是一种典雅而高贵的美，这种由旗袍内涵所决定的文化品位限制了它的普及、大众化，同时它对穿着者的要求也十分苛刻，这不仅仅表现在对身体的要求上，同时也表现在对穿着者内涵及气质表现上，而且，旗袍的出现对背景、环境、气氛要求特别讲究，旗袍的美是一种距离的美、一种静止的典雅美。

# 梦里水乡

独自去朱家角,我是寻寻觅觅,彷徨又徘徊。"绕榻波涛归梦短,隔林烟火远孤村。""竹喧归浣女,莲动下渔舟。"都只是一个个美丽的魂里梦里。有一种风景,魂牵梦萦,见难别亦难;有一种乡愁,缠绵悱恻,乡近情更怯。

石桥人家,桨声灯影。这里的一草一木、风土人情,才是我根本的故土情结。如果说,珠玑散落的明清民居,是数百年的人文底气;那么,小桥流水,就是他们的骨气、灵气与血脉。踩在青石板的街巷,就仿佛走在古意盎然的明清街头,笃笃有声,古镇遗韵犹在。

大清邮局,曾经风萧马嘶的古驿站,如今远离尘世、超凡脱俗。气势恢弘的"放生桥",才是一派见惯世事、宠辱不惊的模样。驻足桥上,就如同放浪行舟于水墨丹青,灯笼、酒旗、人头攒动,船只、渔翁、流水潺潺。几分朦胧,几分诗意在心中。尤其桥的石缝间,衍生出的几绺柳枝,簇拥一团,悬于半空,随风婀娜。

繁荣的北大街,已是熙攘的店铺与人流的"一线天"。多了一点商业气,少了点文化味。外出旅游本是逃避喧嚣,享受古朴民风的沐浴,而人们往往忘了初衷,又有意无意地坠入新的喧嚣之中。旅游成了采购,大街上多了人气,少了恬淡与诗意。我是四处地寻找"民间作坊"。坐下来与工匠聊天,"一只弓、两支箭",我给店家是商品,他给我是一份文化,一份古老的传统文化,仿佛回到"车辚辚、马萧萧,行人弓箭各在腰"的古战场。

踅入幽碧如浸的"课植园",豁然神清气爽。这里没有喧闹,只有怦然心动的宁静;这里没有烦躁,只有耕读可风的雅致。踯躅于书卷气的藏书楼,徘徊于往来无白丁的客厅,积淀数千年的周鼎和飘逸遒劲的字碑,还有江南园林与中西合璧建筑的私家住宅。她的一石一水,一亭一桥;她的楼阁水榭,回廊蹊径。"开轩面场圃,把酒话桑麻"是一种生活,更是一种人生境界。

东篱南山,农舍茅屋二三;芳草碧天,山水田园文章。明清建筑,古朴中透着典雅。古朴是一种文化底蕴,典雅是一种文化追求。而"梦里水乡朱家角",是我心中一个永远的风景与乡愁。

# 走进西藏

　　西藏,是我心中最神奇、最神往的圣地。神奇,是它独特的文化魅力;神往,是它原始的高原风貌。我是越熟悉、越了解、越是想清晰地把握它的来龙去脉,对它的爱,也越加充盈和丰韵。以至于,一张西藏地图被我圈点得密密麻麻,心境也如同一次次地神游与触摸那遥远又神秘的神山圣水。雪域高原的山山水水,已被我梳理得烂熟于心、呼之欲出。如今,这些地名,我是朗朗上口;那些文化,我是如数家珍。闭上眼睛,我也能在地图上一一指点,雪域高原的每一个细节。我总是试图从文化、历史与宗教诸方面,潜心深入,并身体力行,真正地走进西藏、融入西藏,感悟它的历史脉络和文化传承。

　　西藏,对我而言,它已不再只是一个地理名词,而是一个充满人文色彩与历史厚度的文化概念;西藏,在我心中,是一座哲学高原,还是一个充满想象和象征的图腾。想象,是人类建筑的精神家园;象征,是人类思维的潜在本能,宗教文化,则是它的最高阶段。正是这浓浓的新鲜而又陌生的藏族文化,驱使我一次次走进西藏,跌跌撞撞地闯进西藏的腹地。或新藏线、或青藏线、或川藏线和滇藏线,"茶马古道"的滇藏公路,更是我心仪的文化之旅。时过境迁,随着滇藏公路的贯通,茶马古道业已成为历史,千年马帮的铃铛也渐行渐远,慢慢成为历史的回音与传说。但是,我仍痴迷这条古道,寻寻觅觅,那部用马蹄与双足抒写在冰雪高原上的史诗。古道,惟有丝绸之路与茶马古道,才为后人津津乐道。前者,连接欧亚大陆;后者,翻越世界屋脊。是它们在交流与传递着文明,促进人类的发展与进步,这才是最富魅力的文化力量。与其说是西藏的自然景观吸引我,不如说是西藏的人文魅力,更为我陶醉和执迷。

西藏孤旅是一种美、一种诗意,更是一种境界。走进西藏,无需呼朋唤友。走进西藏,不只是旅游,也不只是探险,它是一项历史、文化的体验。有人说,拉萨是西藏的心脏,布达拉宫是拉萨的灵魂。因为,拉萨的布达拉宫,还是藏文化的一个标志。此刻,我已卸去面具,告别矜持而素面朝天,走进了它庞大的身躯和迷宫般的心脏。高原的阳光,把它红的、白的各式建筑都渲染得轰轰烈烈。尤其正午的布达拉宫,种种炫目的白光,书写的却是一种超凡脱俗的宁静与安详。放眼望去,布达拉宫就像一颗巨大的宝石镶嵌在红山之巅,四周就像一片汪洋之水,它就像一座莲台上的莲花,正在扬芳吐蕊。宫殿的建筑都有是石块垒起,并用白灰水刷白,房子都是平顶;灵塔变成了棕色的铜瓦,或用铂金装饰。其造型与风格明显是藏传佛教特有的装饰。它将整个寺院呈现出金光闪闪和无与伦比的富丽堂皇,其作用是出奇的神奇,从而使我产生一种岁月的沧桑与无法忘记的生命记忆与印象。若从北面仰视布达拉宫,那流云,似从山坡那面蒸腾而起,颇有些气势;与它相比,山坡上的石刻图在云彩辉映下,却显得宁静与稳重,更像是远道而来的在此歇脚或是打坐的高僧。

我曾尝试数一数缘梯而上的台阶,起初,我是全神贯注。依山而筑的布达拉宫,气势恢弘,我一步一仰视,拾级而上。我走着数着,终究未能如愿,还是忘了数数,甚至有忘了自己身在何处的幻觉。那些,岩石和墙缝中衍出的枝条,盈盈成树,令人感受到它的厚重与粗犷之气。身旁的一个老年僧侣,让我走了神、着了迷。这位年长喇嘛,虽然有点衰老,但和蔼中透着英气。我自私地想,六七十年,他是如何走来,我们是否有谈话基础。也许，我与他之间，心灵与精神根本是南辕北辙，生活背景无法沟通。我们彼此，只是对方的一道风景，而且是一闪而过。他是我的同类，还是神灵，令我长思并刻骨铭心。他的一只手用力抠着石垒的缝隙，以护持他年迈的身躯，他那件打着补丁的僧服和一脸沟壑纵横的皱纹，和他身后那斑驳的老墙，透着亘古的沧桑岁月与一种坚实的力量。我为眼前的宁静、和谐、融合而感动。我们每一个朝拜者或观光客，在它的院墙下或殿堂里，如同一阵风轻轻扫过，只扔下丝丝细语。这里没有世俗的喧嚣，这里没有人为的炫耀，殿堂本身就足以令人惊叹而忘语。"丹碧飞甍阁相连，尽揽日月势回旋。"高耸的塔顶，借日月之光辉，为布达拉宫平添几分神秘。它始建于七世纪，曾居住多位藏王与达赖。其宫殿建筑与珍宝极尽奢华，成为一座独一无二的艺术、历史博物馆与文化宝库。

我觉得，每一幅悬挂于寺院的唐卡，每一幅结构繁复的壁画，都是一个久远的故事，不仅图解着历史和表现精神观念的世界，它更像是一座充满诱惑的迷宫。以至今天没有一本书能解释其中的内涵或象征，也许它们永远地深藏于高僧大德和喇嘛们的灵魂里。我只能通过感悟去揣摩、去咀嚼其中的含义与滋味，而且挂一漏万。布达拉宫，对我来说依然是孤傲和陌生的。我虽然一次次仰望它宏伟的身躯，却无法接近它的灵魂、无法拥抱它的伟岸。仿佛，我们之间永远隔着一件绛红色的袈裟。

我似乎有点喜欢布达拉宫的郊外，它的古朴与冷峻，它的高耸入云的神秘诱惑和冷漠凡间的庄严，还有它幽深的庭院、寂寞的高墙和僻静的石铺路径，在强烈的阳光下发出金属般的声响。我一个人像是天外来客，落寞而又寂静地走在人影稀疏的大街上，在越来越暗的夜空中，不知自己的归宿在哪里。我独自一人慢慢地走在八廓街上，根本不在乎有没有人与我同行或与我说上一句话，我出奇空旷的心，犹如落在了地上，也不再那么晃荡，反而有几分妥帖。我的浑浑噩噩，我的忍辱负重,我的睡意蒙胧,我的莫名的不甘、愤怒与忧伤,就像被无形的梳子梳理过了一样。也许,这就是佛的力量、宗教的魅力。时间也不如内地一样,总让人绷紧了的弦。拉萨的时间是富裕的,流油似的满街流淌,即使你无所事事,也不是你的事,如果你还不入俗,那么你自找麻烦,你就会与拉萨的节奏格格不入。暮色中的寺院庙宇,就像一艘艘载满稀世珍宝的千年古船,死寂一样地发出阵阵叹息。眼前,仿佛只有美貌的文成公主与唐蕃和睦的松赞干布,一直陪伴着我。我就这样,一步一回头地离开了布达拉宫、大昭寺。我独自默默地围着释迦牟尼像转了一圈,虽不是诵经时分,殿堂内空无一人,但似有成千上万飘浮的精灵潜藏于其间。在西藏,梦幻与现实之间无需任何过渡和转折,在这里很容易相融一体,构成了真正的西藏魅力。

我坐在一块突起的石头上,我悠悠想起,这一定是一块岁月久远的石头,它的每一道石纹都有着自己的故事与曾经美丽的过去。五百年前的明代,就有一位来自青海地区的青年佛徒入藏,他就是宗喀巴。他在一次神秘梦境体验后,他在甘丹寺建寺立庙,作为革新藏传佛教、创建格鲁派的立根之地。他们都戴有黄色僧帽作为象征,俗称黄教。达赖与班禅是他的两个高徒,在宗喀巴圆寂后,形成两大传承流派系统。

随后几天,我是天天出没于拉萨街头,混在那些紫铜塑像的人流中,在同样的海拔高度、同样强烈的阳光下行走,沐浴高原太阳对我最初的雕塑和冶炼。拉萨的蓝天深湛得不可捉摸,日光城那具有穿透力的阳光如金属器物敲击着我的肌肤,一种异样的感觉,使我对高原的热有了一种亲近和依恋。我在阳光下陶醉了,在日后许许多多浪迹拉萨街头、混迹于高原荒野的日子里,我长久地醉心于成为高原那金黄色的麦田里的守望者,醉心于成为一尊打上高原烙印的紫铜色雕塑。

拉萨西郊的哲邦寺没有大昭寺那么色彩斑斓,也没有大昭寺那样人声鼎沸,但是,它高墙林立,上下盘错纵横的巷道,颇有点古城的风韵,还有依天而筑的,或升入云天或坠入低谷的石梯,在晨曦与晚霞中像一幕幕壮观而丰富的布景在白云、屋顶与墙角间升起,而喇嘛三三两两地穿行其间,有如神类,时隐时现。唯有那些狭窄的沿山起伏的巷道,错落参差的寺院僧所小窗和滴漏的管道,无不透露出生活的温暖气息,与寺院殿堂的森严壁垒形成鲜明的对照。拉萨北约五公里的色拉寺,由于遍山开满了野玫瑰,又称野玫瑰寺。这是一座明代的御用喇嘛庙,受到中央政府敕封,所以期间有着大量的历史文献与文物。殿堂庙宇中的一座座金装银裹的佛像怡然而坐,不咸不淡地俯视着苍生。我仿佛也凝固了,就像其中的一个,成为佛教文化的一部分。

我忽然想起这样一句话:"在西藏,喇嘛是唯一的文化创造者。"确实在西藏,袈裟与权杖合一的藏传佛教,在精神与世俗两方面,将西藏的贤能之士和文化精英统归于佛教之中;同时,佛教又涵盖了一切文化,诸如文学艺术、音乐绘画和建筑艺术。而正是这些精英,决定了西藏文化的走向。一切佛教,皆是梦幻泡影。谁说,宗教文化的梦幻泡影不是文化、不是历史。藏传佛教,是藏族传统文化中最为主要、也是最精粹的组成部分。今天,我们无论从哪个角度观察西藏的文化,都要穿越它的笼罩。也只有在西藏,没有任何民族能像藏族人那样,将音乐、舞蹈和绘画如此完美统一,生存于日常生活与宗教信仰之中。寺院如同被喇嘛们供奉的艺术殿堂,凝聚了一代代思想家、修行人和统治者的智慧,这种智慧使寺院不仅仅成为出家人的一种符号和象征,也成为维系整个高原民族生存观念的符号和象征。

亘古流淌的雅鲁藏布江,我千呼万唤的雅鲁藏布江。此刻,我正静静地坐在船头上,陷入沉思,好似石佛。两岸峰峦如聚,古风悠悠。我平心静气地,充分感受天、地、人合而归一的意象。我长呼一气,唯有太阳的光量从我头顶贯入,气沉丹田,有如加持。有一股无法抑制的冲动与豪情,撞击着我的心。我想,每一次的孤独之行,就是一次与神对话的过程。念天地之悠悠,独怆然而涕下。就是这种前不见古人、后不见来者的悲壮。这里不再有五色经幡,不见有金顶红墙和潮来涌去的人声、诵经声、鼓声与铜铃声，而显得越加苍茫与雄浑。

去阿里的路，走的是新藏线。其实，去阿里的路是车轮辗出来的。踩着青藏高原，站在世界之巅。我久久地发痴、发愣。这世间的美妙奇景如梦如幻。面对幽静的山谷，我发出自不量力的呼喊，山谷回答我的却是默然。长歌当啸，四周万籁俱寂。这里是山的海洋，群峰攒聚，遥相呼应。举目四顾，满眼皑皑起伏的山脉，酷似一个波涛汹涌的大海，翻着浪花一朵朵，好似全世界的大山大脉都冲着这里聚集汇合。人渺小得如一颗尘埃，凡间的功利与世俗，早就抛入这浩如烟海的群山万壑之中，没有一点涟漪。山脉相夹的大峡谷，刀砍斧剁的巨岩大石，组成连绵不绝的钢铁一般的万峦群峰。阳光下，呈现一幅奇特又古远的凝固画面。这是野性的向往、真性情的恣意流露、一种雄性的美，震慑天下。在我眼前，呈现着一座座峰峦叠嶂，在强烈的阳光下有一座山峰特显眼，它就是神秘的喜马拉雅山脉，头顶雪冠，妩媚又粗犷，向遥远的西方逶迤而去。这好比仙子出浴，取天地之灵气，集宇宙之赞美。我有一股相拥相抱的激动，一种手足无措的模样。也许，这就是所谓仁者乐山的道理。在高原行走，每一个人都永远不会感到孤独。幻想与传说相伴左右，神灵与幻觉翩翩而来。人就像进入太空一样失重，而浮想联翩。无论穷富，不分贵贱，一概受到神灵的安抚。人愈走，愈是大天大地；人愈走，愈是高天厚土；人愈走，愈是趋向空旷，极尽目力。

札不让古格王朝遗址，这是我看到的，最古老的，一幕气势宏大的历史图景。我无法拒绝用眼睛去抚摸它的残垣与断壁，就如同无法拒绝太阳的触摸一样。它们就这样耸立在山顶，这些零星的建筑残垣废墟，看上去好像被阳光一天天、一点点啃成这般模样。皱纹是人类的年轮，那风剥雨蚀的刻痕，就是历史的年轮。我们依稀可以看出当年的高大建筑与雄浑身影。它孤独地裸露在阳光和风雨之中，残破的躯体与灵魂犹在，叹喟着无尽往事。古遗迹在落日的辉映下，显现出一种残缺美，仿佛诉说着百年孤独，遥相呼应的群山万壑尽显千年沧桑。它依山而叠的遗宫与洞穴参差错落,在阳光下闪着斑斑点点的绮丽光彩,亦显示千百年的风坍雨蚀而沉入深谷无人问津的孤绝之气。仿佛正与每一个来访者,诉说着愧疚的历史。解读古老废墟,犹如深潜于时间之海,尽管可以触摸某些被岁月所蚀的局部和细节。但是遗憾的是,你难窥全貌,因为历史无法复原。古格王宫,是历史解说员,是一个不可思议的象征,是一个世界屋脊上的神话。象泉河畔,没有一个人影,只有不知名的小鸟在札不让上空掠过,它们的鸣叫、它们的盘旋成为在这处大地上唯一运动着的生命。

返回拉萨的路上,汽车在寂寞地一路狂奔。路旁没有建筑、没有人影、没有任何生物,但是似有若无的公路两侧,却垒起两道石头堆与苍茫的大地一样延伸向天际尽头。这里人迹罕至,几天来我未曾见过一个藏民。这样的堆砌,一定是数百上千年的杰作。这是一种信仰的传递,是藏人对天地神灵的长久叩问,是人类对生命意义的不懈追求。藏民把这种堆砌称为"玛尼堆"。信徒们每经过一次玛尼堆必丢一块石子,表示一种祈祷。于是,玛尼堆年复一年,有的高如小山,有的形成一堵神墙,成为人世与神灵的界线。玛尼堆上往往飘扬着五彩经幡,它们共同产生一种强大的宗教力量,仿佛神灵在这里驻足,与体内灵魂相互触通。神灵的威慑比寺庙还要强烈。我也下意识地扔了一块石子,完成一项礼仪。愿望自己命运多舛的自己,有所改观。

走进西藏,是我的一个情结。我要用心来守望这些文化,要用心来解读这些历史。我要用自己全部的爱来堆砌一个心中的玛尼堆,实现一个历久弥新的夙愿,继续着融入西藏、魂系西藏的心结。

# 大雪压城

　　我长年地生活在"桨声灯影"、"荇风荷雨"的江南。至于银装素裹的北方"千里冰封，万里雪飘"，则是江南的一个奢望——祁连山的大漠风雪，"胡天八月即飞雪"，那是豪情与悲壮；长白山的冰天雪地，"素色峨峨千万重"，那是苍茫与壮美……如同一首首边塞诗，一篇篇历史散文，一幅幅大气淋漓的风景画，令我心驰神往，豪迈倍增。江南是我一个生于斯、长于斯的地方，意象中的飞雪"忽如一夜春风来，千树万树梨花开"只能靠阅读与想象连接，没有太深刻的印象。

　　有一回冬天，我曾一个人来到一个郊区小镇，试图沉淀喧嚣，享受孤独。第二天，下雪了，一场大雪——山岚、民居、树木、寥落的行人，仿佛都在雪中舞动，缕缕炊烟成了"大漠孤烟直"，心中浮起一股莫名的感动，不知为雪天，还是为自己。那年二十有八，初识风雪……总之，我看到雪了，真真切切。一朵两朵，一片两片无数地缀在衣襟上、鞋帽上，伸开手先是朵朵花瓣，然后融化成水。我就这样在雪地里走，一直走到小巷深处。有一女孩迎着风雪在沿街叫卖，"卖花，卖花"。一把红伞在雪中定格，只有香如故。回到客店，为自己沏上一壶酽茶，临窗而坐。窗外大雪依旧，上海也在下雪吗？路一定很滑，母亲不要出门啊。——我突然特别地想家，一种刻骨铭心的孤寂、悲凉袭上心来，不仅寒冷，而且来自心境。

我一次次地盼望下雪，并固执地认为：下雪，才是真正的冬季。而江南鲜有下雪，纵然天空中偶尔飘场小雪，已是一种诗情了。

然而，"五九"开始，下雪了。上海真的下雪了。一天，两天；上一场雪还在，下一场雪又开始了，连续大雪。起先飘飘洒洒、翩翩起舞，带着少女的矜持与羞涩，继而铺天盖地、漫天飞舞起来了。汽车顶上、建筑物上一概堆积着厚厚的雪，恍如北国；公园里更是白茫茫一片，所有的树梢上缀满雪花，下挂着冰凌。地上看不到土，河水结成冰，高高低低、起起落落，被大雪覆盖着分不出哪是哪了，全是皑皑白雪，仿佛置身林海雪原。

很少眷顾江南的雪，今年却出奇的慷慨，甚至浪漫成灾。上海的积雪10厘米、20厘米、30厘米，天寒地冻；湖南、贵州，乃至整个南方"大雪压城"，50年之最。城市断水断电，公路冰封。为此，灾区人民从子弟兵到老百姓，共同奋战，赈灾济困。从地方到中央，动员国家力量，百万军人投入抗灾、救灾。修复倒塌的电塔，加紧电力生产；破冰开路恢复交通，让返乡心切的农民工早日成行。未能返乡的农民工在城里包饺子、吃年夜饭，在上海过个舒心年。同时，今天我们少用一度电，也是为灾区作点贡献。

# 上海有个"新天地"

四月一日，西方愚人节。我第一次正式踏进"新天地"观光，本是从容的心情，顿时不再"从容"。其中的声色、风情、衣香鬓影，恍若走错国门。在我半个世纪的意识积累中，这种视觉冲击既陌生又似曾相识；既有"刘姥姥进大观园"的忐忑，更有"陈奂生进城"的胆怯。

陌生的是，自己是否时空错乱，和富贵逼人的消费文化，人头攒动中的外国消费者占了极大多数，还有就是上海白领新贵，有闲又有钱。拥挤的酒吧、餐厅，烛光昏暗摇曳，氛围暧昧；似曾相识的是，仿佛走进电影中20世纪上半叶的旧上海。"五口通商"后的上海开埠、商业繁荣，一种鲜明的殖民文化烙印，似乎在这里相遇、一脉传承。

有次采访，与一位当时负责此地开发的领导谈及新天地的建设，他情结很深地说，新天地是让老人有怀旧感、让青年有新鲜感。是时尚与历史的碰撞，过去与今天的对接。他还邀我去新天地喝酒，而我更想去的地方是临街、临水的茶肆，几把旧椅围着八仙桌，把握今天，品味历史——新天地有茶室吗？没有。而茶文化才是中国文化的老祖宗，这才有泱泱千年的窑口与瓷器。有位作家这样说，对比东京与上海的历史文化底蕴，后者只要三天看完了，如外滩、城隍庙；而前者需要几个月，缘何原因——民族文化的保留问题。再比如，今天的北京城，旧城的风貌殆尽，北京城的几大城门今安在哉？往日旖旎街巷、明清牌坊，成了通衢大街，历史长叹。要不是内人在旁，我真怀疑自己身在何处？

如果让我再去新天地，最让我留恋的不是昏暗暧昧、声色诱惑的酒吧，那种生活离我太远，浮夸得只是一种猎奇，不是我的生活追求；倒是微波荡漾的太平湖，才能抚去我莫名的伤痕。找一个地方坐下来，潜下心与水对话，心平气和地承载我对历史厚度的钩沉。是它让我慢慢地回到今天与现实，让我对人文历史作个凭吊、发点感慨。

上海的旧城区改造与今天新外滩的建设，在提升生活质量的同时，相当重视旧风貌的保存，对历史文化、城市记忆，这确是一个先智。然而，这个记忆究竟是什么，是我为之苦苦思索的问题。有人写文章说，旧上海风貌就是我们的外滩建筑与数百年的文化气息。以致让更多的人迷失了方向。如果摒弃殖民文化留给上海的城市记忆与消费氛围，我们的城市记忆又在哪里——是否成了一个盲区——不敢说。

新天地真得让老人有怀旧感——自然不是退休老人；让青年有新鲜感——自然也不是青年工人。新天地只是一个时尚风景，悬在历史半空、没有根，寄生于某个历史过程之中，就怕它随时掉下来。它永远属于有钱有闲的猎奇者，让老外有一种回家的感觉，让暴发户有了炫耀的地方——如此而已。

有人说，今天的上海无以寄乡愁，浦东也是高楼如崇山峻岭，田野牧歌不复存在。也许，这是对乡村文化的一种强暴与跋扈。为什么不能保留乡村风貌，却孜孜以求、追崇富贵逼人的当代建筑"第一高度"，它能成为历史建筑的经典吗？它是当代宜居之地吗？——谁能回答我！

城市，让生活更美好，这是否也是消费文化的一条霸王条款；农村，让生活更美好，才是人类根本的生活追求。没有农村，城市失去了生命、失去了根。农村生活，才是民本之根，才是人类永远的追求——以人为本，才不是一个泛而又泛的空洞口号。——这是我的期待。

# 唐诗禅韵

余身无长物，终日"坐家"。听天籁、究八荒，阅读便是生活全部。不为谋生，只是谋心。所谓"欲济无舟楫，端居耻圣明。坐观垂钓者，徒有羡鱼情"。若读到一册好书，就是一个缘分，一次朝圣之旅——《唐诗三百首》是也。

少时，读唐诗囫囵吞枣、附庸风雅，或为了考试而拾人牙慧。言李白豪迈、杜甫沉郁，往往记于形遗于神，有口无心；今天人到中年，再读唐诗却是一种生命需求、文化慰藉。如果说，少年唐诗犹如一曲旋律优美的圆舞曲；那么，中年唐诗则是一部雄浑的交响曲，多少语境、心境、诗意、禅意在其中。一首唐诗，一部断代史，一次大唐纪实。读着读着，竟读出唐诗中的诸多"禅"意，如何一声叹字可以了得！——那是史与诗的缠绵、诗与禅的空灵。

禅者，禅宗，中国八大乘宗一脉。无论初唐的激越、豪迈，还是晚唐的婉约、妩媚，都是一个个无诗不禅的人文景观，令人红尘洗尽、琴心三叠。诗中的每一个字、每一个注解，诠释着三百年大唐的万千气象——"但去莫复问，白云无尽时。"（王维《送别》）王维诗中有画，画中有诗。这也许与他晚年笃志奉佛，好为禅诵的事有关，一种说不尽的蕴藉在其中。正如苏子所言甚是，"暂借好诗消永夜，每逢佳处辄参禅"。神者，禅也；韵者，意也。王维的白云无尽，说的就是这天上悠悠白云无尽。

这就是"只为知者道，难与俗人语"的王维诗。因为，诗是文心、是心境，所以诗情里也就充满了禅意。唐诗，是一个人的阅读，一种神游魂驰。唐诗不是消遣，不知功利为何物，而是山人羽客，是一种"著境即烦恼，离境即菩提"的禅意与心境。

"松下问童子，言师采药去。只在此山中，云深不知处。"（贾岛《寻隐者不遇》）贾岛的云深不知，正是禅意无限。说白了是文字，不说而白是禅意。山永远是一个谜，只有大概，而如何也看不透的。如禅宗，一般人只能窥其一斑而已。也许，贾岛曾是僧侣在山上住过，他的不知处是种灵感而发。烟云供养的隐者，是无处寻，更是俗人不遇的。还有"曲终人不见，江上数峰青"（钱起《省试湘灵鼓瑟》）。湘灵鼓瑟已是意境空灵得很，还要宕开一笔"曲终"了，只见一江如带之上的"数峰青"，可见禅意是说不白、画不明的。还有"落叶满空山，何处寻行迹"（韦应物《寄全椒山中道士》）。它是诗意，更是禅意。空山满落叶，行迹无处寻。真得禅意一片。也许，禅意应是诗意的一种极致，一种最高境界。文学作品，有诗意不一定有禅意，有禅意必有诗意。

"相看两不厌，只有敬亭山。"（李白《敬亭山独坐》）那是"相对无言坐若忘"，是一种境界，禅意是诗意的更高阶段。写山，却在写人，写诗人对现实的一种看法。禅意往往以物拟人，时空若有若无。

唐诗三百中，最具禅意的是柳宗元《江雪》："千山鸟飞绝，万径人踪灭。孤舟蓑笠翁，独钓寒江雪。"茫茫江雪，孤舟蓑翁，千百年来有人喻诗于画，却画不成。这种大寂寞，只可意会，无以作画。空间的意象，只能怅怅然于禅味之中去涵咏了，无以表达。还有陈子昂的《登幽州台歌》："前不见古人，后不见来者。念天地之悠悠，独怆然而涕下。"天地之间唯有一个孤独、一个"禅"字。还需如何解说，任何解读都成了多余——"此中有真意，欲辨已忘言"——诚然。

# 远山的呼唤

## ——"西夏王朝"八百年祭

公元 1038—1227 年，一个周旋于两宋、金辽，纵横捭阖、俯仰了近两个世纪的西夏王朝，最终，在蒙古族大兵的金戈铁马中，轰然坍塌，随即销声匿迹，以至"形神俱灭"。黑水城佛塔俨然，贺兰山岩画依旧。一个凝重，一个苍凉。其中隐藏了多少跌宕绵延的西夏王朝与剽悍枭雄的党项族的历史文化之谜，令人思古幽情、感慨不已。

赋闲居家，随意翻阅史籍，聊作消遣。一本历史地图，一部中国通史，游走于古代中国的时空隧道和文化长廊。纵横长城内外，上下大江南北。其中既有"大江东去"的历史感慨，也有"千里共婵娟"的感情寄怀；不仅读出她的跌宕史事，而且读出她的风情万种。尤其，边少地区的甘肃、新疆、西藏、宁夏、蒙古和藏族、回族、羌族以及契丹、女真……原本读中国史，最为纠缠不清的一段历史，如今却是扬尘舞蹈、情趣盎然。

古代的"五胡乱华"，曾使我对历史上的少数民族有了最初的感性认识和知识积累。我以为，一部中国史，就是一个民族大冲突、文化大融合的过程，是一个五千年你中有我、我中有你的过程。诸如，因为秦汉的匈奴，才有了今天的万里长城，才有了"昭君出塞"的和亲政策与"文姬归汉"的凄美故事，尤其一阕《胡笳十八拍》更是千古绝唱："杀气朝朝冲塞门,胡风夜夜吹边月";还有魏晋南北朝的鲜卑族(建国北魏),才有了煌煌大序的龙门石窟与云冈石窟的佛像文化;以及两宋的党项族(建国西夏)、契丹族(建立辽国)、女真族(建立金国),他们与中原更是千丝万缕,这才有了范仲淹"羌笛悠悠霜满地,人不寐,将军白发征夫泪",说的是兄弟民族阋墙之争的深深感叹,和"杨家将"、"岳母刺字"等民间文学与传统戏剧;同时,他们还造就了多姿多彩的地域文化,成为中华民族文化中独特的西部风景与风情万种的人文景观。

有人说,读中国史,要有相当的担当与气度,以保持读史的沉浸状态和思想的活泼状态;又有人说,读史容易放下难,研读西夏、走进西夏就该如此。

泱泱大观的《二十四史》,唯独没有"西夏史",成为了一个历史"缺位",甚至是历史上的一个千古奇案。我的阅读思路久久地搁浅于唐、五代和两宋时期,从吐蕃、回鹘到甘州、河西,从西藏到蒙古,从西域到黑水白山,我是一路走来。除了感慨,还有什么。

旌旗猎猎,大漠平沙漫漫;风萧马嘶,王侯将相入土。史曰:当唐季分崩,五代扰攘之际,而拓跋窃据西土,思恭、仁福创肇于前,德明、元昊鸱张于后,结好契丹,雄视中土;僭称尊号,凡十世而降于蒙古;其绵延五代,终始辽金,钩索考稽,编残简断,使二十一主、三百四十余年之事迹,以成一国记载;间或散见诸编,异同杂出,稽古者不能无憾。

从唐僖宗(881),赐号拓跋思恭,定难军节度使,晋爵夏国公,复赐李姓,以及"吐蕃浸盛,拓跋请内徙";到宋太祖(960),李彝兴、李克睿凡六世,李氏世代居于五州八县(今陕西北部),官爵世袭,早有夏国、夏州之号,与中原政权"兵不事战征,民不睹金革,休息生息以及百年"。

从继捧归宋,献五州八县,五服之内入京,和继迁出走斥地泽,李氏异宋,构兵向相,开始西夏立国征战的序幕;直至李德明定都兴州(宁夏银川),李元昊粉墨登场,裂土称帝。

是年1038,李元昊在完成了一系列军事行动后,在兴庆府高筑祭台,在众臣拥戴下,踌躇满志地登上皇帝宝座。一个雄踞西北、独霸一方,与两宋、金辽三足鼎立的西夏王朝,真正走上了历史舞台。

200年的西夏王朝,再加上200年"未称国而王其土"的夏州政权,泱泱涣涣的四百年,却只能从它的邻国去寻找它的只言片语,来补写一部不成体系、版本不一的西夏历史;一个铮铮铁骨的李继迁、李德明、李元昊祖孙三代创建的马背上的王朝,在元朝蒙古族的六次西征,包括成吉思汗的四次亲征中烟消云散。一个曾经辉煌、叱咤、铿锵的西夏,又复毁于马蹄,永远成为了一个历史绝版。

西夏,原系元魏(北魏)的后裔,长期居住松州(内蒙古宁城一带)。自从党项人迁居银州(陕西米脂)、夏州(陕西靖边),史称"平夏部"。

元昊称帝,上表的"国书",我是忍俊不禁、细读多遍。所谓:

> 臣祖宗本出帝胄,当东晋之末运,创后魏之初基,远祖思恭,当唐季率兵拯难,爱封赐姓。祖继迁,心知兵要,手握乾符,大举义旗,悉降诸部。临河五郡,不旋踵而归;沿边七州,悉差肩而克。父德明,嗣奉世基,勉从朝命。真王之号,凤感于颁宣;尺寸之封,显蒙于割裂。臣偶以狂斐,制小蕃文字,改大汉衣冠。衣冠既就,文字既行,礼乐既张,器用既备,吐蕃、塔塔、张掖交河,莫不从伏。称王则不喜,称帝则是从。辐辏屡期,山呼齐举。伏愿一垓之土地,建为万乘之邦家。于是再让靡遑,群集又迫,事不得已,显而行之。遂以十月十一日,郊坛备礼,为世祖始文本武兴法建礼仁孝皇帝,年号天授礼法延祚。伏望皇帝陛下,睿哲成人,宽慈及物,许以西郊之地,册为南面之君。敢竭愚庸,常敦欢好。鱼来雁往,任传邻国之音;地久天长,永镇边防之患。至诚沥恳,仰俟帝俞。谨遣鸷涉俄疾、你斯闿、卧普令济、嵬崖你奉表以闻。

其文抑扬顿挫,口气颇有意趣。阅读西夏历史,这份"国书"一定得细细研读,其中蕴涵一段曾经显赫的过去。西夏,一个显显赫赫、血肉饱满、权倾一方、金碧辉煌的王朝,它存在过、鼎盛过、灿烂过,最终灭亡,而且是消失得无影无终、无声无息,成为一个永远的历史之谜。中国素有史学传统,集国史之大成的《二十四史》独独没有西夏史。蒙古族的元朝,给宋、辽、金均修了一部纪传体专史,却欲使西夏"形神俱灭"。其原因是成吉思汗"灭国四十",对西夏却是 6 次出兵、4 次亲征,甚至命丧六盘山。

云锁空山夏寺多,纵然"南朝四百八十寺,多少楼台烟雨中"。宁夏,也许就是一部西夏史。阅读西夏,宁夏就是一部最好的史书。如今,宁夏的每一座建筑,灵塔或遗址我都为之唏嘘不已。党项族、羌族,还有羌笛、胡笳、箜篌与琵琶,⋯⋯如今遗产没有,国史没有,唯有断墙残阙、碎石乱瓦、角台坍塌、陵台荒芜;唯有贺兰山、六盘山,看尽兴衰,却缄口不语;唯有大漠风萧,仿佛远山呼唤,不知为铁木真,还是为李元昊叫魂。仿佛一座座西夏王陵,都在放飞一群群军鸽,继写着历史的辉煌。因为历史不枯,文化永恒。

走在西北,西夏是一个绕不过去的八卦阵,随处可见以西夏命名的各类建筑与设施。在浮光掠影中,随处可见的是古楼、古阁、古塔,透出辽远、空灵和那个时代的生命气息。其中包括银川的承天寺、张掖的大佛殿、贺兰山的西夏王陵,以及业已消亡的西夏文字,自然还包括敦煌的西夏壁画。⋯⋯西夏走远了,但是,那些文物与古迹一一成为历史记录,供人凭吊。西夏的后裔,也犹如一滴水,融入了各民族的杯水之中,了无印痕。

西夏,从此走进了我的梦,并且梦萦魂牵。一篇小文,就权作一个"远山的呼唤",以凭吊"形神俱灭"的西夏王朝和它戎马倥偬的党项族。

# 一个人的阅读

在"信息时代"的今天，谁还会潜下心沉浸于一个人的纯粹阅读与写作中……静观四周，既鲜有心无旁骛的读书人，也少有心如止水的女士；更多的是埋头于手机的"朋友圈"，或探问退休金加多少，或为股市的红绿变幻而感叹——"置三分闲地，借一片秋月，邀朋友三五"一起"采菊东篱"，终成"潮打空城寂寞回"的孤独与无奈，而成了一厢情愿。

打开电视，也是言必称"收视率"……撞入眼帘的尽是"将娱乐进行到底"的养生娱乐化、学术娱乐化、收藏娱乐化……乃至文化奖项也被"娱乐"一番竟成腐败温床，各家电视台更是沦为"广告"帮凶——人们可以试想，一个"广告"竟可以如此蛮横无理、如此任性，各类节目都可以任其宰割、戛然而止……"上广告"，如何一个"猖獗"了得！广告庸俗化趋势，正渗透各个角落，到了无以复加的地步——这与马路上随处可见的城市"小广告""牛皮癣"有什么不同？

当年的"限广令""限娱令"烟消云散。原本令人仰慕、心生敬畏的文化自尊和文人骨相，竟然威风扫地，文化被"动迁"还不知源于何时。当人们把悲剧写成"杯具"，还以为创新而怡然自得——窃以为，中国文化已经被"囧"得面目可憎。而一代大师、大家、文化精英，决不是"囧"出来，而是"静养"出来的……

多年来，我养成阅读的习惯，一杯水、一支笔再加上一个本子，在传统的中国文化里"故国神游"，那是一种人生臻美、一种境界。虽说，我在"为五斗米折腰"的驱使下，几乎天天趴在电脑前，除了写作就是在采访的路上……然而，我却恪守每周五是我的读书日，没有约会、没有应酬，努力将自己关在办公室里，不开QQ、不看微信，进入一个人的阅读时间，纯粹地读点文字，并努力地将阅读的根脉深植于文化的土壤以汲取营养——不仅仅是个人单纯的"充电"，而是使自己能真正地潜下心进入"一个人的阅读"状态。

文字，堪称人类最伟大的创新之举。它是如此的写意，写意得只剩一些点画，却正是这些点画上溯远古、下接千载；以至，让时间成了一个过客，让空间成了虚设——阅读中，犀利的语言令人拍案叫绝，慧人的心智令人醍醐灌顶，诙谐与幽默令人忍俊不禁……那是赴思想与文化的饕餮盛宴后的一种志酬意满。因为，文字放逐了我，成就我一场乾坤孤旅的勇气；所以，我可以在阅读中死亡，又可以在阅读中获得新生。

尤其，我特别欣赏民国年代"半文半白"的文字，犹如一枚青橄榄有点涩却回味无穷、齿颊留香。那是古典向现代演变中的一个伟大时期，一个大师大家辈出的年代，圭臬了的中国传统文化，足以反拨我们今日之浮躁与焦虑、平庸与粗俗，藉以拯救当今"天之将丧斯文"。

两瓣茶蕊的沉浮，令人在慢生活悠长韵味的阅读中感悟自然生命的真谛与"诗意地生活"的美感。心说，"一个人的阅读"那是一个无法与俗人言的文化体验……有个学生问我如何写好文字，我说功夫在诗处——那就是一个阅读积累的过程。

我说的阅读，就是一个纯粹的阅读，没有功利性；再做点读书笔记，那是事半功倍的一个捷径。因为有些文字，不是把意思写出来就美、有意境。比如一首诗，你换一个字，意思不变，但是意境迥然不同。再比如一句成语，你若把字换个先后，那原本的文化意象顿失而索然无味。像"屡战屡败"与"屡败屡战"就是完全两个意境。所以，这就是做笔记的原因，就是常说的"死记硬背"，那是一个积累的过程。一旦运用多了,便熟能生巧地被自己所灵活运用了。

再者,阅读是一件很私人的事情,是个从量变到质变的过程。我相信,读书可以让我们心静,在静中我们会生出智慧。至于说读书可以长寿养生,那是娱乐文化了。因为,阅读有时是一种心理"折磨"。然而,我还是认同与欣赏这位学者所言:"我的时间主要用来读书和写作,老是参加社会活动的话,那个心就会变得浮躁,整个人就散了。"

我更认为,阅读是纯粹的收入,让人感到很充实。人心充实,这颗心自然会安静。所以说阅读可以养心,养出"精气神",民族就有希望。阅读历史、阅读字画、阅读诗文、阅读戏曲都是如此……纵然曲高和寡,而往往和寡的曲高,才是引领人类进步、引领历史车轮的推手。

殊不知,今天还有多少人在享受一个人阅读的愉悦……我是一个纯粹阅读的坚守者,做一个纯粹阅读者是我的理想。因为,纯粹的文化阅读是一种享受、一种境界、一个有梦的时候。唯有造就一个纯粹阅读的大气候,才是滋养一代大师、一代大家、一代宗师、一个人才辈出的人文土壤与环境——我深以为然。

# 书家书匠及其他

　　书家、书匠，前者是文化艺术，后者是一项技术活，形式若即若离，一般人不易区别，似是而非。我是这样区别二者的，前者以学养为背景，后者熟练即可，二者书风、书艺、书境迥然不同。而且，后者永远无法企及前者，而成为艺术。就如同文学作品与应用文怎能相提并论，一个是文学，一个是应用文，二者境界不同。因为二者的使命不同，而产生二者在文化上的距离。

　　书家与作家一样不是培养出来的，成"家"的永远是"小众"。比如，把说明书写好，并不等于它就是文学作品了。比如，当今的书法班用"圈养"的方式是万万培养不出书家的。因为，学院培养出来的至多是一个书匠而已。王羲之、赵孟頫、颜真卿……哪一个历史的大书家是学院里出来的。

　　一个人会写字，甚至把字写得很好，但他还是书匠。用毛笔写字并非是书法，与用文字写文章并非是文学作品一样。艺术是精神的物化，只有技艺不行，那只是甜熟，甚至庸俗、恶俗。一旦把字写成这番模样，那是无可救药，若还恬不知耻地四处卖弄，就是对艺术的亵渎。有人说得很极端，比如画画，若画像很容易，而画不像则很难。因为，画像未必好，画不像未必差——这是艺术。

　　一书一气象，那是文化的正大气象。比如汉代石刻、南北朝的石像、唐家菩萨，那是中国文化永远仰视的人文景观。它们承载着文化的内涵，都是物化的史诗。有人说，今天书法繁荣了，各级的书协遍地开花；我却说书法还是寂寞点好。一个笔会、一次商业操作，令芸芸众生的写字人趋之若鹜，他们只图技巧、不"训"只"练"，那是走不远的，那是忘了学养对书家的反哺。训者，积累也。

书家永远是小技巧，书法需要多方面的滋养与支撑，没有相当的气质与修养是学不来的。书法是看作品格调而不是看字的如何规整。比如手工制品是艺术品，有点拙、有点涩，却风情万种而为人追捧；流水线上的纵然好看，它也只是商品。比如手绘瓷瓶，那是艺术，是机械包装材料的瓷瓶无法企及的"人文气象"。

为什么人们对手绘制品一往情深，就有赖于作品上面的气质与风度，一个"耐看"，一个"浮云"。因为，能沉淀下来的才是艺术，体现各自的人品与胸怀。胸无笔墨而想写好笔墨，那是缘木求鱼……书家不是写出来的，而是出于兴趣、一个文化积淀的厚积薄发的过程。所谓传承书法，不是简单的创新，而是在传承中加厚传统，这才是真理。

有人说，写字是一种境界、一种气息的吞吐。谁若进入这一境界，谁就成了一个书家了，那是装不来的……只有进入这一境界，才有秦篆的尔雅、汉隶的古朴、晋唐小楷细致入微的严谨与飘逸，才有书之跌宕与遒劲，金石之声犹闻——那一定是一个书家的书境、心境使然。

以上是笔者为书家做"御用文人"而接触众多书家的一点率性之语，智仁互现——读者以为然。

# 戏曲与书法

　　读大学,曾选中国戏曲为选修课,京昆雅韵开启我对中国传统戏曲最初的涉猎,囫囵吞枣似地观看多部戏曲,既有心得,也有存疑,如"戏曲"、"戏剧"有何区别,中央台有戏曲频道,上海台却是戏剧频道;还有"戏"与"剧",比如越剧、扬剧、甬剧、锡剧,却不能说越戏、扬戏、甬戏、锡戏,唯有京剧也可叫京戏;还有安徽的黄梅戏,不能说黄梅剧;还有话剧,也不能叫"话戏",更不能叫"话曲"。

　　总之,戏看多了便有联想,中国戏曲似乎与中国书法堪称异曲同工。戏曲的一招一式、唱念做打,就是中国书法的一笔一画、燥润浓枯。有人称,好的书法会把不是字的东西写进书法里,又把字写到字外去,凸显汉字的精神、金石的力道,而满纸云烟、盈带烟霞;同样,好的戏曲也会把不是戏里的东西唱到戏里去而万般风情,因为,戏曲是一种写意、是一种境界,那是学养、学问的积淀。

　　生旦净末的每一阙唱段,俨然一帧书法作品,或委婉绮丽、或高亢亮丽。如净角似魏碑厚实顿挫、青衣似晋唐小楷灵动、老旦苍凉、老生沉郁,仿佛从中读出二王韵味,也读出颠张醉素⋯⋯尤其,旦角的水袖,那简直是中国草书之极致。京剧《天女散花》,梅大师将旦角表演得无以复加,成功创新"花衫"而为人青睐,写进中国戏曲史。其水袖,就是书法的点画,或犷或媚,无不写意人生世相与处世性情。中国书法,堪称线条艺术。秦代小篆,玉女垂拱,端庄典雅;汉隶八分,轻盈雍容,丰润柔美;晋唐楷书,肃然起敬;行书活泼,草书张扬……若将水袖舞动曲线用笔墨、线条来表示,它不就是张旭、怀素笔下的草书大作,或是高云坠石,千年万岁,枝蔓枯藤余韵;或是杨柳春风,莺歌燕舞,小桥流水人家。时如强弩立弓,蓄势必发。时有两军对垒,气脉贯通。不难想象"飘风聚雨惊飒飒,落花飞雪何茫茫"是一种何等的恢弘意境。那水袖,就是放浪形骸的狂草,那已不是纯粹的线条,那是艺人性情使然。或孤蓬自振,惊沙坐飞;或飞鸟出林,惊蛇入草。那是书家气脉,回眸纸上,已是魂归神收。

谁说,唱戏只为谋生,唱戏也是一种精神与生命。只有理解了戏曲舞台上一桌一椅的精彩,也就理解了书法笔画上一撇一捺的文化魅力。舞台上的身段、水袖,令人九曲回肠,仿佛是书写在宣纸上的笔画,字夹风雷,声成金石。舞者,陶陶于其中;观者,咏咏作知音状。

如果说,书法是一部戏曲,每一汉字都是一个鲜活的角色;那么,戏曲就是一部书法,每一角色都有一段缱绻的故事……令人释道平矜、怡情悦性。我以为,戏曲最能体验光阴的流失,"周秦雄风汉唐歌"。倏忽,千年过去了。流走的是时间,积淀下来的是惊天地、泣鬼神的历史诗篇。书法,同样是千百年的一个生命对另一个生命的孜孜对话,暖人情怀……

# 雨中吴江路

雨水缠绵，人寂寥寥，我竟在像风像雨又像雾的吴江路上，心情颠之倒之，任雨水又细又密地拂面拍来，试图用自己的体温去感受春之雨的爱抚，"春风她吻上了我的脸，告诉我现在是春天……"不一会，我的左肩已是一片湿漉漉"曹衣出水"一般，甚至殃及衣袂皱褶而被雨水浸润得"骨相天成"。

是日，我早与内人有约计划在吴江路用餐，然后到商城剧院观剧。她说单位从南京东路附近迁于莘庄地区，一下子从"上只角"去了"下只角"，这次来南京路索性早点出来找个地方坐坐，重温一下睽违二三十年的"两人世界"。她还发了短信，让"什么都懂，又什么都不懂"的儿子自己解决晚餐。儿子回信一个字，"噢"。令她忍俊不禁。也许，受古汉语熏陶的原因，他的短信简直是份电报，惜字如金。

改建后的吴江路不长，东衔石门一路，西攘茂名南路。若仔细观察，吴江路如同四周大商场拥抱着一潭潺潺流淌的溪涧……如果说，高端商场是帧中堂画幅；那么，"邻家女孩"的吴江路，则是山水小品——稍施粉黛犹如"隔座一玉人"。我内人更是形象比喻，那恒隆广场、玛莎、梅龙镇等大商场的富贵气，令人捂紧口袋；而吴江路则似小家碧玉，让人亲近而流连忘返，且声名远播。

历代诗词以唐诗宋词并称，共同擎起中国文化高峰；而吴江路却似一阕元曲,聆听青衣、花旦的咿呀之魅,一出地方戏曲……金字招牌的小杨生煎、人气爆棚的西北郎烧烤、冰清玉洁的芒果冰沙、卿卿我我的甜蜜蜜——素以美食小吃闻名,平民价格的吴江路,堪称中西餐饮集粹,迷离中梦幻着几分异域风情:肯德基、星巴克,甚至是英文名称 MR COFFEE,还有咖喱咖啡下午茶的次郎、蒙古酸奶酪的太郎速食,更有美轮美奂的中式美餐静安小亭、南翔馒头店、糖潮……说起来也是齿颊留香。

雨水濛濛的店招,处处饕餮,我晕。好在擅长吃客的内人,在这里轻车熟路。为了避雨,我们躲进街边的"早安巴黎",收伞、息脚。各要了一份咖啡与西点,静座一隅,啜着饮料,嚼着西点,看着店堂内外各色人等。自己恍若观赏一幕"微电影",空镜头、长镜头慢慢扫过……咖啡的苦涩中和了人生跌宕与人世炎凉。往日人头攒动、小贩吆喝的气氛销声匿迹,而是出奇的宁静,仿佛天籁。我说最美"雨中吴江路"——这里的"小资"令我年轻十岁……游人们撑着伞如绽放的花,画面"印象"。其中踽踽独行、丽人同行、最有画面感的是青年恋人们,他们携手而行,笑声朗朗,互相嬉戏着,一把花伞不住地摇晃……

餐毕,我们步出店堂,不经意走上吴江路的"空中走廊",这里无雨水之虞,居高临下。我拖了一把椅子临"水"而坐,如同观剧。整个吴江路,就像刚从水里撩起一样,远远望去俨然一幕"水彩",图景斑驳。淅淅沥沥的雨水,人影绰绰,伞花乱舞,三三两两的霓虹灯广告在雨中摇曳,如同一艘艘画舫始来,仿佛自己坐在其中,风声雨声,人来人往——其场景不失为一阕"雨中曲"。

# 人文南汇路

　　静安区一条短短不足二三百米的南汇路（北连北京路，南依南京路），郁郁葱葱的悬铃木、沧桑有范的老洋房，还有品位前卫的小店、商铺犹如邻家女孩一般，素颜却温馨……堪称闹中取静、"后街经济"的一个静安版本。如果说，南京路是商业重镇，一部海派经典与时尚的商业大剧；那么，"扫去粉黛，淡毫轻墨"的南汇路，则是人文散文，"闲步芳尘数落红"。

　　清末民初的"洋务局"曾在这里建房供道官员们下榻，而被称"道台花园"，后因花园转售法租界董事麦边而称"麦边花园"；及再转手由英商香港大华公司在此盖起饭店，即大华饭店，再后又被拆而修筑了两条马路，麦边路（今奉贤路）与大华路（今南汇路）。南侧造了美琪大戏院，北侧造了大都会舞场与两层楼商业用房，取名"大华商场"。大华路还建筑了 10 弄、22 弄、34 弄众多西班牙式花园住宅……我说，这里每一处建筑都是历史的物化，展示近现代的西风东渐，乃至中西文明撞击、融合的历史进程。

　　今天，走在南汇路上，一旦步入某个庭院，那里的百年水井、阳光房、小鸟及游走在房顶的猫咪……无处不透着时代"温良恭俭让"的闲适生活气息，或"偷得浮生半日闲"地在这里发呆，或"闲敲棋子落灯花"地在这里傻等，或三五旧雨新知，一边尝着燕窝，一边听着流水潺潺……期待着各自的真命天子的出现……

这里的温情咖吧，若悠闲地看看书、上上网，若坐在院子里晒晒太阳……绿色的招牌并不事张扬，却不时有文艺小资推门而入。店堂装修也走温情路线，墙上贴满了各种照片，光线也是暖暖的，有人在打牌，有人在做手工，大家都各得其所。偶尔放部电影，没有太过激烈的故事情节，没有太多炫目的特效，一般是细腻绵长的家庭伦理片，适合于小情侣们握着手，抵着头尽享甜蜜。若不经意踅入南汇路85弄14号三楼，扑面而来的是一股艺术气息——那是一代音乐家温可铮旧居。

尤其，南汇路69号的宁波同乡会，更是我的一个"地缘"载体。每每步入会所，仿佛踏上故乡的土，成为我接地气、解乡愁的一个地方。我在《忆故乡》一文中情结颇深地写道，我户籍本上的籍贯一栏，宁波鄞县是我唯一祖籍渊源的记录——小时候，在家乡的原野土路上，我们离大自然是那样亲近，我们却并不因为亲近而理解自然。今天，对世界、对地理略有所知，反而只能在梦中追寻。越趋遗忘的过去，让我在夕阳西下的黄昏中，面对闪烁的灯光，像一个迷路的孩子，怅然若失——也许，人远离了地气，才有根本的乡愁。

会所里有一张谷牧与邓小平交谈的照片，它就是"把全世界'宁波帮'都动员起来建宁波"的由来；会所建筑的前前后后，维系着海内外宁波人的情感，大厅内一大大铜质铭牌记载着宁波同乡的慷慨解囊……会所建有宁波厅、香港厅，和一个多功能舞厅，成为沪上甬人的精神家园，会员的活动场所，乡音乡韵犹闻。正在编纂中的《传统甬剧经典集锦》就是协会的一件大事，陈正兴会长坦言："传承甬剧，我们同乡会责无旁贷，用多少钱也义不容辞。"

我一次次地坐在会所五楼暖暖的窗台前，静静地回想起徐志摩、郁达夫、李叔同，也想起合肥四姐妹……因为他们的文字令我齿颊留香，因为他们的气质与南汇路一脉，温情而又质感，时时地抚慰我过于脆弱的心弦。所以，我说南汇路是人文的，那是学不来的人文积淀。

# 新年断想

小年夜，我辞请应酬，裹挟着一身飞雪，急急忙忙地赶赴"围城"。因为，那里有血脉、亲情的召唤。回到家，我竟成"风雪一归人"，其画面感俨然一幕"微电影"演绎莫名的浪漫与温情。

如果，夏日的"一川烟草，满城风絮，梅子黄时雨"，描摹种子为来世进行着一场惊心动魄的奔逐；那么，冬季的雪花就是一场苍茫迷离、闲情愁绪的诗意表达……那是两种性格，别一般的江南风情。江南景致还能这样杂糅诠释，何况一个逆旅之过客，还有什么万念、尘缘不可放下与释怀；更何必，为某件事的得与失而耿耿于怀。处世淡定、冷眼旁观、知白守黑、一笑千秋，何尝不是一种以不变应万变的生活方式。所谓无为而治，更是一种生活境界。

此刻，我匆匆抖落一身尘与雪，也仿佛卸下一年的"铠甲"与"面具"。在"躲进小楼成一统，哪管春夏与秋冬"的书房里，才真正地放松心情，回归自我。这里无需掩饰，裸露身心，有的只是自己与自己对话的畅快。我接过内人送上的热咖啡，啜一口，多少感慨在其中……小年夜、大年夜，一生中唯有此时此刻，才真正感到年关在即，不由倒抽一口冷气——时间不饶人！

少年读孔子，那是少年不识愁滋味的无病呻吟；年届五十、六十，才真正感到什么叫岁月逼人。蓦然回首，鬓已白、心力衰……所谓"老骥伏枥，志在千里"，那是先人用以自欺的美人迟暮、英雄气短的无奈。年轮，那才是作不了假的岁月刻痕。

窗外，依旧雪花飞舞、爆竹声起，就如同我纷纷扬扬的心绪，不曾停息……我始终认为，爆竹、雪花共舞就是我们寻找的一种年味。春节，若没有雪的眷顾，那一定是段了无诗意的苍白文字；就像冬季孕育着春天，才有春秋代序、寒暑易节的季节轮回。尤其，童年的记忆里，雪花、爆竹，更是入骨入髓，并不因为岁月的增添而有所消蚀。

北方的雪是首"忽如一夜春风来，千树万树梨花开"的唐诗；而江南的雪，则是一首婉约可人的宋词，"水昏云淡，飞雪满前村"。往往，古典诗词里写满了人世与性情，无论风花雪月，还是烽火边塞，无不在这气氛里逸出而荡气回肠。比如，怨去吹箫，狂来说剑，同样销魂味。其中，最令人咀嚼的就是那般性情挥剑、缠绵吹箫的大气场。

打开日记，凭吊一年，我竟不知悲从何来！只觉泪眼模糊，感伤自己——凄凄惶惶又一年。我的 2011、我的 2012，尚未稔熟，我的 2013，却已急赶慢赶地日益迫近，如何一声"逝者如斯夫"可以了却！谁言道，热闹背后的心静，不是一种年味、一种守望。"一箫一剑两心知，狂名负尽五六旬"——那就是我。

其实，最美莫过于真正地一个人静静地坐于书桌前，没有功利地读着书、啜着茶，陶醉于一炷袅袅的沉香里。品书、品茶、品香、品人生感悟，沉潜反复于一个只属于自己的天地里。因为，这里无需看人脸色，没有命题作文，人文史地，故国神游，为自己干杯……那是最为我心仪的生活。纵然铩羽而归，家便是一个温馨的港湾。就是按下门铃，音乐声里也透着家庭的温暖，最为我低回……

或者，端坐电脑前，吐一吐心中的块垒。那些文字，都是性情使然，不吐不快；虽然时格势禁，不能尽吐……但是，文字毕竟是心血凝结、一种事业。我想，人的真正幸福，不是衣香鬓影、前呼后拥的成就感，那都是浮云;重要的是静夜烛光中是否有安顿灵魂的地方、驰骋的净土,且怀有一份慈悲与温情。

一个人"为生活而奔逐"后,是否有寄放灵魂的地方——我想。

# 玉者如君

古代好玉者,有一种传统"藏玉不过汉",即收藏高古玉,如三代(夏商周)玉。缘此,我的一些闻香识玉、收藏心得,皆以"史前玉"为款,以寄寓自己对史前玉器的情有独钟。以玉喻人,以玉比德,古老的东方文化赋予玉以丰富的内涵,形成一条纵贯八千年的独特玉文化,源远流长。

三千年前的一支驮队,带着美玉,带着神秘,历经河西走廊、河北大漠;由秦晋之地渐达中原,走出了一条贯穿东西的"昆山玉路"。两千年前的孔夫子,一句"君子比德于玉",成为君子品行操守的一种象征、中华民族的一种精魂。

玉性属金,产于西方。"昆仑玉最美在于阗。"于阗,世称和阗,今称和田。昆冈,即昆仑山,是一个产玉之地。历经数亿年的炼狱、数亿年的积淀,原生矿(山料)经地壳运动滚入河中,从而沧海桑田,成了次生石(籽料)。一条玉龙喀什河,盛产白玉,亦称白玉河;一条喀拉喀什河,产墨玉、青玉等,古称墨玉河。

我有一块玉,十年来,颜色变深了、柔和了,似乎融合了我的肤色与血气;摸上去的质感,也不同以往,润了许多。后来,知道这是滋润,一种包浆。也许,它长眠地下,偶尔睡眼惺忪,玉色斑驳。有人告诉我,这是沁色。谚语道,玉有五色沁,胜得十万金。它莫非是人文始祖"以玉为兵"的遗存,是女娲补天的"五色石",曾经戎马兵刀、历经磨难,或是寄予缠绵,辗转轮回,为我所留? 每每把玩,心中很是慰藉。我说,拥有一块玉,就是拥有百邪不侵、万缘放下的心态,心中多了一分温柔。"洛阳亲友如相问,一片冰心在玉壶。"

玉者,精光内蕴,涵养天成。任何美的东西,都有一个脱胎于痛苦的升华过程,玉是如此,那么万物之灵的人,也应如此。比如,冰清玉洁,既是对玉的赞颂,也是君子的一种气节、一场向善的修行。虽说玉有瑕疵,人无完人。但是不卑不亢、不浮不躁,该是一种君子的境界。有人说,玉有三重灵魂:一是聚天地之精华,汇山水之灵气,与生俱来的一种禀赋;二是为人类所赋予的文化特性与文化符号,通天通神,祈福祛邪;三是受人体的滋养,有了生命气息、有了血脉。再加上雕工,那是先人的手泽与心痕,一种文脉。

玉者如君。玉者,君子的一张名片。

# 风雪夜归人

风雪夜归人，是友人郑君赠与我的一幅国画新作。画面磅礴大气，意境幽远。所谓知我心者，郑君是也。远处岭壑纵横，雪飞风舞。犹如春之梨花纷飞，天上地上莽莽；近处山抱林拥，一条小径逶迤如蛇，行行复行行。一座宅院前有一中年男子伫立，举手欲叩门，心绪已散乱。门首一幅春联清晰可辨、辞旧迎新日日兴，鸡犬相闻年年旺。院子里斑驳的灯影，如月光泻地、树枝交错。也许他常年宦游在外，今日荣归故里；也许他数代经商，偶尔回家省亲；也许他终年羁旅天涯，如今叶落归根。总之，家是一个温馨的港湾，承载着一代代人的缱绻与乡恋。

我时时地站在画前陷入深思，双眼迷离，一种浓浓的乡愁与亲情挥之不去。脑海里又重映自己一个人走在风雪弥漫的宁夏，徘徊又彷徨。这场大雪偏偏是我欲上火车的时候，天昏地暗般地下了起来，使我本就浮躁的莫名的怅惘重又潜上心来，无以抹去。我努力地在飞舞的雪花中拼接着人文的历史残梦，寻找着神形俱灭的西夏（1038—1127 年的大夏，处于中原之西，史称西夏）与一个铮铮铁骨的夏景宗李元昊以及创造军事伟业的一群鸽子。世上的民族或地方，会因为一个人、一个政权而声名远播，令多少代人而为之踏歌寻来，而且不胜唏嘘、不胜惆怅。

腾格里沙漠犹在，贺兰山犹在，历代皇陵犹在，那么，西夏就在其中。走在银川，感慨不已。西北浪沙漫漫，黄尘滚滚。昔日历史名城瓜州、玉门、交河、楼兰早已沦为废墟，只剩下断壁残垣，寂寞于西风残照，以凭吊古人之诗料，独有银川丝路虽断、佛光虽减，但是春秋代序、人光有加。在泛泛人海中、在闪烁的霓虹中，无意地一抬头，显露峥嵘的古楼、古阁、古塔的一角或影子，令人回溯久远的历史，曾经的黄金世纪——大夏帝国。我十分执拗地把宁夏当作西夏。只是"鸣钟长塔寺，不见昔年僧"，和"废基荒冢在，陈迹牧儿登"。

走进宁夏，远没有走近西夏。宁夏是一种现实，西夏永远是一个梦。我还是裹着一身雪花，无奈地踏上回程，到家已是暮色四染、风尘仆仆。也许这就是郑君为我画的一幅风雪夜归人。画中有我的性情与影子，有我对历史的凭吊与敬畏。令我长相望、不相忘，心头沉甸甸的，多少话语不知从何说起。

手中的笔，我是拿起又放下，不知如何切入。我竟然一时分不清现实与梦境，窗外雪花如舞、风声如吼。

# 老友老宋

老宋并不老，一个五十开外的年富力强的爷们。他最初给人的印象：有人缘、和气、哥们；接触久了，更发现他为人豪爽，不图回报。他文化不高，文革中勉强读完"高中"，便分配进了企业，与我成了同事、同僚、同党三四十年。

老宋情商很高，他是我们这一批"50后"中荣膺诸个第一（广义）最多的一个。第一个谈恋爱，第一个结婚生子，第一个当爷爷，第一个……老宋商情也很高，国家改革开放，他即下海经商而风生水起，最初跑运输，北方、南方，跑遍了祖国各地，成了中国第一批淘金者、"万元户"。

今天，纵然赋闲居家，他还在四处奔忙，言必称商，仿佛他生来就是一个经商者。可是，他的父母并不是商人，而是朴素、实在、厚道得令我起敬。说起正值中壮年的父亲离世，他特别受伤。国家改革开放才几年，生活刚刚有起色，他却未能多享受几天，竟撒手人寰。

是日，他打来电话与我聊天，我更有种"穿越"感——三四十年了——我一下子回到那个"青涩物语"的年代。青涩是个梦、青涩是首朦胧诗：那是只属于自己的风花与雪月，同时也迈开我们人生最初的精神之旅。其中有跌宕起伏、大喜大悲，我们都彼此见证着对方，其滋味足以让人咀嚼、消化一辈子的。

老友宋章发

　　说起那年，一个纯属偶然的机会，我们邂逅在下班的路上……缘此开始了我们的来往。他问我家住那里，我说前面不多路。他便跟我一起回家，坐了些时间。后来我也去他家，从陌生到熟悉……其实，我们的性格并不很相吻合，我过于内向，有种做工人的不甘与自卑；他比我开朗多了，满脸的不在乎。我比他大一岁，理应在工作上我多照应他，可是事实不然，有很多事都由他为我出面。

　　而最为我感慨的是，他曾经对我的帮助没齿难忘。那是（上世纪）八十年代初，我冒天下之大不韪地参加上海电视大学的自学考试。因为，参加电大自学考本身就是一个巨大的挑战，对一个未曾读完高中的我来说，不是一步步地读业余初中、高中，而一下子读大学，还是自学考。我是想注册生用三年时间，那么我就用六年时间把大学读完。如此这般，当别人正在花前月下之时，我以"三年不观园"的精神潜下心，开始我的自学生涯。

　　老天不负有心人，我竟一口气过关斩将，三个学年里我拿到了全部学分，参加毕业论文与答辩。我想，其中一半要归功于老宋的鼎力支持，要不是有时间保证，我是万万拿不下来的。因为自学，不可能有任何公假可言。并且，颇有戏剧色彩的是，三年后，我一并拿到我人生最重要的两张证书，一张毕业文凭，一张结婚证。

三年里，老宋先将我调入他的部门，然后对我说，考前一两周里，原则上在家复习，若生产忙会叫我，平常多加点班即可。这段情谊我怕一辈子回不了的。每每回想此事，我都是无言以答，只是在心中一次次对他说：谢谢你！

读完电大，我"以工代干"进了机关，他去经商了。有时，他忙里偷闲约我一起吃饭，我是除了感叹还是感叹！随后，他继续赚他的钱，我继续读我的书，大专、本科；随后我也离开机关，做记者、做刊物编辑。我有时还庆幸自己的文字竟以数十万计，可再一想自己的文字数量，还不及他赚钱的数量。他置房、购车、甚至……我能干什么？一个穷书生。但是，这并不妨碍我们是朋友，一个淡如水的君子之交。我并为有这样的朋友自豪，同时有愧。

有次，听说他婚变，我莫名伤感。他原妻我们彼此熟悉，音容笑貌依稀。或许，我们的生活本身充满过多的"变数"。好在，今天他们都有孙辈了。他现在的妻子，我有过一面之缘，也是慧心悦人。

那个电话是约我赴会，竟是老宋孙子满月酒，济济一桌的都是我多年未曾见面的同事，其原妻也在……他们可都是我"青涩年代"的见证人，若当年多有鲁莽处，敬请见谅。要是外面相逢我们一定是形同陌路，相逢不相认，不敢问来人——三四十年了，沧桑全写在各自的脸上。

我在此只能默祷这些新旧熟悉的他们赚更多的钱，同时，收获更多的快乐！健康、开心才是人生硬道理。

# "原汁原味"王六宝

六宝,姓王,家里排行老六,乳名六宝,人称王六宝——王升大老字号品牌的第四代掌门人、王升大博物馆馆长、宁波陆宝食品有限公司总经理。

原来,王六宝只是他的一个俗名,有回上海刊物发表他撰写介绍王升大博物馆的文章,稿费寄来,他却无法兑现。原来他的学名是王贤定,身份证与收款人姓名不符而被他束之高阁。他说,这笔稿费本来就不想要的,再也不过问这笔汇款的去向,这就是王六宝的秉性使然。

今天,多少熟悉他的人都知道他叫王六宝,而他的名字成了养在深闺人不识的一个人文符号。

## 印象一:朴实厚道

王六宝给人的印象永远就是两个字,朴实。朴实得令人"称土",甚至土得掉渣,从骨子里透出农村人与生俱来的性情与气质。如果说,要了解中国农村出身的商人,那么,就去看看我们的农民,去看看我们的王六宝。在他们的脸上丝毫没有欺诈,而是一脸的诚朴,诚朴得令人敬畏。一如我们的"宁波滩簧",音韵、唱腔、拔口都实实在在地充满着乡

王升大第四代传人王六宝

村泥土的气息。

你看，王六宝身上的一件外衣，普通得不曾给人留有个性化的记忆，而且似乎天天如此。几年里，也不曾见他像模像样地穿过西装，一旦他走散在人群里，就难以辨认。若有人来公司找他，就是楼道上碰到也不会相信他就是自己要找的企业老板；若来到王六宝家，也是朴实得感觉像是走错了门。这屋丝毫看不出是一个数百万家业的老板的家。一套老工房里，没有装潢，也没有上档次的家具，却简朴温馨。家里几代人住在一起住，却是其乐融融，和谐得令人羡慕。

尤其，年过九旬的老母亲是他的骄傲。当有人问及他老母亲的养生之道，他老母亲皱褶的脸上，顿时像是东钱湖上的波纹一样幸福地荡漾开来……谁知，他母亲竟有三大嗜好，一是喝酒，白酒、红酒有什么喝什么，从不顾忌；二是抽烟，那是从旧社会抽到新社会，也没有改一改的想法，而是顺其自然；三是喜爱吃"咸下饭"……如今，她身体硬朗、生活自理，一根拐杖也只是摆摆样子。

西方有则寓言，说什么动物是早上四条腿走路、中午两条腿走路、晚上三条腿走路——那就是人。因为婴儿爬行四只脚,老年拄着拐杖三只脚。而王六宝母亲却还是两条脚走路,那是一个福!王六宝由衷地感慨:我靠的是两个好女人而成就自己"瞎子不怕鬼"的创业精神。那就是"家有一老,好比一宝"与"乡下夫妻,寸步不离"。"90后"的老娘王汪氏"癫头儿子自中意",做做参谋出主意;老婆周素珍"一根年糕一只馋",老公请她当"政委"——那是王六宝的福气而令他乐陶陶。

如果说,这些是王六宝的一个人物"写意";那么,有人著文这样形容王六宝就是一个人物"写实"了:假如有一桌酒,十个人团团坐,让你挑一个老板出来,你挑不到王六宝,那似乎还情有可原,因为现在老板太多。但是假设倒过来,十个人里面让你挑一个不是老板,我敢说,你肯定首选王六宝。因为王六宝不仅看上去太普通,而且,王六宝总是不按礼仪规则落座,坐着喝酒也不多说话,他还坐不住,不仅传这个递那个,还不时坐起招呼服务员,起码可以顶半个服务员的角色。那晚夜色甫降,我们几个从他的博物馆里出来,有人要上厕所。厕所在河边的大树下,前面有一条甬道,看过去黑黢黢的。王六宝一看,随即大步跑上去,抢在前面拉亮路灯。我是说,这样的活一般、通常,都不是王六宝那样的老板干的。一般、通常,要是有老板会干,也不是像王六宝老板那样干的。

文字直白如水,却也形象地道出王老板的做事为人。王六宝确实是如此,朴实、质朴而又率性,纯粹得像开放在土里的花,不显眼,却实在;不知名,却春色如许。


印象二:经营之道


王六宝性情随和,具有包容性,总是一脸的笑呵呵。他在企业管理上的无为而治,就是他的经营之道,一种大智慧、一种大智若愚的襟怀与精神。他说,员工们上班早点、晚点,他从不计较而劳资双方相处和谐——无为而治是王六宝的处世哲学之一。

他说,我的企业如同一辆自行车,虽说慢,只要不倒下就是在前进,就是成功。我虽不及祖辈那年事业上的恢弘,却也因光复王升大品牌而感到踌躇满志。

有人称王升大是一个诚信世家,道出王氏家族的以诚取信、以信取胜的创业法宝,而成就今天一个百年老字号不败的声誉。金杯、银杯不如消费者的口碑,那是硬道理。企业的多元经济也是风生水起,无不是民生产品,产品涵盖粮、油、酒……尤其,王升大的粮食衍生产品汤团、糯米块,酒类制品的外公酒、双鱼贡酒,油类制品的菜籽压榨油等都是企业的主打产品。近期开发的王升大荣誉产品"粥引汤",更是集人文力量与饮食营养于一身而为人,所希冀、所期盼——多少人文在其中。

不知疲倦的王六宝,总给人以一种旺盛的工作激情,刚刚还在与你一起啜茶,霎时他又奔下楼去处理事情去了……只看到他奔上奔下、步子大、频率高的身影。纵然在子夜时分或寅卯之际,他也会给人发 QQ……笔者每每午夜梦回,我就知道王老板又有了"新想法"了。比如,他的生态型小木屋、宁波汤团的根在高桥、王记太婆月饼、王升大富晒大米……不胜枚举。真的不知王六宝是还没睡下呢,还是他已经闻鸡起舞。

有人如此说:我与六宝"出屁股凑队",互知"底牌"。同在 1958 年出生,同在 66 年去凤岙小学上学,同在 72 年去方广寺中学读初中。老话讲:"吃一行,怨一行",可王六宝是个奇人,做一行,爱一行。起初辰光学泥水、学木匠、学漆匠。但也不愿做"埠头黄鳝",于是走街串巷去弹棉花、穿藤棚。他又是一个"热拆骨头",听说天下三样苦"打铁,摇船,磨豆腐",这饭他不仅一一都去尝过,而且做出生活"十人九傲"。

他竟自喻:我时年五十有七,人称"工作狂",自 6 岁即跟父母亲在凤岙供销社下伸店做帮手,早早浸润经济与商业的气息……三百六十行,几乎没有我没做过的工作。我每天工作 16 小时,若每天以 8 小时工作时间计算,我累计 50 年正是一个百年的工作日积累。我当下和将来的方向,就是让自己的经验与资源让社会共享!奖状、奖杯、先进、模范、金杯、银杯、口碑我都有了。我从上学到今天,这些始终没有离开过我。有时,的确身体有些太累了!但心不累啊!

在王升大博物馆里还有一个现象,时常看到他的博物馆里人头攒动、食堂里高朋满座。虽说,有些活动与王六宝浑身不搭界,可组织者总喜欢"借"王升大博物馆这块风水宝地,他也总是满口答应无偿地提供场地:或歌咏、或书画、或演戏、或公益……王六宝总是不求回报地笑呵呵迎送,并随带一份王升大的礼品。王六宝却说:"看上去我损失,其实我是赚的!"或许,这里面真的蕴涵着他丰富而朴素的经营理念,竟获点赞而名声鹊起——祖上曹家油坊与王升大的联姻,谁说不是这个理。

## 印象三:文化理念

兢兢业业地做商业,踏踏实实地做文化——那是王六宝的高人之处,而连连赢得众多口碑。"高调做事、低调做人"的原则,是一个民营企业家难能可贵的一面。尤其,做文化事更是如此。因为,我们的每一个人都是时间过客,唯有文化永恒。世界上走得最远的是商人,比商人走得更远的是商品,比商品走得更远的是文化——缘此,王六宝亲力亲为数十载。可以说,王六宝数十年如一日地与世无争地做自己想做的文化事业。

文化程度并不高的王升大传承人王六宝,不图企业规模的扩大,而在王升大的文化建设上竖起了一座座丰碑……无论他在行色匆匆的赶路中,还是一个人静坐在办公室里,总是不时地冒出一个个文化上的"奇思妙想",从谋划王升大博物筹建,到筚路蓝缕的正式开馆,堪称一个奇迹——他就是王六宝。

　　今天,王升大博物馆业已成为了鄞州地区的一处文化景观而为人喷喷赞叹。难能可贵的是,博物馆的资金来源并不是企业利润,而是王六宝自己家里的动迁款,不是改善自己的起居生活,而是勇于投资博物馆的文化事业。谁知盘中餐,粒粒皆辛苦——这是王六宝一生的经历。他的动漫、他的甬剧,皆以王升大为主题,并为之投入精力与资金。博物馆规模不大,却是鄞州地区博物馆行业的一个标杆,而被评为优秀博物馆,并被推选为青少年教育基地——堪称实至名归。

# 乡村女教师

一

去年秋天,我们带着几台电脑与一些书籍和学习用品,去安徽泾县皖南第一希望小学。临行前,上海知青、该校女教师沈霞芬,拖着化疗后还甚虚弱的身体,要陪我们同行。她那样顽固地坚持,最终让我们明白,除了陪我们,她是要回学校去看看。

两年前,沈老师曾受邀来我们支部做客,为我们讲述她 30 年乡村教育的心路历程。她谈的主要是乡村孩子读书的艰难。当年她去的第一所小学,是个村办的学校。校舍是几间散乱的旧屋,土墙纷纷剥落,没有一个窗户是完整的,一些破损的玻璃上蒙着塑料纸,寒风裹着雨丝灌入室内。到了冬天,学生们捧着书本的双手冻得通红,大都汲着鼻涕在朗读课文……

此刻,一头因化疗尚未长长的头发,更显得她脸颊的消瘦与身体的羸弱。然而有一样没有变,她牵记着她的学生。

车子辗转于丘壑连绵的山路上,数十小时。一路上,我都在观察沈老师,为她的身体担心。可是,她仍掩饰不住兴奋和期待,或许,她的心早已回到魂里梦里的学校。

作者俩

<h1 style="text-align:center">二</h1>

　　沈霞芬成为乡村民办女教师是 1977 年,每月工资 8 元。乡村小学老师少,要承担教学的多门课程。如语文、数学、音乐、美术,包括体育。她一个人同时教两个班 100 个学生,她先在一个班上课,然后让学生做作业;然后再给另一个班上课,每天走马灯似的。以致她嗓音嘶哑,只有寒暑假期间,她的嗓音才得以恢复。

　　为了搞好教学,她每天需要用更多的时间来备课。那时,她已在农村安了家,初为人母,丈夫又常外出。她忙完家务,待女儿睡觉,她再批改作业、备课,直至夜深人静。

　　山村的学校,离家很远,她清晨 5 点就要出门。后来学校租了包车接送学生,一些家住得较远的一年级学生,常常在回家的路上瞌睡起来。在每一天的路上,沈老师怀里都搂抱着她的学生。每天的这一幕,就这样印入了孩子和家长的心头,一年又一年。孩子大了,新的一年级生又入学了,这是沈老师持续不懈的每日课程。

## 三

乡村教学正在艰难中逐渐发展,"回城风"刮起来了。当年的同学、校友,纷纷离开泾县,回到上海。沈霞芬开始落寞起来,也动了心。就在这个时候,她感到了平时跟她十分亲昵的孩子变得沉默了,家长的眼神也回避、沉郁着。那些日子,她辗转反侧,非常挣扎,非常煎熬。她明白,孩子们需要她,家长们舍不得她走。可是,回上海,这也是多么的梦寐以求!错过这个机会,就是错过一种人生。这时候,老乡来找她了,他们不是来劝她留下,而是看出了沈老师的两难,对她说:走吧,回上海吧,爹娘也等着你呀。

然而就在这一刻,沈霞芬选择了留下,从而也就选择了另一种人生,一个乡村民办老师的人生。也就在这一刻,她觉得自己的心灵纯净而又开阔——她实在太平凡、太平凡的一个人,但是在这个乡村,人们需要她!

1987年,沈霞芬考上了一所师范学院。学习了两年以后,她仍然回到了她的乡村。是因为她从此能够从一个民办乡村老师变为公办老师吗? 当然不是。沈霞芬笑了笑,说:人生的路,老早就决定了,不会改变的。

一茬又一茬的学生,是沈老师教会他们认识第一个汉字、第一次写出自己的名字。然后又使他们学会加减乘除,开始了他们的知识积累。这一切,沈霞芬老师都以自己弱小的身躯,以她超常的精力的付出,支撑起来。

四

　　已在上海的女儿，多么想让母亲回自己身边；年迈的父亲刚动大手术，也需要照料。2006年夏天，学校决定让年满50岁的沈老师回上海。她又一次面临选择，但她又一次选择留下。她还想多教几年书再回上海。不料，仅仅过了2个月，沈老师被查出患了胃癌。她被迫离开了乡村，离开了她的学生，离开了她的讲台。

　　车辆趄入希望小校的时候已是黄昏，这是一所由上海企业援建的希望小学。它依势而造，教室建在山坡上，掩映于浮青泼翠的岗岚间。许许多多师生家长等候在学校门口，校长和村长也来了。人们簇拥着他们的沈老师，看着沈老师消瘦的面庞，许多人悄悄地流下了眼泪。然后学生们争先恐后地扶着沈老师，一步步地攀上高高的石级。看着沈霞芬的背影，三十多年的人生，忽然凝聚在这感性的一刻，又涌上我们的心头。几个"不懂事"的学生拉着她问：沈老师，你是回来给我们上课的吗？沈霞芬强忍住了眼泪，微笑地摸着他们的脑袋。我忽然想到的是：春蚕到死丝方尽，蜡炬成灰泪始干。

　　几天来，有家长送来了钱，满满一把的零钱，一元、五元不等，这是他们卖红薯、卖生姜换来的。也有孩子送来了钱，一角、五角都有，那是他们摸螺蛳、打柴草换来的。人们还送来了鸡、鸭和蛋，那是他们家里养的。

　　沈霞芬老师泪流满面。

# 邂逅弘一

虎跑喝茶，只剩一种形式、一份心情。半日之闲，可抵十年尘梦。更多地，是对现在与过去的一种珍惜与缅怀。相传唐代，二虎在此跑地作穴，移水而来，故称"虎跑"。在虎跑喝茶，最能体验喝茶的人文雅致与闲适。山泉在侧，松涛如吼；山堂把盏，啜茶忘喧。茶，还是一派中国的湖光山色，袭袖沁怀；和一个生命旅程，永远知己。试作小文君莫笑，从来佳茗胜佳人。

临别，"李叔同纪念馆"赫然在目，不由我怦然心动，欣然收脚。一个人，又静悄悄地踅了进去，塑像矗立。我竟执手相看泪眼，无语凝咽，生怕打扰大师的如禅。清幽以致清凉之境的虎跑（旧址大慈定慧禅寺，俗称虎跑寺），原是弘一大师，佛缘初起、断食修炼，根据老子的"能婴儿乎"改名李婴；最终尘缘习静，皈依佛门之地。1918 年，完成从居士到出家的过渡，法号弘一。

可以说，我与弘一有缘。一首《送别》，"长亭外，古道旁，芳草碧如天"是我最初对大师的仰慕，随后做《文博》十年，更是追随他的艺术才情。《文博》的刊头书法，就是大师的心痕手泽，1940 年的墨宝原是为一个文博的青年写的条幅题款。出家后的弘一，其书艺"绚烂之极"而趋"归于平淡"。用笔饱满凝重，浓若点漆，又是儒雅脱俗，不露筋骨。其字不激不励、含蓄圆润，好似大智若愚，从容论道。一种"识尽人间烟火，静极大恸"的明净、平远、绝尘之美。仿佛从他颤颤提笔的运行中，读到一颗灵魂的悲天悯人和一种对宇宙、对人生的惺惺相惜。给人以凄迷与哀叹、轻灵与清澈之感。用他的话说，是一种"平淡、恬静、冲逸之致也"和"见我字，如见佛法"。此刻的他，断然不是那个吟唱"天之涯，地之角，知交半零落。一瓢浊酒尽余欢，今宵别梦寒"和"上下数千年，一脉延，文明莫与肩"的李叔同，而是一个身处晨钟暮鼓，心似一弯秋月的弘一大师，和一个情缘佛学境界的空灵与淡泊的高僧大德。今天，我与他的距离是那样的近。仿佛邂逅大师，亲炙教诲。怎不令我唏嘘不已，眼热心暖。有时，人与人很远，人与神很近。

1905 年的李叔同，一曲《金缕曲》："披发佯狂走。莽中原，暮鸦啼彻，几枝衰柳。破碎河山谁收拾，零落西风依旧，便惹得离人消瘦。"离津东渡，学习西洋绘画。一册《音乐小杂志》，成为中国音乐史的一个里程碑；1910 年学成回国。随后，在浙江省立第一师范学校教学同时，编写"西方美术史"。今天，他的学生丰子恺出版了《西方美术史》，是否受其老师的直接影响；1918 年，灵隐寺受戒，从此出家为僧、云游四方，成了世人熟知的弘一法师；1942 年圆寂，凡 63 岁。大师一生，多才多艺，诗文、戏剧、音乐、绘画无所不工。

苏曼殊"白云深处拥雷锋，几树寒梅带雪红。斋罢垂垂浑入定，庵前潭影落疏钟"。还有弘一"看明湖一碧，六桥锁烟水，塔影参差，有画船自来去"。可见，杭州佛土宝地，佛法之盛。或许，在俗的李叔同多少缘于西子湖畔的佛教氛围，以致他的心灵早已被这里的空山灵雨滋润，从而遁入空门，出世为僧。这显然不是他对佛经的好奇、一时冲动，而是缘于百分之百地投入与心灵供奉，乃至成为他生命的全部。"钟声沉暮天，神恩永存在。神之恩，大无外。"神者，就是他心目中的佛，才使他疲惫的心灵得以安抚，其皈依之心可见。

丰子恺对他的老师出家是这样解说的：我以为人的生活可以分为三层，一是物质生活，二是精神生活，三是灵魂生活。灵魂生活就是宗教。他们不肯做本能的奴隶,必须追究灵魂的来源、宇宙的根本,这才满足他们的人生欲。这就是宗教徒。弘一大师,就是这样一层一层走上去,是一个"脚力大"者,对人生的追求,一种人格的圆满。

整个馆展,分为三个展厅。正厅一尊铜像、两侧"超脱"、"皈依佛门"浮雕。展品介绍大师一生的生平事迹、艺术成就、佛学造诣与爱国主义精神。包括书法、绘画与音乐作品,以及演出剧照。仿佛历历在目,恍如昨天。我是且步且行,不忍泪眼卒看,"悲欣交集"。回到家里,不由感叹以文。只是"岁月荒唐过,文章腼腆成",聊寄我一份虔诚的慰藉。

# 一个人的荷花

荷花，夏日的一种风景。它少了点浮躁，多了点宁静。近日去无锡，听说左近有一处"锦园"的荷花，分外诱人。一日清晨，我独自一人悄悄地溜出住处，朝着那片心仪的荷花池走去。园内，一条小道直通荷花深处，我驻足、徘徊、徜徉其间，耳目共赏，心境出奇的平和，一扫夏日的烦躁，人仿佛置身于水墨丹青之中，物我两忘。小道的左边，一地荷花，右边也是一地荷花。只是一边白色、一边红色，盈盈一地方数亩。然而，晨曦中的锦园，空寂无人，唯有荷叶簇拥，飒飒有声；小荷尖尖，娇羞万状。

一池白荷，如水中嬉戏的天鹅，翘首顾盼；一池红荷，似无数少女，在水上舞台频频起舞。硕大的荷叶，像一把把雨伞。娇羞的花朵，风情万种：有的苞蕾紧裹，有的含苞欲放，有的花蕊初绽，有的花瓣怒放，也有花尽瓣谢唯留大大的莲蓬。荷花的颜色，深浅有致，其中有数十根细细的浅黄色的花蕊，蜜蜂正围着它，依次吻遍，然后飞向另一朵。大片的蜻蜓，在碧连天的荷花上空飞舞。水上的蜻蜓，全身黑色，肚中间有一条金色的腰带，一对翅膀是水晶色的，它像一队护花使者，始终徘徊在荷花四周。小道尽头，一条廊檐横卧，漫步其间，一侧是无垠的太湖，浩浩汤汤；一侧便是满地荷花，尽收眼底。

一个人的荷花，是一种意识、一种感觉、一种陶醉。我真想折一枝长长荷叶，如擎着一把阳伞，这才是一种拥有；我真想摘一朵尖尖荷花，如捧着一分心意，这才是一种满足。周敦颐的《爱莲说》高古韵远，王维的"莲动下渔舟"诗意盎然，李苦禅的"墨荷"笔墨酣畅，以及朱自清的《荷塘月色》意象纷呈。只是，我不是画家，无法描摹它的神韵天籁；我不是诗人，写不出它的妩媚与妖娆；我只是想把"濯锦翻红蕊"摄入镜头，作为永远的珍藏；又不忍心真的去摘荷花，带回去，作为霸占的炫耀。我在心里，一遍遍地描摹与刻画。其实，它早已定格在我的印象之中，成为了一个诗意的文化符号，无法抹去。当然，也只有身临其境，才能感受那般气氛与魅力。

荷叶，碧绿一片如染，错落参差。荷花，白的无瑕，红的娇嫩，婷婷玉立一般。耳畔，风声飒飒；眼前，荷叶摇曳轻摆；花蕊，暗香浮动——这就是我印象中写意与写实俱美的夏日荷花。

# 最后的荷花

连日酷暑,把申城人烤乳鸽似地烤熟了。我却如一只逃出烤炉的幸运鸽,不觉得夏的灼热。每天坐在中央空调冷气很足的办公室里,套件外衣方能御冷。见有人进来就问外面热吧,回答是肯定的。掀开窗帘看到强烈的太阳光下人影攒动,还是想不出热的程度。下班时走出大楼坐上通勤车才嗅到热浪如吻,但已是日薄西山温和有余,半小时的车程就如一次桑拿浴。到家后关上门打开空调则又把盛夏拒绝了。

不热烈的夏很舒服也很单调,让人想念曾经拥有的苦夏和乐夏。

记得冲进围城后的第一个夏,是个"百年未遇"的高温气候。我和先生整晚蜗居在一间难以转身的新房内,不敢开灯开电视,像两根萝卜干似地晾在吊扇下,才能阻止汗水涌出。我叹息这个夏如何捱,先生却揶揄地说你过去不是特别爱夏天嘛,咋一做鸳鸯就成苦夏呢?我缄口。我一向是最喜爱夏天的女孩,夏天好做梦、好打扮、好醉人。与先生数了四年电线杆,唯有四个短暂的夏季让人怀念。盛夏时节我们每天黄昏准去附近的一个大公园。游泳划船爬山散步,但最迷恋的还是那块大草坪,草坪前有一方幽幽的池塘,浓浓的荷花红蕊绿掌,随阵阵晚风摩挲妩媚,撩得人情迷意乱,躺在沾满露珠的草坪上,沐一身凉凉的月光,赏睡莲时而如泣如诉时而忸怩多情,吟"不蔓不枝,香远益清,亭亭净植,可远观而不可亵玩焉"。夏夜的温馨醉得人不忍离去,真想重拾那份青春浪漫。

　　翌日傍晚我拽先生去寻觅昔日的伊甸园。青青大草坪依旧,涟涟池水无恙,荷花却寥寥无几。一眼望去绿肥红瘦、凄凄惨惨,悲怜地向背荷塘、离开草坪。踏着山径小道漫步,默默地寻不到话题,找不到当初那轻松兴奋的感觉,连那种情绪都难以显示。空空茫茫地走了几圈,终于明白草坪上荷花前迷人的夏夜是少女的专利,重温旧梦是不会有相同感受的,人生驿站犹如单程列车永远只能直行。失望地回到家,从此不再白昼有梦,不再妄生浪漫。

　　如今人近中年,没了幻想、少了激情。整个夏季从冷气办公室到冷气套房的家,感受不到夏的热烈,也不想欣赏夏的情韵,只是在荷花盛开的季节,遥想青春的故事。

# 魅力螺髻山

  螺髻山位于四川大凉山,一座历经亿万年冰川、地壳运动和生物进化而渐成今天的林壑尤美、山川形胜。深秋,更是碧水幽谷、烟霞缥缈、云遮雾绕,堪称一个修身养性、蓬莱仙境——如果说"峨眉山似女人蚕娥之眉";那么,"螺髻山似少女头上青螺之发髻"。

  在旅途,我迫不及待地一再举起相机移动镜头,细细捕捉、寻觅螺髻山脉的每一处"皱褶"……而撞入镜头的却往往是不经意间的那种"蓦然回首"的惊艳。

  下榻的螺髻山温泉山庄,边上即是著名的温泉瀑布,海拔 1800 米,落差 20 米,常年水温 32 度。宾馆也筑有多处温泉水池,属重碳酸镁型矿泉水。若慵慵懒懒地窝在温泉里,发发呆,一定很惬意、皮肤滑滑的。因为水中的矿物质很浓,只是不过瘾,缺点山林野趣。无意在途经的一座桥上,豁然瞥见桥对面湍急的温泉瀑布飞流直下,河床溅起无数水珠,似乎珠玑散落,水汽氤氲迷离。低首处,桥下弯道处的河流旁,竟站立着三三两两的洗澡人,全裸着,有母亲、有小孩。小孩躺着,母亲弓着背为其洗澡……远远望去,远山、瀑布、河流、人影绰绰,融于一幕……恍然一幅静止的西方油画——裸浴图《泉》,场面太震撼了。我竟屏气凝神地"在桥上看风景",令人流连。那是返璞归真的素面朝天,没有任何矫饰,原生态的生活图景。这里的静,是份诗意;这里的真,更是一种

作者在啜茶

无法言表的美——那是人与自然的共舞。生活在都市的人们,怎能体会这份胜过人间无数的心悸与心醉……晚餐后,又途经这里,桥下便是清一色男子在洗澡。

翌日,去尝农家菜,在一个新造的休闲广场,农庄也是新盖的。饭毕在外溜达,却来到一个小镇上。几个彝族妇女,身着三色民族服饰,头上均戴有用彩色土布围成的帽子,手里拿着小枝丫缓缓移动在街头巷尾,耐人寻味,好像电影中的长镜头、空镜头,画面蕴藉,令人联想不已……蓦然一位母亲身上背着小孩,撞入我的"镜头",那是用土布随意勒成布兜,将小孩绑在身上。只见小孩还淌着鼻涕,却不曾哭闹。纵然,母亲挤入人群探看,小孩依旧那样的安静……渐渐转身消失在我的视线里,如电影技术中的"淡出"……

街头,一老媪席地而坐,身旁置着一只小竹篓,显然是来赶集的,换几个小钱。有人把相机对准她,只见她满脸黝黑、沟壑纵横一般,那是岁月沧桑刻在她脸上的一道道年轮。头上用土巾裹着,脚上却一双跑鞋,其绳带竟是红色,画面感十足。她坦然淡定,仿佛凝固的画面。面对镜头,她转过脸,支起右手倚着颐,特别配合。有人蹲下身与其合影她也是如此,莫名的、有点程式化的笑容,永远地堆在脸上……有人提议她向游客要钱,她不予理睬,自顾端坐在那里,如一尊菩萨。

马路对面有一个老妇,背后也是绑着一个小孩,双手却呵护有加地捧(抱)着一只鸡,像是宝贝似的。一种小心翼翼的样子,脸上透着喜悦。可见,她是为这只鸡而来,家里定有重要客人。我真很想跟她回家,就是想看看她的寨子生活,了解土著彝族人的风土人情。

原来,往往旅途中那些不经意"撞入镜头的风景",自然或人文,才是我们城市客的最爱,"驴友"胜地,教人如何不想她……

# 逛书亭

也不知缘何而起，我渐渐远离书店，尤其是规模大、装修新、又颇为富丽的大书店。我往往更喜欢来往于小书亭，感受的是那种随意和轻松。读书是种文化，逛书亭也是一种文化，一种引人入胜的文化活动。

小小书亭，门面二三，一览无余。一一扫描，然后，轻轻松松，倘徉其间，偶尔翻翻最新人文书籍，读读目录和提要，偶尔与老板聊聊热销书、侃侃流行行情。这如同入茶室小息茗茶，品味文化，感悟人生一般。

我常作这样的比喻，逛书亭，就如同即兴步入某家稍有文化味的小饭店，进去坐坐，点菜三五，小酌一下，心情特好。这有别于迈入豪门大宅鼎食之家的大餐厅，仿佛吃别人的，心里总有一种尴尬的滋味。我欣赏的只是心境的平和，追求情绪的轻松。即自由自在的个性满足。这就是我人到中年之后的一种文化心态。

在书亭里，若找到一本心仪已久的书，就像在小饭庄吃到适合自己口味的佳肴一般，喜悦之情溢于言表。而我所喜欢的小文小品，无需到正规书店里去找，这太累了。大书店又没有很好的分类，尤其是一些小学科，分类本是一件难事。营业员大都只管收钱，无法询问。进大书店找书常常会分不清方向。进大书店只能看作是参观，难以参与，更无法进入角色。这大约就是我不去大书店的原因。

　　我喜欢在双休日逛逛街边的小书亭，随意、自由、静心，主要是心境和心态使然，觉得这是一种习惯成自然的文化享受。

# 秋天的故事

深秋疾疾地逼来，落木萧萧地飘零。

秋天的下午有一个约会。还在那个公园，如血的夕阳，金色的草坪，映着桔色的身影。你踩着优雅的步伐走来。你的气度颇有几分俊秀洒脱，颇有几分气宇轩昂。流金般的神情，一看就知道你是位下海的胜者。只是从你的眼中读不到梦，读不到往日令人心旌飘摇的梦境。

十几年前，我们都是多梦的年龄，因为拥着相同的梦——文学梦，每个星期天我们在这里聚会，切磋、交流和争论。记得当时有一部译制片《十字小溪》，讲述一名女作家舍弃优越的城市生活到僻静的小溪畔写作生活，终于一举成名的故事。影片里迷人的乡村风景和女主人公对文学的追求精神深深地感染了我们，大家轮流约伴反复地观看，心里非常羡慕那位女作家的勇气，但谁也没有为了理想而要放弃现在舒心生活的决心。

也是个深秋的午后，你突然说要离开上海，徒步全国去追寻心中的小溪梦。当时你刚考进局工大，又升了职，我既为你兴奋又替你惋惜，可是你却踏着黄得已有些焦脆的草地坚定地离去了。

悠悠岁月，那些往事恍然如上个世纪那般古老，可又仿佛历历在目。

黄昏将至，寒风陡起。你用沙哑的声音对我说，梦永远是美的，但

昔日"情人墙"已成观光平台

千万别去寻梦,它会击碎追梦的心。

你告诉我,离开上海后的第三年你在遥远的地方找到了小溪梦并拾起那份梦境,你在那里安家落户且有了妻儿。不久你妻子病重,因为无巨款治疗眼睁睁地放弃了生命。抱着啼哭的婴儿你蓦然从梦中醒来,最终走出了梦境。

你告诉我,回故乡后你一头扎进海里,几度浮沉,如今虽已游刃有余,但早已过了做梦的年龄,而且每天有处理不完的事情,根本没有时间做梦。你说那个秋日的梦已被风永远地吹走了。

瞧你一脸的倦容和茫然的眼睛,一股凉意裹住我的身体。我原想对你说时至今日我依然常做小溪梦,依然时时想着秋天的故事。

然而草木无情,树叶凋零。橙橙的秋象征收获和满足,萧瑟的秋充满落寞和孤寂。秋匆匆地走了,秋天的梦也从此断了。

# 雨中情结

　　风轻轻,雨飘飘,真美。我就是喜欢下雨天,喜欢观赏雨中如雾如梦一般的朦胧世界,曾唤起我多少的热情向往和回忆。因为,只有在雨中,才能参与天空与大地的交流,只有在雨中才能聆听自然与人类的对话。无论是绵绵如缕的春雨,还是淅淅沥沥的秋雨,它们都激起我情感的共鸣。对我来说,雨中徘徊,这简直是种诗意,是种浪漫,是种享受。

　　所谓宁静致远,所谓心旷神怡,尽在风雨缥缈中得以玩味。不知由何而起,我对雨天情有独钟,和雨天分外有缘。不仅因为我的初恋是在雨中得到滋润和升华。其实,这洋洋洒洒的雨点,正是我性格的外在表现,分明是我心境的一种流露,甚至是我内心压抑的一种宣泄和突破。我喜欢雨天,喜欢在雨中漫步和徘徊,寻觅着,回味着"雨巷"的魅力和意韵。我居然发现自己没有一点牵挂和孤寂,而是心无旁骛、物我两忘,内心平添一份恬静和怡然。我想,这难道不是一种意境,一种禅悟。"身在雨水中,心中无杂念"难道不也是一种哲学境界。雨水轻吻我的脸颊,雨水演绎我多少幻想和憧憬。我似乎看到了尖尖的教堂,时隐时现;我仿佛听到了悠悠的钟声,忽远忽近。有首歌就在耳畔回荡:让我们敲希望的钟啊,多少祈祷在心中。我说,下雨天,最美。如果雨天还掺入宗教色彩和人文意识,那么这雨天更令人心驰神往,厚爱有加……

　　这雨点,还在频频敲打我的窗户。一滴又一滴,绽开一朵朵无数稍纵即逝的雨花,周而复始,瞬息万变,浸润整个窗户,氤氲每个空间。雨最有灵性,富有个性,具有艺术性。它曾令多少骚客文人为之绝唱。而我最欣赏的是雨的性格,是那样无拘无束。我就是喜欢在雨中散步,分享这份雨的潇洒和自在,以寻回失落的情怀和个性。

# 种植孤独

一个朋友曾说,沉寂是首诗,孤独出伟人。但我一直不敢苟同,因为我害怕寂寞,悲叹孤独。大龄未婚时形单影只,来去无伴,瞧同龄人双双进出,心里总有一种失落感,觉得自己像个弃婴,寻不到关怀和温暖。孤独犹如一团黑影深深地笼罩着我,令我不敢独自逛街看电影,连办公室或家里也不愿意一个人留守。生活让孤独搅碎了。

拥有两人世界后,我把孤独重重地丢弃,但愿新的生活再也不要让它光临。

冬季假日的一个黄昏,儿子去奶奶家。丈夫出差未归,屋内阒然无声,唯有电子钟匆匆的赶路声。夜色不断地从窗外蚕食进来,很快吞噬了蜷缩在沙发上的我。我惊异自己没有去开灯、开电视、开音响的念头,竟愿意就这样把自己埋在黑暗中,让孤寂浓浓地裹住我。

月光悄悄地探射进来,一切变得透明了。仰望荧荧月色,脑海里一片银白,仿佛被月亮洗过一般。心静静地,没有丝毫恐惧和杂念,什么也不想,什么也不知,时间和空间都在一瞬间凝固了,让人产生遗世独立、羽化登仙的错觉。

宁静中我慢慢地拾起那份久违的孤独,将自己拥进厚厚的寂寞里。幽独中我沉浸在往日的追忆里,回味早已逝去却依然温馨的时光。孤独的时刻我细细地整理零乱的思绪,对拥挤杂乱的大脑进行"清屏",将烦俗的心情过滤得清澈雅静；孤独的时刻我感悟了许多、成熟了许多，我丢掉了幻影懦弱的自我，找回了真实的自我。

种植孤独，重拾寂寞，放纵心灵幻想，恣意情感喜怒，再塑一个崭新的我。

# 玩味散淡

　　散淡是种心境，散淡是种文化，散淡是种美，现代生活的快节奏容易忽视散淡，不过我还是习惯散淡的生活，追求散淡而又隽永的人生。

　　散淡生活似一帧黑白写真照，自然真情，没有一丝的修饰和牵强。每天24小时随意滑过，不需刻意地安排日程，不会感觉时间窘迫。有时，一本好书能够从早看到晚；有时，想偷懒就懒着不起床直到夕阳西下。如果说时间就是金钱，那么当你做了时间的主人，就不会有清贫的感觉了。

　　散淡是一种生活享受，人生最美妙的时光常常不是在纷繁和喧闹中度过的。当我独坐一隅领略一种深邃而悠长的寂寞时，当我驻足窗前放牧心情吮吸清新空气时，我顿悟，拥有散淡、拥有时间，才能拥有珍贵的生命。

　　散淡还是一帖身心抚慰的良药，世上最舒心的享受不是物欲满足，而是性情的宁静安然。不想做的事情不用违心地去做，不屑打交道的人可以毫无顾忌地避开，不愿说的奉承话尽可缄口，不感兴趣的应酬一推了之，不耐烦打扮时就素面朝天。因为不忍身心受压抑，也就不刻意追求非分之事，一切顺其自然，随遇而安。

　　随着年龄的增长，散淡更是我生活的全部。喜欢不张扬的颜色，唯交淡如水的朋友，偏食素菜淡饭，言语懒用形容词，情绪难以波动，心灵安怡如酣睡一般,仿佛超脱现实而坐禅若定,真可谓"淡到极处始知艳"。

散淡的生活没有浪涛、没有怨艾,它犹如一条涓涓小溪缓缓地、轻轻地流淌,自始至终从不悔悟;散淡的生活还似一件高雅的碎花衣裳,柔和、宁静,不亮丽、不刺眼,却蕴含着高雅的品位。

"采菊东篱下,悠然见南山"。陶渊明被官场所累三十年,退出红尘后才幡然感悟。偏爱散淡就要甘于淡泊、甘于清苦,要有勇气走出泥淖,淡视名利,远离种种诱惑,守住南山、守住心旌胜地。

# 祝你平安

一个大雨迷蒙的天气,我极不情愿地出门办事,刚下汽车便摔一跤,很长时间才爬起来,拖着扭伤的腿靠在路边的铁栅上,伸出一只全是泥浆的手向的士频频招手。平时一向眼明睛亮的司机此时却视而不见,从我身边飞驰而去。想必我的狼狈样很怕人的。雨帘越盖越重,我上下透湿又冷又疼又无奈,犹如跌倒的婴儿无法站起来就想哭。无助的我正绝望时,一辆桔色的"残的"停在我面前。

"要我帮你吗?"一个温情的声音从雨水中传来。只见一位中年妇女利索地跳下车向我走来,当她伸出手搀扶我时,我看见一双残缺的手和半张烧坏变形的脸。我一惊但没有流露,沮丧的心情一下退去许多。面对她的帮助,一丝愧疚闪过我的脸。

坐上车我倒为她担心起来。马路上已微有积水一定很滑的,她那双残疾的手能否控制住方向盘? 如注的雨水是否从雨衣的间隙流进她瘦小的身体! 正忧虑时,车慢慢停住了。

"对不起,车子出了点毛病,我检修一下马上就好。"她撩起车篷的雨帘对我说。

看她带着歉意用两只残掌费劲地动作,我坐在车篷内很不安。几次想问她是怎么受伤的,又怕伤害她。

"下这么大的雨你为什么还出来做生意?"我还是不忍心问那个

问题。

"在家里也闷得慌。"

"你一个人?"我很小心地问。

不想她很坦然地抬起头对我说:"我当然是单身喽。"

"对不起。"

"没关系的,我不在乎。我是光荣受伤的。"

从她眼中闪出的光亮,我知道她说的是真话。接着她打开了话匣向我娓娓叙来。

她是六七届高中生,毕业后去了黑龙江农场。廿五岁那年为救森林大火毁了容颜和双手。她最要好的女伴没来得及说一句话就离开了大家。她说救火的时候她们什么都没想、什么都不顾。受伤后她伤心了很久,却从没后悔过。她把自己在大火中失去的东西看作青春的祭祀。

后来她回上海养伤,伤好后里委干部照顾她在弄堂里喊电话,直至老房子拆迁她搬进新居。两年前一次老同学聚会时,昔日的同窗们都想帮助她,她全都婉拒。唯有这辆残疾车是那个当总经理的同班男生以公司的名义赞助的,她收下了。她说那个男同学就是从前她经常帮他补课的差生。说到这里她第一次露出笑脸。

看她沉浸在美丽的回忆里不美丽的笑容,听她清清淡淡的话语,我能读出她这许多年里沉重的历程。她的青春祭祀得太早。她本该生活得很精彩很甜润的,至少不会下雨天拖着残躯出来开车,因为家并不孤灯孑影。

也许她看出了我的悲凉,也许她对同情早已漠然。她撸了撸脸上的雨水和汗珠,高兴地说:"车修好了,我们走吧。"她跨上坐位回过头喜滋滋地说:"我现在很满足,比起那些负担很重的下岗知青姐妹我已很优越了。"

我使劲地点着头,却无言以对。

　　车到家时雨也停了。付钱的时候我突兀地问她最想达成的愿望是什么？她脱口而出："再去一次农场，看看我的女伴，为她建个漂亮的墓。我也心安了。"

　　我感到雨水又打湿了我的脸颊，不，是泪水滑下了我的眼睑。"大姐，祝你平安。"转身我冲进家门

# 三峡弄潮

　　我自幼胆小不识水性,从不敢有下海的奢望。一次偶然的休闲旅游,却让我在水急浪高的长江三峡当了一回弄潮儿。

　　在告别夏天的时节,我们去告别三峡。雄伟浑厚的长江三峡,群峰夹峙,峭壁嵯峨,充溢着阳刚之气。游船慢慢地驶入长江的支流大宁河即小三峡时,江水一下子变得晶莹温柔,透明的水流逶迤多姿,似躺在男人臂弯里的女人,成熟而富有魅力。然而小三峡的支流小小三峡则更别有韵味。

　　小小三峡是一个新景点。它是大宁河的支流,叫马渡河。这里的水面更窄,山崖更幽,宛如亭亭玉立的少女,清纯亮丽。碧碧柔柔的流水使我们有胆量在这里冲浪漂流。

　　马渡河水清得连水底的鹅卵石花纹都清晰可见。水波不兴,粼粼闪烁。极目望去,仿佛一位睡美人披着粉蓝色真丝睡衣,酥柔的胸脯时起时伏。我们一行三人穿上救生衣握一支木桨往橡皮艇上一坐,顿觉自己威武起来,俨然一名勇敢的弄潮儿。举起桨在水中轻轻点拨,犁开阵阵浪花,好白好美丽的浪花。划累了,收起桨,靠在艇边,顺水漂舟。观赏两岸苍翠欲滴的树木,寻觅猴子若隐若现的踪影,仰望茫茫苍穹,辨不出天更蓝还是水更清。遥想当年苏轼与客泛舟之景,我辈虽没有"纵一苇之所如,凌万顷之茫然"的气势,也有"浩浩乎如冯虚御风而不知其所止，飘飘乎如遗世独立羽化而登仙"的错觉，让人忘了今乎昔乎昼夜乎。正得意忘形时，忽然间一个陡坡使橡皮舟如失去控制的陀螺旋转着急速往下游冲去，眼看就要撞上迎面驶来的木船，只见伫立船头的舵工用竹篙往边上一撑，稳稳地避开了我们的橡皮艇。惊魂未定，橡皮艇又被急流冲到浅滩搁住了。刚才冲浪时大量的水涌进船内，超重的负载使橡皮艇如泄气的皮球卡在一块礁石上。我们每人脱下一只鞋作瓢掏水，水掏尽舟乃不动，任木桨如何地划都无济于事。窘迫中，船上唯一的男士豪侠地跨到浅滩中作纤夫状，硬是把橡皮艇从礁石上拉出来。两位女士无意中当了一回纤妹，好开心噢。

滑坡一个接一个，我们已驾驭自如、游刃有余，懂得在流急水湍的下坡如何保持平衡，让橡皮舟平稳地下滑，遇江窄浪高时怎样划桨绕开对面的船只，而见波平水缓的浅湾，则把舟推到滩上，然后一齐踩在水中捡拾漂亮的鹅卵石。不知经过多少浪涛，湿透几回衣裳，终于冲到漂流的尽头。

弄潮归来，薄暮微罩，水天一色。我们蘸着满身的江水，披一袭血色夕阳，拎一袋宝贝卵石，洒一路笑声，惜别了三峡。

# 重温单身

结婚多年养成下班往家赶的习惯,八小时后我要进入主妇的角色,接孩子、买菜做饭、洗衣洗碗、收拾房间、给儿子讲故事、哄他睡觉等等。每天像个机器人按围城里固定的方程式进行流水操作,无法停运也无力改变。时间长了心里感觉好累、好压抑。

结婚十年纪念日,先生大气地问最想要什么礼物,我想了想犹豫地说:放假一周回母亲家住,想放松放松,重温单身生活。先生瞧我满脸疲惫和憔悴样,很潇洒地同意了。

曾经有过漫长的单身岁月,从没觉得精彩和美妙,不想在跨入不惑之年时却留恋起单身时光。也许人就是这样总要追求失去的东西,总想回到年轻的时代;也许是家庭琐事太烦、太无奈,渴望溜出围城去逛逛玩玩,呼吸一点新鲜空气。

单身的日子时间很长、很宽裕。坐在办公室里第一次觉得特别的安心,悠悠地看报处理事情,不用频繁地看手表准备下班打冲锋,不再操心晚饭吃什么,不管儿子会有多烦、多捣蛋,也不要猜测先生回家的情绪。把烦事俗情全丢出脑外,也把钟点晾在一边。长久的负重顿然卸去,轻松得有点不能自已,戴上耳机把自己浸在音乐里,追思往日的怀恋。一首怀旧金曲竟令我悄悄地翻出旧日记、旧情书,忘情地读、痴痴地想、慢慢地回味。

单身的行动自由得如乒乓球,爱滚哪就往哪儿滚。兴起时约女友去逛时装店,把漂亮昂贵的衣裙一件件试穿,满足地在镜子前欣赏,不是想买,只为了过把时装瘾。走出商场忍不住放声大笑。饥肠辘辘之时,寻着诱人的香味步入美食街,一手捞几串烤羊肉,一手抓个粽子大啃,摇晃着拥挤在少男少女中,与他们一样无忌、一样开心。单身的日子天天像贵族。舞厅酒吧卡拉 OK,健身房、桑拿浴、通宵电影。好刺激、好尽兴。很奢侈地支配时间,任性地挥霍享受。真想玩够围城外的精彩,真愿意迷失回家的路。

没有重负的时光滑得飞快。一周单身洗净我粗糙庸俗的痕迹,抹淡了紧张劳累的皱纹,调节了烦躁火暴的情绪。星期天回家前的早晨,坐在梳妆台前仔细欣赏,发现镜子里那张零乱猴急的黄脸消失了,温柔雅静的神态又回到我的脸颊,想着马上要见到分别七日的夫子,心中盈满柔情爱意。

# 晚间独步

晚风轻轻,树影绰绰。闲暇在家的我常常独自一人漫无目的地信马由缰,放步于群房楼宇之间,就仿佛走在乡间田野上鸭步鹅行一般,远离尘世,无牵无挂。"飘飘何所似,天地一沙鸥",便是我晚间独步的形象写照。这是一种心情的放纵,这是一种思想的放飞,这是一种心志的修炼。

灰灰的楼房,窄窄的街道。昏暗中如同混沌一片的丘陵和河汉,偶尔闪烁在夜幕中摇曳的灯光,也好像是水天一色中明灭可辨的江风渔火,几份朦胧,几份诱人,几份神秘。真不知是自己多年蛰居都市而向往乡村,还是自己的祖辈为农的一种意识,总之在我心灵深处,确有一股流淌在心的乡愁和对乡村的憧憬。

沐浴于晚风中的我,断然没有白天为生活而疲于奔命的心累,而是心无旁骛、荣辱皆忘。这里没有旷野,却令人心旷神怡,这里没有绿洲,却呼吸到田园气息。晚间的独步中,我的思绪尤为活跃,常常涌现出许多稍纵即逝的神思妙语,它们虽然只是片言只语,却都是我的灵感火花,点燃我的激情和勇气。无论月朗星稀,还是风雨缠绵,记忆中的我,曾一次次地晚间独步,驱除寂寞,寻觅佳境,捕捉和创造凤毛麟角般弥足珍贵的悟性和灵感。这一切的一切,都深深浅浅地镌刻在我的意象之中。鼓舞我的志气,构筑我的理想大厦,点拨我的人生走向。我爱散步,我爱晚间独步中所营造的这份宁静、安逸和自在的气氛。宁静致远,心远地偏,这是一份心境,这是一份佳景,这是一份独钟的情。

# 偷走的温柔

寻找温柔是时下申城男士的流行语,尤其是那些已成家立业稍有成就的围城内男子,总觉得身边的夫人太不够温柔。男人们感叹道,如今的女人头发越剪越短,柔情越减越少。你看周围的女人,在单位里风风火火做事,在家里凶凶狠狠干家务,淑女型的女子已很难看到,沪上消失了一道美丽的风景。

为了替女人找回温柔,也为了慰藉男士们,一时间书报杂志、电视媒体一哄而上,指点迷津。诸如女人应如何显示柔情、保持温顺;贤惠的太太八项要素;明智的夫人睁一眼闭一眼;大气的女人对第三者表示宽客……总之,忍辱负重、百般柔软,才称得上温柔的女人,才能戴上淑女桂冠。

温柔在哪儿,如何是温柔,女人们自己一片迷惑。俗话说女人是水做的、天生温柔。少女时代盛满温柔,恋爱期间尽情温柔,可是成了真正的女人之后却何以难显温柔、丢失了温柔?

且看现代社会女人的生活轨迹。白天的女人是社会人,必须与男人共同竞争挣薪水,男同事不会因为照顾你的温和而帮你做工,领导不会视温存多少而付薪金。女同胞逼迫自己忘掉自然属性,与男子一起拼命工作、竞争上岗。晚上的女人带着一脸的疲惫跨进围城,来不及对镜理梳妆找回自我,就得充当保姆干起粗俗的家务事。家庭妇女的职责就是洗衣、煮饭、拖地板。家对男人来说是休息的港湾,对女人而言则是另一个战场,在充当这一战场指挥官的日子里,温柔悄悄地溜走了、销蚀了。真可谓男子不屑当绅士,女人无暇展温柔!

如果说女人是水,那么男人就是源。源枯竭了,水也就干涸了。男人充满温情,女人才能温柔得起来。一些大男子汉先生在公共场合缺少绅士风度,常常同女人抢高低、争先后;在单位里总要与女同事平等竞争而不愿丝毫谦让;在家里对操劳的妻子视而不见,不闻不问。男子汉们毫不犹豫地将温情束之高阁,一边摆出大男子主义蔑视女性,一边高呼寻觅淑女、寻找温柔。

聪明的男士们难道真不知道是他们亲手偷走了女人的温柔,才使女人变得如此粗糙坚硬,难道他们不觉内疚吗?

偷走的温柔早已被丢弃,偷走的温柔难以找回。

# 寻找春天

瑞雪飘飘,新春兆丰年。有一句诗影响我好多年"风雨送春归,飞雪迎春到。"然而我总在细细找寻,春天在哪里?春天还只是一个美丽的憧憬,春天尚在冬季的襁褓之中。有人说,冬季是一个"双重季节",即一个季节还未远去,另一个季节已接踵而至。比如,你刚刚吸一口气还是冬季,再吸一口时,已是春天了。这就是新春的滋味,需要你细细玩味和品尝,如同感受生活一样,需要你平心静气地慢慢咀嚼。

春天是新一轮的希望,也是生命的希望。播种春天就是播种希望,寻找春天就是寻找希望。

小寒大寒,辞别三九严寒;立春雨水,喜迎风和日丽。然而"立春"并不是真正的春天,只是一个节气而已。不过,它毕竟在隆冬的淫威中传递着有关春天的信息,喊出了对春天的呼唤。春天,也许就在"立春"和"雨水"的乍暖还寒中,它忽而寒意瑟瑟,忽而温煦融融;它忽而雨雪飘洒,忽而旭日一片;它"随风潜入夜,润物细无声"地悄悄来临了。人们一旦踏进农历二月,这春天就依附在你身边,春的气息无处不在。我贪婪地沐浴于二月初春的阳光里,仿佛刚刚走出冬眠的生灵,全身感到舒畅,感觉这不是炽热,而是一股温暖。一种淡淡有味的惬意,一种温馨如梦的身心愉悦。而且在它的暖意中还透着一种莫名的感动。这轻轻吹拂的春风,也是软软的,柔柔的,荡漾着几分沉醉,几分诱人的气息。"不知细叶谁裁出,二月春风似剪刀"。这是春风的杰作,更是诗的意境。自然界的周而复始,逝者如斯,从中演绎了多少可歌可泣,甚至是惊天地,泣鬼神的人文、历史和世事沧桑。我想,历史只是一个平台而已。

早春二月,春意阑珊。虽然梅花暗香浮动、竞相怒放,却总不成气候。只是一种点缀,其中透着几分寂寞和怅然。而让人怦然心动的却是那原本不显眼的,而如今已是黄灿灿一片的迎春花,正在寒露冰霜中纷纷扬花吐蕊,一朵两朵煞是耀眼夺目,它才是新春的生机与活力,它才是真正的春的使者。

其实,初春的杨柳才最有意趣。风中摇曳的柳树,一棵两棵,河畔水岸。如果说,春天的柳树是碧玉妆成一树高,万条垂下绿丝绦,好不妩媚,如同一位淑女,婀娜多姿,顾盼生情。那么,春天前的柳树则是一位男子,英俊潇洒,无不透着阳刚之气。远远望去虽没有浓冠似荫的那般风情,却有几分写意和简约的美。你若细细观察,它参差不一的枝条上已缀满点点绿意。这是春天的萌芽,这是春的序幕。

立春雨水惊蛰天,春雷声声惊天地。是啊,一切的生灵万物从此纷纷地走出冬眠,走出蛰伏。枯秃的枝丫萌发了嫩芽,绿意盎然;阴沉的天空明净如镜,朗朗乾坤;冬眠的虫鸟走出了洞巢,振翅起舞;滞凝的溪流复又流淌欢畅。春雨如酥风如绸,绿叶扶疏,莺飞草长,万木峥嵘,"春风又绿江南岸"。这就是我细细寻找的春天,她却在二月的春意阑珊中,姗姗而来。

# 遛　心

　　离开整日匍匐的办公桌,甩掉任何牵挂,我是遂心而行。天蓝、水清、草绿,步履轻盈。心,成了放飞的气球,晃晃悠悠,上下由风。我把这种有意无意的散步,称之为"遛心"。

　　遛者,慢行也。如遛马、遛鸟、遛狗,动物尚且如此,那么人们的散心遛弯,更是一种生活方式和文化需求。诸如跋山涉水、踏青秋游、登高咏怀。这才有了孔子的仁者乐山,智者乐水;有了郦道元,巴东三峡巫峡长的《水经注》;有了行千里路、读万卷书的李白和千古奇人的旅行大家徐霞客和他的游记。我的遛心,纯是一种消遣、一种生活调剂;是一种精神按摩、一种心情放逐。牧童短笛、晚霞孤鹜追风,这是如何的一种遛心时的闲情逸致。

　　遛心去,我几乎是从心底里喊出声来。无需掩饰,卸去束缚,独自悄悄地溜出水泥森林般的高楼,扑向野外,花间、草畔、水岸,做个深呼吸。大地春暖如夏,阳光耀眼,但是心情如出门的小狗,优哉游哉。仔细想来该有多长时间,没有这般如释重负的感觉。日常的生活节奏,如同一个既定程序:朝九坐班跑龙套,晚五围城当主角。来也匆匆,去也匆匆,整日沉沉寂寂。办公楼的空气有点闷,心脏与心情均缺氧,感觉不畅,似乎有点透不过气。

　　其实,生活是一种艺术,一种经营。遛心,不必刻意,只需身随心行。心到哪,遛到哪。情绪一派"古道旁,芳草碧连天"。城郊野外,河塘廊下,或跑或嬉或躺,空旷的菜园庄稼,云淡风轻。空气中的负离子很浓,清香拥袭,很甜也很醉人。躺在草坪上,望着碧空、白云,心与云一起飘荡,如云天漫步;时而,走在落日的灯火阑珊处,鸭步鹅行,月亮走我也走;长歌当啸,吐纳天地,"仰天大笑出门去,我辈岂是蓬蒿人"。我悠悠想起,十几年前,牵着儿子的手在公园里玩,他总要挣脱我的手,独自乱窜,没有目标,也没有方向,纯粹是一种心情使然,走到哪,哪是开心。走累了,我抱着他回家,一脸心满意足。

假日午后,我会在拥挤的大街上独行,街上人流攒动。我把自己淹没在人潮人海里,像一条小鱼,自由游弋,滋润得很。街上没有熟人,也不想邂逅任何人。独自一个人静静享受遛心时的悠闲与放松。感觉自己是一个失忆的人,心和脑都留白,什么都不想;只感到自己存在的这种心境。就一个人,慢慢地行、静静地走,"孔雀东南飞,五里一徘徊"。一小时、二小时。我奢侈地消费时间,试图用时间,渐渐地去熨平一个日趋褶皱、压缩的自我。

遛心,体悟四季荣枯,人生咸淡。也许,生活本是一部书,遛心则是翻阅书中的一些章节,读出生活的方方面面。久而久之,遛心成为我生活的一部分,成为一种文化,成为一个现代人的一种精神瑜伽。偷得闲情,信步悠然。一个人的遛心,一个原版的我,一个自由的我,一个物我两忘的我。

遛心,带给我一个久违的轻松享受,一个"此中有真意,欲辩已忘言"的无言之美。

# 盼 秋

熬着长长的苦夏，好想秋的清朗。秋风如绸，雨滴如珠；阳光和煦，月色如水，盼秋成了一份思念。初秋、仲秋，一般白天的太阳还带有点灼热，而清晨和夜晚的风应该很柔、很爽，凉而不寒。空气中飘荡着丝丝凉意，舒服惬意，还有点缠绵。经过一整天的烈日当头，余威犹在，倍觉秋天日落后的清风，有着一种肌肤相亲的快意。一如情人约会，挨着时间只等夕阳西下，凉风送爽。

秋天，一个金色的季节、一个唯美的季节。水天一色是秋，秋水伊人是诗，既有高远之无尽，又有玲珑之无际。秋天是一年中最壮丽的画面，碧空如洗还是天高云淡；姹紫嫣红还是层林尽染，无不秋意在眼。我期待着秋天，有"一川枫叶，两岸芦花"的气势；和"枫叶飞，柳叶飞，飞向空阔无尽时"的凄美。秋天的城市，金色如染如画；秋天的田野，橙色盈盈满满。秋天的阳光像魔术师，把一切都妆扮得亮丽、热烈、喜气洋洋。秋天就是那多情又妩媚的女子，透着成熟、热情又矜持；那种为人妻、为人母的兴奋、幸福，处处溢彩流光；和那沉稳的妆扮，含而微露的神态，如一串挂在树上的紫葡萄，令人觊觎，馋涎欲滴。

盼秋，是一种心情，是一种说不尽的生活祈盼。记得很久以前在农场工作，秋收后就准备着打点回家，熬过秋收，期待回家感觉好幸福。那是一种望眼欲穿的等待，是一种维系着生命热情的期待。至今记忆犹新,恍如昨天。经过一年三个季节甜酸苦辣的耕耘,秋天在即,心情尤其忐忑,悲喜交加。如农民期待稻穗脱粒归仓,才是一种收获后的欣喜,有耕者终成硕果;情人经过夏日的热恋,牵手走入秋天的教堂,才是一种期盼后的圆满,有情人终成眷属。

# 生命的支票

　　周末的夜晚，月色冷冷地射进窗来，洒在我的日记本上。当我签下了日期和名字，我的心猛然一颤，犹如又签走了一张我的生命支票一样，令我愣了许久。每天的晚上，我的每一天日记，都是自己亲自签的一张生命支票，而且是签一张少一张，怎不令我心惊不已。全然没有"窗前明月光，疑是地上霜，举头望明月，低头思故乡"的诗意和感怀，只有一股淡淡的莫名的惆怅在心头久久不散。

　　每一个人都拥有一本生命支票，或多或少，不分贫富。每一天都要有意无意撕去一张生命支票，如同每天早上撕去一张日历一样那般随意和自然。"逝者如斯夫"，也不过只是对过去的一种无奈和感叹而已。却不能改变任何现状，不以人的意志为转移。不论你是穷人还是富人，无论你是富贵还是贫贱。每一天都将撕去一张生命支票，不论你愿意与否。这是上帝的对人类的公正。人们在拼命地积累财富时，能清楚地算出自己的存款，但无法清点自己的生命支票，然而清贫的人可能没有银行支票和存款，却有着较为丰厚的生命支票。今春，香港影星张国荣的纵身一跳，存款成了遗产还可以恩泽亲友，但是一本厚厚的生命支票却永远地化成为一片云烟，无法成为遗产的一部分留给后人，无不让世人为之扼腕叹息。

　　生命支票虽然有厚有薄，但无人知晓，只有上帝知道。人们年轻时往往不吝啬日子，毫不在乎。只有人到中年，才倍感这本生命支票的价值和珍贵。此时此刻，我停在日记本上的笔有些凝重，有些艰涩，我哪里在写日记，我分明在签自己的生命支票。

　　我四十五岁的生日日记是这样写的：……我不知道自己如何来加厚自己的生命支票，但是我却信"拥有健康，就拥有一切"的道理来善待自己和他人，以共同营造人生的精神文化家园。"渺渺兮余怀，望美人兮天一方。"但愿苏东坡的词寄寓了我美好的夙愿，憧憬和抱负。

# 别人的故事

喜欢看电视,喜欢看电视里别人的故事。纪实类的片子,成为我的最爱,因为这类片子基本是原味生活,琐碎而又真实。访谈的嘉宾,细谈如何从乡间小道走向今天的金光大道;讲述节目的主人,大多诉说由受骗、受伤、受困,陷入窘境不能自拔。世界有多大,各类人和事就有多么复杂。许多人、许多事几乎想象不出,却在生活中时有发生和存在。手中的遥控器,就像窥视地球的魔镜,轻轻摁一下,就能从天涯海角走到黄土高原。东西南北,故事连连。真实的镜头、新鲜的人物情节,赫然眼前。沉湎其中的我,常常为别人的故事,而不能自已。

时而,流泪、痛惜、惊诧;时而,开心、羡慕、憧憬。对着荧屏,我几乎走进他们的生活,融入其中,或欣喜劫后余生;或感动苍天有眼。一小时、二小时就流走了。

有时候,虚拟的故事也很吸引眼球,比如电视剧,时常会情不自禁地跟着美男美女,进入了诱人的故事情节中,幻想着、陶醉着。荧屏前,零距离欣赏心仪的演员,贪婪地、大胆地注视着魅力四射的明星,看他们演绎生活中的林林总总,很开心,很过瘾。

看电视自然很轻松,因为看别人的故事,别人的生活。真实的、编纂的,生活中不会发生或不会碰到的人与事,在电视中一一展现,让你阅尽世事万象,给人一种警示与启迪。

　　回到现实生活，一个人只能有一种生活现状和秩序，假若想要过另一种生活，就必须放弃现在的生活。有得必有失，有得到必须牺牲。就像吃饭睡觉，你只能选择一顿饭、一张床。而抉择，是一种需要，也是一种人生品味与境界。我喜欢看别人的故事，品味别人的生活。因为自己的生活平凡单调，少有故事，所以看别人的故事，成为我平常生活的补充和延续，年复一年排遣着自己的心绪与情结。看别人的故事，调节自己的生活，包括精神世界，一种曾经沧海难为水的感觉，潜上心来。每每会与他们一同走进我的梦乡：凄美的，悲壮的，无聊平庸的，别人的故事，成为我精神生活的一种点缀和色彩，使日子不再枯燥。别人的故事，告诉我，得失祸福自有天相；别人的故事，使我更感到平淡的生活，谁说不是一种幸福？

# 思南公馆里的旗袍佳人

　　一抹金秋午后的斜辉,熟女三人相邀在思南公馆的老洋房里啜茶、拍照,演绎一把风情犹存的老洋房与风情万种的"民国照"的合璧……是日,我是一身中国红的对门襟连袖宽松微长的现代版中装,正倚窗凭栏,"闲坐清风过,心事付流水";率先向我走来的是大学闺蜜,着一条大襟小立领宝蓝色龙凤图案类似旗袍的短款连衣裙;而我的发小,一个百分百美女,则一袭白底红花丝绸面料的斜襟高竖领高开叉的正版旗袍,正塑造她削肩细腰的魔鬼身材,旗袍汲身摇逸婀娜……俨然一幕民国风情。

　　蛇年秋天,茅善玉一身"繁漪"的墨绿色旗袍,在思南公馆举行一场"老洋房里的旗袍秀"。她说,上海女人最能诠释旗袍的魅力,每个女人的衣橱里就应该有一件旗袍,那是"小资"女人的一张名片。旗袍之魅,不再于如何凸显女性身材轮廓,而主要在于如何穿出一个雅"气质"。上世纪20年代旗袍发轫,30年代达到顶峰,从上海而风靡全国。由于上海曾是上流名媛淑女的福地,旗袍正好迎合了南方女性清瘦玲珑的身材特点,所以在上海滩备受青睐而注定了旗袍的风行。从遮掩身体的曲线到显现玲珑突兀的女性美,使旗袍彻底摆脱了旧有模式,成为中国女性独具民族特色的"国服",成就中国女装的经典。

　　当年的海派女子以一身旗袍而婀娜妩媚地成为各大报刊杂志的

"封面人物"……冷香端凝的女子,裹一袭花团锦簇的旗袍,或多彩的织锦、紧身的剪裁,或精细的滚边、熨帖的立领,或玲珑的斜襟、多样化的盘扣等极为考究的细节,成为"新姝"最爱。1925 年开始流行超紧身的大开衩,更是将女性胸围、腰围、臀围的曲线和盘托出。张爱玲说:大雅即大俗,大俗亦大雅。

有人说,30 年代的上海,张爱玲着一身鹅黄色缎被料旗袍,在南京路灯红酒绿间若隐若现,或许她也来过思南公馆而留下鲜为人知的人文故事。也有人说,张爱玲笔下的一袭袍子,就是一场风花雪月的旷世之恋……旗袍女人不一定漂亮,但一定要有故事,那才有韵味——含蓄中存一份气宇轩昂,温雅中有几丝骄傲矜持,柔美中藏几分桀骜不驯——旗袍女人的魅惑,那份宣泄之美,只可意会,无法言表。

电影《花样年华》里张曼玉换了 23 件旗袍,那是让国人第一次在影视作品中欣赏到各类旗袍的风韵。电影《色界》里汤唯先后着 27 袭旗袍,"束身旗袍,流苏披肩,阴暗的花纹里透着阴霾",把张爱玲笔下的上海女人诠释得淋漓尽致。她穿每套旗袍,都暗示着让人意会的心情,堪称旗袍女神。电视剧《旗袍》更是将旗袍推向极致,主角替换了近百套旗袍,仿佛她们都走在这思南公馆的草坪、回廊与深邃的意境里……关键是如何穿出旗袍包裹下的身体里藏有怎样动人的高贵和冷艳的故事,让观众能透过旗袍,读懂她内心里的故事。

一个有着优雅气质的女子,当她云鬓高挽,淡扫蛾眉,浅施粉黛,轻裹一袭雅韵旗袍,擎一把油纸伞,暗香流泻,走在江南烟雨濛濛的"雨巷"……袅袅而去时,那景象,足以倾城,让人情不自禁地浮想联翩……旗袍像一阕旧词,又像一首婉约的诗,最能展现一个知性女子的"暧昧"。喜欢穿旗袍的女人一定是静默成诗、婉约古意的女史,当她们携一袭暗香流韵,带着深深浅浅的心事,穿过岁月风尘时,身后便留下一路风情和一路幽歌。犹如我的发小,她是天生的旗袍身架,靓丽的脸与玲珑的身材、知性的气质,尤其一双幽深的眼。她刚重回单身,形单影只。穿着旗袍的她那么柔美、优雅、静寂,可我分明窥视到那旗袍上的红牡丹里流泻出幽怨。似张爱玲笔下的女人,却又不完全是。就是这个凄清的秋日里,她留给我的是她轻寒斜瘦的背影,摇曳的步伐后面却是一种透骨的寂寞。冰凉的鞋尖声声敲打在寂静的长路,温暖的路灯一路亮起,却未必有一盏能照亮她落寞的心情……

如果说,思南公馆的老洋房"从来佳茗似佳人";那么,佳人还是一袭旗袍加身……或许茶是一种淡泊,旗袍是难言的落寞:手心纠缠的曲线,仿若如水而逝的流年。是谁手持一把琵琶,满园里弥漫着细碎如珠的音符……旧曲新调、似剪双眸,怎能抵得住多少新愁旧恨、思念悠悠?半盏香茶冷去,旗袍退尽光华。风中站立的身影,如幼荷般不胜风力……"一盏漂泊,浪迹天涯难入喉,你走之后,酒暖回忆思念瘦……"背景里一腔慵懒温婉的唱腔,宛然流淌着一种含蓄委婉和淡淡忧伤的青年男女莫名的心境。一如旗袍、香茗、佳人,包括那个永远不老的老洋房的韵味悠长。欲将心事付瑶琴,知音少……

# 邂逅巴洛克

"巴洛克"原意不规整的珍珠,欧洲古典主义以其形容这种"离经叛道"的建筑风格。

巴洛克建筑风格,渊源于意大利十六七世纪的天主教建筑样式——讲究华美、夸张、雕刻与色彩、光影、雕塑感,而彰显出时代人文的精神,给人以强烈的情绪感染力与震撼力,包括炫耀的装饰、强烈的色彩、穿插的曲面和椭圆形空间……今天,思南公馆里随处可见那绮丽华美的建筑物,包括窗棂、楼道、阳台、游廊、花园,或多或少留有"巴洛克"倩影。

"巴洛克"就是不僵化、尚古典,追求自由奔放,表达世俗情趣,对城市广场、园林艺术以至文学艺术都产生影响。从历史沿革来说,巴洛克建筑风格是对文艺复兴建筑风格的一种颠覆;从艺术发展来看,巴洛克又是对文艺复兴、欧洲传统建筑风格的一次革命,是对严格、理性、秩序、对称、均衡等建筑风格的一次反叛,开启一代建筑新风。

罗马耶稣会教堂就是巴洛克风格的一个滥觞,有人称之为第一座巴洛克建筑。中厅的宽阔,拱顶的雕像和装饰,两侧的祈祷室,十字正中跃起一座穹窿顶,圣坛上面的山花作圣像和装饰光芒。大门采用倚柱和扁壁柱,立面做了两对大涡卷……处处体现巴洛克建筑风格具有欢乐的气氛、新奇、堂皇、荣耀,最是赏心悦目。

　　广场、街心花园、喷泉、水池等建筑物，均是巴洛克建筑风格的经典之笔。大凡参观过中国澳门的"大三巴"牌坊遗址，游客都能体验到这种巴洛克建筑风格的感受，将建筑语言的繁文缛节达到极致，俨然一款清代家具，惊艳不已……

　　是日，我蹀躞于思南公馆里这一幢幢风情万种，呈现圆形、椭圆形、梅花形、圆瓣十字形等单一空间的建筑物……我突然想起"巴洛克"这三个词，心绪仿佛走在欧洲小镇上，红尘不来。

　　累了，便去了一家咖啡屋小息。拐上楼梯，刚落座，忽闻音乐声声传来……那是一曲欢快的小提琴曲"野蜂飞舞"……我循声望去，窗下一个花样年华的少年，优雅而清纯的脸颊正全神贯注地演奏着，颇具气场，竟令我驻足许久……生怕一不小心踩着音符。

　　谁说听音乐，我更说音乐是用来看的。你看，那灵动的指法，抑扬顿挫，娴熟又欢快，出神入化；那轻盈的弓法，翻转流畅，华丽又丰满，实足震撼人心……音乐语言如此形象地描摹一幕旷野里野蜂飞舞的场景。尤其，弦乐模拟声音的逼真，特别有感染力，那是对生命、对自然的讴歌，那只有巴洛克音乐风格才能如此完美地演绎。

　　缘此，音乐家们借用 baroque 一词，形容乐句上的长度不一，旋律上的华丽繁复，包括装饰音和模进音型，曲调带有形象化、象征性的特征，呈现节奏强烈、跳跃，采用多旋律、复音音乐的复调法，特别强调曲子的起伏，看重力度、速度的变化。

　　是日，我是屏气凝神地聆听……纵然音乐完了，我还沉浸在刚才的意境里。心里有种拥抱的冲动，那是拥抱音乐、拥抱艺术——即用我的体温去拥抱多情浪漫的"巴洛克"。

　　音乐魅力，那不是任何艺术都可以替代的。因为，唯有音乐，那是直抵人心。2008 年的德国小提琴家大卫·葛瑞特，以 1 分 6 秒（相当于每秒 13 个音符）的惊人速度，精湛地演奏里姆斯基·科萨科夫的"野蜂飞舞"，打破吉尼斯世界纪录，成为"世界最快速的小提琴手"。

　　我还记得，当年与外子一同在上海音乐厅里，顶礼膜拜似的听到那曲用钢琴演绎的"野蜂飞舞"，堪称如痴如醉。此刻，又浮现在眼前……思南公馆，让我邂逅了"巴洛克"，它的建筑与音乐，其实广告墙上的宣传画，绚丽的画面、夸张的装饰，不也是受"巴洛克"艺术影响——我想应该是的。

# 先生赠我"自由田"

结婚时买了一套组合家具，整套家具简洁流畅，唯一的缺憾是没有锁。当时，我曾流露这一不满，可他毫不在乎地说：两人世界还要锁干什么？我便缄口。

婚后不久，我为此陷入窘境。

我这人生性纤细多忧，又好胡思，常常会无端地跑出幽幽的情愫。于是我嗜好写日记。可是现在，每晚与他共一个饭桌，相视伏案实在令我感到拘谨和压抑，无法宣泄情感。况且我心爱的日记本也无安身之处（我曾将婚前的"秘密文件"全部都存在单位的办公桌内）。虽然我知道我的先生绝不会偷看日记，但我还是不忍心日记本就这样赤裸裸地放在桌上。于是我便离案倚窗，凝望冥冥夜空，任思绪飞翔，默默地倾诉衷肠。唉，既为人妻莫为己哀。我试图放弃那份内心世界。

结婚周年日，我悄悄地为他买了支金笔，心里猜着属于我的礼物。我推开家门，见他挡在门口要我闭上眼睛，当我张开双眼，手心上一枚锃亮的钥匙映入眼帘。我一抬眼，欣喜地发现窗边安放了一张崭新的写字台。我冲到桌前拉开抽屉，嗬，里面静静躺着一本漂亮的日记本。"这方自由地属于你了。"他用慷慨的语调说。"我可要写你坏话噢。"我开心地说。他摊开双手表示无奈。我拥进他怀里，送他两个"吻"。

到底是夫君，能遂我心愿。从那天起我又有了自己的领地。每晚我坐在写字台前,再不用担心记日记的表情,不用多疑他瞥见什么。如果生他气的话,我一边大写他的坏话,一边做鬼脸;碰到不如意时我便满脸沮丧地涂鸦泄气话或放肆地写几句骂人的话。我还可以在抽屉里偷看过去的情书——我已把"秘密文件"全部转移回来,充满眷恋地加快往日的时光。

　　一枚小小的钥匙蕴含无尽授权、无限的信任。

# 李世均:"蟋哥"物语

　　上海有个"禅蟋堂",因蟋蟀研究而声名鹊起;堂主是一个性情中人、一个中国蟋蟀文化研究绕不过去的"蟋哥"——他就是七十有三的"虫教授"李世均。

　　是日,笔者在他的"禅蟋堂"里茗香茶语……首先映入眼帘的是他的"禅蟋堂"偈语:"恒河一粒沙即含无量义、非赢非输亦非和、胸蕴自在解妙空",那是一种境界。玩蟋蟀能玩到这个境界已入妙境,"对别人玩虫能看得一清二楚"——李世均是也。"一粒微沙含无量义,对有灵性的蟋蟀活体有无限认识空间,对蟋蟀认识永无止境;并质疑,通过努力能稳操胜券是自己定位不准确"——李世均侃侃而谈。

## "蟋哥"李世均

　　李世均,一个生于上海的宁波人,曾师从万籁鸣、钱家骏、张松林等老一代动画艺术家,历任上海交通大学人文学院专业摄影教授,兼动画艺术中心主任;业余潜心研究中华斗蟋新文化,著有《中华斗蟋鉴赏》、《中华斗蟋五十不选》多部著作。他自喻,自己的每一部蟋蟀专著,都是一个划时代意义的举措……他的"无人识虫"这一惊世骇俗之言,不仅可能敲掉一帮人的饭碗；更是重要的意义在于，它揭示人类对虫的认识有无限发展空间，从而演绎中华斗蟋文化的博大精深。

他说，过去在斗虫时输了，总是归结为自己"对虫谱理解不够"，从未怀疑过毛病出在传统虫谱上——李世均是中华虫台上率先对传统虫经质疑的人。他例举，从八百多年前南宋贾似道的《促织经》到现代专著，无一不是全盘继承传统；到墨守于《虫色》为主轴的鉴定方法来评判一条虫的品种、定命及至斗性。《传统虫色论不具可操作性》中李世均称，在他之前根本没有一个玩虫的对老祖宗的秘籍产生过丝毫怀疑，凡斗输了都归结为自己没学透虫谱，从未有人发现老祖宗的归纳出了根本性的错误。李世均用肉眼看虫色根本无法忠实地记录具体某一条蟋蟀理论，认为传统虫色论不具可操作性，从而根本上颠覆了中华斗蟋传统理论，将玩蟋整体水平向前推进了一大步。

更难能可贵的是，李世均玩虫六十载，始终如一地反对赌博。他说，一个虫友指责他。你不进场子，就是不入门，就没有发言权。殊不知，场子的规律一定是死的，无论是多大场子、无论是谁，一直赌下去一定输。李世均的观念：玩虫是消费，是花钱买快乐。他对虫友写出《忆秦娥》很是欣赏，"真豪气，落盆牵草无人敌/无人敌，略施小计，鼓偃旗息/三秋虫事如儿戏，红尘琐事且抛弃/且抛弃，博蛩似棋，人生如戏！"其玩虫性情可见一斑。

李世均主张，玩蟋蟀就是远离城市喧嚣，拂去商战硝烟，带上家人，走进大自然，让清风拂面，任百鸟缭绕，一种久违的返璞归真的亲切感便立刻围绕在你的身旁，你会忘情地置身在一个被浪漫情怀拥抱并且处处充满了童趣、野趣的乐土中——崇明"促织园"就是李世均"以虫会友"的一个好平台。

崇明，一个全国生产优良蟋蟀的地方，有传承蟋蟀文化的基础，2003年建成的"促织园"，每年10月在这里举办的全国蟋蟀大奖，成为崇明旅游节活动的一个亮点。白天游客可以近距离观摩蟋蟀竞斗,也可以进行蟋蟀交易,并可亲身参与蟋蟀竞技;晚上则可以带着电筒独自或结伴,听蛐蛐鸣叫,在砖瓦石堆或路边墙角寻觅心爱的蟋蟀,说不定也能在竞技场上比试,《新民晚报》《新闻报》等主流媒体曾竞相报道——李世均曾任2005年西宫蟋蟀草堂理事长,2006年至2009年崇明全国蟋蟀大赛仲裁委员会主任。

2014年"蟋蟀堂"乔迁奉贤"文华楼",随即成为研究中国蟋蟀文化的一个重镇而近悦远来。"蟋蟀乃风雅之物,要玩出品位、玩出格调。"李世均介绍很多关于蟋蟀的知识和趣事,还绘声绘色地介绍去年在"促织园"举办蟋蟀节的盛况。他说,在那些交易会上,收售斗蟋、三尾、蟋蟀用具及蟋蟀书籍等摊位一字摆开。蟋蟀大赛还对中华蟋蟀文化的悠久历史、演变发展、科研繁衍以及蟋蟀文化与丰富群众业余生活、发展地方经济,增加农民收入等问题进行交流与研讨。

尤其,2006年李世均开发河南省濮阳县中华斗蟋资源调研取得实质性进展,产生了经济效益。他说,由于近20年来,随着杭州、绍兴、上海本土自然环境及人为因素等多种原因的变化,虫友都已习惯以选山东虫为主。而李世均竟慧眼独具地开发一块在斗性上能与山东虫相抗衡匹敌的新虫源产地——河南省。两地同处一个纬度,地质、地貌十分相似而成为濮阳脱贫致富的一个经济手段而为人看好。

他说,八月份是高温季节,刚好是农闲,加上又是学生放暑假期间,广大农民劳动力闲置。而蟋蟀又是土生土长,不需任何投入。可谓是一项"无成本遍地拾黄金"的开发项目……李世均带了20几只网,几百只小瓷罐、竹筒及盆、水盂、饭板、称等全套用具,并安排胆大的农民到上海卖虫。

当他们在老西门万商花鸟市场设摊,看到一条蟋蟀能买到几百元很是惊讶,极大地提高了他们捉虫的积极性。李世均还分析,一般8月上旬虫体都较小，大多在二斟以下，到 8 月下旬三斟左右大虫已较多。由此可见，虫体随着时间的拖延，日期越往后虫体越大。而濮阳虫比山东虫善斗，在同等分量的条件下，濮阳虫的头、项、牙都比山东虫小，但胜率却不亚于山东虫。牙色以红牙为最佳，黄板牙、白牙次之。红牙若偏深黑则胜率更高，最突出的表现是后发制敌，在被多次掀翻后仍能发重口制胜。其耐口、善斗的特性，极为突出。

李世均还感慨地说，当地的虫又多又便宜，而虫的斗性又绝不亚于山东虫——像这样的一块未开垦的宝贵虫地，你不前往更待何时？随意在路旁麦秸堆中，用棒轻轻一挑就有大量"苏水"跳出，分布地域广泛，价低、质优，还没有固定集市，是虫友们捷足先登的好去处。可喜的是事隔数年，现今河南虫已遍地开花，在斗台上与山东虫并驾齐驱。带动一方经济，农民们获得了实实在在的经济利益。

李世均把蟋蟀与文化，艺术与健康结合在一起，才是对《中华斗蟋》最好的诠释，才可登上大雅之堂，才能说是国粹。他更倡导，玩虫者一定需修得"勿会斗虫"方入妙境。前些年《中华蟋蟀》的系列邮品发行，成为我国首套有关蟋蟀的纪念邮票。邮册辑录了国内多种蟋蟀书籍及古蟋蟀谱的资料，详细介绍了蟋蟀的发展历史——画册就是采用了著名蟋蟀研究家李世均教授著作的反映蟋蟀特征的蟋蟀图案。邮票共由两套 32 枚组成，每枚面值 80 分。

李世均还说了一个心愿，要提升赏玩蟋蟀的品位，早日被大家公认是修身养性的高雅活动。希望有一天，玩蟋蟀能够享受和赛马、高尔夫一样的地位，少量的高层次虫友成为会员，每年都有相关的活动和资格审查，赌博之类不雅的行为坚决要被排斥在外。

李世均明确地忠告对那些拼命追求秘诀、暗门的虫友，告诉他们：凭你掌握的丁点秘诀、暗门去赌钱"保输"，十赌十输。这带有很大的警示作用。

"蟀哥"专著

## "南盆"集大成

李世均为蟋蟀著书立说，他要把蟋蟀玩成一种文化。李世均笑称自己玩蟋蟀比钻研专业还刻苦，他根据自己多年的经验，写下了《中华斗蟋鉴赏》、《中华蟋蟀五十不选》、《南盆窥探》、《民间传世——上品蟋蟀108将》等专著。

1985年，李世均到上海交大人文学院当摄影教授，很快就在学校里找到了一群志同道合的"虫友"。他们这群"高知"玩起蟋蟀来也是一样疯，一有时间就聚到一起斗虫、研究，老伴也不反对他捣鼓这种东西，因此他的家很快就成了虫的天下，光蟋蟀盆家里就摆了几百个——李世均的"疯劲"很快让他成了圈子里的头儿，大伙都称他为"蟀哥"。

李世均是地道的老上海，小时候就在老城隍庙一带活动。"那可是上海有名的玩蟋蟀的地方，看着大人们玩得高兴，自己也就喜欢上了。"

他自称"玩龄"已超过 60 载——林林总总的古盆,琳琅满目,俨然一场人文历史的穿越……

李世均等人在 2003 年组建了"上海虫友队",赴苏州参加"新世纪全国蟋蟀大奖赛",经过 16 个省市代表队的激烈对决,上海虫友队勇夺冠军;第二年又在崇明获得了亚军。为了传扬这段历史,李教授自费把夺冠的经历编辑成一盘 VCD,随同他的蟋蟀专著送给虫友们。

李世均的玩虫圈子越来越大,一家花卉艺术苑的经理受他感染,特地开辟了个"西宫蟋蟀草堂",免费为各方虫友提供场地、茶水等服务。"我现在免费为草堂的虫友们鉴定虫的优劣,但前提只有一条:不赌博。"李世均如是说。

"蟀哥"李世均,还有一个由来已久的想法终于变成了现实:"金石书画与虫文化"展览得到不少蟋蟀爱好者的关注。金石书画是中华民族的宝贵文化传统,在中华民族漫漫历史长河中,它始终伴随着时代同步发展,流淌着中华民族的精魂。而在这个展览中,李世均将自己历年来创作有关蟋蟀的诗句,通过金石书画作载体,构思完成一个主题作品系统,展现在世人眼前。

古往今来,许多文人墨客以蟋蟀为主题赋诗、作画,南宋还有著名的"蟋蟀宰相"贾似道,更有"玩虫天子",明宣宗、"蟋蟀大帝"朱瞻基。"蟋蟀本是风雅物,就看你怎么玩。"李世均说,只要用心去玩,小小虫子也能玩出大名堂——李世均自谓也。《南盆窥探》专注于对养虫盆的考证和研究,在蟋蟀文化研究方面可谓开创先河。

性情儒雅的李世均,对虫的研究无人出其右者。他的《南盆窥探》,成为这个领域的开创性著作,学术地位是第一性、唯一性的。南盆者,是指杭州、上海等南方虫友都选苏州制的盆,通称南盆,也称苏盆;北京、天津等地虫友用的盆都由天津生产,人们将北方虫友用的盆通称北盆,也称京盆。北盆盆高壁厚,南盆盆低壁薄。

由于南北古盆,鲜有交流而自成一派,凸显人文地域上的差异,其制作上南盆晚于北盆。南盆即指苏州陆墓镇余窑村和庙前村特制而成的盆,余窑称御窑。讲究用泥,就是将泥质搅拌放置露天,随后经过冬天寒冻,到来年春天用于做坯全手工制作,也称"手塑盆",体现南盆泥质与火功特色。清康熙后称"新派盆",之前称"老盆",时间久了会出现包浆,业内称"皮蛋包浆"。清以降制盆匠人开始加入自己的创意,有了字画、诗词,趋于风雅,透着文人气息。

李世均那款"和田糖白玉双龙戏珠天落盖盆形题章",是中华斗蟋盆史的精彩篇章,正是李世均一生的代表作,称其国宝一点也不过分。其盆直径 6 公分,盆高 7 公分。盆底有小篆"南盆窥探"字样,盆盖有底字"镇盆"字样。那是作者专为《南盆窥探》设计创作而作。盆底篆刻"南盆窥探",他将古老的中华斗蟋民俗文化与极具民俗特色的金石艺术交叉融合在一起,亦盆亦章,使玉盆提升至空前高度。盖底篆刻《镇盆》二字,意寓"空前绝后""前无古人,后无来者"。

盆选上好和田糖白玉,器具材质上乘。由于上述创意环环相扣,使玉盆无论从何角度考量,都属绝世珍品。他认为,自古至今没有人能写出盆的专著,属开山之作,是填补这个领域空白的开创之作,一个"祖师爷"独具匠心的创作,具有不可替代性。

《南盆窥探》一书,包括元代盆、明代盆、清代盆、民国盆、当代南方蟋蟀盆制作者及其作品、蟋蟀盆印记拓痕、历代南方蟋蟀盆制作名家录、本书中老盆、古盆收藏名录,囊括中华盆谱之大全。正是有广大虫友捧场而成就了李世均破天荒的开拓大事,蟋蟀盆有专著了。从中领略南盆这一艺术门类的名匠辈出,各领风骚的风貌与风情,其系统性成为填补虫界、收藏界、陶艺界空白的力作。

李世均在他的后记坦言,"我们是泥质的贵体,比较你的玉、石、铜、金体器,保存遗留至今,远比你们困难。加上我一直受人们歧视,半途人为损伤不可其数!时到今日我岂不比你玉、石、铜、金还稀贵?"其言恳恳,拳拳之心可嘉。

从元代王府的用应龙翔天盆起,经明、清、民国直至当代,脉络分明,资料翔实、图片清晰,成为作者玩虫时的心得。他更说,许多虫友玩虫时,苦于缺乏关于盆的资料,特别对历代来的老盆,更无系统可供对比的记载。作者在众多虫友的热心支持下,克服原始资料匮乏的困难,整理出较系统的材料,抛砖引玉,期待更多专家一起来参与撰写完整的盆考。

美国加州大学人类学教授休莱佛士几经周折找到李世钧,一同切磋"虫技"。美联社、华尔街日报、朝日新闻、NHK、西班牙电台等都纷纷前来采访报道——笔者缘识李世均,就是从《南盆窥探》的这枚"和田糖白玉双龙戏珠天落盖盆形《南盆窥探》书题章"开始的。为了此盆,他四处奔走。先请教搞古玩的虫友徐先生。徐先生指点他,"玉盆的花纹应以龙盆为上,因为同样的盆,若做成山水、花卉或人物总不及龙盆保值、升值空间大。"

李世均创新书题《南盆窥探》,是玉盆的画龙点睛处。篆刻想到了虫友刘琪明曾师从叶隐谷前辈,在金石上有很深造诣。原先李世均的《中华斗蟋鉴赏》曾请刘创作了"愿当将军老侍童""文将军""蛩痴"等作品。这次由刘先生篆写《南盆窥探》书法,为玉盆锦上添花。盆盖底刻上"镇盆"二字——更是凸显李世均性情不羁的张扬个性。

今天,当笔者双手捧起玉盆书题章,此乃"中华斗蟋第一盆"拥有者——李世均是谓也!

**图书在版编目（CIP）数据**

字里乾坤/史鹤幸，汪彦弘著. 一上海：上海三联书店，2016.
ISBN 978 - 7 - 5426 - 5565 - 3

Ⅰ.①字… Ⅱ.①史… ②汪… Ⅲ.①散文集—中国—当代 Ⅳ.①I267

中国版本图书馆 CIP 数据核字（2016）第 085458 号

## 字里乾坤

2006—2015 散文自选集

著　　者　史鹤幸　汪彦弘

责任编辑　钱震华
装帧设计　魏　来

出版发行　上海三联书店

　　　　　（201199）中国上海市都市路 4855 号
　　　　　http://www.sjpc1932.com
　　　　　E-mail：shsanlian@yahoo.com.cn

印　　刷　上海昌鑫龙印务有限公司

版　　次　2016 年 8 月第 1 版
印　　次　2016 年 8 月第 1 次印刷
开　　本　787×1092　1/16
字　　数　478 千字
印　　张　36.75
书　　号　ISBN 978 - 7 - 5426 - 5565 - 3/I · 1130
定　　价　68.00 元